新潮文庫

谷間の百合

バルザック

石井晴一訳

新潮社版

2099

谷間の百合

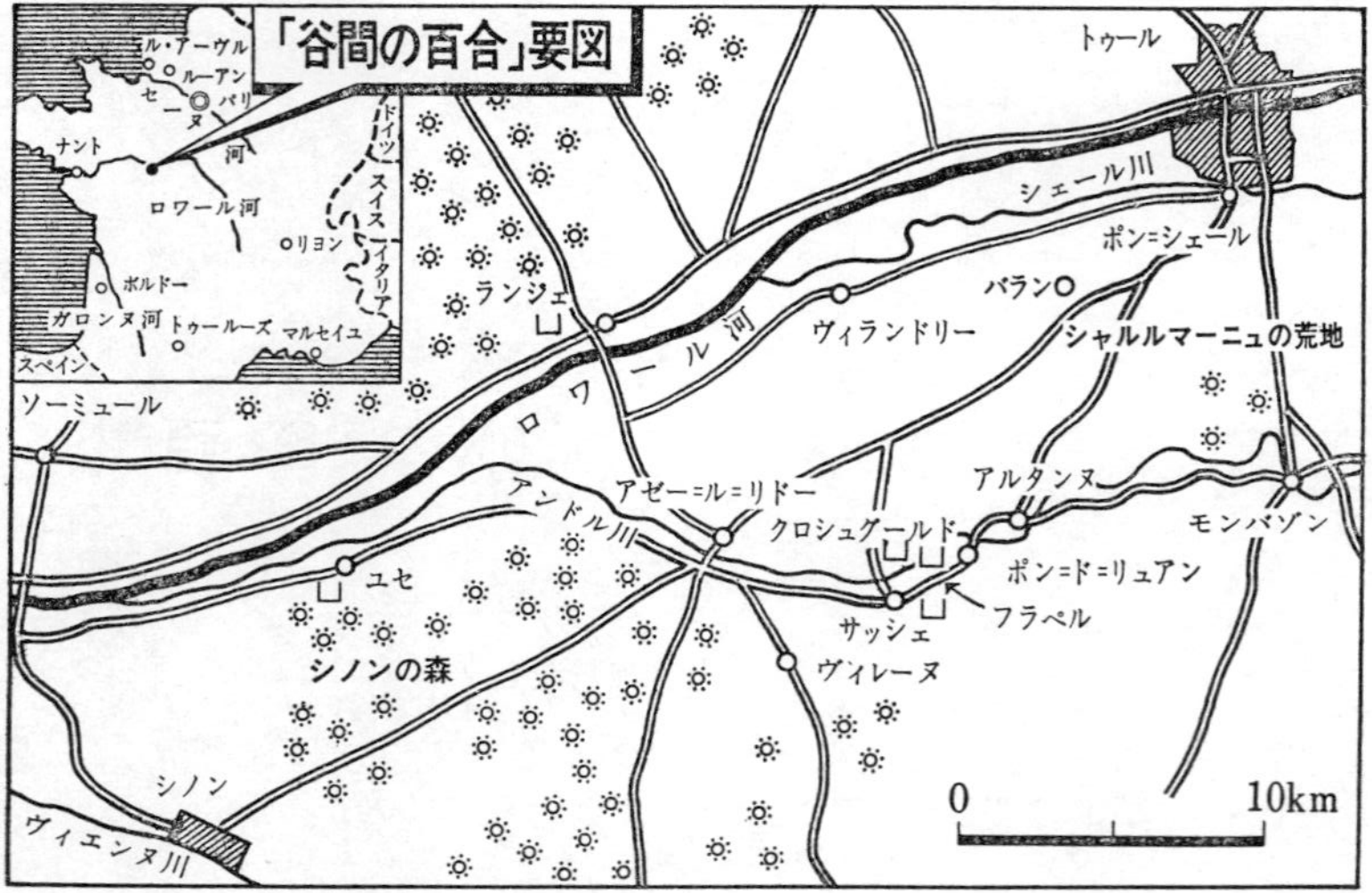
「谷間の百合」要図
ル・アーヴル
ルーアン
パリ
セーヌ河
ナント
ロワール河
ドイツ
スイス
イタリア
リヨン
ボルドー
ガロンヌ河
トゥールーズ
マルセイユ
スペイン
トゥール
シェール川
ポン=シェール
バラン
ランジェ
ロワール河
ヴィランドリー
シャルルマーニュの荒地
ソーミュール
アンドル川
アゼー=ル=リドー
アルタンヌ
クロシュグールド
モンバゾン
ポン=ド=リュアン
ユセ
フラペル
サッシェ
ヴィレーヌ
シノンの森
シノン
ヴィエンヌ川
0
10km

王室医学アカデミー会員　J＝B・ナカール氏*に捧《ささ》ぐ

親愛なる博士、この作品は、労苦をこめ、徐々に構築いたしました文学的建造物の第二段目の礎石のなかでも、とりわけ心を注いで彫りあげたものの一つです。ここに貴下のご尊名を刻みこませていただきますのも、かつて生命をお救いくださった碩学《せきがく》に感謝をささげ、かつまた、日々かわらぬ友誼《ゆうぎ》をお示しくださる友の威徳を世にひろくたたえんとすればです。

ド・バルザック

（*訳注　一七八〇―一八五四。バルザック一家の友人でもあり、彼自身の主治医でもあった高名な医者）

本文46ページ「金地に……」の家紋

本文49ページ「斜め対称の……」の家紋

伯爵《はくしゃく》夫人ナタリー・ド・マネルヴィル様

おおせにしたがいましょう。ご自分から愛するにもまして、私たち男に愛されている女性の特権は、何ごとにつけても私たちに、良識の掟《おきて》を忘れさせてしまうことにあるのです。あなたがたの眉間《みけん》が皺《しわ》よるのを目にしたくない、ほんの些細《ささい》な拒絶に出会っても、あなたがたの唇《くちびる》にうかぶ、あの悲しそうな不満の表情を消し去ってさしあげたいと思えばこそ、私たちは、まるで奇蹟《きせき》のようにはるかな距離ものりこえ、みずからの血をさしだし、未来をも費《つか》いはたそうとするのです。あなたは今日、私の過去を求めておられます。ごらんにいれましょう。だがナタリー、これだけはぜひお知りおき願わねばなりません。あなたのお言いつけにしたがおうとして、私はかつて侵したことのない嫌悪《けんお》の念を、足もとに踏みにじらねばならなかったのです。幸せのさなかにあって、時として不意に私をとらえる永い物思いに、なぜあなたは不審の念など抱《いだ》かれたのでしょう。私が黙りこんでいるからといって、どうして愛されている女性の美しいお怒りを顔にお見せになったりなさるのでしょう。私の性格のこうした対比を、そのわけなどお求めにならず、どうしてそれはそれなりに、気軽におもしろがっていただけなかったのでしょう。あなたご自身の心にも秘密があって、その許しをお求めになるには、私の心の秘密がどうしても必要だとでもおっしゃるのですか。そうです、ナタリー、あなたのお見抜きになったとおりです。こうなれば、何もかもすべてお知りになるほうがよろしいでしょう。そうです、私の生活はある亡霊に支配されているのです。ほんの一言声をかければ、亡霊はおぼろな姿をあらわしますし、呼ばれもせず、自分の方から私の頭上を舞いにやってくることもしばしばです。おだやかな日には、海の底深く見透かされ、ひとたび嵐《あらし》となれば、波にもまれ、こなごなになって砂浜に打ちあげられるあの貝や珊瑚《さんご》さながらに、私の心の奥底には、動かしがたい思い出が深くうずもれているのです。突然よみがえる場合にはひどくつらい数々の昔の感動も、ひたすら自分の考えを言いあらわそうとつとめたために、ここではうまくおさえつけられたつもりです。それでもまだこの打ち明け話のなかに、あなたを傷つける生き生きとしたところがあるとしたら、あなたの意にさからうつもりかといって私をおどされたのは、どうかあなたご自身であることを思いだされてください。そして、あなたの言いつけにしたがった私を罰するのはおやめください。私はこの打ち明け話が、あなたの愛情をさらに深めてくれるようにとのぞむばかりです。では今晩また。

フェリックス

一　二つの子供時代

家庭という土壌のなかで、まだか弱いその根が固い石くれにしかめぐりあわず、最初にもえ出た葉は憎しみの手にもぎとられ、花びらを開いたそのときから、寒さにいためつけられた魂が、ただじっと黙って耐えしのぶ苦悩の数々を、この上なく感動をさそうその悲歌《エレジー》を、涙にはぐくまれたいかなる才能が、いつの日私たちの目に描きだしてくれることになるのでしょう。苦い乳房しか口にふくんだこともなく、きびしい視線にこめられた身を焼きつくさんばかりの激しい炎に、その微笑さえおさえつけられてしまうような幼な子の苦しみを、いかなる詩人が世に出て私たちに語り聞かせてくれることになるのでしょう。もともと感性のすこやかな発達をうながすためにこそ、身のまわりにおかれている人たちの手によって、逆におしつぶされている哀れな心を描きだした小説があるならば、それこそ真に、私の子供時代をあるがまま物語るものと言えましょう。生れたばかりの私が、いかなる虚栄心を傷つけたというのでしょう。心や身体《からだ》にどんな醜いところがあって、母親の冷やかなあしらいを招いたのでしょう。単なる偶然から生れ落ち、生きていること自体が母親の心の責めとなるような、ただただ義務によってみごもられた子供だったとでもいうのでしょうか。田舎《いなか》へ里子に出され、家族からは三年間もほっておかれたのち、父の邸《やしき》にもどったときも、ほとんど相手にされず、逆に召使たちからも同情をよせられるほどの私でした。この最初の哀れな状態から立ち直れたのは、どのような感情にたすけられてか、いかなる幸運によるものか私には自分でもおぼえがありません。子供の私にわかろうはずもありませんし、大人《おとな》になった今となっても、かいもく見当がつかないのです。兄や二人の姉たちは、私の境遇をやわらげてくれるどころか、逆に私を苦しめてはおもしろがっているありさまでした。子供というものは協定を結んでたがいに過《あやま》ちをかばいあい、幼いながらこうしていつしか名誉心を体得するようになるものです。が、こうしたことも幼時の私にはいっさい無縁でした。それどころか、私はしばしば兄のおかした過ちの罰をわが身にかぶり、こうした不正に対して抗議することさえみとめられなかったのです。子供たちのうちにもすでに芽生《めば》えの見られるへつらい根性から、私に向けられる迫害に手をかして、兄たち自身も恐れていた母の歓心をわが手につなぎとめようとしたためでしょうか。それとも模倣癖に由来するものでしょうか。自分たちの力をためしてみたいという欲求からのことでしょうか。あるいは思いやりを欠いていたためでしょうか。おそらくはこうした原因がすべて寄りあつまって、私から兄弟愛の優しさをすっかり奪い去ってしまっていたのです。もはやすべての愛情から見はなされた私は、愛する対象とて何一つないありさまでした。ところが私は人を愛さずにはいられぬ優しい性質に生れついていたのです。いつもはねつけられている優しい心の溜息《ためいき》は、天使が聞きとどけてくれるものなのでしょうか。人にみとめてもらえぬ感情は、ある人たちにあっては憎しみに変るものですが、私の場合にはそれがひとつところにあつまって、深く河床を掘りさげ、のちのちの私の生活の上にどっとあふれでることになったのです。性格にもよりますが、いつもおびえている習慣が身につくと、心の糸もいつかゆるんでしまい、ついで恐怖心が生じてきます。そうなるともういつも他人の言うなりです。こうしてすっかり意気地《いくじ》がなくなり、その結果生れついての美質もそこなわれ、どことなく奴隷《どれい》じみた様子を身にただよわすようになるのです。しかし、この絶えざる嵐《あらし》に耐え抜くため、私には気力を発揮する習慣が身について、気力はそのたびに強固となり、私の心のなかに、何ごとにも耐え抜く力をいつしか育てあげていってくれたのです。殉教者が、新たな打撃を待ちうけるように、いつも新たな苦しみを待ちうけていた当時の私は、陰鬱《いんうつ》なあきらめの様子をおもてにあらわし、子供らしい愛らしさも、溌剌《はつらつ》さも、その下にすっかりおしかくしてしまっていたにちがいありません。このような態度は痴呆性《ちほうしょう》の徴候とうけとられ、母親のいまわしい予言をそのまま裏書きするものとされたのです。誇りは理性のたまものと言えましょう。が、このような不当さに確信がいくと、年歯もいかぬ私の心にも、誇りがわいてきました。そして、私のうけていた教育が助長しそうな悪い性癖を、この誇りがうまくおしとどめてくれたのです。いつもは私をほったらかしにしていた母も、時とするとこまやかな心づかいを見せ、私の教育に言及して、自分でそれにとりくみたいというのぞみを口にすることがありました。そんなときは、毎日母と顔を合わせていたら、どれほどつらい目にあわされるかと、私はその恐ろしさに思わず身をふるわせました。私はほったらかしにされていることをよろこんで、庭で小石をおもちゃにしたり、虫を観察したり、空の青さが眺《なが》めていられるのを、むしろ幸せに思っていたのです。こうした孤独が私を夢想に導いたことは間違いありません。が、私の瞑想《めいそう》好みは、ある出来事に由来するものです。この出来事をお話しすれば、私の子供の頃の不幸が、あなたにもおわかりいただけることと思います。私はほとんど問題にもされていなかったため、しばしば子守りでさえも、私を寝かしつけるのを忘れるほどでした。ある晩、いちじくの木の下に静かにうずくまり、私は子供たちをとらえるあの好奇心に満ちた情熱で一つの星を眺めていました。私の齢《とし》に似合わぬ憂愁はその情熱に、感情のもつ知恵ともいうべきものを与えていました。姉たちは遊びまわり、叫び声をたてていました。私は、彼女たちが遠くでたてる物音を、自分の考えの伴奏のように聞いていました。物音がやみ、夜がやってきました。偶然母は、私のいないことに気がつきました。皆にこわがられていた子守役のカロリーヌ嬢は、叱責《しっせき》をまぬがれようと、私がひどく家をきらっていると言いたてて、母親があやまって抱いていた懸念《けねん》をその言葉で裏書きしたのです。もし彼女がしっかり見張っていなかったら、私はもうとうの昔に家から逃げだしていたにちがいない。私は馬鹿《ばか》ではないが陰険で、今まで彼女の手にまかされた子供のなかでも、こんなひねくれた性質の子はこれがはじめてだというのです。彼女はさがすふりをして私の名前を呼び、私が答えると彼女はいちじくの木のもとへやってきました。私がそこにいるのをちゃんと知っていたのです。「こんなところでいったい何をなさっていたのです」「星を眺めていたの」「星を眺めていたなんて嘘《うそ》ですよ」バルコニーの上から、私たちのやりとりを聞いていた母が言いました。「お前の齢で天文学がわかるとでもお言いなの」「まあ、奥さま、大変でございます」とカロリーヌ嬢が叫びました。「坊ちゃまが水槽《すいそう》の栓《せん》をあけておしまいになりました。庭が水びたしです」家中が大騒ぎになりました。実は水の流れるのを見るのがおもしろくて、栓をまわして遊んでいた姉たちが、急に水が脇《わき》からふきだし、身体中がずぶ濡《ぬ》れになるとすっかりあわててしまい、栓を閉じることもできぬままにさっさと逃げだしてしまったのです。このいたずらを考えだしたのは私だということにされ、無実を主張すれば嘘をつくといって逆に叱《しか》られ、私にはこのためきびしい罰が課せられました。それにしても、なんと恐ろしい罰でしょう。私の星への思慕は茶化されて、母は陽《ひ》が落ちてから私が庭に居残ることを禁じたのです。威圧的に禁じられると、大人より子供の方が、さらに欲望をかきたてられるものです。大人とちがって子供たちは、禁じられたものしか考えないという強味があるために、禁じられたものがさからいがたい魅力を備えるようになるのです。そのため私は、私の星のことで何回となく笞《むち》をうけました。だれにも心を打ち明けることのできなかった私は、うっとりと心のなかでつぶやきながら、この星に自分の悲しみを訴えたのです。かつて幼児の頃、はじめて習いおぼえた言葉をたどたどしく口にしたように、子供たちはこうしてつぶやきながら、はじめて自分の思想をたどたどしく語ろうとするのです。十二歳になった中学《コレージュ》時代でも、私は言うに言われぬ喜びを味わいながら、じっとその星に眺め入りました。人生の朝《あした》にうけた印象は、それほど深く私たちの心に跡をのこすのです。

五歳上のシャルルは、長じても美男ですが、子供の頃も可愛《かわい》らしく、父親からは特別にあつかわれ、母親の愛を独占し、家族一同の希望の担《にな》い手《て》で、したがって家のなかでの王様でした。身体つきも美しく、頑強《がんきょう》なシャルルにはおかかえの家庭教師があてがわれ、一方、発育もおくれ、身体も弱かった私が、五つになると、朝夕、父の召使に送り迎えされ、町の寄宿学校に通学生として通わされたのです。私は中身のとぼしいバスケットをさげてでかけました。それにくらべ友達たちのお弁当にはたっぷりとごちそうがはいっていて、私のとぼしい弁当と、彼らのりっぱな弁当との比較は、私にとってつきざる苦しみのもとでした。朝食と、ちょうど帰宅時と一致する夕食とのあいだに、私たちが学校でとる食事のおもな食べ物は、あのトゥール名産の美味として知られるリヨン

（訳注　豚肉をラードの中で煮つめたもの）とリエット（訳注　豚のひき肉をラードで煮つめ、ペースト状にしたもの）でした。何人かの美食家たちから大変に賞味されているこの食品も、トゥールでは、貴族階級の家の食卓に姿を見せることはごくまれで、寄宿学校に入る前も、話にこそ聞いていましたが、この茶色のジャムともいうべきものを、薄く切ったパンの上に、たっぷりと塗ってもらったおぼえは私には一度もありません。しかし、たとえこの食べ物が寄宿学校で流行《はや》っていなかったにしろ、私の激しい欲望にはいささかも変りがなかったでしょう。あるパリきっての雅《みや》びな公爵《こうしやく》夫人が、門番のおかみさんたちが作るシチューがどうしても一度食べてみたくてたまらず、女の身を利用して、うまくその欲望を満たしたという話を聞きましたが、ちょうどそれと同じように、この食べ物はまるで固定観念でもあるかのように私にとりついていたのです。あなたがた女性が人の目のなかに愛を読みとるように、子供たちは、人の目のなかに欲望を見てとります。そこで私は、願ってもない揶揄《やゆ》の対象とされました。ほとんどが小市民階級《プチツト・ブルジヨワジー》の子弟であった級友たちは、私の目の前にすばらしいリエットをさしだして、これはどうやって作るか、どこで売っているか知っているか、どうして私だけリエットを持ってこないのかと私にたずねました。そして舌なめずりしながら、豚肉をラードで煮つめてこしらえた、一見焼き松露に似たこのリヨンという食べ物が、いかにおいしいかをしきりにほめそやすのです。それから私のバスケットの中身をしらべあげ、オリヴェ（訳注　オルレアンの南五キロに位置する町、高名なチーズを産する）のチーズや、乾《ほ》し果実《くだもの》しかはいっていないのがわかると、「食べるものがないじゃないか」というひどい言葉をあびせかけるのです。この言葉は、自分と兄とのあいだにあるへだたりを、いたく思い知らせるものでした。見すてられた私と、幸せな他人とのあまりのかけへだたりが、私の幼時のばらに黒い汚点《しみ》をつけ、少年期の緑の茂みをいためつけたのです。最初の一度だけは級友の気前のよさをそのまま信じこみ、まことしやかな様子でさしだされたあこがれのごちそうに、うっかり手をさしだしたこともありました。私をからかおうとした級友は、パンをすっとひっこめ、あらかじめ結末を知らされていた仲間たちは、それに和して、どっと笑いこけたのです。衆にぬきんでた精神にさえ、虚栄心の入りこむすきがあるならば、あなどられ、あざけられて泣きだす子供をどうして許せないことがありましょう。こうしたいたずらをしかけられ、どんなに多くの子供たちが、食いしんぼうや、ねだり屋や、卑怯者《ひきょうもの》になったことでしょう。いじめられないように私は自分からけんかをしかけ、絶望的な勇気を発揮して、私は仲間から恐れられるようになりました。が、それと同時に皆の憎しみの的となり、卑劣な行為に対しては、私にもほどこす術《すべ》とてありませんでした。ある晩、学校を出たところで、ハンカチ一杯につつんだ小石を背中になげつけられ、たっぷりかたきをとってくれた召使が、この出来事を母に告げると、母は、私に向って「この子ったら、きっとこの先も親に心配のかけどおしでしょうよ」と叫んだのです。私は、学校でも、家でと同様、反感しか持たれないのを知ると、ひどい自己不信におちいって、そこでも家にいるときと同じように自分のなかに閉じこもっていきました。二度目の降雪が、私の心にまかれた種子の開花をおくらせたのです。人に好かれているのはまったくのろくでなしだと見てとると、私の自尊心はこの観察に力を得、私はあいかわらず一人ぼっちですごしました。こうして、心にはちきれんばかりの思いを、だれ一人打ち明ける相手とてない哀れな状態がつづいたのです。私が暗い顔で沈みこみ、仲間に憎まれ、いつも一人ぼっちでいるのを見た私の教師は、私は生れつきのひねくれものではなかろうかという、家のものたちが私に対して誤って抱いていた疑念を肯定するにいたりました。読み書きをおぼえると、母はさっそく私を、ポン＝ル＝ヴォア（訳注 ブロワの南西二十五キロに位置する町）にある、オラトリオ会下の中学校《コレージュ》に転校させました。この中学校《コレージュ》には、「ラテン語未習」と呼ばれるクラスがあって、私くらいの齢のものでもかまわずに入学させていたのです。同時にこのクラスには、初歩もなかなか呑《の》みこめない、知恵の発達が遅れた生徒たちもそのままとめおかれていました。私は八年間、この学校に在籍し、そのあいだだれにも会わず、まるで社会の除《の》け者《もの》のような生活を送りました。何故《なにゆえ》か、また如何《いか》にしてかはこの先申しあげるとおりです。私の小遣《こづか》いは月々たった三フランで、これは、ペン、ナイフ、定規、インク、紙などの必需品を買うにも足りるか足りないほどのわずかな金額でした。そのため、竹馬や、縄とびの紐《ひも》や、そのほか学校での遊びにいるものは、何一つ手に入れることができず、私はいつもそうした遊びから一人仲間はずれにされていたのです。仲間に入れてもらうには、クラスの裕福な生徒におべっかをつかったり、腕っぷしの強い生徒をおだてたりすることが必要でした。子供たちは、平気でこんないやしいこともやるものです。が、私は考えただけでも心に憤《いきどお》りをおぼえました。私は木陰にすわりこみ、悲哀に満ちた夢想にふけりながら、図書係が毎月配布してくれる本を一人ぼっちで読んだものです。年に似合わぬこの孤独のかげに、どれほどの悲しみが秘《かく》されていたでしょう。だれからも相手にされない苦しみが、どれほど激しいものだったでしょう。はじめての終業式で、ラテン語仏訳、ラテン語作文の、最も栄誉ある二つの賞をうけたとき、感じやすい私の心が、どれほどの感激に満たされたかはあなたご自身の想像におまかせします。拍手とファンファーレの音《ね》に送られて壇上にあがり、私は二つの賞をうけました。式場には級友の父兄たちがのこらずつめかけていましたが、そこには私を祝福してくれるべき父も母も姿を見せてはいませんでした。慣例にしたがって、授賞者の手に接吻《せっぷん》するかわりに、私はその胸に身を投じて、わっと涙にかきくれました。夕方、私は名誉の冠をストーブにくべて焼きすてました。父兄たちは、終業式に先立って行われる一週間の試験の期間からすでに町なかに滞在し、そのため級友たちは、みな午前中からうれしそうに外にとびだしていきました。ところが、両親がほんの数里しかはなれていないところに住んでいた私は、海外組と一緒にそのまま校庭にのこっていたのです。海外組とは、親たちが西インド諸島や外国に住んでいる生徒たちに与えられた呼び名です。夕べの祈禱《きとう》の時間になると、私は思いやりのない級友たちに、両親と一緒にすませてきた食事のおいしさをたっぷり聞かされました。あなたはこれから先も、私の足を踏み入れる社会の環《わ》がひろがるにつれ、私の不幸も必ずそれにともなって大きくなっていくのをごらんになるでしょう。自分のなかでしか生きられないという宣告をうち破ろうと、私はどれほどの努力を重ねたでしょう。心をうちふるわせ、永いあいだかかって育てた胸の希望が、たった一日のうちにくずれ去るのを何度経験したでしょう。私は、どうにかして両親に、学校へ来る気をおこしてもらおうと、彼らにあてて情にあふれる手紙を何通となくしたためました。そこに言いあらわされた私の感情には、おそらく誇張もあったでしょう。しかし、それとても、母の叱責をまねき、彼女から皮肉まじりに、文体をけなされるほどのものと言えたでしょうか。それでも私は気をおとさずに、両親が学校を訪れるにあたってつけた条件は必ず満たすと約束し、姉たちの命名祭や誕生日には、かまいつけられない子供の几帳面《きちょうめん》さで手紙を書き、自分のためにひたすら彼女たちの力添えを頼みました。しかし私の辛抱強さもしょせんはむだでした。終業式が近づくにつれ、私はいっそうひんぱんにこの願いを家に書き送り、賞がもらえそうな気がすると手紙で言ってやりました。彼らが何も言ってこないのに勘ちがいして、私は心をはずませながら二人の到着を待ちました。私は級友たちにも、両親の来ることを告げました。やがて父兄が到着しだし、生徒を呼びにくる齢《とし》とった門番の足音が庭に響きわたると、私は病的とも言えるほどの胸の高鳴りに身をおそわれました。しかしついに私の名は、この老人に呼ばれずじまいだったのです。私がみずからの生を呪《のろ》い、その罪を神父に告白した日、彼は天を指さして、そこには、救世主イエス・キリストの「幸福《さいわい》なるかな、悲しむ者」（訳注　マタイ伝第五章第四節）という言葉に約束された棕櫚《しゅろ》の木が、咲きほこっていることを教えてくれました。最初の聖体拝受のとき、私は、若い心を魅了しつくすあの精神の夢幻劇をくりひろげる宗教思想に心を奪われ、祈りのもつ深い神秘のなかに身を投じました。熱烈な宗教心に鼓舞されて、私は殉教者伝で読んだあの驚くべき奇蹟《きせき》の数々を、私のためにもまたおこなわしめたまえとひたすら神に祈りました。五歳の私は星をめざして天にかけのぼり、十二歳の私は聖堂の扉《とびら》をたたいたのです。法悦状態にともなって、私の心には人に語りつくせぬさまざまな夢が花開き、それが想像力に糧《かて》を与え、愛情を豊かにし、私の思惟《しい》能力をたかめてくれたのです。私はしばしばこのような崇高な幻想は、私の魂を聖なる目的にそってきたえあげる任務を負われた天使たちが、みずからの手でわが身にもたらしてくれるものと考えました。こうした幻想は、事物の内部にかくされた精神を見抜く目を私に与えてくれたのです。それにまた、自分が心に感ずるものと、あるがままのものとをくらべたり、大きなのぞみと、自分が手にしたあまりに小さな成果とを比較したりする、あのいまわしい能力を備えた場合には、人をして不幸な詩人と化する魔術の手ほどきを私にしてくれたのも、私の頭のなかに、おのれの言うべきことが読みとれる書物を書きつけてくれたのも、私の唇《くちびる》に即興詩人の火をともしてくれたのも、そのことごとくがすべてみなこの幻想のなせるわざなのです。

父はオラトリオ会の教育成果に若干の疑問を抱き、ポン＝ル＝ヴォアに来て私をひきとると、パリのマレ地区にある私塾《しじゅく》に転校させました。私がちょうど十五になった年のことです。学力試験の結果、ポン＝ル＝ヴォアの最上級生だった私は、二学年下への編入が適当と認定されました。家で、町の学校で、ついで中学校《コレージュ》で経た同じ苦しみを、私は新しい形で、このルピートル塾在籍中も経験することになるのです。父は私の手もとに一文の金もおいていってくれませんでした。私が衣食にこと欠かず、ラテン語をつめこまれ、ギリシャ語でぎゅうぎゅう言わされていれば、両親にはすべてが解決ずみだったのです。私は中学生活を通して千人ほどの学友と知りあいましたが、私ほど無関心にあつかわれている例は、そのなかに一つとして見あたりませんでした。ブルボン王家に、熱狂的な愛着を抱いていたルピートル塾長は、献身的な王党派の人たちが、タンプルの牢獄《ろうごく》（訳注　十二世紀にタンプル騎士団によってパリに建てられた修道院。のちには牢獄として使用され、革命中の一七九二年にはルイ十六世の一家がここに閉じこめられた）から王妃マリー・アントワネットを救いだそうとくわだてた頃に、私の父とつきあいがあり、その後二人は、かつての旧交をあたためなおした間柄で、そんなことからルピートル氏は、父が金をおいていくのを忘れたうめあわせは、自分の手ですべきだと考えたのでしょう。しかし彼が月々私にくれる金額はまことに微々たるものでした。彼にしても、私の家族の意向をうまく推し測りかねていたのです。寄宿舎は旧ジョワイユーズ邸のなかに設けられ、その建物には、貴族の館《やかた》の構えどおりに、付属の門番小屋がそえられていて、寄宿生仲間でも金のあるものたちは、代教に引率されて、シャルルマーニュ高等中学へ向うまでの休み時間をうまく利用して、そのドワジーという名の門番のところへ、朝食をとりにいきました。ルピートル氏は、ドワジーの商売を知らなかったのか、それとも黙って見のがしていたのかは知りません。が、いずれにせよこの門番はまさに我々の密輸業者で、日頃から機嫌《きげん》をとりむすんでおいて決して損のない存在でした。彼は我々の不行跡のかくれた付添人であり、帰りが遅れたときの信用のおける友であり、それにまた我々と貸本屋のあいだで、禁書類の仲介役をも果していたのです。ナポレオン治下に、植民地の物産がひどく値上りしたことからも説明がつくように、当時ミルク・コーヒーつきの朝食は、一般に貴族的な嗜好《しこう》とみられていました。我々の家庭でも、砂糖やコーヒーの使用は贅沢《ぜいたく》なものとされ、塾生たちのあいだにあっては、それは虚栄心をくすぐる優越性を人目に示してくれる飲物であり、その事実をもってすれば、たとえ模倣癖や、美食へのあこがれや、流行の伝染力だけでは不足であっても、私たちのミルク・コーヒーへの嗜好を、一つの情熱と化するに充分足りていたでしょう。ドワジーは貸し売りもしてくれました。生徒たちの名誉を重んじ、彼らに代って借金を払ってくれる姉や伯母《おば》くらい、私たちの仲間のだれにもあるだろうと考えていたのです。私はコーヒー小屋の誘惑に永いあいだ耐え抜きました。もし私を裁《さば》こうとする人たちが、この誘惑がいかに強く、私の魂がいかに健気《けなげ》に禁欲をめざし、永い抵抗のあいだにおさえつけた欲望がいかに激しいものだったかを知るなら、おそらく私に涙を流させる代りに、それを拭《ぬぐ》い去ってくれたにちがいありません。しかし子供である私に、他人の軽蔑《けいべつ》を無視するだけの心の余裕がもちえたでしょうか。それにおそらく私は、すでにいくつかの世間的な悪徳に心をおかされており、そのおよぼす威力は、私の欲望とあいまって、あなどりがたいものになっていたのです。二年目のおわりに、父と母がパリに出てくることになり、彼らの到着日を、兄が塾まで知らせてきました。兄はパリに住んでいながら、それまで一度も私を訪れてはくれなかったのです。姉たち二人もこの旅行に加わっており、家族うちそろって、パリ見物をする予定でした。最初の日は、そのまま一同がフランス座へ乗りつけられるよう、パレ・ロワイヤルへそろって食事にでかける段取りでした。思いもかけぬこの楽しい計画は、私を有頂天にさせました。がしかしその喜びも、不幸に慣れ親しんだ人たちの気持をたやすく左右する、あの嵐《あらし》を告げる風の音に、ともすればそこなわれがちでした。実を言えば、私はドワジーに対する百フランの借金を、親の前で白状する必要にせまられていたのです。ドワジーは、自分から両親に金を請求すると言って私をおどしていました。私は、ドワジーの代りに、事情を説明する役を兄に頼みこみ、自分に代って後悔の念を両親に伝えてもらい、私と彼らとのあいだをうまくとりなして、兄の口から彼らの許しを乞《こ》うてもらおうと考えました。父は寛大な処置へと傾きましたが母は冷酷でした。その色濃い青い目に見すえられ、石と化さんばかりの私に、母は恐ろしい予言を投げつけました。「十八の齢《とし》から、こんなことをしでかすようでは、この先どうなるかしれたものではありませんよ。この子はほんとうに私の子かしら。家を破産させるつもりなの。それとも家には自分一人しかいないつもりなの。シャルルの選んだ道には、独立するだけの財産がいりますし、今から家の名をあげているあの子には、充分そうしてやるだけのことがありますよ。それなのにこの子ときたら、きっと一家のいい恥さらしになるのがおちでしょう。姉さんたちが、持参金なしで結婚できるとでもお思いなの。お金の値打ちも、自分一人に月々どれだけのかかりがしているのかも知らないのでしょう。教育をうけている最中に、お砂糖やコーヒーが何の役にたちますか。こんなことをつづけていたら、そのうちに悪いことはみんなおぼえこんでしまいます」私とくらべれば、マラー（訳注　一七四三—九三。「人民の友」を主幹したジャコバン派の革命家。ジロンド派の女性により暗殺される）でさえ天使だと言うのです。心の中に次から次へと恐怖をながしこむ、このとめどもない言葉にうちのめされている私を、兄が寄宿舎まで連れもどしました。こうしてあえなく私は、フレール・プレヴァンソー（訳注　パレ・ロワイヤルにあった有名なレストラン）での晩餐《ばんさん》をふいにし、タルマ（訳注　一七六三—一八二六。当時の高名な悲劇役者）の演ずる『ブリタニキュス』（訳注　ラシーヌの悲劇）を見る機会も失ったのです。これが十二年間別れていた母との再会でした。

　古典学級をすませた後も、父はルピートル氏の手に私の監督をゆだねたままでした。私は高等数学を学ぶかたわら、法学部の初年次課程に入学して、上級教育をうけることになりました。寄宿舎では個室をあてがわれ、授業からも解放されて、私はようやくこれで、私と不幸とのあいだにも、休戦が成立したかに思いました。しかし十九にもなっていたのに、いやおそらく十九になっていたればこそ、父はこれまでの流儀を少しも変えず、町の学校にはろくな食べ物も持たずに通わされ、中学校《コレージュ》では小遣い銭も与えられず、はてはドワジーに借金をするはめに追いやられたあのやり方を、従前どおりそのまま押し通そうとしたのです。私が自分で自由になる金は、ごくわずかなものでした。いったい金なくして、パリで何をやれというのでしょう。その上私の自由もたくみに縛りあげられていたのです。私が法学校に通うのに、ルピートル氏は代教を一人つけてよこし、私は教師の手に直接わたされ、帰りにはその代教がまた私を迎えにくるのです。私の身持をおもんぱかっての心配から、母が整えた手筈《てはず》にくらべれば、娘たちでさえ、まだまだゆるやかな監督のもとにあると言えましょう。とはいえ私の両親がパリを恐れる気持もまたもっともでした。学生たちがこっそりやることは、寄宿学校における女生徒たちの関心事と少しも変りません。いかなる手段を講じようとも、女生徒たちは彼女らの恋人のことを話すでしょうし、学生たちにしてもまた、女の話をやめないでしょう。当時のパリで、学生同士の会話といえば、もっぱらパレ・ロワイヤルにある、東洋的・ハレム的な世界のことでもちきりでした。パレ・ロワイヤル（訳注 当時のパレ・ロワイヤルは遊女などの立ち並ぶ歓楽街であった）こそ、毎晩、金の延べ棒が貨幣となって流れ出る、愛の黄金境《エルドラド》とも呼ぶべきものでした。そこでは、この上なく初心《うぶ》なためらいも姿をひそめ、火をつけられた好奇心もまたおのずとしずめられるのです。しかし私とパレ・ロワイヤルとは、たがいに近づきながら、決してまじわることのない漸近線でした。次に申しあげるようなめぐりあわせから、私のたび重なる試みも、みな挫折《ざせつ》する運命にあったのです。父は私を、サン＝ルイ島（訳注 パリの中心にあるセーヌ河中の島）に住む伯母の一人に紹介していきました。私は木曜と日曜の週二日、ルピートル氏か、その夫人に連れられ、伯母の家へ食事にいくことになっていたのです。ルピートル夫妻もその日は外出し、帰りがけに私をそこまで受けとりにくるのです。おかしな気晴らしではありませんか。伯母のリストメール侯爵《こうしやく》夫人は、一エキュたりとも私に小遣いをくれる気になったことのない、格式ばった貴婦人でした、大聖堂《カテドラル》のように齢《とし》老いて、細密画《ミニアチュール》のようにお化粧し、いつも贅沢な身なりをしたこの伯母は、まだルイ十五世が存命中とでもいうような日々を館《やかた》ですごし、会う仲間といえば、齢とったご婦人連と旧貴族たちをのぞいてほかになく、すでに化石したような彼らのあいだに身を置くと、私はまるで墓地にでもいるような気分におそわれました。話しかけてくれる人は一人もなく、といって私には自分から口を切る勇気も出ませんでした。冷やかな視線や、敵意をたたえた目に出くわすと、私は、まわりの人の迷惑となっているらしいおのれの若さが、自分でも気恥ずかしくなるありさまでした。この無関心を利用すれば、うまく逃げだせるだろうとのぞみをかけて、ある晩、食事が終ったらすぐ、こっそりとここを抜けだし、その足でガルリ・ド・ボア（訳注 パレ・ロワイヤルの一部で、さながら仲見世のごとく、小さな店が並び、遊女が客をあさっていたところ）にとんでいこうと、私はひそかに心のなかできめていました。はたせるかな、ホイスト（訳注 トランプの一種）に加わると、伯母はもう私ごときものには注意を向けていません。彼女の召使のジャンも、ルピートル氏のことなどほとんど気にもしていない様子です。ところがいまいましくもこの食事は、あご骨の老化のためか、具合の悪い入れ歯のためか、運悪くいっこうに終ろうとしないのです。ついにある晩のこと、八時と九時のあいだに、私は駈《か》け落《お》ちの日のビアンカ・カペロ（訳注 十六世紀のヴェネツィアの家門の娘。一介の銀行員と駈け落ちをした）のように胸をはずませながら、やっと階段のところまでたどりつきました。しかし門番が紐《ひも》をひいてくれたその瞬間に、ルピートル氏の馬車が通りに姿を見せて、私を連れもどしにきたことを告げる、彼の喘息《ぜんそく》病《や》みのような声が聞えたのです。私の青春の天国と、パレ・ロワイヤルの地獄とのあいだには、三度目もまた運悪く偶然がたちはだかりました。二十歳《はたち》になっても何も知らずにいる自分が恥ずかしくて、こんな状態に思いきってけりをつけるため、どんな危険にもたちむかおうと私が心にきめた日のことです。ルイ十八世のように肥満して、足の不自由だったルピートル氏が、苦労して馬車にのりこむすきに、私は彼をまいてしまおうとして、いきなりその場を逃げだしました。ところがちょうどそこへ、母が定期馬車でやってきたのです。彼女に見すえられると私は足がすくみ、まるで蛇《へび》に魅入られた小鳥さながらでした。どんな偶然から母と出会うはめになったのか、実は、これほど自然なことはなかったのです。それはナポレオンがいよいよ最後の命運をためそうとしているときでした。ブルボン家の復帰を感じとった父は、すでに帝国外交官としての地位を得ていた私の兄に、そのあたりの事情を説きあかそうとパリに出かけてきたのです。母も父と一緒にトゥールを発《た》ちました。母の役目は、私に危険のせまっている首都をはなれさせ、そのまま自分と一緒に、私をトゥールまで連れもどすことでした。事実、敵の動向を心さとくたどっている人たちには、パリはすでに危険にさらされているように見えたのです。こうして私はパリの滞在がまさに致命的になろうとしていた瞬間、あっという間にパリから連れ去られることになったのです。それは絶えずおさえつけられている欲望に想像力を悩まされ、常時金のない哀れな生活のつらさを思い知らされて、かつて自己の運命に疲れた人たちが修道院のなかに身をひそめたように、私がただひたすら勉強にのみ没頭することを余儀なくされていた時期でした。私にとって勉強は一つの情熱と化し、この私の情熱は、若者たちが、青春期の衝動そのままに、あの心ときめかす活動に身をゆだねるべき時期にありながら、私を家にばかり閉じこめておく結果となり、そのため私の健康に、ややもすれば致命的な打撃すら与えかねないものとなっていたのです。

あなたもすでにそれとお気づきの、数知れぬ悲劇をうちにかくした、この少年時代の軽い粗描は、その時期が私の将来におよぼした影響をご説明するのに、全体としてどうしても欠かせぬ要素です。幾多の病的な要因にいためつけられていた当時の私は、二十歳をすぎても丈《たけ》が小さく、やせすぎで、顔色もすぐれぬままでした。さまざまな意欲にあふれる私の魂は、見かけは虚弱そうな私の肉体と激しく格闘をまじえていたのです。だが、これにしても、トゥールに住むある老医によれば、私の身体《からだ》が鉄のごとき体質を獲得せんがための最後の試練とのことでした。身体は子供のままでありながら、考えにおいてはすでにすっかり成長し、読書を積み、思索を重ね、人生の高みもすでに形而上学《けいじじょうがく》的に熟知していた私は、今やその曲りくねったせまい悪路や、その平野にのびる砂道にようやくさしかかろうとしていたのです。他に例のない偶然から、私は魂が最初のうずきをおぼえ、徐々に官能の悦《よろこ》びにめざめゆき、すべてが新鮮で魅力あるものに思われる、あの人生の一時期にずっと踏みとどまったままでした。勉強のために永びいた思春期と、遅ればせながら緑の小枝をのばそうとしている青年期とのちょうど境目です。おそらくその当時の私のように、感じ、愛するよう、心の準備が整っている青年を、ほかに見つけだすことは不可能だったでしょう。この先、私の話をあまさずおわかりいただくには、唇《くちびる》はなお嘘言にけがれず、欲望の激しさゆえにおずおずと伏せられるまなざしはいまだ隠しだても知らず、精神は世の偽善になれ親しまず、心におぼえる気おくれの激しさは、はじめての衝動のけなげさにのみくらべられる、あのうるわしい時代にご自分でもふたたびたち返っていただくことが必要です。

パリからトゥールまでの、母と連れだっての旅の話は、ここではひかえさせていただきましょう。冷やかな母の態度に、私は愛情の発露をずっとおしとどめられたままでした。新しい駅舎を発《た》つたびに、今度こそ話しかけようと心に誓いながらも、母のまなざし一つ、その言葉一つにおびえる私には、永いあいだ考え抜いた皮切りの言葉がどうしても口に出せないのです。オルレアンに到着すると、床につく前に、母は何も話さないと言って私を責めました。私は母の足下に身を投げだし、その膝《ひざ》を腕にだきかかえ、熱い涙にくれながら、愛情にはちきれんばかりの胸のなかを打ち明けました。母の心にふれようとして、愛に飢えた心を弁護する私の雄弁な口調には、おそらく生みの母ならずとも、はらわたをゆすられる思いがしたでしょう。ところが母は、私がお芝居をしていると言うのです。私は、母にうちすてられたわが身をなげき、母の方では不心得な息子だと言って私を責めました。胸をしめつけられるような思いに耐えきれず、私はロワール河に身を投げようと、ブロワの町で橋にかけよりました。私の自殺をおしとどめたのはその橋の手すりの高さです。

家につくと、私を知らない姉たちは、愛情より、むしろ驚きをおもてにあらわしました。しかし、しばらくたったのちには、この姉たちでさえ母とくらべれば、私への愛情に満ち満ちているように思われたのです。私は四階に部屋を与えられました。母が二十歳の青年である私に、寄宿舎で使っていた一揃《そろ》いの下着類と、パリで着ていた服とをあてがったままほうっておいたと申しあげれば、私のみじめな状態がいかなるものかあまさずおわかりになりましょう。客間の端から端までとんでいき、母の落したハンカチを拾いあげる私に、彼女は召使にでも言葉をかけるように、ただ冷たく「ありがとう」と言うだけなのです。母の心のなかにも、私の愛情がうまく根をおろせるような、心もろいところがないかとさぐるため、絶えず彼女を観察するように仕向けられていた私は、母のうちに、やせて、ひからびて、背ばかり高く、自分勝手で、賭《か》けごと好きで、リストメール家生れのためしにもれず、横柄《おうへい》この上ない女しか、ついに見つけだすことができませんでした。リストメール家では、横柄ささえも持参金のうちなのです。彼女が人生に見ていたのは、ただ果すべき義務だけでした。私の出会った冷たい女性は、みな母のように、義務を信仰としているものたちばかりです。母は、まるでミサをあげる聖職者が、香の煙でもうけるように、私たちの愛情をうけていたのです。心にあった少しばかりの母性愛は、私の兄がすっかり一人占めにしてしまったようでした。母は身に食い入るような皮肉の矢で、絶えず私たちまわりのものを傷つけました。心ない人間が用いるこの武器を向けられても、それにこたえるすべとてない私たちの心をです。茨《いばら》に満ちた垣根《かきね》にへだてられてはいるものの、本能的な感情は実に根づよいものであり、母親に抱《いだ》いた宗教的とも言える恐怖心は、あまたの絆《きずな》で私たちをしばりあげているだけでなく、親に見切りをつけるのは子供にとってあまりに耐えがたいことなので、私たちの所誤った崇高な愛情は、私たちが人生の道をさらにつき進み、厳《おごそ》かな最後の裁《さば》きを母に下す日までずっとそのままに持続したのです。しかしこの日に子供たちの復讐《ふくしゅう》がはじまり、過去の失望から生れ、過去から押し流されてくる泥まみれの思い出によって、さらにいっそう拍車をかけられる子供たちの冷淡さは、ついには墓の上にまでおしひろげられることになったのです。母の恐ろしい専制ぶりは、トゥールでこそ満たそうと、狂おしく思いつめていた官能の夢を私の心のなかからすっかり追いはらい、私はやけになって、父の書斎に身を投ずると、手にしたことのない本はすべて読みつくそうと、ひたすら読書にはげみだしました。こうして毎日、永い時間を勉強にあてたため、母との接触はいっさい避けられこそしたものの、私の精神状態はそのためさらに悪化の道をたどりました。のちに、従兄《いとこ》のリストメール侯爵と結婚した上の姉が、時たま私を慰めようとしてくれましたが、私をとらえていた苛立《いらだ》った気持をしずめることは、彼女にもとうてい不可能でした。私は死のうと思いつめていたのです。

それはちょうど、私のあずかり知らぬところで、次々に大事件がもちあがろうとしていた矢先でした。ボルドーを出発したアングーレーム公（訳注　一七七五―一八四四。ルイ十八世の弟たるシャルル十世の長男。後の王太子）の一行は、道筋にあたる各都市で大歓迎をうけながら、ルイ十八世の待つパリに向って道をすすめていました。ブルボン家の復帰に熱狂したわが国の旧勢力が、こうした華々《はなばな》しい歓迎を各地で組織したのです。正統王族を迎えて興奮の坩堝《るつぼ》と化したトゥーレーヌ州、わき立つトゥールの町、軒並みに旗をかかげた家々の窓、着飾った町の住民たち、歓迎会の下準備、それにまた、あたりにただよう人を酔い心地にさそう雰囲気《ふんいき》など、そうしたもろもろの事情があつまって、私にも、この王族を迎えて開かれる舞踏会に、ぜひ出席してみたいという気持をおこさせました。私が勇気をふるってこののぞみを母に伝えると、健康が思わしくなく、自分で舞踏会に出られそうにもない母は、ひどく腹をたて、コンゴからついたばかりで、何もわからないというつもりなの、この家を代表するものが舞踏会に一人も顔をださないなんて、よく考えられたものですね。お父さんも、お兄さんもいなければお前がでるのが当然でしょう。お前にはお母さんがついていないとでも言うおつもりなの。それともこの私が、子供たちの幸せなんか考えていないとでもお思いなの、と私に言うのです。こうして、継子《ままこ》同然の私が、一瞬にしてこの地の名士に変貌《へんぼう》したのです。自分が身に帯びた役目の重大さと、私の願いを許すにあたって、母が皮肉まじりに並べたてたさまざまな理由とに、私はひとしくただ呆然《ぼうぜん》とするだけでした。そして、姉たちにたずねてみて、こうしたどんでん返しの好きな母が、すでに当然のこととして、私の身なりについても考えておいてくれたことを知りました。得意客たちの注文ににわかにせきたてられたトゥールの仕立屋には、私の服をひきうけてくれるような店は一軒もなく、そこで母は、田舎《いなか》でよく見かけるような、縫物ならなんでもこなす、日雇いのお針子を呼びにやり、こうして私の知らぬ間に、あざやかな空色の燕尾服《えんびふく》が、曲りなりにもすでに仕立てあがっていたのです。絹の靴下と、舞踏靴は簡単に見つかりました。当時、男物のチョッキは丈《たけ》が短く、そのため、ちょうど父のチョッキがうまく借りられました。胸飾りのついたシャツを身につけるのは私にはこれがはじめてでした。シャツの丸ひだは、ネクタイの結び目とうまくからみあって私の胸をふくらませています。身なりを整えると、これが自分とはとても思えぬほどで、姉たちのお世辞にもはげまされ、やっと私にも、一堂に会したトゥーレーヌの名士たちの前に顔をだす勇気がわいてきました。しかしそれはなかなかつらい役目でした。舞踏会は客が多すぎて、必ずしも選び抜かれた人たちばかりとは言えぬのが実情でした。私は、細い身を利して人波を縫い、パピヨン邸の庭に設けられたテントのなかにまぎれこみ、アングーレーム公のおられる肘掛椅子《ひじかけいす》の近くまでたどりつきました。まばゆい光や、赤い幔幕《まんまく》や、金ぴかの飾りつけや、はじめて出席する大舞踏会のきらびやかな衣裳《いしょう》やダイヤモンドに目がくらみ、たちまち私は暑さに息もつまりそうになりました。私は、もうもうと立つほこりのなかで、もみあいへしあいし、たがいにぶつかり合っている男女の人波に絶えずおしまくられ、またけたたましく吹きならされる金管の音も、ブルボン家風な軍楽の響きも、「アングーレーム公万歳、国王万歳、ブルボン王家万歳」という叫びにかき消されんばかりでした。この祝宴を契機として、熱狂の幕が切って落され、人々はブルボン王家の日の出にかけつけようと、たがいにしのぎをけずり、党派の利己心がそのままむきだしにされたのです。私は自分がとるに足らない存在であることを思い知らされ、すっかり白けきった気持で、自分の心のなかに閉じこもっていきました。

　この熱狂の渦のなかを、藁《わら》くずのように身を運ばれながら、私はアングーレーム公になりたい、驚きやまぬ群衆の前に、堂々たる姿を見せている、あの王族たちの仲間に加わりたいといういかにも子供っぽいのぞみにとらわれました。トゥール人の愚かな羨望《せんぼう》が野心をめざめさせ、その後、私の性格と周囲の状況とが、その野心を高貴なものにたかめてくれたのです。しかしあの群衆の讃美《さんび》を、だれ一人としてうらやまぬものがいましょうか。この光景は数カ月後、ナポレオン皇帝がエルバ島から帰還すると（訳注　いわゆるナポレオンの百日天下）、パリ全市が彼めがけて殺到し、なおいっそうの華やかさでふたたびくりひろげられることになったのです。大衆の上におよぼすこの絶大な支配力、大衆の感情も生活も、ただ一人の人間の魂に集約されるというこの事実を前に、突如私は、栄光のために身をささげつくそうと心にきめました。かつてドルイド教の巫女《みこ》たちがゴーロワ人を犠牲《いけにえ》にささげたように、今やフランス人ののどもとを断ち切らんとしている今日《こんにち》の巫女《みこ》たる栄光にです。そしてそれからふいに出会った一人の女性が、絶えず私の野望をかきたて、やがて、王政政府の中枢《ちゅうすう》に私を押しだして、その野望をかなえさせてくれることになったのです。相手をさそうだけの勇気もなく、それにまた、踊りの型を乱しやしないかとおそれた私は、やがてしだいに気もふさぎだし、自分でもほとほと身をもてあましているありさまでした。人波のため、思うように歩きまわれず、そのため気分が悪くなりかかっていた矢先、窮屈な靴のなかで暑さにふくれあがった足を、軍服姿の男に踏みつけられ、このことがあってからは、舞踏会にもすっかりいや気がさしてしまいました。といって外にも出られず、私は、部屋の隅《すみ》にある人影のない長椅子に身をひいて、ただじっと目をこらし、身動きもせず、不機嫌《ふきげん》な顔ですわっていました。私のひよわな身体《からだ》つきから、母親のお楽しみを待つあいだに、うとうとしだした子供がいるとでも思ったのでしょう。一人の女性が、巣に舞いおりる小鳥のような身ごなしで、私の脇《わき》に腰をおちつけました。そのとたん、女性の香りがたちのぼり、それは私の心に達してきらっと輝きました。のちに東洋の詩が心に輝いたときのようにです。隣を見やった私は、舞踏会にもまして目を奪う一人の女性の姿をそこに見いだしました。そしてその女性が私には舞踏会のすべてと化したのです。それまでの生活をよく理解してくださったなら、私の心にあふれでた感情はおのずからおわかりいただけることと思います。ふいに私は、丸みを帯びた彼女の白い肩に目を打たれ、その上をころげまわりたいという気にとらわれました。その肩は、はじめてあらわにされたことを恥じるかのように、うっすらとばら色を帯び、そこにはつつましやかに魂が息づいて、なめらかな繻子の肌は、絹布のように光を映しています。私の目は手よりもいっそう大胆に、その背を左右に分ける、一本の線にそってすべっていきました。胸をはずませながら身をのばし、その胸もとに目をやった私は、つつましく薄衣《うすぎぬ》におおわれながら、非の打ちどころなく丸みを帯び、やわらかくレースにつつまれた、青みがかったその胸のふくらみに、ただうっとりとして見とれました。その顔のどんな細かな部分をとりあげても、心のなかに無限の喜びをよびさますに足りるのです。少女のようななめらかなうなじの上で、しなやかにくしけずられた髪の光沢《つや》、白く残った櫛目《くしめ》のあと、すべてが私を夢中にさせ、私はすがすがしい小路でも走りまわるように、その櫛目にそって走るところを心に描きました。そして、だれにも見られていないのをたしかめると、母親の胸に身を投げだす子供のように、この背中の上に身をかがめ、顔をすりつけながら、肩一面に唇をおしあてました。彼女は鋭い叫びを発しました。が、その声は音楽にさえぎられてだれにも聞きとがめられずにすみました。彼女はうしろをふりむき、私を見ると、「まあ、あなたは……」という言葉がその唇をもれました。もし彼女が「まあ、坊や、どうしたの」とでも言っていたら、私はその場で彼女を殺してしまっていたでしょう。しかし、「まあ、あなたは……」という彼女の言葉に、私の目からはどっと熱い涙があふれました。聖なる怒りに燃える目と、あでやかな肩に調和した、灰色の髪をいただく高貴な顔を前にして、私は身動きすらできませんでした。しかし、羞恥心《しゅうちしん》を傷つけられ、一瞬朱にそまったその顔も、この気違いじみた行為の原因が自分にあることを知り、悔悟の涙のなかに限りない讃美を読みとると、一度うかんだ怒りの表情をすでに解こうとしています。彼女は女王のような身ごなしでその場をたち去りました。そのときはじめて私は、自分の立場の滑稽《こっけい》さと、自分がサヴォア人の連れてくる猿《さる》（訳注　猿まわしには、サヴォアからやってくるものが多かった）のような身なりをしていることに気がつきました。私はおのれを恥じました。しかし何一つ悔いることもなく、今しがた盗みとった林檎《りんご》の味をかみしめ、吸い取った血の熱さを唇にのこし、天から舞いおりたこの女性を目で追いながら、私はただ呆然とその場に立ちつくしたままでした。心を冒す熱病の、官能的な側面にはじめてふれた私は、人気《ひとけ》もまばらになった舞踏会の会場を、見知らぬ女性の姿を見いだしえぬまま、ただむなしくさまよいました。家に帰り床についた私は、すっかり変貌《へんぼう》をとげていました。

新しい魂が、さまざまな色に輝く翼を持った魂が、さなぎを食いやぶって姿をあらわしたのです。かつてあこがれた私の星が、その輝きも、きらめきも、そのさわやかさも失わず、天の青い草原から地上におり来たって、一人の女性に姿をかえたのです。男の抱く最も激しい感情が、はじめて心に吹きだすさまは、それ自体なんと不思議に満ちたものでしょう。私は伯母の客間で、何人かの美しい女性に会いました。だが、ちらっとさえ心をひかれた女性はそのなかに一人としていませんでした。むしろ異性全体に心を向ける年ごろにありながら、一人の人にのみささげる情熱が生れくる源には、あるきまった時間とか、惑星の一定の組み合せとか、特殊な事情の符合とか、多くのなかにもこれという定まった女性があってのことでしょうか。自分の選んだ人がトゥーレーヌのどこかに生きていると思うだけで、私は息を吸いこむのも心楽しく、その後どこにあっても目にしえない色を、当時の空の青さにみとめていました。心では有頂天になりながら、はたから見ると重病でもわずらっているように見えたのでしょう、母は良心の苛責《かしやく》もまじえて、しきりに私の身体のことを気づかいました。病が近づくのをあらかじめかぎつける獣のように、私は庭の片隅《かたすみ》にいってうずくまり、あの盗み取った口づけにしきりと思いをはせました。記念すべき舞踏会から数日たつと、母は、私が勉強をほうりだし、彼女の威圧的なまなざしにも無頓着《むとんちゃく》で、皮肉も気にかけず、沈みこんだ様子ばかりしているのは、私の齢《とし》の青年が、だれでも一度は通過する、あの危機的な時期に私もさしかかっているからだろうと考えました。医学に見当のつかぬ病気には、永遠の良薬とされている田園生活が、私を無気力状態から立ち直らせるにも、最善の策とみなされました。母は私を、アンドル川ぞいにあるフラペルの館《やかた》にやって、数日間、そこですごさせることにきめました。モンバゾンとアゼー＝ル＝リドーのあいだにあるこの館には、母の友人が住んでいて、おそらく母はこの友人にも、何かこっそり言ってやったにちがいありません。こうして私は家から解放されることになりました。が、すでにその日までに恋の海原《うなばら》を一心に泳ぎ、もはや向う岸に達していたのです。私はあの見知らぬ女性の名は知りませんでした。何と呼べばいいのだろう、どこに行けば会えるのだろう。それにまた私には、だれを相手にして彼女のことが話せたでしょう。私の臆病《おくびょう》な性格は、恋のはじめに若者たちの心をとらえてはなさない、あの不可解な気遅れに拍車をかけて、のぞみない恋の終りに来たるべきもの悲しさが、すでにはじめから私の心をとらえていたのです。野原を行ったり来たり、かけまわったりすることは、私には願ってもない幸せでした。何一つ疑うことを知らず、どこか騎士道めいたところさえもある、あの子供たちの勇気をもって、私は足をたよりに歩きまわり、美しい塔を見るたびに「ああ、ここだ」と胸に言い聞かせながら、トゥーレーヌの館という館をすべて探索しようと心にきめていたのです。

こうしてある木曜日の朝、私はサン＝テロワの門をくぐり、トゥールの町を出発しました。サン＝ソーヴールの橋をこえ、家々に目をあげながらポン＝シェールに着くと、そこでシノン街道に道をとりました。私は生れてはじめてだれのとがめもうけず、木陰に立ちどまったり、ゆっくり歩いたり、急いだりして、自分の思うがままに足を運びました。多かれ少なかれ、それが全青年に共通した立場とも言えましょうが、さまざまな抑圧におしつぶされている哀れな人たちは、はじめて自由意志を行使するというだけで、その対象がごく些細《ささい》なことであっても、何やら胸のふくらむ思いがするものです。多くの理由が寄りあつまって、この日をお祭りとも言えそうな、魅惑あふれるものにしてくれました。子供の頃の散歩といえば、一里以上町をはなれたことはなく、ポン＝ル＝ヴォア近郊の遠足も、パリでの散策も、田園美に関するかぎり、私を堪能《たんのう》させるほどのものではありませんでした。ただ私の場合、子供の頃なれ親しんだ、トゥールの自然に息づく美しさと幼時の思い出がそのまま心にのこされており、そのため、風景の詩に関しては、まったくの新参者でありながら、芸術の実作もわきまえず、まず理想像を考える人と同じことで、私は自分でも気づかぬうちに、風景美について、ひとかどのやかまし屋になっていたのです。徒歩、もしくは馬に乗ってフラペルの館に向う人たちは、途中近道をして、シャルルマーニュと呼ばれる荒地を抜けるのが普通です。この休閑地は、シェール流域と、アンドル流域を区分する高台にあり、そこへの間道はシャンピーから通じています。もの悲しい気分をさそう、この平坦《へいたん》な砂の台地を一里もいくと、やがて道は林を抜け、フラペルの館のあるサッシェの村へ向う道に合流します。バランのずっと先で、シノン街道に出るこの道は、アルタンヌという小さな村のあたりまで、さして起伏もないなだらかな平野にそってそのまままつづき、ここまで来ると、目の前にモンバゾンにはじまって、ロワール河におわる谷間がさっとひらけ、館をのせた両側の丘のあいだにその起伏する姿をあらわします。この谷間の眺めはまさにみごとなエメラルドの杯そのもので、その底をアンドル川がゆったりと身をくねらせて流れています。荒地の景色に倦《あ》き、道に疲れていた私は、この眺めに接し、なおのこと甘美な驚きに打たれました。――あの人が、女性の花たるあの人が、もしこの世のどこかに住んでいるなら、この地をおいてほかにない、私はそう考えながら、一本のくるみの木に身をよせました。それ以来、この愛する谷間に帰りくるたびに、私はこのくるみの木の下で足をやすめるのです。私の考えの打ち明け相手であるこのくるみの木の陰で、この前ここを発《た》ったあの日から、どんな変化があったろうかと自分の心に問いただすのです。心の声は私をあざむきませんでした。彼女はまさしくそこに住んでいたのです。草地の斜面に最初に目にした城館こそほかならぬ彼女の住居《すまい》でした。私がくるみの木の下に腰をおろしたとき、屋根の石瓦《いしがわら》も、窓ガラスも、真昼の太陽にきらきらと輝き、ペルカル織りの彼女のドレスが、ぶどう畑にあるあんずの木の陰に白い点となって見えていました。まだ何もご存じないあなたにも、もうすでにおわかりでしょう。彼女はこの地を淑徳の馥郁《ふくいく》たる香りで満たし、天をめざして地上に育ったこの谷間の百合だったのです。私には、陽をあびながら緑の岸にそって流れる長いリボンのような水の流れも、風にうちそよぐ葉むらのレースでこの愛の谷間をかざるポプラの並木も、流れにけずられさまざまな丸みを帯びた丘の上で、ぶどう畑のあいだにつきだした樫《かし》の林も、重なりあいながらどこまでも遠ざかり次第にかすみゆく地平線も、すべては限りない私の恋、ちらっと垣間《かいま》みた心を満たす面影以外に、ほかの糧《かて》とてもない私の恋の姿をそのまま描きだしているように思われました。婚約中の乙女のような、美しく清らかな自然をごらんになりたいなら、一度春の日にそこへお出かけください。血もしたたる心の傷をいやしたいとおっしゃるなら、秋の終りにもう一度足をお運びください。春には翼いっぱいに愛がはばたき、秋は亡《な》き人をしのばせてくれるでしょう。病をいやすその涼気は胸にしみいり、金色にもみじする茂みに目をやれば、心には静かな安らぎが満ちてくるでしょう。そして、その時も、アンドル川の滝の水車は、この息づく谷間に声を与え、ポプラは風にゆれて笑いさざめき、空には雲一つなく、小鳥たちは歌い、蟬《せみ》がなき、すべてが調べと化していたのです。これからはもう、私がなぜトゥーレーヌを愛するのかと、おたずねになる必要もないでしょう。私は自分の育った揺籃《ゆりかご》を愛するとか、砂漠《さばく》でオアシスを愛するとかいうふうに、トゥーレーヌを愛しているのではないのです。私は芸術家が自分の芸術を愛するようにこの地を愛しているのです。もちろんあなたを愛するほどにではありません。しかしトゥーレーヌがなかったら、おそらく私が今生きていることもなかったでしょう。なぜか私の目は、あの白い点、手にふれればしおれてしまうひるがおが、緑の茂みに浮き出るように、あの広い庭で明るく輝いている女性の姿に帰っていきました。胸をふるわせながらこの花籠《はなかご》の底におりたって、やがて姿を見せた村は、心に満ちあふれる詩情のためか、私の目に比類ないものと映りました。姿の美しい小島にかこまれた三台の水車を胸に思い描いてみてください。小島は茂みをいただき、その周囲には水の草原がひろがっています。水の草原、そうです、色鮮《あざ》やかに川面《かわも》をおおい、頭をもたげ、水にたわむれ、その動きのままにゆれそよぎ、水車に打たれ勢いを得た流れになびく、生き生きと生《お》い茂ったこの水草類を、いったいほかのいかなる名をもって呼びえましょう。あちこちに川底の砂利が盛《き》りあがり、くだける水に白くふちどられ、きらきらと陽に輝いています。アマリリス、黄睡蓮《すいれん》、白睡蓮、燈心草《とうしんそう》、草夾竹桃《フロックス》などの植物が、両岸にみごとなつづれ織りを見せています。橋は桁《けた》が腐ってゆれ動き、橋脚には花が吹き乱れ、ビロード状の苔《こけ》におおわれ、草の茂った手すりは、流れの方にかしぎながら、それでもそのままくずれ落ちずにいます。使い古された小舟、漁網、羊飼いの単調な歌、ジャール——ロワール河が運んでくる荒砂利のことをこう呼びます——の上で羽根の掃除をしたり、島のあいまを泳ぎまわっているあひるの群れ、頭巾《ずきん》を斜めにかぶり、騾馬《らば》に荷を積んでいる粉ひき小屋の若者たち、こうして目にする一つ一つの光景が、この場を驚くべきほど淳朴《じゅんぼく》なものとしているのです。ご想像ください。橋のかなたには、鳩《はと》小屋や小塔のある二、三のりっぱな農家が点在し、立ち並んだ三十軒ほどの粗末な家は、庭にかこまれ、すいかずら、ジャスミン、クレマティスなどの垣根《かきね》で仕切られて、戸口ごとに積まれた堆肥《たいひ》には草花がみごとな花を咲かせています。道ばたでは、めんどりやおんどりが遊んでいます。この美しい村がポン＝ド＝リュアンで、画家が題材として追い求めるような、特徴ある十字軍時代の教会が、その上に高くそびえています。この光景を、樹齢を経たくるみの木や、淡く金色に光る葉を茂らせたポプラの若木でかこみ、目のとどくかぎり暑さにかすむ空の下でひろがる草原に、美しい橋や塔や廃屋などをそえてください。そうすれば、この美しい地方のここかしこにひらける眺望が、いくぶんなりとあなたにもおわかりいただけるでしょう。私は対岸につづく、うねうねとした丘のこまかな変化に目を向けながら、川の左岸にそって、サッシェへの道をつづけました。そしてついに、フラペルの館《やかた》をそれと示す、樹齢百年を越す老木にかざられた広々とした庭につきました。ちょうど昼食を告げる鐘があたりに鳴りひびいているときでした。館の主人は、私が、トゥールから歩いてきたとは思いもつかず、食事がすむと、領地の付近を案内しようと先に立ち、こちらでは丘のあいまから、あちらでは一望のもとにと、いく先々で、この谷間の呈するさまざまな姿を眺めさせてくれました。しばしば私の目は、はるかかなたで金の刃物のごとく輝いているロワール河にひきつけられました。不思議な形の帆をあげた船が、逆波《さかなみ》をけたて、とぶように風に運ばれていくのがのぞまれます。私は丘にのぼりながら、はじめて見るアゼーの城のすばらしさにも見とれました。それはまさに花の支柱に支えられ、アンドル川にはめこまれた、切り子のダイヤモンドです。そして目を移せばかなたには、サッシェの館がロマンチックな姿を見せています。調和にあふれ、愁《うれ》いを宿すこの建物は、浅薄な人たちにはあまりにも重厚なものと映りましょうが、心に傷持つ詩人にとっては、かけがえのないいこいの場です。そのため、のちのち私は、この館の静けさを、小枝の枯れた天にのびる老木を、人気のない谷間を満たすなにやら神秘的なその雰囲気《ふんいき》を愛するようになるのです。しかしながら私の視線が、隣の丘の斜面にある、最初に私の目によって選びとられたあの愛らしい館にたちもどるたびに、私は好んで、そのたたずまいにじっと目をとめました。

「ははあ」私の齢頃《としごろ》では、まだ人目におおいかくすすべも知らぬ欲望の輝きを、私の目のなかに見てとった館の主人は言いました。「犬が獲物をかぎつけるように、遠くから美人をかぎつけられましたな」

獲物という、言葉が気にさわりましたが、私は館と、その持主の名前をたずねました。

「美しい館でしょう。クロシュグールドと言いましてね、持主は、トゥーレーヌでも歴史的な名家のご当主たるモルソフ伯爵《はくしゃく》です。モルソフ家の隆盛は、ルイ十一世時代にさかのぼると言われていますが、このモルソフという姓（訳注　あやうく死をまぬがれたの意味）が、家紋の由来と、一家の名を広く知らしめた事件をよく物語っています。モルソフ伯爵は、絞首台《こうしゅだい》にかけられながら生きのびた男の子孫なのです。家紋は「金地に絞首台をあらわせる、黒き短T字形を十字にさしちがえ、中央に根を落したる百合《ゆり》を金にてうかす」もので、銘は『神よ、われらが主、國王を助け給《たま》え』というのです。亡命から帰ると伯爵はこの土地に腰をおちつけました。この財産はもともと夫人のもので、彼女の方はルノンクール家、つまりルノンクール＝ジブリー家の生れです。といっても、モルソフ夫人は一人娘ですから、この家系もこれで絶えることになりますがね。家名が高いのにくらべると、財産があまりにとぼしいもので、気位の高いせいか、というよりもむしろ必要に迫られてのことかもしれませんが、一家はクロシュグールドにこもったきりで、人にも会わずに暮しています。こうした自分たちだけの生活も、今までは、ブルボン家に対する忠誠心ということでうまく説明がつきましたが、陛下がお帰りになられたからといって、はたしてこれまでの暮しぶりが変るかどうかは疑問ですな。私も去年ここに住むようになってから、一度ご挨拶《あいさつ》にだけはおうかがいして、その後あちらからもお見えになり、夕食にも招待されました。それから冬のあいだは何カ月かすっかりごぶさたして、こんどは私の方が政治上のごたごたに足どめされ、実を言えばフラペルにはついこのあいだもどってきたばかりなんですよ。しかしモルソフ夫人はどこに出しても第一級の貴婦人です」

「トゥールにはよくお出かけになりますか」

「今まで一度もありませんな。いや、でも……」と彼は思いなおして言葉をつぎました。「このあいだ、アングーレーム公がお通りになったときでかけられました。アングーレーム公もモルソフ伯爵には礼をつくされていましたよ」

「あの人だ」と私は叫びました。

「どなたです、あの人とおっしゃると」

「肩の美しいお方です」

「トゥーレーヌには、肩の美しい女性ならいくらでもおりますよ」と彼は笑いながら言いました。「でもいかがです、もしお疲れでなかったら、川を渡って、クロシュグールドまでのぼってみませんか。お目あての美しい肩かどうか、ご自分の目でたしかめられたらいかがです」

彼の提案に同意したものの、私は恥ずかしさとうれしさに、顔を赤らめずにはいられませんでした。四時頃私たちは、もう永いこと私が目で愛撫《あいぶ》しつづけていた小さな館につきました。まわりの景色にはめこまれると、あれほどみごとな効果をあげるこの住居も、実際には、意外と質素なものでした。前面には五つの窓が並び、南に面した両端の窓は、それぞれ二間ほど前に張りだして、建築上のこうした技巧は、両翼にそれぞれ別の棟《むね》があるような印象を生みだし、この建物全体に、どこか優雅な趣を与えています。中央に見えるのが入口で、左右二重の石段をおりると段状の庭が連なり、その先はアンドル川ぞいの幅せまい草地です。庭をおりつめたところにある見晴らし台《テラス》には、アカシアと庭うるしの並木が影をおとし、川ぞいの草地とのあいだには、村道が走っています。しかしこの道が低くへこみ、その上に一方からは見晴らし台《テラス》が張りだし、一方には生垣《いけがき》の植えこみがあるため、この草地も庭の一部であるような印象を与えています。こうして、この館は、うまく傾斜した庭にほどよくへだてられ、川ぞいの快適さも失わず、川に近すぎる不便さもうまくまぬがれています。館の下手に、馬車小屋、馬小屋、納屋《なや》、物置、台所が置かれ、その戸口や窓は、それぞれさまざまなアーチを描いています。屋根の角は優美な曲線を描きだし、屋根裏部屋の窓框《まどがまち》には彫刻がほどこされ、破風《はふ》は鉛製の花束でかざられています。おそらく革命中に手入れを怠ったためでしょう、屋根は南向きの家によく生える赤みを帯びた平苔《ひらごけ》のために錆《さび》がきています。踏み石をあがったところの、ガラス扉の上には鐘楼がそびえ立ち、そこにはいまだに、ブラモン＝ショーヴリー家の「斜め対称の四分紋にて、一つには赤地の中央に、肌色の掌《たなごころ》を右左に配せる鈴形模様の縦縞《たてじま》を置き、一つには金地に、山形をなし交叉《こうさ》せる黒き二本の槍《やり》を置く」家紋が彫られています。家銘の『視《み》よ、されど觸《ふ》るるなかれ』という言葉が私をはっとさせました。家紋の楯《たて》は、金の鎖でつながれた、真紅の竜《りゅう》と半鷲半獅子《はんしゅうはんじし》の怪物に支えられ、これがまた、みごとな彫刻的効果をあげています。公爵冠と、その上をかざる黄金の実をつけた緑の棕櫚《しゅろ》は、いまだに革命時の傷あとをとどめています。一七八九年当時、のちの公安委員会書記たるスナール（訳注　のちに公安委員会の書記になるスナールは、それ以前、この地方における恐怖政治の推進者であった）が、サッシェの村の代官であったことを思えば、こうした被害もおよそ納得がいきましょう。

花のように細工をほどこされたこの城館は、こうした細部への心くばりによってそこはかとない優美な面持を与えられ、建物全体が、地上に重みもなくおかれているような感じを与えます。谷から見あげると、一階が二階のように見えるこの城館も、裏庭にまわってみれば、砂利を敷きつめた広い散歩道と水平に建てられていることがわかります。散歩道は、ところどころ円形花壇にいろどられた芝生にそってつづいています。右手からも左手からも、ぶどう畑、果樹園、くるみの木を植えた耕地などが、こんもりとした茂みで館をとりかこみ、それからアンドル川の岸辺《きしべ》まで急勾配《こうばい》でくだっていきます。岸辺もこの場所では、よく茂った木立におおわれて、自然がみずからの手で作りなした、微妙に変化するさまざまな緑の色調を見せています。私は、みごとに配置されたこの館の姿に見とれ、幸せに満ちた空気を胸に吸いこみながら、クロシュグールドにそう道をのぼっていきました。精神界にも、自然界と同じように、電気の伝導現象や、急激な温度の変化がおこるのでしょうか。晴天が近づくのを感じてはしゃぎまわる獣のように、私の心は、永久におのれを変えてしまう出来事が、ひそかに近づくのを感じて、つねになく激しく高鳴っていました。私の生涯で特筆すべきものとなるこの一日は、それをおごそかなものとする状況に、何ひとつとして欠けていませんでした。自然は、恋人を迎えにでる女のようによそおいをこらし、私の魂は、はじめて自然の声を聞きとりました。私の目は中学《コレージュ》時代に夢に思い描いたと同じほどの、豊饒《ほうじょう》で、変化に満ちた自然に見とられました。中学《コレージュ》時代のその夢が、その後の私にどのような影響をおよぼしたかは、言葉いたらぬながらもすでにご説明したとおりです。その夢は、私の生涯を比喩《ひゆ》をもって予告する黙示録とも呼ぶべきもので、その後の幸せな事件も、不幸な出来事も、奇妙な映像をなかだちとし、心の目にのみ見える絆《きずな》をとおしてみなその夢に結びついているのです。私たちは、納屋、ぶどう搾《しぼ》り場《ば》、牛小屋、馬小屋など、農事に必要な建物にとりかこまれた、最初の中庭をよこぎりました。番犬が吠《ほ》えるのを聞きつけて、私たちを迎えにでた召使は、伯爵は朝早くからアゼーにでかけて留守だが、間もなく帰られる予定だし、夫人なら在宅中である旨《むね》を私たちに告げました。フラペルの館の主人は、私の様子をうかがいました。私は、彼が伯爵の留守中に夫人に会うのをさしひかえようとするのではないかとおそれました。が、彼は、私たちの来訪を夫人に知らせてくれるようにと召使に告げ、私は子供のような性急さで、家をよこぎっている、長い控えの間に足を踏み入れました。

「おはいりくださいませ」と、鈴を振るような声が聞えました。

モルソフ夫人が、舞踏会で発したのはたったのひと言でした。が、私にはいま響いた声が、すぐさまあの時の声であることがわかりました。その声は、陽の光が独房に満ちわたって金色に光り輝くように、私の心のなかにしみ入って、すみずみまでそれを満たしました。が、次の瞬間、顔をおぼえられているかもしれないと気がつくと、私はこの場から逃げだしたいという衝動におそわれました。しかし、そのときはすでに遅く、夫人は扉の入口に姿をあらわし、そして私たち二人の目が合いました。夫人と私と、どちらが余計に顔を赤らめたかは知りません。物も言えぬほどどぎまぎしたモルソフ夫人は、召使が私たち二人に肘掛椅子《ひじかけいす》をすすめおわると、つづれ織りの台の前におかれた自分の席にもどって腰をかけ、沈黙に口実を与えるためか、針を抜きおえ、目を数え、それから、優しく、しかも毅然《きぜん》たる面持でシェセル氏の方に顔をあげ、どうした幸運のめぐりあわせから、お訪ねいただけることになりましたのでしょう、と彼にたずねかけました。モルソフ夫人にしてみれば、私の姿を見せるにいたった経緯が知りたくてたまらなかったのでしょう。が、私たち二人の方は見ようとせず、彼女はじっと川に目をそそいだままでした。しかし話に耳を傾けている様子から、彼女が目の見えない人と同じように、ごくわずかな語調の変化にも、心の動きを読みとるすべを、ちゃんと心得ていることが感じとれました。そしてそれはまさしく事実だったのです。シェセル氏は、私の名前とこれまでの経歴を夫人に明かし、私が、戦火に見舞われそうなパリから親に連れもどされ、数カ月前からトゥールに来ていること、トゥーレーヌに生れながら、自分の生れ故郷もよく知らず、過度の勉強で身体《からだ》をこわし、気晴らしのためフラペルにあずけられたこと、はじめてのこの地を案内していたところ、丘のふもとに来て、私がはじめてトゥールからフラペルまで歩いてきたことを知り、そうでなくても弱っている私の身体が気になって、夫人なら休ませてくれるにちがいないと、クロシュグールドに立ちよったことなどを彼女に告げました。シェセル氏の言葉は事実でした。しかしこうしたうまい偶然はとかくこじつけに聞えるもので、モルソフ夫人もなおすっかりは疑念が晴れずにいるようでした。彼女から冷やかなきびしい目をさし向けられると、私はなぜか屈辱感におそわれ、まぶたのあいだでこらえている涙を見せまいとして床に目を伏せました。威厳に満ちた館の女主人は、私の額が汗まみれなのを見てとりました。それにおそらく私の涙もちゃんと見抜いていたのでしょう、お要《い》りになるものがあるならなんなりと、と親切に言ってくれました。その好意に元気づけられて言葉をとりもどした私は、過《あやま》ちを見つけられた娘のように顔を赤らめ、老人のようなふるえる声で礼をのべ、さしあたり必要なものはないことを夫人に告げました。

「僕のお願いは」と言いながら、私は彼女の目を見あげ、私たちの視線がふたたび合いました。が、それは稲妻のようにごく一瞬のことでした。「ここから追い返さないでいただきたいということだけです。疲れてしまって、もう歩けそうにもありません」

「まあ、この美しい地方では、お客さまのもてなし方を知らないとでもお思いですの。たぶんクロシュグールドで夕食を召しあがっていただけますわね」夫人はこう言いながら、隣人たるシェセル氏の方に顔を向けました。

私がシェセル氏に投げた視線には、ありありと懇願の気持が読みとれたのでしょう、保護者の彼も、この夫人のさそいに応じようという気になってくれました。しかしそれはその言いまわしからも、もともと断わられるのを期待してのさそいかけだったのです。

社交界の経験を積んだシェセル氏には、こうした言葉の微妙な影もたやすく見抜きえたでしょう。が経験とぼしい若者は、美人の言葉と胸のうちは常に一つだと信じているものです。こうしたわけで、夜帰途につきながら「どうしてもというあなたの気持をお察しして、腰をおちつけることにしたのです。でもうまくとりはからってくださらないと、隣人と仲違《なかたが》いしてしまいそうですよ」とシェセル氏に言われたときには私もひどく驚きました。「うまくとりはからってくださらないと」という彼の言葉に、私はながいこと考えこみました。もし、モルソフ夫人が私に好意を抱いていてくれるなら、私を連れていったことでシェセル氏をうらむはずがありません。シェセル氏がこう言うからには、私には夫人に好意を抱かれるだけのことがある、私自身にそうした力がそなわっているとしての話でしょう。この解釈は、私が助けを必要としていた矢先だけに、私の希望に力をそえてくれるものでした。

「どうもむずかしいようです」とシェセル氏は答えました。「家内が待っておりますもので」

「奥さまなら毎晩ご一緒ですもの、たまにはよろしゅうございましょう」と夫人は言葉をつづけました。「それに今からお知らせすることだってできますもの。今晩はお一人ですの」

「いや、ケリュス神父が見えられます」

「それだったら、私たちと一緒にお食事なさいませ」夫人は腰をあげると、呼鈴を鳴らしながら言いました。

今度はシェセル氏も夫人の言葉をそのまま信じ、私の方に祝福のまなざしを送ってよこしました。この屋根の下で一夕をすごせるのがたしかとなると、私はさながら永遠をも手にした気持でした。多くの不幸な人たちには、明日とは意味のない言葉です。そしてその頃の私は、明日に信をおかないこうした人たちの仲間でした。何時間かが自分に与えられれば、私はそこにすべての喜びをかけようとしていたのです。やがて夫人は私とはなんの関係もない、この土地柄のこと、収穫のこと、ぶどう畑のことなどを話しだしました。一家の女主人のこうしたやり方は、当人の教養のなさを示すものか、相手を会話から閉めだして、軽蔑《けいべつ》を見せつけようとしている証拠です。しかし夫人の場合には、それもただひたすら困惑のなさしめるわざでした。私は最初、夫人から、わざと子供あつかいにされているのだと思いこみ、私にはいっこうにわからないしかつめらしいことを話題にして、隣人として夫人と言葉をかわしあえる、シェセル氏の三十男としての特権をうらやみました。何もかもシェセル氏に対する配慮なのだと、うらみがましい気持も抱きました。しかし数カ月後には私も、女性の沈黙がいかに意味深く、とりとめのない会話にも、いかに多くの考えがつつみかくされているかを知るにいたったのです。はじめ私は、肘掛椅子のなかで気持を楽にしようとつとめました。がやがて、置かれた立場の有利な点に気づくと、私はそのまま、夫人の声に聞き入る喜びに身も心もまかせていきました。フルートの鍵《キイ》が調べに区切りを与えるように、彼女の魂の息づかいは音節の襞々《ひだひだ》にあふれだし、やがて波となって耳にとどくと、その血をかきたてずにはおかないのです。彼女の「イ」という語尾の言い方は、なにやら小鳥の歌を思わせました。口をもれる「シュ」という音は、まるで愛撫《あいぶ》かと思われました。はっきりと発音される「ティ」の音は、さからいがたい心の力を告げていました。こうして彼女は、自分でも気づかぬうちに言葉の意味をおしひろげ、その声に聞き入るものの魂を、この世を超《こ》えた世界にまで遠くさそい入れてくれるのでした。何度私は、いつでも切りあげられる議論をわざとひきのばし、何度彼女の不当な叱責《しっせき》を甘んじてうけたことでしょう。それはただただ、この声のつくりなす調べに耳を傾け、魂をのせてその唇《くちびる》からもれでる息吹《いぶ》きを胸に吸いこみ、夫人そのものを胸にかき抱くばかりの激しさで、光と化した彼女の声を、じっとだきしめようとするためでした。その笑い声は楽しそうにさえずる燕《つばめ》の歌、悲しみを告げるその声は、仲間を呼び求める白鳥の叫びでした。夫人の注意が自分に向けられていないのを幸いに、私はしげしげと彼女の姿を眺めました。私の目は、喜びにひたりながら、美しい話し手の身体をすべり、腰をだきしめ、足に口づけし、その巻毛のなかでたわむれました。しかし一方で私は恐怖にとらわれていました。その生涯に、まことの恋の限りない喜びを味わったことのある人には、私のその恐怖も、おのずとおわかりいただけるでしょう。私は、激しく唇をおしあてたあの肩に目がとまるのを、夫人に見とがめられはしないかと、心をおののかせていたのです。おそれがかえって心をかきたて、私はさからいきれずにその肩に目をやりました。私の視線は布をひきさき、彼女の背を二つにわかつ美しい背筋のはじまるところに、さながら牛乳のなかにおぼれた虫のような、あのほくろをふたたび見いだしました。このほくろは、舞踏会のあったあの日から、想像だけは激しくかきたてられながら、身は清く持している、あの若者たちの眠りをうめつくす深い闇《やみ》のなかで、夜ごと私の目に明るく輝いていたのです。

どこにあってもそれとわかる、おもだった特徴だけをひろいあげ、ここで夫人の面影を大まかに描いてお見せすることはできましょう。しかし、いかに正確なデッサンといえども、いかに生き生きとした色彩といえども、彼女の顔そのものは、何一つとして描きだしてはくれますまい。こうした顔を、そのまま描きだしてくれる者があるとするならば、それは、内部に燃える炎をとらえ、言語も伝える術《すべ》を知らず、科学にはその存在すら否定されながら、恋人の目にだけははっきりと見てとれる、あの光り輝く気体をもよく表現しうるまたとない不世出の画家だけでしょう。灰色のしなやかな髪は、しばしば夫人の頭痛のもととなりました。おそらくこれは血が急に逆流し、頭にのぼることからきたものでしょう。モナリザのように前につきだした丸みを帯びたその額には、口に出せぬ考えや、心におさえつけられた感情や、苦い水のなかに溺《おぼ》れた花などが、ぎっしりとつめこまれているように見えました。褐色《かっしょく》の斑点《はんてん》がちりばめられた緑を帯びた彼女の目は、平生はいつも淡い光をたたえていました。しかし、いったんことが子供たちの身におよんだり、あきらめの生活を送る女性にあってはまれながら、喜びや悲しみが激しくあふれでるような場合には、生命の泉で燃えさかり、その源を涸《か》らしてしまうかと思えるほどの鋭い光を宿すのでした。あの時も、私はその稲妻のようなまなざしに見すえられ、恐ろしい侮蔑をあびせかけられ、目に涙をあふれさせたのです。おそらくどんなあつかましい男でも、その光には目を伏せていたでしょう。フィディアス（訳注　古代ギリシャの彫刻家）の手になったかと思われるギリシャ風のその鼻は、二つの弓形を経ると、優美な曲線を描く唇へとつらなり、卵形の彼女の顔に精神的なものを与えています。白椿《しろつばき》の花弁にも比すべきその肌は、頬《ほお》のところで美しいばら色を帯びています。いくぶん太り気味とはいえ、そのために腰つきの魅力がそこなわれるようなこともなく、よくのびきった身体の線も、女性を美しく見せるに必要とされる、あの適度の丸みを保っています。私の目を魅了したあのまばゆいばかりの胸の宝が、皺《しわ》一つよる気配もなく腕のつけ根のところにそのまま続いていると申しあげれば、きっとこの種の完璧《かんぺき》さもすぐさまおわかりいただけることと思います。場合によると、女性の首を木の幹かと思わせるあのうなじのくぼみも見あたらず、筋肉が綱のようにはっきり浮きあがるようなこともなく、すべては丸みを帯びたなめらかな線を描きだし、見る人の目も、画家の筆も絶望させずにはおかないのです。頬にそった産毛《うぶげ》は、やがて首もとに消えてゆき、やわらかい絹のような光をそこにとどめています。格好のよいその小さな耳は、彼女の表現によれば奴隷《どれい》女《おんな》と母親の耳でした。のちのち私が夫人の心に住みつくようになってから、「あら、主人ですわ」と彼女が言うのをよく聞きました。遠くの音に耳ざとい私が、まだなにも聞きとれずにいる場合にも、彼女の言葉はいつも正しいのです。その腕は美しく、しなった指は長くのびて、古代の彫刻に見られるように、こまかく筋目の入った爪《つめ》よりも、指先そのもののほうがいくぶん先にでています。私が丸い身体つきより、平たい身体つきに軍配をあげるとしたら、あなたはお気を悪くなさるでしょうか。もちろんあなたは例外です。丸い身体つきは力の証拠です。しかしそうした女性は、勝気で、我が強く、情があるというよりもむしろ官能的です。それに反して、平たい身体つきの持主は、献身的で、こまやかな心づかいにあふれ、ともすれば憂愁にとらわれがちです。前者よりも後者の方がより女であると言えましょう。平たい身体つきは、しなやかで柔軟さに満ち、丸い身体つきは柔軟さに欠け、嫉妬《しっと》ぶかいのです。夫人がどちらに属するかは、こう申しあげればもうおわかりでしょう。いかにも貴婦人にふさわしいその足は、歩きなれずにすぐ疲れ、ドレスの下からのぞくときは、見る目を楽しませてくれるのでした。すでに二児の母でありながら、彼女ほど娘らしさにあふれた女性には、これまでにもついぞめぐりあったことがありません。かざりけのない夫人の態度は、何か当惑したような、物思いにふけるようなところとあいまって、私たちの目を自然と彼女の方に引きもどさずにはおかないのです。それはちょうど画家がその才能をかけ、感情の世界を付与した人物像に、私たちの目が、おのずとひきもどされるのに似ています。それにまた目に訴えるその他もろもろの美点となると、比喩《ひゆ》によるほかは言いあらわしようのないものでした。私たちがディオダティ荘（訳注 ジュネーヴの近くのレマン湖に面した館。かつてはバイロン卿が住んでいたこともある）の帰途に摘んだ、あのヒースを思いうかべてみてください。清らかな野趣あふれる香りをはなち、あなたがその黒とばら色を、しきりにほめておられたあの花です。そうすれば、なぜ夫人が、世間から遠く身をひきながら洗練され、言葉づかいは自然そのもので、選び抜かれたものだけを身のまわりにあつめていられたかが、黒と同時になぜばら色でありえたかがおわかりいただけるものと思います。その肢体《したい》には、開いたばかりの若葉にあふれるあのみずみずしさがいきわたり、精神は未開人のように深く直截《ちよくせつ》で、感情面ではまだ子供でありながら、苦悩のために重みをそなえ、女主人の役を果しながらも、その実まだうら若い乙女《おとめ》さながらでした。こうして夫人は、立ったり、すわったり、黙ったり、ぽつんと一こと口にしたりするだけで、巧まずして人の心をひきつけるのです。ふだんはごく控え目に口を閉じ、他人の安否を身にまかされて、不幸の到来をうかがいさぐる歩哨《ほしよう》のように、いつもこまかく気をくばっているように見えながらも、時とするとその口からはほほえみがもれ、生活のために強《し》いられた平生のこうした態度の下に、もともと快活な本性がうずもれていることを示すのでした。夫人にあってはそのなまめかしささえ神秘なものと化していました。ほかの女なら求めて男心をさそうところを、彼女は夢見心地に導いて、雲の切れ目からちらっと青空がのぞくように、火と燃えるその激しい天性や、緑なす若き日の彼女の夢をちらっと垣間見《かいま》させてくれるのです。彼女自身もそれと気づかぬこうした啓示は、欲望の熱に乾いた涙の跡を、その心のなかに見いだしえぬ人たちでさえ、おのずと深い物思いにさそいこまずにはおかぬものでした。彼女が身ぶりを示すことはほとんどなく、それにもまして他人に目をやることはまれでした（子供たちをのぞいては、彼女は人を見つめることはしませんでした）。そのため、夫人がものを言ったり、何かしたりする場合には、女たちが体面にかかわることを告白しようとするときに見せる、あの重々しい様子を帯びることになり、それが彼女の言動に、信じがたいほどの威厳をそえるのでした。その日夫人は、こまかい縞《しま》のピンクのドレスに、幅広く縁取りをした襟《えり》をつけ、黒いベルトをしめ、同じ黒の深い編上靴をはき、頭の上にごく無造作にまきあげた髪を鼈甲《べっこう》の櫛《くし》でおさえていました。不完全ながら、これがお約束したモルソフ夫人の面影です。しかし、絶え間なく家族の上にふりそそがれるその魂の発する光や、太陽からはなたれる光のようにあふれるばかりにひろがっていく万物を養い育てる彼女の本性や、その内にひめた性質や、波静かなときの彼女の態度や、暗雲に覆《おお》われたときのあきらめや、人の性格が存分に発揮される、こうした人生のもろもろの渦は、日ごとの空模様と同じように、束《つか》の間《ま》の予期せぬ状況に左右され、それらがたがいに似通っているとするならば、それはこうしたものの背景をなす日々の生活の場においてのみと言えましょう。そしてその背景は、この先この物語の出来事と関連づけられて必ずや描きだされる機会がくるはずです。そして、まさに家庭の叙事詩とも呼ぶべきこの物語は、大衆の目に悲劇が偉大なものと映るように、賢者の目には壮大なものと映るでしょう。それにまた、私がそのなかで一つの役割を演じたことからも、それが数多くの女性の運命と似通っていることからも、おのずとあなたの心をひきとめずにはおかないでしょう。

　クロシュグールドでは、まさに英国式とも呼ぶべき清潔さを、あらゆるものが備えていました。夫人のすわっている客間の壁は、すっかり羽目板におおいつくされ、濃淡二色の異なった灰色に塗られています。暖炉の上には、コップ型の飾りをのせたマホガニーの振子時計と、金色の網目の入った大きな白い花瓶《かびん》が二つ並べられ、そのなかには、喜望峰原産のアフリカ・ヒースが盛られています。小卓にはランプがのり、ちょうど暖炉の向い側に、トリクトラク（訳注　駒とさいころでやるゲームの一種）の台がおかれ、総《ふさ》のない白いペルカル織りのカーテンは、二本の幅広い綿のおさえ紐がくくっています。椅子《いす》類には、緑の飾り紐で縁取りされた灰色のカバーがかけられていて、夫人の刺繡台《ししゆうだい》に張られた細工中のつづれ織りが、この家の家具類におおいのかけられている理由をかなりはっきりと語っています。こうしたすべての簡素さは、まさに偉大さにまで達していました。その後私も多くの住居《すまい》を目にしましたが、夫人の生活をそのまま映すがごとくおちついた静けさが満ちわたり、彼女の日課の僧院風な規則正しさをしのばせている、このクロシュグールドの客間で私をとらえたような、豊かで濃密な印象を与えられたおぼえはついぞありません。科学上、政治上のきわめて大胆な見解をもふくめ、私の思想の大部分は、花からたちのぼる香りのように、この部屋のなかで生れ育ったのです。そこには、私の魂に実り多き花粉をふりそそいでくれる未知の植物が青々と茂り、私の長所を育てあげ、私の短所を枯らしてくれる、熱い太陽が光り輝いていたのです。窓からは、ポン＝ド＝リュアンをのせる高みから、アゼーの城にいたるまでの谷間が一望のもとに見渡され、対岸の起伏にそって目を移すと、フラペルの塔、サッシェの村、その教会などが次々と丘の眺めに変化を与え、その先では、どっしりとしたサッシェの古びた館があたりの草地を圧しています。家族以外の他人から心を乱されることもない静かな生活、こうしたおちついた生活とみごとに調和したこの土地は、そこにただよう静謐《せいひつ》さを心に伝えてくれるのです。もしはじめて出会ったのが、舞踏会の衣裳《いしよう》を身にまとい、美しさに輝くような夫人ではなく、この静かな土地で、夫の伯爵《はくしやく》や、子供たちにとりまかれている彼女であったとしたら、私があの狂おしい口づけを、恋の未来を危うくしてしまいそうに思われて、いまやしきりにくやまれるあの口づけを無理やり彼女から盗みとるようなこともなかったでしょう。そうです、不幸のため、あのような暗い気分におちいっていた私は、きっと彼女の前にひざまずき、編上靴に唇をおしあて、涙のあとをそこにのこし、そのままアンドル川に身を投げていたでしょう。しかしいちどそのさわやかなジャスミンの肌にふれ、愛にあふれる杯から乳を飲みほした私は、世の常ならぬ逸楽の味を心にとどめ、ただそればかりをひそかに待ちのぞんでいたのです。生きつづけよう、と私は思いました。そして未開人が復讐《ふくしゅう》の時をうかがうように悦楽の時を待ちうけよう。そのためには木にものぼろう、ぶどう畑にも身を伏せよう、アンドル川の岸にも身をひそめよう。夜の静けさや、生活の倦怠《けんたい》や、陽の暑さに手をかりて、一度は歯形をのこしたあの林檎《りんご》の実を、心ゆくまで味わいつくそう。夫人から歌うたう花や、皆殺しモーガン（訳注 一六三五—八八。イギリスの海賊。のちには巨万の富を擁し、ジャマイカの総督となる）の一味がうめた宝がほしいと言われても、私が待ちのぞんでいるたしかな財宝と物言わぬ花を手に入れるためならば、きっとそれらのものをたずさえて、彼女のもとに参じていたでしょう。私がじっと偶像に見入りながら、こうした夢想にふけっているあいだに、召使が来て、夫人に何ごとか告げたようでした。ふとわれに返った私の耳に、彼女が伯爵のことを話している声が聞えました。その時はじめて私は、妻とは夫のものであることに思いつき、思わずめまいのごときものにおそわれました。ついで私の心には、この宝物の所有者を見とどけてやろうという、怒りをふくんだ暗い好奇心がわいてきました。私を支配していたのは、憎しみと恐れの二つの感情でした。あらゆる障害をみきわめて、行手をはばむ何物をも認めまいとする憎しみと、たたかいとその結末とに抱く漠《ばく》としたしかしたしかなおそれ、ことに夫人その人に対するおそれでした。言いようのない予感にとらわれた私は、あの不名誉な妥協をおそれ、何度あたってもはねかえされ、いかに強固な意志といえども、ついにはなまくらなものとされてしまう、あののれんに腕押しのような困難な事態をはやくも垣間見ていたのです。つまり私は、情熱的な魂が求める解決法を、今日の社会生活において不可能ならしめている、あの惰性の力をおそれていたのです。

「主人がもどりましたわ」と夫人が言いました。

私は驚いた馬のようにすっくと腰をあげました。この動作は、シェセル氏にも、伯爵夫人にも、目につかぬことはなかったはずです。が、私は二人から暗黙の叱責《しっせき》をうけるようなこともなくすみました。というのは、そのとき六歳くらいかと思われる少女が「お父さまよ」と言いながら入ってきたために、皆の注意が一瞬ふとそちらの方にそらされたからです。

「マドレーヌ、ご挨拶《あいさつ》は」と母親が言いました。

娘は握手を求めているシェセル氏に手をさしだし、ひどく驚いた様子で私に会釈《えしゃく》すると、まじまじと私の顔を見つめました。

「お嬢さまのお身体《からだ》はいかがです」とシェセル氏が夫人にたずねました。

「おかげさまで、近頃はだいぶよくなりましたわ」夫人は、はやばやと膝《ひざ》もとに身をうずめた娘の髪を、優しくなでながら答えました。

シェセル氏の質問から、私はマドレーヌがすでに九歳にもなることを知りました。私は自分の思いちがいを知って、なにやらびっくりした様子を見せたのでしょう。母親は私が驚くのを見て、すっと額をくもらせました。私の紹介者シェセル氏は、意味ありげな視線を私に投げかけました。社交界の人たちは、こうしたまなざしで、私たちに、第二の教育をほどこすのです。おそらくそこには母親の傷がかくされており、その包帯には決して手をふれてはならなかったのです。マドレーヌはいかにもひよわそうで、目は光とぼしく、ほのあかりにかざされた磁器のように肌が白く、都会の空気のなかでは、これまでもとうてい生きてはこられなかったように見えました。田舎《いなか》の空気と、羽根におしつつんではぐくむような母親の心づかいがあったればこそ、なれぬ土地のきびしい気候に移されて、温室のなかでやっと芽生えた植物のように見るからに弱々しいこの子供の身体にも、これまでかろうじて生命が保たれつづけてきたのです。母親には何ひとつとして似たところのない彼女も、その魂だけはうけついだらしく、それがこの少女を支えていました。そのまばらな黒い髪も、落ちくぼんだ目も、こけた頬も、やせほそった腕も、幅せまい胸も、みな生と死のたたかいを告げていました。これまでは伯爵夫人が勝利をおさめてきた、息つくひまもない決闘です。おそらく母親を悲しませまいとする気づかいからでしょう、マドレーヌはしいて活潑《かっぱつ》な様子を見せていました。ところが彼女にも自分で気をつけるのをどうかして忘れてしまい、まるでしだれ柳のようにぐったりしてしまうことがときたまあるのです。飢えをかかえ、道々物乞《ものご》いをしながら故郷《くに》から出て来たジプシーの小娘が、疲れきった身体に鞭《むち》うって、着飾った姿を見物人の前に見せているとでもいった様子でした。

「ジャックはどこにおいてきてしまったの」母親は、ちょうど烏《からす》の羽根のように、娘の髪をまんなかから二つに分けている、白い筋目の上に接吻《せっぷん》してやりながらたずねました。

「お父さまとご一緒よ」

その時、息子の手を引いた伯爵が姿を見せました。ジャックは妹に引き写しで、同じ虚弱質の徴候を見せていました。美しさにあふれるばかりの夫人の両脇《りょうわき》に、この二人のひよわな子供を立たせてみれば、彼女のこめかみに愁《うれ》いの影を落している悲しみの源をおのずと見抜かずにいることは不可能でした。そしてこの悲しみが、神にしか打ち明けられず、しかし額にはその恐ろしいしるしを刻みつけずにはいないたぐいの思いを、夫人の胸にじっとひめさせてきたのです。モルソフ伯爵は、会釈しながら、ちらっと私の様子をうかがいました。それはさぐりを入れるというよりも、ぎごちなくおどおどした、ものを分析しつけてない人の自信のなさから来るまなざしでした。夫人は伯爵に事情を説明し、私を紹介しおわると、夫に席をゆずって部屋を出ていきました。まるでそこから光をくみとるかのように、じっと母親の目を見つめていた子供たちは、彼女のあとを追おうとしました。が、夫人は「いい子だから、ここにいらっしゃい」と二人に言うと、自分の唇に指をおしあてました。彼らは母親の言いつけにしたがいました。しかし二人の目からはすでに光が失《う》せていました。夫人からこうして「いい子だから」と呼びかけてもらうためならば、この世にやってやれないことがありましょうか。夫人が去ると、私も、それまでにくらべ部屋の空気をひえびえと感じだしました。私の名前を聞くと私に対する伯爵の気持は一変しました。冷やかに眉《まゆ》をひそめていた彼が、にこやかにとはいえないまでも、少なくとも礼儀正しく、私の意を迎えるようになり、敬意をおもてにあらわして、私を家に迎えられて幸せだという様子を見せました。かつて私の父は、目だたぬながらある重要な任務を引きうけて、一身をささげ王家につくしたことがありました。それは危険がつきまとうとはいえ、大いに役に立つはずの仕事でした。しかしナポレオンが権力の台座をのぼりつめ、こうしてすべてが水泡《すいほう》に帰すると、父はいわれのない苛酷《かこく》な非難をも甘受して、多くのかくれた陰謀家たちと同じように、私人生活と田舎のやすらぎを求めて身をひいたのです。これは、一《いち》か八《ばち》かの大博打《おおばくち》をうち、政治機構のかなめの役を果したのちに敗れた賭博者《とばくしゃ》の避けがたい報酬だったと言えましょう。自分の家のことについてその浮き沈みも、来歴も、これから先の見通しも、何ひとつ知らされていなかった私は、当然この父の挫折《ざせつ》に関するくわしい事情にも通じていませんでした。ところが伯爵の方では、そのときの委細顛末《てんまつ》を忘れず記憶にとどめていたのです。しかし、その時は、私を恐縮させるほどのこのもてなしも、人間の最大の価値を家系の古さにおいている伯爵が、私の家柄に敬意を表しているためだろうと一応納得しただけで、その真の理由はのちになってはじめて知ったのです。しかし、さしあたりこの掌《てのひら》をかえすような態度の変化は、私の気持をだいぶ楽にしてくれました。二人の子供は、私たち三人のあいだでふたたび会話がはじまったのを見とどけると、まずマドレーヌが父親の手から頭をふりほどき、開いたままの扉《とびら》をちらっと眺め、うなぎのようにするっと外に抜けだし、そのあとをジャックが追いました。二人とも母親のそばへいったのでしょう、巣箱をしたって群がる蜜蜂《みつばち》の羽音のように、遠くから、彼らの話し声や、動きまわる気配が聞えました。

　私は伯爵の性格を見抜こうとして、彼の上にじっと目をすえました。しかしその顔だちのいくつかのおもだった特徴に興味をひかれ、私の観察も容貌《ようぼう》の表面的な検討を越えては進みえませんでした。伯爵はまだ四十五という若さでありながら、すでに六十近くにも見えました。十八世紀の終末を画したあの大変動（訳注　フランス大革命）にまきこまれ、これほどまでにはやばやと老《ふ》けこんでしまったのです。あたかも修道僧のように、そのはげあがった後頭部をとりまく半円形の環《わ》は、こめかみのところに黒のまじった灰色の髪の房をのこして、耳のところに消えています。その顔はどことなく鼻に血ののぼった白狼《はくろう》を思わせました。というのもその鼻が、すでに生命の根源をおかされて、胃も弱りはて、昔日《せきじつ》の悪病のため体液が毒されてしまっている男の鼻のように、火のごとく赤くなっていたからです。先のとがった顔にしては広すぎるその扁平《へんぺい》な額には、何本かの横皺《よこじわ》がふぞろいに走っています。が、それも戸外生活の習慣を示すもので、精神の疲れのためとは見受けられず、そこには絶え間ない不幸の重みこそうかがわれるものの、それに打ち勝とうとする努力のあとは見られません。青白い顔のなかで、そこだけ茶色にとがった頬骨が、長命を保証するに足る丈夫な骨格を告げています。黄色くて、けわしく澄んだ目は、冬の陽のようにきらきら輝きながらあたたかみがなく、考えもないのに不安げで、だれに向けるともない猜疑《さいぎ》の色をうかべています。口もとは気性の激しさと横暴さを告げ、長いあごがその下にまっすぐのびています。やせて、背ばかり高く、その態度を見ただけで、この男が、因襲的な価値によりかかり、権利では人の上に立ちながら、事実上は人に劣っていることを自分でもよくわきまえている旧貴族の一員たることがうかがわれます。それにまた伯爵は、田舎生活のかまいつけなさになれきって、身のまわりのことにはいっこうに注意を向けなくなっています。彼の身なりは、隣人や百姓たちから、もはやその所有地しか問題にされなくなっている田舎者の身なりそのものでした。陽にやけて筋ばったその手を見れば、この男が、馬に乗るか、日曜日にミサに出かけるときにしか、手袋をはめないことがわかります。その靴にしてもまたひどい代物《しろもの》でした。しかし十年の亡命生活と、それにつづく十年の農事生活が、いかに彼の外貌《がいぼう》に変化をもたらしたとはいえ、まだどこかに昔日の貴族の面影がそのあとをとどめています。最も戦闘的な自由主義者でさえ（といってもこの言葉は当時まだ使われていませんでしたが）彼のうちに騎士道的な忠誠心と、コティディアンヌ紙（訳注　一七九二年に創刊された王党派の新聞。一時は休刊を余儀なくされ、一八一四年に再刊）の永遠の読者たるにふさわしいゆるぎない確信とをみとめえたでしょう。そして彼のなかに、信仰にあふれ、貴族階級のために心を燃やし、政治的な反感をはっきり口にして、自派に役立つどころかその滅亡さえも招くような、フランスの国内事情をいっこうにわきまえぬ男を見いだして、つくづく驚嘆したでしょう。事実伯爵は、直行型で融通がきかず、何ごとであれ異をとなえて反対し、与えられた部署で銃を手にして死ぬにふさわしく、しかも金をさしだす前に、自分の命をさしだすようなかなりけちなところもあるたぐいの男でした。夕食のあいだ私は、彼のこけた頰のくぼみや、こっそりと子供たちに向けられる視線から、彼が何かやっかいな考えにつきまとわれ、それが顔の表面にあらわれそうになっては消えていくのに気がつきました。しかしその姿を前にして、彼の胸のうちを推し測りえぬものがあったでしょうか。いまわしくも、生命の欠けた肉体を二人の子供たちに伝えたことで、父親たる彼を責めぬものがあったでしょうか。しかし伯爵はおのれを責めながらも、他人には自分を裁《さば》く権利をいっさいみとめようとはしませんでした。自分の過《あやま》ちを知る権力者のように、絶えず苦々しい思いにつきまとわれ、自分が天秤《てんびん》の一方にのせた苦痛をうめあわすだけの偉大さも魅力も持ちあわせていないことを知るこの男の内面生活とは、そのとげとげしい顔つきや、絶えず不安におののく目が告げ知らせているように、必ずやうちに苦渋をひめたものであったにちがいありません。こうして私は、夫人が子供たちを両脇にしたがえて部屋にもどって来るのを目にすると、地下倉の天井の上を歩きながら、それとなく下に横たわる空間を足下に感ずるように、この家にひそんでいる不幸の気配をすばやく感じとりました。そして目の前に集まったこの四人の顔を眺め、一人一人に目をやりながら、彼らの顔つきや態度を見くらべているうちに、すばらしい日の出のあとで、あたり一帯を灰色におしつつんでしまうあの霧雨さながらに、悲しみに濡《ぬ》れた考えが、私の心にもいつしか降りそそいでくるのを感じました。会話の種がつきてしまうと、伯爵《はくしゃく》はシェセル氏のことなどそっちのけで、またも私のことを話題にし、それまで私も知らなかったわが家のことを、いろいろと妻に話して聞かせました。伯爵は私の齢《とし》をたずねました。私がそれに答えると、私がさきほど娘のことで示した驚きを、今度は夫人が私に対して示しました。おそらく私を十四くらいにしか見ていなかったのです。後になって知ったことですが、これが夫人をしっかりと私に結びつける第二の絆《きずな》となりました。私には彼女の心のなかが、手にとるようにわかりました。おそまきながら希望の光に照らされて、彼女のうちの母親が喜びにうちふるえていたのです。私が二十歳《はたち》すぎてもきゃしゃで弱々しく、しかも元気いっぱいなのを見て、「あの子たちだって、、、、、、生きられる、、、」という叫び声がどこからか聞えてきたのです。夫人は興味をそそられた様子で私を眺め、そしてその瞬間私は自分たち二人をへだてていた分厚い氷が徐々にとけていくのを感じました。彼女はたずねたいことがいろいろとある様子でしたが、そうしたことはいっさい心にとどめ、あえて口にはだしませんでした。

「お勉強で身体を悪くなさったのなら」と夫人は言いました。「この谷間の空気できっとお元気になられますわ」

「近頃の教育たるや子供を台なしにしてしまいますからな」と伯爵があとをつづけました。「数学はぎゅうぎゅうつめこまれ、科学、科学といって尻《しり》をたたかれて、小さいうちから子供たちはもうへとへとですよ。しばらくここで休息なさい。あなたは観念の手雪崩《なだれ》というやつにおそわれて、おしつぶされてしまったわけです。教育を宗教団体の手にとりもどして、今のうちに弊害に対処しておかないと、この教育の一般普及とかいう制度のおかげで、どんな世の中が来るやら知れたものではありませんぞ」

このような彼の言葉は、その後選挙に際し、才能にも恵まれて、王党派のためにつくしそうな男への投票を断わりながら、彼が口にした台詞《せりふ》を充分に予測させるものでした。伯爵は票のとりまとめに来た運動員に、「頭のまわる人は信用しないことにしているものでしてな」と答えたのです。彼は庭を一まわりしませんか、と言って腰をあげました。

「でもこちらは……」と夫人が言いました。

「え、どうかしたのか……」伯爵は横柄《おうへい》にきっとうしろをふりむいて言葉をかえしました。その態度は、彼がいかに家庭において、絶対者として振舞おうとのぞんでいるか、そして実情はいかにそこからかけはなれているかを示すものでした。

「こちらはトゥールから歩いてお見えになったのですよ。シェセルさんもそれをご存じなくて、フラペルのなかをあちこちご案内なさったあとなのです」

「それはちょっと無謀でしたな……いくらお若いといっても」伯爵はそう言うと、いかにも残念といった様子で頭をふりました。

ふたたび会話がはじまりました。私は、伯爵の王党主義がいかに手におえないものか、彼の身近にいて衝突なしにすますには、いかに手加減が必要かを見抜くのにたいしたひまはとりませんでした。大急ぎでお仕着せに着かえた召使が、夕食を告げに姿を見せました。シェセル氏が夫人に腕を貸し、伯爵が機嫌《きげん》よく私の腕をとると、私たち一同は食堂に席を移しました。一階の間取りの上で、客間と対をなしている部屋がこの家の食堂でした。

トゥーレーヌできの白い床石を敷きつめた食堂は、肘《ひじ》の高さまで羽目板で仕上げられ、それから上はニス塗りの壁紙が、花と果物でふちどられた大きな板壁模様を表わしています。窓には赤い総《ふさ》飾りのあるペルカル織りのカーテンがかかり、食器戸棚はブール

（訳注　一六四二―一七三二。フランスの有名な家具製作家）の手になる時代もので、樫《かし》の椅子《いす》には手織りのつづれ織りがはられ、木部に彫刻がほどこされています。料理こそ豊富にありながら、テーブルの上には何ひとつ贅沢《ぜいたく》めいたものは見あたらず、形がふぞろいな家代々の銀器類、そのころはまだ再流行のきざしを見せていなかったザクセン陶器、八角形の水差し、瑪瑙《めのう》の柄のついたナイフなどが並べられ、ぶどう酒のびんの下には、中国製の丸い漆塗りのびん敷がおかれています。そうしたなかで、歯形の切れこみを金色に塗ったニス仕上げの水桶《みずおけ》が花をうかべています。私はこうした古い品々がすっかり気に入って、レヴェイヨン（訳注　十八世紀のパリの有名な壁紙製造業者）の壁紙と、その花模様の縁取りのすばらしさに目をうばわれました。満帆をあげて、満足感に身を運ばれていた私には、うちうちですごすこうしてきちんと整った田舎生活が、伯爵夫人と私のあいだにどれほどの困難な障害をつくりあげているかまでは、とても考えがおよびませんでした。私は夫人のすぐそばに、その右隣に席を占め、彼女に飲物をついでいるのです。ああ、願ってもない幸せでした。彼女のドレスにふれ、同じパンを食べているのです。こうして三時間を経たのちには、私の生活が彼女の生活と溶けあっているのです。その上私たちは、たがいの身に気恥ずかしさをおぼえさせる二人の秘密、あのおそろしい口づけで結びつけられているのです。私は卑劣ささえいささかも意に介しませんでした。私はひたすら伯爵の気に入ろうとつとめ、彼は私のどんなお世辞にもよろこんで耳をかしました。必要とあらば私は犬の頭さえ撫《な》でていたでしょう。子供たちのどんな些細《ささい》なのぞみでも、よろこんでかなえてやっていたでしょう。輪まわしでも、瑪瑙のビー玉でも、なんでも持ってきてやったでしょう。馬になって、背中にのせてやることさえ平気でやってのけたでしょう。私は子供たちが、自分たちのものだと言って、私にまとわりつかないのをうらんでいたのです。天才が洞察《どうさつ》力《りょく》を備えているように、恋もそれ自身の洞察力を備えています。私は、おぼろげながら、乱暴な振舞いや、不機嫌な顔つきや、敵意のこもった態度などは、私ののぞみをすっかりくつがえしてしまうだろうことを感じていました。夕食は、私にとって、内心の喜びにはちきれんばかりのうちにすぎてゆきました。自分が彼女の家にいるというだけで、私は、夫人の事実上の冷やかさにも、伯爵の慇懃《いんぎん》な態度の下にかくされた冷淡さにも考えおよぶことができずにいたのです。恋にも人生と同じように思春期があり、そのあいだは自分だけで満ちたりていられるのです。私はたちさわぐ情熱にひきずられ、何度かへまな返事をしましたが、だれも、彼女さえそれに気づきませんでした。夫人は恋について何も知らなかったのです。あとはもうすべて夢のようでした。月の光を浴び、香りに満ちたあたたかい空気を肌にうけながら、野原や、岸辺や、丘にたちのぼる白いもやを抜け、アンドル川をこえたとき、この美しい夢もおわりを告げました。澄みきった蛙《かえる》の声が、ひとしい間隔をおいて愁《うれ》いに満ちたその単一な音色を聞かせていました。その蛙の科学上の名前は知りません。が、私はそのおごそかな日からこちら、その声を耳にすると、無限の喜びにおのずと心を満たされずにはいないのです。だがやや遅ればせに私は、いつもと同じく、これまで私の感情がたち向っては傷つけられてきた、大理石のような非情さを今度もまた目の前にしているのに気がつきました。いつまでもこうしためぐりあわせから抜けだせないのだろうか、と私は自分自身に問いかけました。そして、避けがたい宿命の力が自分を支配しているような気がしてなりませんでした。過去のいまわしい出来事が、今味わった自分一人だけの喜びと心のなかで格闘をまじえているのです。フラペルにつく前に、クロシュグールドをふりかえると、下の方に、トゥーレーヌで平底船《トゥー》と呼ばれている小さな舟が、とねりこの木につながれて、水にゆれているのが見えました。この平底船《トゥー》はモルソフ氏のもので、彼は釣りをするのにこれを使っていたのです。

「いかがでした」人に聞かれる気づかいがないところまで来ると、シェセル氏が言いました。「お目あての美しい肩にお目にかかれましたか、などとおたずねするまでもありますまい。それよりどうです、あの伯爵の歓待ぶりは。あなたもたいしたものですな、最初の一撃で城の奥深く足を踏みこまれたではないですか」

それから、先ほど申しあげた言葉がこれにつづき、意気沮喪《そそう》している私を元気づけてくれました。私はクロシュグールドをでてからまだ一言も口にしていませんでした。シェセル氏はそれを幸福感によるものと考えていたのです。

「え、なんですって」私は皮肉な調子で言いましたが、それは心の底に情熱をおさえようとしているための口調ともとりえたでしょう。

「これまで伯爵があんな歓待ぶりを見せたことはありませんよ、たとえ相手がだれであっても」

「正直のところ、あれには自分でも驚いているんです」私はシェセル氏の最後の言葉に内心の苦々しさを読みとりながら言いました。

社交界の経験を欠く私には、シェセル氏が感じている気持の原因を理解することは不可能でした。がしかし、心のうちをうかがわせるこの言葉づかいにははっとしました。フラペルの主人には、単にデュランという姓を名乗る弱味があって、しかもおろかなことに、革命中に巨万の富を築きあげた、有名な工業家である父の名を自分の方からすてていました。彼の妻は、法曹界でも旧家とされる、シェセル家にのこされたたった一人の相続人で、この家は、パリの司法官の家柄が大方そうであるように、アンリ四世時代に市民階級からでたものです。遠大な野心をひめたシェセル氏は、自分の夢みる境涯にたどりつかんがため、もともと自分のものであったデュランという姓をこの世から抹殺《まっさつ》してしまおうとつとめました。そこでまず最初は、デュラン・ド・シェセルと名のり、ついでD・ド・シェセルにかえ、そのころは単にド・シェセル氏で通っていました。彼は王政復古（訳注　一八一四年、ナポレオンが連合軍に敗退し、ブルボン家が王位に復帰する。一八一五年のナポレオンの百日天下で一時宮廷はベルギーのガンに移るが、ワーテルローの戦いののち、ルイ十八世はフランスに帰り、王政復古政府は一八三〇年の七月革命までつづく）がやってくると、ルイ十八世の認可状を手に入れて、その領地を世襲伯爵領（訳注　貴族の称号とともに、長子によって相続される不動産）に設定しました。いずれ子供たちが彼の勇気の産物を手に入れることになりましょうが、その勇気がどれほどのものだったか、とてもうかがい知ることはありますまい。シェセル氏の頭の上には、ある口の悪い公爵の言葉がいつも重苦しくのしかかっていました。公爵はある日「なかなかどうしてシェセル氏はとても本物のデュランさんとは見えませんな」（訳注　プー・アン・デュラン（デュランさんらしくない）と、プー・アンデュラン（辛抱強くない）の二つをかけたしゃれだが、一方だけを訳出した）と言ったのです。この洒落《しゃれ》は永いことトゥーレーヌでもてはやされました。成りあがり者は、器用なところまで猿に似ています。高いところにもするすると登っていきますし、登っていくあいだは人はその身軽さに見とれています。しかし一度てっぺんに登りつくと、もうその恥ずべき部分しか人目につきません。たしかにフラペルの主人を裏うちするものは、ねたみ心に拍車をかけられたその卑小さだったと言えましょう。彼と上院議員との関係は、これまでのところまじわることのない二本の漸近線です。野望を抱き、それを実現することは、不遜《ふそん》に見えようとも力の証拠です。しかし野望を公言しながら、それに到達できずにいることは、常に滑稽《こっけい》に映るもので、小人どものいい餌《え》食《じき》とされがちです。ところでシェセル氏は、力ある者のあの直線的な歩みをたどらずに、代議士には二回当選したものの二回は落選し、昨日は長官をつとめたかと思うと、今日は知事にもなれぬ凋落《ちょうらく》ぶりで、こうした彼の成功も敗北も、ついには彼の性格をゆがめてしまい、彼に、行手をはばまれた野心家の、とげとげしさを与えていました。シェセル氏は信義にあつく、才気もあり、大事をなす器量もそなえていましたが、なにしろトゥーレーヌたるや、住民は何ごとにつけ人をそねむのに頭がいっぱいで、嫉妬心《しっとしん》なくしては夜も日も明けぬ土地柄のため、社会の上層に席を占めるにあたっても、こうして身についた嫉妬心が、たぶん彼の身にわざわいしたのでしょう。他人の成功に顔をひきつらせたり、お世辞はなかなか言えないのに、悪口となると口をついてでる不平面《づら》をした人たちは、社会の上層部ではなかなか成功しにくいものです。たぶんシェセル氏も、もう少しのぞみをひかえていたら、きっとより多くを手にしていたでしょう。しかし彼にとって不幸なことは、なかなかの自負心があったため、常に頭をあげてまっすぐつきすすもうとしたことです。しかし当時はついに彼の野心にも、ようやく曙《あけぼの》が訪れようとしている矢先でした。王党主義が彼にほほえみかけていたのです。おそらく鷹揚《おうよう》ぶってのことでしょうが、シェセル氏は私に対しては非の打ちどころのない態度を見せてくれました。それにまたごく簡単な理由から、私はこの男がすっかり気に入ってしまいました。なにしろ彼の家にきて、生れてはじめて、私は休息を見いだしたのです。彼が私に示してくれた関心など、とるに足らぬものだったとも言えましょう。しかし、いつもすげなくされつけてきた私には、それすらも、父性愛とはかくあるものかと思われたのです。私を遇する主人としての心づかいは、それまで私を苦しめてきた冷淡さと、あまりにかけへだたっていただけに、何の束縛もなく、ほとんど愛撫《あいぶ》につつまれて日を送れることに、私は子供のように感謝の気持をあらわしました。こうしてフラペルの館《やかた》の主人たちは、私の幸せを告げる曙とはなれがたく結びついているために、彼らの姿は、私が好んでたち返る思い出に渾然《こんぜん》と溶けこんでいるのです。幸いにしてそののち例の認可状の一件で、私もいくばくかシェセル氏のお役に立つことができました。財産にものを言わせた彼の暮しぶりは、隣人たちのなかに気を悪くするものがあらわれるほど豪奢《ごうしゃ》なものでした。みごとな馬や瀟洒《しょうしゃ》な馬車も次々と買いかえ、夫人はいつも凝った身なりをして、人の招待もなかなか派手でした。田舎の習慣に似合わぬほど多くの召使をかかえたシェセル氏は、まさに王侯気取りでいたのです。フラペルの領地にしても広大なものでした。こうした隣人の脇《わき》に並べ、その豪奢な暮しとくらべてみれば、トゥーレーヌでは辻《つじ》馬車と四輪馬車の中間くらいにしか見られていない家族用の二輪馬車しか手元になく、収入のとぼしさをおぎなうため、クロシュグールドまで小作にだしているモルソフ伯爵は、そののち王家の寵《ちよう》をうけ、おそらく予想だにしていなかった名誉につつまれることになる日が来るまでは、まさにトゥール近在に住む、一介の田舎者にしかすぎなかったのです。紋章が十字軍時代にさかのぼるとはいえ、すでに零落しはてた一族の次男たる私に、伯爵があれほどの歓待ぶりを示したのは、もともと貴族ならぬ隣人の巨富をはずかしめ、その森や、牧場や、休閑地などをことさらつまらぬものに見せようとしたためでした。シェセル氏には、伯爵《はくしゃく》のこうした胸のうちはつとに見透《みとお》しでした。そのため、日頃礼をつくして訪《たず》ねあう間柄でありながら、アンドル川をはさむフラペルとクロシュグールドの二つの領地のあいだには、おたがいの夫人たちが窓から合図をかわせるような、ごく近くに住む人たちのあいだにあってしかるべき、あの日々の親しい交際も、快い親密さも、生れてくる余地がなかったのです。

モルソフ伯爵が引きこもった暮しをしていたのは、ただ単にねたみ心からとだけは言いきれません。彼が最初にうけた教育は、大方の名門の子弟たちにほどこされる、浅薄かつ不完全なもので、社交界の教訓や、宮廷のしきたりや、側近としての重責や、顕職にあっての任務の遂行が、のちのちさらにおぎないをつけてくれるべきはずのものでした。モルソフ氏は、まさにこの第二の教育がはじまろうとしていた矢先に亡命し、ついにその機会を失してしまったのです。彼はフランス王家のすみやかな復帰を信じていたものの一人でした。こうした確信にもとづいた伯爵の亡命生活は、そのため、いともなげかわしき無為のうちにすごされました。コンデ軍（訳注 革命中、コンデ公が、外国に亡命中の貴族をあつめて組織した反革命軍）に身をおいていたあいだは勇気をふるい、もっとも献身的な一人と目されはしたものの、この軍隊が解散すると、ふたたび王党軍の白旗のもとにはせ参じる日も遠くあるまいと、何人かの亡命者たちに見ならって、みずからすすんで、勤勉な生活を求めようとはしませんでした。おそらく彼には、自分の名をすてていやしい職業につき、額に汗して、パンをかせぐだけの気性が欠けていたのです。彼は一日のばしの期待のため、それにおそらく名誉心も手伝って、外国の軍隊に身を投ずることもできず、こうして苦しい生活を送っているうちに、持前の気力も徐々に衰えを見せていきました。常に裏切られる期待を杖《つえ》に、充分な食糧も身につけず、いつはてるともない徒歩旅行をくわだてた末、彼はついに健康をそこない、気力もつきはててしまいました。彼の貧困は徐々に極端なところへ落ちこんでいきました。大多数の人間には、貧困は強壮剤として働きます。しかしそれが溶解剤となる人たちもあり、伯爵はこの後者に属する人間でした。このトゥーレーヌの哀れな貴族が、ハンガリーの道をさまよい歩き、夜がくれば野宿して、エステルハジー大公の羊飼いたちと一切れの羊の肉を分けあう姿や、貴族としての体面上、大公自身の手からはどうしてもうけとれず、フランスの敵の手から恵まれるのをいくたびとなく拒んだパンのかけらを、旅にさまよう彼がその羊飼いたちに乞《こ》うているところを想像すると、現在勝ち誇っているその姿がいかに滑稽なものに見えようとも、私はかつてのこの亡命貴族にどうしても悪意をもつことはできませんでした。モルソフ伯爵の白髪は、私に恐ろしい苦しみを語っていました。そして今でも亡命者たちに共感をおぼえている私は、とても彼らを裁《さば》く気にはなれないのです。伯爵はフランス風、トゥーレーヌ風の陽気さを失って陰鬱《いんうつ》となり、やがて病に倒れ、どこやらのドイツの慈善病院でほどこしの手当をうけました。病気は腸間膜の炎症で、これは命とりになることもまれでなく、治《なお》ったにしても体液に変化をもたらして、ほとんどの場合、ヒポコンデリーをひきおこします。彼の情事は心の底にしまいこまれ、それをかぎだしえたのは私一人ですが、いずれもみな低級なもので、彼の生命を傷つけただけでなく、未来の命さえもそこなってしまう体《てい》のものでした。十二年間のみじめな生活ののち、彼はフランスに目を向けました。そして、ナポレオンの布告によって自分にも帰国が許されていることを知りました。この病苦に悩む歩行者が、ライン河を渡りながら、晴れた夜空にストラスブールの鐘楼を目にしたときは、思わず気が遠くなりそうだったということです。「私は『フランス、フランス、ああフランスだ』と叫びましたよ。怪我《けが》をした子供が『お母さんだ』と叫ぶようにね」これがそのことを語ってくれた時の彼の言葉でした。生れ落ちる前から金持だった伯爵が、今では一介の貧乏人でした。連隊を指揮し、一国を治めるべく生れついていた彼が、権威もなく、未来も閉ざされ、健康で丈夫な身体《からだ》に恵まれていた彼が、病身となり、力もつきはてて帰国したのです。人間も事物も大きく成長をとげたこの国で、教育のない伯爵は当然なんの力も振いえず、彼はすべてが、体力や精神力さえもが自分から奪いさられてしまったことを知りました。財産を失った伯爵には、やがて自分の名前が重荷になりました。その頑固《がんこ》な主張や、コンデ軍当時の前歴や、彼の悲哀や、思い出や、そこなわれた健康や、こうしたことすべてのために、彼はいつの間にかすっかり怒りっぽい男にかわっていました。嘲笑《ちょうしょう》の国フランスでは、こうしたことはなかなか大目に見てはもらえません。彼はなかば死にそうになりながら、メーヌ州にたどりつきました。おそらく内戦のどさくさにまぎれてのことでしょう、ここには革命政府が公売（訳注　革命政府は、宗教団体や亡命貴族の土地を没収し、それを裏づけとして紙幣を発行したり、公売に付したりして財政の不足をおぎなった）に付するのを忘れてしまった広い農場がのこされていて、以前の小作人がそれを自分のものと見せかけて、そのまま彼のためにとっておいてくれました。農場の近くにあるジブリーの館には、当時ルノンクール家の人たちが住んでいてモルソフ伯爵の帰国を知ると、ルノンクール公爵は彼のもとに足を運び、住居《すまい》の準備がととのうまで、ジブリーに来て、一緒に住んではどうかとすすめました。ルノンクール家の人たちは、伯爵にあたたかみのあるりっぱな態度で接しました。彼は数カ月そこに滞在して疲れをいやし、この最初の静養期間だけは、自分の苦しみを人目におしかくそうとつとめました。ルノンクール家も、その莫大《ばくだい》な財産を失《な》くしていました。家名からすればモルソフ伯爵は、彼らの娘にふさわしい結婚相手でした。ルノンクール嬢は、病身で老《ふ》けこんだこの三十五にもなる男との結婚をいやがるどころか、かえってよろこんでいるように見えました。結婚すれば、伯母《おば》のヴェルヌーユ公爵夫人と一緒に暮せるようになるからです。ブラモン＝ショーヴリー公の妹にあたるこの伯母は、彼女にとっては、第二の母親とも言うべき人でした。

　ブルボン公爵夫人（訳注　一七五〇―一八二二。オルレアン家の出でコンデ公の妻となり、アンギャン公を生む。ルイ・フィリップにとっては叔母にあたる）の親しい友人であったヴェルヌーユ夫人は、知られざる哲学者と綽名《あだな》されたトゥーレーヌ生れのサン＝マルタン氏（訳注　一七四三―一八〇三。神秘主義哲学者で、天啓説を説く）を中心とする、ある宗教的な集まりのメンバーでした。この哲学者の弟子たちは、神秘的な天啓説にもとづいた高遠な思弁から導き出される徳行を、みなそれぞれ身をもって実践に移そうとしている人たちでした。その教義は、神の世界を解く鍵《かぎ》を人々に与え、人生とは個人が崇高なる境地にまでたどりつこうとする一連の変身であると説き、義務を合法性という堕落から救いだし、人生の苦悩には、クエーカー教徒の平静さをもって対処することをすすめ、天上にいただく天使に対して、母親に対するがごとき感情を抱かせるように導きながら、この世の苦痛を蔑《べっ》視《し》し去ることを命じていました。いわば来世を説くストア哲学です。純粋な愛と、行動に示される祈りとが、ローマ教会のカトリシスムを脱し、原始キリスト教に帰ろうとするこの信仰の基底をなすものでした。しかしルノンクール嬢自身は、カトリック教会のおしえのなかに、そのまま身をとどめていました。彼女の伯母は、常時カトリックの忠実な信者でもあったのです。革命の動乱にきびしい試練をうけたヴェルヌーユ公爵夫人は、その生涯もおわりに近づくと、情熱的な色彩を帯びた激しい信仰を抱くようになり、サン＝マルタンの言葉をそのまま借りれば、「天上の愛の光と、内心の喜びの油」を愛する姪《めい》の魂のなかにそそぎ入れました。サン＝マルタンは、この伯母のもとをよく訪れましたが、彼女が死ぬと、モルソフ夫人は、この物静かな高徳碩学《せきがく》の士を、何度かクロシュグールドに迎えました。そんなわけで、サン＝マルタンがトゥールのルトゥルミー書店から出版した晩年の著作の監督にあたったのも、このクロシュグールドの館からでした。ヴェルヌーユ公爵夫人は、嵐《あらし》ふきすさぶ人生の隘路《あいろ》をいくたびとなく経てきた老婦人の知恵におしえられ、新婚の姪にクロシュグールドを贈り、自分たちだけの家を持てるよう、その手でとりはからってやりました。老人は親切となるとどこまでも親切なもので、彼女はすべてを姪に与え、自分は今まで使っていた部屋の真上にある部屋一つで我慢して、それまでの部屋は姪の伯爵夫人が使うことになりました。突然訪れたと言ってもいい老婦人の死は、新婚の喜びに黒い喪の衣を投げかけて、クロシュグールドと迷信深い新婦の心に、消えがたい悲しみを刻みつけました。伯爵夫人の生涯では、トゥーレーヌに新居をかまえたこのころだけが、幸せとは言えないまでも、少なくとも気苦労のないただ一つの時代でした。

外国亡命中に経た苦難の末に、ようやくほほえみかける未来を垣間《かいま》見た伯爵は、自分でもすっかりそれに満足し、いわば魂にとっての回復期とも言うべき時期を迎えました。彼は心とろかす花開いた希望の香りを、この谷間で胸深々と吸いこみました。財産のことを考える必要にせまられていた伯爵は、農業経営の下準備に身をうちこんで、最初はまず多少とも喜びを味わうことを許されました。しかしこうしたなかに訪れたジャックの誕生は、現在も未来も破壊しつくす雷の一撃でした。医者が、生れた子はとても育つまいと言うのです。伯爵はこの宣告を注意ぶかく妻にかくしていました。そして彼は自分でも医者の診察をうけ、その結果くだされた絶望的な診断は、やがて生れてきたマドレーヌによってはっきりと証明されました。致命的な宣告を内的に証拠だてるとも言えるこの二つの出来事は、旧亡命者の病的な性向をますますおしすすめていきました。自分の家名は永久にとだえ、汚《けが》れなく、非の打ちどころのない若妻は、母親としての喜びも知らず、その苦しみだけを耐えしのぶよう定められ、自分のかたわらで不幸になっていくだろう。かつての生活の腐植土は、こうして新たな苦悩を芽生《めば》えさせ、伯爵の心におそいかかり、その心をすっかり破壊しつくしてしまったのです。夫人は現在によって過去を見抜き、さらに未来を読みとりました。自分に罪があると感じている男を幸せにするほど困難なことはありません。が、夫人は、天使にもふさわしいこの試みをくわだてました。彼女は一日にして、ストイックな女性にかわっていたのです。夫人は深淵《しんえん》の底に下ったのち、そこからもまだかすかに青空がのぞめるのを知ると、病人の看護にあたる尼僧《にそう》が万人のためにひきうける使命を、一人の男のためにひきうけて、その仕事に身をささげました。そして伯爵が自分自身と和解できるよう、彼が自分で許せずにいることまでもあえて許そうとしたのです。伯爵は物惜しみするようになり、夫人は自分に課せられた不如意《ふにょい》な生活をうけ入れました。社会生活の思い出といえば、嫌悪《けんお》の念しか心にとどめていない人たちのためしにもれず、いつも伯爵は、人にだまされることばかりを恐れていました。そのため夫人は、他人との交際を絶った孤独な生活をつづけ、不平も言わず、夫の猜疑心《さいぎしん》にしたがいました。彼女は女らしいてだてを用い、夫が道理にかなったことしかのぞまないようにしむけたため、伯爵は自分でもしっかりした考えの持主であるように思いこみ、家にあっては、他の場所でのぞみ得べくもなかった優越感を味わう喜びに恵まれました。やがて結婚生活もかなりの道のりを経ると、夫人は夫がヒステリー性の人間であることに気づき、その常軌を逸した言動が、意地悪くおしゃべり好きなこの地方では、子供たちの身にも累《るい》をおよぼしかねないと考えて、クロシュグールドから一歩も外に踏み出すまいと心をきめました。そのためだれ一人として、モルソフ氏が実際には無能な男であることに気づくものはいませんでした。夫人が夫の荒廃ぶりを厚いきづたの衣でうまくおおいかくしていたのです。心が満たされないというよりも、なにかと不平不満の多い伯爵の気まぐれな性格は、こうして妻の心のなかで、やわらかく居心地のよい土壌にめぐりあい、彼は、さわやかな香油に内に秘めた苦痛がやわらげられるのを感じながら、その上にゆったりと身を横たえたのです。

以上申しあげたような経緯は、シェセル氏がひそかなうらみにかられて口にした事柄を、できるかぎり簡単にまとめてみたものです。シェセル氏は、その世知にたすけられ、クロシュグールドの奥深くうもれた秘密をいくつか嗅《か》ぎつけることができたのです。しかしもしかりにモルソフ夫人が、その崇高な態度で世間をあざむきえたにしても、恋の持つ鋭い目をごまかすことは彼女にも不可能でした。小さな寝室に身をひくと、真相を察した私はベッドの上につとはねおきました。彼女の部屋の窓が見られるときに、こうしてフラペルにじっとしているのがどうにも耐えられなかったのです。私は服を着ると、忍び足で階下にくだり、螺旋《らせん》階段のある塔の入口を通って館《やかた》をでました。夜の涼気にふれると、私の気持もおちつきをとりもどしました。私は赤い水車の橋を渡ってアンドル川をこえ、クロシュグールドの館の前につながれている幸せを約すがごとき平底船《トウー》のなかに身をひそめました。館のアゼー寄りの窓には明りがともっています。やがて私は、昔ながらの瞑想《めいそう》にひたっていきました。昔ながらとはいえ、それは、愛にあふれた小夜《さよ》鳴《な》き鳥《どり》の歌声と、葦《よし》切《き》りの単調な調べにともなわれた心安らかな瞑想でした。心のなかにはさまざまな考えがわきおこり、まるで亡霊のように目の前をすべり去りながら、私のすばらしい未来をおおいかくしていた薄絹を次々に取りのけていきました。私の魂も官能もともにただ魅了しつくされていました。私の欲望は、どんなに激しい勢いで彼女めざして高くのぼっていったことでしょう。狂人が同じ言葉をくり返すように、「あの人を自分のものにできるだろうか」と何度私は一人心のなかでつぶやいたでしょう。その夜に先立つ数日間に、私の宇宙が大きく拡《ひろ》がったとするならば、一夜にして宇宙はその中心を得たのです。私の意欲も野心もすべてが彼女と結びつき、私は何もかも彼女にささげつくし、そのひきさかれた心の傷をつくろって、彼女の心を満たしてやりたいと願いました。水車の羽根板をすぎる水のつぶやきと、時折り、それをかき消すように、サッシェの教会の時を告げる鐘の音が響きわたるなかに、一人彼女の窓の下ですごしたあの夜はなんと美しい一夜だったでしょう。天体の花が私の人生を照らしだし、光にひたされたあの夜のうちに、私はセルバンテスの描くカスティリアの騎士の誠をもって、私の魂を彼女と婚約させたのです。人々はあの哀れな騎士をあざ笑います。しかし恋はいつもあの騎士の誠をもってはじまるのです。空に曙《あけぼの》の光がさしそめ、最初の小鳥の声が聞えると、私は大急ぎでフラペルの庭園に逃げ帰りました。野良《のら》の人にも見とがめられず、私がこっそり館を抜けだしたのに気づく人もなく、鐘が朝食を告げるまで、私はそのままぐっすりと眠りました。朝食がすむと、アンドル川とその島々や、谷間と丘のつらなりをもう一度眺めようと、私は暑さをおしてふたたび野原にくだりました。私はこうした風景のいかにも熱心な讃美者《さんびしゃ》に見えたでしょう。しかし私は、逃げ去る馬にも負けぬすばやい足どりで、例の小舟と柳の木とクロシュグールドのもとに駆けよったのです。あたりはいかにも真昼の田舎らしく、すべてが静まり返り、かすかな息づきにあふれていました。そよともせぬ木立の茂みは、青空を背にくっきりとうきあがり、緑色のとんぼやはんみょうなどの光を糧《かて》に生きる昆虫《こんちゅう》が、とねりこや葦《あし》のまわりをとびかっています。木陰では家畜の群れが反芻《はんすう》し、ぶどう畑の赤土は陽《ひ》に燃えて、土手の斜面を蛇《へび》がすべっていきます。私が床につく前はあれほどすがすがしく、そこはかとない風情《ふぜい》にあふれていた同じ景色が、今はなんという変りようでしょう。私は急に小舟からとびおりると、クロシュグールドのまわりをめぐる道をのぼっていきました。伯爵《はくしゃく》の出てくるのが見えたように思ったからです。やはり私の思い違いではなく、伯爵は垣根《かきね》にそって歩いていました。おそらく、アゼーに通ずる川ぞいの道に面した出口の方へ向っていたのでしょう。

「伯爵、今朝はご機嫌《きげん》いかがですか」

彼はうれしそうに私の顔を見つめました。伯爵などと呼ばれることは彼にはめったになかったことなのでしょう。

「おかげさまで元気です。それにしてもこの暑さに散歩なさるとは、ずいぶんと田舎《いなか》がお好きなようですな」

「こちらにあずけられたのも戸外生活をするためですから」

「それではどうです、私と一緒にいらっしゃって、裸麦の刈り入れでもごらんになりませんか」

「よろこんでおともします」と私は答えました。「お恥ずかしい次第ですが、私の無知たるやもうお話にもならないほどで、裸麦と小麦の区別も、ポプラとはこやなぎの区別もつけられません。農業のこととなるとからきしだめで、土地のいろいろな利用法などもさっぱりです」

「それならぜひ一緒にいらっしゃい」伯爵は道をひきかえしてきながら、うれしそうに言いました。「そう、上の小さい門からお入りください」

　伯爵は内側づたいに、私は外側づたいに垣根にそってのぼっていきました。

「シェセルさんのところにいても何もおぼえられませんよ」と伯爵は私に言いました。「なにしろ大殿様ですから、管理人が持ってくる計算書をうけとるほかに、自分でなさることは何もありませんからね」

　伯爵は、中庭や、さまざまな付属の建物や、庭園や、果樹園や、野菜園などを私を連れて次々と案内してくれました。最後に彼は私をともなって、川にそって長くのびるアカシアと漆の並木の方に足を向けました。ふと小道のはずれに目をやると、モルソフ夫人が、二人の子供たちの相手をしています。小さな葉が風にうちふるえ、きらきらと陽のもれる茂みの下で見る女性の姿はなんと美しいものでしょう。悪びれたところもない私の性急さに驚いたのか、夫人は、私たちが彼女の方に向っているのを知っても自分から腰をあげようとはしませんでした。私は伯爵の指さすままに、みごとな谷間に見入りました。私たちのたどった道の高低にしたがって、さまざまに異なった姿をくりひろげてきたアンドルの谷は、そこから見おろすと、またまったく別な光景を呈しています。ここに立つと、どこかスイスの一角にでも身をおいているような気におそわれます。アンドル川にそそぐ小川が縞目《しまめ》のように走る草原は、目のとどくかぎりどこまでも見はるかせ、はるかかなたの霞《かすみ》のなかに姿を没しています。モンバゾンの方角には、広大な緑の広がりが横たわり、他の方角では、丘や木立や、岩などが視野をさえぎっています。私たちは、夫人に挨拶《あいさつ》しようと歩幅を大きくして歩きだしました。すると突然夫人は、マドレーヌに読ませていた本をとり落し、ひきつけるように咳《せ》きこみだしたジャックを膝《ひざ》の上にだきあげました。

「ええ、どうかしたのか」伯爵は青くなって叫びました。

「のどを痛めていますの」母親は私のことなど目にもとまらぬ様子で答えました。「でもきっとたいしたことはありませんわ」

夫人はジャックの頭と背中をささえ、その両の目に光をあふれさせ、このあわれなかよわい子供に、その光の力で生命をそそぎこもうとするかのようでした。

「お前の軽率さにもあきれたものだ」伯爵はとげとげしい口調でつづけました。「川の涼しい風にあてたあげく、石のベンチにすわらせるなんて」

「でもお父さま、ベンチは焼けるようよ」とマドレーヌが叫びました。

「上にいると息がつまりそうだというものですから」と夫人が言いました。

「女というのは、いつでも自分が正しいことにしなければ気がすまんのです」と伯爵は私を見ながら言いました。

彼の方に目をやって、その言葉に賛意を示すのも、反対をとなえるのも避けたかった私は、ただじっとジャックの姿を見まもりました。やがて母親は、しきりとのどの痛みをうったえる息子を連れ去りました。私たちのところをはなれようとする夫人の耳に、夫の次のように言う言葉が聞えたはずです。

「こんな弱い子たちを産んだ母親なら、せめて面倒の見方くらいは自分で心得ていてもよさそうなものだ」

この上なく不当な言葉です。しかし見栄《みえ》にかられた伯爵は、たとえ妻の立場をなくしても、おのれをよしとせずにはいられなかったのです。伯爵夫人は、斜面や踏み石をとぶようにのぼっていきました。やがて夫人の姿は、ガラス扉を通って家のなかに消えていきました。モルソフ氏は頭をうなだれてベンチにすわり、何かじっと考えこんでいる様子です。私の立場はどうにもやりきれないものになっていきました。伯爵は私の方を見ようとも、私に話しかけようともせず、これでは彼にとり入ろうと思っていた散歩の計画もこれでもうおしまいです。私には、この時ほど恐ろしい時をすごしたおぼえはついぞありません。私はぼろぼろと汗を流しながら、たち去ろうか、たち去るまいかと自分にたずねていました。ジャックの容態をたずねに行くことさえ忘れてしまっている伯爵の胸のなかには、どれほどの悲痛な思いがわきおこっていたのでしょう。彼は突然立ちあがると、私のそばにやってきました。私たちはうしろをふりかえり、うららかな谷間に目をやりました。

「伯爵、散歩はまたいつかということにしたらいかがでしょう」私はおだやかに言いました。

「いや、まいりましょう」と彼は答えました。「不幸なことに、私はああした発作は見なれています。でもあの子の命を救うためなら、自分の命などいつ投げだしても悔いはありません」

「ジャックはだいぶいいようですわ。眠っていますのよ、あなた」と、鈴を振るような声が響きました。モルソフ夫人は、突然小道のはずれに姿をあらわし、わだかまりも、うらみがましい様子もなく、こちらに近づくと、私に会釈《えしやく》をかえして言いました。「クロシュグールドがお気に召されたようで、うれしゅうございますわ」

「どうだろう、お前、馬に乗ってデランド先生を呼びにいこうか」伯爵は、先ほどのひどい仕打ちを許してほしいという気持を、おもてにあらわして言いました。

「ご心配なさることはありませんわ。ジャックはゆうべよく眠れなかっただけですの。ひどく神経質なものですから、なにかいやな夢でも見たらしいのです。もう一度寝かしつけようとして、私、ずっと起きたまま、話をしてやっていましたの。あの咳もただ神経のせいですわ。ゴム入りのボンボンをやったらすっかりおちついて、じきに寝ついてくれました」

「お前も気の毒にな」伯爵は妻の手を両手にとると、涙にうるんだ目を彼女の方に向けて言いました。「そんなことだとは少しも知らなかったよ」

「つまらぬことでくよくよなさっても仕方がございませんわ。さあ、裸麦をごらんにおでかけあそばせ。ご存じでしょう。小作人たちは、あなたがそばにいらっしゃらないと、麦の束も片づけきらないうちに、よその土地から来た落穂拾いを畑に入れてしまいますのよ」

「私はこれから農学の初講義をうけるところです」と私は夫人に言いました。

「いい先生をお見つけになりましたわ」夫人にそう言って指さされると、伯爵は口をすぼめ、俗におちょぼ口と呼ばれる満足の笑みをうかべました。

　夫人がおそろしい不安のうちに前夜をすごしたと知ったのは、それから二カ月もたってのことでした。息子がクルップ性喉頭炎《こうとうえん》ではないかとそればかりが気がかりだったのです。小舟のなかに横たわり、恋心に身をゆすられながら、彼女のほうでも私のこうした姿を、窓から見ていてくれるにちがいないと勝手に想像をめぐらして、私がうっとりと眺め入っていたあのろうそくの火は、いたたまれぬ不安にさいなまれる彼女の額を、あかあかと照らしていたのです。当時、クルップ性喉頭炎はトゥールで大流行を見せ、その地一帯に猛威をふるっている折でした。戸口にさしかかると伯爵は、「妻は天使のような女です」と感動のこもった声で言いました。この言葉に私の心はぐらつきました。私はまだ表面的にしかこの家庭を知らず、こうしたときに、おのずと若い心をとらえる良心の痛みが、「お前はなんの権利があって、この深い平和をみだそうとするのだ」と私に叫びかけたのです。

苦もなく言い伏せられる若者を聞き手にえて、すっかりうれしくなった伯爵は、ブルボン王家の再興を機に、フランスの前途には、いかなる道が準備されようとしているかを得々として語りだしました。しかしあちこちと話題をかえ、とりとめなく会話をすすめていくうちに、伯爵がまるで子供のようなことを言うのを聞いて、私はひどく驚きました。彼は幾何学的な明白さをそなえた事実も知らず、教育のある人たちを恐れ、優れた人たちの存在を否定して、進歩を馬鹿《ばか》にしきっていましたが、たぶん最後の点だけは、伯爵が正しかったのかもしれません。それにまた彼の心には、かるくふれただけでうずきだす神経があちこちにかくされていて、それを傷つけまいとすれば、つねに多大の注意を払わねばならず、そのため彼と会話をつづけることは、やがて芯《しん》の疲れる精神の苦役と化することを知らされました。私は、彼の欠点をいわば自分の手で触診しおわると、伯爵夫人がその欠点をいたわる際に見せる従順さで、それに従うことを心にきめました。これが私の生涯のほかの時期だったら、必ずや彼の気持を傷つけてしまっていたにちがいありません。しかしまだ子供のように臆病《おくびょう》で、自分には何の知識もなく、大人というものは何もかも知っているものだと思いこんでいた私は、この辛抱づよい農業経営者が、クロシュグールドで得たすばらしい成果に、ひたすら驚嘆の目を見張るばかりだったのです。私は彼の計画に感服して耳を傾けました。そしてついには期せずしてこの老貴族の好意をかち得るもととなった、それと意識せぬお世辞から、私はこの地上の楽園をフラペルよりもずっとまさるものと考えて、絶好の場所を得たこの美しい地に羨望《せんぼう》の目をさし向けたのです。

「フラペルはどっしりした銀器ですが、クロシュグールドはまさに宝石箱です」と私は伯爵に言いました。

この言葉は、そののち伯爵が、私の名をあげながらたびたび人に語り聞かせるものとなりました。

「ところが、私たちが来る前は、すっかり荒れはてていたのです」と彼は言いました。

彼が種子《たね》まきや、苗床について話しだすと、私は全身を耳にして、彼の言葉に聞き入りました。はじめて農作業を目にする私は、物の値段や、耕作法などについて、次々と伯爵に質問をあびせかけ、彼はこうしたこまかなことを、一から十まで私に教えられるのがいかにもうれしくてたまらぬという面持でした。

「学校ではいったい何をおそわっているのです」彼は驚いて私にたずねました。

もうこの最初の一日だけで、伯爵は家に帰りつくと夫人に言いました。「フェリックス君はなかなか感じのいい青年だ」

その晩、私はしばらくフラペルに滞在したいので、服と下着を送ってほしいと手紙で母にたのみました。現に大変革が成し遂げられようとしているなどとは露知らず、それが私の先々の人生にいかなる影響をおよぼすことになるか理解しうるはずもなかった私は、追ってパリにもどり、法律の勉強をおえる心づもりでいたものの、講義が始まるのはどうせ十一月初旬からで、それまでにはまだたっぷり二カ月半もの余裕があったのです。

私が心して伯爵《はくしゃく》と親しくなるようつとめた滞在の当初は、なにやらと耐えがたい印象に満ちた時期でした。私は伯爵が理由もなくすぐ怒りだし、事態がどうにもならなくなると、やにわに行動をおこすのを知って恐ろしくなりました。彼は突如として、コンデ軍にいたころの勇敢な貴族にたちもどり、抛物線《ほうぶつせん》を描いてほとばしる意志のきらめきを見せることがあるのです。このような意志の力は、ひとたび重大な局面を迎えると、政治の動向に大きな穴をあける弾丸となり、たまたまそこに勇気と実直さが加われば、田舎屋敷で一生をおえるべく運命づけられた人間を、デルベや、ボンシャンや、シャレット（訳注　三者いずれも一七九三年から九五年にかけて、ヴァンデ地方を中心にしておこった反革命的農民一揆の指導者）のごとき男と化するのです。ある種の推測を前にすると、伯爵の鼻はきっとひきしまり、額は晴れやかに輝いて、目は一瞬、稲妻のような光を発します。が、しかしその光はたちどころにおとろえてしまいます。私はそのうち目にうかんだ言葉をふいに読みとられ、前後の見境もなく伯爵に殺されてしまうのではないかとおそれました。そのころの私は従順そのもので、男たちを思いもよらぬほどに変えてしまう意志の力は、まだようやく、私のなかに芽生えはじめたばかりであり、それにまた、心に抱く並はずれた欲望のため、私の感受性は、恐怖におののくかと思うばかりに、たやすく動揺を見せるのでした。私はたたかいをおそれてはいませんでした。がしかし、愛し愛される幸せを味わわずに命を失うのはいやでした。障害と私の欲望とは、二本の平行線を描きながらたがいに大きくなっていきました。自分の気持をどのように伝えたらいいのだろう。私の心はみじめなほどの困惑にとらわれていました。私は偶然を待ちながら機をうかがいつづけ、子供たちと親しくなって、彼らから好かれるようになると、ついで、この家の事物のごときものにおのれの身を化そうとつとめました。いつとはなしに伯爵は、私といるときも自制心を忘れるようになり、私はこうして、伯爵の気分がにわかに移り変り、理由もなく深い悲しみにとらわれたり、急に激昂《げっこう》したり、とげとげしく横柄《おうへい》に不平を述べたてたり、冷やかな憎しみあふれる態度を見せつけたり、辛うじて気の狂ったような挙動をおさえたり、子供のように嘆き悲しんだり、絶望におちいってわめきたてたり、ふいに怒りだしたりするのを知らされました。精神界と物質界が異なるところといえば、前者には、絶対的なものが何一つ存在しないという点です。つまりうける印象が強いか弱いかは、人それぞれの性格の強弱と、ある事柄に集中される思念の量とに比例するのです。私がこのままクロシュグールドに出入りを許されるか、この先の生活がどうなるかは、ただこの男の気紛《きまぐ》れな意志ひとつにかかっていました。「今日の伯爵はどんな態度で私を迎えるだろう」と心のなかでつぶやきながら部屋に入っていくたびに、当時まだ他愛もなく胸をはずませたり、ごく些《さ》細《さい》なことにもおびえやすかった私が、どれほどの苦しい思いに心をしめつけられたかはとてもお伝えすることができません。白髪をいただく額の上に、突如として嵐《あらし》の気配がたちこめるとき、私はどれほどの不安に心をさいなまれたことでしょう。いつ何がおこるか、常に身構えていなければならないのです。こうして私もついにいつかこの男の暴《ぼう》虐《ぎゃく》に支配される身となりました。私には自分の苦しみから、夫人の苦しみが察しとれました。やがて私たちは、心のなかを告げあう目をかわすようになり、夫人がじっと涙をこらえているときですら、私の方で涙を流してしまうことがありました。こうして夫人と私とは、おたがいの苦しみを通して心のなかをたしかめあったのです。希望がついえてはまたよみがえり、避けられぬ苦しみと、無言の喜びに満ちたこの最初の四十日間に、私はどれほど多くのことを新しく見いだしたことでしょう。ある日の夕暮れ私は、沈みゆく太陽を見つめながら、敬虔《けいけん》な面持で、じっと深く考えこんでいる夫人の姿をみとめました。夕日が、丘の頂をこよなく甘美な色に染めつくし、さながら褥《しとね》かと見まごう谷間を前にした私は、自然が生きとし生けるものを愛へとさそう、あのソロモンの永遠の雅歌の歌声におのずと耳を傾けずにはいられませんでした。夫人は娘時代にたちもどり、飛び去った幻影をふたたび呼びもどそうとしているのだろうか。人妻としての身を他人とひきくらべ、ひそかに思い悩んでいるのだろうか。私はこうした夫人の姿のうちに、最初の告白に好都合な打ち解けた様子をみとめて言いました。「つらい日があるものですね」

「私の心のなかがおわかりになりますのね」と彼女は言いました。「でも、どうしてですの」

「私たちが多くの点でたがいにふれあっているからです」と私は答えました。「私たち二人はおたがいに、喜ぶにせよ、悲しむにせよ、特別な資質を恵まれた同じ数少ない人たちの仲間なのではないでしょうか。こうした人たちの感性は、心のなかに深い響きをのこしながらたがいに共鳴し、その敏感な性質は、常に事物の本質と調和を保ちつづけているのです。この人たちを何もかもが不調和な環境においてごらんなさい、彼らは見る目も恐ろしいほどの苦しみを味わうでしょう。反対に、自分たちの共感をさそう考えや、感興や、人物に出会ったときは、彼らの喜びはとどまるところを知らずたかまるのです。その上、私たちは、第三の状態とも言うべきものに見舞われることがあり、そこにおちいったときの不幸を知っているのは、同じ病に苦しみながら、兄弟のように心を通わせあっている人しかありません。嫌なことにせよ、好ましいことにせよ、何も感じられなくなることがありましょう。そうなるといったん動きだした表現力に富む心のオルガンも虚空《こくう》にかなでられるほかはなく、相手もなくただ熱狂し、流れ出る音も旋律とはなりえずに、響きはむなしく沈黙のなかに消えていくのです。いかんともしがたい虚無に反抗する、魂の恐るべき自己撞着《どうちゃく》と言えましょう。こうした苦しい葛藤《かっとう》のうちに、私たちの力は自ら養う糧《かて》もなく、どことも知れぬ傷口から血が流れ出るように、私たちのなかからすっかり失われてしまうのです。私たちの感受性は奔流のように流れ去り、恐ろしい衰弱が、言うに言われぬ愁《うれ》いが私たちの心をとらえるのです。そしてこうした愁いは、告解室でも打ち明けるすべとてありません。いかがでしょう、こう申しあげれば、私たち二人に共通の苦しみを言いあらわせるのではないでしょうか」

夫人は身をふるわせ、夕日から目をはなさずに答えました。「お若いのにどうしてそのようなことがおわかりになりますの。女でいらしったことでもおありですの」

「ああ奥さま」私は感動のこもった声で言いました。「私の少年時代は永い病気のようなものでした」

「あら、マドレーヌが咳《せき》をしておりますわ」夫人はそう言うと、足早にその場をたち去りました。

私が足しげく訪れるのを目にしても、夫人がべつに不審を抱かずにいたのは二つの理由からでした。一つには夫人が子供のように純真で、あらぬ方に考えを向けるようなことがなかったためと、一つには私が伯爵の相手をひきうけて、この爪《つめ》とたてがみを欠いたライオンの恰好《かっこう》の餌食《えじき》となっていたからです。それにやがて私には、だれの目にもいかにももっともだと思われるうまい訪問の口実が見つかりました。私がトリクトラクを知らずにいたところ、モルソフ氏が教えてやろうと言いだして、私はその申し出に応じたのです。私たちの話がまとまった瞬間、夫人は「ご自分から狼《おおかみ》の口のなかにとびこまれて」と言わんばかりに、思わず同情のこもったまなざしを私の方にさし向けました。はじめは何のことかさっぱりわからなかった私も、三日目には、自分が大変なところへ足を踏み入れたことに気がつきました。少年時代の賜物《たまもの》である、堅忍不抜の私の忍耐力は、この試練の時を経てすっかりきたえあげられることになったのです。一度説明された定石やルールを私が応用できずにいると、伯爵はうれしそうな顔をして、ここぞとばかり残酷な嘲笑《ちょうしょう》をあびせます。私が考えこむと、のろのろした勝負は退屈だと愚痴を述べたてます。早くさすと、せきたてると言って腹をたてます。うっかりして点を入れそこなうと、急ぎすぎるからだと言いながら、うまく私のへまにつけこみます。それは小学校の教師さながらの暴虐ぶり、まさに笞《むち》を手にしての暴虐ぶりで、その苦しみをおわかりいただくには、たちの悪い子供の下僕とされたエピクテトス（訳注　ストア派の哲学者。前一世紀のフリギアの人。はじめは奴隷、のちネロ帝に解放され、実践本位の哲学を説いた）の例でもひきあいにだすほかはありません。金を賭けての勝負となると、ひたすらもうける一方の伯爵は、見るにたえないいやしい喜びを顔にあらわします。そんなときにも私の心は、夫人の一言ですっかり慰められ、伯爵もすばやく礼儀にかなった、節度のある態度にもどるのです。やがて私は、思いもかけない責め苦に身を焼かれるはめとなりました。こうした勝負をつづけるうちに、金がなくなってきたのです。伯爵は私が彼らのところをひきあげるまで――時にはそれが大変おそくなることもありました――いつも夫人と私のあいだに席を占めていましたが、それでも私は、夫人の心にしのび入る機会をいつか手にするのぞみだけはいっこうにすてていませんでした。しかし獲物を狙《ねら》う狩人《かりうど》のようにじっと辛抱し、苦しい思いで待ちうけるその機会を手にするには、いつも心をひきさくような苦しみに耐え、有金をのこらず巻きあげられながら、このいまいましい勝負をつづけるほかすべはなかったのです。それまでにも私たちは、「夜は美しいですね」と言いあうだけで、野原を照らす陽のたわむれや、灰色の空をおおう雲の群れや、もやにけむる丘のうねりや、川面《かわも》にくだける宝石のような月にじっと眺め入り、おたがいに黙りこんでいたことがすでに何度となくありました。

「夜はまさに女性です、奥さま」

「なんて静かなのでしょう」

「ええ、ここにいらっしゃれば、なにもかもすっかり不幸ということはありえません」

この返事を耳にすると、夫人はまたつづれ織りの仕事にもどりました。やがて私は、夫人の心のなかに場所を占めようとしている愛情が、かすかにうごめくのを聞きつけるまでになりました。金がなくなれば、ここですごす夜とももうお別れです。私は金を送ってくれるようにと母に手紙を書きました。母は手紙で私を叱《しか》りつけ、一週間分にも足りない金額を送ってよこしました。こうなったらいったいだれにすがれというのでしょう。しかもここには私の生命がかかっているのです。こうして私は初めての大きな幸せのさなかにありながら、それまでいたるところで私をさいなみつづけてきた同じ苦しみにまたもめぐりあったのです。しかしパリや、中学校《コレージュ》や、寄宿舎では、私はじっと思いをめぐらして欲望をおさえつけ、その苦しみからのがれることができました。私の不幸はいわば消極的なものでした。ところがフラペルでは、不幸は積極的なものに一変したのです。はじめて私は盗みの欲望を知り、犯罪にさえひそかに思いをはせ、自尊心を失いたくないばかりにおさえつけている恐ろしい憤激に心をかき乱されることとなりました。そしてあの時に母の吝嗇《りんしょく》が私に課したつらい思いや数々の苦しみの思い出が、若い人たちに対する宗教的とも言える寛大さを、――足を踏みはずすことはまぬがれたにせよ、深淵《しんえん》の深さをうかがうように、断崖《だんがい》のすぐそばにまで近づいたことのある人たちのあの寛大さを私の心に芽生えさせてくれたのです。人生がぽっかりと口をあけ、その底に横たわる乾ききった砂利の河床をあらわに見せたこの時期に、冷たい汗に養われた私の廉直《れんちょく》さが強固にきたえあげられたのはたとえ事実にもせよ、人間のおそろしい正義の刃《やいば》が人々の首筋に打ちおろされるのを見るたびに、私は刑法とは、不幸を知らずにすんだ人たちがつくりあげたものだと、心につぶやかずにはいられないのです。こうしてぎりぎりせっぱつまった立場にあったとき、私はシェセル氏の本棚《ほんだな》にトリクトラクの解説書があるのを見つけました。私はその本をじっくり研究し、それにまたシェセル氏も何度か手ほどきをしてくれました。こうして手やわらかに教えられると、私はぐんぐん上達し、やがて暗記した定石や勝負の読みも実地に役立てられるようになり、こうして私はほんの数日間で、先生の伯爵さえしのぐほどの腕になりました。しかし私が勝負に勝つと、伯爵は手がつけられぬほど機嫌《きげん》をそこね、その目は虎《とら》の目のようにぎらぎら光りだし、顔の筋肉はひきつって、眉《まゆ》はぴくぴくと動きはじめます。私はこれほど激しく動く眉を今までついぞ見たことがありません。彼の愚痴は、いわば甘やかされた子供の愚痴でした。時には賽《さい》を投げうつほど激昂し、地だんだをふみ、賽つぼのはしをかじりはじめ、私に悪口雑言を投げつけます。しかしこうした乱暴も間もなくおわりを告げました。相手より腕があがってしまうと、私は思いのままに勝負が運べるようになり、前半は伯爵に勝たせておき、後半はそのうめあわせを心がけながら、最後にはほぼ互角になるように手加減することをおぼえたのです。この世の終末さえ、自分の弟子のこの急速な進歩ほど伯爵を驚かせはしなかったでしょう。しかし彼は私の上達をすなおにみとめようとはしませんでした。私たちの勝負がいつも同じようなおわり方をするのを見て、彼は新しい餌食《えじき》とばかりそれにとびつきました。

「まちがいない」と彼は言うのです。「頭が疲れてくるんだ。君がおわりに近づくときまって勝ちだすのは、私が力をだしきれなくなってしまうせいなんだ」

トリクトラクのできる伯爵夫人は、こうした私のやり口に最初から気がついて、そのなかに大きな愛情のしるしをみとめてくれました。こうしたこまごましたことが充分にわかってくれるのは、トリクトラクの恐ろしいほどのむずかしさによく通じている人しかありますまい。でもこうした些細なことが、いかに多くのことを告げていたでしょう。そして恋はボシュエ師（訳注　一六二七―一七〇四。カトリックの高僧。その棺前説教は、古典文学の傑作とされている）の説く神のように、貧者のさしだすコップ一杯の冷たい水や、人知れず死んでいく兵士のかくれた努力を、この上なく華々《はなばな》しい勝利よりも価値あるものとみなすのです。伯爵夫人は、若い心をゆりうごかさずにはいない感謝のまなざしを私に投げかけてくれました。子供たちだけのもののあのまなざしをこの私にも向けてくれたのです。そして幸せに満ちたこの夜からは、夫人は私に話しかけながら、いつもその目をじっと私の上にそそいでくれるようになりました。その夜、彼女のもとをたち去る私が、どんな状態にあったかはとてもご説明できません。私の肉体は魂のなかに消え去って、私は重さを失い、足は地にふれず、まさに宙を飛ぶ心地でした。私は自分の身体《からだ》のなかに夫人のまなざしを感じつづけていました。彼女のまなざしは私の身体のすみずみまで光をあふれさせ、「さようなら」という一言は、「おお、子らよ、娘らよ」とはじまる復活祭の聖歌のハーモニーを、私の心の奥深くまで響きわたらせてくれたのです。私は新しく生れ変ろうとしていました。夫人にとってやっと何物かになれたのだ。私は緋《ひ》の産衣《うぶぎ》につつまれて眠りにつきました。閉じた目の前を炎がかすめ、燃えつきた紙の上を、虫のようにちらちらと走りまわるあの美しい残り火さながらに、闇《やみ》のなかを追いつ追われつしながら、次々と走り去っていきました。夢に聞く夫人の声は、何かこの手でふれられるもの、大気のように光と香気で私をつつみ、やさしく心をさすってくれる旋律のごときものでした。翌日、私を迎え入れる夫人の態度には、心を許した様子があふれていました。そしてその時から私は、夫人の声にかくされた秘密をあまさず読みとれるようになったのです。やがてその日は私の生涯でも、とりわけ記念すべき日となりました。夕食をすますと私たちは、丘の高みへ散歩にでかけ、何も育たない荒地に足を向けました。すっかり乾きあがったその土地は、腐植土もなく、石ころだらけですが、それでもここかしこに樫《かし》の木や、さんざしの実をいっぱいにつけた灌木《かんぼく》の茂みが見あたります。地面は草の代りに短くちぢれた鹿毛《かげ》色《いろ》の苔《こけ》におおわれ、今しもそれが夕日を浴びて、燃えるような色を呈しています。苔を踏むと足がすべりやすく、私は手を取ってマドレーヌを支《ささ》え、モルソフ夫人はジャックに腕を貸していました。ひとり先に立った伯爵《はくしゃく》は、うしろをふりかえると、ステッキで地面をたたきながら、恐ろしい口調で「これが私の人生ですよ」と私に言いました。「いや、でもお前に会う前のことだがね」伯爵はあわててそう言い足すと、許しを乞《こ》うようなまなざしを夫人に向けました。しかしこうした取り消しはもう手おくれです。夫人の顔はすでに蒼白《そうはく》でした。こんなひどい打撃をうけながら、彼女のように身をよろめかさぬ女性がはたしていましょうか。

「なんていい匂《にお》いが運ばれてくるんでしょう、ここは。それになんて陽の光が美しいんでしょう」と私は叫びました。「私はこの荒地が自分のものだったらと思います。掘りおこしたら何か宝物でもでてきそうですから。それにいちばんたしかな宝物はあなたのすぐ近くに住めるということです。これほど目に快い景色やあの川の眺めが手に入るとなれば、金を惜しむ人がいったいどこにおりましょう。曲りくねりながら流れる川をこうして眺めていると、とねりこや榛木《はんのき》にかこまれてまるで心が水浴《ゆあみ》しているような気がします。それにしても人の好みはさまざまですね。あなたにとってはこの一角は荒地にすぎません。でも私にはまさに天国です」

夫人は私に目で感謝の気持を示しました。

「田園詩ですか」と伯爵は苦々しい口調で言いました。「ここは、あなたのようなりっぱな名前をお持ちの方が、住みつくところではありませんよ」それから彼はちょっと言葉をとぎらせて言いました。「アゼーの鐘の音が聞えませんか。私にはたしかに鐘の音が聞えるんだが」

モルソフ夫人はおびえた様子で私を見つめ、マドレーヌは私の手をにぎりしめました。

「いかがです、家にもどってトリクトラクでもやりませんか。さいころの音がしだせば、鐘の音なんか聞えなくなりますよ」

私たちは話もとぎれがちに、クロシュグールドにもどりました。伯爵はどことははっきりと言わず、しきりと激しい苦痛を訴えました。客間に帰りついた私たちのあいだには、言い知れぬ不安がただよいはじめ、伯爵は肘掛椅子《ひじかけいす》にどっかり腰をおろし、じっと物思いにふけりこんでいる様子でした。病気の徴候をくわしく心得て、あらかじめ発作を見抜くことのできた伯爵夫人は、夫をそのままそっと物思いにふけらせておきました。私も夫人の沈黙を見習いました。彼女が私にたち去るよう求めなかったのは、おそらくトリクトラクでもやれば夫の気も晴れて、一度はじまったら死ぬような思いをさせられるあの恐ろしい神経過敏症の発作も、どうにかうまく避けられると思ったからでしょう。しかし伯爵をトリクトラク台に向わせるというのがまたこの上なく困難な仕事でした。そのくせ彼は勝負がしたくて、いつもうずうずしていたのです。伯爵はまるでもったいぶった女のように、請《こ》われ、せがまれたあとでなければ、決してうんと言おうとはせず、それもおそらく心のなかでありがたがっていればこそ、なおさらそんな様子を人目にさらしたくないと思っていたからなのです。つい興味のある会話にひきこまれ、たまたま私がこの平身低頭の儀礼を忘れてしまうと、彼は機嫌をそこね、とげとげしくなり、やたらに言葉を荒だて、会話にも我慢しきれなくなり、一から十まで何にでも反対を唱えはじめます。機嫌が悪いのに気がついて、私が一勝負やりませんかと申してると、「第一もう遅すぎるし、別にそれほどやりたいというわけでもないから」などと、思わせぶりを言ってじらします。それからはもうあとさきもない思わせぶりの連続で、それは、つまるところ何をのぞんでいるのかついに相手にもわからなくさせてしまうといったあの女たちのやり口そのままでした。私はもっぱら下手に出て、トリクトラクには練習不足がすぐひびくので、どうか手がさがらぬように、ぜひとも稽古《けいこ》をつけてほしいとたのみます。その晩は、どうにかして伯爵にやる気をおこしてもらおうとして、私は大いにはしゃいでみせました。彼は頭がぼうっとして満足に計算もできないとか、万力で頭をしめつけられているようだとか、耳鳴りがするとか、息がつまりそうだとか言ってしきりに大きな溜息《ためいき》をもらしました。しかしやっとのことで彼も承知して、どうやらトリクトラク台に向いました。モルソフ夫人は、子供たちを寝かしつけ、家の者たちにお祈りをすまさせてしまおうと席を立ちました。夫人のいないあいだは、すべてがうまくいきました。私は伯爵が勝つように上手に手加減し、彼は幸先《さいさき》がいいとばかりにわかに陽気な顔つきになりました。自分の将来に不吉な予言をもらすほど悲嘆にくれていた伯爵が、こうして突然、酒に酔ったようにはしゃぎだし、ほとんど理由もなく気違いじみた笑い声をたてるのを聞くと、私は急に不安におそわれ、背筋に寒気をおぼえました。私はこれほどはっきりした伯爵の発作を目にするのはこれがはじめてでした。私たちの親しい交際はすでに実を結び、伯爵は私だからといって、もはや気がねしようなどとはせず、自分の圧制下に私を閉じこめよう、むしゃくしゃしたときの新たな餌食にしようと、日々心がけているようでした。というのも心の病とはまさに欲望や本能を備えた生きものので、地主たちが土地を拡《ひろ》げたがるのと同じように、いつも自分の支配圏をおし拡げようとのぞんでいるのです。夫人は客間におりてくると、つづれ織りがくらがりにならぬよう、トリクトラク台に近づきました。しかし、こうして仕事にかかりながらも、内心の不安はかくしきれぬようでした。そのうち相手の私にはとめるてだてもない、致命的な悪手をさしてしまうと、伯爵の顔つきがさっと変りました。陽気だった彼が不機嫌に黙りこみ、赤みを帯びていた顔も黄色くなって、心もとなさそうな光がちらっとその目をかすめました。そして最後に、あらかじめ防ぐことも、あとからつくろうこともできない不運が伯爵を見舞いました。彼は自分の敗北を決定づける、恐ろしい賽《さい》の目を振ってしまったのです。彼はすっくと立ちあがり、私めがけて盤を投げつけ、ランプを床にほうりだし、こぶしでテーブルをたたきつけると、部屋中をはねてまわりました。歩きまわるなどとはとても言えたものではありません。彼の口からは悪態や、呪詛《じゆそ》や、支離滅裂な言葉がせきを切ったように流れだし、まさに中世の悪魔つきを目に見る思いでした。私がどんな態度を示したかはよろしくご判断ねがいます。

「庭にいっていらしって」と夫人が私の手をにぎりしめながら言いました。

私は伯爵の気づかぬうちに部屋をでて、ゆっくりした足どりで見晴らし台《テラス》の方に向いました。食堂と隣りあった伯爵の寝室からは、絶えず彼の叫び声や、苦しそうなうめきがもれ、それがここまで来ても私の耳に達していました。この嵐《あらし》のような騒ぎを縫って、雨のやみぎわにひときわたかく響く小夜《さよ》鳴《な》き鳥《どり》の歌のように、時折り天使のものとも見まごう夫人の声が聞きとれました。私はやがておわりを告げようとする八月の美しい夜につつまれて、アカシアの並木の下をさまよいながら、夫人が姿を見せるのを待ちました。彼女はきっとやってくる、彼女の身ぶりがそう約束していたではないか。私たち二人のあいだには、数日前から、心のなかを告げあいたいという気分がただよいはじめ、満ちあまるばかりの私たちの心の泉は、はじめの一言でどっとあふれだしそうな気配でした。何を恥じる気持から、私たちは完全に理解しあう時をそれまでおくらせていたのでしょう。愛する夫の前に、はじめて身をさらそうとする乙女《おとめ》たちのはじらいにも似た気持にとらえられ、ほとばしりでようとする生命をおさえつけ、心のうちを明かそうか明かすまいかと思いためらうときの、あの心をさいなむ恐怖にも似た胸のときめきを、おそらくモルソフ夫人も、私と同じように愛していたからのことにちがいありません。こうして積る思いをひたすら胸にためていた私たちは、みずからの手でこのさしせまった最初の打ち明け話を、いよいよ重大なものとしていたのです。一時間がすぎてゆきました。私は煉瓦《れんが》の手すりの上に腰をおろしていました。やがて夫人の足音と、風にひらめくやわらかいドレスの音が、静かな夕べの空気をふるわせ、心にうけとめきれぬほどの感動がとめどなく私の胸をおそいました。

「夫はやっと寝ついてくれましたわ」と夫人は言いました。「夫があんなふうになったときは、けしの実を煎《せん》じたお湯をカップに一杯飲ませますの。さいわい、発作から発作までかなりの間があるものですから、こんな簡単な薬でもいつでもよく効《き》いてくれますの」夫人はそこまで言うと口調をかえ、この上なく説得力にあふれた抑揚を言葉にこめて言いました。「今まで注意して人にかくしつづけてきた私どもの秘密を、運悪くあなたには、ふとした偶然から知られてしまうことになりました。どうかあの場のことは、あなたの心にしまいこんでおくと約束してくださいませ。お願いです、私のためだと思って約束なさってくださいませ。誓っていただきたいなどとは申しません。名誉を重んぜられるりっぱなお方として、ただ一言『承知した』とおっしゃってくだされればそれで充分です」

「わざわざ『承知しました』と口にだす必要がありましょうか」と私は彼女に言いました。「おたがいの心のなかをわかりあったことなど、これまで一度もないとでもおっしゃるのですか」

「どうか夫のことを悪くお考えにならないでくださいませ。ごらんのようなありさまも、亡命中ずっと苦しみつづけたためですもの」と夫人は言葉をつづけました。「明日になればさっき言ったこともすっかり忘れてしまい、きっと上機嫌で、にこにこしておりますわ」

「伯爵をかばおうとなさるのはおやめください」と私は夫人に答えました。「あなたさえおのぞみなら、僕はどんなことでもいたします。モルソフ氏を新しく生れ変らせて、あなたを幸せな生活に連れもどすことができるなら、僕は今すぐこのアンドル川に身を投げることもいといません。でも、どうしても変えることができないのは僕の考えです。僕のなかにこれほどしっかりと根を張っているものはほかにありません。僕の生命《いのち》ならよろこんであなたにさしだしましょう。でも心までさしあげることはできません。心の声に耳をかたむけずにいることはできましょう。でも、心の声まで封じてしまうことは僕にも不可能です。そして、僕の考えでは、モルソフ氏は……」

「わかっております」夫人は常にない激しさで私の言葉をさえぎりました。「あなたのおっしゃるとおりですわ。伯爵が、もったいぶった女のように、ひどく神経質なのは事実です」夫人は狂気という考えをやわらげるため、言葉をやわらげて言いました。「でも、あんなふうになることは、ほんのたまにしかありません。せいぜい年に一度くらい、それもひどく暑いときにきまっています。あの亡命騒ぎで、どれほどの不幸がひきおこされたでしょう。どれほど多くのすばらしい生涯が台なしにされたでしょう。私は信じておりますの、あの騒ぎさえなかったら、伯爵はきっと国の誇りとなるようなりっぱな将軍になっておりましたわ」

「それは僕にもわかっています」今度は私が夫人の言葉をさえぎって、私をだまそうとしてもむだだということを彼女にさとらせました。

夫人は足をとめ、片方の手を額におしあてて言いました。「私たちのところへあなたをさしむけてくださったのはいったいどなたかしら。神さまが私に救いの手をさしのべられて、私を支えてくれる生き生きとした友情をお恵みくださったのかしら」夫人は、私の手の上にその手を重ね、強くおしあてながらつづけました。「だってあなたは心の優しいりっぱな方ですもの……」夫人は、自分のひそかなのぞみの裏づけとなる、目に見える証拠をさがし求めるかのように空を見あげ、やがてその目を私の方にさし向けました。心のなかに、相手の心のすべてをそそぎこむようなまなざしに見つめられ、まるで電気でもかけられたようになっていた私は、社交界の掟《おきて》にしたがうかぎり、必ずやへまとされるようなおろかなまねをしでかしました。しかしこうしたへまにしても、ある種の魂の持主にとっては、すすんで危険にたち向う高潔さの証左《きぐ》であり、あらかじめ衝撃を避けようとするのぞみであり、訪れることのない不幸への危惧であり、それにもまして、突然相手の心に向ってはなつ問いかけであり、相手の心の共鳴をたしかめようとする打診なのだとは言えますまいか。私のうちには、光のように、いくつもの考えがわきおこり、私が夫人の心のなかに入るのを許されようとしているこの瞬間に、私の純潔さをけがしているあの汚点を拭《ぬぐ》い去るように叫びかけたのです。

「お話をすすめる前に」と私は、二人をつつむ深い静けさを通して、容易に聞きとれるほどの激しい胸の高鳴りに、声も変りながら言いました。「どうか過去の思い出を清らかなものにさせてください」

「いけません、おっしゃっては」夫人は、私の唇に指をおしあてて激しく言うと、またすばやくその指をはなしました。それから、侮辱の矢もとどかぬほどの高みに身をおいた高貴な女性の、毅然《きぜん》とした面持で私を見つめると、さすがに動揺のうかがいとれる声で言いました。「おっしゃりたいことはわかっています。あれは後にも先にも、私が生涯でうけたたった一度の侮辱です。あの舞踏会のことは二度と口になさらないようにしてください。たとえ私のなかのキリスト教徒が許してさしあげても、私のなかにいる女はまだ苦しみつづけているのです」

「神さま以上に無慈悲になさるのはおやめください」私は、あふれる涙をまつげのあいだにためて言いました。

「神さまより弱いのですもの、神さまよりきびしくしなければなりませんわ」

「お願いです」私は子供がたてつくように言いました。「たとえこれが最初で最後でもかまいません。たった一度で結構です、どうか僕の申し上げることを聞いてください」

「それほどおっしゃるなら、どうぞお話しください。さもないと、お話をうかがうのをこわがっていると思われそうですから」

この瞬間が、私たちの生涯でかけがえのないものであるのを感じながら、私は聞く人の注意をひきつけずにはいない抑揚をこめて彼女に語りかけ、舞踏会で会った女性たちも、それまでに目にした女性たちも、いっこうに私の興味をひかなかったこと、それなのに彼女を一目見ると、生来臆病《おくびょう》で、ひたすら勉学生活にいそしんでいた私が、まるで狂気にとりつかれたように夢中になってしまったこと、そして私の狂乱をとがめられるのは、そうした気持をこれまでに一度も味わったことのない人たちだけで、かつて一人の男の心が、あれほどの欲望に満たされたこともなく、あれほどの欲望によくさからいうる人もなく、それはすべてのものに、死にさえも打ち勝つものであることを彼女に告げました。

「それでは軽蔑《けいべつ》にもですの」彼女は私の言葉をさえぎって言いました。

「それでは僕を軽蔑なさったのですか」と私はたずねかえしました。

「こんなお話はもうやめにいたしましょう」と彼女は言いました。

「いいえ、つづけさせてください」私は人間業ではとても耐えられぬほどの苦しさに、夢中になって叫びました。「僕のすべてにかかわることなのです。人の知らない僕の生活や、ぜひとも知っていただきたい秘密をあなたにお話ししたいのです。さもなければ、僕は絶望のあまり、死に追いやられてしまうでしょう。それにまたこれは、あなたご自身にも関係のないことではないのです。あなたは知らぬ間に馬上試合の女王《ダーム》に選ばれて、勝者にささげられる輝く栄冠をその手にしておられたのです」

私は自分の幼年時代と少年時代を彼女に語りました。しかし、あなたにお話ししたときのように、距離をおいて、判断を加えながらではなく、まだ血のしたたる傷をかくし持った青年の、燃えるがごとき言葉を連ねてです。私の声は、森のなかに響きわたるきこりの斧《おの》のようでした。斧にふれると死に絶えた年月や、その年月に葉もない枝のようにまとわりついた永いあいだの数々の苦悩が、大きな音をたてて地上に倒れ落ちていきました。あなたには遠慮して申しあげなかった幾多の恐ろしい経緯を、私は熱のこもった言葉でこまごまと彼女の目に描き出しました。輝くばかりの願いにこめられた心の財宝や、欲望の無垢《むく》の黄金や、うちつづく冬のため、アルプスの厚い氷の下にうずもれながら、なおも燃えつづける私の心のすべてを、彼女の目にあまさずくりひろげて見せたのです。イザヤのごとく唇に燃える炭火（訳注 イザヤを予言者とするため、天使は彼の唇に燃える炭火をのせて、それを清める。イザヤ書第六章第五節―第七節）を感じながら、こうして語りおえた苦悩の重みに身を打ちひしがれていた私は、それまでじっと顔を伏せ、私の話に聞き入っていた伯爵《はくしゃく》夫人の最初の一言を待ちうけました。彼女はさっとまなざしを投げ、闇《やみ》を明るく照らしだすと、たった一言で天も地も生き生きと活気づける言葉がその唇をもれました。

「二人とも子供時代はそっくりでしたのね」そう言いながら私の方を向く彼女の顔には、さながら殉教者の背光が明るく照りはえているかのようでした。

私たちはしばらくのあいだ口を閉じ、「苦しんでいるのは自分一人ではなかったのだ」

という同じ考えに慰められ、たがいの心がしっかりと結びつけられていくのを感じていました。やがて夫人は、愛する子供たちに話すときのあの声で、彼女の家では兄弟たちが次々と夭逝《ようせい》し、親たちの期待に反して、娘の自分だけが、一人のこされることになった顚末《てんまつ》を私に語り聞かせてくれました。それにまた、母親のそばにいつもしばりつけられている娘の苦しみが、学校という社会にほうりこまれた少年の苦しみと、どのように違うかも説明してくれました。石臼《いしうす》の下におしつぶされ、絶えず心を傷つけられているこうした苦しみにくらべれば、私がそのなかにおかれた孤独でさえ天国とでも言うべきものでした。こうした彼女の境遇は、真の母親とも言うべき彼女の優しい伯母《おば》が、彼女を自分の手もとにひきとって、その苦しみから救いだしてくれるまで、そのままずっとつづいたのです。彼女は今も心によみがえる当時の苦しみを語りました。それは人に説明するのも困難な、ちくちくと針で刺すようないじめ方でした。目の前に短刀をつきつけられても後に退《ひ》かないが、ダモクレスの剣（訳注　ダモクレスは前四世紀前半のシラクサの人。ダモクレスが廷臣としてつかえたディオニュシオス一世は、僭主の命運が常におびやかされていることを彼にさとらせるため、ダモクレスを宴会に招き、頭上に一本の馬の毛で剣をつるした席に彼をすわらせたという）の下では息絶えてしまうような神経質な人たちには、こうした仕打ちはまことに耐えがたいものとなるのです。真心を披瀝《ひれき》しようとすれば、冷やかな命令口調の言葉におしとどめられ、接吻《せっぷん》もそっけなくあしらわれ、黙っているように言われたり、黙っているといって逆に叱《しか》られたり、そのたびに彼女はじっとこらえ、涙を胸にためてきたのです。言うなれば、世人にほめそやされる母性愛の衣にかくされた、よそ目にはそれと映らぬ修道院式の虐待《ぎゃくたい》です。母親は娘を自慢の種として、人前ではしきりと彼女をほめたてました。しかし翌日には、単に仕付け役の手柄を示すためだけのこのお世辞が、いかに高くつくかを逆にいたく思い知らすのです。ひたすら心優しく、従順ぶりを示したのちに、やっと母の心を得たつもりになって、うっかり胸のなかを打ち明ければ、その打ち明け話を逆手にとって、ふたたび暴君が姿を現わすのです。スパイでさえ、これほど卑劣でも、これほど陰険でもなかったでしょう。娘としての楽しみも、うれしいお祝いごとも、彼女にはみなひどく高いものにつきました。というのも、まるで過《あやま》ちをおかしたとでもいうように、楽しい思いをしたことすらも、叱責《しっせき》の種とされたからです。貴族の娘として彼女がうけた教育も、決して愛情をもってさずけられたものではなく、むしろとげとげしい皮肉によって身につけさせられたものでした。しかし夫人はこうした母をうらまずに、母に対して愛情よりも、むしろ恐れを抱いている自分の方を責めるのでした。おそらくこの天使は、ああした厳格さも必要だったのではなかったか、今の生活に対する心構えを与えてくれたのもあの厳格さではなかったか、と考えていたのです。こうした話を聞いていると、さきほど私が荒々しい和音をかきならした同じヨブの竪琴《たてごと》（訳注　ヨブ記第三十章第三十一節に、「わが琴は哀（かなしみ）の音（ね）、わが笛は哭（なげき）の声（ね）となれり」とある）が、今はキリスト教徒の手にまさぐられ、荒々しい私の調べに対して応えるがごとく、十字架の前にひざまずく聖母マリア（訳注　ヨハネ伝第十九章第二十五節に「さてイエスの十字架のかたわらには、その母と母の姉妹と、クロパの妻マリアとマグダラのマリアと立てり」とある）の連禱《れんとう》をかなでているように思えてくるのでした。

「ここでお会いする前から、私たちは同じ世界で生きていたのですね。あなたは東、僕は西から出発して……」

夫人は絶望的な身ぶりで頭をふりながら言いました。「そしてあなたはそのまま東にゆかれ、私は西に向うのです。あなたは幸せにお暮しになり、私は苦しみのあまりに死んでいくのです。男の方は自分の手で人生をきりひらいてゆかれます。でも私の人生はすっかりきまってしまっていて、もうどう変えようもないのです。私のつながれた重い鎖を断ち切る力のあるものはこの世に何一つとしてありませんもの。人妻は貞潔を示す金の環《わ》で、この鎖にしばりつけられているのです」

今ではもう私たち二人が、たがいに同じ胎内にみごもられた双生児《ふたご》のように思われてきた夫人にとっては、こうして同じ泉の水をくみかわした兄弟同士の間柄で、一度はじめた打ち明け話を中途でやめてしまうなど思いもよらぬことのようでした。汚《けが》れを知らぬ魂の持主が心のなかを告げようとするときに、おのずと胸にこみあげてくる溜息《ためいき》をふうっともらしたあとで、夫人は、結婚当初の日々や、最初に訪れた失望や、つねによみがえりくる不幸の一部始終をくまなく私に語りました。彼女も私と同じように、とるに足らぬ瑣末事《さまつじ》のつらさを身にしみて味わわされることになったのです。湖水に投げ入れられた小さな石が、水の面を波立たせるだけにとどまらず、その底の深みから湖水をゆり動かすのと同じように、ほんのわずかな衝撃にも、澄みきった魂のすべてを激しくゆり動かされる人たちには、こうしたとるに足らぬ瑣末事が、ひどく重大なものと化するのです。結婚するときには彼女にも、いくばくかの貯《たくわ》えがありました。わずかながら、みな楽しかった日々の思い出や、少女時代のさまざまな願望が刻みつけられている金貨です。金に困ったある日のこと、彼女はそれがただの金貨ではなく、一枚一枚が記念の品であることとも夫に告げず、気前よく彼の前にすっかりさしだしてしまいました。夫はありがたがりもせず、妻に借りがあることさえ、意識してくれぬありさまでした。忘却の澱《よど》んだ水に呑《の》みこまれてしまったこの宝物の代償として、夫は涙にうるんだまなざし一つ、彼女に投げかけてくれようとはしませんでした。思うにこうしたまなざしこそ、すべてのつぐないともなり、高貴な魂をひめた人たちにとっては、つらい日々に燦然《さんぜん》と光をはなつ永遠の宝石ともなるのです。彼女がたどった道はまことに苦しみから苦しみへの連続でした。伯爵は、家に必要なお金さえ渡してくれるのを忘れるしまつで、彼女が女らしいさまざまな気おくれに打ち勝ち、やっとの思いで請求すると、彼はふっと夢からさめたように思いだすのです。伯爵は、こうした胸をしめつけられるようなつらい思いをさせまいとして、彼女に気をつかってくれたことなど一度としてありませんでした。この破滅した男の病的な性質が目の前にはっきりと姿を見せたとき、彼女はどれほどの恐ろしさに心をとらわれたことでしょう。夫の気違いじみた怒りをはじめて目にしただけで、彼女は身も心も打ちくだかれる思いでした。女の生活を支配する、この夫といういかめしい存在を、まったく無能なものと見なすまでには、どれほどのつらい思いを経たでしょう。二度のお産につづいた不幸が、どれほど恐ろしいものだったでしょう。死んだようになって生れた子供を前にして、どれほどの思いに胸をしめつけられたことでしょう。「私がこの子たちに生命を吹きこもう、毎日新しく産みだすつもりで育てよう」と心にきめるには、どれほどの勇気が要《い》ったでしょう。それにまた女たちが救いを求める夫の手と心のなかに、ただ障害しかみとめえなかったときの彼女の絶望感はいかに深いものだったでしょう。一つ困難に打ち勝ったびに、彼女はさながら茨《いばら》だらけの大草原のごとき不幸せが、おのが行手にはてしもなく拡《ひろ》がっているのを目にしたのです。一つの岩をのりきるたびに、踏みこえねばならぬ新たな砂漠がまたもその先に姿をあらわすのです。そうして、それは、夫の人となりや、子供たちの体質や、これから暮していく土地の様子をすっかり知りつくす日までつづいたのです。優しい心づかいにみちた家族の手から、無理やりナポレオンによってもぎとられたあの少年兵たちさながらに、泥んこ道や、雪のなかの行進に足もなれ、飛びくる弾丸にも平然と額をさらし、兵士に求められる絶対的な服従をすっかり身につけるまでそのままつづいたのです。かいつまんで申しあげるこうした事柄の暗澹《あんたん》たる全貌《ぜんぼう》を、夫人はそれにつきまとう痛ましい出来事や、敗北におわった夫婦間のたたかいや、さまざまな実りなき試みを織りまぜながら語ったのです。

「そうですわ」と夫人は最後に言いました。「何カ月かここに滞在なさらなければ、クロシュグールドの土地改良がどんなに大変かはおわかりいただけませんわ。あの人には、いちばん自分の得になることをやってもらうためにさえも、うんざりするほどいろいろとご機嫌《きげん》をとらなければなりませんの。そして私のすすめでやったことが、最初のうち何かでうまくいかなかったりすると、もう子供みたいに意地悪くなり、反対にうまくいけばいったでそれこそ得意そうに、みんな自分の手柄にしてしまいますの。ほんとうに辛抱強くなければやっていけませんわ。こちらがあの人の時間から棘《とげ》を抜きとり、あの人の吸う空気を香りで満たし、あの人が自分で石ころだらけにした道に砂をまいて、せめて草花でも咲かせてあげようと一生懸命つとめておりますのに、それこそひっきりなしに愚痴ばかり聞かされているのですもの。そして、その代りに私が手にできるものといえば、『ああ、死にそうだ、生きているのが重荷でたまらない』という恐ろしいきまり文句だけなのですわ。幸いに、お客さまがお見えになると、こうしたこともみんな影をひそめて、愛想のいい礼儀正しい人にもどってくれます。でもどうして身内の者たちにも、同じように振舞ってくれないのでしょう。時にはほんとうに騎士道風なことさえなさるお方が、どうしてこうも誠実さを欠いていられるのか、私にはとても説明がつきません。このあいだ、トゥールで舞踏会があったときもそうでしたが、こっそりパリまで馬をとばし、私に首飾りを買ってきてくれるようなこともあるのです。家のこととなるとけちですが、こちらでのぞめば、私にはとても気前よくしてくれるにちがいありません。でも本当は、これが逆だとよろしいのですが。だって私は何もほしくありませんが、家にはこれでずいぶんかかるのですもの。いつかは自分でも母親になることがあるなどとは思いもかけずに、いつもあの人の生活を幸せにしてやりたいとばかり願っていたものですから、きっと私を獲物あつかいにする癖をこちらでつけさせてしまったのです。私の方でうまくご機嫌をとっておだてていれば、あの人なら子供のようにどうにでも自由にできそうですわ、自分にもけがらわしいと思われる、そうした役を演ぜられるまで身を落せれば。でも家のためを考えれば、正義の女神の像のように、おちついて、いかめしくしていなければいけないはずですわ。でも私も本当は、心のなかをかくしていられない情にもろいたちですの」

「どうしてそうした力を利用され、ご主人の上に立って、あの人をうまくおさえていこうとなさらないのです」と私は夫人に言いました。

「もし私のためだけでしたら、あの人の頑固《がんこ》な沈黙にはとうてい勝てそうもありません。道理の通った議論にもかたくなに耳をふさいでしまい、何時間だってじっと黙りこんでいるのですもの。それにまるで子供の理屈のような、筋の通らない言いがかりにもどう答えたらいいのか私にはわかりませんの。私には弱いものや子供たちには自分からたち向う勇気がないのです。どんなひどい目にあわされても、さからおうという気になれないのです。力と力でしたら、私だってきっともちこたえてみせますわ。でもかわいそうだと思う者を相手にするとすっかり力が抜けてしまいますの。マドレーヌの命を救うために、何か無理強《じ》いしなければならないくらいなら、むしろあの子と一緒に死んでしまうほうがましですわ。一度かわいそうにと思うと、心の糸が張りを失って、神経もすっかりゆるんでしまうのです。それにこの十年間の激しい心の動揺にはもうほとほと気力がつきてしまいました。いためられつづけの私の感受性も、時とするとすっかり頼りがいがなくなって、もう元通りにはとても回復しそうにもありませんわ。こうして嵐《あらし》をもちこたえている気力でさえ、時にはすっと抜けていってしまうことがあるのですもの。そうです、ときには私にもつい負けてしまうことがあるのです。ゆっくり休息をとり、海水浴でもして心の糸をしっかりさせなければ、このまま死んでしまうことになりそうですわ。私は主人に殺されて、主人も私のあとを追うということに……」

「どうして何カ月か、クロシュグールドを留守にされないのです。どうしてお子さんたちと一緒に海岸にでかけられないのです」

「私がここをはなれたら、だいいちモルソフが、もう自分はだめだと思いこんでしまいますわ。あの人は自分がどんな立場にいるかどうにかしてみとめまいとしているようですが、心のなかではちゃんと感じとっているのです。あの人のなかには正常人と病人の二人の人間がいて、性質の違ったこの二人のあいだの食い違いから、いろいろなおかしな言動も説明がつくのです。それにあの人がびくびくするのももっともです。ここでは何もかもうまくいかなくなりますわ。ごらんくださったでしょう、私はこの家の主婦で、空を舞っているとんびから、子供たちの身を守っておりますの。なかなか骨の折れる仕事ですわ。おまけにモルソフが『奥さまはどこにいかれた』とたずねまわっては世話を焼かせます。でもこれだけならまだしもですわ。私はジャックの先生で、マドレーヌの養育掛りもつとめておりますのよ。それだけではありませんわ。私はこの手一つで、執事も管理人もかねていますのよ。この地の農業経営が、どんなに骨の折れる仕事かお知りになれば、今申しあげた言葉の重みも、いつかおわかりになっていただけますわ。現金収入はほとんどなく、私どもは農地を折半小作にだしているものですから、一時《いっとき》も目をはなすことができませんの。それに麦も、家畜も、そのほかの農作物も、みんな自分の手で売りさばかねばなりませんし、私どもの小作人が、そのまま私どもの競争相手です。小作人たちは居酒屋で買手と話をつけ、こちらより一足先に売りはらって勝手に相場をきめてしまうのです。こうした農業のむずかしさをいちいちご説明申しあげても、きっとご退屈なさるだけでしょう。いくら私が熱心でも、小作人たちがこちらでやった肥料をごまかして、勝手に自分たちの土地に入れてしまわないかどうか見張っているわけにはいきません。それに穫《と》れた分を折半するとき、私たちのやった差配の男が、小作人たちとこっそりしめしあわせたりしないかどうか、いちいち見にいくわけにもまいりませんし、穫れたものを売りにだす潮時も私どもにはなかなかつかめません。それにモルソフの物おぼえの悪いことや、私がどんなに苦労して、無理やりあの人に仕事をしてもらっているかお考えいただければ、私の肩の荷がどんなに重くて、一時たりとも投げだすわけにはいかないことがあなたにもおわかりになりますでしょう。私が留守をすれば私ども一家は破滅です。そうなれば主人の言うことなどもうだれ一人として聞かなくなりますわ。あの人の言いつけは、あとさきでたいてい食い違っているのですもの。それに主人になついているものはこの邸《やしき》には一人もおりません。小言ばかり言って、あんまり威張りすぎるのです。それに弱い人間というのはみなそうですが、目下の者の言うことをあんまり簡単に聞きすぎるものですから、まわりの人たちに、家族のもの同士を結びつけているような愛情を抱かせることができないのです。私がここを発《た》ってしまったら、一週間としてそのままじっとしていてくれる召使は一人もおりませんわ。おわかりくださったでしょう、私はあの鉛の花束が屋根にとりつけられているのと同じように、このクロシュグールドにしばりつけられているのです。あなたには何のかくしだてもなく、すっかりお話しいたしました。このあたりには、クロシュグールドの秘密を知っているものは一人もおりません。こうして、あなただけがご存じなのです。クロシュグールドを話題になさるときは、どうか私たちの不為《ふため》にならないような、いいことだけおっしゃってくださいませ。そうしていただければ、りっぱな方とお見あげして、心から感謝いたしますわ」それから夫人は声に優しさを加えながら言いそえました。「そうしてくだされば、今までどおり、好きな時にここにお見えくださって結構ですわ。優しい友人たちが心からあなたをお迎えいたしますでしょう」

「ああ、僕はまだ苦しんだことなどないのだ」と私は言いました。「あなたお一人が……」

「いいえ」夫人は、御影石《みかげいし》さえも砕くような、あきらめに徹した女性のほほえみをうかべながら言葉をつぎました。「私の申しあげたことなどで驚いたりなさってはいけません。人生とはこうしたもので、あなたがご想像で、こうあってくれればとのぞんでいたようなものではございませんの。私たちにはみな長所もあれば欠点もありますわ。もし、私が金づかいの荒い男に嫁《とつ》いでいたら、とっくに破産していたでしょうし、もし血気盛んな女ずきの若い男に嫁いでいたら、夫はさかんに女性たちにもてはやされて、とても私の手もとになどおとなしくしていてはくれなかったでしょう。私は夫にすてられて、きっと嫉妬《しっと》に狂い死にしていましたわ。私はとても嫉妬深いたちですもの」夫人は、すぎゆく嵐の雷鳴を思わせる興奮した口調で言いました。「ところがモルソフはあの人なりに精いっぱい私を愛していてくれますわ。香油ののこりを主の足もとにそそぎかけたあのマグダラのマリア（訳注　ルカ伝第七章第三十六節―第三十八節）のように、あの人は私の足もとに心にあるだけの愛情はそそぎかけてくれますわ。私の申しあげることを信じてくださいませ。愛に恵まれた生活は私たちにはどうすることもできないこの世の掟《おきて》の例外ですの。花はみないつかはしおれ、大きな喜びにはやがて悪い明日が訪れます。それも明日があっての話です。あるがままの人生とは、まさに苦しみの生活です。陽もあたらぬ見晴らし台《テラス》のかげに芽をだしながら、それでも緑をたもっていられるこのいらくさこそ、そのままの人生の姿です。でもここでも北国と同じように、時には空がほほえみかけてくれることもありますわ。ごくまれなことはたしかです。でも苦しみをつぐなってくれるにはこれで充分ですわ。それに、ひたすら母親として生きる女たちは、快楽よりむしろ犠牲のなかにこそ愛着を感じるものではございません？　私はここにいて、召使や子供たちの上に今にもおそいかかろうとしている嵐の気配を自分に呼びよせているのです。そしてうまく嵐をそらしてやれると、なにやらひそかに力がわいてくるような気がするのです。こうして私の場合いつも前の日のあきらめが、翌日のあきらめを準備してくれました。それに神さまだって、私の希望をのこさず取りあげておしまいになったわけではございません。最初は子供たちの身体《からだ》のこともすっかりあきらめていましたわ。でも大きくなるにつれて、ずいぶん丈夫になってくれましたもの。それになんと言っても住居はきれいになりましたし、財産の方も徐々に立ち直ってきておりますわ。私が力をつくせば、モルソフの老年だって幸せにならないなどとだれに言いきれましょう。信じていただきたいのです。みずからの手で慰めえた、人生を呪《のろ》っていた人たちをひき連れて、緑の棕櫚《しゅろ》の小枝を手に、審判者たる神の前にまかりでられる人間は、まさに自分の苦しみをみずから喜びにかええた人間です。私の苦しみが家族の幸せに役立つなら、はたしてそれが苦しみと言えますでしょうか」

「おっしゃるとおりです」と私は言いました。「そしてその苦しみは必要だったのです。僕自身の苦しみが、岩場に熟《う》れた果実を味わうのに必要だったのと同じです。いまこそ僕たちはその果実を一緒に味わえるのです。そのすばらしい味にうっとりし、心にあふれくる愛の奔流や、黄ばんだ葉も生きかえらせるその樹液をともに味わえるのです。人生はもう重荷でも、二人別々のものでもなくなるのです。ああ、おわかりになっていただけますか、僕の申しあげようとしていることが」私は宗教教育でなれ親しんできた、神秘的な言葉でつづけました。「僕たち二人が、おたがいにどんな道を通って歩みよったかをごらんください。いかなる磁石に導かれ、苦い水をたたえた大きな海をいくつものりこえ、砂金のちりばめられた河床もあらわに、花の咲き乱れる緑の岸辺の間を縫って、山のふもとを流れる甘い水をたたえた泉のほとりに、僕たち二人がどのようにしてたどりついたかを。僕たちは、東方からやってきたあの三人の博士（訳注　イエスの誕生を祝うため星に導かれ、東方よりベツレヘムを訪れた三人の博士。マタイ伝第二章第一節―第十二節）のように、同じ星の歩みにしたがって、ここまで足を運んできたのだとは思われませんか。そして今僕たちは秣桶《まぐさおけ》を前にして、聖なる御子《みこ》がやがて目ざめるときを待っているのです。目ざめた御子は裸木めがけて愛の矢を射かけ（注訳フェリックスの比喩は、イエスから、愛の弓矢をたずさえたキューピッドに移行していく）、歓喜の叫びでこの世に生をよびもどし、絶えざる快楽で人生に味わいをそえ、夜には眠りを、昼には喜びを返してくれるのです。年ごとに僕たち二人をつなぐ絆《きずな》を新たに強めていってくれたのはいったいだれなのでしょう。僕たち二人の間柄は、姉と弟以上のものとは言えぬでしょうか。天が結びつけたものをほどこうとなさってはいけません。今お話しになった苦しみも、種子《たね》まく者が、やがて実を結ばせるべく、大地にちりばめた種子なのです。そして、それが今ではこよなく美しい陽《ひ》ざしを浴びて金色に光り輝いているのです。さあ、ご一緒に、一本ずつ穂を刈り取りましょう。ああ、こうしたことが思いきって申しあげられるなんて、僕にはどこからそんな力がわいてくるのでしょう。さあ、お答えください。お答えいただければ、二度とアンドル川を渡らぬつもりです」

「あなたは恋という言葉を避けてくださいましたが」夫人は私の話をさえぎるときびしい声で言いました。「あなたがお話しの感情は、身におぼえもなく、私には許されてもいない感情です。あなたはまだほんの子供ですから、もう一度だけ許してさしあげますわ。でもこれが最後です。おぼえておいてください、私の心は母親の愛で夢中なのです。私がモルソフを愛しているのは、社会的なつとめからでも、永遠の至福を得ようとしての打算からでもありません。さからいがたい感情が私の心の糸の一本一本にあの人を結びつけているのです。無理やりにあの人と結婚させられたわけでもありません。不幸な人への同情から、自分で結婚しようときめたのです。時代の不幸をつぐなって、変動の裂け目に落ちこんで傷つき苦しんでいる人たちを慰めてあげるのが女のつとめではございませんか。なんと申しあげたらよろしいでしょう。あなたがモルソフの相手をしてくださって、あの人を楽しませてくれているのを拝見すると、なんだか私、身勝手な喜びを心におぼえるのです。この気持こそ母性愛そのものではございませんかしら。私の話をお聞きになって、私には三人の子供がいることがおわかりでしょう。三人のうち一人として目をはなすことはできません。いつも朝露をそそぎかけるように元気づけ、私の心の太陽を、一片のかげりもなく、輝かせておかねばならないのです。どうか母親の乳を苦いものにしないでくださいませ。私のなかの人妻は決して心を動かされるようなことはございませんが、これからはもうそんなふうにお話しなさるのはおやめください。

こんな簡単なお願いさえ守っていただけないようでございましたら、あらかじめはっきり申しあげておきますわ、わが家の出入りは今後さしひかえていただかねばなりません。あなたのお気持は純粋な友情だと、押しつけられた姉弟愛よりずっとたしかな、自分の方からすすんで求めた姉弟愛だと私、そう信じておりましたわ。私の思いちがいでしたのね。私はとやかく人のことを裁《さば》くお友だちではなく、自分を叱《しか》りつける声が身を切るように思われる心弱くなった瞬間に、私の話に耳を傾けてくれるような、そんなお友だちがほしかったのです。その人といても何も恐れることのない、清らかなお友だちがほしかったのです。若さは高潔さにあふれ、いつわりがなく、犠牲もいとわず、打算もめぐらしません。そう、正直に申しあげますわ、あなたがずっとつづけておいでくださるのを拝見して、これには何か神さまの思召《おぼしめ》しがかくされていると思ったのです。神父さまがすべての人のためにあるように、私のためだけの魂をこの身におさずけくださったのだと思ったのです。心に悲しみの余るときはそれを打ち明けられ、どうにも自分の手におえず、これ以上心をおさえていたら息もつまるような思いがするときには、思いきり泣き叫ばせてくれるような魂を私にお恵みくださったのだと思ったのです。そうすれば、子供たちにとってかけがえのないこの私も、ジャックが成人するまでは、どうにかして生きのびられるだろうと思ったのです。でもこれはあまりに身勝手な考えでしたわ。ペトラルカ（訳注　一三〇四―七四。ルネッサンス期のイタリアの抒情詩人。ラウラはその永遠の恋人。なお彼女はフランス人であるのでロールとするのが正しいが、習慣にしたがってラウラとした）にうたわれたラウラのような存在は二度と許されるものではありませんもの。私が思い違いしていたのです。神さまもそんなことをおのぞみではないのです。私は友もない兵士のように、自分の持場で一人ぼっちで死んでいくべきなのです。懺悔《ざんげ》を聞いてくださる神父さまは手きびしい厳格なお方ですし、それに……伯母ももうこの世にはおりませんもの」

　彼女の目から大粒の涙が二つあふれだし、月の光に輝きながら頬《ほお》をつたって流れました。私はさっと手をさしのべこぼれ落ちる涙をうけとめると、敬虔《けいけん》な思いをこめて、むさぼるようにそれを飲みほしました。十年間のひそかな涙と、むだに費やされた感受性と、絶えざる心づかいと、不断の危惧《きぐ》と、女性の持ちあわせるこの上ない健気《けなげ》さが刻みこまれた、さきほどの夫人の言葉に心をかりたてられてのことでした。彼女は呆然《ぼうぜん》とした、しかし優しい様子で私を見つめました。

「これが神聖な愛の最初の聖体拝受です」と私は夫人に言いました。「そうです、聖なる血潮を飲みほして、私たちが主イエス・キリストに結びつくように、僕はあなたの悲しみをともに味わって、あなたの魂に結びつけられたのです。希望なく愛することさえ一つの幸せです。ああ、地上のどこをさがしたら、この涙を飲みほしたときほどの喜びを与えてくれる女性がおりましょうか。ゆくゆくは苦しみと化するこの約束を僕はよろこんでおうけいたします。僕は何の下心もなくあなたに身をささげ、あなたがのぞまれるとおりのものになるつもりです」

彼女は身ぶりで私の言葉をさえぎると、その深い声で言いました。「私もその約束をおうけします。私たちのあいだの絆《きずな》を、決してこれ以上強くされようとおのぞみにならないなら……」

「わかりました」と私は夫人に言いました。「でも与えてくださるものが少なければ少ないほど、一度手にしたものはしっかりにぎりしめていなければなりません」

「もう最初から私の心を疑ったりなさって……」彼女は疑われることの悲しさを顔に見せながら答えました。

「いいえ、そうではなく、さっそくあなたに許していただきたい汚《けが》れない喜びがあるのです。お聞きください。僕たち二人の感情が僕たち以外のだれのものでもないように、僕は自分だけに許されたあなたの呼び名がほしいのです」

「まあ、欲張りですこと。でもあなたのお考えになっていられるほど、私は心のせまい女ではございませんわ。モルソフは私のことをブランシュ、と呼んでいます。でもこの世でたった一人の人、私のいちばん好きだった人、あのかけがえのない伯母だけは、私をアンリエットと呼んでおりました。それではあなたのために、もう一度昔のアンリエットにもどりますわ」

私は彼女の手を取って唇《くちびる》をおしあてました。彼女は信頼しきった様子で、その手をあずけたままにしてくれました。思うにこうした信頼感こそ女性を私たち男よりも優《すぐ》れたものとして、私たちの心を圧し去らずにはおかぬものなのです。夫人は煉瓦《れんが》の手すりに身をもたせかけ、アンドル川の流れに目をやりました。

「あなたのように、最初の一とびで最後のところまで行きついてしまわれてはいけないのではございませんか？　無邪気な気持でさしだした杯を、あなたは最初の一口で、すっかり飲みほされてしまったのですもの。でも心からの感情は小出しにできるようなものではなくて、そっくりそのままあるか、それともまったくないかのそのどちらかですわ。モルソフは」と彼女はしばらく間をおいてから言いました。「何よりも誠実で誇りの高い人間です。あなたはきっと私に免じて、主人の申しあげたことを忘れてくださろうとなさるでしょう。でも、もしあの人が何もおぼえていないようでしたら、明日になってから、私がよく説明しておきますわ。しばらくのあいだ、クロシュグールドにいらっしゃるのは、さしひかえてくださいませ。そうすればあの人はかえってあなたを尊敬せずにはいられませんわ。次の日曜日に教会を出たら、きっと自分からあなたの方に足を向けると思います。私にはあの人がよくわかっておりますの。自分の過《あやま》ちにつぐないをつけ、自分の言動に責任のとれる人間として扱っていただいたことで、これまでよりもいっそうあなたが好きになってくれると思います」

「五日間もあなたに会わず、お声も聞かずにいるなんて」

「これから私にものをおっしゃるときは、そんな熱っぽい言い方はやめてくださいませ」

私たちは黙ったまま、見晴らし台《テラス》のまわりを二度めぐりました。それから夫人は、私の魂の所有者であることをはっきり示す、命令するような口調で言いました。「おそくなりました。さあ、もうお別れいたしましょう」

私は接吻《せっぷん》しようとして夫人の手をとりました。彼女は一瞬ためらったのち、私にその手をゆだねると、懇願するような声で言いました。「これからは、こちらからさしだすまで、手をとろうとなさらないでくださいませ。自分で好きなようにやる権利を私にのこしておいてほしいのです。でなければ私はあなたのものみたいになってしまいますもの。そうなってはいけないことですのに」

「さようなら」と私は夫人に言いました。

私は夫人が開けてくれた、下の方の小さな門を通って外にでました。門を閉めかけた夫人は、もう一度それをおし開くと、私の方に手をさしのべて言いました。「ほんとうに今晩は優しくしてくださって、行く先々のことで私を慰めてくださいました。さあ、どうぞ手をおとりになって、さあ、どうぞ」

私は彼女の手に何度も唇をおしあてました。目をあげると、彼女の目には涙がうかんでいました。夫人はふたたび見晴らし台《テラス》にのぼっていくと、なおしばらくのあいだ、草むらごしに私を見つめていました。フラペルへの道に出たときにも、まだ月の光に照らされた、彼女の白いドレスが見えました。それからしばらくして、彼女の部屋に明りがつきました。

「ああ、僕のアンリエット」と私は心につぶやきました。「この地上に輝いた恋のなかでも、もっとも清らかな恋をあなたにささげます」

私は一足ごとに後をふりむきながら、フラペルに帰りつきました。心のなかには、何か言うに言われぬ満足感があふれていました。今までじっと動きもとれずにいた、若者の胸を満たす心の願いにも、やっと輝かしい行手がひらかれようとしていたのです。一歩足を前にすすめるだけで、まったく新しい生涯に踏み入る司祭さながら、私はすでに身をささげ、心を誓っていたのです。ただ「承知しました」という簡単な返事によって、私はおさえがたい恋を自分だけの胸にしまいこみ、夫人の友情につけ入って、一歩一歩彼女を恋にさそい入れるようなまねは決してしないとかたく約束してしまったのです。ありとあらゆる高貴な感情が心にめざめ、はっきりとは聞きわけがたくいりまじった声を響かせていました。私はせまい部屋にもどる前に、星のちりばめられた青い天空の下にこのまま喜びにひたりながらじっとたたずんで、なおも心に響きをのこす、あの傷ついた鳩《はと》の歌声に、あの素直な告白のさりげない口調に耳を傾けながら、ここまでとどいてくるにちがいない、あの魂から立ちのぼる馥郁《ふくいく》たる香りを、そっくりそのままこの手にとらえたいと願いました。どこまでもおのれを忘れ去り、傷ついたもの、弱いもの、苦しむものに救いの手をさしのべ、合法性の枠《わく》にとらわれずただひたすら身をささげつくす夫人の姿が、私の目にはいかに偉大なものと映ったでしょう。火刑台の上にのぼりながらも、彼女はおしえに身を殉ずる聖女のように、晴れ晴れとした面持を見せているのです。暗闇《くらやみ》にうかんだ夫人の顔に見とれていると、突然私は、彼女の述べた言葉のなかに、かくされたある一つの意味を、彼女の存在をこの上なく崇高なものとする、ある神秘的な意味を見抜きえたように思いました。夫人はおそらく、自分が身のまわりのものたちに対して果していた役割を、私が彼女に対して果すことをのぞんでいたのです。私を自分の世界に導き入れ、同列かやや高いところに私をすえて、この私から力と慰めをひきだしたいと願っていたのでしょう。宇宙の構造を説明する大胆な学者たちは、そこにうかぶ天体もまたこのように光と運動をたがいに伝えあうのだと言っています。この考えは突然、天空の高みへと私を連れ去りました。私はこうして、かつて夢見た天上にかけのぼり、子供時代のあの数々の苦しみが、私がいまひたっているこの無限の幸せを得るためのものにほかならなかったことを理解したのです。

　涙のうちに消え失《う》せた天才たちよ、かえりみられることのない心よ、知られざる聖《きよ》らかなクラリッサ・ハーロー（訳注　イギリスの小説家、リチャードソンの小説、『クラリッサ・ハーロー』の女主人公。清純この上ない娘でありながら、女たらしのラブラスに誘惑され不幸におちいる）たちよ、親に見捨てられた子供たちよ、罪なく逐《お》われし人たちよ、砂漠を経て人生に足を踏み入れた人たちよ、ゆくところ冷やかな顔、閉ざされた心、ふさがれた耳にしかめぐりあわなかった人たちよ、さあ、もう不幸を嘆くのはやめたまえ。君たちだけが、自分に向って開かれる魂や、自分の話に聞き入る耳や、自分にこたえるまなざしにめぐりあったときのあの無限の喜びを知りうるのだ。たったの一日がつらい日々をすっかり消し去ってくれるのだ。あの苦しみも、物思いも、絶望も、忘れがたい心の愁《うれ》いも、すべては心を許してくれる魂にしっかりと結びつくための絆と化するのだ。おさえつけられた欲望のため、なおのこと美しく思われる女性がたちあらわれて、君たちのむなしく失われた恋や溜息《ためいき》をその胸に引きついでくれるのだ。裏切られたすべての愛情を何倍にもして返してくれるのだ。君たちのかつての悲しみは、心が結びあわされる日に与えられる、あの永遠の至福の代価として、運命が前もって君たちに要求したものであることをくまなく解き明かしてくれるのだ。そして、ただ天使のみが、この聖なる愛にふさわしい新たなる名を知るがごとく、ああ、親愛なる殉教者たちよ、君たちだけが、突然一人ぼっちの哀れな僕にとって、モルソフ夫人がいかなる存在と化したかをあますところなくわかってくれるのだ。

二　初恋

さきの場が演ぜられたのは火曜日で、それ以来私は散歩にでてもアンドル川を渡らず、ひたすら日曜日が来るのを待ちうけました。クロシュグールドではこの五日間に、いくつかの大きな事件がおこっていました（訳注　以下、いよいよ王政復古政府の政策が実施されはじめたことを示している）。まず伯爵《はくしゃく》が少将に任ぜられ、同時にサン＝ルイ勲章と、四千フランの年金をさずけられました。ルノンクール＝ジブリー公爵は上院議員に任命され、二つの森の所有権を回復して、再度宮廷への出仕がきまり、妻の公爵夫人も、うまく公売をまぬがれて、皇帝の御料地に組み入れられていた財産をふたたびとりもどすことができました。こうしてモルソフ伯爵夫人は、ゆくゆくは、メーヌ州でも指折り数えられる莫大《ばくだい》な財産を相続する身の上となったのです。母の公爵夫人は、ジブリーの土地のあがりから貯《たくわ》えた、十万フランを持って娘を訪れました。これは未払いになっていた夫人の持参金にあたる金額で、伯爵は一家の窮乏中も、この件はこれまで一度も口にだしたことはなく、いったん家庭をはなれた彼の行動は、最も強い誇りに支《ささ》えられた、無私無欲を示していたのです。伯爵は、この金額に日頃の貯えをあわせ、自分の土地に隣接した、およそ九千フランの実入りがある二つの土地を買い入れました。彼の息子はゆくゆくは祖父のあとをつぎ、いずれ上院に席を占めるはずであり、伯爵は急にこの子のために、二つの家の所有地からなる世襲財産の設定を思いたったのです。娘のマドレーヌは、ルノンクール公爵のおかげでおそらくりっぱに結婚できるだろうし、こうした措置をほどこしても、彼女の利益はいささかもそこなわれぬはずでした。そしてこうしたさまざまなとりきめや、思いがけない幸運なめぐりあわせが、この旧亡命者の傷口にいくばくかの香油をそそぎかけてくれたのです。ルノンクール公爵夫人のクロシュグールド訪問はこの地ではまさに一つの事件でした。私はこの婦人が名門の大貴族であることを思って心をいため、彼女の娘にも特権意識がありながら、それが高潔な感情につつみかくされて、今まで私の目につかずにいたことを知りました。勇気と自分の能力以外には、これといった将来のあてもない、貧しい私のごときものがいったいなんでしょう。私は自分自身についても、また他人に関しても、王政復古がいかなる結果をもたらすものかまだよく考えてみようとはしなかったのです。日曜日になると私は、教会内の特別礼拝堂に、シェセル氏夫妻やケリュス神父と並んで席を占め、公爵夫人と娘のモルソフ夫人、伯爵とその子供たちがすわっている、脇《わき》にしつらえた礼拝堂にむさぼるような視線を投げかけました。私の偶像をかくしていた麦藁《むぎわら》帽子はゆれ動く気配も見せず、私のことなどすっかり忘れはてているこうした夫人の姿が、それまでのすべてにもまして強く私の心をひきつけました。今や、私にとってかけがえのないアンリエットとなったこの貴婦人、その人生を花でかざってあげたいと願っているアンリエット・ド・ルノンクールは、ただひたすら熱心に祈りをささげ、心に秘めた信仰心が、彼女の姿に何やら深く沈潜し、身をひれ伏すような感じを与えています。この宗教彫刻を髣髴《ほうふつ》させる姿は深く私の心にしみいりました。

田舎《いなか》の教会の習慣で、晩禱《ばんとう》はミサがすんでしばらくたってからおこなわれるはずでした。教会を出るとシェセル夫人はごく当然のこととして、この暑いなかを野原を行き来され、二度もアンドル川を渡るのはおやめになって、二時間ばかりフラペルでお待ちになったらいかがです、と隣人たちにさそいをかけました。この申し出は快くうけ入れられ、シェセル氏が公爵夫人に腕を貸し、シェセル夫人は伯爵の腕をとって、伯爵夫人には私が腕をさしだしました。私ははじめてこのみずみずしいみごとな腕を小脇に感じました。村の教会からフラペルへもどるにはサッシェの森をよこぎります。森の砂の小道には葉の茂みをもれる光が落ちかかり、柄を染め抜いた絹布《けんぷ》のような、美しい模様を描いていました。私の心には誇らしい気持や、さまざまな考えがわきおこり、胸の鼓動は激しく高まっていきました。

「どうかなさいましたの」私からは思いきって口をきけぬまま、二人とも黙って何歩か歩いたのち夫人が言いました。「ひどく胸をどきどきおさせになって」

「いろいろといいことがおありになったそうですね」と私は彼女に言いました。「僕はあなたを愛するものとして、ぼんやりとした不安をおぼえるのです。あんまりりっぱなご身分におなりになると、僕たち二人の友情にあまり好ましくない結果をもたらすのではないかと……」

「まあ、私が」と彼女は言いました。「おやめになって。二度とそんな考えをお持ちになったら……いいえ、私は軽蔑《けいべつ》などいたしませんわ、あなたのことなどきれいに忘れてしまいますわ」

私は酔ったように彼女を見つめました。そして私のこの気持は、おのずと彼女にも伝わったにちがいありません。

「私どもは、たしかに新しくできた法律のおかげをこうむってはおりますけれど、でも、私たちが運動したり、人に頼みこんだりしてこの法律を作らせたわけではありませんわ。人に物乞《ものご》いしたり、欲張ったりするつもりはありませんもの。それに」と彼女は言葉をつぎました。「よくご存じでしょう、私にしても、主人にしても、このクロシュグールドからはなれられないことは。あの人は私のすすめを入れて、近衛隊《このえたい》の指揮にあたる権利も、自分から辞退いたしました。私たちには、父が今の職にあってくれればそれで充分ですもの。それに、こちらではやむをえずそういたしましたのに」と彼女は、悲しそうなほほえみをうかべてつづけました。「ジャックのためには、かえってとてもいい結果になりましたの。父は陛下のすぐおそばにお仕え申しあげておりますでしょう、陛下は、あのものたちがのぞまぬなら、この恩典はいずれ息子の方にまわしてやろうと、親身になって、そうおっしゃってくださったそうですわ。ジャックと言えば、あの子の教育もそろそろ考えなければならない時期ですので、私たちは今そのことで本気になって議論している最中ですの。いずれあの子は、ルノンクールとモルソフの両方の家をつぐことになるのですもの。それに私が野心めいたものを持てるとしたら、ジャックのことだけですから、なおのこと心配になってしまいますの。ジャックには、無事に育ってもらうというだけではなくて、家の名に恥じないりっぱな人間になってもらわねばなりません。この二つのつとめを折りあわせるのはなかなかむずかしいことですわ。これまではあの子の体力と見あわせながら、勉強の方も手加減してやらせてきましたので、どうやら私一人の力でも足りました。でもこの先のこととなると、私どもにふさわしい家庭教師を、どこで見つけたらいいかがまず第一に問題ですわ。それに、のちのちパリにでたときに、あの子の身を守ってくれるようなお友だちが、はたしてうまく見つかりますかしら。あの恐ろしい都では、何もかも心の陥穽《おとしあな》となり身体《からだ》にとって害になることばかりですもの。フェリックスさん」彼女は急に感動のこもった声で言いました。「あなたの目と額を拝見すれば、やがてあなたが空高くはばたかれるようになることは、だれにでもすぐ一目でわかります。高く飛びたって、いつか私たちの子供の親代りをつとめてくださいませ。あなたはパリにいらっしゃい。お兄さまや、お父さまの援助が得られなくても、私たち一家、とりわけ世事にたけた母が、きっとお役にたてると思いますわ。私どものもてる力を充分ご利用なさいませ。たとえどんな道にすすまれても、うしろだてやお力添えでしたら、決してご不自由させはいたしませんわ。あなたのあり余った力を高邁《こうまい》な野心の方にお向けになって……」

「わかりました」と私は彼女の話をさえぎって言いました。「野心を恋人にせよとおっしゃるのでしょう。でも、すべてをあなたにささげつくす僕に、そんなものは必要ありません。いやです、ここでおとなしくしているごほうびに、あちらでひきたてていただくなんて。僕はパリにいって、自分一人の力でりっぱにやってごらんにいれます。あなたがご自身の手でくださるなら、僕はなんでもいただきます。でも、ほかの人たちからは何一つもらいたくありません」

「まあ、子供みたいなことをおっしゃって」と彼女は小声ながらも、満足のほほえみはかくしきれずに言いました。

「それに僕は、もう身も心もあなたにささげつくすことにきめてしまったのです」と私は言いました。「僕たち二人の立場を考えてみた末、僕は永久に解けない絆《きずな》で、僕の存在をあなたに結びつけることにしたのです」

夫人はかすかに身をふるわすと、足をとめて私を見つめました。

「それはどういう意味ですの」夫人は、先に立って歩いている二組の男女はそのままますすむにまかせ、子供たちだけをわきにひきとめて言いました。

「それでは」と私は答えました。「どのように愛せとおっしゃるのかはっきり聞かせてください」

「ちょうど伯母が愛してくれたように私を愛していただきたいの。いくつかある名前のうちでも、伯母が特に選んだ名前で、私を呼ぶことをお許ししたのですもの、伯母の持っていた権利は、のこらずおゆずりしたことになりますわ」

「身も心もささげつくして、希望もなく愛せよとおっしゃるのですね。わかりました。僕はあなたのために、人間が神さまのためにするのと同じことをいたしましょう。そうせよ、とおっしゃるのでしょう。今から神学校に入り、そこをでて司祭になったら、ジャックの教育にあたりましょう。あなたのジャックをもう一人の僕として育てましょう。政治観も、思想も、気力も、忍耐心も、僕にあるものはみんなジャックに伝えましょう。そうすれば、たとえあなたのおそばで暮していても、僕の恋は、水晶のなかに閉じこめられた銀の像さながら、すっかり宗教のなかに閉じこめられて、人からあやしまれることもなしにすむでしょうから。僕もたしかに一度は、いきなり男たちをとらえるあの度はずれな情熱に負けました。でも、もうあなたもああした激しさを心配なさる必要はありません。それまでに僕は炎のなかで身を焼きつくし、すっかり清らかなものにされた愛をあなたにささげますから」

夫人はさっと青ざめると口早に言いました。「フェリックスさん、行く先々あなたの幸せの邪魔になるような束縛を、ご自分からお求めになってはいけません。私のせいで、あなたがそんな自殺行為をされたりしたら、私はそれこそ悲しさのあまり死んでしまいますわ。あなたはまだほんとに子供です。一度思いがかなわぬからといって、それがすぐさま神さまにお仕えすることと結びつくかしら。人生にこうと判断をくだされるのは、いろいろともっとつらい目を見てからになさいませ。いいですわね、これは私ののぞみ、いいえ、私の命令ですわ。教会と結婚なさるのも、女の方と結婚なさるのもいけません。いずれにせよ、結婚などなさってはいけません。私がはっきりと禁じます。自由の身でいらっしゃい。あなたはやっと二十一、どんな将来が待っているものやら、まだほんとうにわからないのですもの。あら、こんなことを申しあげて、私、あなたのことを思いちがいしていましたかしら。でも、ある種の人たちの心を見きわめるには、二カ月もあれば充分だと思ったものですから」

「何をのぞんでおられるのです」私は稲妻のようなまなざしを夫人に投げかけながら言いました。

「フェリックスさん、どうか私のお力添えを快くおうけくださいませ。地位を得られ、りっぱにご栄達なさいませ。そうすれば、いずれ私ののぞんでいることがおわかりになりますわ。それに」と彼女は秘密をもらすとでもいった様子で言いそえました。「今にぎっていらっしゃるマドレーヌの手は、この先も決しておはなしにならないでいただきたいの」

私の将来をいかに案じてくれているかを示すこの言葉を、夫人は私の方に身をかがめ、耳にささやきかけるようにして言いました。

「マドレーヌのですって」と私は言いました。「ええ、決してはなしません」

この言葉は私たちを、ふたたび不安に満ちた沈黙のなかに投げこみました。心に溝《みぞ》を刻みつけ、消えがたい痕跡《こんせき》をのこすような激しい動揺が私たち二人をとらえていました。行手には、フラペルの庭に通ずる木の門が姿を見せていました。今でも私は、つる草や、苔《こけ》や、雑草や、茨《いばら》におおわれたあの朽ちかかった二本の門柱を目に見る思いです。突然一つの考え、伯爵の死という考えが矢のように私の脳裡《のうり》をかすめ、私は「おっしゃる意味がやっとのみこめました」と夫人に言いました。

「わかっていただけて幸いですわ」と彼女は答えました。そしてその口ぶりは、彼女が決して抱《いだ》くはずのない考えを、私が自分勝手に想像していたことをさとらせるものでした。

彼女の清らかな心に胸をつかれ、私は思わず涙をうかべました。が、恋の身勝手さは、その涙さえ、ひどく苦いものと感じさせたのです。私は自分の心をふりかえり、彼女が身の自由を欲するほどは私を愛していないのだと考えました。罪の前でしりごみするかぎり、その恋は限りあるもののように思われます。そして恋はもともと限りなきものであるはずです。私は心がくるしくしめつけられるような思いでした。

「この人は僕を愛してくれてなどいないのだ」と私は考えました。

心のなかを読みとられまいとして、私はマドレーヌの髪に接吻《せっぷん》しました。

「僕はあなたのお母さまがこわいのです」私はふたたび話をはじめるきっかけをつかもうとして夫人に言いました。

「私もですの」と彼女はいかにも子供っぽいしぐさを見せて言いました。「そうですわ、母の前にでたら必ず公爵《こうしゃく》夫人とおっしゃって、三人称（訳注　現在でも国王などには三人称で話すのが礼儀とされている）で話しかけるのをお忘れにならないでくださいませね。今のお若い方は、こうした敬語の習慣をすっかりなくしてしまわれましたが、私のためだと思って、どうかそうなさってくださいませ。それに齢《とし》がどうあれ女性に敬意を示すこと、とやかく詮議《せんぎ》だてせずに社会的な身分をみとめることこそよき嗜《たしな》みというものですもの。身分の高いお方にきちんと敬意を払うことが、とりもなおさず自分に払われる敬意を保証してくれるものではございませんか？　社会では何ごとであれあいみたがいです。ロヴェレ枢機《すうき》卿《けい》（訳注　一四四三―一五一三。ウルビノの名門、デラ・ロヴェレ家の出でのちにローマ法王にえらばれ、ユリウス二世となる。ラファエロやミケランジェロを保護し、サン・ピエトロ寺院を再建したことは有名）もウルビノのラファエロ（訳注　一四八三―一五二〇。イタリア・ルネッサンス期の画家。ユリウス二世と同じくウルビノの生れ。サン・ピエトロ寺院建設の監督をつとめ、その描く聖母子像はことに有名）も、かつては同じように世間の尊敬をあつめて力をふるっていたのです。あなたは高等中学校《リセ》（訳注　リセはナポレオンの創設になる国立の高等中学校。貴族にとってはナポレオンも革命派の一人である）で大革命の乳を吸われ、政治についてのお考えは、まだその名残りをとどめておられるかもしれません。でもこのさき人生の道をさらにすすまれれば、あいまいな自由の原則など、国民の幸せをつくりあげるのにいかに無力かがきっとおわかりになりますわ。ルノンクール家の一員として、貴族階級がどういうものであり、どうあらねばならないかを考える先に、百姓女としての良識が、階級なしには社会は存在しえないと私に告げています。あなたももうしっかりとした選択をなさらねばならぬ時期にきておりますわ。ご自分本来の党派におつきなさいませ。ことに」と彼女は笑いながら言い足しました。「そちらの方が羽振りのいいときには」

愛情のあたたかみの陰に、深遠な政治観のかくされているこの言葉を聞いて、私は強く心を打たれました。この二つが結びつくと、女性はじつに大きな魅力を帯びるにいたるものです。しかも彼女たちはいずれおとらず、いかに鋭く運ばれる議論でも、うまく感情の衣でおおいつつむすべを知っているのです。アンリエットは、伯爵の行動を弁護しようというのぞみから、夫の廷臣根性のあらわれをはじめてまのあたりにしたときに、私の心にわきおこる考えをあらかじめ見越していたかのようでした。歴史の背光につつまれながら、おのれの館《やかた》にまさに王者として君臨し、私の目にはすでに壮大な姿を持つものと映じていた当のモルソフ氏が、どういっても媚《こ》びへつらうとしか言いようのない態度で、公爵夫人と自分のあいだに一定のへだたりをおこうとしているのを見ると私はひどく驚きました。奴隷《どれい》にもそれなりの見栄《みえ》があり、最も力ある暴君にしか服従しまいとするものです。私の恋のすべてを支配して、いつも私にびくびくした思いをさせているこの男の卑屈さに、私は何か自分までが侮辱されたような気にさせられました。同時にこうした自分自身の心の動きは、高貴な魂をうちにひめながら、自分が結びつけられている男の卑劣さを、どうにかして人目にさらすまいと日々心を砕いている女性たちの苦しみを私にそれとさとらせるものでした。敬意とは、身分の高いものも、低いものも、同時に守ってくれる柵《さく》とも言うべきもので、それをあいだにすれば、だれでもが相手を真正面から見られます。私は自分の齢《とし》の若さから、敬意にあふれる態度を公爵夫人に対して示しました。しかし他人が公爵夫人を見ているところに、私は愛するアンリエットの母を見て、彼女に敬意を示すにも、そのなかに一種神聖な気持をまじえていたのです。

やがて私たち二人はフラペルの大きな中庭に入り、そこで先の一行と落ちあいました。モルソフ伯爵はいとも丁重に、私を公爵夫人に紹介してくれました。相手は打ちとけない冷やかな様子でじろじろと私を眺《なが》めました。当時五十六歳になっていた公爵夫人は、当時五十六歳になっていた公爵夫人は、まだいっこうに若さを失わず、なかなかもったいぶったしぐさを身につけた貴婦人でした。あたたかみの欠けた青い目や、筋のうきあがったこめかみや、やせて、研《と》ぎすまされたような顔だちや、堂々とまっすぐにのびた身体つきや、まれにしか見せない身ぶりや、輝くばかりに娘につたえられた鹿毛色《かげいろ》を帯びた肌の白さから、私は鉱物学者がスウエーデンの鉱石を一目でそれと見わけるすばやさで、公爵夫人も私の母と同じように、あの心の冷やかな人たちの仲間であることを見抜きました。彼女は、オワをエと発音し、フロワ（寒い）をフレ、ポルトゥール（持参人）をポルトゥと言ったりする、かつての宮廷の言葉づかいそのままでした。私は卑屈にもならず、気取りもせず立派に振舞ったため、晩禱《ばんとう》に向う道すがら、伯爵夫人が「完璧《かんぺき》ですわ」とそっと耳うちしてくれたほどでした。

伯爵は自分からこちらに近づいて、私の手をとると言いました。「フェリックス君、あれっきり、仲違《なかたが》いというわけではないでしょうな。少し度のすぎたことを申しあげたかもしれぬが、まあどうかこの老いぼれの友人をお許しください。今晩はたぶんこちらで夕食をいただくことになると思いますが、木曜日、つまり公爵夫人が発《た》たれる前の晩には私どもの方へおこしください。私はちょっとした用事があってトゥールにでかける予定ですが、クロシュグールドもお見棄《みす》てにならんでくださいよ。とくに家内の母とは親しくされておくことですな。母のサロンは、そのうちサン＝ジェルマン街（訳注 十九世紀におけるパリの貴族街）でもお手本とされるようになりましょうし、あの人は、上流社会のしきたりをちゃんと身につけた人ですからね。それになかなか広い知識の持主で、なにしろヨーロッパ中の貴族の紋章は、上から下まですっかりそらんじているほどですよ」

伯爵のよき嗜《たしな》みは――というより、おそらくは一家の守護神たる夫人の口添えというべきでしょう――自分の党派が勝利をおさめ、新しい境遇に身をおかれると、いよいよもって充分発揮されるようになりました。彼はもう傲慢《ごうまん》なそぶりや、慇懃《いんぎん》無礼な態度は見せず、ことさらおおげさな物言いも自分からさしひかえるようになりました。公爵夫人の態度にも、いかにも保護者ぶったようなところはついぞ見うけられませんでした。シェセル夫妻は、感謝の念をあらわしながら、次の木曜日に予定されている晩餐《ばんさん》の招きに応じました。公爵夫人は私がお気に召したらしく、私を見る彼女の目つきからは、かねがね娘から話に聞いたことのある男を観察しているという様子がうかがえました。晩禱をおえてもどってくると、彼女は私の生家についていろいろと質問し、すでに外交官として活躍しているヴァンドネスという人物は私の血続きにあたる者かとたずねました。「あれは私の兄です」と私は答えました。すると夫人は、私に対して、なかば愛想がいいと言ってもいいほどの態度を示しだしました。私は夫人の口から、私の大伯母にあたるリストメール侯爵夫人がグランリュー家の生れであることを知らされました。私に対する夫人の態度は、伯爵がはじめて私に出会ったときに見せた態度のようにきちんと礼儀にかなったものでした。彼女のまなざしからは、地上の王者たちが相手に自分とのかけへだたりを思い知らす、あの傲慢な表情はすでにかげをひそめていました。私は自分の一家について、ほとんどと言ってもいいほど何も知りませんでした。公爵夫人は、名前さえも知らなかった私の大伯父にあたる老神父が、現在枢機院の一員をつとめていることや、兄が昇進したことや、さらにまた、私のよく知らずにいた憲章のある条項（注訳一八一四年六月四日に、ルイ十八世によって公布された憲章の第七十一条に、「旧貴族は爵位を回復する」とある）にもとづいて、私の父がふたたびヴァンドネス侯爵になったことなどを教えてくれました。

「でも僕の身分はただ一つ、クロシュグールドの土地にしばりつけられた農奴です」と私は伯爵夫人に小声で言いました。

魔法の杖《つえ》の一ふりではじめられた王政復古は、帝政下に育った子供たちを、唖然《あぜん》とさせるようなすばやさで、成就《じょうじゅ》されようとしておりました。しかしこうした変革も、私の目には何ごととも映りませんでした。モルソフ夫人のごく些細《ささい》な言葉や、さりげない彼女の身ぶりだけが、当時の私にとっては重要さをみとめうるただ一つの出来事だったのです。枢機院の何たるかも知らず、政治のこと、世間のことにもいっさい通じていなかった私には、ただひたすらアンリエットを愛し抜き、ラウラを愛したペトラルカをも凌駕《りょうが》することが自分の追い求めるただ一つの野望でした。ほかのことをいっさいかまいつけない私のこうした態度から、公爵夫人は私がまだ子供なのだと考えたようでした。フラペルには大勢の客が姿を見せ、テーブルについた人の数は総勢で三十人にも達しました。自分の愛する女性が、座に連なるすべての女性のなかでいちばん美しく、情熱のこもった視線の的となり、しかも清らかでつつましいその目の光が自分一人にそそがれているのを感じながら、その人の声のごく微妙な変化さえも知りつくし、そとから見るかぎり自分をあざけるような言葉や、軽々しい言葉のかげに、常に変らぬ心の証《あか》しを読み取りうることは、たとえ一座の人々が興じあう姿に胸をかきむしられるような嫉妬《しっと》をおぼえるにせよ、当の若者の心にいかに快い陶酔をもたらしてくれることでしょう。皆にちやほやされて、すっかりうれしくなった伯爵は、ほとんど若々しいと言ってもいいほどでした。夫人はこれがきっかけで、夫の気分も少しは変ってくれるのではないかとひそかに期待をかけたようでした。私はマドレーヌを相手に笑い興じていました。身体《からだ》が心にしめつけられ、すでにその力に耐えきれなくなっている子供たちのあいだでよく見かけるように、彼女は、悪意はないが、だれ一人として容赦せぬ、思わずあっと言わせるような、辛辣《しんらつ》きわまりない観察をくだしては私を笑わせました。それはすばらしい一日でした。一つの言葉、その朝生れた一つの希望が、自然を光あふれるものとしてくれたのです。私が楽しそうなのを見て、アンリエットもまた楽しそうでした。

「雲におおいつくされた灰色の生活に閉じこめられている主人には、ああした幸せにめぐりあえたのが、とてもすばらしいことに思えたのでしょうね」と翌日夫人は私に言いました。

次の日、私はもちろん一日中をクロシュグールドですごしました。五日間もここから追放されて私は命に渇《かわ》いていたのです。伯爵は土地の購入契約書を作成させるため、はやばやと朝の六時から家をでてトゥールに向っていました。母と娘のあいだには重大な意見の食い違いがもちあがり、二人は今しも議論の最中でした。公爵夫人はしきりと娘の伯爵夫人に、自分と一緒にパリにでることをもとめていました。彼女には宮廷で適当な役目を見つけてやれるつもりだし、伯爵は辞退をとり消して、例の要職につけばいいと言うのです。幸せな妻として世間に通っていたアンリエットは、だれにも、たとえ母の心にさえ、彼女の恐ろしい苦しみを打ち明けたり、夫の無能ぶりをあばくようなまねはどうにかしてさけたいと願っていました。そのため彼女は、内々《うちうち》の秘密を母に気づかれぬよう、夫をトゥールにやって、公証人たちとの交渉にあたらせていたのです。前にも夫人が言った通り、クロシュグールドの秘密を知っているのはこの私だけでした。谷間のきれいな空気や青空が、苛立《いらだ》った心や病気の苦しみをいかに快くやわらげてくれ、クロシュグールドの生活が、子供たちの健康にとって、いかに好ましい結果となってあらわれているかを、すでにその目でたしかめていた伯爵夫人は、充分に根拠のある理由をあげて、母親に断わりを述べました。が、もともとさしでがましく、娘の不運な結婚に、悲しみよりもむしろ屈辱感をおぼえていた公爵夫人は、どうにかして娘のあげる断わりの理由を論駁《ろんばく》しようとするのでした。アンリエットは、母がジャックやマドレーヌのことを、ほとんど気にもかけていないのに気がつきました。これは恐ろしい発見でした。すでに他人に嫁《とつ》いだ娘の上に、依然として結婚前の圧制を加えつづけている母親たちのためしにもれず、公爵夫人は、相手にはとても答えようもないような押しつけがましい意見を述べたてました。彼女は自分の意見に無理にでも同意させようとして、心にもない優しい気持をよそおったり、なだめてもだめとわかるとおどしにかかり、いたたまれないような冷やかな態度を見せつけました。そしてこうした自分の努力が、何の役にもたたないのを見てとると、かつて私が母のうちにみとめた、あの辛辣《しんらつ》きわまりない性分をここぞとばかり発揮するのです。アンリエットは、若妻が自分たちの独立を得るためにぜひとも必要とされる母への抵抗を、まさに心もちぎれる思いで十日のあいだつづけました。幸せなことに、世にある最良の母親に恵まれたあなたには、こうしたことはとうていご理解がいかぬでしょう。心も冷たく乾《ひ》からびて、野心満々たる打算的な一人の母親と、心地よきつきざる善意のさわやかさを心いっぱいにたたえたその娘とのあいだにかわされるたたかいを、たとえ曲りなりにもあなたに思いうかべていただくには、私の心が絶えず夫人の姿になぞらえずにはいられないあの百合《ゆり》の花びらが、みがきあげられた鋼《はがね》の歯車のあいだにはさみこまれ、こまごまにひきちぎられるさまをご想像いただくほかはありません。これまでにも、ついぞ娘とぴったりいったためしのないこの母親には、こんどは娘が王政復古の恩典にも浴せずに、そのままひきこもった生活をつづけなければならぬ真に苦しい事情など、そのうちのただ一つとして見抜きうるはずはなかったのです。そこで彼女は私と自分の娘とのあいだに、何か恋の火遊びでもあるにちがいないとにらみをつけたのです。彼女が自分の疑念をあらわすのに用いたこの言葉は、それ以後この二人の女性のあいだに、うめつくすことのできない溝《みぞ》を深く掘りさげる結果となりました。家庭はみな耐えがたいこうした不和を、それぞれ注意深く人目にかくしています。が、そのなかに一歩足を踏み入れてごらんなさい。ほとんどいかなる家庭にも、自然な感情をそこなっている、いやしがたい深い傷あとが見つかります。時にそれは、性格の一致によって永遠に変らぬものとされ、死にもさからって黒々と消えがたい傷あとをのこす感動的な真の情熱であり、そしてまたある時には、徐々に心を凍りつかせ、永遠の別れの日にはすでに涙を涸《か》れさせている胸にひめられた憎悪《ぞうお》です。昨日も苦しめられ、今日という日もまた苦しめられ、あらゆる人に笞《むち》打たれ、ましてや自分では身におぼえもない苦しみのため、知らぬ間に他人を苦しめている二人の病弱な天使たちにさえ笞打たれたら、なぜこの哀れな女性が、わが身を笞打たぬばかりか、茨《いばら》の垣根《かきね》を三重にめぐらし、嵐《あらし》から、あらゆる外部との接触から、あらゆる傷から守ってくれようとしている一人の男をおのずと愛さずにいられれましょうか。私は母親と娘のこのいさかいに心をいためました。が、時には、彼女が私の心のなかにふたたび身を投じてくれるのを感じて、かえって幸せに思うこともあったのです。事実アンリエットは、新たな苦しみを私に打ち明けてくれました。こうして私は苦しみのさなかにおける彼女の平静さと、彼女が発揮する辛抱づよい忍耐心がいかほどのものか知りえたのです。こうして私には、「伯母が愛してくれたように私を愛していただきたいの」という彼女の言葉の意味が、日一日とよくわかるようになっていきました。

「ではあなたは、まるっきり野心をお持ちでないの」と公爵《こうしゃく》夫人は夕食のとき、きびしい顔つきで私に言いました。

「奥さま」私は、真剣なまなざしを彼女に向けて言いました。「身のうちには世界中を支配するほどの力を感じています。でも私はまだやっと二十一ですし、それにまったくの一人ぼっちなものですから」

彼女はあきれたというふうに娘を見やりました。私をいつまでもそばにひきとめておこうとして、娘が私の野心まですっかり消しとめてしまったのだと思ったのです。公爵夫人のクロシュグールド滞在中は何かと気づまりな思いが絶えませんでした。モルソフ夫人はいつも礼儀正しくしているようにと私に言い、一言優しい言葉をかけただけで、もうすっかりおろおろしてしまうありさまです。彼女のお気に召すよう、私は心のなかをおおいかくすための鎧《よろい》を身にまとわねばなりませんでした。やがて、晴れの木曜日が訪れました。それは儀式ばった退屈な一日でした。日頃から気のおけない優しい扱いになれ、自分の椅子《いす》がきちんといつもの席におかれており、家の女主人が自分一人にかかりきりになってくれるのを見なれた恋人たちがもっともいみきらうたぐいの一日です。恋は、恋以外のものすべてに我慢ができないのです。こうして公爵夫人は、宮廷の華《はな》やかな生活を求めてパリに去り、クロシュグールドではふたたびすべてがもとの秩序におさまりました。

伯爵とのちょっとしたいさかいのため、むしろ私は前にもまして、クロシュグールドにしっかりと根をおろすことになりました。私はいささかの疑念もかきたてず、いつ何《なん》時《どき》でもクロシュグールドを訪れられるようになり、これまで強《し》いられてきた生活が生活だけに、私は愛し愛される夢幻境を目の前にくりひろげてくれる美しい夫人の魂に、あたかもつる草のごとく、小枝をまとわりつかせていきました。おたがいの信頼の上にうちたてられた私たちの友愛による結びつきは、時を経るにしたがって刻一刻と強固なものになり、それにつれて二人のおたがいの立場も徐々にかたまっていきました。夫人は、さながら乳母《うば》のごとき心づかいと、母性愛そのものの純白な衣で私をつつみこんでくれました。が一方、夫人の前でこそ、熾天使《してんし》のそれかと見まごうばかりに清らかな私の愛情は、一度彼女のそばをはなれると、まっかに焼けた鉄さながらに燃え、激しい渇《かわ》きに責めたてられるのでした。つまり私は、二通りの異なった愛情で夫人を愛し、次から次へと、数えきれぬほどの欲望の矢を射かけながら、それがみなはかりしれぬ天空の拡《ひろ》がりにむなしく消え去っていくのを、ただだまってじっと見送っていたのです。荒々しい欲望を胸にあふれさせていた若い私が、なぜいつまでも、ありもしないプラトニックな恋などに信をおいていたのかとおたずねになるならば、私は、正直言って、子供たちの身に何か恐ろしい破局が訪れはしないかと、いつもおびえているこの女性を平気で苦しめられるほどは、まだすっかり男になりきっていなかったのだとお答えいたしましょう。事実夫人は、嵐のように激しく移り変る夫の気分を見まもりながら、いつ怒りが爆発するかと絶えずうかがいつづけ、ジャックやマドレーヌの病気に心を悩まさずにすむときには、夫の仕打ちにうちのめされ、落着きをとりもどした夫がしばしの休息を与えてくれたかと思うと、子供たちのどちらかの枕《まくら》もとにじっと釘《くぎ》づけにされていたのです。激しすぎる言葉の響きは、身の底から彼女をゆすり、欲望はその心を傷つけました。彼女には恋もヴェールでつつみかくし、力にも優しさをそえ、言うなれば、彼女が他人に対して振舞うとおりにこちらも振舞わねばならなかったのです。それに、この上なく女らしいあなたであればこそ申しあげるのですが、こうした状況にもそれなりに、心をとろかすような悩ましさや、神聖とも言うべき甘美な瞬間や、だまって心をおし殺したあとにおぼえる満足感がひそんでいたのです。彼女の心は、おのずと相手にも伝えられ、報いを求めぬそのたゆみない献身ぶりには、まことに頭のさがる思いでした。身に備わったさまざまな美徳をたがいに結びつけている、夫人のうちに秘められた激しい信仰心は、そのまわりをとりまく人々に、あたかも精神からたちのぼる香気のように働きかけたのです。それに私はまだ何と言っても若かったのです。彼女がごくまれにしかその手に許させてくれぬ接吻《せっぷん》に、おのれのすべてをあまさずそそぎこむことができるほど若かったのです。そうしたときにも、夫人がさしだすのは必ず手の甲で、掌《てのひら》をさしだしてくれることはついぞありませんでした。おそらく夫人にとっては、そこが官能の喜びのはじまる境目だったのです。かつて二つの魂がこれほどの激しさでだきしめあったこともなく、これほど健気《けなげ》な努力で、肉体をみごとにおさえきったためしもなかったでしょう。のちのち私は、この満ち足りた幸せの原因がどこにあるかをさとりました。そのころの私の年齢では、いかなる打算にも心をそらされることはなく、いかなる野心といえど、ゆく手にあるものすべてを波のなかに呑《の》みつくす、流れ狂った感情の奔流をおしとどめることはできません。そうなのです、年を経るにしたがって、私たちは、女性のなかの女性だけを愛するようになるのです。ところが初恋の女性の場合は、その女性のありとあらゆるものを愛するのです。彼女の子供は私たちの子供となり、彼女の家も私たちの家、彼女の利害も私たち自身の利害と化して、彼女の不幸が私たちの最大の不幸となるのです。私たちは彼女の衣服や家具を愛し、自分の金を失《な》くす以上に、彼女の家の麦が風に吹き倒されることに腹をたて、暖炉の置物を乱す客があれば、その場で叱《しか》りつけてやりたいような気持にかられるのです。この聖なる恋の力によって、私たちは他人のなかで生きるのです。だが残念なことに齢《とし》を重ねるにしたがって、私たちはとぼしくなったおのれの能力を若々しい感情の力で豊かにしてくれることを女性に求め、逆に他人の生命を自分自身のなかにひき入れようとするのです。間もなく私は家族の一員として扱われるようになり、生れてはじめて、あの限りない安らぎを味わい知りました。これは悩み苦しんでいる魂には、疲れきった身体にとってのゆあみとも言うべきものでした。魂の肌《はだ》はすべて生き生きとよみがえり、そのもっとも奥まったかくれたひだも、快く愛撫《あいぶ》されるのです。あなたにはこうした私の気持がおわかりいただけぬかもしれません。あなたは女ですし、私の申しあげている幸せは、あなたがたがご自身の手で与えるもので、決してあなたがたがおうけになる幸せではないからです。ただ私たち男だけが、他人の家に身をおきながら、その女主人から特別に好意をよせられて、その愛情をひそかに身にあつめるという、えも言われぬほどの喜びを知っているのです。そうなるともう犬も私たちには吠《ほ》えつかず、召使たちも犬と同様に、私たちがかくし持ったしるしに気づきます。何ごとであれ、心をいつわるすべを知らぬ子供たちは、私たちのせいで、自分たちの分け前が減らされることもなく、彼らの生命の光とも言うべき人にとって、私たちの存在がいかに好ましいものであるかを知ると、すっかり持前の洞察力を発揮するにいたります。彼らは猫のように私たちになつきはじめ、可愛《かわい》がってくれる大好きな人たちだけに見せる、あの愛らしい暴君ぶりを発揮します。そして、口にだしてならぬことは気をきかせて胸にしまいこみ、私たちの罪のない共犯者にさえなってくれます。爪先立《つまさき》ちでそばによってきてほほえみかけたかと思うと、また音も立てず、そっとたち去っていったりします。すべてのものが、きそって私たちに好意を示し、私たちを愛し、私たちにほほえみかけてくれるのです。真の情熱は美しい花とも言えましょう。そして、その芽生《めば》えた土地がやせていればいるほど、見る目に心楽しいものと映るのです。しかしこの家庭に移植され、心にかなった肉親にめぐりあうという心地よい恩恵にあずかった一方で、私はまたそれなりの負担も背負いこむはめになりました。それまではモルソフ氏も私に対しては遠慮がちで、いわば私は彼の欠点のおよその輪郭をのみこんでいただけでした。が、やがて私は、それが個々にあらわれる場合どうなるかをあまさず感じとれるようになり、伯爵夫人が寛大な心根を発揮して、彼女の日々のたたかいをいかに手加減して私の目に描いて見せたかがわかりました。こうして私は、この耐えがたい性格のすみずみまで知りつくすことになったのです。彼はつまらぬことでいつもがみがみどなりちらし、外部からは何の徴候もみとめられぬ苦痛をしきりと訴え、生れついての不満から生活の花をしおれさせ、絶えず横暴な行為へとかりたてられては、年ごとに新たな犠牲者を餌食《えじき》にしようとするのです。夕方散歩に出るときも、伯爵は自分の好きなように、先頭に立って歩きます。しかし、どんな道順を選んでも、きまって途中で嫌気《いやき》がさして、家にもどると、自分の疲れた責任を必ず他人におしつけるのです。そして自分が気も乗らぬのに、妻が自分で行きたいところへ連れていったのがそもそもの原因だなどと言うのです。彼は自分が先に立って、私たちを引き連れていったことなどすっかり忘れてしまい、自分はごく些《さ》細《さい》なことまで妻の支配をうけ、自分の考えや意志を持つことはいっさい許されず、家にあってはゼロにも等しい存在だと愚痴をこぼします。もしこうしたひどい言葉が、相手の辛抱づよい沈黙につきあたると、伯爵は自分の力の限界を感じて、すっかり腹をたててしまいます。そうなると、宗教は妻たるものに夫の気に入ることをするよう命じていないのか、子供たちの父親を軽蔑《けいべつ》することがそもそも妻としてふさわしい行為なのかと、言葉を荒だてて夫人に詰問《きつもん》します。そしてしまいにはいつでも、夫人の心の最も感じやすいところに責めかかり、一度心の糸にふれて悲鳴をあげさせると、こうしたつまらぬ暴君ぶりが、いかにもうれしくてたまらぬといった様子を顔に示すのです。時によると彼は病的な衰弱をよそおって、陰気にだまりこんでしまいます。そうなると夫人ははらはらしだし、それこそいじらしいほどの心づかいを示します。母親の心配などおかまいなしに、どうにかして自分のわがままを通そうとする子供たちさながらのやり方で、伯爵はまるでジャックやマドレーヌのように夫人に甘えて世話をやかせるのです。事実彼は、子供たちにさえ嫉妬《しっと》していたのです。とかくするうちにやっと私にも、伯爵が事の大小にかかわらず、召使に対しても、妻や子供たちに対しても、つまりは私とトリクトラクをやるときと同じように振舞っていることがわかりだしました。まるでつる草のようにこの家庭にまとわりついて、その動きや息の根をおさえつけ、無数の細糸でがんじがらめに家事の運びをしばりあげ、欠くべからざる行為さえいたずらに面倒なものとして、この家の財産ののびをおくらせているさまざまな困難な事情を、その根の先から小枝にいたるまであますところなく知りつくした日、私は恐怖の入りまじった感嘆の念におそわれて、恋さえも心の奥深くおさえつけられてしまう思いでした。この私などにいったい何ができようか。私の飲みほした涙は心のうちに崇高な陶酔感のごときものをひきおこし、私はこの女性の苦しみをわかつことにおのれの幸せを見いだしました。それまでは密輸商人が罰金を払うように、いやいや伯爵の横暴さに身を屈していた私が、それ以後はできるだけアンリエットのそば近くにいられるようにと、すすんでこの暴君の仕打ちに身をさらすようになったのです。夫人はこうした私の心を見抜き、彼女のかたわらにいつも身をおくことを許してくれました。そして、その昔、前非を悔い改めた背教者が、どうしてもかつての仲間たちと一緒に天国にのぼりたいと願ったときには、特別なはからいから闘技場で死ぬ許しを得られたように、彼女は共に苦しみを味わう許しを与えて、私の心根に報いてくれたのです。

「あなたがそばにいてくださらなかったら、この生活にもあやうく負けてしまうところでしたわ」アンリエットはある夕方、猛暑の日の蠅《はえ》のように、伯爵がふだんにもましてとげとげしく辛辣《しんらつ》で、猫の目のように気分の変りやすかった日がおわると言いました。

伯爵はすでに床に伏したあとでした。アンリエットと私は、夕暮れのひととき、例のアカシアの陰に身をとどめ、私たち二人のまわりでは、子供たちが夕陽を浴びながら遊んでいました。まれに二人の口をつく、もっぱら詠嘆調の言葉から、私たちはたがいに同じ思いにひたりながら、二人に共通の苦しみから解きはなたれて心を休めていることを知りました。言葉がとだえれば沈黙が心の手引きとなり、二人の心は何の障害もなく、接吻のたすけもかりず、いわばおたがいの心の中に深くさそいこまれていくのでした。私たちの心は身もしびれるような物思いの魅力を味わいながら、連れだった二人のニンフのように同じ夢想の波に身をまかせ、同じ流れにゆあみして身も心も生き生きとよみがえると、地上の絆《きずな》こそ欠くものの、人もうらやむほどたがいにしっかりと結びあわされてふたたび水からあがるのでした。底知れぬ淵《ふち》に身を沈め、何一つ手にしえずに水面にうかびあがった私たちは、「こうして過ぎ去っていく日々のうち、たったの一日でもいつかは自分たちのものになるときがくるのでしょうか」とおたがいに目と目でたずねあうのでした。こうして悦楽が根もなく咲き出た花をつみとっているあいだにも、なぜ肉体はそのつぶやきをやめようとはしないのでしょう。手すりの煉瓦《れんが》を心もしずまるような澄んだ朱色に染めあげる、あの夕暮れどきのものうい詩情に身をひたされながらも、そしてあたりに満ちた宗教的な雰囲気《ふんいき》を縫うように、柔らかく響いてくる子供たちの声に安堵《あんど》して聞き入りながらも、私の欲望は、喜びを告げるのろしのように、流れる血のなかで激しくのたうちまわっていたのです。三月をすぎて、そろそろ自分の分け前に満足しきれなくなっていた私は、身をこがす欲望のはけ口をそこに求めるように、アンリエットの手を優しく愛撫《あいぶ》しつづけました。アンリエットは急にモルソフ夫人にたちもどると、私にゆだねていた手をひっこめました。何粒かの涙が私の目にあふれ、それを見た夫人は、やさしくうるんだ視線を投げかけながら、私の唇《くちびる》にその手をおしあてました。「わかってくださるわね」と彼女は言いました。「これだけでも私には涙がでるほどつらいことですの。これほどの好意のしるしを求める友情なんて、ほんとに危険ですもの」

私は胸につもった思いを爆発させて、うらみのたけを述べたてました。私は自分の苦痛を語り、それを耐えしのんでいくために、わずかばかりの慰めを与えてほしいのだと言いました。そして私の年齢では、官能さえ魂そのものでありながら、その魂にもまた性別があり、死ぬことはいっこうに気にかけないが、唇を閉ざしたまま死んでいくのはいやだと、思いきって彼女に告げました。夫人は沈黙を命ずるように、毅《き》然《ぜん》としたまなざしを私に投げかけました。私にはそのまなざしに、「それならこの私はどうだ、ばらの花びらの上にすわっているとでも思うのか」というあのメキシコの酋長《しゅうちょう》（訳注　アズテク最後の皇帝クアウテモク（一四九七—一五二二）のこと。彼を降伏させたコンキスタドーレは、宝のかくし場所を白状させるため、彼および彼の大臣を炭火の上に寝かして拷問にかけ、大臣の一人が苦痛に耐えかねて宝のありかを白状してもいいかと目でたずねたとき、クアウテモクはこのように答えたという）の言葉がそのまま読みとれるように思われました。しかしあるいはそれもまた、私の思いちがいだったのかもしれません。フラペルの入り口で、彼女が一人の男の墓の上に、私たちの幸せを築こうとしているのだと勝手に思いちがいしたあの日から、私は彼女のうちにも激しい情熱にいろどられた願いがひそんでいるとおしはかるのは、彼女の心をこの手で汚《けが》すことになるのだと心に恥じていたのです。夫人は口をひらくと、この上なく優しさのこもった口調で、何もかも私に与えることはできないし、私だってそんなことくらいよく知り抜いているはずだと言いました。彼女がその言葉を口にした瞬間から、ここで彼女の言にこのままましたがえば、私たち二人のあいだに深淵《しんえん》を掘りさげてしまうことがわかり、私はただじっと頭をうなだれました。夫人はさらに言葉をつづけ、一人の男を兄弟として愛するかぎり、自分には神の教えにも、人の道にも決してそむかぬという信念があり、この地上の愛を、サン＝マルタンが宇宙の生命であると説く神の愛の姿にまで近づけようとする努力には、またそれなりに甘美な思いがひそんでいるのだと私に語りました。そしてもし私が彼女の告解師のごときもの、兄弟以上のものでありながら、恋人以下のものでいることができないならば、私たち二人にはもうおたがいにこれきり会うことは許されず、たとえそれが、涙と、心ちぎられる思いなしには耐えられぬ苦しみをこの上さらに増すことになろうとも、その苦しみを胸にひめたまま、神のみもとにまかりでることができると私に告げるのでした。

「私はさしあげてはならないものまであなたにさしあげてしまいました。あなたにあげられるものはもう何一つのこっておりませんわ」と彼女は最後に言いました。「おかげで私はもうその罰をうけているわけですもの」

私は彼女をなだめ、もう決していやな思いはさせぬ、二十歳《はたち》の若さをもちながら、年老いた父親が末の子を愛するように愛しつづけると約束せざるをえませんでした。

翌日、私は朝早くからクロシュグールドを訪れました。ちょうど夫人が、灰色の客間の花瓶《かびん》に活《い》ける花がなくて困っているのを知ると、私はさっそくおもてにとびだして、野原やぶどう畑の中を花を求めてかけまわり、彼女のために二つの花束を作りにかかりました。根元から一本一本切りとって、その美しさに見とれながら花を摘むうちに、私は色や葉のつき具合にも、一つの諧調《かいちょう》、一つの詩がこめられていることに思いつき、音楽のさまざまな章節が、愛し愛される人々の心の底に、次から次へと無数の思い出をよびさますのに似て、そのなかに盛られた詩は、見る人の目を楽しませながら、さらに悟性にまでも働きかけるはずだと考えました。色が光の組み合せであるならば、音の組合せが意味を持つように、色もまた当然その意味を備えているはずです。ジャックとマドレーヌが私を手伝ってくれました。三人とも、大好きな人をびっくりさせてやろうというこのひそかなもくろみがうれしくて、踏み石の最後の段に花の営所を設けると、私は二つの花束をまとめながら、そこに或《あ》る感情を描きだそうと試みました。二つの花瓶から泡立《あわだ》つように花の泉があふれだし、やがて白くくだける小波《さざなみ》となってひろがるなかに、私の願いを託された銀の杯をなす百合《ゆり》と白ばらが、高くすらりとのびているさまを心に描きだしてみてください。このみずみずしい地を背景に、矢車菊、勿忘草《わすれなぐさ》、むらさき草など、空の色を映す濃淡さまざまな青い草花が、バックの白とよく調和して、輝くばかりに咲き出ています。これこそ二つの異なった清らかさ、何も知らぬ清らかさと、何もかもすべてを知りつくした清らかさ、みどり児《ご》の心と、殉教者の心をそのまま映しだすものとは言えぬでしょうか。恋にもその紋章があり、伯爵《はくしゃく》夫人はそこにかくされた意味をひそかに読みとってくれました。彼女は、傷にふれられた病人の叫びにも似たするどいまなざしを私に投げかけました。彼女は恥ずかしさに身をおそわれながら、一方では心も奪われる思いだったのです。このまなざしからは、どれほどのねぎらいがくみとれたことでしょう。彼女を幸せにし、生き生きとよみがえらせられるとは、なんという力強いはげましでしょう。こうして私は恋に仕えるためにカステル師の理論（訳注 一六八八―一七五七。イエズス会の神父。『色彩光学』『視覚と聴覚の新実験』などの著者。彼は音の組み合せが聴覚にとってハーモニーを形成するように、視覚にとっても、色の組み合せがハーモニーを形成すると考えた）をこの手で編みだし、数々のページが、香り豊かな色彩で描かれるあの東方のならわしにひきかえて、ただひたすらペンの精華のみがもてはやされるヨーロッパの諸国では、すでに久しい以前からとだえたままになっていたある学問を、伯爵夫人のためにふたたび発見するにいたったのです。愛の光を浴びて心に咲きでる花々には、さながら姉妹たちにあたるこの太陽の娘たちの力を借りて、おのが心の動きをあらわそうとつとめることは、いかばかりか魅力にあふれた試みでしょう。こうして間もなく私は、のちにグランリュー（訳注 ナントの南十二キロのところにある湖の名前。ただしバルザックは、『ベアトリックス』その他の小説中に、グランリュー家なるものを登場させているので、彼の脳中では、湖もふくむその一家の領地と考えられているように思われる）で出会った、蜜蜂と心を通わすことのできる男と同じように、野に咲く花々と心を通わせあうようになったのです。

それ以後フラペルを去る日まで、私は週に二度、必ずこの根気のいる詩的作品を手がけましたが、それをうまくまとめあげるには、あらゆる種類の禾本科《かほんか》の植物が必要でした。そのため、私は形よりもむしろその精神《こころ》に注意をそそぎ、植物学者よりもむしろ詩人として、あらゆる種類の禾本科植物を深く研究しつくしました。一本の花が咲きでている場所をさがし求め、私はしばしば、水のほとりや、谷間《たにあい》や、岩山の頂や、荒地の真っただ中など、途方もない遠方にまで足をのばし、道々、三色すみれをあさりながら、ヒースの茂みや、森の奥深くにも足を踏み入れました。こうしてあちこちと歩きまわるうちに、私は、瞑想《めいそう》に生きる学者たちや、得意な作物にだけ気を奪われている農夫たちや、町なかに釘《くぎ》づけされた職人や、勘定台にしばりつけられている商人などのとても知りえぬ喜びを、おのずと味わいうるようになりました。それは森番や、きこりや、夢想家たちだけの知る喜びです。自然界には、限りない意味をうちにひめ、この上なく偉大な、精神的な観念にまで達しようとする現象が見あたります。たとえばしたたる露のダイヤにかざられて、今しも陽《ひ》の光がたわむれかけるヒースの花にふとそそがれたまなざしは、そこに粧《よそお》いをこらした広大無辺なるものの姿をみとめるでしょう。くずれ落ちそうな岩に四方をかこまれ、ところどころを砂地がよぎり、不意に尾白鷲《おじろわし》の鳴き声がひびく、杜松《ねず》の生《は》えた苔《こけ》むす森の一角は、見る人の心を何か唐突《とうとつ》なもの、荒々しく、恐れに満ちたものでとらえるでしょう。さらにまた、そこかしこで急な斜面をなす石ころだらけの荒地は、暑い夏の陽にやかれ、これといった植物もなく、行く手にひろがる地平線は、さながら砂漠のそれを思わすでしょう。そしてそこに咲き出た気品にあふれる孤独な花、金色のおしべの上に、絹と見まごう紫色の花弁をひろげるおきな草は、ただ一人この谷間にとりのこされ、白く輝く、健気《けなげ》な私の偶像の姿そのままです。自然が、またたく間に、植物と動物の境目とも言うべき緑の斑点《はんてん》でおおいつくす大きな沼地では、ほんの数日にして新たな生命が芽生《めば》え、数々の植物や昆虫《こんちゅう》が、空をさまよう天体さながら水のなかにうかんでいます。そしてまた、いっぱいにキャベツを植えつくした庭や、ぶどう畑や、杭垣《くいがき》などにとりまかれ、何ほどもないやせたライ麦畑のまんなかで、湿地の崖《がけ》にあやうく身をよせているあばら屋こそ、世の多くの質素な生活をそのまま映しだすものと言えましょう。大伽藍《だいがらん》の柱廊に似た長い並木道は、立ち並ぶ木々が柱であり、頭上をおおう小枝の重なりがその穹窿《きゅうりゅう》です。そして並木がきれるあたりには、影にふちどられ、赤い夕陽の色をとどめる木洩《こも》れ陽《び》が、あたかも内陣をいろどるステンドグラスのように遠く見はるかせ、その中では小鳥たちがしきりにさえずりかわしているのです。葉の茂った涼しい森を出て、石灰質の休閑地にさしかかると、灼《や》けて乾《かわ》いた苔が足もとでかさこそと音をたて、餌《えさ》をたらふく呑《の》んだ蛇《へび》が、ほっそりとした優雅な鎌首《かまくび》をもたげながら、今にも巣にもどろうとしています。こうしたさまざまな光景に、ある時は恵みの雨のごとくふりそそぐ太陽を、ある時は老人の額の皺《しわ》のように、幾重にも重なる雲のむらがりを、またある時は、かすかにオレンジ色を帯び、そこかしこうっすらと青い縞《しま》の走る、冷たい色調の空をそえてください。そしてじっと耳を傾ければ、迫りくる静けさのさなかにも、必ずや言うに言われぬハーモニーを聞きつけることができるでしょう。九月と十月のあいだに私がまとめあげた花束のうち、一つとして三時間以下の探索でこと足りたものはありません。それほどまでに私は、この移ろいやすい花の言葉を讃美《さんび》して、詩人たちが身をまかすあの快い放心にうっとりとひたっていたのです。そして花の言葉は、私がいま記憶の底に掘りおこそうとつとめている厳粛な光景の数々を、最もきわだった対照をなす人生の諸相を私の目に描きだしていてくれたのです。そして今日の私は、しばしばこうしたかけがえのない光景に、そのころ自然の上に惜しみなくふりそそがれた自分の心の思い出を結びつけるのです。そして、心の女王がさまよい歩き、その白いドレスが雑木林のなかでゆっくりとゆれ、芝生《しばふ》の上で風にはためくさまを、彼女の胸の思いが、すでに約束された果実のように、愛のおしべがいっぱいにつまった萼《がく》の一つ一つからたちのぼっていくさまを、私は今なお目の前に思い描くのです。

いかなる愛の告白も、いかに狂おしい恋の証《あか》しも、この花々のかなでる交響楽ほど相手に伝わりやすいものはありません。欲望をはぐらかされた私は、ベートーヴェンが音であらわしたはりつめた心のたけをこの花束の中に描きだしました。おのが心への深い沈潜と、天をめざしての力いっぱいの飛躍とをです。花束を眺《なが》めるモルソフ夫人は、もはやアンリエット以外ではありえませんでした。絶えずそばに足を運び、心の糧《かて》をそこに求め、花束をうけとりながら、「まあ、なんて美しいこと」と言ってつづれ織りの台から顔をあげるとき、彼女は私がそのなかにこめた思いを余さずくみとってくれるのでした。サーディー（訳注　十二世紀から十三世紀にかけて生きたペルシャの詩人）の詩の断片から、この詩人が理解しうるように、花束の一つをとりあげて、それをくわしく描いてお見せすれば、この心楽しい文通も、きっとおわかりいただけることと思います。あなたは、生きとし生けるものに、心とろかす繁殖の喜びを伝えるあの五月の野の香りにさそわれて、舟にのれば思わず水に手をひたしたくなり、吹きくる風に髪をなびかせ、胸の思いを森の茂みのように青々と若返らせたことがおありでしょうか。この秘められたハーモニーをつくりだすのに、大いにあずかっているものの一つが、はるがやという香りの高い小さな植物です。そのため、だれしもこの植物を身近に置けば、必ずやその報いをうけずにはすみません。白と緑の縞模様のドレスのように、筋目の入ったその光沢のある葉を花束のなかに加えると、そこからたちのぼるつきざる香りが、心の底で羞恥心《しゅうちしん》におしつぶされているばらのつぼみを激しくゆり動かさずにはおかないのです。口の大きく開いた花瓶のまわりに、ぶどう畑に生えるトゥーレーヌ産のべんけい草特有な、あのまっ白な花の房を幅ひろくあしらってみてください。これは従順な奴隷女《どれいおんな》のごとく丸くうずくまった、かくあれかしと願う理想の姿態を、おぼろげながらも形に描きだそうとする試みです。このべんけい草を土台にして、そこから釣鐘状の白い花をつけたひるがおのつると、紅えにしだの小枝がのび、それにまじって、しだの葉や、色艶《いろつや》ともに美しい樫《かし》の若枝《わかえ》があしらわれ、そしてすべてが、しだれ柳のようにつつましく、祈り哀願するかのように、おずおずと頭をたれています。そしてその上では、緋色《ひいろ》のこばん草が、絶えずゆれ動くほっそりとした茎に花をつけ、その黄色みがかった葯《やく》からは、あふれんばかりに花粉のふりそそいでいるのが見られます。野辺《のべ》と水辺に咲く、いちごつなぎの雪を思わすピラミッド状の白い花、緑の髪をなびかすすずめのちゃひき、風穂と呼ばれるぬかぼのほっそりとした羽根飾り、これらはすべて、若き日の夢の頭上をかざるあの紫色の希望の表現であり、亜麻色の地からくっきりうきあがったその花々のまわりには、今しも陽の光があかるくそそいでいるのです。そしてさらにその上には、手のこんだレースを思わす野人参《のにんじん》の葉に、そこかしこ野ばらがあしらわれ、わたすげのけば立つ冠毛、しもつけ草のやわらかい羽毛、野生チャーブルの繖形花《さんけいか》、クレマティスの実のブロンドの髪、乳のように白いりんどうの可愛《かわい》らしい十字葉、のこぎり草の繖房花、黒とばら色の花をつけた西洋えんごさくのもつれた茎、ぶどうの巻きひげ、すいかずらのくねくねした小枝など、野辺に生える素朴な植物のうち、もっとも形の入りくんだもの、もっとも複雑に切りさかれたもの、炎のような花弁や、三重のめしべや、槍《やり》のように先がとがり、深い刻みをつけられた葉や、心の底にひしめく欲望さながらのまがりくねった茎などがもつれあい、そして、このあふれでる豊かな愛の奔流から、今にもはじけそうな実をつけたみごとな八重咲きのけしがすっくと身をのばし、その赤い炎を星形のジャスミンの上にくりひろげ、絶え間なくふりそそぐ花粉の雨を、数知れぬ粒子が光をあびて、きらきらと輝きながら宙を舞う美しい花粉の雲をじっと見おろしているのです。はるがやに秘められたアフロディテ（訳注　女性の欲望、大地の豊穣、人間の生殖などをつかさどるギリシャ神話の愛の女神）の香りに陶然たる気持にさそわれながら、豊かにくりひろげられた従順な心のうちを、おさえがたい衝動に乱されがちな純白な愛情を、いかに心に制してもなお倦《う》むことを知らぬ永遠《とわ》の情熱を、そのたび重なる執拗《しつよう》なたたかいにもかかわらず、なおも手にしえぬ幸せを求めるまっかな欲望を、おのずとそのなかに読みとらずにいる女性がありえましょうか。そして、この語りやまぬ花束を、窓辺の明るみに近づけて、みずみずしい細部や、微妙な対比や、その唐草《からくさ》模様がはっきりと目に映るようにおくのです。心の女王は、さらに大きくほころんだ一輪の花から、涙がしたたり落ちるのを見て胸をつかれるでしょう。そして、あわやすべてを与えんとする彼女をおしとどめ、深淵《しんえん》の一歩手前でその足をひきとめるには、天使の力添えか、子供たちの声が必要でしょう。人間が神の前にささげるのはそもそもいかなる物でしょう。香りや、光や、歌や、つまり私たちの本性の最も純化した表現です。とすれば、神にささげられるすべての物は、この恋にささげられた、光あふれる花の詩に余さずこめられているのです。そうです。この花束は、絶えずその調べを心に歌いかけ、ひそかにあこがれる逸楽や、告白しえぬ胸ののぞみや、暑い夏の夜の蜘蛛《くも》の巣さながら、きらっと光をあびてあらわれてはまたすぐ消え去っていくあのむなしい希望を優しくいたわってくれたのです。

　この害のない楽しみは、私たち二人にとっての大きな救いにもなりました。永いあいだじっと愛する人に眺め入り、そのかくされた姿態の奥深くまで照らしだすまなざしを投げかけているうちに、いやが上にも激しくそそりたてられずにはいない自然の欲求を、この楽しみがうまくまぎらわしてくれたのです。あえて彼女もとは申しません。が、少なくとも私にとっては、それは堅牢《けんろう》無比な堰《せき》にたたえられた水が、外にほとばしりだすための、細い割れ目にも似たものでした。そしてしばしばこうしたことが、やむにやまれぬ力のはけ口となり、未然に不幸をふせいでくれるのです。永い絶食はやがて死にいたる憔悴《しょうすい》をもたらすものであり、神がダンからサハラにかけて、旅人に天の糧《マナ》としてパンのかけらを降らせたのは（訳注　神が天の糧（マナ）としてパンを降らせた奇蹟は、出エジプト記第十六章に見られる）、あらかじめそうした結果をふせごうとしてのことなのです。私はよくアンリエットが、花束を前に腕をたれ、たちさわぐ夢想にじっとふけっている姿を見かけました。さまざまな思いが胸をふくらませ、額に生気を与え、波のように次々と押しよせ、泡《あわ》となってほとばしり、身をおびやかすと、やがてものうい疲労をのこしてひいていくあの荒れ狂うがごとき夢想です。それ以後私は、だれのためであれ花束を作ったことはありません。私たちが、この二人だけの言語を創《つく》りだしたときにおぼえた満足感は、おのれの主人をあざむく奴隷の心境にも似たものでした。

この月ののこされた日々、私は庭から庭へとかけめぐりながら、時たま彼女の顔が、ガラス窓にぴったりおしあてられているのを見かけました。ところが客間に入っていくと、彼女はちゃんとつづれ織りの台に向っているのです。口にだしてきめたことこそ一度としてなかったものの、私が暗黙の約束時刻になってももどらないと、よく彼女の白い姿が、見晴らし台《テラス》の上を行き来していることがありました。そして私が不意に近づくと、「迎えにまいりましたのよ。末っ子ですもの、少しはやさしい素ぶりもしてやらなければ」と彼女は言うのでした。

手合せするたびにつらい思いをさせられる伯爵《はくしゃく》とのトリクトラクは、ここしばらく中断したままでした。新しく買い入れた地所のため、伯爵には、調査や、検証や、境界設定、実地測量など、あちこちかけまわる仕事が山ほどあったのです。それにまた、いろいろと指図をすることもあり、自分自身の目でたしかめたのち、夫人と相談してきめねばならぬ種々の農作業にも追われていたのです。伯爵夫人と私は、よく子供たちを連れ、新しく買い入れた地所まで伯爵に会いにいきました。道々、子供たちは、くわがた虫やおさ虫などさまざまな昆虫を追いまわし、かたわら自分たちも花束を、と言うより正確には花を束ねたものを作りました。愛する女性と野をさまよい、その人に腕を貸し、そのたどる道を選んでやれるとは——これはまさに一生にも足る無限の喜びです。それにまたたがいにかわす言葉も、なんとうちとけあったものでしょう。いつも行きは私たち二人、帰りは将軍と一緒でした。将軍というのは、伯爵が機嫌《きげん》のいいときに、私たちがからかい気分と優しさをこめて彼を呼んでいた綽名《あだな》です。同じ道をたどるにしても、いかにも対照的なこの二つのやり方は、私たちの喜びにも微妙な変化をつけるものでした。が、こうしたことは、窮屈な思いをしながら心を結びあわせている人にしかその事情を知られておりません。目をかわしたり、手をにぎりあったりする同じ喜びにも帰りには不安がまじるのです。行きにはあれほど気がねのなかった言葉も、帰りにはひそかなかくれた意味を持つようになり、どちらかがかまをかけるような質問をすれば、一方はしばらく間をおいてからそれに答え、一度始まった議論はこうしていつまでも謎《なぞ》めいた形でつづくのです。こうしたやりとりには私たちの国語はまことに適しており、それにまた女性たちはこうしたことにかけて実に巧みです。衆愚から遠く身をはなし、凡俗の掟《おきて》をかすめて心と心とを結びあわせ、他人に知られざる領域でたがいに理解しあう喜びをこれまでに一度として味わったことのない人がおりましょうか。ある日、何を話しているのかとたずねた伯爵が、アンリエットのどちらともとれる言葉にうまく言いくるめられるのを見て、私は気違いじみた希望に胸をおどらせました。が、その希望もまたたく間に消え去っていくものでした。この罪のない冗談はマドレーヌを面白がらせ、母親はそれを口にだしたあとで顔をあからめました。彼女はきびしいまなざしを私に投げかけて、自分ののぞみはいつまでも非の打ちどころのない妻たることにあり、前にその手をひっこめたのと同じように、今度は、心をひっこめてしまうこともあり得ることを私にさとらせました。しかし、ひたすら心と心だけのこうした結びつきは、あまりにも魅力にあふれるものであり、翌日になれば、私たち二人は、ふたたび同じことをはじめるのでした。

刻一刻が、毎日が、そして新たな週が、常に生れかわる喜びに満たされて、またたく間にすぎていきました。こうしてやがて、トゥーレーヌではまさにお祭りとも言うべき、ぶどうの取り入れの時期が訪れました。九月もおわりに近づくと、刈り入れの頃よりも陽ざしがやわらいで、陽焼けも、疲れも気にせず野に出ていられます。それに麦を刈り取るより、ぶどうを摘み取るほうが楽な仕事です。果物《くだもの》は木々に熟《う》れ、刈り入れがすんでパンは安くなり、豊かな実りが日々の生活を幸せな気分で満たします。多量の金と汗とをつぎこんだ畑仕事の結果にあれこれと抱《いだ》いていた危惧《きぐ》の念も、いっぱいになった納《な》屋《や》や、やがて満たされるはずの酒倉を前にしてすっかり消え去ってしまいます。つまりぶどうの取り入れは、収穫の宴《うたげ》にさらに楽しみをそえるデザートであり、その上秋晴れの美しいトゥーレーヌでは、いつもすばらしい天気がにこやかにほほえみかけてくれるのです。また、人をもてなすのに厚いこの地方では、ぶどうの取り入れにやとわれた人たちは、それぞれのお邸《やしき》でみなごちそうにあずかります。こうした貧しい人たちが、栄養のあるおいしく味つけされた料理を食べられるのは、一年のうちにこの時だけで、質朴な暮しを営んでいる家庭の子供たちが、誕生日のごちそうを楽しみにするように、彼らはいつもこの食事を心待ちにしているのです。そのため、主人がけちけちせずにもてなしてくれるお邸には、ぶどうの摘み手たちが、どっと群れをなしておしかけます。家の中は、人々や食物にあふれ、ぶどう搾《しぼ》りの小屋は一日中開かれっぱなしです。樽《たる》作りの職人や、笑いさざめく娘たちをのせた荷車や、一年のほかの時にくらべると、お給金をたっぷり頂戴《ちょうだい》して何かにつけて歌いだす人々や、こうしたもろもろの動きによって、すべてのものが生命をえたように活気にあふれています。それにまた楽しさを増すもう一つの原因は、身分の差がまったくかえりみられなくなることです。女も子供も、主人も召使も、すべてのものが、聖なる御神酒《おみき》のもとたるこのぶどう摘みの作業に加わります。こうしたさまざまな事情が、一年の最後の好天の日々にくりひろげられ、時代から時代へとひきつがれたあの陽気さを説明してくれるのです。そしてこの陽気な思い出こそ、かつてフランソワ・ラブレーに、あの偉大な作品のバッカス的な形式（訳注　フランソワ・ラブレー（一四九四？—一五五三）は、フランス・ルネッサンスを代表する大小説家。親子二代にわたる巨人を登場させた『ガルガンチュワ物語』『パンタグリュエル物語』は、まさにバッカス的形式と呼ぶにふさわしい）を思いつかせたのです。子供たち、なにかと病気がちなジャックとマドレーヌは、ぶどうの取り入れに加わるのはこれがはじめてでした。私にしても同じことで、彼らは、私が自分たちと同じ期待に胸をはずませているのを見て、何かしら子供らしい喜びをおぼえているようでした。母親も、私たちとぶどう摘みに出かけることをすでに約束ずみでした。私たちは、この地方の籠《かご》の産地であるヴィレーヌに足を運び、自分たちの分として、とてもきれいな籠をいくつか注文しました。何間四方かのぶどう畑が、特別私たち四人のはさみにまかせられ、あまりぶどうを食べすぎないようよく注意するという言い合せもできました。トゥーレーヌのコウと呼ばれる大粒のぶどうを、畑で摘み取りながらそのまま食べるのがこの上ない楽しみに思われて、いかにおいしそうなぶどうでも、食卓に供せられたものなどだれもふりむかないしまつです。ジャックは、クロシュグールドの番が来るまでは我慢して、よそのぶどう畑の取り入れは決して見にいかぬと私に誓わせました。いつもはきまって加減が悪く、青ざめた顔をしたこの二人の子供たちが、その朝のように生き生きとして、血色もよく、元気にあちこち動きまわっているのを見るのはこれがはじめてでした。二人はただしゃべるためにしゃべり、これといった理由もなしに、いったり来たり、小走りに走りまわったりして、ほかの子供たちと同じように、身にあり余る生命力をおもてに発散させているといった様子です。伯爵にしても、夫人にしても、こうした子供たちの姿を見るのはこれがはじめてでした。私も彼らにならって、いや彼ら以上に子供にたち返っているありさまで、それというのも、自分で自分なりの収穫を心に期していたからです。すばらしい日和《ひより》に恵まれた私たちは、ぶどう畑にでかけ、そこで半日をすごしました。私たちは、だれがいちばんみごとな房を摘みとるか、だれがいちばん早く籠をいっぱいにするかと、なんと熱心に競い合ったことでしょう。房を一つ摘んでは母親に見せにいき、ぶどうの木と彼女の間を何べん行き来したことでしょう。私が籠をさげてマドレーヌのあとを追い、彼女の言葉をまねて「お母さま、僕のはどう」と言うと、夫人は若さにあふれる屈託のない笑い声をたてて、「坊や、あんまり夢中になってはだめよ」と私に答えました。それから私の首と髪にかわるがわる手をやって、私の頰《ほお》を軽くたたくと、「まあ、おまえも汗びっしょりじゃない」と言い足しました。愛撫《あいぶ》するようなやさしい声や、おまえという恋人たちの呼びかけを耳にしたのはこの時が初めで終りです。私はさんざしや、木いちごの赤い実におおわれた美しい垣根《かきね》を眺《なが》めました。子供たちの叫びに耳をすまし、ぶどうを摘む人々の群れや、樽《たる》をいっぱいに積んだ荷車や、籠を背負った人たちにじっと目をとめました。ああ、そして私は、日傘《ひがさ》をかざし、頰を染め、唇《くちびる》に笑みをたたえた夫人がそのみずみずしい姿をよせている巴旦杏《はたんきょう》の若木にいたるまで、そのことごとくをしっかりと胸に刻みつけました。それからはただ黙々と、もてる力すべて傾けてぶどうを摘みつづけ、籠がいっぱいになると、ゆっくりとした規則正しい足どりでぶどう樽にあけにいきました。そしてこうした作業は、すべての束縛から心を解きはなってくれるのでした。私は戸外労働の言い知れぬ喜びを味わいながら、この機械的な仕事がなければすべてを焼きつくさんばかりの情熱の奔流が、こうした戸外作業によってうまく制御され、生の刻々が静かに運び去られていくのを感じました。私は規則正しい労働がいかに叡知《えいち》に富んだものかを身をもって知り、修道院の規律をはじめて理解したのです。

久しぶりに伯爵は、陰気な様子も、ひどい仕打ちも見せませんでした。未来のルノンクール＝モルソフ公爵たるべき自分の息子が、その白い肌をばら色に染め、元気いっぱいに、ぶどうの汁にまみれている姿を見るのが彼には心楽しかったのです。この日はぶどうの取り入れの最終日で、将軍は、ブルボン王家の復帰を記念に、夕方からクロシュグールドの庭さきで舞踏会を催すことを約束してくれました。こうして、この喜びの日は、すべての人にとって何一つ欠けるところのないものとなったのです。帰途夫人は私の腕をとり、母親としての喜びを伝えずにはいられないといった様子で、私の心にその心の重みをあまさず感じさせるように身をもたせかけ、「あなたは私たちに幸せをもたらしてくれましたのね」と私の耳もとでささやきました。

彼女の眠られぬ夜と、その不安と、神の手のみに支《ささ》えられた、身をすりへらさんばかりの潤《うるお》いのないその家庭生活を知る私は、豊かに響く彼女の声が、この言葉によって味わわせてくれたほどの喜びを、それ以後いかなる女性からもついぞ与えられたおぼえはありません。

「不幸一色に塗りつぶされていた私の毎日にも、やっと晴れ間が見えるようになりましたわ。希望が芽生えるにつれて、私にも人生が美しいものに思えてきましたの」彼女はしばらく間をおいてから言いました。「お願いですわ。私のそばを決してはなれないでくださいませ。私の罪のない迷信をお裏切りにならないで、子供たちの兄になって、あの子たちを守ってやってくださいませね」

ナタリー、この言葉には小説じみたところなどみじんもないのです。そこにこめられた深く限りない感情を読みとれるのは、青春時代に、人生の道にそって拡《ひろ》がる大きな湖に鉛を投げ入れて、みずからの手でその深さを測ったことのあるものだけなのです。たとえ多くの人たちには、情熱とは乾《かわ》ききった岸辺のあいだを流れる荒れ狂った熔岩《ようがん》のごときものであろうとも、打ち勝ちがたい障害におしとどめられた情熱が、その火口に清く澄んだ水をたたえるような、そうした心の持主もまたおそらくこの世にいるのです。

私たちはもう一度、これに似た楽しい一日をすごしました。子供たちを人生のさまざまなことになれ親しませ、金銭を得るための労苦をあらかじめ味わわせておこうと願ったモルソフ夫人は、二人の一年分の小遣《こづか》いとして、運不運に左右されやすい農業からのあがりをあてていました。くるみの木のあがりがジャックのもの、栗《くり》の木のあがりは妹のマドレーヌのものでした。ぶどうの取り入れがすんで数日すると、今度は栗とくるみの取り入れの日がやってきました。マドレーヌの栗の木を竿《さお》でたたくと、実は栗の木の好むやせて乾ききった艶《つや》のないビロードのような地面に、ばらばらっと音をたてて落ちかかり、そのとたんにいがごとぽんとはずみます。小娘は真剣そのものの顔つきで、うず高く積まれた栗の山を値ぶみしています。それは彼女にとって、だれの指図も受けずに自分の手で自由にしうる数々の楽しみをあらわしているのです。子供たちに関することで、夫人にとって代りうる唯一人《ただひとり》の家政婦マネットが、マドレーヌにお祝いの言葉をなげかけます。この光景は、いかに些細《ささい》な富といえども、労苦なくして手にしうるものはなく、しかも天候の成り行き次第では、絶えず危険にさらされていることを子供たちに教えるものでした。そして秋の訪れとともに、深みを加えていく野山の色どりにつつまれて、いかにも子供らしく、ただ無邪気な喜びにひたりきる少女の姿は、見る人の目にまことに魅力あるものと映るのでした。マドレーヌには自分専用の納屋があり、私は彼女が褐色《かっしょく》の財貨をしまいこむのを眺《なが》めながら、その喜びをともにわかとうとあとを追いました。ああ、今でも私は、いっぱいになった籠があけられるたびに、黄色みがかった毛くずと泥をこねて作った土間の上で、栗がごろごろと転がる音を思いだしては、喜びに心をふるわせるのです。とれた栗のうち、家で食べる分だけは伯爵《はくしゃく》が買いとって、のこりは差配の男たちや、召使が、各自それぞれ、クロシュグールドの付近で「お嬢ちゃん」に買手を見つけてきてくれるのでした。「お嬢ちゃん」というのは、この地方の百姓たちが、よそから来た見知らぬ女の子にも好んで用いる愛称ですが、それがこのあたりではもっぱらマドレーヌを呼ぶのに使われていたのです。

何日間か雨が降りつづいたため、ジャックのくるみの木の収穫はそれほど恵まれたものとは言えませんでした。私は彼を慰め、しばらくのあいだくるみを手もとにとっておいて、もっとあとになってから売りに出すようにとすすめました。シェセル氏の口から、ブレエモンでも、アンボワーズでも、ヴーヴレーでも、くるみの収穫がさっぱりだということを聞いていたからです。トゥーレーヌでは、何かにつけてよくくるみ油が使われます。くるみの木一本について、ジャックは少なくとも四十スーのみいりが見込めるはずで、彼の持っている二百本のくるみの木を合わせれば、その総額はかなりなものになりそうです。その金で乗馬用品一式を買うのがジャックののぞみでした。彼のこののぞみは家中の論議をまきおこし、父親は年々の収入が不安定なこと、毎年平均した収入を得ようとすれば、不作の年に備えて、貯《たくわ》えをする必要があることをわが子にさとらせようとつとめました。夫人は口を閉ざして何も言わず、私はそのなかに彼女の心を読みとりました。ジャックが父親の話に耳を傾け、一方父親は、彼女がお膳《ぜん》だてしたこの崇高な嘘《うそ》のおかげで、これまで夫に欠けていたおかすべからざる父親としての権威を、たとえわずかなりとも取りもどすのを見て、夫人はうれしくてたまらなかったのです。先にこの女性を描きながら、彼女の顔だちや、そのすぐれた心ばえを言いあらわすには、地上の言葉をもってしては、とてもかなわぬことを、あらかじめ申しあげておいたつもりです。こうした場面が現に目の前にあるときは、人の心はあれこれ分析しようなどとは思わずに、ひたすらその喜びを味わいつくそうとするものです。しかし後になって思いかえすと、こうした場面の数々が、波立つ人生の暗い背景から、いかにくっきりとうかびあがって見えることでしょう。消え去った幸せを惜しむ、さまざまに溶けあった思いに嵌《は》めこまれ、あたかもダイヤモンドのごとくいかに美しく輝くことでしょう。モルソフ夫妻があらたに買い入れて、そのころことのほか注意を傾けていた二つの地所のカシーヌとレトリエールという名前の方が、ギリシャや聖地エルサレムのこの上なく美しい地名よりも、なぜ激しく私の心をゆするのでしょう。「恋するものすべてみなそれを知る」とはラ・フォンテーヌ（訳注　一六二一—九五。古典派の詩人。『寓話詩』の作者として有名。引用の言葉は『コント』中の一編、『恋の娼婦』の最終句に見られる）の叫びです。この二つの名前は、招魂術のあちこちにちりばめられたあの言葉さながらの魔力を備え、私に魔術の何たるかを明かしてくれるのです。それらの名前は眠りについた面影をよびさまし、面影はすっくと身をおこすと私に語りかけてくるのです。私をあの幸せの谷間に連れもどし、一つの空を、一つの景色を目の前に描きだしてくれるのです。しかし考えてみれば招魂術は、これまでも精神の領域内で、絶えずおこなわれつづけてきたものとは言えますまいか。とすれば、私がごくありきたりな光景を描いてお見せするからといって、決して驚いていただきたくないのです。なぜなら、ほとんどどこにでも見つかりそうな、この簡素な生活のいかに些細な出来事も、一見弱々しそうなものに見えながら、すべてが私をしっかりと夫人に結びつけている一本一本の絆《きずな》だからです。

行く先々の子供たちの財産問題も、伯爵夫人には彼らのすぐれぬ健康におとらず心痛の種でした。やがて私は、夫人が家の財政問題に関して果しているひそかな役割について私に述べたことが、そっくりそのまま彼女の言葉どおりであるのを知りました。そして、政治家にも心得ていてもらいたいような、この地方の事情をくわしく知るにつれ、この家の財政面にも徐々に通じていきました。十年間の努力の末に、彼女は土地の耕作法を、それまでとはすっかり違ったものに変えていました。彼女は小作地を「四年立て」にしたのです。「四年立て」というのは、この地方一帯で、新しく導入された土地の利用法を示す言葉であり、それによれば、耕作者は畑に毎年ちがった種類の作物を植え、同じ畑には四年に一度しか麦をまくことを許されません。農民たちの頑固《がんこ》な反対を乗りきるために、彼女は以前の契約を解除して、領地を四つの大きな小作地に分割し、トゥーレーヌおよびその近隣一帯でおこなわれている特殊な小作契約にしたがって、こうして分割した土地をそれぞれみな「折半小作」に出すことを余儀なくされました。地主は契約に応ずる小作人に、住居や、農耕用の付属建物や種子を提供し、耕作に要する費用と、とれた収穫物とを折半します。この折半は「差配」の監督下におこなわれ、地主に帰する収穫の半分をとりたてるのがこの「差配」なる者の役目です。ところでこの方法は、作物の種類にしたがって、計算のしかたが絶えず変化するため、かなり複雑で費用もばかになりません。夫人は、小作に出してないクロシュグールドのまわりの土地を、第五番目の農場として伯爵自身に耕させました。これは夫に仕事を与えるためでもあり、同時に明白な事実によって、新しい方法が優れていることを、彼女の「折半小作人」たちに示すためでした。農事の采配《さいはい》をにぎった伯爵夫人は、徐々に、そして女性特有の粘り強さで、彼女の小作地の二つを、アルトワ地方やフランドル地方（訳注　フランドル地方やフランスの北部は、当時輪作制度の手本とされていた）の農場にもとづいて設計しなおしました。彼女の意図は容易に推し測りうるものでした。折半小作契約の切れた後に、四つの小作地を合わせ、二つのりっぱな農場にまとめあげ、それを意欲のある頭のいい人たちに賃貸し、クロシュグールドの収入を以前より簡素化しようとしたのです。一家のものに先立つのを恐れていた伯爵夫人は、こうして夫にはとりたてるのに容易な収入を、子供たちには、たとえいかに無能でもあやうくする心配のない財産をのこしておこうと心がけたのです。十年前に植えた果樹が、ちょうど収入をもたらしてくれるさかりでした。先々の紛争をおそれて境界に植えた生垣《いけがき》ものび、ポプラもにれも、すべてがりっぱに育ちました。いたるところに新しい耕作法をいきわたらせ、新規に買い入れた土地を合わせると、これから設計しなおす予定の二つの農場を加え、合計四つの大農場からなるクロシュグールドの領地からは、一つの農場につき四千フランとして、全体で一万六千フランの現金収入が見込めるはずでした。しかもぶどう園や、それにつづく二百アルパンの林や、モデル農場からの収益は勘定に入れないでの話です。四つの農場から発する道は、みなクロシュグールドから一直線にアゼー街道に出る、広い並木道に通じさせることができましょう。この並木道からトゥールまでの道のりはわずかに五里で、伯爵のおこなった改革や、その好結果や、土壌の改良がちょうど世間の話題になっているところから、農場の借り手には決して不自由することはないはずです。そこで新しく買い入れた二つの地所に、それぞれ一万五千フランばかりの資金を投じ、もとの館《やかた》を二つの農場に作りかえ、一、二年耕作したあとで、より有利な条件で小作に出せばいい、というのが夫人の考えでした。彼女は差配のうちでも、いちばん善良で正直なマルチノーという男を選び、管理人としてそこに送りこむ計画でした。というのも四つの農場の折半小作契約が満了し、それを二つにまとめて賃貸しする時期がきていたために、すでにこの男のする仕事が手もとになくなっていたからです。考えそのものはごく簡単ながら、三万フランなにがしかの資金を要するためにことのほか面倒になっていた夫人の計画は、当時彼女と伯爵とのあいだのいつはてるともないたび重なる議論の種でした。ああ、だがそれはなんと恐ろしい口論だったでしょう。そしてその場合夫人を支えてくれるのは、ただ二人の子供たちの利益という考えだけでした。「もし私が明日にでも死んだら、いったいどうなってしまうだろう」そう考えただけで、激しい動悸《どうき》が彼女をおそうのでした。怒ることを知らず、優しい心におぼえる深いやすらぎを絶えず身のまわりにいきわたらせたいと願っている、優しくおだやかな心の持主だけが、こうした口論にはどれほどの気力が必要とされ、いよいよたたかいをはじめようとするときには、いかにおびただしい血の波が心臓に流れこみ、何も手にしえなかったたたかいののち、いかにやり場のない虚脱感に、身をおそわれるかを知っているのです。果物の季節が好ましい結果をもたらしたのか、子供たちが以前にくらべずっと生き生きとして肉もつき、元気いっぱいにはしゃぎまわっているときに、そして彼らが遊びたわむれる姿を、涙にうるんだ目で追いながら、心をみずみずしくよみがえらせ、気力を取りもどさせてくれる満足感を心ゆくまで味わっているときに、この哀れな女性は、一方で、夫のとげとげしい反論にこめられた侮辱の矢や、心を刺すような非情な攻撃にその身をさらされていたのです。改革に恐れをなした伯爵は、手のつけられぬ頑固《がんこ》さで、その有利な点も、実現の可能性も否定して、説得力のある夫人の議論には、夏の太陽が持つ力さえ否定するような、子供っぽい反論でさからいました。しかし、結局は夫人が勝ちを占めました。狂気に良識が勝利をおさめたことが、夫人の傷の痛みをしずめ、彼女は傷をうけたことさえ忘れました。その日すぐに彼女は、工事計画のとりきめに、カシーヌとレトリエールに足を向けました。伯爵は先に立って一人で歩き、子供たちがあいだにはさまって、それを追う私たちの足どりは、ややもすればおそくなりがちでした。夫人がきめこまやかな砂浜に寄せては返す、小波《さざなみ》のつぶやきにも似た低く優しい声で、そのあいだ私にずっと語りつづけていたからです。

うまくいくことは間違いない、と夫人は言うのです。彼女の言によれば、シノン・トウール間にもう一つ競争相手となる別な定期便を作る計画があり、仕事をすすめているのは、マネットの従兄弟《いとこ》にあたる仕事好きの運送屋で、その男が街道筋のどこかに大きな農場をさがしているというのです。一家はなかなかの子沢山で、長男が馭者《ぎょしゃ》をつとめ、次男が運送業務を手伝えば、父親は今度貸しに出す小作地のうち、ちょうど中間点にあたる道路わきのラブレーの農場に腰をおちつけて、馬車の馬継ぎを監督するかたわら、馬小屋から出る肥料で畑を肥やしながら、充分土地を耕していくことができるだろう。クロシュグールドから目と鼻の先にあるボーデの農場は、今いる四人の小作人のうち、誠実で頭がよく、いちばん働き者の男が、すでに新しい耕作法の利点を感じとって、はやばやと賃借りを申し出てきているし、カシーヌとレトリエールは、この地方でもとびきり条件に恵まれた土地だから、やがて農場ができ、畑仕事が軌道にのれば、トゥールに貼《は》り紙をだすだけでことはすむだろう。そうすれば今後の二年間に、クロシュグールドの上がりはかれこれ二万四千フランにはなるだろう。それに伯爵がとりもどしたメーヌ州にあるグロヴロットの農場は、ついこのあいだ、七千フランで九年間の契約ができたところだし、陸軍少将の俸給が年に四千フラン入るから、これを合わせれば一財産とまではいかなくても、少なくとも一家の生活にはだいぶ余裕が生れるだろう。そのほかにもいろいろと改善を試みて、二年たってジャックの健康に心配がなくなれば、そのうちいつかはこの推定相続人の教育を監督しにパリにでかけることも可能だろう。

いかに激しく身をふるわせながら、夫人はこのパリという言葉を口にしたことでしょう。私自身のこともまたこの計画の根底にあり、できることなら私というかけがえのない友人と、この先一時《いっとき》もはなれたくないと彼女は言うのです。この言葉を聞くと私は夢中になって、彼女は私という人間を知らないのだ、今まで打ち明けたことはないが、ジャックの家庭教師がつとまるように、私はすでに日夜勉強にはげんで自分の教育のしあげをしようと心にきめており、それというのも、この家に若い男が入りこむと考えただけで、いたたまれぬ思いがするからだ、と夫人に告げました。これを聞くと彼女は急にまじめな顔になって言いました。

「いけません、フェリックス。お坊さんになるよりこのほうがまだいけません。母親としては、あなたのその一言を身にしみてありがたく思います。でも、あなたをほんとうに大事に思っている女としては、あなたが愛情の犠牲になるのをみすみすだまって見ているわけにはまいりません。そのようにして私どもにつくしてくださっても、世間からはとりかえしのつかぬほど見くだされるだけですし、一度そうなったら私にはもうどうすることもできませんもの。いいえ、いけません。たとえどんなことでも、あなたのご出世のさまたげになるようなまねはしたくございません。あなたが、ヴァンドネス子爵《ししゃく》さまが、家庭教師をなさるですって。『己れを売らず』というりっぱな家銘をお持ちのあなたがですって。たとえあなたにリシュリュー（訳注　一五八五—一六四二。ルイ十三世の宰相として、フランスに中央集権的な絶対王制を打ち立てる）ほどの才がおありでも、そんなことをなされば、あなたの行手を閉ざしてしまうも同然ですわ。家族の方々もどんなにおなげきになることか。フェリックス、あなたはまだご存じないのよ。私の母のようなたちの女が、保護者ぶった目つきのなかに、どんなに無礼な色をうかべるか、言葉一つにもさげすみをこめ、お辞儀にまで侮蔑《ぶべつ》をあからさまにするか」

「でもあなたさえ愛してくださるなら、僕にとって世間が何だとおっしゃるのです」

　夫人は聞えなかったふりをして話をつづけました。「父はとってもいい人で、私がお願いすれば、どんなのぞみでもかなえてくれますわ。でも、あなたがご自分から、そんなつまらぬ仕事におつきになれば、きっと度しがたいやつだとお思いになって、そんな男のうしろだてになるのは願い下げだと言うかもしれません。あなたには、たとえ相手が王太子さまでも、家庭教師などなさっていただきたくはございませんの。社会をあるがままにうけ入れて、人生では決して軽はずみなことをしてはいけません。あなたのその無分別なご提案は……」

「愛情から出たものです」と私は声を低くして言いました。

「いいえ、同情からですわ」と彼女は涙をおさえながら言いました。「そうした途方もない考えをお聞きしていると、私にはあなたのご性格がはっきりわかってまいりますの。そのお心はきっと身の害になりますわ。いいですわね、今日からは、何かとあなたにお教えする役をこの私におまかせ願います。時々、あなたの代りに、私の女の目で物事を見てさしあげますわ。あなたのご出世にも、心をはずませながらだまってこのクロシュグールドの奥から、たち合わさせていただきますわ。家庭教師のことでしたら、ご心配なさるにはおよびませんの。昔のイエズス会の学者かなんかで、齢《とし》とった優しいお坊さんをどこかで見つけてきますから。それに私の父にしても、行く先自分の名前をつぐ孫のためなら、よろこんで援助してくれますわ。ジャックは私の誇りですもの。でも、もう十一ですわね」と彼女はしばらく間をおいてから言いました。「ですけど、ジャックだってべつにあなたと変りありませんわね。はじめてお会いしたときには、私、あなたも十三くらいかと思いましたもの」

夫人がそう言ったのは、私たちがもうカシーヌに着いたあとでした。ジャックとマドレーヌと私は、動物の仔《こ》が母親のあとを追うように、どこまでも夫人のあとについてまわりました。しかしそれが彼女の邪魔になっているのに気づくと、一時《いっとき》私は夫人のそばをはなれ、果樹園の方に足を向けました。そこではちょうど門番をしているマルチノーの兄の方が、差配をしている弟のマルチノーと二人で、木を切り倒すべきかどうか丹念にしらべている最中でした。二人はまるで自分の財産ででもあるかのように熱心に議論をつづけています。それを見て私は、伯爵夫人がいかに愛されているかを知りました。

私はその考えを、鋤《すき》に足をかけ、肘《ひじ》を柄にもたせて、果樹学の大家の話に聞き入っている、みすぼらしいなりをした日雇いの作男に告げました。

「そのとおりですよ、旦那《だんな》」と作男は答えました。「実に見あげたお方です。アゼーの牝猿《めすざる》どもと違って、ちっともえらぶったところがありませんや。ところがあいつらときたら、溝《みぞ》一間について一スーでも多く出したがらねえで、あっしどもが犬ころみてえにくたばったって、平気な顔して見てやがるんだから。あのお方が国をはなれるときにゃ、あっしどもと一緒にマリアさまだってきっとお泣きなさるにちげえありません。あの方は自分の取り分は知っていなさるが、あっしどもの苦労もわかってくださって、ちゃんとそれだけのことはしてくれますんでね」

私はすっかりうれしくなり、有金全部をはたいてみんなこの作男にやってしまいました。

数日後にジャックの小馬がつきました。巧みに馬を乗りこなした父親は、息子に乗馬を習わせながら、徐々にその身体《からだ》を乗馬できたえていこうと考えたのです。息子はくるみの木のあがりを割《さ》いて、可愛《かわい》らしい乗馬服を一揃《そろ》い手に入れました。ジャックが父親の指導のもとに、はじめて乗馬の手ほどきをうけた朝は、夫人にとって、かつて味わったこともない、母性愛の喜びの日となりました。ジャックが馬に乗って芝生《しばふ》をめぐると、おどろいたマドレーヌは、叫び声をあげながら、芝生のなかをはねまわります。ジャックは母親の刺繡《ししゅう》した小さな飾り襟《えり》を首につけ、空色のラシャ地で仕立てた小さなフロックコートをエナメルのベルトでしめあげ、きちんと折り目のついた白いズボンをはき、スコットランド風の丸い帽子からは、灰色がかった髪が、大きな渦を巻いてこぼれています。それは見るからにうっとりするようないでたちでした。召使たちも、一家のこの喜びに加わろうとみなそのまわりに集まりました。幼い跡取り息子は、通りすぎるたびに母親にほほえみかけ、こわがる様子もなく鞍《くら》の上で身をそらしています。しばしば死のまぎわまで追いやられたこの息子の男としてのはじめての振舞いや、美しい将来への希望や、それを約束するような馬上りりしい、生き生きとした晴れ姿は、母親の心にとって、なんと快いつぐないだったでしょう。若返り、久しぶりに笑顔を見せる父伯爵の喜びよう、召使たちすべての目に読みとれる幸せの色、ジャックの手綱さばきを見て、「おみごと、子爵さま」と叫ぶ、トゥールからもどったルノンクール家の齢《とし》老いた馬丁、こうした光景に耐えきれず、夫人は思わず涙にかきくれました。あれほど平静に苦しみをこらえつづけてきた伯爵夫人も、砂道をかけまわる息子のりっぱな騎馬姿を見ては、心にあふれくる喜びに耐えきれぬ面持でした。以前、陽にあてようと、息子をこの砂道に連れだしては、その行く末を考えながら、しばしば涙を流したことがあるのです。それから彼女は、気にとがめる様子もなく私の腕によりかかり、「苦労したことが、まるで嘘《うそ》のようですわ。今日は私たちのそばをはなれないようにしてくださいませね」と私に言いました。

稽古《けいこ》がおわると、ジャックは母親の腕のなかに身を投げだしました。夫人は息子を腕に迎えると、喜びのあまり身にあふれくる力をこめて、じっと胸にだきしめながら、いつはてるともない接吻《せっぷん》と愛撫《あいぶ》の雨をそそぎかけました。私はマドレーヌと一緒に、騎士の名誉をたたえてテーブルにかざる、二つの花束を作りにでかけました。私たちが客間にもどると夫人は私に言いました。「十月十五日は、私たちにはきっと忘れられない日になりますわ。ジャックがはじめて乗馬のお稽古をして、私が椅子《いす》のおもての最後の一目をすました日ですもの」

「それではブランシュ、お前にもちゃんとほうびをとらせるよ」と伯爵は笑いながら言いました。

伯爵は妻に腕をさしだすと、入口に近い方の中庭に彼女を伴いました。夫人はそこに、父親から贈られた四輪馬車と、そのために伯爵がイギリスで買い求めさせ、ルノンクール公爵の馬と一緒に送らせた二頭の馬を見いだしました。ジャックの馬の練習中に、齢とった馬丁が中庭でなにもかもすっかり準備をすましていたのです。私たちは馬車の乗りぞめに、クロシュグールドから一直線でシノン街道に出られるようになる、例の並木道の地取りを見にいきました。この並木道は、新しく地所を買い入れた結果、はじめてまっすぐ通せるようになったのです。帰り道、夫人は、愁《うれ》いをいっぱいにたたえた顔で私に言いました。「これでは幸せすぎますわ。幸せはまるで病気のように私を苦しめますの。それに夢みたいにあとかたもなく消え去ってしまうのではないかと心配ですの」

激しく恋していた私は、嫉妬《しっと》をおぼえずにはいられませんでした。自分は彼女に何もやれないのだ、この自分は。腹立ちまぎれに私は、あれこれと、彼女のために命をすてる方法を考えました。夫人は何を考えて、目をくもらせているのかと私にたずねました。私は率直に自分の考えを彼女に述べました。彼女はどんな贈りものよりも、その私の言葉に激しく胸をつかれたらしく、私を踏み石の上り口に伴うと、心に香油をそそぎかけるように、耳に口を近づけて言いました。「伯母《おば》が愛してくれたように、私を愛してくださいませ。そうすれば私に命をささげてくれたことになりますもの。私がそのようにしてあなたのお命を頂戴《ちょうだい》すれば、一刻たりともご恩を忘れられない身になりますわ」

「つづれ織りももうおしまいにする時期に来ていましたの」と夫人は客間にもどると言葉をつぎました。私は誓いを新たにするごとく、彼女の手をとって唇《くちびる》をおしあてました。

「あなたはきっとご存じないわね、フェリックス、私がなぜこの根気のいる仕事を自分に課したのかは。幸い男の人たちには、毎日の仕事のなかに、悲しみに耐えていくてだてが見つかりますわ。仕事がいそがしければ、何かと気もまぎれますもの。でも、私たち女の心には、悲しみの支えになるものが何一つとしてございません。ですから、悲しい思いが目の前を去らないときも、子供たちや主人に優しくほほえみかけられるようにするためには、始終何かで身体を動かして、苦しみを均《なら》す必要があると思いましたの。

この仕事をはじめてからは、すっかり気力を使いはたしたあとの無力感も、稲妻のように突然やってくる気持のたかぶりもどちらも避けられるようになりましたわ。きまったあいだをおいて、規則正しく手を持ちあげるこの動作には、考えを優しくゆすり、嵐《あらし》がたけり狂う私の心に、潮の満ち引きのようなやすらぎをもたらして、激しい心の動きをうまく整えてくれる力がありますの。おわかりになりますかしら、私は一つ一つの目に私の秘密を打ち明けました。でも最後の肘掛椅子《ひじかけいす》の仕上げのときは、あなたのことを考えすぎましたわ。そう、フェリックス、ほんとうに私、あなたのことを考えすぎましたわ。あなたが花束にこめられる思いを、私はこのつづれ織りの柄一つ一つに語りかけたのですもの」

夕食はにぎやかでした。ジャックは、身に注目をあつめている子供たちのためしにもれず、私の摘んできた王冠をかたどった花輪を見ると、いきなり私の首にとびつきました。母親は私のこの不貞のおこないにすねたふりをしてみせました。愛息子《まなむすこ》が、このねたみあいのもととなった花束を、いかに優しく母親にさしだしたかは、申しあげずともすでにおわかりでしょう。夕方になると私たちは、三人でトリクトラクをはじめました。私一人で、モルソフ夫妻を相手にまわし、伯爵の機嫌《きげん》も上々でした。日が暮れると二人は、フラペルへ通ずる道のところまで私を送ってくれました。感情が激しい動きを失う代りに、その深みを増していくような、調和に満ちた静かな夜でした。そしてその日はこの哀れな女性にとって、生涯にまたとない思い出の日、つらい時にしばしばたち返っては心にだきしめる、明るい光のごときものとなったのです。事実乗馬の練習が、やがていさかいの種となりました。父親があまりきびしく息子を叱《しか》りつけるのを見て、夫人が恐れを抱《いだ》いたのもまた当然でした。ジャックはすでにやせはじめ、彼の美しい青い目は見る見る隈《くま》にふちどられていきました。この子は母親を悲しませるより、黙って苦しみに耐えていくことを選んだのです。私はこの苦しみを救うてだてとして、伯爵《はくしゃく》が怒りだしたら、疲れた、と言うようにジャックにすすめました。しかしこんな間に合せの手段では、すでに不充分でした。結局、例の齢とった馬丁を、父親に代らせるほかなくなりました。が、父親は何かと文句をつけて、簡単には弟子を手ばなそうとしないのです。こうしてまたどなり声と言い争いがはじまりました。伯爵は絶えざる不平の口実として、女どもが恩知らずであるという主張を楯《たて》にとると、日に二十回も、馬車や、馬や、馬丁のお仕着せのことを妻の目の前にふりかざします。そこにきてちょうど、こうした性格や、こうした病気をもった男たちがよろこんでとびつくような、一つの事件がもちあがりました。カシーヌとレトリエールで、いたんだ壁と床がくずれ落ち、出費が予定の額を五割も上まわってしまったのです。夫人の耳に入れればよかったものを、知らせに来た職人が、まずいことにそのことをモルソフ氏に告げてしまい、これがまた言い争いの種になりました。そして初めは比較的おだやかにはじまった口論も、やがて次第に険悪となり、この数日間おちついていた伯爵のヒポコンデリーは、そのあいだのつぐないを求めるように哀れなアンリエットの上におそいかかったのです。

その日、私は朝食をおえると十時半にフラペルを出て、マドレーヌと二人で花束を作ろうと、クロシュグールドに向いました。すでにマドレーヌは、見晴《テラス》らし台の手すりに二つとも花瓶《かびん》を並べておいてくれました。私はひときわ美しく、しかもごく数少ない秋の花々をさがし求め、庭からその先の野原へと、なんべんとなく足を運びました。最後にひとまわりしてもどって来ると、ばら色のベルトをしめ、ぎざぎざの切り込みがあるケープを羽織った私の副官の姿が見あたらず、クロシュグールドの館《やかた》の方から、大きな叫び声が聞えました。

「将軍が……」とマドレーヌは涙をうかべて私に言いました。彼女がこの呼び名を口にするのは、父親への憎しみを示すときでした。「将軍がお母さまを叱っているの。早くいってたすけてあげて」

私はとぶようにして階段をのぼり、急いで客間にかけつけました。伯爵も夫人も挨拶《あいさつ》どころか、私の姿に気づきもしませんでした。私は伯爵の気違いじみた鋭い叫びを聞くと、部屋の扉《とびら》をのこらずしめてから、二人のそばにもどりました。アンリエットの顔は、彼女のドレスのようにまっ白でした。

「フェリックス君、決して結婚なんかするもんじゃない」と伯爵は私に言いました。

「女というのは、いつも悪魔にそそのかされている生き物だ。どんな操《みさお》正しい貞女だって、この世に悪がなければ自分で作りだすし、どいつもこいつもたちの悪いけだものなんだ」

それから私は、始めも終りもないような支離滅裂な議論を聞かされました。伯爵は前に反対したことを楯にとり、新しい耕作法をこばむ百姓たちと同じように、愚にもつかぬことを述べたてました。自分がクロシュグールドの管理にあたっていれば、財産も今の二倍にはなっていたと言うのです。そして悪口雑言をわめきちらし、口ぎたなくののしりながら、家具から家具へととびまわり、椅子を押しのけたり、たたきつけたりし、それから口にしかけた言葉を中途でやめると、骨の髄が焼けるように痛むとか、金と同じように脳みそもどんどん流れだしそうだとか言いだしました。妻のせいで破産しそうだ、と彼は言うのです。なんというひどい言い方でしょう。三万何千フランになる彼の年収のうち、二万フランは夫人が自分の手でもたらしたものであり、その上ルノンクール公爵夫妻には年収五万フランになる財産があって、それは先々、ジャックが相続することになっていたのです。夫人は誇り高くほほえみながら、じっと空を見あげていました。

「そうだブランシュ」と彼は叫びました。「お前は私の首斬《くび》り役人だ。私を殺そうとしてるんだ。私が重荷なもので、厄介払いしようというんだろう。お前は偽善のかたまりだ。あ、笑ったな。フェリックス君、この女がなぜ笑うか君にはわかるかね」

私はだまったまま顔を伏せました。

「この女は」と伯爵は、自分の問いに自分で答えながら先をつづけました。「この女は、私からありとあらゆる幸せを奪ってしまい、半分はもう君のものなのに、あいかわらず私の妻だと称しているんだ。私の名前を名のりながら、神と人間の掟《おきて》が求める義務を、何一つはたそうとはしやしない。人間にも神さまにも嘘をついているんだ。あちこちと、いやになるほどかけまわらせて、私をくたくたに疲れさせるのも、自分一人でいたいかららなんだ。私が嫌《きら》いで、憎いんだろう、ありとあらゆる手を使って娘のままの身体《からだ》でいようとしているんだ。おかげでこっちはおあずけばかり食うもんだから、すっかり頭に血がのぼって、今にも気違いになりそうだ。私をとろ火にかけて、じわじわ焼き殺そうという算段だろう。それなのにすっかり聖女気取りで、毎月、聖体なんぞ拝受したりして」

伯爵夫人は、夫のこれほどまでの卑《いや》しさに、ただ屈辱の熱い涙にくれながら、「あなた……あなた……あなた……」とくりかえすだけでした。

伯爵の言葉に、私は彼のためにも、アンリエットのためにも顔を赤らめながら、同時に心が激しくつき動かされるのをおぼえました。というのはその言葉が明かした事実には、言うなれば初恋を織りなす純潔への思いや、こまやかな心づかいに符合するものがひそんでいたからです。

「この女はひとのことなどおかまいなしに、私を近づけさせまいとしているんだ」

この言葉を聞くと、伯爵夫人は、「あなた」と鋭く叫びました。

「なんだ、その『あなた』という横柄《おうへい》な言い方は。私がこの家の主人だろう。わからなければ今から教えてやろう」

彼は白狼《はくろう》のようなすさまじい形相で夫人につめよりました。彼の黄色い目にうかんだ表情は、まさに森から出てきた飢えたけだもののそれを思わせました。今にもなぐりつけられそうになったアンリエットは、肘掛椅子から床の上にすべり落ち、伯爵もさすがに手をあげることは思いとどまりました。だが、すっかり力をつかいはたした夫人は、意識もなく床に横たわったままでした。伯爵は相手の返り血を浴びた殺人者のように、ただ呆然《ぼうぜん》自失たるありさまでした。私は哀れなアンリエットをだきあげました。伯爵は、自分にはそうする資格がないというように、私のなすがままにまかせました。それでも私の先に立つと、客間の隣の、私が今まで足を踏み入れたことのない、神聖な彼女の部屋の扉をその手で押しあけました。私は夫人を立たせ、片腕で彼女を支《ささ》え、片腕は胴にまわし、モルソフ氏が、ベッドの覆《おお》いや、羽根ぶとんや、寝具をとりのぞくのを待ちました。それから二人で夫人をだきかかえると、着物を着せたまま、彼女をベッドに横たえました。意識がもどるとアンリエットは、ベルトをはずしてほしいと身ぶりで訴えました。モルソフ氏が手もとにあったはさみでベルトを切り、私が気つけ薬をかがせると彼女はようやく目を開けました。伯爵は悲しむというより、恥じ入った面持でその場をたち去りました。二時間が深い沈黙のうちにすぎ去りました。アンリエットは、私に手をゆだねたまま、口をきくこともできず、ただだまってその手をにぎりしめるだけでした。そして時々目をあげると、このまま静かにそっとしておいてほしいという気持を私に伝えました。やがてほんのしばらくのあいだ気がしずまると、夫人は片肘をついて身体《からだ》をおこし、私の耳もとでささやきました。「ああ、なんて情けない人でしょう。もしあなたがご存じだったら……」

　そこまで言うと、彼女はまた枕《まくら》の上に頭を落しました。現在の苦しみが、すぎ去った苦悩の思い出と重なりあって、彼女は神経性の激しい痙攣《けいれん》におそわれたのです。それをしずめえたのは、ただ私の愛の磁気力だけでした。こうした磁気の働きは、私には当時まだ未知の現象であり、私は本能的にその持つ力を借りたのです。私は手の力を加減して、やさしく彼女の身体をおさえました（訳注　動物磁気は当時の流行であり、バルザックはここに述べられた治療法とともにそのさまざまな作用をかたく信じていたらしい）。そしてこの最後の発作のあいだに、彼女は思わず涙をさそうようなまなざしを私に投げかけました。神経性のふるえがやむと、私は彼女の乱れた髪を整えました。彼女の髪にこの手でふれたのは、あとにも先にもこの時かぎりです。それからふたたびその手をとると、私は、褐色《かっしょく》と灰色にいろどられた部屋の様子や、ペルシャ更紗《さらさ》のカーテンがかかった質素なベッドや、古風な飾りのある化粧台がのったテーブルや、刺し縫いをしたクッションの粗末な長椅子に目をやりました。この場にはなんという詩情が満ちあふれていることでしょう。自分の身に関しては、なんという贅沢《ぜいたく》さの放棄でしょう。彼女の贅沢とは見るからに快いその清潔さです。清らかなあきらめに徹した、この夫ある修道女が住まう気品あふれる庵室《あんしつ》のただ一つの装飾品は、寝台にかざられた十字架と、その上にある伯母《おば》の肖像だけでした。そして聖水盤の両脇《りょうわき》には、彼女自身の手になる子供たちを描いた鉛筆画と、この子供たちがまだ小さかった頃の髪の房《ふさ》とがおかれていました。社交界に出れば、最も美しい女性たちの影さえ薄くしてしまうほどの美人にとって、これはまたなんという質素な隠れずまいでしょう。令名赫々《かくかく》たる名家に生れながら、心の慰めとなる恋をこばみつづけ、今は苦い思いにひたされているあの人が、日夜涙に明け暮れていた寝室とは、およそこのようなものだったのです。人知れぬつぐなうすべとてもない知られざる不幸。犠牲者は死刑執行人のために涙をながし、死刑執行人もまた犠牲者を思って泣いているのです。やがて、子供たちと小間使が入ってきたのをしおに、私は部屋をたち去りました。伯爵は私がでてくるのを待っていました。彼はすでに私を、自分と妻とのあいだの調停者とみとめていたのです。彼は私の手をにぎりしめながら、「いてくれたまえ、フェリックス君、いてくれたまえ」と叫びました。

「あいにく今晩はシェセルさんが人を招《よ》んでいるのです」と私は伯爵に言いました。

「客が私の不在の理由をあれこれ穿鑿《せんさく》するのは好ましくありません。でも、食事がすんだらまたもどってきます」

彼は私と一緒に家を出て、下の方の出口まで、一言も言わずに送ってきました。それから門を出ると、自分のしていることもわからずに、フラペルまで私についてきてしまいました。フラペルまで来たとき、私は伯爵に言いました。

「お願いです、伯爵、奥さまがそうおのぞみなら、家うちのことはどうかあの方におまかせください。そして、もうこれ以上、あの方を苦しめないようになさってください」

「私ももうあまり永いあいだ生きられそうにありません」と伯爵は真顔で言いました。「家内が私のことで苦しむのも、もうそれほど永いことじゃありませんよ。頭のなかが破裂してしまいそうな気がするんです」

それから彼は、不意に自分のことが気になったのか、私のそばをすっとはなれていきました。夕食をすますと、私は夫人の容態を聞きにもどりました。彼女はもうだいぶ良いようでした。だがもし、彼女にとってこれが結婚の喜びであるとしたら、このような場面がしょっちゅうくりかえされるとしたら、いったいどうやって生きていけるというのでしょう。これはまさにゆっくりと時間をかけた罰をうけることもない殺人です。その晩私には、伯爵がいかに恐ろしい責め苦を課して、夫人の神経を切りさいなんでいるかがのみこめました。こうした争いは、どんな法廷に持ちだせばいいというのでしょう。

このような考えに呆然として、私はアンリエットに何一つ言うことができませんでした。しかしその夜私は、朝までかかって彼女への手紙を書きあげました。三通か四通書いたうち、今私の手もとには、気に入らなかった手紙の次のような書きだししかのこっておりません。私にはそれが当時、言うべきことは何一つ言っておらず、それにまたひたすら彼女のことに心を向けるべき時でありながら、自分のことばかり述べているように思われましたが、少なくとも、私の心がいかなる状態にあったかは、これでおわかりいただけることと思います。

モルソフ夫人に

館についたら申しあげようと、道々考えていたことが山ほどありましたのに、あなたのお顔を見たとたん、なにもかも忘れてしまいました。そうなのです、アンリエット、あなたのお顔を見たとたん、僕は申しあげようとしていた自分の言葉が、あなたの美しさをいやましに増している魂の輝きに、すこしもふさわしくないような気がしたのです。それにあなたのそばにいると、限りない幸福感にひたされて、現に味わっている感情が、それ以前の感情などすっかり消し去ってしまうのです。お目にかかるたびに、僕は、大きな岩山を登りつめ、一足ごとに新しい地平線を見いだす旅人さながら、よりひろびろとした人生にそのつど新しく生れかわるのです。あなたとお話しするたびに、僕はすでにうず高く積まれた宝の山に、さらに新しい宝を加えるのです。そしておそらくそこにこそ、つきることのない変らぬ愛情の秘密があるのです。そのため僕は、あなたから遠くはなれてしか、あなたのことをお話しできないのです。あなたの前にでると、目がくらんでろくに物も見えず、自分の幸せをみずから問うには幸せすぎ、心はあなたのことがいっぱいで自分になりきれず、言うことばかりが胸にひしめいて口がきけなくなり、過去のことを思いだすには、現在の瞬間をとらえるのにあまりにも夢中になりすぎるのです。僕がひたっているこの絶え間のない陶酔状態をおわかりくださって、そのために僕がおかす過《あやま》ちをどうか大目に見てほしいと願っています。あなたのおそばにいると僕は感ずることしかできないのです。でも、アンリエット、思いきって申しあげれば、いままで与えてくださった数々の喜びを思いうかべても、昨日のあのとき、私の心を満たした喜びに一つとして並びうるものはありません。あなたが人業《ひとわざ》ならぬ勇気で悪にたち向われた、あの恐ろしい嵐《あらし》がすぎ去ったのち、不幸な出来事があったために、はじめて足を踏み入れられたほの暗いあなたのお部屋のなかで、一人そばにいた僕の方へ、あなたがたち帰ってくださったあのときです。一人の女性が死の門口から生の門口に帰りつき、再生の曙《あけぼの》の光がその額の上にさしそめるとき、いかにその女性が美しく輝くか、ただこの僕だけがそれを知りえたのです。あなたのお声は、なんという調和に満ちあふれていたでしょう。僕のお慕いするあなたの声が、すぎ去った苦しみの余韻をどこかにとどめながらも、神さまのもとに見いだした慰めをまじえて私を安堵《あんど》させ、最初に心にうかんできた考えを僕に明かしてくださったとき、たとえあなたの口から出たものにせよ、僕にはいかに人間の言葉がちっぽけなものに思えたでしょう。僕はすでに前々から、あなたが人間としてのあらゆる美質をあまさず備えていることを知っていました。しかし僕は昨日、神さまさえおのぞみくださるなら僕のものとなりうる、今まで知らなかった新しいアンリエットの姿を目にしたのです。僕は昨日、魂の火が燃えあがるのをさまたげている、あらゆる肉体の束縛から解きはなたれた、何かそうした存在をこの目でちらっと垣間《かいま》見たのです。あなたの打ちひしがれた姿は美しく、あなたの弱々しい姿は荘厳《そうごん》でした。昨日僕は、あなたの美しさよりもさらに美しいもの、あなたのお声よりもさらに優しいもの、あなたの目の光よりも、さらに美しく輝く光、言葉にはとうてい言いあらわせぬ、妙《たえ》なる香りを見いだしたのです。昨日、あなたの心はこの目に映り、この手にふれることができたのです。あなたのためにおのれの心を開き、その中であなたをよみがえらせてあげることができないのを、僕はどんなに情けなく思ったでしょう。そしてさらに昨日、僕はあなたに抱《いだ》きつづけていた畏敬《いけい》の念を、やっとすて去ることができたのです。あなたが気を失われたことが、僕たち二人をさらに近づけてくれたのです。そして発作が去って、あなたが僕と同じ空気を吸いはじめられたとき、はじめて僕は、呼吸するとはいかなることかを知ったのです。どれほど多くの祈りが、いっせいに天をめざして高くささげられたことでしょう。あなたを僕の手もとにのこしておいてくださるようにと、神さまのところまでお願いに上がったとき、僕があれほどの空間を乗りこえながら、なおも息絶えずにいたことを考えれば、人間とは、喜びや悲しみだけでは、決して死ぬものではないのです。その瞬間は僕の心のなかに、深くうずもれた数々の思い出をのこして去っていきました。その思い出が心のおもてにうかびあがってくるたびに、きっと僕の目は涙で濡《ぬ》れずにはいないでしょう。この先、喜びを感ずるたびに、心のひだはさらに数を増し、悲しみをおぼえるたびに、そのひだはますます深く心に刻みつけられていくでしょう。そうです、昨日僕の心をとらえた恐怖の念は、来たるべき苦しみを測る尺度のごときものとなるでしょう。そして生きていくかぎり、僕が変らざる思慕をよせるあなた、ああ、そのあなたが惜しげもなく僕に与えてくださったあの喜びは、神の手がこのさき僕にお恵みくださるすべての喜びの上に高くそびえ立ち、いつまでも僕の心のなかで君臨しつづけていくでしょう。あなたは聖なる愛、いつまでも持続し、力にあふれ、疑いも嫉妬《しっと》も知らぬ、あのたしかな愛のなんたるかを僕に教えてくださったのです。

しだいに私は深い憂愁に心をむしばまれていきました。社会を前にしておぼえる激しい感情に、いまだ若くして不なれな心にとっては、こうした家庭生活を目にすることは、まことに耐えがたいほどの苦しみでした。人生の門出にあたって、底知れぬ深淵《しんえん》に、死の海に出くわすとは。さまざまな不幸が寄りあつまってかなでるこの恐ろしい調べは、私をはてしのない感慨にさそい入れ、こうして私は社会生活の第一歩から、この上なく大きな尺度を手にしたのです。そしてこの尺度におしあてて測ってみれば、のちのち目にした光景など、まことに些細《ささい》なものに見えてくるのです。シェセル氏夫妻は、私の悲しそうな様子から察して、私の恋がうまくいかないのだろうと当りをつけました。私はこうして幸いにも、自分の情熱ゆえに、高貴なアンリエットの評判をいささかでも傷つけることはうまくまぬがれえたのです。

翌日、客間に入っていくと、夫人が一人ですわっていました。彼女は手をさしだしながら、一瞬のあいだ私を見つめたのちに言いました。「わたしのお友だちは、いくら申しあげても優しくしてくださりすぎるのね」それから彼女は目をうるませて立ちあがると、必死に哀願するような調子で言いそえました。「もうああしたお手紙は二度とお書きにならないでくださいませね」

モルソフ氏はいそいそと私を迎えました。夫人は元気をとりもどし、その額ははれやかでした。しかし彼女の顔色には、昨夜の苦しみの跡がうかがわれ、その苦しみはしずまりこそすれ、まだすっかりはいえていないことがわかるのでした。夕方、夫人は散歩にでると、足もとでかさこそと音をたてる、秋の落ち葉を踏みしめながら言いました。「悲しみにははてしがなくて、喜びには限りがありますのね」またたく間にすぎ去っていく喜びにくらべ、彼女の苦しみがいかに深いかを示す言葉でした。

「人生を悪《あ》しざまに言うのはおよしなさい」と私は彼女に言いました。「恋もご存じないくせに。恋には天まで輝きわたる悦《よろこ》びがあるのです」

「おやめになってちょうだい」と彼女は言いました。「そんな悦びなど知りたくもありませんわ。グリーンランドの人間をイタリアに連れて行ったらそれこそ死んでしまいます。わたしはあなたのおそばにあれば、おちついて幸せでいられますの。どんな考えでも申しあげられますもの。私の信頼をこわすようなことはどうぞなさらないで。神父さまのような徳を身につけながら、自由な人の魅力を持ちつづけることだってあなたにはおできになるはずですわ」

「あなたがそうせよとおっしゃるなら、毒の盛られた杯を飲みほすことだって僕はいといません」そう言いながら、私は彼女の手を高鳴る胸におしあてました。

「またそんなことをおっしゃって」彼女は激しい痛みでもおぼえたようにすっと手をひきながら叫びました。「それでは、優しいお友だちの手で、血のしたたる傷口をいやしてもらうという悲しい喜びまで、私からとりあげてしまうおつもりなの。おねがいですわ、これ以上私の苦しみを増すようなことはなさらないで。私には、あなたのご存じない苦しみだってありますのよ。いちばん耐えがたい苦しみは、だれにも打ち明けられない、心のいちばん奥深くに秘めた苦しみですわ。もしあなたが女だったら、きっとわかってくださると思いますの、あれこれと何のつぐないにもならないような親切をされ、相手がすっかりつぐないをつけたようなつもりでいるのを見たら、誇りのある人間ならうんざりして、すっかり憂鬱《ゆううつ》になってしまいますでしょう。これから何日間かは私はきっとちやほやされますわ。こうやって相手は自分の過《あやま》ちを許してもらうつもりでいるのです。そういうときはどんな無理難題でも聞いてくれますわ。私はこんないやしいやり方に腹が立ちますの。その上私が何もかも忘れたと見てとると、優しいそぶりももうそれきりです。優しくしてもらえるのは、ただあの人が過ちをおかしたときだけだなんて……」

「いいえ、あれは犯罪です」と私は勢いこんで言いました。

「恐ろしい身の上だとお思いにはなりません」彼女は悲しいほほえみを私に投げかけながら言いました。「それに私は、この一時《いっとき》の力をこちらから利用する気にはなれませんの。そんなときの私は、倒れた相手にもうこれ以上おそいかからない中世の騎士そっくりです。うやまわねばならぬ人が地上に倒れているのを見て、手を貸してひきおこしてやれば、またも手ひどい目にあわされるのです。相手が倒れるのを見て、当の相手以上に苦しみながら、たとえ有益なことのためにでも、この一時《いっとき》の力を利用するのは、私には恥ずべきことに思えるのです。こうしていたずらに力を浪費して、高潔なところなどまるでないたたかいに心の宝をつかいはたし、致命的な傷を負ったときしか、相手に力をふるうことができないなんて、ああ、これくらいならいっそのこと死んでしまったほうがまだましですわ。子供たちさえいなければ、私もきっとこの生活に流されるままになっていましたでしょう。でも私が心に勇気をひめていなかったら、あの子たちはいったいどうなってしまいますかしら。たとえそれがどんなに苦しくても、あの子たちのために生きつづけなければなりませんわ。あなたは恋とかなんとかおっしゃいましたわね、フェリックス。でもよく考えてごらんなさい。あの人に私を軽蔑《けいべつ》する権利を与えたら、私がどんな恐ろしい地獄におちてしまうかがおわかりでしょう。弱い人はみな薄情ですが、あの人もその例外ではありません。ちょっと疑いをかけられただけで、私にはもうとても耐えられそうにありません。汚《けが》れのないおこないこそ私の力です。ねえ、フェリックス、操《みさお》を清く保つことは、清らかな泉でゆあみして、心もすがすがしく、神さまへの愛をさらに強めることですわ」

「聞いてください、アンリエット、僕はもうあと一週間しかここにいられません。僕はどうにかして……」

「え、ここからいっておしまいになるの」彼女は私の言葉をさえぎって言いました。

「父が僕の将来のことをどうするつもりか自分でも知る必要がありますし、それにもう三月になりますから……」

「私、日数など数えてもみませんでしたわ」夫人は激しく心を動かされた女性が見せる、あの投げやりな口調で答えました。それから気をしずめると私に言いました。「歩きましょう。フラペルまでまいりましょう」

彼女は伯爵《はくしゃく》と子供たちを呼び、召使に肩掛けを持ってくるように言いつけました。準備がすっかりととのうと、いつもはおちついて、ごくしとやかな伯爵夫人が、まるでパリ女のように活溌《かっぱつ》になり、私たちは一団となって、彼女がしいて訪れねばならぬでもないフラペルをめざしてでかけました。彼女はひたすらシェセル夫人に話しかけようとつとめ、幸いにシェセル夫人の答えもなかなか能弁でした。伯爵とシェセル氏は仕事の話をはじめました。私は伯爵が馬車や馬のことを自慢しだすのではないかと心配でした。しかし彼も、よき嗜《たしな》みという点では完璧《かんぺき》でした。隣人は、伯爵にカシーヌとレトリエールで手をつけている工事のことをたずねました。その質問を耳にすると、私は、きっと伯爵が、あれほどいまわしい記憶のまつわりついた、思いだしてもつらいこの苦々しい限りの話題は避けるだろうと、ちらっと伯爵の方に目をやりました。ところが伯爵は、この地方の農業の状態を改善し、衛生的で、健康によいりっぱな設備を持つ農場をつくることが、いかに急務であるかをしきりと論じたてたのです。そしてついには得々として、妻の考えをそっくりそのまま自分の発案にしてしまうしまつです。私は顔を赤らめながら夫人の方に目をやりました。場合によっては、あれほどこまかな心づかいを見せる男のこの無神経さにあきれかえり、あの恐ろしい場面などすっかり忘れてしまい、自分が夢中になって反対した夫人の考えをそっくりそのまま自分のものにしてしまうやり方や、その自信たっぷりな面持には、私もただ唖然《あぜん》とするだけでした。

シェセル氏が「つぎこまれた費用はとりもどせるとお考えですか」とたずねると、伯爵はもちろんですという自信たっぷりな身ぶりをまじえて答えました。

「とりもどせるどころではありませんよ」

こうしたたぐいの発作的な行動は、まさに狂気という言葉によってしか説明できません。天使かと見まごうアンリエットは、いかにもにこやかな顔つきでした。伯爵もこうしていれば、良識を備えたりっぱな男、経営の才にもたけた、すぐれた農事家に見えるではありませんか。彼女は自分のためにも、ジャックのためにもうれしくて、ただうっとりと息子の髪をなでていました。ああ、だがなんと恐ろしい喜劇、なんとふざけちらした悲劇でしょう。私はその恐ろしさに身をふるわせました。しかしそののち社会という大きな劇場の幕があがったとき、私は信仰も、誠実さの輝きも欠いた、いかに多くのモルソフ氏をそこに見いだしたことでしょう。この世のどこに、こうした辛辣《しんらつ》きわまる奇妙な力がひそんでいて、絶えず気違い男に天使をめあわせ、詩的でまじめな愛を抱《いだ》く男に悪妻を、小男に大女を、そしてこうした醜男《ぶおとこ》の手に、美しく崇高な女性を投げ与えるのでしょう。たとえばあの高貴なジュアナに、ボルドーの事件でよくご存じのディアール大尉《たいい》を（訳注　『マラナ』に登場する『人間喜劇』中の人物。ボルドーで友人を殺し、妻のジュアナに自殺するようすすめられるが、それだけの勇気がなく妻の手で射殺される。なお、ナタリー・ド・マネルヴィルはパリで生活をしているが、もともとボルドーの出である）、ボーセアン夫人にはダジュダのごとき男を（訳注　ボーセアン夫人は『ゴリオ爺さん』『棄てられた女』などに登場する人物で、パリの社交界の花形の一人。『人間喜劇』中の放蕩者の一人であるダジュダはその恋人。二人はほとんど半公けの関係にあるが、ダジュダはこっそりほかの女との結婚をきめて彼女を棄てる）、デーグルモン夫人にはああした夫（訳注　デーグルモン夫人は『三十女』の主人公。その夫は美男ながら誠実さを欠き、不貞を働いて妻を苦しめる）を、デスパール侯爵には、その妻のような女（訳注　デスパール夫人は『人間喜劇』のさまざまな作品に登場する社交界の花形。『禁治産』では誠実この上ない夫を狂人だとして、禁治産にしようとする）をです。私も正直なところ、永いあいだこの謎の意味を解こうとつとめました。私は数多くの神秘もさぐり、自然の法則もすくなからず発見し、神聖な象形文字もいくつか解読しました。しかし、ことこれに関しては、今にいたるまで何一つ知りえずに、バラモン僧たちだけが、その象徴的な構成の秘密をにぎっている、あのインドの絵謎の意味をさがし求めるように、現在でもなおこの問題を研究しつづけているのです。ここにおいては、悪しき霊の支配していることはあまりに明らかなため、私はあえてその責任を神に問う気にはなれません。いかんともしがたい不幸よ、お前を織りなしてよろこんでいるのはいったいだれなのか。それでは、アンリエットと彼女の「知られざる哲学者」が正しいのか。彼らの神秘的な教えこそ、人類全体にわたる普遍的な意味をそのなかにかくし持っているのだろうか……

この地で私がすごした最後の数日は、すでに木の葉の散りつくした秋の日々でした。この季節にはまだあたたかく、いつもは空の澄んだすばらしい天気がつづくトゥーレーヌでも、その年は時折り雲がかかり、空が暗くとざされる日もありました。私の出発の前夜、夫人は夕食前に私を見晴らし台《テラス》にさそいだしました。

「ねえ、フェリックス、いよいよあなたも世間のお仲間入りをなさるわけですわね」夫人は葉の散りつくした木の下をだまって一まわりしてから言いました。「せめて心のなかだけででも、あなたのおともをしてさしあげようと思っておりますの。たくさん苦しんだものは、たくさん生きてきたということですもの、孤独な魂が世間のことなど何一つ知らないと思ったらまちがいですわ。これでも世の中のことにはちゃんと判断をくだしておりますのよ。これから先はあなたというお友だち一人をたよりに生きていくことになる私ですもの、私があなたの心や良心のなかで、居心地の悪い思いはしたくないと思うのが当然でしょう。勝負の真最中に規則全部を心に思いうかべることはとても無理ですわ。ですから、私、わが子にさずける母親としての教えを、今からいくつかあなたにお伝えしておきたいと思いますの。いいですわね、フェリックス、出発の日に長い手紙をお渡しします。世間のことや、人間のことや、利害の動きが激しいときに、どうやって困難なことにたち向ったらいいかや、私の一人の女としての考えを、のこらずそのなかに記しておきますわ。パリにつく前には、決して封を切らないと私にお約束してくださるわね。このお願いも私の気まぐれから出たものかもしれませんが、その気まぐれこそ私たち女の秘密ですの。でも私たちの気まぐれだって決してわかっていただけないとは思っていませんわ。といっても、わかられてしまったらかえって悲しい気がするかもしれませんけれど。そうですわね、むしろこの小道は私のためにそっとしておいていただきたいわ。女はこうした小道を一人で散歩するのが好きなのですもの」

「お約束します」私は夫人の手に唇《くちびる》をおしあてて言いました。

「ああ、そう、それにもう一つあなたに誓っていただきたいことがありますの。何のことか申しあげる前に、約束しますって言ってくださるわね」

「ええ、もちろんです」私はてっきり心をほかに移さぬということだろうと思って答えました。

「私のことではありませんのよ」と彼女は悲しそうなほほえみを顔にうかべながら言いました。「フェリックス、サロンにでかけていっても、決して賭《か》けごとをなさってはいけません。いいですわね、どなたのサロンでもよ」

「決して賭けごとには手を出しません」と私は答えました。

「たいへんけっこうですわ」と彼女は言いました。「あなたには賭けごとでむだについやすよりも、ずっとましな時間の使い方を見つけてさしあげましたの。ほかの人たちは、遅かれ早かれみんな損をするのに、あなただけはいつも得をするのがそのうちきっとおわかりになりますわ」

「どうやってですか」

「手紙をごらんになればわかりますわよ」と彼女はうきうきした様子で答えました。そしてそのうきうきした様子が、彼女の言葉から、祖父母の忠告にありがちなやたらとまじめくさった感じをすっかり除き去ってくれました。

こうして一時間ばかりのあいだ、夫人は話をつづけました。彼女の口をもれる言葉には、この三月のあいだ、彼女がいかにこまかく私を観察しつづけていてくれたかがうかがい知れ、私はそこに彼女の深い愛情の証拠を読みとりました。彼女は私の心のもっとも奥深いひだにまでわけ入って、自分の心をその上に重ね合わそうとしたのです。さまざまに変化する彼女の口調は、いかにも説得力にあふれ、その言葉一つ一つが、まさに母の唇からもれくるようでした。そしてその口調からも、その内容からも、すでにいかに多くの絆《きずな》によって、私たち二人がおたがいに結びつけられているかがわかるのでした。

「私がどんなに心配して、あなたのすすまれる道を見守っているかがおわかりになりますかしら」と彼女は話のおわりに言いました。「あなたがまっすぐにおすすみになられたらどんなに幸せか、曲り角に出くわしたら、私がどんなに悲しむかが。ねえ、フェリックス、これだけはぜひ信じていただきたいの、愛情なら私、だれにもひけをとりませんわ。心の底からおのずと生れ、しかも私がこの手で選びとった愛情ですもの。ああ、あなたが幸せになり、力を手に入れられて、人の尊敬をあつめるのが早くこの目でたしかめたいの。だってあなたは私の生きた夢ですもの」

私は思わず涙を流しました。彼女の言葉は優しく、同時に苛酷《かこく》でした。何のかくしだてもなく、思いきってあらわに示された彼女の心のうちは、快楽に飢えた若者の心に、いささかなりとも希望を許すには、あまりにも汚れを知らぬものでした。彼女の心のなかで無残にも引きさかれてしまった私の肉の欲望とひきかえに、彼女は魂の渇《かわ》きしか満たしえぬ、あの清らかな愛の絶えることなき不滅の光を私の心の上にそそぎかけたのです。こうして夫人は、私を彼女の肩にむさぼりつかせた、さまざまな色に輝く恋の翼をもってしては、とうていたどり着きえぬはるかかなたの高みへと、遠く飛び去ってしまったのです。そして彼女のそば近く寄れるのは、熾天使《してんし》のあの純白な翼を手にしえた男だけなのです。

「何をするにも『僕のアンリエットが見たらどう言うだろう』と心にたずねてみてからにするつもりです」と私は言いました。

「たいへんけっこうね。それでは私があなたの星と聖堂になってさしあげますわ」と夫人は私の幼時の夢をひきあいに出して言いました。彼女は幼年時代の夢をかなえることで、私の欲望をうまくはぐらかそうとしたのです。

「今日から先は、あなたは僕の宗教、僕の光、僕のすべてです」と私は叫びました。

「いいえ、すべてではありません」と彼女は答えました。「あなたの快楽の泉とやらにはなれませんもの」

彼女はふうっと溜息《ためいき》をもらし、ひそかな苦悩を明かすほほえみを、ふと反抗心をそそられた奴隷《どれい》のあのほほえみを私に投げかけました。この日を期して夫人は私の愛する女《ひと》から私の最愛の女《ひと》となったのです。ただ単に心のなかに場所を占めるとか、献身ぶりやあり余る快楽によって記憶にしるされるとかいう女性ではなく、私の心のすべてを占め、筋肉の動きにさえもこと欠かせぬ女《ひと》となったのです。つまりはフィレンツェの詩人（訳注　ダンテをさす）にとってのベアトリーチェ、ヴェネチアの詩人（訳注　ペトラルカをさす）にとっての汚《けが》れなきラウラ、偉大な思想の生みの親、身を救う決意のかくされた原因、未来の支え、ほの暗い茂みの中で輝く百合《ゆり》のように、暗闇《くらやみ》を照らす明るい光となったのです。すでに火のついた個所をたち切って、危機に瀕《ひん》した事態をたて直す、あの高邁《こうまい》な決意を私に示してくれたのです。さらにまた勝者をも打ち砕き、敗北からふたたび身をおこし、最強の闘士さえ根負けさせる、あのコリニー流（訳注　一五一九―七二。宗教戦争の時の新教側の闘将の一人）の粘り強さをも与えてくれたのです。

翌日、フラペルで朝食をすますと、私は恋の身勝手さを大目に見てくれた館《やかた》の主人夫妻に別れを告げて、そのままクロシュグールドに向いました。トゥールまではモルソフ夫妻に送ってもらい、その晩のうちにそこからパリへ向う予定でした。道々夫人は、その身に優しさをたたえながらも、頭痛がすると称して、口を閉ざしたままでした。がやがてこの嘘《うそ》が恥ずかしくなったのか、急に顔を赤らめると、私が出発してしまうのが名《な》残《ご》り惜しくて、と自分の態度を言いつくろいました。伯爵は、シェセル氏が不在のときにアンドル川の谷間が見たくなったら、遠慮なく自分のところを訪ねてくるようにと言ってくれました。私たちは涙もうかべず、めめしいそぶりも見せずに別れを告げあいました。ただジャックだけは、病身の子供によくあるように、にわかに心もろくなり、はらはらっと涙をこぼしました。だがマドレーヌは、すでに一人前の女のように、ただ母親の手をにぎりしめるだけでした。

「まあ、この子は」と言いながら、夫人は激しくジャックに接吻《せっぷん》しました。

　トゥールで一人ぼっちになった私は、昼食のあと、若者のみがとらえられる、あの説明しがたい、いたたまれぬ気持におそわれました。私は馬を一頭借りると、トゥールからポン＝ド＝リュアンまでの道のりを、一時間十五分で走りきりました。ポン＝ド＝リュアンにつくと、さすがに自分の気違いじみた行為を人目にさらすのが恥ずかしくなり、馬をおりて自分の足で道を走り抜け、まるでスパイのように忍び足で、見晴らし台《テラス》の下にたどりつきました。そこには夫人の姿は見あたらず、私は彼女がどこか具合が悪いのだろうと考えました。私は返さずに持っていた鍵《かぎ》を使って、小さな戸口から庭のなかにしのびこみました。ちょうどその時、二人の子供たちを連れ、ゆっくりとしたもの悲しそうな足どりで、踏み石をおりて来る夫人の姿が見えました。日没時にあたりの景色にしるされる甘いうら淋《さび》しさを求めに来たのでしょう。

「お母さま、フェリックスさんが」とマドレーヌが言いました。

「そう、僕だよ」と私はマドレーヌの耳にささやきました。「こんなに簡単にみんなと会えるのに、なぜトゥールになんかいるんだろうと、変な気がしたものだから。一週間たてばもうこんなのぞみもかなえられなくなるのに、どうして今はたさないでいるんだろうって」

「お母さま、フェリックスさんはいってしまわないんだね」とジャックはぴょんぴょんはねまわりながら叫びました。

「静かにして」とマドレーヌが言いました。「大きな声をだしたら将軍が来てしまうじゃないの」

「なんてばかなまねをなさるの。まるで気違いざたですわ」と夫人は言いました。

涙のうちに言われた彼女の声のこの響きは、恋の高利勘定とも呼ぶべきものを、充分に支払ってくれるものでした。

「鍵をお返しするのを忘れてしまったので」と私はほほえみをうかべて言いました。

「ではもうここには二度といらっしゃらないおつもりなの」と彼女が言いました。

「僕たちがはなれればなれになることなどありえましょうか」と私は彼女にまなざしを向

けながらたずねました。彼女は目にうかんだ無言の答えを読みとられまいとして視線を伏せました。

魂がその興奮状態を経て、まさに狂おしい陶酔に浸らんとする折の、あの幸せに満ちた忘我のうちにしばしの時をすごしたのち、私はモルソフ夫人のもとをたち去りました。私は絶えず後をふりかえりながら、ゆっくりとした足どりで遠ざかっていきました。そして台地にのぼり、最後の見収めに谷間を見やったとき、自分がはじめてここについたときの景色とくらべ、今見るそれが、すっかり変りはててしまっていることに激しく胸をつかれました。私の欲望が燃えあがり、希望が青々としていたように、この谷間も燃えあがり、緑も青々としていたのが目にうかびます。今や一つの家庭の、暗くもの悲しい秘密にたち入って、キリスト教徒にしたニオベ（訳注　ギリシャ神話中の人物。十四人の子宝にめぐまれたが、アポロとアルテミスに子供全部を殺され、悲しみのあまりに石に化したという）のごとき女性と、ともに苦しみをわかちあい、その女性と同じように、悲しみに暗く心を閉ざされていた私は、この谷間の景色に、自分の思いにふさわしい同じいろどりを見いだしたのです。目の前に見る野原は枯れつくし、ポプラの葉は小止《こや》みなく落ち、枝にのこったわずかの葉も、まるで錆《さ》びついたような色をしています。ぶどうのつるはすでに火で焼かれたように色を変え、森の梢《こずえ》は重厚な渋い褐色《かっしょく》を呈しています。それはかつての王者たちが、権力を示す緋《ひ》の衣《ころも》をおおいかくすため、彼らの衣裳《いしょう》に用いた悲しみをあらわす褐色です。そして、さらに私の思いにふさわしく、谷間では、さむざむとした太陽の黄ばんだ光が、わずかに命脈を保ちながら、私の心そのままの姿をそこに現出しているのです。愛する女性と別れることは、人さまざまな性質により、恐ろしくも、またしごく簡単なことでもありえましょう。私にとっては、言葉もわからぬ外国の地へ突然連れ去られたようなものでした。何を見ても、自分の魂が結びつけられているとは思われず、私はとりすがるものとてない気持でした。そうしたなかで、私の恋は思いのままに翼をひろげ、愛するアンリエットの姿だけが、彼女の思い出だけで生きている砂漠《さばく》のなかに、たかだかとそびえ立つのでした。私はその姿をさながら偶像のようにあがめたて、私のひそかな女神の前に、いつまでも身を潔く保とうと決心すると、ペトラルカがノーヴ（訳注　南仏のアヴィニョンの南方の町。ラウラの生れ故郷）のラウラの前に、白い衣を身につけてしか姿を見せなかったという故事にならい、レビ族の神官さながら（訳注　レビ記参照）、心の中で白い衣を身にまとったのです。私には父のもとに帰りつき、はじめて彼女の手紙を読める夜が、どんなにか待ち遠しく思われたでしょう。余儀なく金額を手形で渡された守銭奴さながらに、私は道々その手紙に、なんべんとなく手をふれるのでした。夜になれば、アンリエットが、自分ののぞむところを打ち明けたその紙片に唇《くちびる》をあてるのでした。その手紙からは、彼女の指先からもれる香気がたちのぼり、彼女の声の抑揚が、深く沈潜した悟性のなかに、はっきりと響きわたるはずでした。その後も私は、この最初の手紙を読んだようにしか、彼女の手紙を読んだことはありません。ベッドに横たわり、物音ひとつしない深い静けさのなかでです。愛する人の手紙を読むのに、私にはほかの方法など思いもよりません。しかし世の中には、こうした手紙を読むのを、毎日の仕事の合間にやってのけ、おぞましきばかりの平静さで、途中でやめたり、また読みはじめたりする、愛される資格さえない男もいるのです。ナタリーよ、夜の静けさのなかに突然響きわたった声、すっくと身をおこし、私のさしかかった十字路で、正しい道を示してくれた崇高な姿とは、いまからお目にかけるようなものでした。

これまでの私のさまざまな経験をあつめておつたえし、うまく身を処していかねばならない世の危険から、自分の手であなたをまもってさしあげることができるのは、この私にとって、なんとしあわせなことでございましょう。この幾晩か、私はあなたのことばかりを考えながら、身にゆるされた母性愛のよろこびをしみじみとあじわうことができました。一句一句を手紙に書きとめながら、これからあなたがおおくりになる生活にじっとおもいをはせて、私は時々窓のところに身をよせました。そして月の光にてらされたフラペルの塔に目をやりながら、「あの人はねむっている。そして私は、あの人のためにこうしておきているのだわ」と私はなんどとなく心のなかでつぶやきました。このこころよい感慨は、ゆりかごのなかでねているジャックのすがたをながめながら、お乳をやるために目をさますのを待っていたころのあのたのしいおもい、これまでの私の人生での最初のしあわせを心によみがえらせてくれるものでした。背丈だけはのびても、あなたはまだほんの子供でいらっしゃるし、ひどい目にあわれた中学校《コレージュ》では、心のかてとなる教訓など、いっこうにさずけていただけなかったご様子ですので、いまこそこうしたものを身にそなえられ、しっかりとした心のささえをご自分でおもちになるべきときでございます。私ども女性の特権は、そうした教訓をあなたがたにお目にかけることですし、こうした些細《ささい》なことが、きたるべきあなたがたの成功を左右して、あらかじめその条件をととのえたり、たしかなものにしたりしてくれるのです。男のかたが、生きていくうえでの行動の規範とされるような、こうした一定の方針をうみだすことは、精神面での母親に、子供からその心をくまなく知りつくされた母親になることではございませんか。フェリックス、私が申しあげることのうちには、いろいろとあやまりもございましょう。ただ私はこの機会を利用して、私たち二人の友情に無私の刻印をおししるし、私自身の手でそれをこのうえなく清らかなものにしたいと思うのです。考えてもごらんあそばせ、あなたを世間のひとたちの手にゆだねることは、とりもなおさずあなたをあきらめることでございますもの。でも、心からあなたを愛している私には、あなたをまちうけているすばらしいご将来を、自分の個人的なよろこびの犠牲にするなど、とうていおもいもよらないのです。やがてもう四月《よつき》になりますが、私はあなたのことを考えるにつけ、私たちの時代を支配している掟《おきて》や、風習のことにいろいろと思いをめぐらしました。昔、伯母とかわした会話や――伯母のかわりをつとめてくださったあなたには、その会話の意味は、ご自分のことのようにおわかりでしょう――モルソフがはなしてくれた、これまでにあの人の身におこったできごとや、宮廷にしたしく出入りしているおりにふれての父の言葉や、そのほか大小さまざまなできごとが、これからほとんどひとりぼっちで、ひとさまのあいだにでていこうとしている私の養子のために、つぎからつぎへと脳裡《のうり》によみがえってきたのです。そしてこの子は、多くのひとが、不用意に長所を発揮したため身の破滅をまねいたり、うまく短所を利用したためにかえって成功したりもするこの国で、忠告をあたえてくれるひとすらもなく、いまからひとり身を処していこうとしているのです。

私がまず、全体として見た社会についての意見をごく簡単におつたえします。ですからあなたもそれについて、ご自分でよくお考えになってくださいませ。あなたと私のあいだなら、言葉はほんのわずかでたりましょう。私は社会が神さまから由来するものか、人間がつくりだしたものかは知りません。それがどちらの方にむかって動いているのかもわかりません。ただ私の目にたしかなことは、社会が存在しているという事実です。社会からひとりはなれて暮すのをやめ、社会をうけ入れようとおきめになったら、その日からあなたは社会のよって立つ種々の条件を、すべてそのままよきものとお考えになることが必要です。社会とあなたとのあいだには、あすにも、契約のごときものがかわされるのです。今日では、社会が人間につかえるよりも、人間の方が社会につかわれているとおっしゃるでしょう。たしかにそのとおりだとおもいます。でも、社会からうける利益よりも負担の方がずっと大きくて、その恩恵をこうむるには、あまりに大きな代償をもとめられるのがたとえ事実としても、こうしたことはむしろ立法者にかかわる問題で、一個の私人がとやかく口出しすべきことではないのです。ですから私の意見では、社会一般の掟が、あなたの利益と一致するにせよ、それに反するにせよ、とやかく詮議《せんぎ》だてなどなさらずに、なにごとであれ、あなたはそれにしたがわなければならないのです。この原則が、あなたの目に、いかに簡単なものとうつりましょうとも、それを適用するとなると、これでなかなかたやすいことではございません。たとえてみれば、それは樹液のようなもので、どんなほそい毛細管のなかにも浸透し、樹《き》を元気づけ、緑の葉を青々とたもち、花をひらかせ、世人一般の賞讃《しょうさん》をひきおこすようなみごとな果実をりっぱにむすばせなければならないのです。フェリックス、すべての掟が、本に書いてあるとばかりはかぎりません。風習もまた掟をつくりあげているのです。そしていちばんだいじな掟が、いちばんひとに知られていないのです。あなたの行動や、言葉や、社会生活や、社交界にうまくのりだすすべや、出世の道をたどるてだてなど、こうしたことを規定している掟には、先生もなければ、学校や教科書もないのです。そしてこのひそかな掟にもとることは、社会の支配者となるかわりに、いつまでも社会の底に、そのままとどまりつづけることを意味するのです。このお手紙では、あなたがすでによくご存じのことを、くりかえし申しあげることになるかもしれません。が、それはそれとして、ともかくこの私に、女の政治学をのべさせてくださいませ。

社会とは、他人をおしのけて、個人のしあわせをうまく手に入れるところだとする説明は、私たちをまことに不幸な結論へとみちびく考えです。この説を厳密におしすすめれば、法律や、世間や、個人がその損害に気づかぬうちに、こっそり自分のものとした財産は、すべて合法的かつ正当に手に入れられたことになりましょう。この憲法にしたがうかぎり、巧みな泥棒は罪を許され、道ならぬおこないにはしりながら、人に知られぬ人妻は、運のいい利口な女だとされましょう。証拠ひとつ当局の手にのこさずひとを殺し、マクベスのように王冠をかちえれば、あなたはりっぱにふるまったとされるのです。そしてあなたの利益が至上の掟となり、問題はただ、風習や法律が、あなたと、あなたののぞむものとのあいだにすえた障害を、証人も証拠もなく、うまくすりぬけるだけのことになるのです。このように社会を見ているひとたちには、出世とは、百万フランか徒刑場行きか、政治上の地位か不名誉かの、ふたつにひとつを賭《か》けた大博打《ばくち》のことに帰するのです。といっても賭博台《とばくだい》の緑のラシャは、すべての賭博者を勝負にくわえるにはせますぎるうえ、うまい手を考えだすにも、それ自体ある種の才能が必要です。私は信仰や感情のことをここで問題にしているのではありません。さしあたり金と力がまかり通る社会という仕掛けの歯車と、もっぱらひとびとの心をしめている、その直接の結果だけについておはなししているのです。私の心のいとし子が、私と同じように、こうした犯罪者たちの理屈をおぞましいものとおもってくれるなら、その子の目には、健全な悟性をそなえたすべてのひとたちの考えどおり、社会とはひたすら義務の原則によってのみ説明されるべきものとうつるでしょう。そうです、私たちは、種々さまざまな形で、おたがいに義務をおいあっているのです。そして私の考えでは、職人や貧乏人が、上院議員たる公爵《こうしゃく》におう義務にくらべれば、上院議員たる公爵が彼らにおう義務の方がずっと大きいのです。利益がませば、気苦労がふえるという、商業においても、政治においてもひとしく正当な原理にしたがって、人間が社会からうける恩恵がませばますほどそれだけ身に課せられる義務もまたますのです。つまりはめいめいが、それぞれのしかたで負債を支払っているのです。レトリエールのまずしい小作人が、仕事につかれはてて寝にもどるとき、あなたはこの男が、自分の義務を充分はたさなかったとでもおおもいですか。身分の高い人たちよりも、ずっとりっぱに義務をはたしたのです。社会をこうしたものとお考えになり、そのなかで自分の才知と能力にふさわしい地位をえたいとのぞまれるなら、あなたはすべての根本原則として、自己と公共の良心にもとるおこないは、いっさいおのれにゆるさないという主義をしっかりとおたてになる必要がございます。私がここでくりかえして申しあげるのは、あなたには、あるいは余計なことと見えるかもしれません。でもあなたのアンリエットは、このふたつの言葉のもつ意味を、よくよくお考えくださるようあなたにおねがいしたいのです。フェリックス、一見単純なことに見えましょうとも、このふたつの言葉は、正直、名誉心、誠実さ、それに礼節こそが、あなたが世にでるための、いちばんたしかな道であることをしめしているのです。身勝手がまかり通るこの社会では、感情などにかまけていては出世がおぼつかないとか、道徳のことを気にしすぎると出世がおくれるとかいう人間が大勢おりましょう。それに相手がなんの役にもたたないからと、目下のものの心を傷つけたり、齢《とし》とった婦人に非礼をはたらいたり、どこのだれとも知らぬご老人相手に、しばらくのあいだでも退屈なおもいをするなどまっぴらだという、そうしたそだちのわるいひとたちや、教養などまるでなく、さきざきのことをかいもく見とおせないひとたちとも顔をおあわせになるでしょう。でも、のちのちこうしたひとたちが、自分の手でつむのをおこたった棘《とげ》にひっかかり、つまらぬことから幸運をとりのがすのをあなたはご自分の目でごらんになるでしょう。ところが、早くから義務の原則にいそしんだひとたちは、行く先々で障害にさまたげられるようなことはけっしてないのです。たぶん彼らの出世はひとにおくれましょう。でも、ほかのひとたちの幸運がもろくもくずれ去るとき、彼らの堅固な地位は、いつまでもしっかりともちこたえているのです。

こうした原則を実地に適用するにあたっては、まずなによりも礼儀作法のこころえが必要だなどと申しあげたら、あなたはきっと私の法学には、多少とも宮廷くさいところや、私自身が、ルノンクール家でうけた教育の匂《にお》いがまだあとをとどめているとおっしゃるでしょう。でも、フェリックス、私は一見ごくつまらぬものに見えるこうした教育に、実はなににもまして重要さをみとめているのです。上流社会の習慣を身につけることは、すでにおもちの多方面にわたるひろい知識とならんで、あなたには欠かせぬことなのです。それにしばしば、前者が後者のうめあわせをしてくれることもあるのです。実際には知識などまるでなく、ただ生れもった才知にめぐまれ、自分の考えに脈絡をつける習慣を身につけただけのひとたちが、よりふさわしいひとの手をのがれる高い地位に、やすやすとたどりつく例もあるのです。フェリックス、あなたが中学校《コレージュ》で大勢のかたがたといっしょにうけられた教育が、もしかするとあなたの性質をそこなってしまっていはしないかと、私はずいぶん注意して、あなたのことを観察しつづけました。そしてあなたに欠けているごくわずかなものが、その気にさえおなりになれば、充分身につけられるものだと知ったとき、私がどんなによろこんだか、それは神さまだけがご存じです。こうしたしきたりのなかでそだてられた人たちを拝見すると、礼儀作法が単にうわべだけのものにしかすぎない場合を往々にしてお見うけします。ところが、見るからに気持のいい礼儀や、うつくしい立居振舞いなどは、本当は心のそこから、つまりは自己の尊厳を知る気持からおのずとにじみでてくるものなのです。りっぱな教育をうけながら趣味のおとった貴族がいたり、反対にブルジョワの出のひとのあいだでも、うまれながらにして趣味がよく、ちょっとした手ほどきをうけさえすれば、へたな猿《さる》まねでない、りっぱな礼儀作法を身につけられるひとたちにお目にかかったりするのはそのためです。このさき、谷間からでることもないあわれな女の申しあげることも、ぜひこれだけは信じてくださいませ。身にそなわったこうした高貴な感じ、言葉や、動作や、身なりや、家のなかにまでしるされた、こうした品のいい簡素さは、いわばかたちをそなえた詩情であって、その魅力には、さからいがたい力がひそんでいるのです。それが心から発したものであるときは、どれほどの力を発揮するか、よろしくご判断なさってくださいませ。フェリックス、礼儀とは、他人のためとあらば、自分のことなどすっかりわすれてしまったかのようにおのれを見せることでございます。そのため、多くのひとの場合、単に社交的なうわべのつけ焼き刃にしかすぎなくて、利益が傷つけられ、本性がすがたをあらわすと、たちまちのうちにどこかにけしとんでしまうものでございます。そうなるといままでの大人物が、まことに卑小な存在になりさがります。でもフェリックス、あなたにはぜひそうあってほしいとねがうのですが、まことの礼儀とはそのなかにキリスト教の思想をひめたもの、本当に自分のことをわすれ去る、慈愛の心から咲きでた花なのです。アンリエットのおもいでに、どうか水のかれた泉にだけはおなりにならず、こころとかたちとを、ともどもおそなえになってくださいませ。この社会的な美徳にしばしばあざむかれても、けっしてご心配なさることはございません。風にむかってまきちらしたかのように見える種子もそのうちいつかは実をむすび、おそかれはやかれ、ご自分の手でそれをかり入れるときがくるのです。以前私の父は、礼儀をはきちがえたやり方のうち、いちばんひとを傷つけるのは、むやみやたらに約束をすることだと言っておりました。ご自分にできないことをたのまれたらはっきりおことわりになり、あだなのぞみをいだかせる余地など、いっさいのこされぬようになさいませ。それから、してさしあげてもいいとおもったことは、その場ですぐおひきうけなさいませ。そうなされば、ことわるにしても、ひとにつくすにしても、相手からいい感じをもってもらえますし、この両面の誠実さが、あなたのご性格をりっぱにひきたててくれますでしょう。期待をうらぎられたうらみと、恩恵をうけた感謝の気持と、はたしてどちらが大きいものか、この私にもすぐにはきめかねるくらいです。ことにフェリックス、こうしたこまごましたことが私の領分ですし、自分でもよく知っているとおもえばこそ、くどくど申しあげるのでございますが、信頼を安売りしたり、あいそよくしすぎたり、他人のことに熱意を見せたりすることはご自分で心してさけねばなりません。これは気をつけねばならぬ三つの暗礁《あんしょう》です。信頼を安売りすれば尊敬をうしないますし、あいそよくしすぎれば軽蔑《けいべつ》され、熱意を見せすぎると人からいいくいものにされてしまいます。まず第一の問題ですが、お友だちの数は、生涯を通じて、せいぜい二、三人ていどになさいませ。このひとたちにとっては、あなたのまったき信頼こそが財産で、それをなん人にも分けあたえることは、そのひとたちの心をうらぎることと同じです。なん人かのひとたちと、ほかのひとたちよりしたしくおつきあいなさる場合にも、いつもご自身のことについては言葉をつつしまれ、いつかそのひとたちが、自分の競争相手や敵になるかもしれぬというお心づもりで、あくまでもひかえめな態度で接してくださいませ。人生のめぐりあわせとは、えてしてそうしたものなのです。つまり、ひややかすぎず、のぼせあがらず、不都合な結果をまねくおそれのない中庸の線をみつけられ、いつもその線をきちんとおまもりになってほしいのです。そうなのです。紳士とは、無節操にひとの意をむかえようとするフィラントの態度からも、とげとげしいアルセストの美徳からもひとしく遠いのです（訳注　フィラント、アルセストは、ともにモリエールの最高傑作と言われる『人間ぎらい』の登場人物）。この喜劇詩人の才能は、真の中庸をさししめし、りっぱな観客にはっきりとそれをつかませるという点で光をはなっているのです。もちろん観《み》るひとすべての心は、ひとのよさそうな態度の下に、このうえなく大きな侮蔑をかくした利己主義よりも、さまざまな滑稽《こっけい》さをかもしだす美徳の方におのずとかたむきましょう。しかしそれがたとえ事実としても、観客はそのどちらにもおちいるまいと心がけるようになるのです。つぎにひとづきあいの問題ですが、あなたがあいそよくふるまえば、なん人かの馬鹿者《ばかもの》たちには、なかなか感じのいいひとだと言ってもらえるでしょう。でもつねづねひとの才能をおしはかったり、評価したりする習慣を身にそなえたひとたちは、まさにそうした事実からあなたのかくれた欠点をつきとめて、あなたはたちまちのうちに、ひとの尊敬をうしなうはめにおちいりましょう。というのも、あいそのよさというものは、よわい人間のおきまりの手で、それぞれの構成員をひとつの器官としか見ていないこの社会では、不幸にしてよわい人間は当然軽蔑にあたいするものとされているからです。それに、社会がそう考えるのもまたもっともで、自然は不完全なものに対してあらかじめ死の宣告をくだしているのです。そしておそらく、女性たちのあのいじましいほどの保護本能は、盲目的な力とたたかって、物質のもつ凶暴さに、こまやかな心づかいを勝利せしめるというよろこびからうまれてくるものにほかならないのです。しかし社会は、実の母よりむしろまま母とも呼ぶべきものので、自分の見栄《みえ》をこころよくくすぐってくれる子供たちだけに、ひたすら愛情をかたむけるのです。最後に熱意のことですが、これは青春が最初におかす気高い誤謬《ごびゅう》で、若いひとたちは、自分の力を発揮することに、うそいつわりのないよろこびをおぼえるため、ひとからだまされる前に、まず自分自身の心を自分でだますことからはじめるのです。熱意は、たがいに思いをわかちあう場合のために、女性と神さまのために、大事にとっておくようになさいませ。そして世間という安物市場や、政治の投機などに宝をつぎこむのはおよしなさいませ。相手がかえしてくれるのはどうせつまらぬガラス細工にすぎないのです。どうか私の言葉を信じてくださいませ。なにごとにも、高貴にふるまってほしいと申しあげている同じ声が、いたずらにご自分を安売りするのはおやめくださいとおねがいしているのです。というのも、不幸にして、他人は、あなたのねうちなどおかまいなしに、役にたつかたたぬかで、あなたを品定めするにすぎないのです。あなたの詩的な心のなかに、はっきりときざみつけられるような比《ひ》喩《ゆ》で申しあげれば、数字は、とてつもなく大きく書かれようと、金文字で書かれようと、またたとえ鉛筆で書かれようと、やはり数字にはかわりはないのです。現代のある大人物（訳注　冷徹な政治家、外交官として、革命時代、帝政時代、王政復古時代を生き抜いたタレイラン（一七五四―一八三八）のこと）の言葉のとおり、「けっして熱意をもってはならない」のです。熱意をもっていればなにかとひとにだまされやすく、その結果、失望がうまれてくるもとともなるのです。目上のひとたちには、あなたの熱意にこたえるものをけっして期待なさってはいけません。王さまも女と同じことで、なにをしてもらっても、ごく当然なことだと思っているのです。この原則はたしかに心さびしいものでしょう。でも、だからといって、心の花を散らしてしまってはなりません。あなたの感情は、心の花が情熱をこめて讃美《さんび》される、他人にはちかづきがたい高いところ、芸術家があたかも恋するように傑作を夢みるところにおけばいいのです。フェリックス、義務は感情ではございません。やらねばならぬことをやることと、やりたいことをやるのとはちがいます。男のかたは、祖国のためには泰然自若として死にむかわねばならぬこともありますし、女性のためにはご自分からよろこんで命をなげだすこともあるのです。礼儀作法で、なによりもだいじなこころえのひとつとされるのが、自分自身については、ほとんど完全に沈黙をまもり通すということです。そのうち、ただの顔みしりのひとたちに、わざとご自身のことをおはなしになってごらんなさい。たとえば、あなたの苦しみとかよろこびとか、あなたのおしごととか。はじめは興味をそそられたようなふりをしていた相手の顔に、やがて無関心の表情がうかんでくるでしょう。それがそのうち退屈となり、その家の女主人が、あなたの言葉を丁重にひきとってでもくれないかぎり、相手はそれぞれ、みなうまい口実をつかまえて、あなたからはなれていってしまうでしょう。反対に、自分のまわりにすべてのひとの好意をひきつけて、機知にあふれる愛すべき男だ、安心してつきあえる男だと思われようとなさったら、相手のかたがたに、それぞれそのひとたちのことをおはなしし、一見個々人とは関係つけにくいことを話題にする場合でも、つとめてはなし相手を会話の舞台のうえにひきだそうとなさってごらんなさい。相手の額がにわかに活気づき、唇《くちびる》はほころびて、あなたのたち去ったあとでは、みんながこぞってあなたのことをほめそやすでしょう。その場合にもあなたの良心と心の声が、どこで会話のたのしさがおわり、どこでいやしいお追従《ついしょう》がはじまるか、そのさかい目はちゃんとおしえてくれるはずでございます。ひと前でなさるおはなしについて、もうひと言つけくわえさせてくださいませ。お若いかたがたは、なぜかいつも判断をいそがれ、それはそれとして若さのいい点ですが、実はそれが結局ご自分の不為《ふため》になるのです。そうしたところから、むかしの教育では、大貴族のところへ見ならいにはいって、人生を勉強中の若いひとたちにはかたく沈黙が課されていたのです。つまりかつては貴族にも、職人と同じように徒弟見ならいがあり、小姓として主人に身をささげ、その一方で主人にやしなわれていたのです。今日の若いひとたちは、身につけた知識が温室そだちで、その結果まだよく熟していないため、他人の行動や、考えや、書きものを、ややもするとあまりに手きびしく判断なさりがちです。まだ使ったこともないつるぎの刃《やいば》で、一刀両断にしたがるのです。こうしたわるいくせにはくれぐれもご注意なさってくださいませ。あなたのくだされる判断は、あなたのまわりにいる多くのひとたちを傷つけますし、ひそかにうけた心の傷は、おそらく公衆の面前で論破されるよりずっとゆるしがたいことにおもわれるのです。若いかたがたは、人生についても、そのさまざまなつらい事情についても、まだいっこうにご存じないので、どうしてもひろい心をおもちになれないのです。齢《とし》とった批評家はやさしくおだやかですが、若い批評家は峻厳《しゅんげん》です。若い批評家はまだなにも知らないのに、齢とった批評家はすべてを知りつくしているからです。それに人間のすべての行動は、ふかくさぐっていけば、動機は迷路のようにいりくんでいて、最後の判断をくだせるのは、ただ神さまおひとりだけなのです。ですからきびしくなさるのは、ご自分に対してだけになさいませ。あなたはご出世を目の前になさっておられますが、でも他人のたすけをかりずに出世することは、この世のだれひとりとしてできないのです。ですから、父のところへは、しげしげと足をおはこびになってくださいませ。あなたのお出入りはご自由ですし、そこでむすばれるご交際は、きっとさまざまな機会に、あなたのお役にたつことと存じます。でも私の母にだけは、たとえ一歩たりともけっしておゆずりになってはいけません。母は、身を屈するものはふみにじり、抵抗するものの誇りにだけ感服するようなたちの女です。つまりは鉄のような性分で、うたれ、熱せられればほかの鉄ともとけあいますが、鉄のかたさをもたないものは、ふれるだけでこわしてしまうのです。ですから母とはつとめてしたしくするようになさいませ。もし、うまく母がひと肌《はだ》ぬごうという気にさえなってくれれば、母はいろいろなサロンにあなたを紹介してくれますでしょう。あなたはそうしたサロンで、はなしを聞いたり、自分ではなしたり、あいづちをうったり、顔だししたり、ぬけだしたりする、あの社交界のこころえとやらをいやおうなしにまなばれるのです。それからまた正確な言葉づかいや、あの名状しがたいものもそうやって身につけられるのです。こうしたものを身につけたからといって、べつにどうえらくなったというのでもないことは、服が天才をつくらないのと同じことなのですが、しかしこうしたものを身につけないかぎり、いかにすぐれた才能といえどもけっして世にむかえられないのです。私はあなたをよく存じあげておりますので、将来こうあってほしいと願っているすがたのまま、あなたを心に思いえがいても、けっして自分勝手な幻想をいだいているのでないという確信がございます。態度にはかざりけがなく、言葉つきもおだやかで、おもいあがったところのない誇りにあふれ、老人に対しては丁重で、慇懃《いんぎん》な物腰には卑屈なかげがなく、ことになにごとにつけてもひかえめなお姿が目にうかびます。才気をおしめしになるのはけっこうです。でも、他人のなぐさみものにだけはおなりにならぬようになさいませ。あなたのすぐれたところが、凡庸な男の心を傷つけますと、この男はいったんはだまりますが、やがて、「あの男はなかなかおもしろい男だ」などという軽蔑《けいべつ》の言葉を口にしだすのです。人にすぐれたあなたのすがたは、つねに獅子《しし》のごときものでなくてはなりません。それに男のひとたちの意をむかえようとすることはおやめなさい。男のかたがたが相手のご交際では、相手が腹もたてられなくなるような、無礼とまで言えるほどのひややかな態度をおすすめします。ひとはすべて、自分を見くだす者を尊敬するものですし、あなたはこの侮蔑によって、すべての女性の好意をえられ、女性たちは、あなたが男のひとたちを軽視すればするほど、あなたを尊敬するようになりましょう。ひとからわるくおもわれているひとたちは、たとえ評判ほどではないにしても、けっしておそばにちかづけてはなりません。というのも、世間というものは、あなたの友情についても、憎しみについてもひとしく説明をもとめてくるからです。この点に関しては、ゆっくりと、よくお考えになってから、ご判断なさるようになさいませ。でも一度こうときめられたら、けっしてお考えをかえてはなりません。あなたからおつきあいをこばまれたかたがたが、さきになって、あなたがそうなさるのももっともだというようなことをしでかせば、世間のひとびとはこぞってあなたの尊敬をえようとつとめるでしょう。こうしてあなたは、衆にぬきんでた存在となるための、あの無言の尊敬をあつめられ、いまや、見るからに気持のいい若さ、ひとびとの心をひきつける魅力、かちえたものをいつまでもたもちつづける賢明さを、ともども身にそなえることになるのです。そして、ただいま申しあげたことすべてを要約したのが、「貴族たるものみずからつとめを果す」というあの古くからの諺《ことわざ》なのです。

　つぎには、これらの掟《おきて》を、お仕事のすすめ方にもそのまま適用するようになさいませ。あなたは多くの人が、狡猾《こうかつ》さこそ成功の欠かせぬ秘訣《ひけつ》だとか、衆にぬきんでるには、他人をおしのけて、自分の割りこむ余地をつくらねばならぬ、とか言うのをたぶんお耳になさるでしょう。フェリックス、こうしたやり方は、王侯たちが拮抗《きっこう》した力をたくわえていて、おたがいにつぶしあおうとねらっていた中世にあってはいい方法でした。でもすべてが見とおしの昨今では、かえってひどく身の害になるのです。事実あなたは行く先々で、誠実でまじめな人間にも、中傷や、悪口や瞞着《まんちゃく》をこととする卑劣な敵にも出会われましょう。ところで、心にとめておいていただきたいのは、こうした男の敵は彼ら自身で、あなたにとっては、それを利用する以上に有効な手段はないということです。あなたが正々堂々とご自分の武器でわたりあえば、相手はおそかれはやかれ、世の軽蔑をまねくにいたるでしょう。それに前者の誠実なひとの場合には、あなたの率直な態度が、相手の敬意をひきおこすでしょう。そしてふたりの利害がおりあえば(なにごとにも妥協の道はあるものです)、相手はあなたのためにつくしてくれるでしょう。それに敵をつくることをおそれてはいけません。これからあなたが足をふみ入れられる世間では、敵のないような人間にこそわざわいあれというものです。でもひとのもの笑いの種となったり、ひとからかるく見られたりはしないように充分ご注意なさいませ。私が、ご注意なさいませと申しあげるのも、パリではかならずしも自分自身のことが自分で自由にならず、しばしばさけがたい周囲の事情にやむをえず支配されることがあるからです。たとえば下水のどろ水や、おちてくる瓦《かわら》をいくらさけようとしてもむだでしょう。そして道義の世界にもやはり下水があって、恥辱にまみれたひとたちは、そのなかでおぼれそうになりながら、心根のりっぱなひとたちに泥をはねかけようとしているのです。でもどんな分野でも、毅然《きぜん》としてぎりぎり最後の決意をまもりぬけば、あなたはかならずや尊敬をあつめることになりましょう。困難な事情がいりくんだ、この野心と野心がぶつかりあうなかを、ひたすら目的をめざし、まっしぐらに問題にむかっておすすみなさいませ。あなたのもてるすべての力を、かならずひとつの点だけにそそぎこむようになさいませ。モルソフが、いかにナポレオンをにくんでいるかはあなたもよくご存じでしょう。あのひとはナポレオンをのろいつづけ、あたかも法の目が罪人を見まもるように、けっして彼から目をはなさず、夜になれば毎晩アンギャン公（訳注　一七七二－一八〇四。大貴族のコンデ家に生れ、亡命中にナポレオンのわなにはまって銃殺される。コンデ家は彼とともに絶える）をかえせと、ナポレオンにさけびつづけていたのです。アンギャン公の死は、あの人に涙をながさせた唯一《ゆいいつ》の不幸、唯一の死でございます。ところが一方であのひとは、ナポレオンをもっとも果敢な武将としてほめたたえ、よく私に、彼の戦術を説明してくれたものでした。その戦術をそのまま、利害のたたかいに適用することは不可能でしょうか。そうすれば、ナポレオンが、人間と距離とを節約できたように、きっと時間の節約になることでしょう。このあたりのことは、ご自身でよくお考えになってくださいませ。というのは、もっぱら本能と感情で判断する女の私たちは、こうしたことではよくおもいちがいをするからです。しかしつぎの点だけは、はっきり申しあげることができましょう。あらゆるずるがしこさ、あらゆるごまかしのやり方は、いつかはかならず露見し、結局身の害となるのにひきかえて、率直にふるまっているかぎり、いかなる事態にたちいたっても、危険は比較的すくなくてすむということです。自分自身の例で申しあげれば、私はモルソフの性格から、クロシュグールドではいかなる紛争もおきないように、自分であらかじめ策を講じ、もめごとがもちあがれば、ただちに解決するようにいつもしむけられておりますが、というのもひとたびモルソフが紛争のうずにまきこまれれば、あの人は病気の場合と同じように、よろこんでそのなかにひたりきってしまうおそれがあるからです。そこでもめごとがおこるたびに、私はまっすぐ問題の核心につきすすみ、「どうにかしてこのもつれをとくようにつとめましょう。それとも一刀両断にたちきりましょうか」と相手に言っては、それに終止符をうってきたのです。このさきしばしば他人のために便宜をはかってさしあげたり、他人に手をお貸しになったりする機会がおとずれましょう。が、そうした場合も、ほとんどなんのつぐないも手になさらぬことが多いでしょう。でもそうしたときも、人間などくだらぬものだと愚痴をこぼし、この世には恩知らずしかいないと、したり顔でおっしゃるような人をまねすることはおよしなさいませ。それはみんなにむかって、自分だけえらいのだとふいちょうするようなものでございます。

それにまた、自分がいかに世間知らずかを公言するのは、あまり利口なことではございません。それにあなたは、高利貸がお金を貸すように、善行をおほどこしになるのでしょうか。それが善行であるがために、善行をほどこされるのではございませんか。「貴族たるものみずからつとめを果す」でございます。そうは言っても、他人を恩知らずに追いこむようなご親切はどうぞおひかえになってくださいませ。というのは、その結果、不倶戴天《ふぐたいてん》の敵をつくってしまうおそれがあるからです。破産した人がやぶれかぶれになるのと同じように、人間は恩義にしばられすぎるとやはりやぶれかぶれになり、そうしたときにははかり知れぬ力を発揮するにいたるのです。あなたご自身に関しては、できるだけ他人から恩義をうけずにおすましなさいませ。そしていかなるひとのしもべともならず、いつまでも自分自身の主人でいられるようになさいませ。私がご忠告申しあげているのは、もっぱら生きていくうえでのこまごましたことがらについてです。政治の世界ではすべてが様相をかえ、あなた個人を律している掟でも、大きな利害問題の前には席をゆずることにもなりましょう。あなたが偉大な人物たちの活躍する領域にまでたどりつかれれば、あなたは神さまのように、ご自分のなさる決意をひとりで判断されるようになるのです。そうなれば、あなたは、もはやひとりの人間ではなく生きた法律となり、個人であることをやめ、国家の化身となられるのです。でも自分で判断をくだすものは、同時に判断をくだされるものでもあるのです。

のちのちの時代の前に、審判をうける身としてひきだされるのです。そして、真の偉大さをうみだす行為や感情がいかなるものかは、歴史をご存じのあなたには、すでによくおわかりのはずでございます。

さて、これからいよいよ重大な問題、女性に対してどうふるまったらいいかという問題に話をすすめましょう。お出入りなさるサロンでは、つまらぬ恋のさやあてなどに、むだな力をついやさぬことをまず第一のこころえとなさいませ。前世紀に、ひときわご婦人がたにもてはやされたある人物は、いつもひと晩の夜会のうちに、かならずひとりの女性しか相手にされず、しかもひとりとりのこされているようなお方をえらんで、好意をしめされたとかいうことです。フェリックス、この人物が、やがて時代を支配するひととなったのです。ときがいたれば、かならずや、すべてのひとからほめそやされるようになるだろうと、前々から心さとくも思慮をめぐらしていたのでしょう。多くの青年たちは、かけがえのない貴重な財産である、交際関係をつくりだすために必要な時間を、あたらむだについやしてしまいますが、実はこうした関係をつくることこそ、社交生活のもつ目的のなかばをしめているのです。お若いかたがたは、ただ若いというだけで、好感をよび、自分からほとんどなにもしなくても、相手から親身になってつくしてもらえます。でもこうした人生の春も、またたくまにすぎてしまうのです。ですからよく心して、この時期を充分活用するようになさいませ。

そのためにはなんと言っても、ちからのあるご婦人たちとしたしくおつきあいをなさるのがいちばんです。ちからのあるご婦人たちなら、もうかなりの齢《とし》ですし、名家の姻戚《いんせき》関係や、それぞれの家の秘密や、すばやく目的地に達する近道などもわすれずにおしえてくれましょう。それに、心からあなたにつくしてもくれましょう。信心にこりかたまってでもいないかぎり、齢とったご婦人たちには、ひとのうしろだてになることがこの世での恋のしおさめなのです。ですから、おどろくほど親身につくしてくれ、なにかとあなたをほめそやしては、このましい人物だという評判をご自分からひろめてくれますでしょう。若いご婦人がたはおさけなさいませ。こう申しあげても、よもや私の言葉に、いささかなりとも私心《わたくしごころ》がまじっているとは、あなたもお考えにはならないでしょう。五十歳の女性なら、あなたのためにそれこそどんなことでもしてくれます。でも、二十歳《はたち》の女性はなにひとつしてはくれません。二十歳の女性は、あなたの全生活をほしがりますが、五十歳の女性がもとめるのは、ほんの一瞬、ほんのちょっとしたあなたの心づかいです。若いご婦人はまじめに相手になさらずに、言うことなすこと、すべて冗談とおとりになることです。あの方たちにまじめなことなど考えられるはずがないのです。おのれ本位で、心がせまく、まことの友情などからきしご存じなく、愛しているのはご自分だけで、ほんの一時《いっとき》ちやほやされるためには、あなたのことなど犠牲にしてかえりみないのです。それにどのおかたも、すべてをあげてつくしてほしいとおっしゃいますが、あなたこそ相手につくしてもらわねばならぬ立場におられるうえは、両者ののぞみはもともと折りあいがつかぬものなのです。そうしたおかたのだれひとりとして、あなたのお役に立つことなど見わけがつかず、どなたもご自分のことばかりにかまけて、あなたのことなどおもってもみず、心をささげてあなたをたすけてくれるどころか、かえって自分たちの見栄《みえ》からあなたの身に害をおよぼすことになりましょう。平気であなたの時間をつぶしにかかり、栄達の機会をとりにがさせ、よろこびいさんであなたを破滅の道へとおしやるでしょう。もしもあなたが不平をのべられれば、そのうちもっともおろかなおかたでも、自分の手袋には全世界のおもみがあり、自分につかえるほど名誉なことはないと、いとあざやかに証明なさるでしょう。どのおかたも、自分こそあなたにしあわせをもたらすのだとおっしゃって、すばらしいご将来のことなどきれいにわすれさせてしまうでしょう。ところが、そうしたかたがたのあたえてくれるしあわせなどすこしもあてにはならず、あなたのご栄達の方はもうきまったも同じことなのです。こうしたかたがたが、どんなにいまわしい手管を弄《ろう》して、ご自分たちの気まぐれをみたそうと心をくだき、一時《いっとき》の浮気心を、地上にうまれ、天国にいたるまでの恋に見せかけようとするかは、あなたはまだよくご存じないのです。あなたをみすてる日がくれば、「愛しております」という言葉だけを、恋をはじめるためのいいわけとなさったように、そろってこうしたおかたは、恋とは意のままにならぬものゆえ、「もう愛しておりません」というひとことだけで、あなたのことをみすてる正当な理由になるとおっしゃるのです。ああ、フェリックス、まことにおろかしいこじつけです。まことの恋は永遠でかぎりなく、つねにかわらぬものと胸におきざみになってくださいませ。それはおもてに激しくあらわれることもなく、つねに一定したこのうえなく清らかなものでございます。たとえ頭は白髪におおわれようと、いつまでも若々しく心に生きつづけるものでございます。社交界のご婦人がたは、こうしたものはなにひとつおもちあわせになってはおられません。あのかたがたがなさるのは、どれもこれもみなお芝居ばかりです。あるおかたはご自分の不幸をものがたって、あなたの気をひこうとなさるでしょう。このうえなく気がやさしくて、なにひとつうるさいことなど言わぬというそぶりをなさるでしょう。でも、ひとたびあなたにとってなくてはならぬものとなったあかつきには、すこしずつ支配の手をおしひろげ、やがて自分のおもいのままにあなたをうごかそうとなさるでしょう。あなたが外交官におなりになって、人間や、利害や、さまざまな国のことを勉強なさりたいとおっしゃっても、結局はパリか、そのおかたの領地に足どめされて、そのおかたのスカートにたくみにぬいつけられてしまうことになるでしょう。そしてあなたの方でつくせばつくすほど、あちらはますます恩知らずになっていくでしょう。またあるおかたは、その従順さであなたの気をひこうとなさるでしょう。あなたの小姓となり、小説もどきに世界のはてまで追ってきて、あなたの心をひきとめておくために、自分の評判まで台なしにされ、まるでおもり石のようにあなたの首にまとわりつくでしょう。ところがあなたのおぼれる日には、相手のかたはさっとご自分だけ水面にうかびあがるのです。どんなに無邪気な女たちでも、数かぎりないわなをかくしています。見るからにおろかな女は、警戒心をおこさせぬため、かえってやすやすと勝利をおさめます。いちばん危険がすくないのはなぜか知らずにあなたを愛し、理由もなくあなたをみすて、見栄のためにふたたびよりをもどそうとするようなうまれつき浮気なたちの女です。しかしいずれにしても、みなあなたの現在と将来に害をおよぼさずにはいないのです。社交界に出入りして、快楽と虚栄心の満足で生きている若いご婦人がたは、みなすでになかば堕落した女たちで、きっとあなたの心も同じ堕落の道へとさそいこまずにはおかないでしょう。そこには、いつまでもあなたを心の主人とあおぐような、けがれを知らぬ、ものしずかな女性はいないのです。ああフェリックス、あなたを愛するのは、きっと孤独をまもる女性でしょう。いちばんのよろこびがあなたのさしむけるまなざしであり、あなたのお口からもれる言葉を心のかてとして生きる女でしょう。どうぞそういうおかたを、あなたの全世界となさいませ。そのおかたにとっては、あなたこそがすべてとなるのです。心から愛してさしあげて、ほかに競争相手をつくって悲しませたり、嫉妬《しっと》をかきたてたりすることはおやめなさいませ。フェリックス、愛され、理解されることは、このうえなく大きなしあわせです。私は、あなたがそうしたしあわせをあじわえるようにと心からねがっておりますが、でもあなたの魂の花をそこなわぬよう、愛情をささげる場合は、相手の心をよくよくたしかめてからになさいませ。その女性はわが身をわすれ去り、自分のことなどいっさい念頭になく、ひたすらあなたのことばかり考えてくれるようなそうしたおかたでなくてはなりません。なにごとであれ、いっさい口答えせず、自分の損得など心になく、あなたがご自分でお気づきにならない場合には、わが身の危険もかえりみず、あなたの危険をさとく嗅《か》ぎつけてくれるようなかた、そしてたとえくるしいことがあるにせよ、愚痴をこぼさずにひとりでくるしみつづけ、身をかざるのも自分のためではなく、あなたが自分のなかで愛していてくれるものをだいじにする気持からそうなさるような、りっぱなかたでなくてはなりません。こうした愛情には、それにまさる愛情でおこたえなさいませ。それにまた、あなたのあわれなお友だちが、けっしてあじわうことを知らぬ、たがいに愛し愛される恋に、あなたがしあわせにしてこのさきめぐりあわれることがあるにせよ、そしてよしんばその恋がなにひとつ欠けるところのないものにせよ、この谷間には、あなたのために生きつづけている母がいることをどうぞおわすれにならないでくださいませ。母の心はあなたがみたしてくれた感情にふかくうがたれて、その底がいったいどこまでふかいものかは、あなたにもけっしておわかりにならないでしょう。そうです、私はあなたに対して、どこまでいきつくのか見当がおつきにならないほどの、このうえなくひろい愛情をいだいているのです。あなたが、そのすばらしい知性をうしなわれでもしたときは、この愛情はありのままのすがたをあらわして、そのときの私の献身ぶりが、いったいどこまでおよぶものか、あなたにはとうていご想像もつかぬことでしょう。私は、多かれ少なかれ手管を弄《ろう》したり、人を小馬鹿《こばか》にしたりする、見栄っぱりで、考えもない浪費ずきな若いかたがたはさけられて、むしろちからのあるご婦人たち、威厳のある老婦人たちと、つとめておつきあいなさるように申しあげましたが、あなたは私のこうした言葉に、なにかおもわくがひそんでいるとでもおとりになられたでしょうか。事実こうした老婦人たちは、私の伯母のように分別をそなえ、それこそ親身になってつくしてくれ、ひそかな中傷をうちこわしてあなたの身をまもったり、あなたがご自身についてはいえないことも、あなたにかわって言いひろめたりしてくれるのです。それにまたあなたの心からの愛情は、けがれない心をもった天使のようなおかたがあらわれるまで、じっとそのまま大切にとっておかれるように申しあげたのも、やはり私のけなげな気持から発したものだとお考えになっていただきたいのです。前に申しあげた「貴族たるものみずからつとめを果す」という諺《ことわざ》が、最初におすすめしたことをあらかたふくむとすれば、ご婦人がたとのおつきあいに関する私のご忠告は、「すべてにつかえ、ただひとりを愛す」という、あの騎士道の言葉につきているのです。

あなたは広い知識をそなえられ、あなたのお心はくるしみのおかげで今日までけがれを知らずにすみました。あなたのすべてが美しく、あなたのすべてがりっぱです。さあ、今こそお志をつよくおもちなさいませ。あなたの未来はこのひとこと、偉大な人物たちの合言葉であるこのひとことにかかっているのです。よろしゅうございますわね、フェリックス、あなたはアンリエットの言いつけにちゃんとしたがってくださいますわね。あなたご自身と、あなたと世間の関係について心にうかぶことを、このアンリエットにそのまま申しあげさせてくださいますわね。私は子供たちのことと同じように、あなたのことについても未来を見とおせる心の目をもっているのです。あなたのために、この力を使わせてくださいませ。平和な生活があたえてくれた、私のこの不思議な力は、孤独としずけさのなかでよわまるどころか、そのままずっと力をたもちつづけているのです。そのかわりに大きなしあわせを、――あなたの成功に一度として額をしわよせずにすみ、あなたが衆にぬきんでた偉大な人物になるのを拝見するという大きなしあわせを私にあたえてほしいのです。あなたがお名前にふさわしい栄誉をすみやかにかちえられ、ただ私のこいねがう気持からだけではなく、自分のこの手であなたのご栄達に力をそえられたと、そう自分に言い聞かせられるようになりたいのです。そしてこのひそかなご協力だけが、私にゆるされたたったひとつのよろこびなのです。その日をおまちしておりましょう。さようなら、とは申しあげません。たとえ私たちふたりが遠くはなれ、たとえあなたの唇が私の手にふれられずとも、私の心のなかでどんな場所をしめておられるかは、あなたはご自分の目でもうよくたしかめられたはずでございます。

あなたのアンリエット

この手紙を読みおえたとき、帰宅を迎える冷やかな母のそぶりに、まだ心も凍りつく思いでいた私は、自分の指の下で、母性愛にあふれた心が、高く脈打つのを感じました。私には、なぜ伯爵《はくしゃく》夫人が、この手紙をトゥーレーヌで読むことを私に禁じたかが察しとれました。おそらく夫人は、私が彼女の足もとに身を投げだして、その足を涙で濡《ぬ》らすのではないかとおそれたのです。

はじめて私は、それまで他人も同然だった兄のシャルルとも身近に知りあいました。しかしシャルルは、私とのあいだのどんな些細《ささい》なことにも、いかにも尊大なふりを見せ、私たち二人の距離を絶えず感じさせようとはかったために、私たちはついに兄弟として愛しあうまでにはいたりませんでした。すべての優しい感情は、平等な心の上にこそ築きあげられるものであり、私たち二人のあいだには、一点として、たがいに結びつきあうところがなかったのです。ちょっと頭や心を働かせれば、だれにでもたやすく見分けられるつまらぬことを、シャルルは物知り顔で私に教え、何かにつけて私には、まだまだ信用がおけぬというふりをして見せるのでした。もし恋という支えがなかったら、私など何も知らぬと、無理にも思いこませようとする彼のその態度に気圧《けお》されて、私はきっとこちこちになり、おそらくへまをしでかしていたにちがいありません。とは言うものの、兄は私を社交界に紹介してくれました。しかし、それも結局は私の愚かしい様子が、兄の長所の恰好《かっこう》なひき立て役になるだろうとひそかにあてこんでのことでした。子供時代の不幸がなかったら、私は保護者ぶった兄の態度を、あるいは兄弟愛ととりちがえていたかもしれません。しかし精神の孤独は、物理的な孤独と同じ結果をもたらします。あたりの静けさにたすけられ、どんなかすかな物音でもはっきり聞きつけられるようになり、自分の心のなかに逃げこむ習慣が、こまやかな感受性を育てあげ、身にふれる感情のいかに微妙な色合いでも、間違いなく見分けがつくようにしてくれるのです。モルソフ夫人と知りあう前は、私は冷たいまなざしに傷つけられ、そっけない言葉の響きに心をいためました。愛撫《あいぶ》に満ちた生活などうかがい知るよしもなく、そうしたことにただ苦しむばかりの私でした。それにひきかえクロシュグールドからもどった私は、あれこれと比較しうるようになり、私はそのおかげではやばやと身につけた知識を徐々に完成していくことができたのです。心にうけた苦しみだけにもとづく観察には、やはり不完全な点が見あたります。幸福もまたそれなりに、その光を備えているのです。こうしてシャルルの心がよく見抜けただけに、私はむしろよろこんで、彼の長子権の下におしつぶされるがままになっていたのです。

私はルノンクール夫人の邸《やしき》に一人で出入りしはじめました。が、そこではアンリエットの噂《うわさ》を聞くこともなく、人柄のいい朴訥《ぼくとつ》そのものの老公爵をほかにしては、私に向って彼女のことを話題にのぼす人もいませんでした。しかし公爵が私を迎え入れてくれた態度には、娘のひそかな口添えが読みとれました。上流社会をはじめて目にする新参者が、一人のこらずとらえられるあの愚かな驚きからやっとさめはじめ、野心家たちのために用意されたさまざまな手段を垣間《かいま》見て、そこで得られる楽しみがおぼろげながらわかりだし、私がアンリエットの教えにこめられた深い真実さに驚嘆しながら、それを実地に応用するのをようやく心楽しく思いはじめた頃、あの三月二十日（訳注　いわゆるナポレオンの百日天下。エルバ島を脱出したナポレオンは三月二十日（一八一五）にパリに入城し、ルイ十八世はベルギーのガンに一時難をさける）の諸事件がにわかに出来《しゅつたい》したのです。兄は宮廷にしたがってガンに移り、伯爵夫人とこちらばかりがただむやみと熱心に文通をつづけていた私は、夫人のすすめにしたがって、ルノンクール公爵と一緒にガンにおもむきました。公爵は、私が爪先《つまさき》から頭のてっぺんまでの王党派で、心からブルボン家に愛着を抱《いだ》いているのを知ると、彼の日頃の好意は、心底からこの若者のうしろだてになってやろうという気持に変りました。そして彼は、自分からすすんで私を陛下にひきあわせてくれました。逆境の王にしたがう廷臣は数少なく、若さは心から素直に感嘆し、その忠誠心には打算がありません。王はもともと人を見る目を備えておられ、それにチュイルリー宮では見のがされそうなことも、ガンではよくお目にとまり、幸いにして私は、ルイ十八世陛下のお気に召すことができました。ヴァンデ軍（訳注　百日天下のあいだ、王党派の指導者たちは、ヴァンデ地方で蜂起を試みた）の密使が公用便と一緒にたずさえてきた、父公爵あてのモルソフ夫人の手紙によって、——そこには私あての一言もそえてありました——私はジャックが病気であることを知りました。モルソフ伯爵は、息子のすぐれぬ健康と、自分ぬきで第二の亡命がはじまったことにすっかり気を落したらしく、自分でも手紙のおわりに言葉をそえていましたが、私は彼のその言葉から、愛する伯爵夫人が、いかなる苦境にあるかを察しとりました。枕《まくら》もとから一刻もはなれずジャックの看病にあたりながら、きっと伯爵からあれこれと苦しめられているにちがいない。日夜、身体《からだ》を休めるいとまもなく、夫のつまらぬいやがらせなど気にするまいとは思いながらも、息子の看病に精根を使いはたしているいま、それに超然としていられる気力もなく、たとえ夫の相手をしてもらうためだけであろうとも、生活を耐えやすくしてくれた友情の助けを心から待ちのぞんでいるにちがいない。思えばそれまでにも何度か私は、夫人にいどみかかりそうな気配のモルソフ氏を、うまく外に連れだしたことがあったのです。そしてこの無邪気な計画がうまくいくたびに、夫人は、恋心がさまざまな約束を読みとる、あの熱い感謝のこもったまなざしを私に投げかけてくれたのです。私は、ごく最近ウィーン会議（訳注　ナポレオン没落後のヨーロッパの戦後処理を討議すべく、一八一四年の十一月に始められたこの会議は、百日天下のあいだもつづけられ、ウィーン条約は一八一五年に調印された）に派遣されたシャルルのあとを追いたくてうずうずしていた矢先でしたが、そしておのが命をかけてもアンリエットの予言を実現し、屈辱的な兄の支配下から独立したいとこいねがっていましたが、しかし、野心も、独立の願いも、陛下のおそばをはなれずにいる有利さも、すべては悲しみに閉ざされたモルソフ夫人の顔の前にあわく影を失っていきました。そして私はまことの女王につかえるため、ガンの宮廷を去ろうと心にきめたのです。神がそうした私の心根に報いてくれたのでしょう。ヴァンデ軍から派遣された密使がフランスにもどれぬため、陛下はご自分の訓令を一身を賭《と》してつたえに行く男を求めておられました。ルノンクール公爵は、この危険な任務に当った人物を、陛下がお忘れになるはずがないとよく承知のうえで、私には一言の相談もなく、陛下に私のことを申しあげ、私も、陛下のお役に立ちながら、クロシュグールドにもどれるとはなんたる幸せだろうと、よろこんでこの任務をひきうけました。

二十一歳の若さで、親しく陛下の拝謁《はいえつ》をたまわったのち、私はフランスにもどり、幸いにしてパリでも、ヴァンデでも、陛下のご意向をうまくなしとげることができました。しかし五月もおわりに近い頃、すでに私の人相書を手にしていたボナパルトの官憲からきびしく追及される身となった私は、自分の館《やかた》にもどるふうをよそおって、オート・ヴァンデ、ボカージュ、ポワトゥーの諸地方を抜け、時に応じて道をかえながら、領地から領地へ、森から森へと、自分の足で絶えず逃げまわらねばならなくなりました。こうして私はやっとソーミュールの町にたどりつき、ソーミュールからシノンに出て、シノンからは一晩でニューエーユの森まで足をのばし、そこで私は偶然にも、荒地を馬で通りかかったモルソフ伯爵に出くわしました。伯爵は馬の腰に私をのせると、私を知っているものにはだれにも見られずに、うまく私を館まで連れていくことができました。「ジャックはだいぶよくなりましたよ」というのが彼の最初の言葉でした。

私は伯爵に、獣のように追われている、外交官一兵卒とでも言うべき今の身の上を打ち明けました。すると伯爵は自分の王党主義を楯《たて》にとり、私をかくまうような危険な仕事は、とうていシェセル氏ごときにはまかせておけないと言いはりました。やがてクロシュグールドが姿を見せ、私にはすぎ去った八カ月がまるで夢のように思われました。伯爵は私の先に立って家に足を踏み入れると夫人に言いました。「だれをお連れしたと思う……フェリックス君だよ」

「まさか」と夫人は両腕をたれ、呆然《ぼうぜん》とした顔つきで夫に言いました。

私は夫人の前に姿をあらわしました。彼女は肘掛椅子《ひじかけいす》に、私は敷居の上に釘《くぎ》づけされたまま身動きもできず、失ったすべての時を一目で取りかえそうとする恋人たちさながらに、むさぼるようなまなざしでたがいにじっと見つめあいました。しかし夫人は、不意をおそわれ、うっかり心のなかを見せてしまったのが気恥ずかしくなったのか、やがて椅子から身をおこし、私は彼女のそばに近づきました。

「あなたのために何度もお祈りをささげましたわ」彼女は私の唇《くちびる》に手をさしだしてから言いました。

彼女は私に父親の消息をたずねました。それから私が疲れているのに気づくと、私の寝るところを用意するために部屋を出ていきました。そのあいだに伯爵は、飢え死にしそうな私に食事を運ばせました。私にあてがわれた寝室は、ちょうど夫人の部屋の真上にあたる、かつての伯母の部屋でした。夫人は階段の一段目に足をのせ、自分で部屋に案内しようかどうか、心にたずねる様子でしたが、結局その役目は夫の伯爵にまかせました。私がふりかえると、彼女は顔を赤らめながら、ゆっくりおやすみなさい、と言って足早にその場をたち去りました。食事におりていったときに私は、ワーテルローの悲劇や、それにつづくナポレオンの敗走、連合軍のパリ進行、そしてブルボン家の王位復帰がほとんど確実と思われることなどを知らされました。これらの出来事は、伯爵にとってはすべてでしたが、私たちには何事とも思われませんでした。子供たちに優しくしてやったのち、私たちにとってのいちばん大きなニュースがいったい何だったかおわかりになりますか。夫人がやせほそり、顔色の悪かったこと、私がそれに不安を抱いたことは、ここでは抜きにいたしましょう。というのは、私が驚いたという身振りをすれば、どれほど手ひどい打撃を与えることになるかがわかっていたので、私は彼女の顔を見て、ひたすらうれしそうな様子しかおもてにだすまいとしたからです。私たちの大きなニュースとは、「氷がありますのよ」という夫人の言葉でした。そういえば夫人は去年、飲み物といえば水しか飲まず、それも氷を入れた水が大好物だった私のために、充分冷えた水が出せないのをしきりに残念がっていたのです。彼女がどんなにしつこく催促して氷室《ひむろ》を作らせたかは、ただ神のみの知るところです。あなたはだれにもましてよくご存じでしょう、恋には、一つの言葉、一つのまなざし、言葉にこもった声の抑揚、そと目にはごく些細なわずかな心づかいだけで足りるのです。恋の持つ何よりすばらしい特権とは、おのずと自分からおもてにあらわれでることなのです。ところで彼女の言葉、彼女のまなざし、彼女の喜びようは、かつてトリクトラクの勝負の際、私がみずからの行為によって思いを示したように、彼女の心の思いのたけを私の目にあまさず示してくれたのです。とはいうものの、彼女が率直に愛情を示そうとする場合も、やはり数えきれぬほどありました。私がついて七日目には、彼女は生き生きと元気をとりもどし、健康と、若さと、喜びが、身体からこぼれ落ちんばかりとなりました。私は、自分の愛する百合《ゆり》がさらに美しく、さらにみごとに花開き、私の心の財宝が、これまでにもまして、いっそう大きくなったのをこの目で知ったのです。別離が胸の思いを弱め、心に刻まれた文字を消し去って、愛する人の美しさを減ずるのは、ただ卑小な精神や、低俗な心しか持ちあわせのない人たちの場合でしょう。燃えるような想像力を恵まれた人、熱い思いが血管のなかにまでしみこんで、そこに流れる血があらたな緋色《ひいろ》に染め直される人、情熱が確固とした誠実さにまで化する人たちには、別離は、初期キリスト教徒にあって信仰を固め、神の姿を目の前にありありと現出させてくれた、おのが身に課せられた刑罰さながらの結果を生みだすのです。愛に満ちあふれた心のなかでは、一刻としてのぞみの絶えることがなく、求めてやまぬ姿態を夢想の炎でいろどりながら、さらにいっそうすばらしいものと化していくのです。いたたまれぬ思いにかられては、愛する人のおもかげに理想の美しさを貸し与え、その顔立ちの一つ一つに胸の思いをそそぎこむのです。思いだすたびに過去がふくらんで、未来が希望にあふれるのです。このような電気を帯びた雨雲がいっぱいにたちこめる二つの心では、最初の一瞥《いちべつ》が恵みをもたらす雷雨となり、心の大地をよみがえらせ、いっそう肥沃《ひよく》なものと化し、稲妻のすばやい光をその上に投げかけてくれるのです。こうした思いや感慨を、私たち二人がおたがいに抱《いだ》いているのを知ったとき、私はどんな快い喜びを心に味わったことでしょう。アンリエットの幸せが、次第に大きくなっていくさまを、私はどんなにうっとりとした目で見守っていたことでしょう。愛するもののまなざしの下で、徐々によみがえる女性の姿は、疑いに命をむしばまれていく女性、樹液がなくて、茎についたましおれていく女性より、おそらくはいっそう大きな愛をその身で証拠だてているのです。そして私にはこの二つのうち、はたしてどちらが人の心を強く打つのかもわからないのです。モルソフ夫人は、五月の光を浴びた野原のように、太陽と水を与えられたしおれた花のように、ごく自然に生気をとりもどしていきました。アンリエットもまた、私たちの愛の谷間と同じく、きびしい冬を経て、いま春の陽にあたらしくよみがえろうとしていたのです。食事の前に私たちは、庭をくだって、なつかしい見晴らし台《テラス》に足を向けました。見晴らし台《テラス》につくと、これまでについぞ目にしたこともないほど弱々しく、母親のそばにつきっきりで、身体のなかにまだ病気を宿してでもいるかのように、じっとおしだまったまま歩いている愛息子《まなむすこ》の頭をなでながら、彼女はこの子の枕もとですごしたうちつづく夜のことを私に語って聞かせました。――自分はこの三カ月、ただ心のなかだけで生きてきた。一人だけまっ暗な宮殿のようなところに住みついて、明りに照り映える豪華な部屋では、自分の加わることを禁じられた華《はな》やかな祝宴が、しきりに催されているようだった。しかし自分からそこに足を踏み入れるのは恐ろしく、ただ戸口に立ちつくし、片方の目でわが子を見つめ、片方の目でさだかならぬ人影を眺《なが》めながら、一方の耳では病人の苦しそうなうめき声に聞き入り、一方の耳ではある人の声を聞きつけていたというのです。彼女は孤独が心によびさます詩を、いかなる詩人の筆もついぞ生み出しえなかった数々の詩を私に語りました。そしてこれらの詩が愛の痕跡《こんせき》や、官能的な思いの名残《なご》りをとどめ、フランジスタン（訳注　コーカサス山脈の北西地方、サーカシアをさすものと思われる）のばらのような、甘美な東洋の詩をうちにひめているなどとは露知らず、彼女はただ心のまま素直に語り聞かせてくれたのです。

伯爵《はくしゃく》が私たちのそばにやってきても、彼女は、毅然《きぜん》たるまなざしをいつでも夫に向けられる人妻として、また息子の額に何のやましいところもなく接吻《せっぷん》できる、自分に誇りを抱いた女として、これまでとすこしも変らぬ調子でさらに話をつづけました。彼女はなんべんとなく祈りをささげ、ただただジャックを死なせまいと、来る日も来る日もわが子の身体の上に、じっと両手をあわせたまま夜をすごしたというのです。

「私はジャックのために、聖堂の扉《とびら》のところまで神さまに命乞《いのちご》いにまいりました」と夫人は言いました。そして彼女は、自分が抱いたさまざまな幻覚を語りだしました。しかし彼女が天使のような声で「私が眠っているときも、心はめざめていましたわ」というすばらしい言葉をもらしたとき、伯爵はその話をさえぎって妻に言いました。

「つまりお前は、もう一歩で気が違うところだったんだ」

彼女は激しい痛みに心をつかれ、口を閉ざしそのまま黙りこみました。この十三年間、ことあるごとに、この男が自分の心をめがけて矢をはなちつづけてきたことも忘れ去り、心に傷をうけるのは、これがはじめてと言わんばかりの面持でした。空高く舞っていた気高い鳥が、いやしい鉛の弾丸に翼を撃たれたように、彼女はにわかに気力を失って、ただ呆然とするだけでした。

「ああ、それでは」と彼女はしばらくたってから言いました。「あなたの心の法廷では、私の申しあげる言葉は、どうしてもお許しを得られませんの。私の弱さをかわいそうだと思っていただいたり、私の女らしい物の考え方をわかっていただいたりすることはこれから先も決してのぞめませんの」

彼女はそこまで言って言葉をとぎらせました。すでにこの天使は自分が不平をもらしたことを後悔し、過去のことに目を向けながら、同じ目で未来をおしはかっていたのです。何を言おうと夫にわかってもらえることなどあるだろうか。かえって毒をふくんだ非難の雨を、わが身にひきよせるだけではなかろうか。彼女の青い血管は、こめかみのところで激しく脈打ち、涙こそこらえていたものの、緑の目は光を失っていきました。それから彼女は、自分の苦しみが、私の目のなかにさらに大きく映しだされているのを見まいとして、その目を地面に伏せました。夫人は私の目が彼女の感情をそのまま見抜き、私の心のなかで、自分の心が優しくいたわりをうけているさまを、そして何よりも、私の若々しい恋が怒りと同情心にわきたって、自分の主人を傷つけようと向ってくる相手には、その力にも性質にもいっさいおかまいなく、いつでもとびかかろうとしている忠犬さながらに、相手をめがけていまにもとびかかろうとしているさまをその目にとめたくなかったのです。こうした、身を切られるような瞬間に、伯爵がどんなに勝ち誇ったような様子をしていたかは、ぜひあなたにもお見せしてあげたいくらいです。彼は妻を打ち負かしたと思いこみ、雨あられとばかり、夫人にひどい言葉をあびせかけました。しかもそれはみな同じ考えのくりかえしで、さながら何度も同じ音をたててはふりおろされる、あの斧《おの》の響きを思わせました。

「あいかわらずなんですね、ご主人は」私は伯爵が、彼をさがしにきた馬丁に呼ばれ、仕方なしに私たちのそばをはなれると夫人に言いました。

「ええ、あいかわらずです」とジャックが答えました。

「ええ、あいかわらずいいお父さまよ」と夫人は、子供たちに父親を批判させまいとしてジャックに言いました。「あなたは今のことだけ見て、以前のことは少しも知らないでしょう。ですからお父さまを批判すれば、必ずどこかで片手落ちになってしまうのよ。でも、かりにお父さまが間違ったことをなさっても、そしてそれを見ているのがどんなにつらくても、家の名誉のためには何も言わずに、そっと秘密にしておかなければいけないの」

「うまくいっていますか、カシーヌとレトリエールの模様がえは」私は、夫人をつらい思いからひきだそうとして言いました。

「予想以上ですのよ」と彼女は言いました。「建物ができあがると、両方ともとてもいい借り手が見つかりましたわ。一方は税金を払って四千五百フラン、一方は五千フランで話がつきましたの。小作の契約は十五年間ということで。こんどの新しい二つの農場には、もう木の苗を三千本も植えましたわ。それにマネットの親戚《しんせき》の男は、ラブレーが借りられてとてもよろこんでいるようですし、ボーデの方はマルチノーにまかせてありますの。この四人の小作人が自分で持っている地所はみんな森と原野ですから、不心得な小作人たちがやるように、畑用の肥料をこっそり自分の土地に入れてしまったりはいたしません。わしたち二人の努力が報いられて、りっぱな成果があがったわけですわ。これでクロシュグールドでは、みんなが『お館《やかた》の農園』って呼んでいる小作に出してない土地は別にして、それに林やぶどう畑からのあがりを勘定に入れなくても、収入はあれこれ一万八千フランにはなりますの。それにこれまでに植えておいた木を切れば、毎年きちんきちんときまったお金も入ってまいりますし。ところで今私は、その小作に出してない土地を、門番のマルチノーに耕させようとして大奮闘している最中ですの。門番の方は息子でも代りがつとまりますもの。主人が、コマンドリーに農場さえ建ててくれれば、マルチノーは三千フランは出すと言っておりますの。そうなれば、クロシュグールドの周囲は、ほかの土地からすっかり切りはなして、前から計画中のシノン街道に出る並木も完成できますし、そうなれば私たちは、ただぶどう畑と、森の手入れさえしていればそれでいいことになりますわ。それに陛下がご帰還なされれば、わしたちの年金ももどってまいりますし、わが家の妻の良識にさからって、そりゃ四、五日はもめるでしょうが、結局わしたちだって、マルチノーに土地を貸すことには同意してくれますわ。そうなればもうジャックの財産はびくともいたしません。そしてこれがすめば、今度はマドレーヌのために、主人にお金をためてもらう番ですわね。それにあの子にはこれまでのしきたりどおり、陛下からも持参金のご下賜《かし》がございましょうし、これでもう気にかかることはありませんわ。私のつとめも、どうやらこれで無事おわりを告げるのですもの。ところで、あなたの方はいかがですの」と夫人は言いました。

私は自分の任務を説明し、彼女の忠告がいかに実り多く、いかに賢明なものであったかを告げました。そして、あのようなさまざまな出来事を見透せるとは、千里眼でも備えていらっしゃるのではと夫人にたずねました。

「お手紙にもお書きしましたでしょう」と夫人は答えました。「私、あなたのことになると、自分でも驚くような力が発揮できますの。私がそのことをお話ししたのは、告解師をつとめてくださっているド・ラ・ベルジュさまお一人ですが、あの方は、それはたぶん、神さまがお力を貸してくださっているのだろうって、そうおっしゃっておられましたわ。子供たちの身体《からだ》が心配になって、じっと考えにふけっていると、よくこの世のことが目の前からすっかり消え去って、別の世界がずっと見えてくることがありますの。ジャックとマドレーヌの姿がそこで光につつまれていれば、しばらくのあいだ、あの子たちの身体は安心です。でも霧につつまれて見えると、そのうちに病気になりますの。あなたの場合にはただいつも光につつまれているというだけではありませんのよ。どこからともなく優しい声が聞えてきて、言葉でではなしに、そのまま心に伝わってくる方法で、あなたがこれから何をなすべきか私に説明してくれますの。でも、私がこのすばらしい力を、子供たちとあなたのためにしか役立てられないのには、なにか定めでもあってのことですかしら」と彼女は物思いに落ちこみながら言いました。「神さまがこの子たちの父親代りをつとめてくださるおつもりなのかしら」夫人は、しばらく間をおいてから、自分にたずねるように言いました。

「ああ、僕にはこのまま、あなたご自身にだけしたがっているのだと、そう思いこませておいてください」と私は彼女に言いました。

彼女はこの上なく優しいほほえみを私に投げかけました。心も酔いしれた私は、その時なら身に致命傷を負ってもおそらく何も感じずにいたでしょう。

「陛下がパリにおつきになったら、あなたもクロシュグールドをはなれて、すぐパリにいらっしゃい」彼女はふたたび口を開くと言いました。「地位や、ご褒美《ほうび》をこちらからねだるのはいやしいことですが、でもそれをおうけできないところにいるのも、やはり馬鹿《ばか》げたことですもの。この先どうやら大きな変化がありそうですわ。陛下には有能な、たよりになる方々が必要です。ですからいざというときにおそばにいなくてはいけません。あなたは若くして実務につかれるわけですが、それはのちのちきっとお役に立ちますわ。というのは、政治家にも、役者にも、才能だけではつかめない、仕事のこつとでもいうものがありますの。そしてそれは、ご自分で実地に学びとるほかはございませんの。私の父はそうしたことをショワズール公爵（訳注　一七一九―八五。ルイ十五世のもとで外務大臣、陸軍大臣などをつとめた）からお習いしたんですって。それに」と彼女はしばらく間をおいてから言いました。「やはり私のこともお考えになっていただきたいの。ほかの方々にぬきんでるという喜びを、すっかり私のものになったあなたの心のなかで、私にもご一緒に味わわせていただきたいの。あなたは私の息子ですもの」

「息子ですって」と私はすねた様子で言いました。

「ええ、息子の一人、それだけですわ」と夫人は私をからかうように言いました。「でもそれだけでも、私の心のなかで、ずいぶんすばらしい場所を占めていることになりませんかしら」

鐘が夕食を告げ、彼女は私の腕をとり、自分からすすんで私に身の重みをもたせかけました。

「背が大きくなられましたわねえ」と夫人は石段をのぼりながら私に言いました。踏み石のそばまで来ると、夫人は、私の目があまりに激しく彼女を見つめすぎるとでもいうように私の腕をゆすりました。目は地面に落していても、夫人は私が、彼女しか見ていないことをちゃんと察しとっていたのです。彼女は、わざといらいらしたようなふりをして、いかにも優しい、いかにもあでやかな様子で言いました。「さあ、少しは私たちの谷間もごらんなさいませ」彼女はうしろをふりむくと、ジャックを手もとに引きよせながら、私たちの頭上に白い絹の日傘《ひがさ》をさしかけました。そして頭をめぐらし、アンドル川や、平底船《トゥー》や野原の方を示した夫人のしぐさは、私がここにもどってきて、二人でまた散歩をはじめるようになってから、彼女が遠くにかすむ地平線や、その蒸気のたちこめたうねりを話し相手に、いつか心を通いあわせ始めたことを、私の目に示すものでした。胸にあふれる彼女の思いは、自然の衣のかげにいこいの場を求めていたのです。そして暗闇《くらやみ》に泣く小夜《さよ》鳴き鳥《どり》の嘆きにこめられたあの思いのほども、水辺の歌い手たちが単調にくりかえすあの哀れな調べに盛られた心のうちも、ともに今の夫人にとっては、決して知らざるものではなかったのです。

夜の八時に、私は今までついぞ見ることのなかった場面に立ち会って、心に深い感銘をうけました。これまで目にすることがなかったのも、この場面が食堂でくりひろげられるのが、ちょうど子供たちが寝につく直前で、私はいつもその時刻には部屋にのこって、モルソフ氏を相手に一勝負まじえていたからです。鐘が二つ鳴ると、家中の者が一人のこらず食堂に姿をあらわしました。

「さあ、わが家のお客さまになったからには、あなたにも修道院の規則にちゃんとしたがっていただきますわよ」夫人はそう言いながら、心から信仰を抱《いだ》いている女性に独特の、あの悪気のない人をからかうような様子で私の手をとると、そのまま食堂まで私を引きずるようにして連れていきました。

伯爵が私たちのあとにしたがいました。主人も、子供も、召使も、みな帽子をとって、いつもの自分の場所にひざまずきました。ちょうどその日はマドレーヌがお祈りを唱える番でした。少女はいかにも可愛《かわい》らしい声で祈りをささげ、そのあどけない声の響きは、快い田園の静けさからくっきりうきあがり、彼女の口からもれる一句一句に、汚《けが》れなきもののみが持つ清らかさを、あの天使に備わった清楚《せいそ》な趣をそえるのでした。それはかつて私が耳にした最も感動的なお祈りでした。自然は、静かにかなでられるオルガンの響きのように、数知れぬかすかなさざめきを、少女の口をもれる言葉に和するのでした。マドレーヌは夫人の右に、ジャックはその左に席をしめ、高く髪を編みあげた母親の頭が、髪のふさふさとした可愛らしい子供たちの頭にはさまれ、それを見おろすように、伯爵《はくしゃく》のまっ白な髪と、その黄色みがかった頭がそびえています。それはまさに一幅の絵画――歌うがごとき祈りによって、胸によびさまされた種々さまざまな感慨を、いわば色の組み合せで、もう一度心に語りかけようとする一幅の絵画さながらでした。さらにまた、崇高なるものに欠かせぬあの統一という条件を満たすがごとく、落日のやわらいだ光がこの敬虔《けいけん》な思いにふける人たちをすっぽりつつみ、さらに部屋全体を赤々と夕陽の色に染めているのです。詩的な魂や、迷信深い心を持った人たちには、教会が命ずるまま、身分のわけへだてもなく、ここに平等にひざまずく神の忠実なるしもべたちの頭の上に、いままさに天国の火が訪れ来たって、明るく降りそそいでいるように思えたでしょう。私はかつての族長時代の生活に思いをはせながら、簡素なるがゆえに偉大なこの光景を、自分の心のなかでその上さらに偉大なものと化していくのでした。子供たちは父親におやすみなさいを言い、召使たちも私たちに会釈《えしゃく》をしながら食堂を去り、伯爵夫人が片手ずつを子供たちに与えながらその場をひきとると、私も伯爵と連れだって客間にもどりました。

「あちらであなたの魂を救っておいて、こちらで地獄につき落そうというわけです」と伯爵は、トリクトラクの盤をさし示しながら言いました。

夫人は半時間後にもどってくると、私たちのテーブルにつづれ織りの台を近づけました。

「これはあなたのためと思って」と夫人は麻生地《カンヴアス》をひろげながら私に言いました。「でもこの三カ月、仕事がさっぱりはかどりませんの。そう、ちょうどこの赤いカーネーションとこちらのばらのあいだで、あの子が病気になったのですわ」

「さあ、さあ、そんな話はもうやめて」と伯爵が言いました。「はい、六の五ですぞ、陛下の特使どの」

私は床につくと思いをひそめ、彼女が部屋のなかを行き来する足音にじっと耳をそばだてました。彼女の方では、心清らかに、静かに落ちついていられたかもしれません。しかし私は耐えがたい欲望に身を責め抜かれ、物狂おしい考えにしきりと心を乱すのでした。――どうしてあの人が僕のものになってはいけないのだ。あの人だって自分と同じように、このうずまくような官能の流れのなかに身を浸しているのかもしれないのに。私は一時になると階段をおり、足をしのばせながら、彼女の部屋の前までたどりつくと、その戸口に身を横たえました。扉の隙間《すきま》に耳をあてると、まるで子供のような、規則正しい安らかな寝息が聞きとれます。そのうち寒さに耐えきれなくなって、私は階段をのぼり、床にもぐりこむと、そのまま翌朝までぐっすり眠りました。そもそもいかなる宿命から、生れおちてのいかなる性質から、私は断崖《だんがい》のふちに好んですすみより、悪の深淵《しんえん》の深さを測り、冷気に身をさらしてその底までもきわめつくし、心をうちふるわせながら身をひくことにこうして喜びをおぼえるのでしょう。私が彼女の部屋の戸口で、くやし涙にむせびながらすごしたあの夜のひととき——そして翌日になれば彼女は、私がその前夜、かわるがわる心のなかで彼女の操《みさお》をふみにじったり、そこに手をふれるのさえおそれたり、のろったり、あがめたりして、ここでしばしをすごしたことなど夢にも知らず、私が流した涙の上を、私がのこした口づけの跡を、それとも気づかず足の下にふんで通ったのです——ああしたひとときをすごすことは、多くの人たちの目からすれば、まことに愚かしいことかもしれません。しかしそれはそもそも軍人たちをして敵の砲列の前にかりたてる、あのゆえ知らぬ感情が私になさしめたことなのです（私は何人かの軍人から、こうして命をもてあそんだことがあるという話を聞きました）。そしてこうした軍人たちは、火薬樽《だる》の上で煙草《たばこ》をふかしたあのジャン・バール（訳注 一六五〇—一七〇二。はじめは海賊として恐れられ、のちにルイ十四世にひきたてられて海軍に入る。その豪胆ぶりは有名）さながらに、降り来る銃弾をうまくさけうるか、確率の深淵をうまくのりこえられるかを、おのが身をもってためそうとするのです。翌日、私は花を摘みにでかけ、それを二つの花束にまとめました。もともとこうしたことには、いっさい心を動かさず、シャンスネ（訳注　一七五九―九四。フランスの作家、ジャーナリスト。才気にあふれ洒落が上手だったという）が「空中牢獄ばかり描いている」（訳注　スペインに城を築く（faire des châteaux en Espagne）と言えば、空中楼閣を描くこと。シャンスネはこれをもじって、スペインに牢獄を築く（faire des cachots en Espagne）と言っている）ともじったのは、そもそも彼のことではなかったかとさえ思われるモルソフ氏も、この二つの花束だけには大いに感心してくれました。

クロシュグールドですごした数日間、私はフラペルにはちょっと顔出しする程度にとどめながら、それでも三度ほどは夕食の招きにあずかりました。やがてここにもフランス軍がやってきて、トゥールの町が彼らの手で占領されました。夫人にとっては、あきらかに私が命であり、健康の源であったにもかかわらず、彼女はまずシャトールーにいき、そこからイスーダンとオルレアンを経て、大急ぎでパリに帰るよう、しきりと私にすすめました。夫人の言にさからおうとしながらも、家の守護神のお告げがあったと言う命令口調に、私もやむなく彼女の言いつけにしたがいました。こんどは私たちも涙のうちに別れを告げあいました。彼女には、これから私の生きていこうとする社交界の誘惑が、どうにも案じられてならなかったのです。汚れを知らぬ恋や、潔癖な良心にとって、パリをこの上なく危険に満ちた海とする、利害と、情熱と、快楽がうずまく波のあいだに、こんどこそ私も、本気でのりだそうとしていたのです。私は一日の出来事と自分の感想を、たとえどんなにつまらぬことでも、毎晩欠かさず、彼女に書き送ることを約束しました。その約束を聞くと、彼女は悲しみにうなだれた顔を、私の肩の上にもたせかけながら言いました。「どんな些細《ささい》なことでも、決してお忘れにならないでね。私には何もかも興味あることばかりなのですから」

彼女はそれぞれ公爵と公爵夫人にあてた手紙を私に託し、私はパリについて二日目に、公爵の邸《やしき》を訪れました。

「君はなかなか運のいい人だ」と公爵は私の姿を見ると言いました。「ここで食事をすませてから、今晩は君も私と一緒に宮中に顔を出しなさい。これでもう君の出世も疑いなしだ。陛下は今朝わざわざ君の名前をあげて、『あれは若くて才能もあり、それに忠義な男だ』とおもらしになっておられたよ。陛下は、りっぱに任務を果した君が、その後生きているのか、死んでしまったのか、このあいだからの事件のあおりで、いったいどこへ行ってしまったのか、まるきり見当もつかぬと言って、しきりに残念がっておられるのだ」

私はその晩から、参事院の請願審議官に任命され、ルイ十八世のおそばにあって、ある秘密の職務をおおせつかることになりました。陛下の治世と同じ期間だけつづいた私の職務は、いわば腹心の地位とも呼ぶべきもので、華々《はなばな》しい恩寵《おんちょう》に浴することもない代りに、陛下のご不興をこうむる心配もなく、私はこの職務のおかげで、やがて政治の中《ちゅう》枢《すう》にも参加することになり、その後身に恵まれた栄達も、すべてみなここに源を発しているのです。モルソフ夫人の目はたしかでした。私は権力も富も、幸せも知識も、みなすべてを夫人に負うているのです。彼女は私を導き、元気づけ、私の心の汚れを洗いながし、私の意欲全体に、一つの定まった方向を与えてくれたのです。そしてこうした方向のないかぎり、青春時代のあふれる力も、あたらむだについやされてしまうのです。

やがて私には一人の同僚ができ、それぞれ半年交代でつとめをおおせつかることになりました。といってもやむをえぬ事情があれば、いつでも代り合うことが許されていて、二人とも宮中に部屋を与えられ、自分専用の馬車もいただき、旅行をする必要が起きた場合には、その費用として、充分すぎるほどの手当もうけました。思えば、それはまことに奇妙な地位でした。のちのち敵からも、その政策を充分に評価されるにいたった国王陛下のひそかな弟子たること、内政、外交のあらゆる面で、陛下がおんみずから判断をくだされるのをじかに耳にして、おもてだった力こそ振わぬものの、モリエールから意見を問われたラフォレ（訳注　モリエールの女中。モリエールは自分の作品が平易であるかどうかを知るため、女中の意見をたずねたという）のように、時として陛下から意見をただされたり、さらにまた年を経た陛下のご経験がためらいを見せるときは、若い良心の力によって、陛下のお心をしっかりお支《ささ》え申しあげたりすることでした。それにまた先々のこともしっかりきまり、それは私たちの野心を充分に満足させてくれるものでした。参事院の予算から出る、請願審議官としての手当のほかに、陛下はお手もとから毎月千フランをご下賜《かし》くだされ、しかもその上しばしばおんみずから賞与をたまわったのです。陛下は二十三歳の青年が、ご自分で申しつけられる激しい仕事に、とても一人で耐ええぬことは充分おわかりのご様子でしたが、現在貴族院議員をつとめている私の同僚が選任されたのは、ようやく一八一七年も八月になっての頃でした。この人選は困難をきわめ、私たちの任務が、さまざまな能力を要したために、陛下ご自身も永いこと意を決しかねておられるご様子でした。陛下にはおそれ多くも、いずれとはきめかねておられる青年たちのうち、どの男といちばん気が合いそうかと、わざわざ私の意見をお求めになりました。そのなかには、ルピートル塾時代の私の級友も見あたりましたが、私はあえて彼の名をあげることはさしひかえ、陛下からその理由をたずねられて、次のようにお答えしました。

「陛下がお選びになったのは、いずれ劣らず忠誠心を抱《いだ》いた者たちです。しかし能力という点から見れば、それぞれかなりの差がございます。私はそのなかでもいちばん有能と思う人物を指名させていただきましたが、この男とならいつまでもうまくやっていける自信がございます」

陛下のご判断も、私の考えと一致して、陛下はその後も、私が個人的な理由を犠牲にしたことに、いつまでも感謝しておられるご様子でした。その折に陛下は「君の方をいつまでも第一秘書と考えるから」とおっしゃってくださいました。それにまた選考の事情を、それとなく私の同僚にもらされたので、彼はそのお返しとして、私に友情をよせてくれるにいたりました。ルノンクール公爵から、私が一目置かれているのを目にすると、やがて社交界の人たちもそれにならって、私を重く見てくれるようになりました。「陛下はあの青年に強い興味を抱いておられる。なかなか有望な青年らしい。なにしろ陛下はたいへんお気に召されたようだ」というような言葉は、ただ才能の代りをつとめてくれるだけでなく、こうした青年に示される好意あふれた態度のうちに何か権力そのものに対する敬意のごときものさえもそえてくれるのです。そうしたわけで私は、ルノンクール公爵邸でも、私の姉がちょうどその頃結婚した従兄《いとこ》のリストメール伯爵邸でも(私がかつてよく行った、サン＝ルイ島に住む大伯母の息子です)、いつか私は、サン＝ジェルマン街で最も勢力のある人たちと親しく知りあう仲になったのです。

　間もなくアンリエットは、私が「小宮殿《プチ・シャトー》」（訳注　国王のいるチュイルリー宮がシャトーと呼ばれていたのに対しサン＝ジェルマン街の貴族の社交界はこう呼ばれていた）と呼ばれる社交界の中心に出入りが許されるよう、義理の大伯母にあたるブラモン＝ショーヴリー大公妃に自分から働きかけてくれました。彼女は私のことを、たいへん熱のこもった手紙で大公妃に推薦してくれたため、大公妃はさっそく、私に会いに来るようにと言ってよこしました。私は大公妃の邸に通いつめ、幸いにして彼女のお気に召すことができました。彼女は単にうしろだてたるにとどまらず、私に対し一人の友人として、どこか母性愛にも似た気持を示してくれました。老大公妃は、自分の娘のデスパール夫人、ランジェ公爵《こうしゃく》夫人、ボーセアン子爵夫人、モーフリニューズ公爵夫人（訳注 それぞれ『人間喜劇』に登場する名流夫人）など、かわるがわる流行界の女王として君臨した貴婦人たちと親交が結べるよう、大いに私のためをはかってくれました。そしてこうした貴婦人たちは、私が変な下心はいっさい持たず、ひたすら彼女たちの意にそうようにつとめたため、なおのこと私に対して好意的な態度を見せてくれたのです。兄のシャルルは、私のことなど知らぬ存ぜぬというふりをするどころか、それからはかえって私を頼りにするようになりました。しかし私のこの急速な成功ぶりは、彼の心にひそかな嫉妬《しっと》心《しん》を芽《め》生《ば》えさせ、それがのちのち私に、さまざまな悲しい思いをさせるにいたったのです（訳注 後にも述べられるが、二人は兄弟同士で訴訟をあらそい、その様子は『人生の門出』に描かれる）。私の両親は、私のこの思いがけない出世に驚きながら、同時に虚栄心の満足をおぼえたらしく、やっと私を自分たちの息子として認めてくれるようになりました。しかし彼らの感情には、いつわりとまでは言えずとも、どことなくわざとらしいところがあって、こうして急に情を示されても、一度傷ついた私の心には、別にどう働きかけようもなかったのです。それにまた利己心のしみついた愛情には、相手の共感をさそう力もなく、心とは、打算やあらゆる種類の欲得ずくを何より嫌悪《けんお》するものなのです。

　愛するアンリエットに、欠かさず手紙を書き送っていた私に対して、彼女の方でも、月に一、二度は返事をくれました。このようにして、彼女の心は絶えず私の頭上を舞いつづけ、彼女の思いははるかな距離をのりこえて、私の身のまわりに清らかな雰囲気《ふんいき》を作りだしていてくれたのです。私はいかなる女性にも心を奪われるようなことはなく、こうした私の謹厳ぶりをお知りになると、ことその方面にかけてはルイ十五世流（訳注 一七一〇―一七四。ルイ十八世の祖父にあたるルイ十五世は、その艶聞で有名であった）であらせられた国王陛下は、笑いながら私のことをヴァンドネス嬢などとお呼びになりましたが、私の品行方正な振舞いが、たいそうお気に召されたご様子でした。陛下のご寵愛《ちょうあい》を得るにあたっては、私が子供時代、とりわけ、クロシュグールドで身につけた忍耐心が、大いに力あったと信じています。陛下は私に対してつねにご機嫌《きげん》うるわしくあらせられました。だがどうやら陛下は、ふとした気紛《きまぐ》れから、私の手紙をこっそりお読みになったご様子でした。というのも、まるで生娘のような私の生活ぶりに、いつまでもだまされつづけてはおられなかったからです。ある日のこと、――それはちょうどルノンクール公爵が出仕なさる日にあたっていました――陛下は手紙を口述され、私にそれを書きとらせていましたが、公爵が入ってくるのをごらんになると、私たち二人の姿をいたずらっぽい目でおつつみになりました。

「どうやらあのモルソフ閣下は、あいかわらず死ぬ気にならんらしいな」と陛下は、銀鈴のような透きとおった声で、公爵におたずねになりました。寸鉄人を刺すような辛辣《しんらつ》さを、思うがままそのお声にこめられるのは、陛下の得意となさるわざでした。

「はあ、あいかわらずでございます」と公爵は答えました。

「モルソフ夫人は、天使とも見まごうお人だとの噂《うわさ》だが、それにしてもこの宮中でもぜひ一度お目にかかりたいものだ」と陛下は言葉をおつづけになりました。「だが、この私にはどうするすべもない。私の書記官の方が」と陛下は私の方をふりむいておおせになりました。「どうやらこの点では私よりだいぶ運がいいようだ。君には六カ月の休暇をとらせよう。昨日話した青年を君の同僚とすることに腹をきめたのだ。さあ、クロシュグールドで存分に楽しんでくるがよい、謹厳居士《こじ》のカトー（訳注　紀元前三世紀から二世紀にかけてのローマの政治家。その謹厳な暮しぶりによって有名）殿」そうおっしゃると陛下は車椅子《くるまいす》（訳注　ルイ十八世は痛風に冒され、車椅子を使用していた）を押させ、顔に笑みをたたえながら部屋をお出ましになりました。

私は燕《つばめ》のようにトゥーレーヌに飛んで帰りました。私は自分の愛する女性の前に、以前より少しはましな青年として、いやそれだけでなく、洒落《しゃれ》た服に身をつつみ、最も洗練されたサロンでみがきあげられた上品な物腰を身につけて、この上なく優雅な婦人たちに教育の仕上げをほどこされ、数々の苦しみからついにみごとな果実を摘みとり、子供を守るべく、これまで天から地上につかわされた最も美しい天使の経験を、そのまま実地の生活に生かした青年として、はじめて姿を見せようとしていたのです。はじめてフラペルに滞在した三月のあいだ、私がどんな身なりをしていたかはあなたもご存じです。ヴァンデ軍に陛下の使者としてつかわされ、この前クロシュグールドにもどったときは、まるで狩にでもでかけるときのようないでたちでした。赤みがかった白ボタンの緑の上着、縞《しま》のズボン、革《かわ》のゲートル、それに短靴という身支度《みじたく》です。その上、あちこち歩きまわったり、茂みを抜けたりしたために、二目とは見られぬていたらくで、そのため下着までも伯爵に借りねばならぬありさまでした。それにひきかえ、今度は二年間にわたるパリ滞在や、いつも陛下のおそばにひかえている習慣や、出世の糸口をつかんだ者の余裕に満ちた物腰や、すっかり成熟しきった私の身体《からだ》つきや、それに加えて、若者らしい私の容貌《ようぼう》には、クロシュグールドからつねに自分を照らしている清らかな夫人の魂に、いわば磁力によっておのれの魂を結びつけられているという安心感から、言うに言われぬ輝きがいきわたり、こうしたすべてのことが、以前とはすっかり見違えるほど私の姿を変えていたのです。私は自信にあふれ、といって思い上がったところもなく、若年の身でありながら、政治の中枢に参加しているという満足感をおぼえるかたわら、自分が、この世で最も愛すべき女性のひそかな支えであり、彼女の胸の中のかくされた希望であることを感じていました。馭者《ぎょしゃ》の鞭《むち》の音が、シノン街道からクロシュグールドに通じる新しい並木道に鳴り響き、新規に設けられた円形の囲いの中央に、見覚えのない鉄柵《てっさく》の門が開かれたとき、私が心におぼえたかすかなときめきは、おそらく虚栄心から発したものだったでしょう。私は夫人をびっくりさせようとして、わざと到着を知らせずにいましたが、これは二重の意味で私の過《あやま》ちでした。永いあいだ待ちこがれながら、とうてい不可能だと思いこんでいた不意の喜びに、夫人は激しい衝撃をこうむることになり、それにまた彼女の言葉どおり、計算ずくめの不意打ちは、すべてみなもともと趣味の劣ったものなのです。

これまでは、ただ子供だとばかり思って見ていた私に、一人前の青年の姿を認めたアンリエットは、いかにも悲しそうに、ゆっくりと地面に目を伏せました。彼女は私がその手をとり、唇《くちびる》をおしあてるままにさせながら、それでも内心の喜びはおもてにあらわそうとせず、私はただいかにも神経のこまやかな夫人らしいかすかな身のふるえから、彼女の心のなかをそれとうかがい知るだけでした。そしてもう一度彼女が顔をあげ、私を見つめたときに、私はその顔がすっかり青ざめているのに気がつきました。

「やあ、昔の友だちを忘れずにいてくれたらしいですな」とモルソフ氏は言いました。彼は前とくらべて変っても、老《ふ》けてもいませんでした。

二人の子供たちは、私の首にとびつきました。戸口のところにジャックの先生である、ドミニス神父の重々しい顔が見えました。

「そのとおりです」と私は伯爵に答えました。「これからは年に六カ月の休暇がもらえるのです。休暇中の僕はいつでもあなたがたのものですよ。おや、どうなさったのです」私は夫人にそう言いながら、家族一同の見ている前で、彼女の身体を支えるように、その腰に腕をまわしました。

「ほっといてください」と夫人はとび上がるようにして言いました。「なんでもありませんの」

私は夫人の心のうちを読みとると、彼女のひそかな考えに答えて言いました。「あなたの忠実なしもべの姿が見あたらないとでもおっしゃるのですか」

夫人は私の腕をとると、伯爵や、子供たちや、神父や、かけつけた召使たちのそばをはなれ、芝生《しばふ》をめぐりながら、みんなからずっとはなれた方へ私をひき連れていきました。そして、姿だけはだれからもよく見える範囲に足をとどめながら、声を聞かれる心配のないところまで来ると私に言いました。「フェリックス、さっきはおびえたりしてごめんなさい。でも、地下の迷路をすすむのに、私の手にはたよりにできる糸が一本しかなくて、それが今にも切れてしまいはしないかと、いつもびくびくしているのですもの。私、あなたにもう一度はっきり言っていただきたいの、私はこれまで以上にあなたのアンリエットで、私をお見すてになるようなことは決してなさらないって。そしてこの先も、私より大事なものなど決しておできにならず、いつまでも忠実なお友だちでいてくださるって。今しがた目の前に突然未来のことが見えてきましたの。でもあなたはいつものように顔を輝かせ、私の方をじっと見つめていてはくださらず、逆に私の方に背中を向けていらっしゃったの」

「ああ、アンリエット、あなたは僕の偶像、僕が神にもまして崇《あが》める偶像です。僕の百《ゆ》合《り》、僕の生命の花なのです。僕の良心そのものであるあなたが、どうしておわかりにならないのです。僕のすべてはあなたの心のなかで生きつづけ、たとえ身はパリにあっても、僕の心はそのままここをはなれずにいるのです。僕が十七時間でパリから飛んできたことや、車輪の一まわり一まわりが、無数の思いや、心ののぞみを運んできたことや、あなたのお顔を見たとたん、それが嵐《あらし》のように胸にわきたったことや、そんなことを僕の口からあらためて申しあげる必要がありましょうか」

「いいえ、言ってほしいの、言ってほしいのよ。私、自分の気持には自信がありますわ。あなたのお話なら、よこしまな気持もおこさずにうかがっていられますの。神さまはまだ私が死ぬのをのぞんではいらっしゃらないご様子です。こうして私のところにあなたをおつかわしになったのですもの。生命あるものに息吹《いぶ》きを吹きこまれ、乾《ひ》上がった土地に雲をひろげて雨をお降らせになるように……。さあ、おっしゃって、フェリックス、さあ、清らかな気持で私を愛していてくれますか」

「ええ、清らかな気持で」

「この先もずっと変らずに」

「ええ、ずっと変らずに」

「いつもヴェールに顔をつつみ、白い冠をいただいたマリアさまのように」

「ええ、目に見えるマリアさまのように」

「姉のように」

「ええ、いとしすぎる姉のように」

「母のように」

「ええ、ひそかに思いをよせる母のように」

「騎士のようにのぞみもなく」

「ええ、騎士のように。でものぞみだけは決してすてず」

「ではこれが最後、あなたがまだ二十歳《はたち》前だったあの頃のように、空色のおかしな燕尾服《えんびふく》を着ていたあの舞踏会の頃のように」

「いいえ、それ以上にです。もちろん僕はいまおっしゃったようにも愛しています。でもそれだけでなく……」夫人は激しい不安にかられて、私の顔を見つめました。「僕は、伯母上があなたを愛していたようにもあなたを愛しているのです」

「これでやっと幸せな気持になれましたわ。おかげさまで先ほどの心配もすっかり消えて」夫人は、私たち二人の密談に驚いている家族の方に足を向けながら言いました。「でもここではできるだけ子供っぽくなさってくださいませね。だってほんとはまだ子供なんですもの。陛下のおそばでは、大人《おとな》っぽくなさるのが得策かもしれませんわ。でもここでは子供らしくなさるのが第一ですの。子供らしくなさっていれば、こちらからも愛してさしあげられますもの。一人前になった男の方の力には、私、どこまでも抵抗いたしますわ。でも相手が子供だったら、いったいこの私に何がこばめましょう。何もこばむことなんかできませんわ。それに、こちらでしてさしあげられないことなど、子供だったら何一つ言いだすはずがありませんもの。さあ、これで内緒話もようやくすみました」と夫人は、伯爵の顔を見ながら、いたずらっぽい表情をうかべて言いました。そこには娘時代の彼女のおもかげと、持って生れたもとの性格がちらっと顔をのぞかせました。「私、ちょっと失礼させていただきますわ。これから着がえをしますもので」

私は、これほど幸せに満ちあふれた夫人の声を、この三年間、ついぞ耳にしたおぼえがありませんでした。この時はじめて私は、前にもあなたにお話しした、燕《つばめ》がさえずるように可愛《かわい》らしく、いかにもあどけない、彼女の声の響きを知ったのです。私は、ジャックには狩猟道具一式と、マドレーヌには針箱をおみやげに持ってきていましたが、針箱の方は、それ以後、もっぱら母親が使うようになりました。こうして私は、母の吝嗇《りんしょく》のために余儀なくされた、かつてのけちくさい振舞いにやっとつぐないをつけたのです。二人の子供たちが、夢中になって贈り物を見せあいながら、顔いっぱいに喜びをたたえているさまが、伯爵には心面白くない様子でした。伯爵は人からかまいつけられないと、いつも不機嫌になるのです。私はマドレーヌにこっそり合図して、自分のことが話したいという伯爵のあとを追いました。伯爵は私を見晴らし台《テラス》の方に伴いました。そして、私たちは、彼が重大なことを話題にするたびに、踏み石の途中で足をとめました。

「フェリックス君」と伯爵は言いました。「君もごらんのとおり、家中みんなうれしそうで元気いっぱいです。ところが、私だけがこの絵に暗い影を落しているのです。まあこうしてみんなの苦しみをすっかりしょいこんだかたちですが、私はそのことではむしろ神さまに感謝しておりますよ。ところで、前にはどこが悪いのかついにわからずじまいだったのが、近頃になってやっと病気の原因がつかめました。胃の幽門がすっかりやられてしまって、もう何を食べても消化できないんです」

「またどうして、医科大学の先生みたいに、そんなに物知りになられたのです」と私はにっこりしながら言いました。「かかりつけの医者が、うっかり口でもすべらせたのですか」

「医者に診《み》てもらうなんてまっぴらですよ」伯爵は、気で病む人たちのほとんどが、医学に対して抱《いだ》く嫌悪《けんお》の念を、ありありと顔に見せて言いました。

このあと私は、正気の沙汰《さた》とも思えぬ話を伯爵から聞かされるはめになりました。伯爵は馬鹿《ばか》げたことをいろいろと私に打ち明けて、妻や、召使や、子供たちや、ここでの生活のことで愚痴を述べたてました。そして、日ごとのきまり文句をあらためて友人にくりかえし、はじめて聞く相手がそれに驚いたり、儀礼上面白そうに耳を傾けてくれるのが、伯爵は見るからにうれしくてたまらぬようでした。その日の私の態度には、伯爵もさぞかしご満足だったことでしょう。事実私は、この不可解な性格を奥まで見透して、夫人の黙して語らない、彼が妻に課している新しい苦しみをさぐりだそうと、彼の言葉に注意ぶかく耳を傾けたのです。アンリエットが踏み石のところに姿を見せると、伯《はく》爵《しゃく》の長広舌もやっとおわりを告げました。彼は夫人の姿に気づくと、首をふりながら私に言いました。「フェリックス君、君は私の話に耳をかしてくれる。ところがここには、私に同情してくれる者など一人もおらんです」

伯爵はこう言いのこしてその場をたち去りました。自分がいては、私とアンリエットの話の邪魔になることに気がついたのか、それとも、私たち二人だけにすれば、妻がよろこぶのを知っての騎士道的な心くばりからだったかもしれません。伯爵の性格は、時としてまことに不可解な様相を呈するのです。弱い人間のためしにもれず、もともと嫉《しっ》妬《と》深いたちでありながら、こと妻の貞節さに関しては、彼は限りない信頼を示すのでした。おそらく伯爵は、こうした夫人の徳操の高さに自尊心を傷つけられ、そこから生れる苦々しい思いのために、ことごとく彼女の意見にたてついては、子供たちが母親や先生にさからうように、妻にさからっていたのでしょう。ジャックは先生と勉強の時間で、マドレーヌは身づくろいの最中でした。そのため私は夫人と二人きりで、一時間ばかり見晴《テ》ら《ラ》し《ス》台を歩きまわることができました。

「ああ、アンリエット」と私は夫人に語りかけました。「天使のようなあなたのために、鎖はいよいよ重さを加え、足に踏む砂はいよいよ熱く、茨《いばら》もただその数を増すばかりではないのですか」

「そんなことはおっしゃらないで」夫人は、私が伯爵と話をかわしながら、おのずと胸にうかべた考えを見抜いて言いました。「あなたがここにいらっしゃるのですもの、何もかも、すっかり忘れてしまいましたわ。つらいことなどありませんし、これまでだって、つらい思いをしたことなどございませんわ」

　彼女は二、三歩軽やかに足を踏みだして、その白いドレスに風を通わせ、雪のようなチュールのひだ飾りや、ゆったりとした袖《そで》や、色鮮《あざ》やかなリボンや、ケープや、セヴィニェ夫人結い（訳注　両方の耳の上に大きな巻毛を、額の上に小さな巻毛をたらした髪の結い方。十七世紀の閨秀作家セヴィニェ夫人がこのように結っていたことから由来する）の流れるような巻毛を、吹きくるそよ風になびかせようとするかに見えました。若い娘さながら、彼女が生れ持った快活さに身をまかせ、まるで子供のように、今にも遊びたわむれようとする姿をまのあたりにするのはこれがはじめてでした。私はその瞬間、幸せの涙と、男が喜びを与えることにおぼえるうれしさとをはじめて知ったのです。

「あなたは僕の思いが優しく愛撫《あいぶ》し、僕の魂が口づけする、人の姿を借りた美しい花なのです」と私は言いました。「いつもけがれなく、茎の上に凜々《りり》しく頭をもたげ、純白で誇り高く、一人はなれて咲く香り高い僕の百合なのです」

「もうそれくらいで充分ですわ」と彼女は笑みをうかべて言いました。「今度はご自分のことを聞かせてくださいませ。なにもかもすっかり」

それから私たちは、風にさざめき揺れる、葉むらの天蓋《てんがい》におおわれ、心ゆくまで語りあいました。話はしばしばいつはてるともない注釈が入り、本筋にもどったかと思うと脇道《わきみち》にそれ、やがてまた本筋にもどるというふうにしてつづけられ、私はあちらでの生活や仕事のことを細大もらさず夫人に語りました。何もかも知りたいという彼女ののぞみを入れて、私はパリの住居の模様も言葉に描きだして見せました。幸いにして私には（その事実の有難味は、当時はまだ充分にわかってはいませんでしたが）何一つとして夫人にかくしだてすることはなかったのです。こうして私の心の状態を知り、手にあまるほどの仕事に追われる私の暮しぶりをつぶさに聞かされ、私が、よほどきびしく身を持していかないかぎり、とかく不正を働いたり、私腹をこやしたりしがちな広い権限を持った職務にありながら、ただひたすら誠実一途《いちず》に仕事にはげみ、そのため陛下から「ヴァンドネス嬢」と呼ばれていることを耳にすると（私はそんなことまで夫人に告げたのです）、彼女はすっと私の手を取り、唇をおしあてて、その上に思わず喜びの涙をこぼしました。こうして突然役割がさかさまになり、あっという間にこの上なくすばらしい讃辞《さんじ》が、「この人こそ私が主人として仰ぎたかった人、私の夢みた人」という夫人の胸のうちが明らかにされ、それにもましてすばやく、私はその考えを読みとったのです。官能の入りこむ余地のない領域で示された愛、卑下することにこそ偉大さのうかがわれるこうした行為、そこにこめられたあふれるばかりの愛の告白、天上界での出来事のような、こうしたもろもろの事情が、嵐となって激しく私の心におそいかかり、私はさながら身もうちひしがれんばかりの思いでした。私はおのが卑小さをひしひしと感じ、彼女の足もとで、このまま息絶えてしまいたいとさえ願いました。

「ああ、何ごとにつけても、あなたは僕たち男よりはるかにすぐれたお方です」と私は夫人に言いました。「そんなあなたが、どうして僕を疑ったりなさるのです。だってアンリエット、さっきはたしかに疑っていたではありませんか」

「もう疑ってなどおりませんわ」彼女は言うに言われぬ優しさをこめて、私を見つめながら言いました。こうした優しさが夫人の目の光をやわらげるのは、彼女が私を見つめるときだけでした。「でも、りっぱになられたあなたのお姿を拝見して、私は心のなかでこう思いましたの。『マドレーヌのために立てていた計画も、そのうちこの人の心の宝を見抜くお方があらわれて、すっかりだめにされてしまいそうだわ。そのお方はきっとこの人が好きになり、私たちのフェリックスを横取りして、何もかも台なしにしてしまうにちがいないわ』って」

「あいかわらずマドレーヌですか」私は、意外だという表情をあらわに顔に見せて言いました。が、夫人はその表情にそれほど心をいためた様子とも見うけませんでした。

「僕がほかの女性など見向きもせずにいたのは、それではマドレーヌのためなのですか」

私たちは口を閉ざし、そのまま黙りこんでしまいました。そこへ折悪《おりあ》しくモルソフ氏がやってきて、私たちの沈黙を破りました。私は思いを胸にあふれさせながら、あれこれ面倒な会話を余儀なくされ、私が陛下のとっておられる政策について腹蔵のないところを答えると、それが伯爵の意見とくいちがい、彼は陛下の意図を説明するようにと、しつこく私に迫るのでした。そして私が馬や、農業の経営状態について彼に質問し、五つの農場に満足しているかどうか、古い方の並木は切ってしまうつもりかどうかとたずねても、彼は老嬢のようにうるさく、子供のようなしつこさで、ふたたび政治のことに話をもどすのでした。というのもこうした精神の持主たちは、好んで輝く光めざしてとびかかり、何もわからずぶんぶん音をたてて何度となくそこにたち帰っては、ガラス窓にへばりついて、耳ざわりな音をたてつづけたりする大きな蠅《はえ》のように、相手の心をへとへとに疲れさすまでは決して承知してはくれないのです。アンリエットはじっと口を閉ざしたままでした。私の若い血が、いやが上にもあおりたてることになりかねない、この危険な会話を早くきりあげようと、私はいらざる議論をさけ、もっぱら単音節の言葉で、伯爵の意見に賛意を表明しつづけました。しかし、伯爵も、私の慇懃《いんぎん》な態度の下にかくされた侮辱に気づかぬほど愚かではなく、何を言われても、しかり、ごもっともという私のうけ答えに、さすがの彼もついにいきりたち、私が彼の狂気の発作をはじめてまのあたりにした日と同じように、眉毛《まゆげ》と額の皺《しわ》をぴくぴく動かしはじめ、黄ばんだ目をぎらぎらさせて、もともと赤い鼻を、なおいっそうのこと赤らめました。夫のこの様子に、アンリエットは哀願するようなまなざしを私に投げ、子供たちを弁護したり、かばったりするときには利用できる彼女の権威も、私のためにはどう発揮するすべもないことをその目で私にさとらせました。そこで私はまじめに伯爵に応対し、疑《うたぐ》り深い彼の心をきわめてたくみにあやつりました。

「お気の毒に、お気の毒に」夫人は何度か小声でつぶやき、その言葉がそよ風のように私の耳にとどきました。それから私たち二人のあいだをうまくとりなせると確信がいったのか、「お二人ともご存じですの。私さっきから退屈しきっておりますのよ」と足をとめて言いました。

こうして夫人にいましめられ、女性たちに示すべき騎士道的な服従にたちもどった伯爵は、ようやくのことで政治の話をきりあげました。今度は私たちが、他愛もないことを言いあって伯爵を退屈させる番でした。そのうち彼は、同じところばかりぐるぐるまわっていると、目がまわってしまうと言いだして、私たち二人だけにそのまま散歩をつづけさせました。

私の悲しい推察は当っていました。十五年のあいだ、この病人の時を選ばぬ気紛《きまぐ》れをしずめてきたおだやかな景色も、温和な気候も、澄みきった空も、人を酔い心地にさそうこの谷間にみなぎる詩情も、今ではその力をすでに失っていたのです。普通の男ならようやくとげとげしさも影をひそめ、角もとれてくる齢《とし》になりながら、この老貴族の性質は、以前にもましてその荒々しさを加え、この数カ月というものは、彼は自分の意見が正しいと証拠だてるだけの労もとらず、ただ理由もなく、反対するためにのみ、反対を唱えるようになっていたのです。その上また、何ごとであれ理由をたずね、ちょっとした時間の遅れや、他愛もない用事をしきりと気にかけ、家のなかのことにもあれこれと口出しし、家事に関するどんな些細《ささい》なことでも逐一報告させて、妻や召使たちには何一つまかせきりにせず、家中の者をへとへとに疲れさせるのでした。以前は特別の理由がないかぎり腹を立てなかった伯爵が、今では四六時中腹の立てづめでした。おそらくそれまでは、財産についての心くばりや、農業経営のさまざまな試みや、何かと事の多い生活が伯爵に気苦労の種を提供し、精神の働きをそちらに向けて、もともと怒りっぽい彼の性質をうまく脇《わき》にそらしていてくれたのです。そしておそらく、とりたててすることもなくなった今、彼は自分の病気と始終顔をつきあわせることになり、外部に働きかけるものもなくなった彼の病気は、偏執という形をとりはじめ、彼の精神的な自我が、彼の肉体的な自我をすっかりとりこにしてしまったのです。伯爵は自分で自分の医者になると、さまざまな医学書に目を通し、症状の記述に出会うたびに、いつも自分がその病気にかかっているような気になって、健康のためだと称しては、それこそ見たことも聞いたこともないような、奇妙な養生法をはじめるのでした。ところでその養生法たるやまるで猫の目のようにしょっちゅう変りつづけ、他人にはとても予想がつかず、したがって彼の満足がいくような処置をほどこすことは、はたの者にはとうてい不可能でした。ある時には音がうるさいと言うので、夫人が注意して、夫の身のまわりで物音一つたてさせまいと気をくばっていると、急に彼は、墓場にでもいるようだと文句をつけはじめ、音をたてないことと、トラピスト修道院のような沈黙のあいだには、当然その中間があってしかるべきだなどと言いだすのです。ある時には、この世のことになどいっさい関心がないようなふりをよそおいます。そうなると家中がほっと息をつき、子供たちは遊びまわり、家事は文句をつける人もなくずんずんはかどります。すると突然、にぎやかな物音のなかで、伯爵は「わしを殺すつもりか」と哀れな声で悲鳴をあげるのです。それから夫人に向って「お前は子供たちのこととなれば、何が苦しいのかすぐ察しがつくくせに」と、この不当きわまる言葉をさらに不当なものとする、とげとげしい冷やかな口調で言うのです。そうかと思うと、ごくわずかな大気の変化も気にかけて、絶えず着物を着たり脱いだりをくりかえし、気圧計をのぞかずには、何一つ手につかぬありさまです。さながら母親のような夫人の心づくしにもかかわらず、出された食物はどれ一つとして口にあわず、胃が弱っているので消化が苦しく、そのためにいつも不眠に悩まされ通しだと言うのです。ところが実際は、天下の名医も感服するほど、よく食べ、よく飲み、よく消化して、夜になればぐっすり眠るのです。のぞむところが猫の目のように変る伯爵には、召使たちももうとうにうんざりしきっていました。と言うのも、召使というものは、何ごとによらずそれまでのしきたりによって動くものなので、こうひっきりなしに方針を変えられては、うまくそれについていくことができないからです。たとえば伯爵は、健康には外気が必要だからと、窓を開けはなしておくように命じます。二、三日たって外の空気が湿気をふくんできたり、急に暑くなったりすると、もう我慢がならず、召使を叱《しか》りつけ、何かと文句をつけて、おのれの言い分を通すために、そんなことなど言いつけたおぼえは、自分にはないと言いだします。本当に物覚えが悪いのか、それともしらばくれているのか、いずれにせよ、夫人が夫の前言を持ちだして、いくら彼をやりこめようとしても、結局は伯爵の勝ちにおわるのです。クロシュグールドの生活は、こうしてまことにやりきれないものに変っていました。そのため学識豊かなドミニス神父は、なにやら問題解決に専念することにして、われ関せずという態度のなかにさっさと逃げこんでしまうありさまでした。伯爵夫人ももはや以前のように、夫の気違いじみた怒りの発作を、邸《やしき》うちだけにとどめておけるとは思っていませんでした。すでに召使たちは、はやばやと老《ふ》けこんだこの男が、何の理由もなく急に怒りだし、常軌を逸した振舞いにおよぶさまを、これまでにもすでにまのあたりにしていたのです。心底から夫人に忠誠を誓っていた召使たちの口から、この秘密が外部にもれる気づかいはなかったでしょう。しかし夫人は、もはやだれがいようとおさえきれなくなったこの狂乱が、そのうち衆人環視のなかで爆発しやしないかと、毎日それればかりをおそれていたのです。のちになって私は、妻に対する伯爵の恐ろしい振舞いをつぶさに知らされました。伯爵は妻の心を慰めるどころか、彼女に不吉な予言をあびせかけ、行く先々の不幸の責任は、すべて彼女一人にあるときめつけたのです。というのも、自分が子供たちに押しつけようとした馬鹿《ばか》げた治療法に、夫人が反対を唱えたからなのです。たとえば彼女がジャックとマドレーヌを連れて散歩に出ようとすると、空には雲一つ見あたらないのに、伯爵が雷雨のせまっていることを予告します。偶然にもその予言が的中すると、彼は自尊心の満足に酔いしれて、子供たちの病気のことなど、すっかり忘れてしまうありさまです。子供たちのどちらかが気分でもすぐれないと、伯爵はありったけの知恵をしぼって、夫人の治療法のなかに、その原因をさぐろうとするのです。そして彼女の治療法の、ごく些細なことにまでいちいち文句をつけて、最後には必ず「子供たちの病気がぶりかえしたら、お前がわざとそうしたのだ」と、胸をえぐるような言葉を投げつけるのです。家事に関するとるに足らないつまらぬ事柄でも、伯爵はこれと変らぬ振舞いを見せ、物事の悪い面しか見ずに、邸の齢とった馭者《ぎょしゃ》の言葉を借りれば、なにかにつけて、悪魔の代言人のような口をきくのです。夫人はジャックとマドレーヌの食事の時間を、自分たちの食事とずらし、こうして伯爵の病気の恐ろしい力から子供たちの身を守りながら、自分一人の身にすべての嵐《あらし》をひきよせました。ジャックとマドレーヌが父親と顔を合わせるのはごくまれでした。利己主義者に特有の妄想《もうそう》から、伯爵には、自分が他人を苦しめているなどという意識は毛頭なく、さきほどの私たち二人だけの打ち明け話でも、どうも自分は他人に甘すぎて困る、などとしきりにこぼしていたくらいです。つまり伯爵《はくしゃく》は、まるで猿《さる》のように殻竿《からざお》をふりまわし、まわりのものを打ちすえ、したたかたきのめして傷を負わせておきながら、あとになると、相手には手をふれたおぼえもないと言い張るのです。こうしてようやく私にも、夫人に再会したときから気のついていた、彼女の額に刻まれた剃刀《かみそり》の刃跡のような横皺《よこじわ》が、いったい何に由来するのかに、はじめて納得がいったのです。気位の高い人たちは、自分の苦しみを人目にさらすまいとする慎み深さを備えています。ことに自分の愛する人の目には、優しいいたわりの気持と自尊心から、自分たちの苦しみをできるだけおおいかくそうとつとめるのです。そのため、私がしきりとせがんだにもかかわらず、これらすべての事情を、一時《いっとき》に夫人の口からすらすらと聞きだしえたわけではありません。夫人は、私を悲しませることになりはしないかと心配し、打ち明け話をしながらも急に顔を赤らめて、途中まで言いかけてはそのたびに口を閉ざすのでした。しかしやがて私にも、伯爵がやることもなくぶらぶらしだしてから、クロシュグールドの家庭内の苦しみが、いかにひどいものになっていったかが、徐々に呑《の》みこめていったのです。

「アンリエット」数日後私は、彼女の新しい苦しみがいかに深いかを、自分でもよくはかり得たという口ぶりで言いました。「あなたが土地をあまりきれいに整理して、伯爵のやることを何もなくしてしまったのは、かえって失敗だったのではないですか」「そうですわねえ」と彼女は微笑をうかべながら言いました。「とても危ない立場にいるのですもの、一瞬でも注意を怠るわけにはいきませんわ。そこでどうにかならないかと、私もいろいろと手をつくしてみましたの。でも、もう打つ手はありませんわ。実のところ、あの人のひどさは増す一方ですの。モルソフとはいつも顔をつきあわせているのですもの、それをいろいろなことにふりわけてみたところで、一つ一つが軽くなるわけでもありませんし、そのうちどれ一つをとってみても、私のつらさには変りがありませんもの。あの人の気を紛らすために、私、クロシュグールドに養蚕所を作ってみたらどうかって、すすめてみましたの。トゥーレーヌの昔の産業の名残《なご》りで、ここにも桑の木が何本か残っているものですから。でも、そうしてみたところで、家のなかでのあの人の横暴ぶりがどう変るわけもありませんし、かえってその仕事のせいで、私の面倒がふえるばかりだってことに気がつきましたの。あなたの観察眼もなかなかですから、もうとうにおわかりかもしれませんが」と夫人は言葉をつづけました。「生れついての悪い性質も、若いうちは、世間体をはばかっておさえつけられ、激しい情熱に動きを封じられて、人さまに対する遠慮からも、なかなかおもてにはあらわれないものですわ。ところが齢をとって孤独になると、ほんの小さな欠点でも、永年おさえつけられていたために、かえって恐ろしいほどのものになって姿をあらわしますの。人間の弱さには、もともと卑怯《ひきょう》なところがございましょう、ですから一度図にのったら、もう休むことも、踏みとどまることも知らず、昨日一歩ゆずれば、今日も、明日も、いいえその先とどまることもなく同じことを求めつづけますの。相手の譲歩をいい手がかりにして、どんどん攻めこんでまいりますの。力には寛大なところがございます。明白な事実には兜《かぶと》をぬぎますし、もともと公正でおだやかなものですわ。ところが弱さから生れた心まよいには、それこそ情けも容赦もありません。食卓で出された果物《くだもの》より、盗んだ果物の方をよろこぶような、あの子供たちの流儀で万事ことが運べれば、それでもうこの上なく満足ですの。ですからモルソフは、私をだますのがうれしくてたまらないようですわ。だれにも嘘《うそ》をついたことのないあの人が、心のなかだけのごまかしですむことなら、私には大よろこびで嘘をつきますの」

私がここに来てから、一カ月ばかりたったある朝のこと、夫人は朝食をおえるといきなり私の腕をとり、野菜畑に通ずる格子戸《こうしど》から外に抜け出すと、引きずるようにして私をぶどう畑のなかに連れていきました。

「ああ、このままではあの人に殺されてしまいます」と彼女は言いました。「でも私、せめて子供たちだけのためにでも、生きていたいと願っておりますの。ああ、なんてことでしょう。たったの一日すら気の休まる日がないなんて。毎日茨《いばら》のなかを歩きつづけ、一足ごとに倒れそうになりながら、重心を失うまいと、絶えず力を張りつめていなければならないなんて。だれだって、こんなに力をむだづかいさせられたら、とても耐えきれたものではありませんわ。それもどこに努力を傾けて、どう持ちこたえたらいいかさえはっきりわかっていれば、勇気をふるいおこして、私もおよばずながらどうにかやっておみせしますわ。でもそれすらも不可能ですの。毎日あの人のほこ先が変り、備えのないところをいきなり突いてくるのですもの。私の苦しみは一通りではなく、さまざまに形を変えてやってきますの。ああ、フェリックス、あなたにはきっとご想像もつきませんわ。あの人の暴君ぶりがどれほど恐ろしいものになったか、医学書の濫読《らんどく》であの人がどんなひどいことを要求するようになったかは。ああ、フェリックス……」彼女はおしまいまで話をつづけられず、私の肩に頭をもたせかけながら言いました。「いったいどうなるんでしょう。どうすればいいんでしょう」彼女は口に出さずにいる考えと、心の中でたたかいをまじえる様子で言葉をつぎました。「この先どうやって持ちこたえていったらいいのでしょう。このままでは本当に殺されてしまいますわ。いいえ、殺される前に、自分から死んでしまいそうですわ。でも自殺は罪でしたわねえ。ですけど、ここから逃げだすって言ったって、そうなれば子供たちはいったいどうなりますの。あの人と別れると言ったって、十五年間も連れそったあげく、いまさらモルソフとは一緒に暮せませんなんて、いったいどうしたら父に言えますの。父や母がここに来ているあいだは、あの人は物静かでおとなしく、礼儀もちゃんとわきまえて、才気のあるところさえ見せるのですもの。それに一度結婚した女に父親や母親がいるものですかしら。身も心もすべて一度は夫にささげたものですもの。私は幸せとは言えないまでも、これまでは静かに暮してまいりました。正直申しあげて、あの人をよせつけずにいることに私が多かれ少なかれ力を汲《く》みとってきたことも事実です。でも万が一、この消極的な幸せまでとりあげられてしまったら、きっと私まで気が変になってしまいますわ。私があの人をこばみつづけているのも、自分勝手ではない、ちゃんとした理由がありますの。生れる先から苦しみつづけることになるのを知りながら、この上新しい生命を世に送りだすことは罪悪ですもの。でも私のこの行為には、とても重大な問題がかかわってまいりますので、私一人の判断では、とてもきめられそうもありません。私が当事者で、しかも裁判官なのですから。それで明日はトゥールにいって、新しく私の告解師をおひき受けくださった、ビロトーさまの意見をおうかがいしてきたいと思っています。あのお優しいごりっぱなド・ラ・ベルジュさまは、先日お亡《な》くなりになられたのです」夫人はここまで言うと、しばらく言葉をとぎらせました。「ド・ラ・ベルジュさまはとてもきびしいお方でした。でもあの方のまことの使徒としてのお力は、私にはきっといつまでたっても忘れられませんわ。後任のビロトーさまは、まるで天使のように心優しいお方で、お叱《しか》りになる前に、私をかわいそうだと思っておしまいになりますの。でもこうして信仰のなかに身をひたしていれば、ふたたび勇気もわいてまいります。精霊の声をお聞きすれば、分別もしっかりしてまいりますわ。ああ、でも神さま」彼女は涙を干し、空を見あげながら言いました。「何の罪で私を罰しておられるのです。……いいえ、でもそう、きっとそうですわ」夫人は私の腕に指先を強くおしあてながら言いました。「ええ、そうなのですわ、フェリックス。赤く焼けた坩堝《るつぼ》のなかを通らなければ、完全無垢《むく》な人間として、天上界にまでたどりつくことはできないのですわ。ああ、神さま、私に黙れとおっしゃるのですか。友だちの胸に悲しみを打ち明けてはいけないとおっしゃるのですか。私がこの人を愛しすぎているとでも」彼女は私を失うのをおそれるかのように、胸の上に強く私をだきしめました。「この疑問をどなたが解いてくださるのでしょう。私の良心には何のやましいところもありませんし、空の星も私たち人間を照らしています。どうして人間の星である魂が、自分の光のなかにお友だちをつつみこんではいけないのです。そのお友だちには、汚《けが》れのない気持しかささげておりませんのに」

私は一言も言わず、彼女の汗ばんだ手を、さらに汗ばんだ私の手ににぎりしめながら、夫人のこの恐ろしい叫びを聞いていました。私がその手に力をこめると、彼女も同じ力で、私の手をにぎりかえすのでした。

「そっちにいるのかね」と叫びながら、帽子もかぶらず、私たちの方に近づいて来る伯爵の姿が見えました。

私がここにもどってからは、伯爵はしつこく私たち二人の話に仲間入りをしようとするのでした。何か面白いことでもあると思ったのか、夫人が私に苦しみを打ち明けて、愚痴をこぼしていると思ったのか、それとも自分だけ楽しみから仲間はずれにされて、私たちにやきもちを焼いていたのかのそのどちらかにちがいありません。

「また後をつけてきて」夫人はほどこすすべもない、といった口調で言いました。「果樹園を見にまいりましょうよ。そうすれば顔をあわせずにすみますもの。見つからないように、垣根《かきね》ぞいに腰をかがめていきましょう」

私たちは、よく茂った垣根のかげに身をかくしながら、果樹園のなかに走りこみ、やがて伯爵から遠くはなれた、巴旦杏《はたんきょう》の並木のところにたどりつきました。

「ああ、アンリエット」私はそこまでくると足をとめ、彼女の腕をとって胸におしあてながら、苦しみにうちひしがれた彼女の顔を見つめて言いました。「前にはあなたが私の手をとって、社交界の危険な小道を上手《じょうず》に導いてくださいました。今度は私の方でご忠告申しあげることをお許しください。私はあなたに力をお貸しして、この介添人もないような決闘を早くおしまいにしてさしあげたいのです。このままつづけていけば、あなたが倒れることはきまっています。もともと手に持った武器がちがいすぎるのですから。これ以上、気違いを相手にたたかいをつづけるのはおやめになって……」

「いけません、それをおっしゃっては」夫人は目にあふれてくる涙をじっとこらえながら言いました。

「いいえ聞いてください、アンリエット。あなたを愛していればこそ、私はじっと我慢して、ご主人の話を聞いているのです。でもそれが一時間もつづくと、自分の考えまでがおかしくなって、よく頭が重くなってくるのです。あの人を相手にしていると、自分の理性まで疑いたくなり、同じ考えばかりくりかえされるので、いやおうなしにそれが頭にこびりついてしまうのです。はっきりと形をとった偏執狂なら、人にうつる心配はありません。でも物の見方が気違いじみていて、どんな話にも狂気がひそんでいる場合には、まわりにいる人たちに思わぬ害をおよぼすのです。あなたの忍耐心は崇高です。でもそうしてじっと我慢ばかりしていると、しまいにはご自分でも馬鹿《ばか》みたいになってきはしませんか。ですから、ご自分のためにも、お子さんたちのためにも、ご主人に対するやり方をこれまでとすっかり変えなければいけません。それ自身とてもすばらしいことだとは思いますが、でもあなたが何もかも言いなりになってきたせいで、伯爵のわがままをご自分の手ですっかりつのらせてしまったのです。あなたは子供に甘い母親のように、ご主人を甘やかしてしまったのです。でも、これから先も生きつづけたいとおっしゃるなら……あなたはそうのぞんでおいででしょう」と私は彼女の顔を見つめて言いました。「あなたがご主人に対してお持ちの力を、存分に発揮なさらなければいけません。ご存じでしょう、伯爵はあなたを愛し、あなたのことを恐れています。あなたのなすべきことは、今まで以上に伯爵に恐れられるようにすることです。あの方のぐらぐらした意志に、あなたのはっきりした意志をぶつけるのです。伯爵《はくしゃく》が次々と譲歩を求めたように、ご自分の力をおしひろげていくのです。そして気違いを独房に閉じこめるように、あの人の病気を心のなかだけに閉じこめてしまうのです」

「フェリックス」夫人は悲しそうな笑いを顔にうかべて言いました。「そんな役がうまくつとまるのは、心のない女だけですわ。子供を持つ母親の身で、情もない首斬《くびき》り役人になれとおっしゃいますの。私には苦しみに耐えることならできますわ。でも他人を苦しめることなどとても不可能ですの。たとえそれがりっぱな目的や偉大な成果のために必要でも」と夫人は言葉をつづけました。「その上心をいつわったり、作り声をだしたり、眉間《みけん》に八の字をよせたり、心にもないそぶりをしてみせたりしなければならないのでしょう……私にそんな嘘《うそ》をつけとおっしゃいますの。私は子供たちとモルソフのあいだに入って、だれもつらい目にあわないように、私一人であの人の攻撃をうけとめますわ。くいちがった利害を折りあわせるのに、私にできることはこれしかございませんの」

「ああ、あなたを拝ませてください。あなたは聖女です。この上なく清らかな聖女です」私は地面にひざまずくと、彼女のドレスの裾《すそ》に口づけし、目にあふれくる涙をその裾でぬぐいとりながら言いました。

「でもご主人に殺されてしまったら」

彼女はさっと青ざめ、空に目をあげながら答えました。「それもみな神さまのみ心のままですわ」

「陛下があなたのことで、お父上になんとおっしゃったかご存じですか。『どうやらあのモルソフ閣下は、あいかわらず死ぬ気にならんようだな』とおたずねになったのです」

「陛下がおっしゃればただの冗談ですむことも、ここでは犯罪です」と彼女は答えました。

ずいぶんと用心したつもりでいたものの、伯爵はちゃんと行く先をかぎつけて、私たちのあとを追ってきました。汗まみれの彼は、夫人がこの重大な言葉をつげるため、彼女が足をとめたくるみの木の下で私たちに追いつきました。私は彼の姿に気づくと、ぶどうの取り入れのことを話しだしました。伯爵があらぬ疑いを抱《いだ》いたかどうか、それはわかりません。ただ彼は一言も口にせず、しばらくのあいだ私たちの様子をうかがいつづけ、くるみの木の梢《こずえ》からおりてくる、ひんやりとした空気さえ意に介さぬようでした。意味ありげな沈黙をはさみながら、とるに足らぬ言葉をしばらくかわしたのち、急に伯爵は、胸がむかむかして、頭が痛むと言いだしました。だが私たちの同情を求める様子もなく、おおげさな言葉で苦痛を描いてみせるでもなく、彼はただごく物静かな口調で私たちに苦痛を訴えました。私たちは別に気にもとめずにいました。しかし家にもどると伯爵の具合はさらに悪くなり、自分から横になると言いだして、大さわぎするでもなしに彼のいつもの流儀にも似合わぬ自然な態度で、そのまま床につきました。私たちは、彼の憂鬱症《ゆううつしょう》とのしばしの休戦をいいことに、マドレーヌを連れて、いつもの見晴《テ》らし台《ラス》の方に下っていきました。

「舟にのりません」と夫人は、何回か見晴《テ》らし台《ラス》のまわりをめぐると言いました。「今日は門番に魚とりをさせておりますの。私たちも見にまいりましょうよ」

私たちは小さな門から外にでて、平底船《トゥー》のそばまでくると、そのなかにとびのり、やがてゆっくりとアンドル川をさかのぼりだしました。他愛もないことに大喜びをする子供のように、私たち三人は、岸辺《きしべ》に生《お》い茂った草や、青や緑のとんぼの群れを眺《なが》めました。夫人は、胸をさすような苦しみのさなかにありながら、こんなにおちついた喜びを味わえるのに、驚きやまぬといった面持でした。おそらく、私たちのたたかいなどには無頓着《むとんちゃく》に、一人歩みをつづける自然の静けさは、人の心を優しくなだめる不思議な力を備えているのでしょう。心におさえつけられた欲望のため、胸にたちさわぐ恋のときめきが、身をゆする水の動きと調和を保ち、人の手に汚されたことのない岸辺の花が、心ひそかに育てる夢に姿を与え、快い小舟のゆれが、胸にただよう思いにその動きをあわせています。私たちは身もしびれるようなこの二重の詩の魅力を味わいつづけました。私たちの言葉は、自然の響きに和して、不思議な美しさをくりひろげ、私たち二人のまなざしは、燃えたつような野原にふりそそぐ陽《ひ》の光にならって、さらにその輝きを増すのでした。川の流れは小道にも似て、あたかも私たちはその上を飛んでいるかのようでした。それにまた歩くための動作に、余計な注意を奪われずにすむために、私たちの精神は、そのすべての力をあげて、自然をとらえようとするのでした。身を解きはなたれてはしゃぎまわり、その愛くるしい身ぶりにひきかえ、苛立《いらだ》たしいほどにしゃべりつづける少女の姿にしても、束縛をのがれた二つの魂が、プラトンの夢みたあの存在（訳注『饗宴』の中に描かれた男女両性具有者）を、青春時代に幸せな恋を恵まれたものなら、だれでも知っているあの驚くべき存在を、いそいそと心のなかに作りあげる生きた姿のように見えるのでした。とても言葉には描きだしえぬ、個々のこまかな事実はさしおいて、この時間をせめて全体としてあなたにおわかりいただくには、私たち二人は、身をとりまく生きとし生けるもの、身をとりまくすべての事物を通して、愛しあったと申しあげるほかはありません。私たちは、たがいの身に願いあう幸せが、自分たちのなかからぬけだし、あたりにただよっているのを感じました。その願いは私たちの心を激しくよぎり、そのため夫人は、ひそかに燃え立つ思いをさますかのように、手袋をとって、水のなかにその美しい指をひたしました。彼女の目は心のなかを告げていました。しかし、そよ風をうけたばらのように、なかば開かれた彼女の口は、欲望を示す一言にも、すぐさま閉じられてしまったにちがいありません。あなたは重々しい響きが、高い音と完全な調和を作りだしているような調べをご存じでしょう。私はそうした調べを耳にすると、二度ととりかえしえぬあの時に、私たち二人の魂が一緒にかなでたメロディーを、おのずと思いおこさずにはいられないのです。

「どこで魚とりをやらせているんです」と私は夫人にたずねました。「ご自分の地所にそったところでなければ、魚をとってはいけないんでしょう」

「ポン＝ド＝リュアンの橋のすぐそばですわ」と彼女は答えました。「ああ、そう、ご存じなかったのね。今ではポン＝ド＝リュアンの橋からクロシュグールドまで、川はすっかり私どものものですの。モルソフがこの二年間の蓄《たくわ》えと、年金の支払いが遅れていた分とをあわせて、四十アルパンばかり野原を買いたしましたのよ。どう、びっくりなさいまして」

「僕はこの谷間が、すっかりあなたがたのものだったらと願っているくらいです」と私は声を高めて言いました。夫人は私の言葉に笑顔で答えました。やがて舟は、アンドルの川幅がひろくなっている、ポン＝ド＝リュアンの橋の下手につきました。そこではたしかに門番が魚とりの最中でした。

「どう、マルチノー」と夫人は声をかけました。

「ああ奥さま、どうもついていないようでございます。こうやってもう三時間もかけて、水車小屋からここまでのぼってきたのですが、まだ雑魚《ざこ》一匹かかりません」

私たちは最後の網打ちを見るために、岸に舟をつけ、三人並んでブイヤールの陰に腰をすえました。ブイヤールとは、ダニューブ河や、ロワール河や、おそらくそのほかにも、大きな河のほとりでさえあればよく育つ木で、春になるとすっぽりと花をつつみかくすように、小枝の先に絹のような綿毛をつける、木肌《きはだ》の白いポプラの一種です。夫人はいつものおちつきにあふれた威厳をとりもどすと、自分の苦しみを打ち明けながら、マグダラのマリアのように涙を流す代りに、ヨブのように大きな叫び声をあげてしまったことを、心ひそかに悔いているようでした。彼女は、恋も、宴《うたげ》も、放埒《ほうらつ》も知らぬ身でありながら、香油を手にささげ持つ、美しきマグダラのマリアだったのです。彼女の足もとに打ちあげられた網は魚でいっぱいでした。ふなや、にごいや、よあかしや、すずきにまじり、一匹の大きなこいが草の上にはねだしました。

「わざとかかったみたいですな」と門番は言いました。

作男たちは目を見ひらいて、まるで魔法の杖《つえ》で網に一ふれした仙女《せんにょ》とでもいうように、夫人の姿に見とれました。ちょうどそのとき、野原を大急ぎでとばしてくるお邸《やしき》の馬丁の姿が見えました。夫人はおののくように身をふるわせました。ジャックがついてきていなかったのです。こうして母親がまず考えるのは、ウェルギリウス（訳注　前七〇―前一九。ローマの詩人。その著作『アエネイス』の第五章五一八行に「恐れおののく母親たちは、子らを胸に抱きしめぬ」とある）がいかにも詩的に述べているように、ほんの些細なことにも、子供たちを胸にだきしめることなのです。

「ジャック」と夫人は叫びました。「ジャックはどこ。あの子がどうかしたの」

彼女は私など愛していなかったのです。もし彼女が私を愛していたら、私の苦しみに接したときも、絶望にかられたこの牝獅子《めじし》のような叫びをおのずと発していたにちがいありません。

「奥さま、ご主人の容態がひどく悪くなりまして」

彼女はほっと息をつき、マドレーヌをしたがえて、私と一緒に走りだしました。

「ゆっくりおもどりになって」と彼女は言いました。「この子の身体《からだ》がほてるといけませんから。ごらんになったでしょう。モルソフもこの暑いなかを走って、汗をかいたあげく、くるみの木の下にたちどまったりしたので、こんな恐ろしいことになったのですわ」

彼女がとり乱して口にしたこの一言は、彼女の心の清らかさを示すものでした。伯爵の死が恐ろしいことだとは。彼女は急ぎ足でクロシュグールドに帰りつくと、塀《へい》の切れ目を抜け、果樹園のなかをよこぎりました。言われたとおり私は、ゆっくりとあとを追いました。アンリエットの表情が、納屋《なや》に入れた麦を焼きつくす雷のように、事の真相を私にさとらせていたのです。舟遊びの最中は、私は自分こそだれよりも夫人に愛されているとばかり思っていました。が、今や私は苦々しくも、彼女の気持が、その言葉どおりであることをみとめずにはいられなかったのです。相手にとってすべてでない恋人などに何の意味がありましょう。私一人が、おのれの欲するところを知る欲望を抱《いだ》いてアンリエットを愛していたのです。待ちのぞむ愛撫《あいぶ》に思いをはせ、先々与えられる喜びをそこにまじえればこそ、魂の悦《よろこ》びだけで我慢していたのです。アンリエットが私を愛していてくれたとしても、その愛は悦びも嵐《あらし》も知らぬ愛だったのです。神とともに生きる聖女のように、彼女はひたすら感情だけで生きていたのです。私はただ、蜜蜂《みつばち》のむらがる花の咲いた小枝のように、彼女が自分の考えや、だれにもみとめてもらえぬ感慨をよせる、一つの対象にしかすぎなかったのです。彼女の生命の源ではなく、単なる飾りものであったにすぎないのです。彼女の生命のすべてではなかったのです。私は玉座を追われた王のように、失った王国を自分にとりもどしてくれる人がいるだろうかと、心に問いつづけながら足を運びました。そしてもの狂おしい嫉妬《しっと》にかられては、あえて自分から何もしようとしなかったことを、肉体の所有から生れるしっかりとした権利の鎖で、まことというよりもっぱらきめこまやかたらんとした彼女の愛情をつなぎとめ、私たち二人の絆《きずな》をより堅固なものにしておかなかったことをしきりと自分自身に責めるのでした。

伯爵の今度の病気は、くるみの木の下で身体を冷やしたのが、そのきっかけになったらしく、ほんの二、三時間のうちに容態はみるみる悪くなっていきました。私はトゥールの町まで、オリジェという評判の医者を呼びにいきましたが、彼を連れてもどったのは、もう日暮れになってからでした。しかしオリジェ氏は、その晩と、翌日いっぱい、クロシュグールドに足をとどめてくれました。彼は邸の馬丁に命じて、蛭《ひる》を大量にとらせにやりました。が、彼の診《み》たところでは、病人は一刻も刺胳《しらく》をおくらすことのできない容態でした。ところがあいにく彼は刺胳針を用意してきていなかったのです。私はひどい空模様のなかを、すぐさまアゼーまで馬を走らせて、外科医のデランド氏をたたきおこすと、有無を言わせず、彼をつれて飛ぶようにして館《やかた》にもどりました。ものの十分もおくれていたら、伯爵《はくしゃく》の命はなかったでしょう。刺胳が彼の命を救ったのです。こうして最初の手当こそうまくいったものの、オリジェ氏の言によれば、病人は悪性の炎症熱をひきおこすおそれが充分にあり、これは二十年も元気でいた人たちがとかくかかりやすい病気だとのことでした。すっかり動転した伯爵夫人は、自分こそこのいまわしい病気の原因にちがいないと思いこみ、私の心づかいに礼を言う気力もなく、ただ時折り、私の方に向ってほほえみかけるだけでした。が、私にとっては、そのとき彼女が顔にうかべる表情は、先日彼女が私の手にしてくれた、あの口づけにも劣らぬものでした。私はそこに道ならぬ恋の悔悛《かいしゅん》が読みとれたらと願いました。がそれは、彼女のような清らかな心の持主にあっては見るも痛々しい悔悟の念、想像上の罪でひたすら自分だけを責めながら、りっぱな人間だと思いこんでいる私に向けた感嘆をこめた愛情の表現だったのです。たしかに彼女は、フランチェスカ・ダ・リーミニがパオロ（訳注　フランチェスカはイタリア、ラヴェンナ市の城主グイド・ダ・ポレンタの娘で、一二七五年頃リーミニの城主ジャンチオット・マラテスタのもとにとついだ。フランチェスカはだまされて美男の弟のパオロと見合いをし、嫁に行ってはじめて兄のびっこで醜男のジャンチオットの妻になったことを知ったと伝えられる。義弟のパオロと相愛の仲となり、二人とも夫に殺された）を愛したようにではなく、ノーヴのラウラがペトラルカを愛したように、私を愛していたのです。この二つの恋を一つに結びつけようと夢みていた者にとっては、これはなんと恐ろしい発見でしょう。夫人はぐったりと腕をたれ、猪《いのしし》の巣のようなこの部屋の、きたない肘掛椅《ひじかけい》子《す》に力なく身を沈めていました。医者は翌日の夕方、クロシュグールドを去る前に、病気が長びきそうだから、一人看護婦をおやといになってはいかがですと、一睡もせず夜をすごした夫人にすすめました。「看護婦ですって」と彼女は答えました。「いいえ、いりません。私たちが看病します」と彼女は私の方を見つめながら叫びました。「私たちの手であの人を救わなければいけないのです」

　この叫びを聞くと、医者はいかにも驚いたというふうに、さぐりを入れるような目で、ちらっと私たち二人を眺《なが》めました。事実夫人の言葉には、私たち二人が何か大それたことをくわだてて、それに失敗したとでも人に疑わしめるような響きがこもっていたのです。医者は週に二度ずつ往診してくれることを約束し、デランド氏に今後の手当を指示すると、かくかくの徴候があらわれたら危険とみなし、すぐトゥールまで自分を迎えに来るようにと言いのこして去っていきました。私はせめて一晩おきにでも夫人に身体をやすめてもらおうと、彼女と交代で、自分にも伯爵の看病をさせてくれるようにたのみました。こうして三日目の晩に私はようやく夫人を説き伏せて、やっとの思いで彼女を床につかせることができたのです。家中の者がすっかり寝しずまり、伯爵もうとうとしかけたとき、私はアンリエットの部屋から、苦しそうなうめき声がもれてくるのを聞きつけました。たかまる不安をおさえきれず、私は彼女の様子をさぐりにいきました。祈禱台《きとうだい》の前にひざまずき、涙にくれながら、彼女はしきりとわが身を責めていました。「ああ、神さま、これが不平を申しあげたむくいでしたら」と夫人は声をたかめて言いました。「今後はもう二度と愚痴など申しません」

「まあ、病人をほうりっぱなしにしたりして」と彼女は私の姿を見ると言いました。「泣き声や、苦しそうな声が聞えたもので、あなたのことが心配になってしまったのです」

「あら、私ならこのとおり元気ですわ」

それから夫人は、伯爵が眠っているのを自分の目でじかにたしかめたいと言いだしました。私たちは下におりていき、二人してランプの明りで、伯爵の姿を眺めました。その姿は眠っているというよりも、むしろ大量に血をとられ、衰弱しきっているように見えました。彼はしきりに手を動かして、掛けぶとんを自分の方にひきよせようとするしぐさを見せました。

「死にぎわの病人が、よくこういう手つきをすると言いますわ」と夫人は言いました。

「この人は私たちのせいで病気になったのです。万が一このまま死ぬようなことがあれば、私は決して再婚などいたしません。誓って申します」夫人はおごそかな身ぶりで、伯爵の頭の上に手をかざしながら言いました。

「私はご主人を救うためにできるかぎりのことはしたつもりです」と私は言いました。

「ええ、あなたはりっぱなお方です」と彼女は言いました。「でもこの私はとても罪深い女ですわ」

　夫人はやつれはてた伯爵の額の上に身をかがめると、自分の髪でその汗をぬぐいとり、その上にうやうやしく唇《くちびる》をおしあてました。しかし私は、彼女がまるで罪をあがなうかのようにこの口づけをするのを見て、ひそかに喜びをおぼえずにはいられませんでした。

「ブランシュ、飲むものをくれ」伯爵が絶え入るような声で言いました。

「ほら、この人はもう私しかわからないのですわ」夫人は伯爵にコップをさしだしながら言いました。

　そして彼女はその言葉つきと、愛情のこもったやさしい身ぶりによって、私たち二人を結びつけている感情をはずかしめ、それを病人の前に犠牲《いけにえ》としてさしだそうとするかのようでした。

「お願いです、アンリエット」と私は夫人に言いました。「部屋にもどって、少しお休みになってください」

「もうここには、アンリエットなどおりません」彼女はやにわに私の言葉をさえぎり、おさえつけるように言いました。

「どうかおやすみになってください。このままではあなたまで病気になってしまいます。お子さんたちのためにも、それにこの病人のためにも、お身体を大事になさらなければいけません。時には自分の身のためをはかることが、そのまま崇高なおこないになる場合もあるのです」

「そうですわね」と夫人は答えました。

彼女はくれぐれも夫のことをよろしく頼むと身ぶりで示しながらその場をたち去りました。がしかし、彼女のその身ぶりから、いかにも子供っぽいあどけなさと、後悔の念からくる哀願するようなところをさしひいたら、それはきっと彼女の狂気が、すぐそばまでせまっていることを如実《にょじつ》に示すものと目に映ったでしょう。汚《けが》れ知らぬこの女《ひと》の平生のそぶりにくらべれば、いかにも恐ろしさのはっきりするその場の光景に、私は思わず恐怖に身をふるわせました。私は夫人が、すっかり良心をたかぶらせてしまうのではないかとおそれたのです。次に医者が姿を見せたとき、私は潔白そのもののアンリエットが、あれこれと良心の苛責《かしゃく》にさいなまれ、臆病《おくびょう》な白貂《しろてん》さながら、すっかりおびえきっている事情を彼に打ち明けました。くわしい事情にはたち入らぬ私の打ち明け話にも、オリジェ氏はそれまでの疑念をすっかり解いて、いずれにせよ、伯爵の発作はいつかは避けがたいものであり、くるみの木の下にたちどまって、はっきり病気をさそいだしたのは、彼の身体のために悪いどころか、かえってためになったのだと夫人に説明して、ようやくこの美しい魂の不安をしずめてくれました。

伯爵は五十二日間、生死のあいだをさまよいました。私はアンリエットと一晩交代で、それぞれ二十六回ずつ、伯爵の夜の看護にあたりました。伯爵が命をとりとめたのは、私たちが看護に精をだし、オリジェ氏の指図を言いつけどおりきちんと守ったからにほかなりません。だが鋭い観察の目を身に備えていればこそ、りっぱなおこないが、義務のひそかな遂行にしかすぎない場合には、一度はそれを疑ってかかろうとする哲人風な医者のためしにもれず、オリジェ氏は、伯爵夫人と私とのあいだの健気《けなげ》なたたかいをしじゅう目にしながらも、とかくさぐりを入れるようなまなざしを投げかけては、私たちの行動をひそかにうかがわずにはいられぬようでした。彼はうかつに賞讃《しょうさん》の気持を抱くのをおそれていたのです。

「こうしたたちの病気では」と彼は三度目に館を訪れたときに言いました。「精神的な要因がただちに死と結びつくことがあるものです。ことに伯爵の場合のように、精神がひどくやられている場合には、そうしたことになりがちです。医者や、看護婦や、まわりの人が病人の命を手ににぎっているわけです。ちょっとした言葉や、身ぶりに示された激しい不安が毒薬と同じ働きをするのです」

オリジェ氏はこう話しながら、じっと私の顔つきや態度をうかがいました。しかし彼が私の目のなかにみとめたのは、汚れを知らぬ魂の澄みきった輝きだけでした。事実、この苦しかった病気の期間を通し、この上なく無垢《むく》な心でさえも、ふとよぎることのある邪念のかけらすら、私の意識のなかにうかんできたことはなかったのです。大きな目で自然を観察すれば、万物はすべて同化によって、ある一定の統一をめざしています。精神界もまた同じ法則で貫かれているにちがいありません。清らかな世界に入れば、すべてが清らかになるのです。アンリエットの身のまわりには、いつもかぐわしい天国の香りがただよいつづけ、よこしまなのぞみを抱くものは、彼女のそばから永遠に追放されてしまうような気がしてくるのです。こうして彼女は私の幸せの源泉であるばかりでなく、同時にまた徳の源泉ともなったのです。私たち二人がいつにかわりなく、心づかいにあふれた、行きとどいた看護ぶりを示すのを見たオリジェ氏は、やがて、その言葉や動作のはしはしに、感にたえぬといった、敬意のごときものを示すにいたりました。彼は「この人たちこそ本当の病人なのに、自分の傷をかくして、それを忘れようとしているのだ」と、心のなかでひそかにつぶやいているかのようでした。このすぐれた人物の言にしたがえば、衰弱しきった病人では、かなりありふれた現象だとのことですが、元気なときには、何でもないことをするのにも、千万遍も文句を並べずにはいなかった当の伯爵が、それまでとは対照的にすっかり辛抱づよくなり、何でも素直に言いつけにしたがって、愚痴一つこぼすでなく、驚くほど従順な態度を示しました。かつてはどうしてもみとめまいとした医学の力に、伯爵がにわかにしたがうようになった秘密は、彼が心ひそかに抱いていた死に対する恐れにありました。だがこれにしてもまた、否定しえぬほどの勇気を備えた男にあっては、人目につかずにはいない奇妙な対照でした。考えるに、さまざまな不幸のもたらした、彼の後天的な性格のおかしな点も、そのいくつかはおそらくこの死に対する恐れから説明のつくものでしょう。

ナタリーよ、正直に申しあげても、はたして言葉どおりにそのまま信じていただけましょうか。この五十日間と、それにつづく一カ月とが、これまでの私の生涯で、もっとも美しい日々だったのです。言うなれば、恋とは魂の無限のひろがりのなかに場所を占めながら、美しい谷間を縫って流れる大河にもなぞらうべきものでしょう。雨水も、小川も、せせらぎも、すべてがそのなかに流れこみ、木立や、草花や、岸辺《きしべ》の小石や、高くそびえ立つ岩塊や、そのことごとくを運び去る、あの谷間を縫って流れる大河にです。それは嵐《あらし》の雨も、澄んだ泉のわずかな流れもあつめてその水かさを増していくのです。そうです、人が恋するとき、すべては恋にゆきつくのです。もっとも危険な最初の時期がすぎ去る頃には、夫人も私も、病気にはもうすでにすっかりなれていました。伯爵の看護の必要から、部屋はいつもどこかしらちらかってはいたものの、はじめの頃はあれほど雑然としていた伯爵の寝室も、時がたつにつれ、次第に清潔で、どこかこざっぱりがらでした。というのは、不幸は当事者を世間からひきはなすだけでなく、つまらぬ社会のしきたりなど、あってなきがごときものにしてしまうからです。それに私たちはまた、病人のため、ほかの場合ならとても許されそうもない接触点をおたがいが数多く持つようにしむけられました。かつてはあれほどおずおずしていた私たちの手が、伯爵の面倒を見ながら、何度たがいにふれあったでしょう。アンリエットの身体《からだ》を支え、手を貸すことが何度あったでしょう。彼女は歩哨《ほしょう》に立った兵士のように、次から次へと仕事に追いまくられて、食事を忘れることもたびたびでした。そうしたときには、私が食事の世話をやき、時には彼女も大急ぎで膝《ひざ》の上ですますことがあり、そうした場合は私の方で何かとこまかく気をくばることが必要でした。それはなかば口を開いた墓穴のそばで演じられる、子供のままごと遊びにも似たものでした。夫人は伯爵に苦しい思いをさせまいとして、必要な処置をてきぱきと私に言いつけ、いろいろこまごました用事を私に命じてやらせました。危険がさしせまっていた当初の頃は、さながら戦闘中と同じように、日常生活のすみずみまでいきわたっているうるさい詮議《せんぎ》だてはすべておあずけにされ、やむなく夫人は、女性であるかぎり、いかにかざりけのない女性でも、人前や家族の面前ではすてきれず、部屋着にくつろいではじめて忘れ去ることのできる、あの言葉つきや、まなざしや、身のこなしに見せる虚飾をきれいにかなぐりすててしまいました。朝早く、小鳥がさえずりはじめると、彼女は化粧着のまま私をおこしにきて、時には、私が狂おしいのぞみのなかで、すでに自分のものとみなしていた、あの輝くばかりの宝物をちらっとのぞかせることもあったのです。誇り高く威厳を保ちながらも、こうした状況では、どうして私に対する親しみを増さずにいられましょう。それにまた最初の頃は、病人のさしせまった危険のために、私たちのなれなれしさからは恋めいたところなどすっかり影をひそめ、そこに不都合があろうなどとは夫人には思いもつかなかったのです。やがて、自分のおこないがゆっくりかえりみられるようになったときも、それまでの態度をここで変えるのは、私にとっても、また彼女自身にとっても、侮辱にほかならないと考えたのです。私たちは知らず知らずのうちに、相手をわが身のように感じはじめ、なかばおたがいが夫婦であるような気にもおそわれました。夫人は、自分にも、私にも信頼をおき、何の危惧《きぐ》も抱《いだ》いていないという毅然《きぜん》とした態度を見せました。こうして私は、さらに奥深く彼女の心にわけ入り、夫人は、ふたたび昔のアンリエットに、彼女の第二の魂になろうとつとめている男を、以前にもまして愛さずにはいられない私のアンリエットにもどってくれたのです。やがて夫人は、願いをこめたまなざしを送るだけで、待つまでもなく私にその手をゆだねてくれるようになりました。彼女はもはや私の視線をのがれようとはせず、二人して伯爵の寝息に耳を傾けている何時間ものあいだ、私は彼女の美しい身体の線を、うっとりとしたまなざしで追うことができました。そして私たちの許しあうわずかな官能の悦《よろこ》びや、涙にうるんだまなざしや、伯爵《はくしゃく》の目をさますまいと小声でかわす言葉や、胸の不安や、くりかえし、くりかえし述べあう希望や、永いあいだわけへだてられていた二つの心が、一つにとけあっていくことを示すこうしたさまざまな出来事は、現に進行中の影に閉ざされた痛ましい背景を背に、その姿をくっきりとうかびあがらせていたのです。いかに激しい愛情でも、四六時中自分をさらけだしていればやがて熱もさめ、一時《いっとき》もはなれずに暮していると、生活そのものが負担になったり、もの足りなく思えてきたりして、そのうち心もはなればなれになっていくのが常ですが、私たちはこうした試練ものりこえて、おたがいに心の奥底まで深く知りあうようになりました。一家の主人の病気が、家うちのことにどれほどの支障をもたらすかはあなたもご存じでしょう。仕事はすべて中断し、何かにつけて時間が不足して、主人の身体が調子を乱したように、家事の手順も、家族の動きもことごとく変調をきたしてしまいます。すべての用事が、前々から夫人一人の肩にかかっていたことは事実としても、ひとたび外まわりの用事ともなれば、伯爵もまだけっこう役にたちました。小作人と話をつけにいったり、公証人や弁護士を訪れたり、金をうけとったりするのは彼の仕事で、夫人が一家の魂なら、伯爵はいわばその手足をつとめていたのです。夫人が夫の看護に専念しても、外の仕事が支障をきたさぬように、私は自分から彼女の執事になることを買ってでました。彼女はつまらぬ遠慮もせず、礼を述べるでもなく、私の申し出に応じてくれました。このように一家の用事を分担し、彼女の名で指図を与えることは、快い共同生活の絆《きずな》をさらに強めてくれるものでした。夜になると、私たちはしばしば、彼女の部屋で、子供たちや財産のことを話しあい、こうしたおしゃべりが、私たちのこのかりそめの結婚に、さらにそれらしいおもむきをそえてくれるのでした。アンリエットはなんとうれしそうに、私が夫の役を演ずるのに手をかして、食卓では主人の席にすわらせたり、門番のところへ用事を言いつけにやらせたりしたことでしょう。そしてこうしたことが、みなひたすら無邪気な気持から発したものにせよ、一方、いかに操《みさお》の堅い女性といえど、世の掟《おきて》を厳格に守りながら、一方で胸にひめた欲望をうまく満足させる抜け道を見つけたときに、心ひそかにおぼえるあの喜びを、伯爵夫人といえどやはり味わっていたにちがいありません。病気のためいなくなったも同然の伯爵は、もはや妻の重荷とも、一家の重荷ともならなくなりました。今や夫人は本来の自分にたち返り、私の世話をしたり、なにくれとなく心づかいを見せたりする権利を手に入れたのです。女としての自分の価値と、身に備わった長所のすべてを私に明かし、相手に理解してもらえる場合には、自分自身のなかでいかなる変化がおこるかを、ぜひとも私にみとめてもらいたいという考えが、おそらく漠然《ばくぜん》と意識されたことにせよ、いかにも甘美に彼女の身にただよっているのを目にしたとき、私はどれほどの喜びに胸をふるわせたことでしょう。これまでは家庭内の冷たい空気にさらされて、いつも花弁を閉じたままでいたこの花は、私の視線にあたためられて、私一人のために大きくそのつぼみをほころばせたのです。私がもの珍しそうな恋のまなざしを投げかけて、心におぼえるのと同じほどの喜びを、おそらく彼女の方では、こうして自分の姿をあまさず示すことにくみとっていたのです。そして、日々の生活のごく些細《ささい》な事柄からも、私がどれほど彼女の心をしめつづけているかがよくわかるのでした。私が伯爵の枕《まくら》もとで夜をあかし、朝遅くまで寝ている日には、夫人は家中のだれよりも早くおきだして、私の身のまわりでは物音一つたてさせないように気をくばってくれるのです。ジャックとマドレーヌは注意されずとも、ちゃんと心得て遠くで遊んでいます。彼女はさまざまな策を弄《ろう》して、私の食器を並べる権利を自分だけのものにしようとするのでした。やがて私に給仕するときになると、身体《からだ》いっぱいに喜びをたたえ、まるで燕《つばめ》のように敏捷《びんしょう》になり、頰《ほお》をまっかに染め、声をふるわせて、食い入るような視線を私の方に向けるのです。こうした魂の発露を言葉に言いあらわすすべがありましょうか。だが夫人にもしばしば、すっかり疲労に打ちひしがれてしまうことがありました。しかしこうした疲れきった瞬間でも、時たま事が私の身におよぶと、子供たちの場合と同じように、新たな力をふるいおこし、いかにもうれしそうに生き生きとして席を立つのです。自分の愛情をさながら光のようにまわりにはなつのが、彼女はなんと好きだったでしょう。そうです、ナタリー、この世にありながらすでに天使の特権を恵まれて、かの知られざる哲学者、サン＝マルタンが説くように、叡知《えいち》と、調和と、香りに満ちた光を、身のまわりにはなつ女性たちがたしかに存在するのです。私の口が堅いのを信頼し、アンリエットはよろこんで、未来を閉ざす重い帳《とばり》をその手でおしあげてくれました。私はそうした彼女のなかに、二人の異なった女性がいるのに気づくのでした。つれなく振舞いながらも、私を魅了しつくした囚《とら》われの女性と、その優しさで、私の恋を永遠なものと化する自由な女性との二人です。それにしてもなんと大きな違いでしょう。モルソフ夫人が、寒いヨーロッパの地に運ばれて、悲しそうにとまり木の上に身を支《ささ》え、声もなく死にかけている博物学者に飼われた紅雀《べにすずめ》なら、アンリエットは、ガンジス河のほとりの茂みのなかで、東洋の詩をさえずりつづけ、一年中花を絶やすことのないヴォルカメリヤの花弁を縫って、生きた宝石と見まごうばかりに、枝から枝へと飛びかう、楽しそうな小鳥さながらでした。彼女の美しさはさらに輝きを増し、彼女の心はふたたび生気をとりもどしました。しかしこの絶えざる喜びの火も、私たち二人の心のなかだけの秘密でした。アンリエットにとって、世間を代表するドミニス神父の目は、伯爵自身の目よりもさらに恐るべきものと思われたのです。だが彼女も私と同じように、自分の考えを人目にうまくよそおいかくすのがいかにも楽しくてたまらぬようでした。彼女は内心の喜びを冗談の下につつみかくし、愛情の表現は、光り輝く感謝の念でかざりたてるのでした。

「フェリックス、あなたの友情もずいぶんきびしい試練にかけましたわねえ。いかがでしょう神父さま、これならジャックにさせているくらいのわがままは、この人にもみとめてあげてよろしゅうございましょう」と夫人は食事なかばにドミニス師に向って言いました。

厳格な神父は、夫人のこの言葉に優しいほほえみで答えました。それは相手の心のなかを読みとって、それが汚《けが》れないことを知った敬虔《けいけん》な人のうかべるほほえみでした。それにまた神父は夫人に対し、さながら天使におぼえるような、讃美《さんび》をまじえた敬意のほどを常日頃から示していたのです。この五十日間に、二度だけ夫人が、私たちの愛情のとどまるべき限界を踏みこえたと思われたことがありました。しかしこの二度の出来事すらも、ヴェールに閉ざされたままうちすぎて、最後の告白の日になってからはじめて明らかにされたのです。それは伯爵の病気がはじまってまだ日も浅く、彼女が私の清い愛情に許していた罪のない特権までとりあげて、私を邪慳《じゃけん》にあつかいすぎたとひそかに後悔しはじめていたときでした。ある朝、疲れに勝てず、交代に来る夫人を待つあいだに壁に頭をもたせかけ、ついそのまま眠りこんでしまった私は、突然何かばらの花びらのような冷やかなものが、額におしあてられるのを感じて目をあけました。三歩ばかりはなれたところに夫人の姿が見え、彼女は「さあまいりましたわよ」と私に言いました。しかし部屋を出る前に、私が朝の挨拶《あいさつ》をしようとしてとった夫人の手は、汗にぬれてこまかくふるえていました。

「気分でもお悪いのですか」と私は彼女に言いました。

「どうしてそんなことをおききになるの」と彼女は私にたずねました。私は顔を赤らめ、どぎまぎしながら彼女を見つめて言いました。「夢を見たのです」

二度目はオリジェ氏が、伯爵もようやく回復期をむかえたとはっきり断言し、いよいよ最後の往診に館《やかた》を訪れていた頃のことでした。ある日の夕方、私はジャックとマドレーヌの三人で、踏み石の上に腹ばいになり、麦藁《むぎわら》とピンをつけた鉤棒《かぎぼう》を手に持って、全身の注意を傾けながら、藁釣り遊びに興じていました。モルソフ氏は眠っていました。オリジェ氏と夫人は、馬車に馬をつなぐあいだ、声を低めて客間で話をつづけていました。オリジェ氏は私の気づかぬうちに出発し、彼を見送ったアンリエットは、窓に身をもたせかけ、そのままかなりのあいだ、見られているとも知らぬ私たちの姿にじっと目をそそいでいたようでした。それは空が赤銅色《しゃくどういろ》を帯び、野末から定めがたい数知れぬ物音の伝わってくるなまあたたかい夕暮れのひとときでした。今しも夕陽の名残《なご》りが瓦《かわら》の上に消えかかり、庭の花々が大気をくゆらして、遠くでは、小屋に連れもどされる家畜の鈴の音が響いていました。私たちも、このむせかえるようなたそがれどきのあたりの静けさにならい、伯爵をおこしてしまわないように、じっと声をひそめていました。突然、やわらかな衣《きぬ》ずれの音にもかき消されずに、こみあげてくる嗚咽《おえつ》をおさえようとして、のどの奥を激しくひきつらせる声が聞えました。急いで客間にかけこむと、夫人が窓のそばに腰をおろし、顔にハンカチをあてています。私の足音に気づくと、彼女はほっておいてくれという、激しい身ぶりを見せました。不安に心をおののかせながら彼女に近づいて、無理にも顔のハンカチをとろうとした私は、夫人の顔がすっかり涙にひたされているのを知りました。彼女はそのまま部屋にかけこむと、お祈りの時刻になるまで姿を見せようとしませんでした。私は五十日ぶりで夫人を見晴《テ》らし台《ラス》にさそいだし、先ほどの彼女の涙のわけをたずねました。しかし彼女はひどく陽気なふりをよそおって、それをオリジェ氏の吉報のせいにするのです。

「アンリエット」と私は彼女に言いました。「僕がさっきあなたの泣いているのを見たときも、あなたはもうちゃんとその知らせをご存じだったはずではありませんか。私たち二人のあいだで嘘《うそ》をつくなんて、なんてひどいことをなさるのです。どうしてさっきは、僕に涙をふきとらせてくれなかったのです。それではあの涙は僕のために流していたのですか」

「あの時は」と彼女は答えました。「この病気も、結局私の苦しみの中休みにしかすぎなかったのだわって考えていましたの。だって、主人のためにびくびくしなくてすむようになったら、今度はもう自分のためにびくびくしなければいけないのですもの」

まさに彼女の言葉そのままでした。伯爵の健康がもどったことは、例の気紛《きまぐ》れがふたたびはじまったことでそれと知れました。彼は、夫人も、私も、医者も看護の仕方をわきまえず、だれ一人として、自分の病気も、体質も、苦痛も、またそれに見あった治療法も知らぬと言いだしました。オリジェ氏は、何かつまらぬ学説にいい気になって、体液の変性のせいだなどと言っているが、そんなひまに、幽門の方の手当さえきちんとしていればいいと言うのです。ある日伯爵は、私たちの様子をさぐりつくし、心の底まで見抜きおおせたというように、私たち二人を意地悪そうに見つめ、にやっと笑いながら夫人に言いました。「どうだいお前、私が死んだら悲しんではくれたろうが、正直なところすぐあきらめがついて……」

「そうしたら、私も黒とばら色の宮廷の喪服が着られるところでしたのに」と夫人は、夫の口をふさごうとして、笑いにはぐらかしながら答えました。

しかし前とはくらべものにならぬほど激しい口論がもちあがり、伯爵の怒号が響きわたるのはことに食卓に向ったときでした。医者が回復期の病人に食べさせすぎてはいけないと、伯爵の食事の量を慎重におさえていたからです。伯爵の性質は、いわば一休みしたがために、さらにその狂暴さを加えていました。医者の命令と、召使の心服に力をえて、それにまた、このたたかいこそ夫をおさえつけるすべを学ぶまたとない機会と考えた私の言葉にもはげまされ、夫人は勇気をふるって夫に抵抗を試みました。彼女はあれ狂う夫の怒号にも、平静な顔で応対し、彼をありのままのもの、つまりは一人の子供とみなして、その侮蔑《ぶべつ》的な言葉を平気で聞き流すことにもなれました。私はようやく夫人が、この病的な精神の舵《かじ》を首尾よくにぎるのを見てほっとしました。伯爵はどなりちらしながらも結局は夫人に服従し、ことにひどくどなりちらしたあとでは、いつにもまして従順な態度を示すのでした。こうして結果は目に見えていたにもかかわらず、アンリエットは、弱々しくやせ細り、目の光も力なく、手をぶるぶるふるわせて、まさに落ちんとする木の葉よりさらに黄ばんだ額をしたこの老人の姿に、時として目に涙をうかべることがありました。彼女は自分の苛酷《かこく》さを責め、夫の食事の量をはかりながら、医者の制限をこえた場合に、彼の目にうかぶ喜びの色を見て、その力にさからいきれぬこともしばしばでした。それにまた夫人は、私にそうしていたこともてつだって、なおさら夫には愛想のいい優しい態度を示しました。ただそこにはおのずから違いがあって、それが私の心を限りない喜びでみたすのでした。それにまた夫人の根気にも限度があって、伯爵の気紛れが少ししつこくつづいたり、だれにもわかってもらえぬなどと彼が愚痴をこぼす場合には、召使を呼んで給仕を代らせるすべもちゃんと心得ていたのです。

夫人は伯爵が無事に平癒《へいゆ》したことで神に感謝をささげ、この機会にミサをあげさせたいと言いだして、私に教会まで腕を貸してくれと頼みました。私は教会までは夫人についていきました。が、ミサのおこなわれているあいだはその場をはずし、一人でシェセル夫妻に会いにいきました。館にもどる途中、夫人はそのことで私をとがめにかかりました。

「アンリエット」と私は彼女に言いました。「僕には心をいつわることはできません。溺《おぼ》れそうになっている敵を救うために水のなかにとびこんで、身体をあたためてやるために外套《がいとう》を貸すことならできましょう。場合によれば相手を許してやることもいといません。でも身に受けた侮辱だけは決して忘れることができないのです」

彼女は黙ったまま、私の腕をつよく自分の胸におしあてました。

「あなたは天使です。あなたが感謝をささげる気持は心からのものにちがいありません」と私は言葉をつづけました。「ラ・ペー公（訳注　スペイン王カルロス四世の大臣をつとめたドン・マヌエル・ゴドイのこと。以下に語られる挿話はアランヘスで起きた暴動の際の出来事）のご母堂さまは、自分を殺そうとした群衆の手から救いだされ、王妃が『何をなさっていたのです』とおたずねになったとき、『あの人たちのためにお祈りをささげておりました』とお答えになったという話です。女性とはこうしたものです。でも僕は男ですから、とても完全無欠というわけにはいきません」

「ご自分のことを悪く言うのはおやめなさい」と彼女は私の腕を強くゆすりながら言いました。「たぶんあなたの方が、私よりずっとりっぱなお方ですわ」

「そのとおりです」と私は答えました。「一日の幸せのためなら、僕は永遠の救いさえ犠牲にしようと思っていますのに、あなたは……」

「私が……どうですの」彼女は毅然《きぜん》として私を見つめながら言いました。

私は口を閉じ、稲妻のような彼女の視線をさけようとして目を伏せました。

「私って、どの私のことですの」と彼女は言葉をつぎました。「私のなかには何人もの私がおりますのよ。あの子たちだって私ですわ」と彼女はジャックとマドレーヌを指さして言いました。「フェリックス」と彼女は胸をひきさくような響きを言葉にこめてつづけました。「それではあなたは私のことを、身勝手な女だとでもお思いですの。でも、私に命をさしだしてくれるお方がいたとして、その方のためになら、私が永遠の救いまですっかり犠牲にできるとお考えになって。それは恐ろしい考えですわ。神さまにささげる気持を永遠にけがしてしまう考えですわ。そうやって身を落してしまった女に、はたして二度と立ち直ることができますかしら。幸せがその女の罪につぐないをつけてくれますかしら。私もいずれはあなたのために、この問題の解決をせまられるでしょう……そうですわ。私の心の秘密をここで正直に申しあげてしまいます。実はそうした考えが、これまでもたびたび私の心をよぎりました。私はそのたびにつらい責め苦をわが身に課して、その罪をあがなってきたのです。一昨日おたずねになった涙のわけも、実はそれがもとで……」

「あなたは世間一般の女たちが、価値をおきすぎているある種のことを、あまり重大に考えすぎておられるのです。ああしたことなど……」

「まあ」と彼女は私をさえぎって言いました。「ではあなたはもっと軽く見ていらっしゃいますの」

こういうふうに話を運ばれては、それ以上先をつづけることはもう不可能でした。

「それでは、つつしまずに申しあげますわ」と彼女はさらにつづけました。「私なしではとても生きてはいけない人ですが、あの哀れな老人を見すてるていどの振舞いでしたら、この私にだってやってやれないことはありません。でも、そうしたらフェリックス、前を歩いているジャックとマドレーヌが、この身体《からだ》の弱い子供たちが、父親と一緒に暮していくことになりますのよ。いったいどうなるとお思いになって。あの人の気違いじみたやり方にまかされて、この子供たちが三月のあいだでも生きていられるとお思いになって。道を踏みはずしても私だけですむことでしたら……」彼女はそこまで言うと、えも言われぬほほえみをうかべて言葉をとぎらせました。「でも、それは自分の手で子供たちを殺すことですわ。あの子たちが生きていけないことは目に見えていますもの。まあ、私たち、どうしてこんなお話をはじめてしまったのかしら」と彼女は声をたかめて言いました。「あなたは結婚なさい。そして私はこのまま死なせてくださいな」

深い感慨をこめて、いかにもつらそうに言われた最後の一言が、なおも反発しようとする私の情熱をすっかりおさえつけてしまいました。

「このあいだは、あなたがあのくるみの木の下で身を嘆かれ、今度は僕がこのはんの木の下でわが身を嘆きました。さあ、これでおわりにいたしましょう。もう二度とこんなことは口にだしません」

「あなたのそのやさしさが、私にとっては身を切られるようにつらいのです」と彼女は空を見あげながら言いました。

私たちはいつの間にか、見晴らし台《テラス》のところにたどりつき、そこでは、伯爵《はくしゃく》が陽《ひ》をあびながら、一人で肘掛椅子《ひじかけいす》に腰をおろしていました。力ないほほえみがかすかに生気を与えている憔悴《しょうすい》しきったその顔は、灰の中から燃えあがった胸の炎をきれいに消し去ってしまうものでした。私は一人手すりに身をよせて、死にかけている病人と、その妻と、あいかわらずひよわな子供たちがつくりなすこの光景に目をやりました。うちつづく徹夜に顔も青ざめて、過労や、不安や、それにおそらく、この恐ろしい二カ月間に味わった喜びのために、すっかりやせ細っていた伯爵夫人は、それでも先ほどのやりとりに激しく心を動かされたらしく、いつになくその頰を赤く染めています。薄雲のかかった秋の空から落ちる弱々しい光によぎられ、こまかくうちふるえつづける葉むらにすっぽりつつみこまれたこの悩める一家の光景に、私は肉体と心を結ぶ絆《きずな》が、自分のなかでひとりでにほどけていってしまうのを感じました。こうして生れてはじめて私は、いかに頑《がん》強《きょう》な闘技者といえども、格闘の真っ最中にふととらえられることがあるという、あの心をむしばむ憂愁の何たるかを味わい知ったのです。それはまさに冷やかな狂気とも呼ぶべきもので、この上なく勇敢な男を怯懦《きょうだ》たらしめ、不信心者を信仰のかたまりとし、ありとあらゆるもの、名誉や、恋や、人間のもっとも根源的な感情にさえ、すっかり興味を失わせてしまうのです。なぜなら疑いは自分自身のことまでわからなくさせ、生きていくことにすら嫌悪《けんお》の念を抱かせるからです。ああ、豊かな資質にめぐまれていればこそ、何の備えもなくいまわしい悪霊《あくりょう》の手にひきわたされようとしている過敏な神経の持主たちよ、君たちの仲間、君たちのことをわかってくれる仲間は、いったいどこにいるのだろう。すでに元帥杖《げんすいじょう》にも手をのばしていた、巧みな外交官でもあり、勇猛な武人でもあった大胆不敵なあの若者が、自分から手は下さぬまでも、なぜ今見るような殺人者になりえたか、私にはこのときになってはじめて納得がいったのです。今でこそばらの花びらにかざられている私の欲望も、やがては同じ道をたどるのだろうか。原因にも結果にもおそれおののいた私は、あたかも不敬の徒のごとく、心の中で神の摂理やいずこにあると心に問いかけながら、頬をつたう二粒の涙をおさえきることができませんでした。

「どうしたの、フェリックスさん」とマドレーヌがあどけない声で私にたずねました。

アンリエットは心配そうなまなざしを私に投げかけました。それは私の心のなかで太陽のように輝きわたり、先ほどからの私の暗い気分をきれいに追いはらってくれました。そのとき、齢《とし》をとった邸《やしき》の馬丁が、トゥールからたずさえてきた、私あての手紙を持って姿をあらわしました。それを見て私がどんな叫び声をあげたのでしょう。夫人は私の声に思わず身をふるわせました。私の目は内閣の封印を見てとりました。陛下が私をお呼びだったのです。私が手紙をさしだすと、夫人は一目でそれを読みとりました。

「いってしまわれるのか」と伯爵が言いました。

「この先どうなるのでしょう、私は」はじめて陽のささぬ砂漠《さばく》を目の前にした夫人は私に向って言いました。

　私たちはみな、胸をおさえつけるような思いにただ呆然《ぼうぜん》とするばかりでした。これほどおたがいが欠かせぬ人間だとは、今までついぞ感じたことがなかったのです。夫人の声は、どんなことを、どんなつまらぬことを私に話しながらも、まるで絃《げん》が何本か切れ、ほかの絃はみなゆるんでしまった楽器のように、それまでとはすっかり異なった響きをたてるのでした。彼女の動作は力なく、その目からは光が失《う》せていました。私は今の考えをぜひ聞かせてくれるようにと夫人に頼みました。

「私に考えなどあるとお思いになって」と彼女は答えました。

　夫人は私を自分の部屋に連れていき、長椅子の上に腰をかけさせ、化粧台のひきだしからなにやらさがしだすと、私の前に膝《ひざ》をついて言いました。「これはこの一年間に落ちた私の髪の毛です。どうか、とっておいてくださいませ。だって、これはあなたのものですもの。なぜか、どうしてかはそのうちにきっとおわかりになる日がありますわ」

　私は彼女の額の上にゆっくりと身をかがめ、彼女も私の唇をさけようとして、頭をさげたりはしませんでした。私は罪深い陶酔もおぼえず、身を快く刺す官能の悦《よろこ》びもなく、ただおごそかな感動にかられ、夫人の額の上にうやうやしく唇をおしあてました。あの日夫人は、すべてを犠牲にしようとしたのだろうか。それともかつての日の私と同じように、ただ深淵《しんえん》の縁に足をすすめただけなのだろうか。もし彼女が恋心にかられ、身をまかせるまでの気持になっていたら、あの深いおちつきを身にただよわせ、信仰にあふれるまなざしを私に向けて、澄みきった声で、「もうおうらみになってはいらっしゃらないわね」とはたして私に向って言えただろうか。

私は夜の訪れとともに館《やかた》を発《た》ちました。夫人は、フラペルに通ずる道まで私を送りたいと言い、私たちはくるみの木の下まで来て馬車をとめました。私はくるみの木を夫人に指さして、四年前、そこから彼女の姿を垣間《かいま》見たときのことを語りました。「ああ、あのときの谷間はすばらしかった」と私は叫びました。

「で、今は」と彼女はするどく聞きかえしました。

「くるみの木の下にはあなたがいらっしゃるし」と私は彼女に答えました。「それに、この谷間も今では僕たち二人の谷間です」

夫人は頭をたれ、私たちはそこで別れを告げあいました。彼女はマドレーヌと一緒に馬車にのり、私は自分の馬車に一人でのりこみました。パリに帰ると、幸いさしせまった仕事が待ちうけていてすっかり気をとられ、社交界にも顔を出せずにいるうちに、世間では私のことなどきれいに忘れてくれました。しかしモルソフ夫人との文通はその後もつづけられ、私の方からは毎週自分の日記を彼女に送り、彼女の方でも月に二度ずつは返事をくれました。それは世間に知られぬながらも、充実しきった生活、残された最後の二週間に、新たな花の詩をまとめあげようと、森の奥深く足を踏み入れたついこのあいだも、私が思わずその美しさに見とれた、人知れず花を咲かせているあの茂みにも似た生活でした。

ああ、恋する人たちよ、あなたがたもこうしたりっぱなつとめを自分に課して、教会がキリスト教徒に日々守るべき掟《おきて》を示したように、みずからの手で掟をたてて、欠かさずそれを果すようにすべきです。ローマ教会のつくりだした、掟の厳格な遵守《じゅんしゅ》こそ、それ自体がまことに偉大な思想であり、希望と恐れとを忘れさせぬ行為を日々われわれにくりかえさせて、心のひだ奥深く、義務の観念を刻みつけてくれるのです。このようにしてうがたれた心の河床を、感情は常に生き生きと流れつづけるのです。河床はゆたかに水をたたえ、そこで清められた水は心をさわやかによみがえらせ、胸にあふれる真心の宝とあいまって、日々の生活をこよなく豊かなものとしてくれるのです。そしてその真心こそ、唯一《ゆいいつ》なる恋がゆえの唯一の思いが、つきることもなくわき出る聖なる泉にほかならないのです。

三　二人の女性

　まのあたりに中世を再現し、さながら騎士道をしのばせるがごとき私の恋は、いかにしてか、やがて人の知るところとなりました。おそらくルノンクール公爵《こうしゃく》や、陛下のお口からもれたものにちがいありません。美貌《びぼう》に恵まれながら取り巻きもなく、一人孤高を持して、義務の支《ささ》えもなしに貞節を守り抜こうとする一人の女性と、彼女に対して敬虔《けいけん》な愛をささげる若者の、どこか小説めいた、しかしごく単純な物語は、たぶんこうした高貴なあたりから発して、サン゠ジェルマン街の中心にひろがっていったものと思われます。私は行く先々のサロンで、気づまりな注目をあびる身となりました。地味な生活にはそれなりにさまざまな利点があって、一度それを味わった者には、終始人目にさらされている華《はな》やかな生活が、どうにも耐えがたいものに思われます。いつもやわらかい色を見つけていると、強い陽《ひ》ざしに目がくらむのと同じことで、激しい対比に出会うと、やりきれない思いをする精神もあるのです。そのころの私がちょうどそれでした。でもこう申しあげたら、今日の私から見て、あるいはびっくりなさるかもしれません。でもしばらく辛抱して私の話をお聞きください。現在のヴァンドネスなる男の奇妙な点も、その原因がどこにあるのか、やがておわかりいただけることと思います。こうしたわけで、私はご婦人方から好意的に迎えられ、社交界の人たちも、何欠けるところのない態度で私に接してくれました。ベリー公のご成婚以来、宮廷はかつての華やかさをとりもどし、フランス流の祝宴もまた各所で催されるようになりました。連合国による占領もすでにおわりをつげ、失われた繁栄も姿をあらわし、楽しみを求めることがふたたび許される時代となったのです。ヨーロッパの各地からも、この知性の都をさして、貴顕の士や富豪たちがぞくぞくあつまってくるようになりました。それというのも、ここでは他の国の美点も悪徳も、ともにフランス人の気質に助長され、いっそうスケールの大きな、とぎすまされたものとなっているからです。冬のさなかにクロシュグールドを去り、やがて五カ月をすぎた頃、私は優しい天使から、息子の重い病気をつげる絶望的な手紙をうけとりました。命はとりとめたものの、先の思いやられることばかりだというのです。手紙には医者が胸に注意するように言ったと書かれてあり、科学の名によって発せられたこの恐ろしい一言は、母親のすべての時間を、黒く塗りつぶしてしまうものでした。ジャックが回復しかけ、アンリエットが一息ついたのもほんの束《つか》の間《ま》で、今度は代って妹の方が不安なきざしを見せだしました。母親の丹精にこたえて、美しく育った草花とも言うべきマドレーヌは、前々から見越していた身体《からだ》の転換期をむかえたわけですが、彼女のような脆弱《ぜいじゃく》な体質の娘にとってはそれは恐るべきことでした。ジャックの永い病気に芯《しん》まで疲れきっていた夫人には、この新しい打撃に耐える気力もなく、愛する子供たちの気がかりな様子に、夫の性格からもたらされるたび重なる苦しみにも、すでに打撃を感じぬほどでした。嵐《あらし》はますます激しさを加え、石つぶてさえ風にまじえて、たけり狂う荒波は、彼女の心のなかに最も深く根をおろした希望さえすっかり根こぎにしてしまいました。それに加え、彼女は伯爵《はくしゃく》の暴虐《ぼうぎゃく》に身をまかせきりで、伯爵の方では妻の無抵抗をいいことに、それまでの失地をすっかりとりもどしてしまったのです。彼女は手紙に書いていていました。

すべての力で子供たちをつつみこんでいるこの私に、モルソフに対して力をさし向ける余裕などありましょうか。死神を向うにまわしている私に、あの人の攻撃から身をまもることなどできましょうか。愁《うれ》いに沈んだ二人の子供たちをわきにしたがえ、力もつきてひとり歩きつづける今日の私は、生きていくことにすらうちかちがたい嫌《けん》悪《お》をおぼえるのです。見晴らし台《テラス》の上でじっと身動きもせずにいるジャックのすがた、その子が生きている証拠といえば、老人のくぼんだまなこのように、やせて大きくなった美しい目ばかりです。しかも不吉な予言のように、そこにやどる齢《とし》にあわぬ聡《そう》明《めい》さは、身体つきのよわよわしさと、いちじるしい対照を見せているのです。こうしたありさまで、どんな打撃を身に感じ、どんな愛情にこたえられるというのでしょう。

私の脇《わき》にいるマドレーヌ、かってはあれほど生き生きとして、心やさしく、血色もよかったマドレーヌが、今では死人のように顔もあおざめ、目も髪も艶《つや》をうしなって、まるでながの別れをつげるように、ものういまなざしを私にむけているときにです。マドレーヌはどんな食物にも食欲をそそられず、たまに食べたいというものがあれば、その好みの奇妙さにぞっとさせられる思いです。私の心のなかではぐくみ育ててきた無邪気なあの子が、自分の好みをうちあけながら私の前で顔をあからめるのです。どんなに力をつくしても、私には子供たちの心をたのしませてやることができません。二人とも私に笑顔を見せてはくれますが、それも心からのものではなく、私のお愛想につられてのことなのです。子供たちは、私のやさしいいたわりに、すなおにこたえられないのが悲しいのです。苦しみがあの子たちの心のすべてを、私たちをむすびつけている絆《きずな》さえも、すっかりゆるめてしまったのです。こう申しあげれば、クロシュグールドがいかにあわれな状態にあるかがおわかりでしょう。モルソフひとりが、だれにも邪魔されず、意のまま君臨しています。

彼女はその先で、さらに言っていました。

ああ、私の名誉であるあなた、たとえあなたにしても、よほど私を愛していてくださらないかぎり、気力もうせ、あなたの愛にもこたえられず、苦しみのために心も石と化した私を、これからさきも愛しつづけてくださることは不可能でしょう。

かつてないほど深く心をゆり動かされて、ひたすら夫人の心のなかにのみ生きつづけ、朝には光あふれるそよ風を、夕べには赤く染まった希望を彼女のもとに欠かさず送りとどけようとしていたその矢先、私はエリゼ＝ブルボン宮（訳注　当時はベリー公が住んでいて、しばしば豪華な夜会が開かれた。現在は大統領の官邸）の集まりで、なかば女王とも言いうるほどの、令名赫々《かくかく》たる一人の英国婦人と知りあいました。ノルマン人によるこの国の征服以来、身分の低い家とは決して縁組みをしたことのないという名家に生れ、やがてイギリスの上院でもっとも高い地位を占める老貴族と結婚し、今や莫大《ばくだい》な財産を擁するという、こうしたさまざまな利点にしても、この女性の美しさや、魅力や、たたずまいや、機知にあふれたその話しぶりや、どことなく身のあたりにただよう、人を惹《ひ》きつける前に目をくらますようなきらびやかさを、よりいっそうひき立てるための単なるかざりものにしかすぎませんでした。彼女は当時一世を風靡《ふうび》した偶像で、ベルナドット（訳注　一七六三―一八四四。フランス革命当時の将軍。のちにスウェーデンおよびノルウェーの王を兼ね、シャルル十四世と呼ばれる。彼はルイ十八世に、「フランス人をおさめるには、ビロードの手袋をつけた鉄の手が必要だ」と語ったと言われる）の語るごとく、ビロードの手袋の下に、鉄の指先をかくすという、成功には欠かせぬ資質を恵まれていたため、なおのことパリの社交界に華々《はなばな》しく君臨しえたのです。あなたはイギリス人たちの奇妙な性格、紹介されたことのない人たちと、自分たちのあいだに横たえる、あのこえがたい不遜《ふそん》なドーヴァー海峡や、冷やかなセント＝ジョージ運河（訳注　イングランドとアイルランドのあいだの海峡）のことはすでにご存じでしょう。彼らにとって人類全体など、自分たちが足もとに踏みつける蟻《あり》の群れにしかすぎないのです。彼らは自分たちでうけ入れた人間以外のものは決して同類とはみとめません。ほかの人間の言葉など、彼らにはその意味さえわからないのです。たしかに相手の唇《くちびる》は動き、その目はこちらを向いています。だが声もまなざしも、彼らのところまではとどかないのです。つまりこうした人間など、彼らには存在しないも同然なのです。こうしてイギリス人は、すべてが法律に支配され、あらゆる階層に画一主義がいきわたり、美徳の発揮にしてからが、まるできまった時刻に動きだす歯車仕掛けの当然の帰結としか思えぬような、彼らの住む島国の姿を身をもって表現しているのです。イギリス女性のまわりにはりめぐらされた、磨《みが》きぬかれた鋼《はがね》の砦《とりで》は、彼女たちが金の鎖で家に閉じこめられ、その餌皿《えざら》や、とまり木や、水鉢《みずばち》や、餌《えさ》が実にみごとなものであるだけに、彼女たちの身に抗《あらが》いがたい魅力をそえるのです。かつていかなる国民も、既婚女性の心の偽りぶりを、これほどまでみごとに育てあげたためしはありません。彼らは何ごとにつけても、女性の身を、社会生活と死とのあいだに据えることにより、うまくこの仕事をなしとげたのです。イギリス女性にとって、恥辱と名誉のあいだには、いかなる中間地帯もありません。決定的な過《あやま》ちか、過ちがないかのどちらかです。すべてか、無か、つまりハムレットの台詞《せりふ》のとおり、to be, or not to be しかないのです。こうしてつねにせまられる二者択一と、社会風俗から生れる絶えず人を見くだす習慣とがあいまって、イギリス女性を、世界でも一種独特な存在と化しています。それは意に反して貞節を求められ、いつ何時《なんどき》でも身を持ちくずそうと、心の奥深く偽りをひめながら、しかもその姿かたちは、あくまで美しい哀れな女性です。というのもこの国民が、姿かたちにすべてを打ちこんでいるからです。そこからこの国特有の女性の美しさが生れてきます。女性たちにとって、必ずや人生のすべてと化さずにはいない恋の激しさや、自分たちの身を美しく保とうとする異常な熱中ぶりや、シェイクスピアの天才が、かくもみごとに一筆でイギリス女を表現した『ロメオとジュリエット』のあの有名な場面においても、いとも優美に描きだされた彼女たちの情のきめこまやかさです。日頃からさまざまな点で彼女たちをうらやんでいるあなたご自身が、あの色白な人魚たちについてまだご存じのないことといったら、いったい何を申しあげればいいのでしょう。一見推し測りがたく見えながらも、すぐに底まで見きわめがつき、愛には愛だけで足りると、すっかりそう信じこんでいる彼女たちは、快楽に憂愁の味わいを持ちこみながらも、そこに変化をもたらすすべを知らず、その魂には一つの音色、その声には一つの音節しか持ちあわせがないのです。それでいながら、なみなみと愛をたたえた大海であり、そこに身を投じたことのないものは、ちょうど海を見たことのないものが何本か心の琴線を欠くように、官能の詩のある種の面を決してうかがい知ることはできないのです。あなたにしても、私がこう申しあげる理由はよくご存じでしょう。私とダドレー夫人との恋愛事件は、不運にも広く知れ渡ることになりました。なにかと官能の求めに決意を左右されがちな齢《とし》にありながら、燃えるような欲望を無理やりおさえつけていた当時の私が、目の前の誘惑にそれまでよくさからいえたのは、クロシュグールドでゆっくりと、殉教の道を歩みつづけている聖女の面影が、私の心のなかで燦然《さんぜん》と光をはなっていたからにほかなりません。こうした誠実さが、かえってアラベル夫人の注意を私に向けさせる燈火の役目を果したのです。私の抵抗は、いやが上にも彼女の情熱をかきたてました。多くの英国女性と同じように、もともと彼女が求めていたのは、世間をあっと言わせること、とっぴなまねをしでかすことでした。イギリス人たちが、食欲をかきたてるため、舌の焼けるような薬味を好んで用いるように、彼女は、心の糧《かて》にそえる胡椒《こしょう》やぴりっとした薬味をさがしていたのです。身をとりまくすべてのものにいきわたった完璧《かんぺき》さと、一分のすきもない規則的な習慣とが、イギリス女性の生活にすっかり張りをうしなわせ、彼女たちの憧《あこが》れを、かえって小説めいた、困難なことにたち向わせるのです。私にはまだそうした性格が見抜けませんでした。私が冷やかなすげない態度に閉じこもれば閉じこもるほど、ダドレー夫人はますます心を燃えあがらせていきました。彼女が名誉をかけたこのたたかいは、すでにいくつかのサロンで人々の興味をかきたてはじめ、この幸先《さいさき》のよさが、彼女にこのたたかいの勝利を自分に課せられた義務であるかのごとく思いこませたのです。ああ、あのときモルソフ夫人と私について、彼女がふともらした恐ろしい言葉を、そのまま伝えてくれる友人がいたら、おそらく私自身も身の破滅をまぬがれていたでしょう。

「あのきじばと同士の溜息《ためいき》には、私、もううんざりしておりますの」というのがその言葉です。

ナタリーよ、いまさら自分の罪を弁護するつもりはありません。が、ぜひおみとめ願いたいのは、あなたがた女性が男の追求をのがれようとする場合にくらべると、われわれ男が女性の誘惑をしりぞけようとする場合の方が、許されたてだてがずっと少ないという事実です。世の風習から、私たち男には女性のさそいをむげにはねつけることが禁じられています。これに反して女性の場合は、同じことがかえって恋人をひきつける餌ともなり、良俗の掟《おきて》もあなたがたにそれを命じているのです。ところが男の場合は、私たちのうぬぼれから発するしきたりのようなものがあり、手をつかねてだまっているのは、滑稽《こっけい》きわまりないこととされるのです。こうして私たちは、慎み深さをあなたがた女性の一手にゆだね、その結果あなたがたは、愛を恵み与えるという特権をその手にされているわけです。が、この役割をひっくりかえしにしてごらんなさい、たちまち男は嘲笑《ちょうしょう》の雨をあびせかけられることになりましょう。恋に守られる身とはいえ、私はまだ、気位の高さと、すべてをかえりみぬ打ち込み方と、たぐいまれな美しさとの、三拍子そろった誘惑に、平気でいられる齢ではありませんでした。アラベル夫人が、彼女こそその女王たるべきある舞踏会の最中に、自分によせられた讃辞《さんじ》をすべて私の足もとにささげつくし、自分の身なりが、私の好みにかなうかどうかと私の顔色をうかがいつづけ、それが私の気に入ったとわかったときに、彼女がうれしさに身をふるわせるのを見て、私はその感動ぶりに心を打たれずにはいませんでした。それに彼女の力がおよぶ範囲からしても、私がその誘惑から逃げおおせることは不可能でした。外交筋からの招待にはどうにも断わりきれないものがあり、彼女はその身分から、行く先々のサロンで迎えられ、自分の気に入ったものを手に入れようとするときに女性たちが見せるあの巧みさを発揮して、招待先の女主人にとり入っては、食卓につくときになると、私の隣に自分の席をもうけさせるのです。そして「モルソフ夫人のように愛していただけたら、私、あなたのために何もかも犠牲にいたしますわ」と私の耳もとでささやくのです。彼女はにっこり笑いながら、この上なくつつましい条件を持ちだして、どんなことがあっても絶対に秘密を守り抜くと誓ったり、せめて自分の方で愛することだけは、我慢していてほしいなどと言うのです。ある日など「いつまでもあなたのお友だちでいて、お好きなときだけ、恋人にしていただきますわ」と、青年の臆病《おくびょう》な良心にも妥協を許し、そのたけり狂った欲望も同時に満足させてくれるような言葉さえ口にしたのです。そして最後には、私の生れついての実直さを利用して私を攻略しようとかかったのです。私の召使をうまくまるめこむと、ことのほかあでやかに装《よそお》いをこらし、たしかに私の欲望をかきたてたと見てとったある夜会のあとで、彼女は部屋にひそんで、私の帰宅を待っていたのです。私たちの噂《うわさ》はイギリス本土にも鳴り響き、かの国の貴族社会は、さながら天が砕け落ちたとでもいうように、その最も美しい天使の転落に、ただ呆然《ぼうぜん》とするだけでした。かくしてダドレー夫人は、英国社会の最上天の雲間を去って、ただ財産だけをのこす身となり、その貞節ぶりがたしかにこの名だたる破局をもたらすもととなったあの人のまばゆい輝きを、みずからのさしだす犠牲によって消し去ろうとしたのです。彼女は教会の屋根にまたがった悪魔のように、燃えたつようなおのが王国のもっとも豊かな地帯を（訳注　悪魔によるキリストの誘惑（マタイ伝四章、ルカ伝四章）のほとんど言葉通りの引用。ただし聖書によれば、悪魔が「世のもろもろの国と、その栄華」をキリストに示したのは、教会の屋根からではなく、丘の上からである）、私の目に見せることにおのが喜びを見いだしたのです。

お願いですからナタリー、どうかこの先は寛大な気持でお読みください。これから申しあげようとしているのは、人生にあって最も興味にあふれた問題、大多数の男が一度は直面したことのある危機に関したことで、この暗礁《あんしょう》を燈台の光で照らしだすためだけにでも、ぜひとも事情を明らかにしておきたいのです。すらりとしてどこか弱々しく、抜けるように色白で、手でふれればこわれんばかりのこの美しい英国婦人、額いっぱいに優しさをたたえ、鹿毛色《かげいろ》の美しい髪を頭上にいただき、全身から発するその輝きは、さながら束《つか》の間《ま》の燐光《りんこう》かと思うばかりの見るからにしとやかなこの女性が、実はまるで鋼《はがね》づくりのような身体《からだ》の持主だったのです。いかに癇《かん》の強い馬でも、彼女の力強い手首にさからいうるものはなく、一見弱々しく見えるその手は、決して疲れを知らないのです。牝鹿《めじか》のような彼女の小さな足、やせすぎとも見えるその足は、言うに言われぬ外形の魅力の下に、発達した筋肉をひめているのです。さらにまた、格闘さえ恐れぬほどの力の持主で、馬に乗れば、男といえどもそのあとに追いすがれるものはなく、障害物競争《ステイープルチエース》ともなれば、ケンタウロスをもうち負かす技倆《ぎりよう》を備え、馬もとめずにやすやすと大鹿や牡鹿《おじか》をしとめるほどの腕前です。その身体は汗を知らず、大気にただよう火のごとき熱気を胸に吸いとり、そのためか、絶えざる水浴が生きていく上での欠かせぬ条件でした。したがって、その情熱もひたすらアフリカ的で、欲望は砂漠《さばく》の旋風のように激しく舞いあがり、その目には、変ることなき空をいただく紺碧《こんぺき》の砂漠が、はてしなくひろがるその炎熱が、星空におおわれたそのさわやかな夜が影を映しだしているのです。クロシュグールドとくらべると、なんと著しい対比でしょう。まさに西方と東方の違いです。一方がどんなかすかな湿気もあつめて、みずからを養おうとつとめれば、一方はおのが魂から水分をにじみださせ、心をささげてくれるものたちを、光り輝く大気ですっぽりつつみこもうとするのです。一方はすらりとして身も軽く、一方はしとやかで肉づきも豊かです。最後につけ加えて申しあげれば、あなたはイギリス風俗にひそむ全般的な意味合いを、これまでに一度、じっくりとお考えになってみたことがおありでしょうか。それを貫くものはほかならぬ物質の神格化、つまりは目的をはっきり定め、あらかじめ周到に考え抜かれたうえで、巧みに実行に移された一種の快楽主義《エピキュリズム》です。そのなすところ、口にするところがなんであれ、イギリスは、おそらく自分でも知らずに、唯物論《ゆいぶつろん》を奉じているのです。イギリスもたしかにそれなりの、宗教的、あるいは道徳的な抱負をかかげています。がそこには、神々《こうごう》しい精神性や、カトリック的な魂などどこにも見あたらず、しかもこうした精神面から生れでるつきざる魅力こそ、いかにうまく演じられた偽善によっても、決してとって代りうるものではないのです。イギリス人は、生活の知恵とも呼ぶべきものを最高度に身につけていて、それが物質面のどんな些細《ささい》なことをも必ずや快適なものとせずにはおきません。あなたのスリッパを世界中でもっともはき心地のよいスリッパとし、あなたの下着にえも言われぬ肌《はだ》ざわりを与え、簞笥《たんす》の内側に西洋杉の板をはりめぐらして、快い香りをいきわたらせようとするのも、みなそのなせるわざなのです。こうして毎日きまった時間に、適度に葉の開いた香り高いお茶を入れ、家の中から埃《ほこり》という埃を追いだして、階段の一段目から家のすみずみまで、いたるところに絨毯《じゅうたん》をはりめぐらし、地下倉の壁にブラシをかけたり、ドアのノッカーをみがいたり、馬車のスプリングをしなやかにしたりして、物質そのものを、口ざわりがよく滋養に富んだ、つやつやとした清浄な果肉のごときものと化するのです。が、しかし、そのなかにひたりきった魂は、快楽のあまりに息をつまらせ、そこから恐るべき安楽の単調さが生れきて、日々の生活はその変化や、自然味をそこなわれ、つまり一言で言えば、あなたの生活そのものが、すっかり機械的なものにされてしまうのです。ところで突然私は、こうしたイギリス風の豪奢《ごうしゃ》にひたりきった、おそらく女性のなかでも他に類のない女性とめぐりあったのです。彼女は死の際《きわ》からよみがえった愛の網のなかに私をつつみこみ、私は惜しげもなく与えられる恋の証《あか》しに、それまできびしい禁欲生活を強《し》いられていた身でこたえたのです。それは心を圧し去るような美しさと、それ独自の電気を帯びた恋、半睡状態の私をしばしば象牙《ぞうげ》の門から天国に導き入れ、翼ある腰に私を乗せては、あっという間に空高く運び去る恋でした。それはまた、自分が手にかけた死体の上で、平気で笑い声をたてている恩知らずな恋、自分のやったことすら記憶になく、イギリスの政治さながらに残酷な恋、それでいて、ほとんどすべての男を、いやおうなしにひきずりこまずにはおかぬ恋でした。こう申しあげれば、あなたにはすでに問題の所在がおわかりでしょう。人間とは物質と精神の両者から成る存在です。獣性は人間のうちにおわりを告げ、そこから天使がはじまるのです。そのためにこそ、私たちが一人のこらず経験するあのたたかいが、未来に予見される運命と、まだすっかり心から拭《ぬぐ》いさられていない過去の本能とのたたかいがはじまるのです。つまりは肉体の愛と聖なる愛との相剋《そうこく》です。ある男はその二つを一つの恋のなかにとけ合せようとし、ある男はこうした試みを断念します。後者は過去の本能の満足を求めてあらゆる女性をあさりつくし、前者はすべての女性を一人の女性のなかに理想化し、彼女のなかに宇宙のすべてを見ようとするのです。肉体と精神の悦楽のあいだを、どっちつかずにさまよいつづける男もいれば、肉体を精神に化そうと試みて、もともと肉体の与ええぬものまで求めようとする男もいます。もし恋に共通のこうした特徴を心にとめて、体質の違いから生れる反感や親近性が、試練を経ていない者同士の結んだとりきめなど、簡単にくずし去ってしまうものであることを考えるなら、さらにまた私たちのあいだには、もっぱら頭で生きる思考型の人間や、ひたすら心に生きる感受性の豊かな人間や、行動のみに生きる実行型の人間など、それぞれに異なったさまざまなタイプの人間がいて、そのおのおのが心に抱《いだ》く期待から、どうしても種々の思いすごしが起りやすく、人それぞれがさずかった天賦《てんぷ》の性《さが》も、おたがいに二重性を持った人間が二人結びあわされているような関係では、必ずしも充分に発揮できるとは限られず、ややもすれば蔑《ないがし》ろにされがちなことを考慮に入れるなら、社会が非情一点ばりに弾劾《だんがい》するある種の不幸に対しては、あなたといえども、きっと寛大にならずにはいられぬでしょう。ところでアラベル夫人は、ひたすら本能や、器官や、欲望や、私たちの身体を作りあげている微妙な物質に備わった美徳や悪徳などを満足させてくれるたちの女でした。つまりは肉体の愛人です。これにひきかえ、モルソフ夫人は魂の伴侶《はんりょ》でした。愛人の満たしてくれる恋には、おのずからその限度があります。物質とはもともと限りあるもので、その持つ力もあらかじめ計量でき、いつかはさけがたい飽満状態にいきつくからです。私はパリでダドレー夫人のそばにいながらも、しばしば名づけようもない空虚な思いにふと心をおそわれることがありました。無限とは魂の領域にのみ備わった特性で、その点、クロシュグールドに芽生《めば》えた愛こそは、まさに限りのない愛でした。私が燃えるような心でアラベル夫人を愛していたこと、それは事実です。彼女はこの上なく美しい獣であるだけでなく、同時にまたたぐいまれな知性の持主で、人を小馬鹿《こばか》にしたような彼女の会話は、ありとあらゆる話題におよぶのでした。しかし私は、あいかわらずアンリエットを、偶像としてあがめていたのです。夜になれば私は幸せに泣き、朝になれば悔恨の涙を流すのでした。この世には、自分たちが抱く嫉妬心《しっとしん》を、天使のごとき優しさのかげに、たくみにかくしおおすことのできる女性もいます。それはみなダドレー夫人のようにすでに三十をこえた女性たちです。こうした女性たちは、心に感じながらも、頭の中で計算をたて、一方では現在のもつ果汁をあまさずしぼりとりながら、その一方ではまた未来のことにも思いをめぐらすのです。そして自分が負った傷にも気づかずに、けたたましい叫び声をあげて、獲物を追いつめるときに狩人《かりうど》たちが示すあの気力——彼女たちもあれに似た気力をふるいおこし、しばしばしごく無理からざるうめき声も、心の奥深くおしころそうとつとめるのです。モルソフ夫人のことなどおくびにも出さずにいたとはいえ、アラベルは夫人があいかわらず私の心の中で生きつづけているのを見てとると、どうにかしてそこから彼女の面影を抹殺《まっさつ》してしまおうと試みました。そして彼女の情熱の火は、この打ち勝ちがたい恋の息吹《いぶ》きに接するたびに、さらに激しく燃えさかったのです。自分に有利な比較を私に見せつけて、勝利をおさめようとしていたアラベルは、多くの若い女たちがやるように、ことあるごとに疑いの目をさし向けたり、うるさく質問をくりかえしたり、しつこく聞きただしたりするようなまねはしませんでした。むしろ彼女は、獲物をくわえて洞穴《ほらあな》にもどった牝獅子《めじし》のように、自分の幸せを乱されまいとあたりに気をくばり、まだ心服しきってない捕虜に対するがごとく、私を身近において監視しつづけたのです。目の前でアンリエットに手紙を書いても、彼女は一行すら読もうとせず、私の手紙に書かれた住所を、何かのてだてを用いてひそかに知ろうとするようなまねもしませんでした。私はそれまでどおりの自由を保っていたのです。彼女は前もって「この人を失うようなことがあれば、悪いのは私だけなのだわ」と心に言い聞かせていたようでした。こうして彼女は、私が求めれば命さえ投げだしたと思われる、何もかもささげつくした愛情だけを、誇らかに自分のよりどころとしていたのです。それにまた彼女は、私が彼女を見すてたら、すぐさま自分から命を絶つにちがいないと、私に思いこませてしまっていたのです。この点、夫の亡骸《なきがら》を焼く火に身を投じ、みずからも焼け死ぬというインドの寡婦《かふ》たちの風習を、彼女がしきりとほめたたえる言葉は、あなたにもぜひお聞かせしたいほどでした。「これはインドでも、特別貴族だけに許された習慣とかで、その点からも、この特権には世の人を見くだしたような偉大さがひそんでいますのに、そのところがまるで見抜けないヨーロッパ人には、この行為の持つ意味がよくわかっていないようですわ」と彼女は言うのです。「でも、正直なところ、現代のような平板な風俗の社会では、貴族の偉大さをふたたび発揮する道といったら、ただ感情の非凡さを世間に示すことしかありませんわ。私の血管のなかを流れている血は、あなたがたの血とはちがうんだってブルジョワたちに教えてやるには、あの人たちとちがった死に方をするしかありませんもの。生れの卑《いや》しい女たちにも、ダイヤや、衣裳《いしょう》や、りっぱな馬や、それにもともと私たちだけのものであるべき紋章でさえ、手に入れようとすれば手に入ります。なにしろ、名前ですらお金で買えるご時世ですもの。でも、たとえ世の掟《おきて》にそむくことになっても、昂然《こうぜん》と頭をあげて一人の方を愛すること、自分で選んだ偶像のために、ベッドのシーツで作った屍衣《しい》に身をつつみ、よろこんで自分から命をすて去ること、この世も天国もその方の足もとにささげつくし、神を創《つく》りだす特権を、全能の神の手から奪い去ること、たとえ操《みさお》のためであろうと、決してその方を裏切らないこと……だって貞節をふりかざして身をこばむのは、その方以外の何物かに身をささげることでしょう、それが人間であれ、一つの考えであれ、やはり裏切りであることに違いはありませんもの……これこそ卑しい女たちには、どうやっても手のとどかない偉大さですわ。あの人たちは二つのありふれた道、貞節という広々とした道か、娼婦《しょうふ》という泥まみれの小道しか知らないのです」これでおわかりのように、アラベルのやり口は、もっぱら自尊心を楯《たて》につきすすみ、虚栄心をもちあげては、それを神のごとくあがめたてることでした。そのため彼女は、とてつもない高みにまで私を祭りあげることになり、もはや私の足もとにひれ伏してしまい、暮していけないまでになりました。こうして彼女は、自分の精神に備わった魅力のすべてを、さながら奴隷《どれい》のような身ごなしと、完全な服従とに示す結果となったのです。彼女は私の足もとに身を横たえて、一言も口をきかず一日中私を眺《なが》め暮し、さながらハレムの女のように、快楽の時が来るのをじっとうかがいつづけ、おとなしく待っているふりをよそおいながらも、巧みな媚態《びたい》をふりまいては、その時が来るのを一刻でも早めようとするのでした。つきることのない恋の悦楽に、ただ夢中でひたりきっていた最初の六カ月のありさまを、いったいどんな言葉でもって描きだしたらいいというのでしょう。この恋は、経験から生れる知識を生かし、日々の快楽にさまざまに異なった味わいをそえながら、しかもその知識のほどを、身を運ぶ激しい情熱のかげにかくして、うまく目につかないようにしていたのです。突如として官能の詩を啓示するこうした恋の悦楽は、若者たちを年上の女性に結びつける強固な絆《きずな》となるものです。しかしこの絆は、囚人をつなぐ鎖の環《わ》でもあり、心の中に消えがたい刻印を刻みつけ、花にかざられたういういしい純真な恋に対する嫌悪《けんお》の念を、前もって若者たちの心に植えつけてしまうことになるのです。というのもこうした若い恋は、輝きを失うことのない宝石をちりばめ、こった細工をほどこした金の杯で、相手にアルコールを供するすべなどもとより知るはずもないからです。かつて花束の詩に何度となく表現しながらも、まだ身をもって味わったこともなく、ひたすら心のなかだけで夢みていた官能の悦《よろこ》びは、心の結びつきによって、さらに何倍も激しくなるものですが、こうして今それを自分から求めて味わいながら、私はこの美しい杯によろこんで唇をはこぶ自分の振舞いを、おのが目にうまく正当化する詭弁《きべん》には、いささかの不自由もしませんでした。しばしばかぎりなき懈怠《けたい》に浸りながら、自分の魂が肉体の軛《くびき》を脱して、この地上から空高く舞いあがるのを感じると、私はこうした肉の快楽《けらく》も、物質の存在を消滅させて、精神にその崇高な飛翔《ひしょう》をとりもどさせてくれる、一つのてだてだと考えたのです。またしばしばダドレー夫人は、多くの女性たちがするように、幸せのあまり感きわまった状態をうまくとらえ、誓いの言葉を述べさせては、私の身をしばろうとするのでした。さらにまた彼女は、巧みに欲望のたかまりを利用して、無理やり私の口から、クロシュグールドに対する冒瀆《ぼうとく》の言葉をひきだすのでした。一度裏切りをおかしてしまうと、今度は嘘《うそ》つきになる番でした。ここにいたっても私は、モルソフ夫人が何より愛していた、あのみすぼらしい空色の燕尾服《えんびふく》を着たかつての少年のままをよそおって、それまでと同じように彼女に手紙を書きつづけていたのです。がしかし、正直なところ、うっかりだれかが口をすべらせたら、私の希望とも言うべきあの美しい館《やかた》のなかに、どれほどの大きな被害をもたらすことになるかと考えると、私には夫人に備わった例の透視力が、ひどく恐ろしいものに思えてくるのでした。しばしば喜びのさなかにありながら、突如として悲しみが私の身を凍りつかせ、聖書の「アベルよ、カインはいずこにおるや」（訳注 創世記第四章第九節）という言葉さながら、アンリエットの名を呼ぶ声が、天のかなたから私の耳に響くのでした。やがて私の手紙にはぱったりと返事がこなくなり、恐ろしい不安にとらわれた私は、クロシュグールドまででかけていこうという気になりました。アラベルは反対するようなそぶりも見せず、ただごくあたりまえなこととして、自分も一緒にトゥーレーヌまでいくと言いだしました。困難さが彼女の気紛《きまぐ》れな恋をそそりたて、自分の予感がみごと的中して、望外な幸せを手にすると、やがてこうした事情が寄りあつまって、彼女の心のうちにも真実の恋を芽生《めば》えさせ、彼女はおのが恋を、この世にまたとない唯一《ゆいいつ》無二のものにしようと願ったのです。彼女は女心の鋭さから、この旅行に、モルソフ夫人から私を完全にひきはなす機会を見てとりました。ところが心配に目をふさがれて、真実の恋の持つ無邪気さに身をまかしていた私は、これから自分が落ちこもうとしているわなの存在にさえ気づかぬありさまでした。ダドレー夫人はこの上なくへりくだった譲歩を申しでて、私の反対をあらかじめすっかり封じてしまいました。彼女はトゥール近郊の田舎に宿をとり、人に知られぬよう姿をかえて、昼のあいだはいっさい外出せず、私たち二人が落ちあう時刻は、だれにも会う心配のない、夜の時間を選ぶことに同意したのです。私はトゥールから馬でクロシュグールドに向いました。私が馬で来たのにはそれなりの理由がありました。夜、邸《やしき》を抜けだすには、自分の馬がいりましたし、私の馬は、エスター・スタンホープ夫人（訳注　一七七六―一八三九。イギリスの宰相ウィリアム・ピットの姪。この物語の当時はレバノンに住んでいた）が、ダドレー侯爵《こうしゃく》夫人に送ってきたアラビア種で、私はそれを、今でもロンドンの彼女の邸《やしき》の客間にかかっている、ひょんな事情から私の手に帰した、あの有名なレンブラントの絵と交換したのです。私は六年前自分が徒歩でたどった道をとり、例のくるみの木の下で馬をとめました。そこから見やると、見晴らし台《テラス》のはずれに、白いドレスを着たモルソフ夫人が、一人たたずんでいる姿が望まれました。私はやにわに馬を駆り、彼女めざして稲妻のような早さでとびだすと、さながら野外競争のごとく一直線に道をとり、ほんの数分後には館の塀《へい》の下にたどりつきました。砂漠をとびまわる燕《つばめ》の羽音のように、けたたましいひづめの音があたりに響き、やがて見晴らし台《テラス》のはしに馬がぴたっと足をとめると、彼女は「まあ、あなたでしたの」と私の方を見て言いました。

この一言は、雷のように私を打ちすえました。彼女は私の情事を知っていたのです。だれが彼女の耳に入れたのだろう。それはほかならぬ彼女の母親で、のちになって私は、そのおぞましい手紙を夫人に見せられました。かつてはあれほど生命にあふれていた彼女の声の、よそよそしげなか弱い響きと、見るかげもないその艶《つや》のなさは、思いあぐねた苦悩のほどと、よみがえるすべもなく切りとられた、花の残り香とを示していました。あたり一帯を永久に砂でうめつくしてしまうロワール河の洪水さながら、不実の嵐《あらし》が彼女の心をよぎり、かつての緑なす沃野《よくや》を、荒れはてた砂地と化してしまったのです。私は小さな門から馬をなかにひき入れました。私の言いつけどおり馬が芝生《しばふ》に横たわると、ゆっくりと歩をすすめた夫人は「まあ、おみごとな馬ですこと」と、声をたかめて言いました。彼女は私に手をとらせまいと腕をくんだままで、その意図は私にもすぐ察しがつきました。「モルソフに知らせてまいりますわ」彼女はそう言うなり私のそばをたち去りました。

私はただ呆然《ぼうぜん》とその場に立ちつくし、引きとめるすべもなく、一人遠ざかっていく彼女の姿を見送りました。以前にかかわらず気品にあふれ、ゆっくりと歩を運ぶ誇りに満ちたモルソフ夫人は、かつて目にしたこともない肌《はだ》の白さで、ただその額には苦渋にみちた愁《うれ》いの影が黄色く跡をとどめ、雨に濡《ぬ》れそぼつ百合《ゆり》の花冠のように、その頭をうなだれています。

「アンリエット」と私は、死にゆくのを感じた人間のように、狂おしい気持で叫びました。

彼女はふりかえりも、立ちどまりもせず、私の手からすでにその名はとりあげてしまい、今後そう呼ばれても決して返事をしないということすら告げようとせず、ただそのまま足を運びつづけました。今はこの世の埃《ほこり》と化して、その魂だけが地上をおおいつくしている幾千万という死者の群れにたちまじり、最後の審判が下されるあの恐るべき谷間（訳注 キリスト教の言い伝えでは、最後の審判はヨシャパテの谷でおこなわれることになっている）に身をおかれたら、栄光に輝きわたる広大無辺な光のもとで、さぞかし私も、おのが身の卑小さを強く感じずにはいられぬでしょう。だがたとえそのときにしても、刻々と街路をはいあがってくるあのほどこすすべもない洪水の歩みにも似た足どりで、キリスト教徒にしたディドー（訳注 ギリシャの古伝説で、カルタゴを築いて君臨した女王。後、英雄アエネアスのローマ行の物語と結びつけられ、アエネアスとの恋に破れて自殺する物語が生じた。ウェルギリウスの『アエネイス』では、自殺するため火刑台にのぼっていくディドーの姿が描かれている）さながら、おのが栄光と刑罰の待つクロシュグールドの館の階段を、一歩一歩乱れぬ足どりでのぼりつめていく夫人の白い姿を見たときほどは、心をうちひしがれる思いをせずにすむでしょう。私はアラベルを呪《のろ》いました。神のためにすべてをすて去るように、私のためにすべてをすて去った彼女が、たとえその一言でも耳にしたら、その場で息絶えていたかもしれません。どちらを向いても、限りない苦しみが横たわっているのを見た私は、ただ呆然として、次々と胸にわきおこる数知れぬ思いにひたっていました。ちょうどそのとき、一家のものが庭を下りてくるのが見えました。ジャックはその齢《とし》にふさわしい無邪気な性急さでこちらにかけよってきます。かもしかのようにすらりとのびたマドレーヌは、絶え入るような目をして、母親のわきによりそっています。私はジャックを胸にだきしめ、母親のうけてくれなかった心にあふれる思いと、ほとばしる涙をこの子の上にそそぎかけました。モルソフ氏は私に近づくと、両腕をさしだし、私を強くだきしめて、かわるがわる頰に接吻《せっぷん》しながら言いました。「フェリックス君、私がこうして生きているのも、みんな君のおかげだと聞かされたよ」

モルソフ夫人はそのあいだじゅう、マドレーヌに馬を見せるという口実で、ずっと私たちの方に背を向けたままでした。マドレーヌの方は、皆目わけがわからぬといった顔つきでした。

「ほんとにあきれたもんだ、女ってのはこれだから」と伯爵は怒って言いました。「馬ばかり見ているなんて」

マドレーヌはこちらをふりむくと、私のそばに近よりました。私が彼女の手に接吻しながら夫人の方を見やると、夫人はさっと顔を赤らめました。

「ずいぶん元気そうになりましたね、マドレーヌは」と私は言いました。

「ほんとにかわいそうな子で……」夫人は娘の額に接吻してやりながら言いました。

「幸い今のところはみんな元気です」と伯爵は答えました。「ただごらんのとおり、フェリックス君、私だけがまるでくずれかかった塔みたいに、すっかり身体《からだ》をやられてしまって」

「どうやら、将軍はあいかわらず、ふさぎの虫にとりつかれているようですね」私はそう言いながらじっと夫人の顔を見つめました。

「blue devils（ふさぎの虫）にとりつかれていないものなんて、ここには一人もおりませんわ」と彼女は答えました。「そういえばこれはたしか英語でしたわね」

私たちは連れだって、ぶらぶらと果樹園の方にのぼっていきました。がそのあいだも、何か重大なことがおこったことは、一人一人がみなそれぞれ心に感じていました。夫人は、私と二人きりになりたいなどとは考えてもいないようでした。今や私は一人の客人にしかすぎなかったのです。

「ところで君、馬はどうしよう」と伯爵は私たちが門を出たところで言いました。

「そらごらんなさい」と夫人は答えました。「私が馬のことを考えれば考えたで悪いし、考えなければ考えないで悪いとおっしゃるのでしょう」

「そりゃそうさ」と伯爵は言いました。「ものごとにはそれぞれその潮時ってものがあるんだから」

「僕が自分でいってきますから」と私は、夫人の冷やかな態度にいたたまれなくなって言いました。「外に出して、ちゃんと小屋に入れられるのは僕だけですし、それに間もなくgroom（馬丁）もシノン行きの馬車でつきますから、世話のほうはこの男にやらせます」

「groomもイギリスからお呼びよせになりましたの」と夫人が言いました。

「groomだけはイギリス仕込みにかぎるからね」伯爵は、夫人が沈みこんでいるのを見ると、急にうきうきとして言いました。

　伯爵は夫人のこのそっけないあしらいを、妻の意に楯《たて》つく絶好の機会と見てとったのでしょう。彼は私に対してそれこそ友情のかぎりを示しました。こうして私は夫なるものから寄せられる好意の耐えがたさを身をもってはじめて知ったのです。夫たちの示す心づかいが、高貴な心の持主たちに、どうにもやりきれなく感じられるのは、彼らの妻が本来彼らに寄せるべき愛情を、こちらの身に惜しげもなくふりそそいでいるときではありません。いな、むしろ彼らがおぞましく、耐えがたいものに思われだすのは、まさにこの恋がかなたに消え去らんとするときからです。こうした恋に欠かせぬ夫たちとの友好関係が、そうなると一つの手段と見えだすためで、目的によって、もはや正当化されなくなった手段がすべてみなそうであるように、ひとたび事がそこにたちいたると、彼らとの友好関係そのものが、いかにも重くるしく、いとわしいものに思えてくるのです。

「フェリックス君」伯爵は私の両手をとると、心をこめてそれをにぎりしめながら言いました。「妻のことは、どうか勘弁してやってくれたまえ。女には時として気紛れが必要で、それもまあ、持って生れた弱さを考えれば、こちらで大目に見てやらねばならんものですから。私たち男は、性格の強さがあればこそ、こうしていつも一定した気分でいられるが、女にはどうしてもそれができんのですよ。私もよく知っているが、妻はほんとうは君がとても好きなんです。ところが……」

伯爵が話している最中に、夫人は私と彼だけをその場にのこし、いつとはなしに私たちのそばから遠くはなれていきました。

「フェリックス君」伯爵は、二人の子供たちをわきにしたがえて、館の方にのぼっていく、夫人の姿を眺めやりながら小声で言いました。「妻の心の中でいったい何が起っているのかわからんのですが、一月半ほど前から、あれの性格がすっかり変ってしまいましてな。これまではあれほど優しくて、心から私につくしてくれたのが、今では信じられんほど、無愛想な態度を見せるのです」

後になってマネットから聞いたところによれば、夫人は一時、すっかり気がぬけたようになり、夫のいやがらせさえ感じぬほどだったということです。矢を射《う》ちこむやわらかい土壌が突然手ごたえを失うと、それまでいじめていた虫がはたっと動かなくなったのを見た子供のように、この男はどうにも不安でたまらなくなり、死刑執行人が助手の助けを求めるように、今は自分の話を聞いてくれる心の打ち明け相手を求めていたのです。

「どうだろう」と彼はしばらく間をおいてから言いました。「妻から話を聞きだしてもらえんだろうか。女というのは、夫には必ず秘密を持っているものでしてな。でも、相手が君だったら、なんで心を痛めているのか、素直に打ち明ける気になるかもしれんよ。

私はこのさき、命と財産をそれぞれ半分ずつ犠牲にしても、ぜひとも妻を幸せにしてやりたいのです。私の生活にはどうしてもあれが必要なのです。齢《とし》をとってから、あの天使のような女がそばにいてくれないなんてことが万一あれば、私はこの世でだれよりも不幸な男になってしまいますよ。私は心安らかに死にたいのです。妻に言ってください、私のことでいやな思いをするのも、もうそれほど永いことじゃないって。私はな、フェリックス君、私はもう先の永いことはない。それは自分でもよくわかっているのです。でも、この恐ろしい事実は、だれにも言わずわざとかくしているんですよ。前もって人を悲しませることはありませんからな。あれですよ、君、あいかわらず例の幽門ですよ。私はとうとう病気の原因をつきとめたんです。感受性が私を殺すのです。事実感情というものは、みな胃の中心に響くもので……」

「とすると」と私は笑いながら伯爵に言いました。「心優しい人間は、みんな胃をやられて死ぬことになりますね」

「いや、笑わんでくれたまえ、フェリックス君。これほどたしかな事実はないんだ。激しすぎる悲しみは、交感神経の働きを、必要以上にたかめるのです。感受性のたかまりは胃の粘膜を興奮状態におき、この状態が永くつづくと、まず消化作用に、目に見えないような支障がおこってきます。消化液の分泌が悪くなり、食欲がおちてきて、消化そのものにむらがでてくるといった具合にです。そのうちに鋭い痛みを感じだし、それが日一日と激しくなって、しかもしょっちゅうおこるようになるのです。そうなると毎日の食事に緩慢な毒をまぜているのも同じことで、組織の破壊はその絶頂に達します。粘膜が肥大し、幽門の弁が硬化して、ついにはそれが硬性癌《がん》に移行するのです。こうなったらもう助かりません。ところでフェリックス君、私の病気は実はもうそこまで来てるんですよ。どう手をつくしてみても、この硬化現象のすすみをくいとめることはもうできんのです。ごらんなさい、この藁《わら》みたいに黄色い顔、ぎらぎらしたこの乾《かわ》いた目、それにこのひどいやせ方を。私はこうしてだんだんとひからびていくんです。だがこれもあきらめるほかはありますまい。なにしろ私はこの病気の種子を亡命生活から持ち帰ったのですからな。あの頃はずいぶん苦しい目に会いましたからねえ。それにこの亡命の傷手《いたで》をいやしてくれるはずだった結婚生活が、私の傷ついた心をしずめてくれるどころか、かえって古傷をかきたてるしまつです。私がここで見いだしたものはなんだと思います。子供たちのための絶えざる不安、家庭内の心痛、くずれかかった財産のたてなおし、その上、ずっと倹約のしっぱなしで、妻にはいろいろと不自由をさせましたが、そのことでまず第一につらい思いをしているのはこの私なんですよ。それに、これは君にしか言えない秘密ですが、私のいちばん大きな苦しみは、実はこれから申しあげようとしていることなんです。ブランシュは天使のような女ですが、私のこととなると少しもわかってくれんのです。私の苦しみなんか少しも知らず、かえってそれに言いがかりをつけるしまつです。私は許してやっていますがね。それに、これは口に出すのもいやなことですが、ブランシュがあれほどまじめ一方な女でなかったら、私の苦しみをやわらげようと、かえっていろいろてだてをつくして、私を幸せにしてくれたかもしれません。ところがあれには、そんなてだてなど思いもつかんのです。なにしろ子供みたいに、何も知らんのですからね。その上、また召使たちが何かと苦労の種でして、私がちゃんとフランス語をしゃべっているのに、まるでギリシャ語かなんか聞いてるみたいに、こっちの言うことなんかまるきりわかってくれんのです。財産のたてなおしがあらかたおわり、やっとこれで苦労が減ったと思ったときには、私の身体《からだ》はもういつの間にかとりかえしのつかんことになっていたのです。とうに食欲の落ちるところまで病気が進んでいて、あとはご存じのとおり、オリジェがひどく的はずれの手当をやらかしたあの大病です。要するに、私の命はあともう半年しかもたんのです……」

私は伯爵《はくしゃく》の話を聞いていてこわくなりました。今度夫人に会って、私をはっとさせたのは、彼女のぎらぎら輝く乾いた目と、藁《わら》のように黄色いその額の色だったのです。私は伯爵を家の方にひっぱっていきながら、彼の医学談義をまじえた愚痴に耳を貸すふりこそしていたものの、実はアンリエットのことしか念頭になく、もう一度彼女のことをじっくり見たいと思っていたのです。伯爵夫人は客間にいて、ドミニス師がジャックを相手に数学を教えているのに立ち会いながら、娘のマドレーヌにつづれ織りの目の手ほどきをしている最中でした。以前の彼女なら、私のついた日は仕事をおあずけにして、私のことだけにすっかりかかりきりになっていてくれたはずでした。しかし嘘《うそ》いつわりのない私の深い愛は、この過去と現在の対比がひきおこす悲しみを、じっと胸の底におさえつけました。というのも夫人の顔に、あの致命的な黄ばんだ色をみとめたからで、それさえ彼女の神々《こうごう》しい顔にうかんでいると、イタリアの画家たちが、よく聖女の顔の上に描きだしえた、あの聖なる光を映しだすもののように見えるのでした。私は身体の中を、死の冷たい風がすっと通り抜けるのを感じました。ついで彼女の燃えるようなまなざしが、ふとこちらに注がれたとき、私は思わず身をふるわせました。かつては彼女の瞳《ひとみ》を濡《ぬ》らしていたあの澄みきった潤《うるお》いが、今では両の目からすっかり失《う》せてしまっているのです。同時に私は、おもてにいるときは見すごしていた、悲しみからくるいくつかの変化に気がつきました。この前ここを訪れたときは、額にうすく刻まれていたこまかな皺《しわ》が、今ではめっきり深さを増し、青みを帯びていたこめかみはくぼんで熱にほてっています。目は物思わしそうな眉《まゆ》の下に深くおちこんで、そのまわりを褐色《かっしょく》の隈《くま》がふちどっています。おもてにきずがあらわれはじめ、内部に巣くった虫のために、はやばやと黄色くなりかかっている果実のように、すでに彼女は生命をむしばまれているのです。彼女の心のなかになみなみと幸せをそそぎ入れることに野心のすべてをかけていたこの私が、命をよみがえらせ、気力をとりもどさせてくれるべき彼女の泉のなかに、みずからの手で苦渋の水を流しこんでしまったのではなかろうか。私は夫人のそばに近づいて、そのかたわらに腰をおろすと、悔恨の念に声をつまらせながら彼女に言いました。

「お身体の方は大丈夫なんですか」

「ええ」と彼女は私の目をのぞきこむようにして答えると、それからジャックとマドレーヌの方を指さしながら言葉をつぎました。「私の健康って、あの子たちのことですもの」

　自然とのたたかいにみごと勝ち抜いたマドレーヌは、十五歳とはいえ、りっぱに一人前の女でした。背丈《せたけ》も大きくなって、その陽《ひ》やけした両頬には、かつてのあの野ばらの色がふたたびよみがえろうとしています。だれであれ、正面から見つめるような子供の無頓着《むとんちゃく》さはすでに失って、そろそろ目を伏せたりすることもおぼえたらしく、その身ぶりも母親に似て以前とくらべるとずっとまれになり、すっかりおちつきをたたえています。腰はすらりとし、胸もとはすでに女の魅力にあふれ、おしゃれになでつけられたみごとな黒髪は、スペイン女性を思わす額の上で、まんなかから二つに分れています。その姿は、いかにも繊細な輪郭を備え、全体が見るからにほっそりとして、視線で愛撫《あいぶ》するだけでこわれてしまいそうに思われる、あの美しい中世の彫像を思わせます。しかし多年の努力がみのり、りっぱに健康が得られた証拠には、頬は桃の実さながらにビロード状の光沢《つや》をたたえ、首筋にそった絹の産毛《うぶげ》には、母親に似て陽の光が美しくたわむれています。マドレーヌよ、君はりっぱに生きていけるだろう。この上なく美しい花のつぼみよ、君の目の長いまつげにも、母親に劣らず豊かな成長をとげるだろう君のなだらかな肩の曲線にも、神はみずからの手ではっきりそう書きしるしておられるのだ。ポプラのようにすんなりとした、この栗色《くりいろ》の髪の乙女《おとめ》にくらべると、十七歳になってもひよわなジャックは、まことに対照的な姿を示していました。彼は頭ばかりが大きくなり、額は不安なほど急速にひろがって、熱にうかされたような疲れた目は、深い響きをたたえた声とうまく調和を保っています。声帯はあまりにも豊かな音を響かせ、まなざしはあまりにも多くの思念をたたえているのです。それはまさにアンリエットの知性と魂と心とが、かよわい肉体をその炎で一瞬にして燃えつくさんとしている姿でした。事実乳白色のジャックの肌《はだ》には燃えるような赤みがさしており、これはイギリスの少女のうちで、時がいたればいずれは病に倒れるよう、あらかじめ運命づけられている哀れなものたちに見られる特徴です。ああこれは見せかけの健康にすぎないのだ。アンリエットが指さすままにマドレーヌから視線を転じ、ドミニス師の前で黒板に幾何の図形や代数の計算を書いているジャックの姿を見やったとき、私は花の裏にかくされたこの死の影に、思わず身をふるわせました。がしかし、哀れな母親の誤りはそのままそっとしておきました。

「こうして二人の元気な姿を見ていると、私、もううれしくて、苦しみなど忘れてしまいますの。この子たちが病気のときは、自分の苦しみなど、どこかに消えてしまってもう感じなくなるのと同じですわ。それに」と彼女は母親の喜びに目を輝かせながら言葉をつづけました。「たとえほかの愛情には裏切られても、ここでの感情がむくいられ、義務を果したおかげで首尾よい結果が得られれば、よそで見舞われた敗北など充分につぐなってくれますもの。ジャックもあなたと同じように、きっと高い教養を身につけ、知識も徳もそなえたりっぱな人になってくれますわ。あなたのように国の誇りとなって、高い地位にいるあなたからご指図をうけながら、国の政治をきりまわすようになるかもしれませんわ。でも私、この子には、最初の愛情にはいつまでも忠実であるように教えこむつもりでおりますの。それにこの可愛《かわい》らしいマドレーヌ、この子はこの齢《とし》でもう心の気高さを知っておりますのよ。アルプスいちばんの高い峰に積った雪のように、何の汚《けが》れも知らないこの子なら、女性としての献身も、嫌味《いやみ》のない見識も充分身に備えてくれますわ。誇りとは何かをわきまえているこの子なら、ルノンクールの名に恥じない、りっぱな女性になってくれますわ。前には心を苦しめ通しだった母親が、今ではすっかり幸せですの。まじりけのない無限の幸せにひたっておりますのよ。ええ、そのとおりですとも、充実した私の生活は、何欠けるところない豊かなものですの。おわかりでしょう。神さまは身に許された愛情のなかで、私の喜びを花開かせてくれたのです。そして、私を引きずりこもうとしていたよこしまな愛情には、苦々しい思いをおまじえになり……」

「けっこうです」とドミニス師がうれしそうな叫びをあげました。「子爵さまはもう私と同じくらいおできになります」

証明をおわったジャックは、軽く咳《せき》をしました。

「神父さま、今日はもうこれくらいで充分ですわ」と夫人はほろっとさせられた様子で言いました。「ことに化学の方はやめにしていただけたらと思いますの。さあ、ジャック、馬に乗りにいらっしゃい」夫人はそう言うと、母親の威厳を保ちながらも、いかにもうれしそうにジャックの接吻《せっぷん》を受け、私の思い出を侮辱するようにこちらに目を向けました。「さあ、いってらっしゃい、よく気をつけるんですよ」

「さっきのご返事はまだいただいておりませんが」私はいつまでもジャックの姿を見送っている夫人に言いました。「もしかして、どこか痛んだりすることはありませんか」

「ええ、たまには胃のあたりが……。残念ですわ、私がパリにいたら、さっそく流行の胃炎になれるところでしたのに」

「お母さまはとても苦しいらしいの。それもたまにではありませんのよ」マドレーヌが私に言いました。

「まあ、あなたには私の身体のことなど気になりますの……」

マドレーヌは、この言葉にこめられた深い皮肉に驚いて、かわるがわる私たち二人の顔を見つめました。私はこの客間をかざる、椅子《いす》にのせられた、灰色と緑のクッションに目をやって、そこに織り出されているばら色の花を数えつづけました。

「こんな状態にはもう耐えられません」と私は夫人の耳にささやきました。

「私の責任ですかしら、こんな状態をつくりだしたのは」彼女は逆に私にたずねました。

「まるで子供みたいなことをおっしゃって、あなたは現代史をご存じありませんの」と彼女は、女たちの復讐《ふくしゅう》をいかにも気のきいたものにする、あの残酷な快活さをよそおって言葉をつぎました。「フランスとイギリスはいつだって敵《かたき》同士だったではございません。それくらいのことならマドレーヌだって知っておりますわ。それに、広い海、冷たい荒れ狂った海が二つの国をへだてているっていうことだって」

　おそらく私から花を活《い》ける喜びを奪うためでしょう、暖炉の花瓶《かびん》は姿をけし、代りに燭台《しょくだい》がおかれていました。私はあとでその花瓶が夫人の部屋にあるのを見つけました。やがて私の召使が到着し、私は部屋を出て指図を与えました。私が彼の持ってきてくれた身のまわりの品を、部屋に運び入れようとすると夫人は言いました。

「フェリックス、おまちがいにならないで。昔の伯母《おば》の部屋は今マドレーヌが使っていますのよ。あなたの部屋は、モルソフの部屋の上ですわ」

　罪が自分にあるとはいえ、私も心を持った人間です。ところが夫人はわざと選んだように、私の心のいちばん感じやすいところをめがけて、冷やかにこの匕首《あいくち》のような言葉を投げつけたのです。精神の苦痛はそれ自身絶対的なものではなく、魂の繊細さに比例するものです。夫人は自分でも、こうしたさまざまな段階の苦しみを、すべて一通り身にしみて経験していたはずでした。だがまさにその理由から、この上なく優しい女性が、それまで好意的であればあったほど、残酷な女性に変りうるのです。私がその顔を見つめると、夫人は面を伏せました。私は自分の新しい部屋、緑と白に塗られた小ぎれいな部屋に入り、そこでわっと涙にかきくれました。泣き声を聞きつけたアンリエットが、やがて花束を持って姿を見せました。

「アンリエット」と私は彼女に言いました。「どうしても許してくださらないとおっしゃるのですか。僕のおかした罪は罪の中でももっとも大目に見てもらえる罪ですのに……」

「このさき、アンリエットと呼ぶのはやめてくださいませ」と彼女は口を開くと言いました。「かわいそうに、その女はもうこの世におりませんの。でもあなたの話をおうかがいし、あなたに優しくしてさしあげる献身的なお友だちのモルソフ夫人なら、いつでもここにおりますわ。フェリックス、そのお話はもっと先になってからにいたしましょう。もし今でも私に優しい気持をお持ちなら、私が平気であなたのお顔が見られるようになるまで、このままそっとしておいていただきたいの。あなたの言葉をお聞きしても、これほど胸をかきむしられるような気持にならずにすみ、少しは元気がとりもどせたら、そう、そのときになったらはじめて……ほらごらんになれますかこの谷間が」と彼女はアンドル川を指さしながら言いました。「私はこの景色を見るのがつらくて。今でも大好きなのですもの……」

「ああ、イギリスもイギリス女もみんなほろびてしまうがいい。僕は陛下に辞表を出して、死んであなたのお許しを得ます」

「いいえ、いけません、それは。そのお方をちゃんと愛してさしあげなければ。アンリエットはもうこの世にいませんのよ。これは冗談ではございませんの。そのうちあなたにもきっとおわかりになりますわ」

心にうけた傷のすべてを、この最後の言葉の響きで明かすと、夫人は戸口を去りかけました。私は部屋をとびだすと、彼女をひきとめて言いました。「では、もう私を愛していてはくださらないのですか」

「あなたには、ほかの人全部を合わせたよりも、ずっとつらい目にあわされましたわ。でも今では前ほど苦しまずにすむようになりましたもの、きっとこれまでほどはあなたを愛していませんのね。でも『うつろいやすく、さめやすきは』などというのはイギリスだけのことですわ。フランスでは『とこしえに』と申しますのよ。さあ、おとなしくなさって、私の苦しみをこの上増すようなことはやめてくださいませ。あなたはしきりにつらいとおっしゃいますが、考えてもごらんなさい、この私がこうして生きておりますのよ」

夫人は私がにぎりしめていた、冷たくて、何の反応も示さぬながら、じっと汗ばんでいる手をふりほどくと、この真に悲劇的なやりとりがおこなわれた廊下を矢のようにのがれ去っていきました。夕食では、思いもかけぬ責め苦を伯爵《はくしゃく》から課せられるはめになりました。

「するとダドレー夫人は、いまパリにはおられんのですな」と伯爵は言いました。

「ええ」と私は顔をまっかにして答えました。

「もしかしてトゥールに来ておられるのでは」と彼はつづけて言いました。

「あの人は離婚したわけではありませんから、イギリスに帰ったかもしれません。ご主人にしても、あの人がもどってきてくれれば大喜びでしょうから」と私は口早に言いました。

「お子さまはおありになるの」モルソフ夫人が声をひきつらせて言いました。

「ええ、息子が二人」

「どこにいらっしゃるの、お子さんたちは」

「父親と一緒にイギリスにいます」

「どうです、フェリックス君、正直言って、評判通りの美人ですか」

「まあ、なんてことをおたずねするの。好きなお方がいつだってこの世でいちばんきれいな人にきまっていますわ」

「ええ、いつだって」と私は毅然《きぜん》たるまなざしを夫人に投げかけながら言いました。夫人には私の視線が持ちこたえられぬようでした。

「恵まれていますな、君は」と伯爵は言葉をつぎました。「ほんとに君は恵まれている。ああ、私だって、君の齢頃《としごろ》に、そんなすばらしい女性を手に入れていたら、きっと無我夢中になっていたでしょうな」

「あなた、もうおやめあそばせ」と夫人は、マドレーヌを目で示しながら夫に言いました。

「私はもう子供じゃない」と若やいだ気分になるのがうれしくてたまらぬ伯爵は言いました。

食事がおわると、夫人は私を見晴らし台《テラス》にさそい、そこまで来ると声をたかめて言いました。「なんてことでしょう。愛する男のために子供を犠牲にする女がいるなんて。財産や、世間体なら私にもわかります。魂の救いだってわからないことはありませんわ。でも子供を、子供をすてるなんて」

「そうなんです。彼女たちは犠牲にできるものがまだほかにもあれば、とさえ思っているのです。彼女たちは何もかも投げだして……」

夫人には天地がくつがえり、今まで考えていたことが自分にもわからなくなったようでした。この厳粛なる事実に心を打たれ、幸せとはこうした犠牲にさえ値するものではなかろうかとふと考えながら、反抗する肉の叫びをおのが身のうちに聞きつけたモルソフ夫人は、むなしくすごされた人生を前に、ただ呆然《ぼうぜん》とするばかりでした。そうです、たしかに彼女は一瞬、恐ろしい疑惑におそわれたのです。だがやがて聖女さながらに気高く立ち直ると、毅然として顔をあげました。

「フェリックス、どうかその方をしっかり愛してさしあげてね」と夫人は目に涙をうかべて言いました。「そのお方は私の妹、私の幸せな妹になるのよ。私をつらい目に会わせたことなどみんな許してさしあげますわ、ここでは決して手に入らないもの、私からはもうさしあげられないものを、あなたに与えてさえくださるなら。やはりあなたのおっしゃるとおりでしたのね。私はあなたを愛しているって、はっきり申しあげたこともなければ、この世でみんなが愛するようには、あなたを愛したこともなかったのですもの。でも母親の気持さえ踏みにじるようなお方に、どうして人が愛せるのかしら……」

「ああ、あなたは僕の聖女です」と私は答えました。「今は胸のなかがいっぱいで、とてもうまくはご説明できそうにもありませんが、あなたは彼女の頭上高くを誇らかに舞いつづけておられるのです。彼女は地上の女、堕落した種族の末裔《まつえい》です。あなたこそ天上の娘、僕が心にあがめる天使です。僕の心はすべてあなたのもの、彼女の手にあるのは僕の肉体だけです。彼女もそれは知っていて、それが彼女を絶望のなかにつきおとすのです。もしできることなら、どんな苦しい目に会わされようとも、よろこんであなたと役目を交換するでしょう。しかしすべてはもうはっきりときまっていて、手のほどこしようもないのです。心も、胸の思いも、清らかな愛も、青春も、老いの日々も、すべてあなたのもの、束《つか》の間《ま》の恋の快楽と、その欲望だけが彼女のものなのです。あなたは僕の思い出のすべて、彼女には深い忘却があるだけなのです」

「ああ、もっとおっしゃって、もっと」そう言うと彼女はベンチに腰をおろし涙にかきくれました。「それではフェリックス、やはり間違いではなかったのね、操《みさお》も、清らかな生活も、母の愛情も。ああ、私の傷口にこの香油をそそいでいただきたいの。私を天国に帰してくれる言葉をもう一度おっしゃっていただきたいの。あなたと二人で一緒に飛び立ちたいと願っている天国に。さあ、私を見つめて、その聖《きよ》らかな言葉で私を祝福してちょうだい。この二カ月間私を苦しめたことなどすっかり許してさしあげますわ」

「アンリエット、僕たち男の生活には、あなたがた女性のうかがい知れない秘密があるのです。僕がはじめてあなたにお会いしたのは、感情の力をもってすれば、まだ自然から与えられる欲望も、どうにかおさえつけられる齢頃でした。しかし、死のまぎわになっても、きっと心に熱く思いだされるにちがいない、あの何度かのあなたとのやりとりが、この年齢もすでにおわろうとしていることを、あなたの目にははっきりと示してくれたはずです。あなたの絶えざる勝利の秘密は、その齢頃特有の心ひそかな喜びを、ずっとそのままのかたちで永びかせることにあったのです。身体《からだ》を許しあわぬ恋は、かえって欲望を激しくかきたてるがために持続するのです。がやがてこうしたことが、僕たち男にとってはすべて苦痛に変るときが訪れます。この点で僕たちはあなたがたとまるきりちがうのです。僕たちのなかには、男であることをやめないかぎり、決してすて去ることのできない力がひそんでいるのです。そして心は、おのれを養う糧《かて》を奪われると、やがて自分自身をむさぼりはじめ、死そのものとは言えないまでも、死の直前に訪れるような、完全な衰弱状態にたちいたるのです。こうなるともうそれ以上、自然の力をごまかしつづけるわけにはいきません。ほんのちょっとしたきっかけで自然の力は狂気のような荒々しさで頭をもたげるのです。いいえ、僕は決して愛したのではありません。ただ砂漠《さばく》のなかでのどが乾《かわ》いただけなのです」

「砂漠でですって」と彼女は悲しそうに谷間を指さしながら言いました。「それに」と彼女はさらにつけ加えて言いました。「ずいぶんと理屈がお上手《じょうず》ですこと。なんてこまごました詮議《せんぎ》だてをなさるのでしょう。誠のある人だったら、それほどくるくると頭がまわりませんわ」

「アンリエット」と私は彼女に言いました。「ちょっと言葉がすぎたからといって、つまらぬ言い争いをするのはやめましょう。いいえ、決して僕の心がぐらついたわけではありません。ただ僕には、自分の官能をおさえきるだけの力がなかったのです。この女性も、僕が愛しているのはあなた一人だということを知っています。彼女が僕の生活で演じているのは、二義的な役割にしかすぎません。自分でもそれを知っていて、もうあきらめているのです。娼婦《しょうふ》を見すてるのと同じように、僕にはいつでも彼女をすて去る権利があるのです……」

「それで、もしそうなさったら……」

「自殺すると言っています」彼女の決心にはアンリエットも驚くだろうと思って私は答えました。しかし彼女は私の言葉を聞くと、おもてにあらわれた考えよりも、さらに深いものを暗示するような、侮蔑《ぶべつ》的な微笑をちらっともらしました。「僕の良心であるあなたも」と私は口を開くとさらに言いました。「もし僕を破滅にひきずりこもうとしてくりひろげられた誘惑や、私がそれに示した抵抗をお考えくだされば、この不幸な……」

「ええそう、ほんとうに不幸なことですわ」と彼女は言いました。「ただ私、あなたのことをもっと信じていましたの。神父さまが実行なさっている……それにモルソフでさえ耐えている節制くらい、あなたにおできにならないはずはないって」と彼女は声に辛《しん》辣《らつ》な皮肉をこめて言いました。「でももう、何もかもおしまいですわね」と彼女はしばらく間をおいてから、ふたたび口を開くと言いました。「でも私、あなたにはとてもお蔭《かげ》をこうむっておりますのよ。私のなかの肉体の炎を消し去ってくださったのはあなたですもの。いちばんむずかしいところは私ももう無事に通り抜けましたわ。それにもう齢ですし、身体の調子も思わしくありませんから、私もそのうち病気で倒れることになりますわ。私はあなたに愛の証《あか》しをそそぎかける、光に輝く仙女にはなれませんの。アラベルさんをいつまでも愛してさしあげてくださいませ。でも、私があなたのためにと思って、こうして立派に育てたマドレーヌは、いったいどなたにもらっていただくことになるのかしら。マドレーヌもかわいそうに、ほんとにかわいそうに」と彼女は悲痛なルフランのようにくりかえして言いました。「あの子が『お母さま、フェリックスさんにちっとも優しくしてさしあげないのね』って言うのを、ぜひあなたにもお聞かせしたかったわ。ほんとうに可愛《かわい》らしい子ですわ、あの子は」

彼女は葉むらをよぎり、まだあたたかみをのこしてふりかかる夕陽を浴びた私の姿を見つめました。彼女はくずれ去った私たちの恋の姿に、何やらあわれな気持にさそわれたのか、あの汚《けが》れとて知らぬ過去に身を投ずると、そのまま深いもの思いに浸っていきました。私とて思いは同じでした。私たちは数々の思い出をとりもどし、谷間から果樹園へ、クロシュグールドの窓からフラペルの館《やかた》へと目をやりながら、自分たちの夢想を、あの香り高い花束や、求めあう二つの心が作りなしたさまざまな物語《ロマン》で満たすのでした。これが、キリスト教徒の汚れない心で味わわれた、彼女の最後の悦《よろこ》びでした。私たちにとって、この上なく荘厳《そうごん》なこの場の光景は、二人の心を同じ憂愁のなかに投げ入れました。彼女は私の言葉をそのまま信じ、私が彼女をおいた天上界におのれの姿を見ていたのです。

「フェリックス」と彼女は私に言いました。「私は神さまのみ心にしたがうまでですわ。私には、ことの成り行きすべてに神さまの指が感じられるのですもの」

私がこの言葉の深い意味を知ったのは、ずっと後になってからのことでした。私たちはゆっくりと庭の斜面をのぼっていきました。彼女は私の腕をとり、血のしたたる傷をかくしながらも、すでにその手当をすませたらしく、何もかもあきらめた様子で私に身をもたせかけました。

「人生ってこうしたものですわ」と彼女は私に言いました。「モルソフがあんな目に会わねばならないことを、何かこれまでやりましたかしら。こうやって見ていると、私には、よりよい世界のあることがはっきりしてまいりますの。正しい道をたどったことで、不平を言っているものたちにこそわざわいあれですわね」

彼女はこのように人生の価値をあまさずおしはかり、あらゆる側面からそれを深く考察しだすのでした。そして私には彼女のその冷厳な評価から、なぜ彼女がこの世のすべてのことに嫌悪《けんお》を抱《いだ》いているのかがわかるのでした。やがて踏み石のところにつくと、彼女は私の腕をはなし、最後に言いました。

「もし神さまが、私たちに、幸せを感じたり、幸せを追い求めたりする気持を与えてくだったのなら、この世で苦しみにしかめぐりあわなかった無垢《むく》な魂のことは、きっとご自分で面倒を見てくださるはずですわ。ええ、必ずそうしてくださるはずですわ。さもなければ、神さまなどもともといないか、それとも私たちの人生そのものが、残酷な冗談にすぎないかの、そのどちらかですもの」

最後の言葉を言いおえると、彼女はさっと家のなかに姿をけしました。私は、ペテロを地に打ち倒したあの天の声に身を打たれたように、長椅子《ながいす》の上に一人横たわっている彼女の姿を見いだしました。

「どうなさったのです」と私は彼女にたずねました。

「私には操ってものがなんだかわからなくなってしまいましたの」と彼女は言いました。

「私自身が操正しいのかどうかさえ」

私たちは石と化したように身じろぎもせず、深淵《しんえん》に投げこまれた石の音でも聞くかのように、この最後の言葉の響きを聞いていました。

「もし私が人生を間違えたとすれば、あの方、あの方のほうこそ正しいのですわ」と夫人はふたたび口を開くと言いました。

こうして最後の悦びに、最後のたたかいがつづいたのです。伯爵《はくしゃく》が姿を見せると、これまでついぞ弱音を吐いたことのない夫人が、めずらしく苦痛を訴えました。私はどこが苦しいのかはっきり告げてくれるように、しきりと彼女にせがみました。が、彼女はどうしてもそれを明かそうとせず、次々とわきおこる後悔の念にとらわれた私をその場にのこし、マドレーヌにつきそわれて、そのまま寝室に姿をけしました。翌日、私は夫人が吐き気におそわれ、彼女自身がそれを一日の激しい動揺のせいにしていたことを、マドレーヌの口から知らされました。彼女のために命を投げだしたいと思っていた私が、こうして逆にその命をちぢめていたのです。

「伯爵」と私は無理やり私にトリクトラクの相手をさせているモルソフ氏に言いました。「奥さまの病気はたいへん重そうです。でも今ならまだ間にあいます。さっそくオリジェ先生を呼びましょう。医者の言いつけを守るように、あなたからよく奥さまにおっしゃって……」

「なに、オリジェ、私をさんざんな目に会わせたオリジェをか」と伯爵は私の言葉をさえぎって言いました。「いや、あれはだめだ、カルボノーを呼ぼう」

それにつづく一週間、ことに最初の何日かは、ただつらいことばかりが重なって、それが私の心の麻痺《まひ》、虚栄心と魂との傷のはじまりとなったのです。空虚の恐ろしさを思い知るには、それまでにまなざしや、溜息《ためいき》や、その他もろもろのことの中心となり、かつては生命の泉とも、すべての者の光の源ともみなされていたという覚えが必要です。同じものがその場にありながら、そこに生命を与えていた精神は、吹き消された炎のように、消え失《う》せてしまっているのです。愛を失ったかつての恋人同士は、二度と顔をあわせるものではないという恐ろしい真実を、私は身をもっていたく思い知らされました。かつては自分が君臨していたその同じ場所で、もはや何ものでもありえないとは。かつては生の喜びの光がきらめいていたその場所で、冷たい死の沈黙しか見いだせぬとは。こうした比較はなんと身にこたえることでしょう。やがて私は、少年時代を暗く閉ざした、あらゆる幸せからしめだされたあのいたましい境遇さえも、なつかしく思いだすほどになりました。こうして私の絶望が深まっていくにつれ、夫人もそれにはさすがに心を動かされたようでした。ある日、夕食をおえて川のほとりへ散歩に出かけたとき、私は夫人の許しを得ようと最後の努力を試みました。私はジャックに、妹を連れて先にいってくれるように頼むと、伯爵をやりすごし、夫人を平底船《トゥー》の方に伴いました。「アンリエット」と私は彼女に言いました。「一言だけ、『許す』とおっしゃってください。さもなければ僕はこのままアンドル川に身を投げてしまいます。僕はあなたの言いつけにそむきました。たしかにそのとおりです。でも僕は僕なりに、犬のようなこの上ない忠実さをごらんにいれたではありませんか。僕は犬のように、そう犬のようにしょんぼり帰ってきたのです。悪いことをすれば罰をうけるのは当然です。でも僕は自分をたたく手を、この上なく愛しているのです。僕を思いきりこらしめてください。でもあなたの心だけはこの手に返してください……」

「まあ、かわいそうに」と彼女は言いました。「あなたは今でも、私の息子ですわ」

彼女は私の腕をとり、一言も言わずにジャックとマドレーヌに追いつくと、伯爵に私をまかせ、自分は子供たちを連れて、果樹園づたいに、クロシュグールドにもどっていきました。伯爵は近所の連中のことからはじめて、政治の話を始めました。

「もうもどりましょう」と私は伯爵に言いました。「帽子もかぶらずに夜露にあたって、お身体にさわるといけませんから」

「フェリックス君、君だけだよ、私のことを心配してくれるのは」と伯爵は私の意図をとりちがえて言いました。「家内ときたら、一度だって私を慰めてくれようとしたことなどないんです。たぶんそれも、自分の主義からやってることなんですよ」

夫人が私を伯爵と二人でほうりだしておくことなど、これまではとうてい思いもつかぬことでした。それればかりか、今では彼女のそばへいくにも、何か口実を見つけねばならぬのです。彼女は子供たちと一緒にいて、トリクトラクの規則をジャックに説明している最中でした。

「ごらんなさい」夫人が子供たちに示す愛情に、あいかわらずやきもちを焼いている伯爵が言いました。「この子たちのために、私はいつだってほったらかしですよ。フェリックス君、夫はいつも二の次です。どんな貞淑な女だって、なんとかかんとかてだてを見つけ、夫婦の愛情をかすめとる欲望だけは、このとおりちゃんと満足させているものなんです」

夫人は答えようともせず、子供たちに対する優しいそぶりをつづけました。

「ジャック、ここへ来なさい」と伯爵が言いました。

ジャックはちょっとしぶりました。

「お父さまが呼んでいらっしゃるのよ、さあいらっしゃい」と母親は息子を押しやりながら言いました。

「この子たちときたら、母親に言いつけられて私を好いてくれるしまつですからな」とこの老《ふ》けこんだ男は言いました。彼にも時として、自分のおかれた立場をはっきり見きわめることがあったのです。

「あなた」と夫人は美しくフェロニエール風（訳注　王政復古時代に流行した髪型。中央に真珠をつけた金物を額につけるのがその特徴）に結ったマドレーヌの髪に何度も手をやりながら答えました。「哀れな女たちにむかって、そんなひどいことをおっしゃってはいけませんわ。女にとっては生きていくことすら、いつもたやすいとばかりはかぎりませんのよ。それにたぶん子供たちが、母親の操《みさお》を守っていてくれるのですわ」

「お前の言うことを裏がえせば」と理屈一本で押そうとする伯爵は言いました。「子供さえいなけりゃ、不貞をしでかして、夫を置き去りにするということだな」

夫人はすっと立ちあがり、マドレーヌを連れて踏み石のところに出ていきました。

「君、これが結婚ですよ」と伯爵は私に向って言いました。それから彼は「急に出ていったりして、私が屁《へ》理屈をこねているとでも言いたいのか」と叫びながら、ジャックの手をとり、夫人のあとを追って踏み石のところに出ると、怒りをふくんだまなざしを彼女に投げつけました。

「いいえ、その反対ですわ。私はあなたのおっしゃることがこわかったのです。あなたの考えを聞いているとひどく苦しくなって」彼女は私の方に罪人《つみびと》のようなまなざしを向けながらうつろな声で言いました。「もし操ってものが夫や子供たちのために自分を犠牲にすることでなかったら、操っていったいなんだろうかって」

「なに、ぎ、せ、い、にする」と伯爵はシラブルの一つ一つで相手の心をなぐりつけるようにして言いました。「子供たちのために何を犠牲にするだって。ええ、私のためにいったい何を犠牲にしていると言いたいんだ。だれのことだ、それは、ええ、いったい何のことだ。言ってごらん。言えないのか。ここではいったい何がおこっているんだ。いったいお前は何が言いたいんだ」

「それではあなたは」と夫人は答えました。「ただ神さまを敬う気持からだけで愛されていたり、ご自分の妻が操のためにのみ操を守っていれば、それでご満足だとおっしゃいますの」

「奥さまのおっしゃるとおりです」と私は感動に声をうちふるわせて言いました。その声は、私が永遠に失わんとするのぞみを投げ入れた彼ら二人の心の中に響きわたり、ありとあらゆる苦しみの最高の表現たる私のにぶい叫び声が、すべてのものの口を閉ざすライオンの咆哮《ほうこう》さながらに、彼ら二人の心をしずめ、このいさかいを消しとめたのです。「そうです。理性が私たちに与えてくれる最もすばらしい特権は、その幸せが自分たちの手にかかっている人たちの身に、おのが操をささげつくすことにあるのです。そして相手を幸せにするのは、打算でも義務でもなく、私たちが意識してそそぎかけるつきざる愛情にほかならないのです」

アンリエットの目にきらっと涙が光りました。

「どうです伯爵、もしある女性が社会から求められる感情とは、まるきり違った感情に、われにもあらず、ふと心をとらえられたとしてみましょう。いいですか、この場合その感情がさからいがたいものであればあるほど、それを胸におさえつけ、夫や子供たちのために自分を犠牲にできる女性は、それだけ、貞操堅固ということにはなりませんか。もちろんこの理屈は、まるで正反対の例となっている僕自身の場合や、こうしたことには今後ともいっさい無縁のあなたには、どうあてはめようもないわけですが……」

汗にしとった、燃えるような手が、私の手に重ねられ、ただ言葉もなくじっとその上をおさえつけました。

「君はすばらしい心の持主だ、フェリックス君」伯爵はそう言うと、優しささえもこめて、妻の身体《からだ》に手をまわし、自分の方にひきよせながら彼女に言いました。「どうか哀れな病人を許してくれ。私は自分が値する以上に、お前に愛してもらいたかったんだ……」

「世の中には心から思いやりのある人がいますのね」と夫人が自分の肩に頭をもたせかけながら言うのを聞くと、伯爵はそれをてっきり自分のことだと思いこみ、そしてこのとりちがえは、夫人にふるえのごときものをおこさせました。櫛《くし》が抜け落ち、髪がとけ、彼女の顔はさっと青ざめました。夫人を支《ささ》えていた伯爵は、彼女が気を失うのに気づくと、うなり声のような叫びをあげ、自分の娘でもだきかかえるようにさっと小脇《こわき》にかかえこみ、そのまま彼女を客間に運び入れ、長椅子の上に横たえました。私たちはそのまわりを取り巻きました。アンリエットは、見かけはごく単純ながらも、自分の心をひきさいたこの恐ろしい場面の秘密を知っているのは、私と彼女の二人きりだと言わんばかりに、そのまま私の手をにぎりつづけました。

「私が間違っていましたわ」夫人は、伯爵が私たち二人をのこし、オレンジの花をうかべた水を奥へ取りにいっているすきに小声で言いました。「私、あなたにはほんとうにすまないことをしてしまいました。許してさしあげねばならないときに、逆に救いようのないような気持にさせたりして。フェリックス、あなたはほんとうに優しい方、あなたの優しさがすっかりわかっているのはこの私だけですわ。もちろん恋心から発する優しさがあることは私も存じています。男の方の優しさには、いろいろとありますもの。

人を見くびった優しさや、つい心をひきずられての優しさや、打算からの優しさや、無《む》頓着《とんちゃく》な性格からの優しさや。でも先ほどのあなたの優しさは、まさに優しさそのものでしたわ」

「かりにあなたのおっしゃるとおりだとして」と私は彼女に言いました。「僕のなかにあるいいものは、みんなあなたからいただいたものばかりです。もうお忘れになったのですか、僕はあなたの手で作られた作品なのです」

「女を幸せにするにはその一言だけで充分ですわ」と夫人が言ったのと、伯爵がもどってきたのとは同時でした。「だいぶ気分がよくなりました」と彼女は身をおこしながら言いました。「ちょっと外の空気にあたりたいわ」

私たちは一同連れだって、まだ花盛りのアカシアの匂《にお》いがたちこめる見晴《テ》らし台《ラス》におりていきました。夫人は私の右腕をとり、それを自分の胸におしあてては、それとなく苦しい思いを私に知らすのでした。しかし彼女の言葉にしたがえば、それは彼女が自分でも好きなたちの苦しみでした。おそらく彼女は私と二人きりになりたかったのです。しかし女の手管に不慣れな彼女は、夫や子供たちを追いかえすうまいてだてが見つからぬまま、私と二人して他愛《たわい》もない話をつづけながら、どうにかして私に心のなかを打ち明ける機会をつくろうと、頭をしぼりつづけていたのです。

「ずいぶんながいこと馬車ででかけたことがありませんわね」彼女は夕暮れの美しさを

見ると、やっと話を切りだしました。「ひとまわりしたいわ。あなた、支度《したく》をするように言いつけていただけません」

彼女にも、お祈りがすむまではどんな話し合いも不可能であることはわかっており、それに伯爵がトリクトラクをやろうと言いだすのではないかとそちらもまた心配していたのです。もちろん彼女には、伯爵が床についてから、花の香りに満ちた、なまあたたかい空気のたちこめる見晴らし台《テラス》で私と落ちあうこともできたでしょう。だがおそらく、悩ましい月の光がもれる茂みの下にたたずんだり、野原を流れるアンドル川を一望のもとに見渡せる手すりにそって、二人だけでそぞろ歩きしたりすることを彼女は心ひそかにおそれていたのです。ほの暗い静かな円天井をいただく大伽藍《だいがらん》が、人の心をおのずと祈りへさそうように、月の光を浴び、心にしみ入るような香りに満たされた、定かならぬ春のざわめきを伝える梢《こずえ》の葉むらは、人の心の糸をゆりうごかし、いつしか私たちの心から意志の力を奪ってしまうからです。それにまた私たちは、老人の心をしずめる野原の景色が、若い心を逆にかりたてることは、すでに身をもって知っていたのです。祈りの時刻を告げる鐘が二つ鳴り渡ると、夫人はぶるっと身をふるわせました。

「どうなさったのです、アンリエット」

「アンリエットはもうこの世にいないと申しあげましたでしょう」と彼女は答えました。

「彼女を生きかえらすのはどうぞおやめになってくださいませ。あれはやかましいむら気な女でしたわ。今のあなたには、先ほど神さまがあなたのお口を借りておっしゃった言葉のおかげで、いよいよ操をかたく守り抜く決心のついた、心静かなお友だちだけがおりますの。このことはみんなまたあとでお話しいたしましょう。さあ遅れないようにしなければ。今日は私がお祈りをささげる番ですもの」

人生の苦境に、救いの手をさしのべてくださるようにと、夫人が神の前に祈りをささげるのを聞きながら、彼女がその言葉にこめた声の響きに心を打たれたのは、おそらく私一人ではなかったでしょう。彼女は例の透視力を働かせ、私がアラベルとの約束をうっかり忘れたため、不手際《ふてぎわ》にも彼女に与えてしまうことになった心の激動を、その時からすでに見透していたかのようでした。

「馬をつける前に、三番くらいやるひまはあるでしょう」伯爵《はくしゃく》は私を客間にひっぱっていきながら言いました。「家内の散歩の相手をおおせつかってください。私は先にやすみますから」

いつもの例で、この勝負もやはり荒れぎみでした。夫人は自分の部屋か、それともマドレーヌの部屋にいて、夫の声を聞きつけたのでしょう、客間にもどると彼女は伯爵に向って言いました。

「ほんとうにあなたは、おかしなおもてなし方をなさるのね」

私はあっけにとられて、夫人の顔を見つめました。こんな冷たい言葉を口にする彼女はこれまで目にしたことがなかったのです。以前の彼女であれば、伯爵の横暴さから私を救いだそうとするようなまねは、おそらくさしひかえていたでしょう。かつての夫人は、私が彼女とともに苦しみをわかちあい、自分に対する愛情ゆえに、私がじっとそれに耐えている姿を見るのが好きだったのです。

「あなたから『お気の毒に、ほんとにお気の毒に』ともう一度小声で言っていただくためなら」と私は彼女の耳もとでささやきました。「僕は命を投げだしても惜しくありません」

私がこの言葉で言わんとしている時のことを思いおこすと、彼女は床に目を伏せました。それから上目づかいに私の顔をうかがいながら、もう一つの恋の深い悦楽よりも、自分の心の束《つか》の間《ま》の動きの方が、ずっと大事にされているのを知って、彼女はきらっと喜びに目を光らせました。そして私は、いつもこうした目に会わされたときと同じように、自分の心が理解されるのを感じて、夫人の仕打ちを許したのです。伯爵は旗色が悪く、そのうち疲れたと言って勝負を中途で投げだしたため、私たちは、馬車を待つあいだ連れだって芝生《しばふ》のまわりをめぐりました。伯爵が私たち二人をのこしてひきあげると、私の顔が急に喜びに輝くのを目にした夫人は、いったいどうしたことかと、驚いた様子で不思議そうに目で私に問いかけました。

「アンリエットは生きているのです」と私は彼女に言いました。「僕は今でもやっぱり愛されているのです。あなたがそうしてよそよそしくなさるのも、どうにかして、僕の心をくじこうとなさるためでしょう。僕は今からでも幸せになれるのです」

「私のなかには、もう女の一かけらしかのこっていませんのよ」と彼女はおびえて言いました。「それさえあなたがいまどこかに持ち去ろうとなさっておりますの。神さまにはなんとお礼を申しあげたらよいものやら。当然うくべき苦しみに耐える勇気を私にさずけてくださったのですもの。そうですわ、私は今でもあなたを愛しすぎているのです。あやうく道を踏みはずすところでしたわ。でもそのイギリスのお方が、私に深淵《しんえん》のありかを教えてくださいましたの」

彼女がこう言いおえると、私たちは馬車にのりこみ、馭者《ぎょしゃ》は行き先をたずねました。

「並木を通って、シノン街道に出てちょうだい。それから帰りにはシャルルマーニュの荒地と、サッシェに出る道を通ってね」

「今日は何曜日でしたっけ」と私はひどくせきこんでたずねました。

「土曜日よ」

「そっちの道は、今日はおやめになったらいかがです。土曜の夜はトゥールにいく鶏屋で道がいっぱいです。荷車に出会うと面倒ですから」

「私の言うとおりにやってちょうだい」と夫人は馭者の顔を見て言いました。おたがいの声の調子の、ごく微妙な変化まで知りつくしていた私たちには、いかにかすかな心の動きといえど、相手にかくしおおすことは不可能でした。アンリエットにはすでに何もかもわかっていたのです。

「今晩にしようとおきめになったときは、鶏屋のことはすっかり忘れていらしったのね」と彼女は軽い皮肉をこめて言いました。「ダドレーさんはトゥールにいらっしゃるのよ。かくしてもだめ、この近くであなたをお待ちでしょう。『今日は何曜日でしたっけ』から、『鶏屋』、『荷車』とつづくのですもの」と彼女は言葉をつづけて言いました。「でかけるまぎわに、そんなことをおっしゃったことが前にもありましたかしら」

「それは僕がクロシュグールドにきてから、何もかも忘れていた証拠です」と私は素直に答えました。

「あなたをお待ちなの」

「ええ」

「何時に」

「十一時から十二時のあいだです」

「どこで」

「荒地でです」

「私をだまそうとしてもだめ。くるみの木の下ででしょう」

「いいえ荒地でです」

「ではそこまでまいりましょう」と彼女は言いました。「私もお会いしますわ」

　この言葉を聞きながら、私は自分の人生も、これでいやおうなしに行く手が定まったと感じました。一瞬にして私は、ダドレー夫人とはっきり結婚しよう、いたずらに感受性ばかりを浪費させ、果物《くだもの》をおおう和毛《にこげ》にも似たその快いきめこまやかささえ、たび重なる衝撃によって、いつの間にかすりへらしてしまおうとするこのただ苦しいばかりのたたかいには、今の今ここで、はっきりけりをつけようと心にきめたのです。とりつくしまもないような私の沈黙は夫人を傷つけたようでした。彼女の偉大さは、私にはまだすっかりわかっていなかったのです。

「私のことは、どうかお怒りにならないでくださいませね」と彼女はあの鈴を振るような声で言いました。「これは私自身に課する罰ですの。これから先も、あなたが今ここで愛されているほどに、愛されることは決してございませんわ」と彼女は胸に手をあてながらつづけました。「あなたにはかくさず申しあげましたでしょう。ダドレー侯爵夫人は、私を救ってくださいましたの。あの方にあるのはこの世の汚《けが》ればかり、少しもうらやましいとは思いませんわ。この私には天使の輝かしい愛があるのですもの。あなたがおつきになってから、私ははてしもない野原をあちこちかけめぐってみましたわ。そして私には、人生というものがようやくはっきりわかりましたの。心をたかめようとすれば、それをひきさくことになりますの。高くのぼればのぼるほど、人の好意が得にくくなりますの。谷底で苦しむ代りに、心ない羊飼いのはなった矢を胸にさしたまま、高く舞いつづける鷲《わし》のように、大空で苦しむことになりますのよ。私にも今になってようやくわかりましたの。天上と地上とは決して相容《い》れない別なものだって。ええ、そうですわ、天上に生きようとするものには、神さまだけしかありません。そのためには私たちの魂は、この地上のことからすっかり解きはなたれていなければなりませんの。友だちを愛するにしても、子供を愛するのと同じように、自分のためではなくひたすら相手のために愛さなければいけませんの。自分、という気持が不幸と悲しみをひきおこすのですわ。私の心は鷲よりもさらに高く飛び立つでしょう。そしてそこにこそ、決して私をあざむかない愛があるのですわ。地上の生を生きることは、もともと私たちに備わった天使の精神性を、身勝手きわまる官能の支配の下におしとどめ、ことさら自分自身の手で、自分の身をいやしめることではございませんか。恋のもたらす悦《よろこ》びは、見るも恐ろしいほど荒々しくて、そのあとには、心の発条《ばね》をそこなうような、いたたまれぬ不安が訪れます。私も、この嵐《あらし》の打ちさわぐ海のほとりにまで近づきました。あまり近くから嵐を眺《なが》めすぎたほどですわ。私はたびたびこの身を雲につつまれ、くだける波も、いつも足もとまでしかとどかなかったわけではありません。心を凍りつかせるようなその冷たさに、身をとらえられるのも感じました。私は、もっと高いところに身をひかねばなりません。このはてしない海のほとりでは、とても生きていけそうにありませんもの。

私は自分を苦しめたほかの人たちと同じように、あなたご自身のなかにも、私の操《みさお》の守り手を見ていますのよ。幸いにしてこれまでの私の生活は、自分の力にちょうどつりあった、数々の苦しみに満ちておりました。そのおかげで、こうしてよこしまな考えから身を清く保つことができ、心の陥穽《おとしあな》となるようなひまな時間もなく、いつ何時でも、神さまの前に出られる準備を整えておくことができました。考えてみれば私たち二人の結びつきは、もともと思慮に欠けた試みでした。自分たちの心も、この世の人も、神さまも同時に満足させようとする、何も知らない二人の子供たちの努力でしたわ。フェリックス、これは気違いじみた試みです。ああ、そう言えば」と彼女はしばらく間をおいてから言いました。「そのお方はあなたをなんとお呼びになるの」

「アメデです」と私は答えました。「フェリックスは永久にあなただけの別の存在です」

「アンリエットもなかなか死んではくれませんの」彼女は敬虔《けいけん》な微笑をもらしながら言いました。「でも」と彼女はさらにつづけました。「心貧しいキリスト教徒と、誇りに満ちた母親と、きのうまでは心をぐらつかせていましたが、今日になってしっかりと貞潔な気持をとりもどした女が力を合わせれば、アンリエットの息の根をとめるのも、そんなにてまひまのかかることではありませんわ。なんとご説明したらよろしいかしら……そうですわねえ、つまり、そう、これまでの私の人生は、どんな重大なことをとってみても、どんな些細《ささい》なことをとってみても、結局はみな同じようにすぎてきましたの。私が最初に自分の愛情を根づかせようとした母の心は、どこかにしのびこむすきがないかといくらさがしてみても、私にはいつも閉ざされたままでした。私は女の子で、三人の兄が次々と死んでから生れてきましたの。両親の心のなかで、兄たちの場所を占めようと、いくらつとめてみても、結局はみなむだでしたわ。私では、一家の誇りがうけた傷をうまくいやすことができなかったのです。この暗い子供時代がようやくおわり、あの優しい伯母を知ったのも束の間で、早々と死が私の手から伯母を奪っていきました。モルソフに仕えるようになってからは、ひっきりなしにひどい目にあわされ通しで、かわいそうにあの人は、自分ではそのことにも気づいていないのです。あの人の愛情には、子供たちが親に抱《いだ》く愛情に似て、無邪気で手前勝手なところがありますの。苦しみを与えているなどとは、自分では思いもつかずにいるのですもの、私にしても許してあげぬわけにはまいりませんわ。それに私の子供たち、あの可愛《かわい》い子供たちは、それぞれ自分たちの苦しみで、私の身体《からだ》につながっておりますの。備わった長所のすべてで私の心に結びつき、その無邪気な喜びで、私の本性とつながっておりますの。きっとあの子たちは、一人の母親の胸のなかに、どれほどの気力と忍耐心がひめられているかを示そうとして、私にさずけられたものにちがいありませんわ。そうですわ。あの子たちが、私に操を教えてくれたのです。あの子たちが自分からのぞんだわけではありませんが、あの子たちからも、あの子たちに代ってでも、私がこれまでにどれほどこの身を笞打《むちう》たれてきたかはご存じでしょう。母親になることは私にとって、始終苦しみつづける権利を自分から買い入れたも同じことでした。砂漠のなかでハガルが悲しみの叫びをあげたときには、こよなく愛されたこの奴隷女《どれいおんな》のために、天使が清らかな泉をわきださせてくれました（訳注 エジプトの下婢ハガルが、息子を連れて曠野をさまよったとき、天の使いが、母子のために泉をわきださせる。創世記第二十一章第八節―第二十一節参照）。でも私の場合には、あなたの連れていってくださるとおっしゃった（おぼえておいででしょう）澄みきった泉の水が、ようやくこのクロシュグールドのそばまで流れついたときには、それはもうすでにただ苦い水ばかりを私にそそぎかけるためでしたの。そうですわ、あなたには、私、ほんとうに苦しい目にあわされました。苦しみを通してしか愛を知りえなかったものを、神さまはきっとお許しくださいます。でも、これまで心にうけたいちばんつらい苦しみを、ほかならぬあなたの手を通して味わわされたということは、きっとそれが私のうくべき当然のむくいだったからにちがいありません。神さまが不公平なことをなさるはずはありませんもの。そうですわ、フェリックス、額の上に、こっそり接吻《せっぷん》したりするのは、おそらくもうそれだけで罪なのですわ。夕方散歩にでかけたときに、一人だけ子供たちや夫の先に立ち、身内のものとは縁もゆかりもない思い出や感慨にひたりながら、赤の他人の心に自分の心を結びあわせて足を運ぶことは、きびしくつぐなわねばならぬ罪なのですわ。身のうちのすべての神経を一つにまとめ、接吻してもらう個所にだけすっかりあつめようとすることは、罪のなかでもこの上なく大きな罪なのですわ。

額だけはこのままとっておこうと、夫の接吻を身をかがめて髪にうけることも罪ですわ。人の死をあてにして未来の生活を心に築くのも、いつかは不安をまぬがれた母親の身になれると想像するのも、夕方になれば、幸せに目をうるませた自分の見守る前で、家中のものから慕われる父親と一緒に、楽しく遊びたわむれるすこやかな子供たちの姿を心に思い描いたりするのもまた罪ですわ。そうです、私は罪をおかしたのです。とても大きな罪をおかしたのです。私には教会から課せられた贖罪《しょくざい》のおつとめでさえ、楽しく思われるほどでした。こんなことで過《あやま》ちがつぐなえるはずもありませんし、神父さまも、私の過ちに対して、寛大すぎたような気がいたします。きっと神さまは、こうした過ちをその大もとからこらしめようとなさって、私が過ちをおかす原因となった当のご本人の手に、罰をおゆだねになったのです。髪の毛を人に与えることは、身を約束することですわ。なぜ私は白いドレスばかり身につけたがっていたのでしょう。あなたの百合《ゆり》たるにいっそうふさわしいと思っていたからですわ。ここで私を最初にごらんになったときも、私は白いドレスを着ておりましたでしょう。悲しいことに、私は子供たちでさえ、以前ほど愛さなくなりました。激しい愛情は、当然そそぐべき愛情からも力を奪い去ってしまうのです。これでおわかりでしょう、フェリックス、すべての苦しみには、みなそれぞれちゃんとした意味があるのです。さあ、モルソフや子供たちよりも強く、思いきりこの私を打ってちょうだい。神さまは、その女《ひと》を使って、私にお怒りを示されたのです。私はなんのうらみもなく、その女《ひと》のそばに歩みよれますわ。私の方からその女《ひと》にほほえみかけますわ。私はその女《ひと》を愛してさしあげねばなりません。それさえできないようなら、私にはキリスト教徒の資格も、妻の資格も、母親の資格もありませんもの。あなたのおっしゃるとおり、あなたの心の花をこれまで清く保つのに、いくぶんお力添えができたとすれば、そのイギリスのご婦人が、私をおうらみになるはずはございませんわね。それに女性なら、愛する人の母親に、自分でも好意をよせるのが当然ですし、この私はあなたの母親ですもの。私があなたの心の中で、自分のものにしたいとのぞんだのは、あなたのお母さまが、空《から》っぽのままほうっておおきになったところでした。そう、そう言えばあなたは、私が冷たすぎると言っては、しきりと不平をおっしゃっていましたわね。私、自分があなたの母親にすぎないことを忘れていましたわ。あなたがおつきになったとき心ならずも申しあげたすげないことは、どうか水に流してくださいませ。母親でしたら、息子が人さまから愛されているのを知って、うれしく思うのが当然ですもの」彼女は「許してくださいませね、許してくださいませね」とくりかえして言いながら、私の胸に頭をもたせかけました。私はそのときの彼女の言葉の調子に、これまで一度も耳にしたことのない響きを聞きつけました。それは楽しそうな小娘の声のように若やいだ響きでもなく、命令口調で終る人妻の口ぶりでもなく、悲しみに沈んだ母親のもらす溜息《ためいき》でもなく、聞く者の胸をひきさくような、これまでとは異なった、新たな苦しみを伝える響きでした。「フェリックス、これから先はあなたご自身のことですが」と、彼女はしばらくして口を開くと、心の昂《たか》ぶりを見せながら先をつづけました。「あなたは私のお友だちですもの、何をなさろうと、悪いことなどありませんのよ。あなたに対する私の気持には、今までとなんの違いもありませんし、あなたがご自分をお責めになったり、くよくよなさったりすることは少しもございませんの。先々のあてもない未来のために、この上なく大きな悦びを犠牲にするように求めることこそ、ひどい身勝手というものですわ。なにしろ子供たちのこともかえりみず、社会的な地位もなげうって、永遠の救いさえあきらめる女性がいるほど大きな悦びですもの。あなたの方が、私よりずっと優《すぐ》れた方だと思ったことが、これまでに何度あったでしょう。あなたはりっぱで、心の気高い方ですのに、この私は罪深く、心のせまい女です。それに、私があなたにとって、空高くまたたいている冷たい光にしかなれないことは、すでに前々からきまっておりましたの。でもこの光は決して色褪《あ》せることのない光ですわ。でもねえ、フェリックス、自分から選んだ弟を愛しているのが、私一人だけというのでは、あまりにかわいそうすぎますわ。できることなら、あなたの方からも私を愛していただきたいの。姉の愛には、悪い明日も、つらい瞬間《とき》もありません。あなたのすばらしい生涯を、ともに生きようとする寛《ひろ》い心に対して、嘘《うそ》をおつきになる必要はありませんの。あなたの苦しみにはいつも心を痛め、あなたの喜びに胸をはずませ、あなたを幸せにしてくれる女性を愛して、その裏切りだけに腹をたてる姉ですもの。私にはそのように愛してやれる弟がいませんでした。心を大きくお持ちになり、見栄《みえ》などすっかりおすてになって、これまでの曖昧《あいまい》で、嵐に満ちていた私たち二人の愛情に、このもの静かで、清らかな愛情を代えてくださいませ。そうなれば、私もきっとまだ生きていけますわ。手はじめにまずダドレー夫人の手をにぎらせていただきます」

この苦い知恵にあふれた言葉を口にしながら、夫人は目に涙さえうかべていませんでした。彼女はその言葉を口にしながら、自分の心と、その苦しみをつつみかくしている最後のヴェールをはぎとって、いかに多くの絆《きずな》で彼女が私に結びつき、いかに強固な鎖を、私がこの手で断ち切ったかを示していたのです。熱にうかされたようになっていた私たちは、最前から降りつづけている土砂降りの雨にも気づきませんでした。

「奥さま、しばらく、ここへお入りあそばしたらいかがです」と馭者《ぎょしゃ》は、バランの町のいちばん大きな宿屋を示して言いました。

夫人は同意のしるしに軽くうなずくと、私たちは入口の円いひさしの下に半時間ほど足をとめました。驚いた宿屋のものたちは、十一時にもなって、なぜモルソフの奥方が出歩いているのかと、いぶかしそうな面持でした。これからトゥールにでかけるのだろうか、トゥールからの帰りなのだろうか。雷雨がすぎて、雨がトゥールで言う霧雨《ブルエ》に変り、上空では、飛ぶように風に運ばれている霧を月が照らしはじめると、馭者は外に出て、うれしいことに、もと来た道へ馬車を向けました。

「言いつけどおりにやってちょうだい」と夫人は、おだやかな口調で馭者に声をかけました。

　私たちはシャルルマーニュの荒地に向う道をとり、そこでまた雨が降りだしました。荒地のなかほどまで来たときに、私はアラベルのお気に入りの犬がしきりに吠《ほ》えたてるのを聞きつけました。突然、樫《かし》の切株のかげから馬がとびだして、こんな荒地でも耕作可能だと思いこんでいる土地の所有者たちが、おたがいの境界を定めるべく掘った溝《みぞ》の上をさっと跳《と》びこえるのが見えました。ダドレー夫人が、通りすぎる馬車を見ようと、荒地に馬をのり入れたのです。

「こんなふうに息子を待っていられれ、それが罪にもならなかったらさぞかし楽しいことでしょうね」とアンリエットが言いました。

　ダドレー夫人は犬の吠え方から、私が馬車のなかにいるのを知りました。彼女は天気が悪いので、私がこうして自分を迎えに来たものと思ったのでしょう、私たちの馬車が、彼女の立ちつくしているところに近づくと、侯爵《こうしゃく》夫人は、彼女ならではのみごとな手綱さばきで、さっと道のはたにおどりでました。アンリエットは、奇蹟《きせき》でも見るように驚きの目を見はりました。アラベルはいつも甘えから、私の名前の最後の音しか発音せず、それもイギリス風に訛《なま》っていて、その呼びかけが彼女の唇《くちびる》から発せられると、それはさながら仙女の言葉にも似つかわしいほどの魅力を帯びるのでした。彼女は、聞いているのは私一人と思いこみ「My Dee」と叫びました。

「奥さま、その方ならここにおりますわ」伯爵夫人はそう答えると、明るい月の光を浴び、まるでまぼろしのように立ちつくしている相手の姿、長い巻毛のほつれかかるその待ちかねた顔を見やりました。

二人の女性が、どれほどすばやく、相手を観察しつくすかはあなたもご存じでしょう。ダドレー夫人は、自分の恋敵《こいがたき》をみとめると、いかにもイギリス女性ならではの誇らかな態度を見せ、英国流のさげすみをたたえた視線に私たち二人をつつみこむと、矢のようなすばやさで、さっとヒースのかげに姿を消しました。

「急いで、クロシュグールドにもどってちょうだい」と伯爵夫人は叫びました。彼女にはこのけわしい一瞥《いちべつ》が、斧《おの》で打たれたように胸にこたえたのです。

馭者はシノン街道に出ようと、馬車を一まわりさせました。こちらの方がサッシェに出るより道がよかったのです。ふたたび荒地にそって馬車が走りだすと、私たちは、たけり狂ったようなアラベルの馬のひづめの響きと、それを追う犬の足音をききつけました。この三つが一団となり、ヒースの茂みの向う側で、森をかすめるようにして走っています。

「いってしまいになるわ、あの方は。あなたのそばにはもう二度と帰っていらっしゃらないわ」とアンリエットは私に言いました。

「それならそれでいってしまうがいいんです」と私は答えました。「あとでくよくよするような女ではありません」

「本当に哀れなものですわ、女って」と伯爵夫人はいかにも恐ろしいというふうに同情をこめて言いました。「でもどこへおいきになるの」

「柘榴屋敷《グルナディエール》（訳注　トゥール近郊のサン＝シールにある館。バルザックは一八三〇年にこの館を借り、ベルニー夫人と一緒にすごした。なお小説『柘榴屋敷』ではブランドン夫人の死に場所となる）といって、サン＝シールの近くにある小さな館です」と私は言いました。

「一人ぼっちでいってしまわれるのね」とアンリエットは言葉をつぎました。その口ぶりは、私に、女たちがこと恋に関してはあい見たがいと考えており、決して相手のことを冷たくつきはなすものではないことを知らせるものでした。

　私たちがクロシュグールドの並木にさしかかると、アラベルの犬が馬車の前に駆けより、うれしそうに鳴きたてました。

「先まわりをなさったのね」と夫人が叫びました。彼女はしばらく間をおいてから言葉をつぎました。「あんな美しいお方にこれまでお目にかかったことはありませんわ。なんという手、なんという身体つきでしょう。あの方の肌《はだ》のお色には百合だってとてもかないませんわ。それに目はダイヤモンドのように輝いていらっしゃるし。でもあのお方は、馬に乗るのが少しお上手《じょうず》すぎますわ。自分の力を思いきり発揮なさるのがお好きな方ですのね。きっとすすんでことをなさる、気性の激しい方だと思いますわ。それに私などから拝見すると、あまり大胆に、世間のしきたりを無視なさっているような気がいたしますの。掟《おきて》をみとめない女と、自分の気紛《きまぐ》れにしか耳をかさない女とのあいだには、ほんの紙一重の違いしかありません。人さまの目に立ったり、派手に動きまわったりするのがお好きな方には、えてして誠実さが欠けているものですわ。私の考えでは、愛情には、もっとおちつきが必要だと思いますの。愛情というと、きまって私は、鉛の測りをおろしても、決して底にとどかないほど深い、広々とした湖を思いうかべてきましたの。ときたま嵐《あらし》の吹き荒れることがあっても、それにもちゃんとした限度があって、愛しあう二人だけが、目ざわりな世間の贅沢《ぜいたく》やきらびやかさをのがれ、花の咲き乱れる小島で、ひっそりと暮しておりますの。でも、愛情だって、人さまざまな性格を映しだすものですもの、私の申しあげたことも間違っているかもしれませんわ。自然の法則でさえ、風土の求めに応じて姿をかえるものでしょう。人それぞれの感情だって、それと同じことかもしれませんもの。おそらく感情全体をとって見れば、ちゃんと一般的な法則にしたがっていて、ただその現われ方だけが違って見えるのかもしれません。心にはきっとそれぞれの流儀がありますのね。侯爵夫人は、はるかな距離ものりこえて、殿方のような力で行動なさる強いお方です。牢獄《ろうごく》から恋人を救いだし、牢番や、衛兵や、首斬《くびき》り役人を、ご自分の手で倒すことのできるお方です。でも反対に世の中には、ただ心のすべてをささげ、ひたすら愛することしか知らないまるきり別なたちの女もおりますの。こうした女たちは、危険がせまればひざまずき、お祈りをささげながら、死んでいくことしかできません。問題はただ、あなたがこの二つの女のうち、どちらがお好きかということですわ。そうですとも、侯爵夫人はあなたを愛しています。あれだけの犠牲をお払いになったほどですもの。それにあなたの愛がさめてからも、いつまでもあなたを愛しつづけるのは、もしかするとあの方のほうかもしれませんわ」

「ああ、アンリエット、いつかあなたが僕にたずねられたと同じことを、今度は僕の口から逆におたずねするのをお許しください。あなたはどうしてそういったことをご存じなのです」

「苦しみの一つ一つには、それぞれおしえがふくまれておりますわ。さまざまな苦しい目にあったお蔭《かげ》で、私の知識もこうして広くなってきましたの」

さきほど夫人が馭者に言いつけた言葉を、そばで聞いていた私の召使は、私たち二人が、庭の斜面の方からもどってくるものとばかり思いこみ、すっかり馬の用意をすませ、並木にそってひかえていました。アラベルの犬はその馬の匂《にお》いをかぎつけ、もっともな好奇心にかられた飼主も、森伝いに犬のあとをつけてきて、どうやらいま彼女は、森の茂みに姿をひそめているようでした。

「さあ、いって仲なおりをしていらっしゃい」とアンリエットは、ほほえみをうかべながら、愁いの影をおもてにあらわさずに言いました。「そして、あの方におっしゃってちょうだい。私の心のなかをどんなに思い違いなさっているかって。私はただあの方が、どれほどすばらしい宝物を手に入れられたか、教えてさしあげたかっただけですの。私、あの方のためを思っていこそすれ、怒ったり、見くだしたりする気は少しもありませんわ。私はあの方の姉で、決して恋敵なんかではないとあなたからよくご説明してあげてちょうだい」

「いいえ、いきません僕は」と私は叫びました。

「これまでにあなたは、ご自分で感じたことがありませんの」と夫人は、殉教者の誇りに顔を輝かせて言いました。「あまり気がねなさるのは、かえって相手に対する侮辱になりますのよ。さあ、いらっしゃい」

私はダドレー夫人がどんなつもりでいるかをさぐろうと、彼女のいる方をめざしてかけだしました。――彼女が腹を立てて、別れようと言ってくれるなら、このままクロシュグールドにもどれるのだが、私はそう考えながら犬のあとを追い、やがて一本の樫の木の下にさしかかると、突然「Away! Away!」と叫びながら、侯爵夫人が、目の前にひらりと姿をあらわしました。そのときの私にできたことは、ただサン＝シールまで彼女のあとについていくことだけでした。私たち二人は真夜中になってサン＝シールにつきました。

「あの奥さまは、ずいぶんお元気そうですわね」とアラベルは馬をおりると言いました。「私ならとっくに死んでいるところだわ」と言わんばかりに、そっけなく言われたこの一言が、どれほどの辛辣《しんらつ》さをひめているか心に思い描けるのは、彼女の人となりを前々からよく知っている者だけでしょう。

「いいですか、この先二度と、棘《とげ》のある冗談をあの方に投げつけるのはやめてください」と私は彼女に答えました。

「背の君には、ご自分で心からお慕いしている方のご健康が、この上なくすぐれているとお聞きあそばして、どうしてそれほどお気にさわりますの。フランスのご婦人方は、愛する人の犬さえ憎むとか言いますわね。でもイギリスでは、自分の殿と仰ぐお方が好きなものならなんでも好きになり、憎んでいるものならなんでも憎むのが女のならわしですの。私たちは、男の方の身体《からだ》のなかにすっぽり入って生きているのですもの。ですから、あなたがあのお方を愛していると同じくらい、この私にもどうかあの方を愛させてくださいませ。ただ私なら」と彼女は、雨にしとった腕を私の身体にまといつかせながら言いました。「私なら、あなたに裏切られでもしたら、それこそいても立ってもいられませんわ。ましてや召使を連れて馬車を乗りまわしたり、シャルルマーニュの荒地に散歩にでかけたりする気にはとてもなれませんわ。いいえ、どんな国のどんな荒地でもごめんです。私ならベッドのなかにも、先祖代々の家の屋根の下にもおりません。私ならもうこの世から姿を消してしまっておりますわ。私はランカシアの生れですの。恋のためには、女たちが命をかける土地柄です。あなたを知った今になって、人におゆずりするなんて、いいえ、たとえこの世のどんな力にも、あなたをおゆずりするわけにはまいりません。たとえ相手が死であっても。なぜってあなたが亡《な》くなるときは、私もご一緒にお供しますもの」

そう言うと彼女は、すでに快い快適さのくりひろげられている自分の部屋に私を伴いました。

「あの方を愛してあげてください」と私は心をこめて言いました。「あの方もあなたを愛しています。それもからかい半分にではなく、心から愛しているのです」

「心からですって、あなた」彼女は、乗馬服の紐《ひも》を解きながら言いました。

恋する男のつまらぬ見栄心《みえごころ》から、私はアンリエットの人となりの崇高さを、この傲慢《ごうまん》な女の目に、あまさず描いて見せたいという気にさそわれました。一言もフランス語のわからない小間使が、女主人の髪の乱れを整えているあいだ、私は日頃の暮しぶりをまじえて、モルソフ夫人の姿を言葉に描きだそうとつとめました。そしてほかの女なら、あさましく、邪慳《じゃけん》な気持になりがちな、まさにそうした危機に面した折に、夫人の口をもれた偉大な考えを、彼女の言葉そのままアラベルに語って聞かせました。彼女は私の話など少しも気にかけないふりをよそおいながら、一言も聞きもらさずじっと注意深く聞いていたようでした。

「私、すっかりうれしくなってしまいましたわ」やがて私たち二人きりになると、彼女は言いました。「そういう抹香《まっこう》くさいお話を聞くのがお好きだとあなたの口からおうかがいして。私どもの領地に、とてもお説教の上手な助任司祭が一人おりますのよ。うまく聞き手に言葉をあわせるので、百姓たちにもよく呑《の》みこめるという話ですわ。私、明日にでも父に手紙を書いて、そのお坊さんを船で送りつけてもらいますわね。パリに帰ったらすぐにでもお会いになれるように。あなただって、一度この方のお話をうかがったら、ほかの人の話などもう聞きたくもなくなりますわ。なにしろその人も健康そのものですもの。それにその方のお説教なら、心をふるわせて、涙を流したりする必要もありませんの。澄んだ泉のように、波立つこともなく静かに流れつづけて、気持よく眠りにさそい入れてくれますことよ。もしお気に召したら、毎晩夕食後の消化の時間に、お説教なしではすまされぬあなたのそのじりじりしたお気持を、充分お満たしになったらいかがでしょう。イギリスのナイフや銀器や馬が、フランスのとはくらべものにならないように、イギリスのお説教も、トゥーレーヌのとくらべたらそれはもうずっと上等ですわ。どうかためしに一度、その助任司祭の話をお聞きあそばして。さあ、約束なさるわね。私は一人のただの女、あなたを愛したり、おのぞみなら、あなたのために命を投げだしたりすることはできますわ。でも、イートンや、オックスフォードや、エディンバラで学問を修めたわけでもなし、博士でも神父さまでもございませんから、あなたにお説教を聞かせることなどとてもできませんの。そういうことはもともと不得手ですから、うっかり手をだしたら、それこそとてもひどいへまをしでかしそうですわ。でも私にはあなたのご趣味を責めるつもりは少しもございませんのよ。もっと品のよくないご趣味だって、どうにかして自分でも好きになろうとつとめますわ。なぜって、私の身のまわりには、恋の悦楽だろうと、食卓の楽しみだろうと、宗教の喜びだろうと、ボルドーの赤ぶどう酒だろうと、キリスト教の美徳だろうと、あなたのお好きなものなら、どんなものでも集めたいと願っているのですもの。よろしかったら、今晩は苦行帯でもおつけいたしましょうか。でもあの方はほんとうにお幸せね、あなたにお説教がしてさしあげられるのですもの。フランスのご婦人方は、どこの大学で学位をおとりになるのかしら。かわいそうなのはこの私、身をさしだすしか能がなく、結局はあなたの奴隷《どれい》でしかないのですもの……」

「それなら、さっきはなぜ逃げだしたのです。僕はあなたがた二人が一緒にいるところを見たかったのに」

「気でもどうかなさったの My dee? 私、あなたの召使に身をやつして、パリからローマまでだってお供いたしますわ。あなたのためなら、どんな無茶なことだってやってのけますわ。でも紹介されもしないお方に、どうやって道のまんなかでお話ししたらいいとおっしゃいますの。おまけにあの方ときたら、三段構えでお説教をはじめようとなさっていましたのよ。私、百姓にだって話しかけられますし、お腹《なか》がすけば、人夫にたのんで、パンを分けてもらうことだって平気ですわ。代りに何ギニーかやればすむことですし、別にはしたないことではありませんもの。でも私の国の街道に出没する紳士方のように、走ってくる馬車をとめるなんて、私のお作法の本にはのっていませんの。かわいそうに、あなたは愛するだけで、世間並のお作法はまるきりご存じありませんのね。それに私だって、まだ何もかも、あなたそっくりというわけにはまいりませんわ。私はお説教がきらいですもの。でも、あなたのお気に召すなら、私、けっして骨惜しみなどいたしません。さあ、さあ、黙ってお聞きになって。今からでも、すぐとりかかってごらんにいれますから。私、一生懸命にやって、きっとお説教上手になってみせますわ。そのうち私にくらべたら、予言者エレミアだって、道化師みたいに見えてきますことよ。それにこれからはあなたに甘えるときも、風味ぞえに、聖書の文句の二つや三つは、必ず忘れないように心がけますわね」

彼女は存分に力をふるいました。いや、自分の妖術《ようじゅつ》がはやばやとそのききめをあらわし、私の目のなかに燃えるような光が宿りはじめると、彼女はそこにつけこんで、それこそ力のかぎりをふるいました。彼女の力の前にはすべてがくずれ去り、私は自分から、宗教の賢《さか》しい小細工よりも、身を滅ぼし、未来をすてて、恋こそを唯一《ゆいいつ》のつとめとする方が、女としてずっと偉大な生き方だとするありさまでした。

「するとあのお方は、あなたより、ご自分の方が可愛《かわい》いのね」と彼女は言いました。「あなたご自身より、あなたでない何物かの方がお好きなのでしょう。私たち女には、殿方がおみとめくださる値打ちのほかに、何か別の取り柄でもありますかしら。どれほど人の道をわきまえたとて、しょせん女は女、男の方にはとてもかないませんわ。私ども女など、かまわず踏みつけになさればよろしいのよ。私たちの命など、思いどおりになさればいいの。女のことなどで、生活をわずらわしくしてはいけませんわ。死ぬのは私たちの役目、あなたがたは、胸を張って、りっぱに生きていらっしゃればよろしいの。私たちに短刀をつきつけるのはあなたがた、あなたがたに愛をささげて、お許しを乞《こ》うのが女のつとめですもの。太陽が、自分の光を浴びて生きている、つまらぬ羽虫のことなど気にかけますかしら。羽虫は生きられるだけ生き、太陽が沈めば死ぬだけですわ……」

「それともどこかに飛び去るか」と私は彼女の言葉をさえぎりました。

「そう、それともどこかに飛び去るか」と彼女は、そのまま私の言葉をくりかえしました。が、おそらくその冷やかな口ぶりには、彼女が男にみとめる奇妙な権利を、これから思うがままにふるおうと心にきめた男でさえ、嫌悪《けんお》をおぼえずにはいられなかったでしょう。

「宗教と恋とは折りあいがつくものではないと言いくるめるおつもりか、貞節とかいうバターをパンにたっぷり塗りこんで、無理やり殿方の口におしこもうとするのが、はたして女にふさわしいことですかしら。するとこの私など、さしずめ不信心者というわけね。でも結局は、身をまかすか、こばむかのどちらかでしょう。身をこばんでおいてお説教では、それこそどの国の法律にも反する、二重の刑罰ですわ。ここではあなたの下婢《しもべ》のアラベルが、心をこめて作ったすばらしいサンドウィッチをさしあげるだけ。アラベルの道徳のすべては、今までどんな殿方も味わったことのない愛し方を、自分で新しく考えだすことですもの。私には天使がついていて、こっそり耳うちして教えてくれますのよ」

　私は、イギリス女のあやつる冗談ほど、恐ろしい腐食力をひめたものをほかに知りません。彼女たちは、雄弁この上ない真剣味と、みなぎるばかりの確信をそこに盛りこみます。そしてこの確信こそ、まさにイギリス人が、自分たちの偏見だらけの生活ぶりと、そこに由来する愚かしさの限りを、人目にかくしおおすためのものなのです。言ってみればフランスの冗談とは、女たちが相手に与える喜びや、ゆえなくしかける言い争いを、美しくかざりたてるためのレースです。その身なりのごとく風情《ふぜい》に富んだ、心のおしゃれ道具です。しかしイギリスの冗談は、酸のごとく相手の身を腐食させ、きれいに水で洗い流し、ブラシをかけて、いわば一個の白骨体と化してしまうのです。辛辣《しんらつ》なイギリス女の舌《した》は、虎《とら》のそれに似て、ただじゃれているつもりが、いつの間にか相手を骨までしゃぶりつくしてしまうのです。それはさからいうるものなき悪魔の武器、どこからか姿あらわしては、「なんだそれだけのことか」と鼻先でせせら笑う悪魔の武器であり、面白半分に切り開いた傷口に、この冷やかなあざけりの言葉で死にいたらしめる毒を流しこむのです。その晩のアラベルは、ただ自分の腕前を示すため、罪のない人の首をはねて楽しむトルコ皇帝《サルタン》さながらに、おのれの持てる力のかぎりを、私の目に示そうとしたのです。

「ああ、私の天使」彼女は、私を、幸せのほかはすべてを忘れさせる、あの夢うつつの状態に投げこむと言いました。「私もさっそく自分に向ってお説教を試みてみましたわ。あなたを愛するのが罪かどうか、自分が神さまの掟《おきて》にもとっているか、心に問いただしてみましたの。そうしたら、これほど自然なことも、これほど信仰にかなったこともないのに気がつきましたの。神さまがほかの者とくらべて、ずっと美しい人間をお作りになったのは、そういう人たちを心から愛せと、私どもにさし示すためでしょう。ですから、あなたを愛さないほうがかえって罪なのですわ。だってあなたは神さまがおつかわしになった天使ですもの。あの奥さまは、ほかの人たちといっしょくたにして、あなたを侮辱なさったのよ。あなたはこの世の掟などあてはまらないお方なの。神さまがすべてのものの上にお据えになったお方なの。ですから、あなたを愛することは、かえって神さまに近づくことなのですわ。哀れな女が、神々《こうごう》しいものに心をそそられたからといって、神さまが腹をおたてになるかしら。あなたの光にあふれた広い心は、あまりにも空に似ておられるので、私は祭の火に飛びこんで身を焼く羽虫のように、すっかりそのなかに身をひたしきっておりますの。でも、愚かなことをしたと言って、羽虫を責められる人がおりますかしら。それに、これがいったい愚かなことですかしら。心の底から、光をあがめることではございません。愛する人の首にしがみつくのが、身を滅ぼすことでしたら、羽虫たちは信仰のあまりに身を滅ぼしているのですわ。私は心弱くも、あなたを愛するはめになりましたが、強い心があればこそ、あの奥さまは、ちゃんとカトリックの礼拝堂に、足を踏みとどめていらっしゃるのよ。どうして眉《まゆ》をひそめたりなさいますの。私があの人をうらんでいるとでもお思いなの。とんでもございませんわ。私、あの人の道徳とやらが大好きですの。そのおかげで、あなたは自由な身でいられたし、私はあなたの心を手に入れて、永久に自分のものにしていられるのですもの。だってあなたは、永久に私のものでしょう」

「ええ」

「この世のつづくかぎり」

「ええ」

「じゃトルコ皇帝《サルタン》さま、一つお願いがございます。あなたの値打ちを見抜けたのはこの私だけ。あのお方はたしか、畑を耕すこともご存じとかおっしゃいましたわね。私、この仕事は小作人にまかせ、あなたのお心だけを耕させていただきますわ」

こうした心とろかすようなおしゃべりを、いまつとめて思いおこそうとしているのは、この女性の姿をあなたの目にはっきりと描きだし、あなたに申しあげたことの証拠をごらんに入れて、この物語の結末を、くまなくわかっていただくためにほかなりません。しかし、あなたにしてもよくご存じの、こうした甘い言葉にともなうしぐさのほうは、いったいいかなる言葉で描きだしたらいいというのでしょう。まさにそれはわれわれの夢にあらわれる、まことと常軌を逸した、幻想にもなぞらうべき狂態でした。時としてはそれは、私の花束が作りだしたものに似て、力としとやかさが一つに溶けあい、優しさとそのけだるさが、荒々しい熔岩《ようがん》の噴出につづくのでした。また時としてそれは、私たち二人の悦楽につれて移り変る、この上なく微妙な音楽でした。やがてそれは、身をからませあった二匹の蛇《へび》のたわむれとなり、最後には、こよなく優しい思いをたたえた言葉がささやきあわれ、官能のもたらす悦《よろこ》びに、心にわきくる、あたう限りの詩情をそえるのでした。彼女はこうして激しい愛を私にぶつけ、アンリエットの汚《けが》れ知らぬ静謐《せいひつ》な魂がのこした痕跡《こんせき》を、私の心のなかからくまなく拭《ぬぐ》い去ろうとしたのです。モルソフ夫人が心して彼女を眺《なが》めたように、アラベルもまたしっかりと夫人を見ていたのです。そしてすでに二人の女性は、たがいに相手を見抜いていたのです。アラベルの攻撃の激しさは、彼女の危惧《きぐ》の念の大きさと、彼女が恋敵によせるひそかな讃美《さんび》の念を私にさとらせました。翌朝、彼女は一睡もせず夜をすごしたらしく、その目に涙をたたえていました。

「どうしたのです」と私は彼女にたずねました。

「私、あなたを愛しすぎて、かえって身の破滅になりはしないかと不安なの」と彼女は答えました。「私はもう何もかもすっかりさしあげてしまいました。でもあの方は、私などよりずっとお上手で、あなたのお心がそそれるものを、まだちゃんとのこしておいでですもの。あの方のほうがお好きなら、私のことなど、もう考えてくださらなくてもけっこうですのよ。悲しんだり、後悔したり、苦しんだりで、あなたにわずらわしい思いはおかけしたくありませんもの。いいえ、私は、生命の太陽を奪われた草花のように、遠くはなれた、あなたの目のとどかないところで死んでいきますわ」

こう言って、彼女は私からうまく愛の誓いを引きだすと、身体《からだ》いっぱいにその喜びを示すのでした。夜が明けてから涙を流す女に、実際、何を言うことができましょう。そうした折にすげなくつきはなすのは、私には、卑劣なことに思えるのです。前の晩、その魅力にさからいえなかった女性には、朝になっても、嘘《うそ》をつくことが求められるのです。というのも男の作法書では、嘘でさえ、女性に果すべきわれわれの義務としているからです。

「私、決して、心のせまい女ではありませんわ」と彼女は涙をふきながら言いました。「さあ、あの人のそばにおもどりあそばせ。私、あなたには、私の愛にひきずられてではなしに、ご自分からそうおのぞみになって、私のそばにいていただきたいの。もし、もう一度帰ってきてくだされば、私があなたを愛しているのと同じくらい、あなたも私を愛していてくださると信じますわ。これまでは私、そんなこと、とてもありえないことだと思っておりましたけど」

彼女は私を説き伏せて、もう一度クロシュグールドにもどることを承知させました。自分がこれから足を踏み入れようとしている偽りに満ちた立場など、幸せに酔った男の目には、それと見抜けるはずもなかったのです。クロシュグールドに行かぬと言えば、アンリエットをすてて、アラベルに勝ちを宣したことになりましょう。そうなれば彼女は、さっそく私を連れてパリに帰るでしょう。だがいまさらクロシュグールドにもどること自体、モルソフ夫人をわざわざ侮辱しにいくようなものではありますまいか。そしてその場合には、私がアラベルのもとに舞いもどるのも、いっそうたしかなことになりましょう。こうした愛の冒瀆罪《ぼうとくざい》を、かつて許しえた女性がおりましょうか。天から舞いおりた天使にあらざるかぎり、愛する女は、天国をめざしていかに心を清めた女性といえども、愛する男が他人の手で幸せになるのを見るくらいなら、いっそ目の前で死んでくれたほうがましだと思うのです。愛していればいるほど、心に受ける傷はそれだけ深いのです。つまりどちらから見ても私の立場は、すでにクロシュグールドを出てグルナディエールに向ったとき、みずから選んだ恋には致命的で、行きずりの恋に有利なものとなっていたのです。その点、侯爵《こうしやく》夫人は、あらかじめ深く考え抜いてすっかり計算をたてていたのです。あとになって彼女が打ち明けたところによれば、もしモルソフ夫人が荒地に姿を見せなかったら、クロシュグールドのまわりをうろついて、私の立場を台なしにするつもりだったということです。

伯爵夫人に近づき、彼女がひどい不眠症に悩む人かと思えるほど、顔も青ざめ力なくぐったりとしているのを目にしたときに、突然、私のうちで勘というより、むしろ「嗅《きゆう》覚《かく》」とも呼ぶべきものが鋭く働きました。まさにこうした「嗅覚」こそ、世間の目にはいかに映ろうとも、すぐれた心のつくりだす掟に照らしてみれば、必ずや罪深いものとされる行為のもたらす打撃のほどを、まだ若々しく高貴な心の持主たちに、まざまざと感じさせずにはおかないのです。花を摘みながら遊んでいるうちに、いつしか谷底深く下ってしまい、自分の力ではとうてい這《は》いあがれぬのを見て不安におののきながら、人の住む土地をかなたに見あげ、夜ともなれば、あたりにひびく獣の声に、いやが上にも孤独感をかりたてられる子供のように、突然、私は自分たち二人がまるで世界を異にするように遠くへだてられているのに気がつきました。私たち二人の心のなかに、大きな叫びがわきおこり、それは聖金曜日の教会堂で、主の息絶えた時刻――それは、宗教を初恋とする若い心にとって、心も凍りつくような恐ろしい瞬間です――にとなえられる、あの「事畢《おわ》れり」（訳注 キリストが息絶えたときの言葉。ヨハネ伝第十九章第三十節。聖金曜日の晩課の最後にこの言葉がとなえられた）といういたましい言葉のごとく響きました。アンリエットの夢は一撃のもとにすべてついえ去り、彼女の心は今や受難の時を迎えたのです。それにしても、私に視線を向けることさえこばむとは、これまでは快楽でさえあえて寄りつかず、心をしびれさすようなその奥深いひだのあいだに、かつて一度たりともだきすくめられたことのない伯爵夫人が、今になって幸せな恋のもたらす悦びを、ようやくそれと見抜いたためでしょうか。事実、彼女はこの六年間、私の上に輝きつづけたその目の光を、すでにとりあげてしまっているのです。彼女は、魂のなかにこそ瞳《ひとみ》からはなたれる光の源があり、それがたがいに心を通いあわせる小道となって、二つの心が一つに溶けあったり、身をはなしたり、安心して何もかも告げあう二人の女性のように、一緒にたわむれあったりするのを知っていたのでしょうか。私は恋の愛撫《あいぶ》とて知らぬこの館《やかた》の屋根の下に、快楽の翼がまきちらしたさまざまな色の埃《ほこり》を顔にとどめながら、こうして姿を現わしたことの誤りを、心苦しく思い知らされました。もし前の晩に、ダドレー夫人が一人でたち去るのにまかせていたら、夫人が待ちわびていたにちがいない、このクロシュグールドにもどっていたら、おそらく……そうおそらく夫人にしても、これほど残酷に、私の姉たろうとつとめはしなかったでしょう。彼女はことさら愛想のいいふりを誇張して、突如として自分に課した役割から、一歩もるのでした。わざと私を恥じ入らせては、哀れな病人相手のように、しきりと私の世話をやこうとするのでした。踏みだそうとしないのです。朝食のあいだも、夫人はなにくれとなく気づかいを見せ、

「ずいぶん早くから散歩におでかけになりましたな」と伯爵は私に言いました。「これで食欲も一段と出られたでしょう。なにしろ、胃をやられている私などとはちがいますからな」

この言葉を耳にしても、夫人は小賢《こざか》しい姉の微笑を唇《くちびる》にうかべたりはしませんでした。が、それは私の目に、自分のおかれた立場の滑稽《こっけい》さをあますところなく示すものでした。昼のあいだはクロシュグールドにいて、夜だけサン＝シールにでかけるのはどう考えても不可能でした。アラベルは、私のこまやかな心づかいと、夫人の高貴さを、ちゃんと計算に入れていたのです。ひどく永く思われたこの日のあいだに、私は久しく求めつづけてきた女性への思いを一度にすてて、急にただの友人となることが、いかに困難かをつくづくと思い知らされました。永い年月のうちにおこなわれれば、しごく簡単なことですむこうした変化も、若い頃にあっては、一つの病気となるのです。私は快楽を呪《のろ》い、わが身を恥じて、モルソフ夫人が、自分の血を求めてくれたらとさえ願いました。だが私には歯に衣《きぬ》を着せず、彼女の恋敵を思いきり罵倒《ばとう》することもまた不可能でした。夫人はつとめて彼女の話をさけようとし、それにまた恥知らずにも、私の方でアラベルの悪

口を言いだしたら、心のひだの奥底まで美しく気高いモルソフ夫人に、おそらくはただ軽蔑《けいべつ》されるだけのことにおわったでしょう。五年間の快い親密さをつづけたあげくのはてに、私たちはいったい何を話したらいいのか、見当もつかぬありさまでした。口をつく言葉は胸の思いをのせず、かつては悲しみこそを、常に心を告げあうこよない仲だちとした私たちが、今では身に食い入るような悲しみを、たがいにかくしあおうとしているのです。アンリエットは、自分のためにも、私のためにも、うれしそうなふりをしつづけました。が、その実彼女は、悲しくてたまらなかったのです。ことごとに私の姉と称しながら、しかも女性の身でありながら、彼女は話をつづけるうまい話題さえ見つけられず、私たちはほとんど口もきかずに、窮屈な思いでじっとおし黙っていたのです。その上彼女は私の心の責め苦を増すかのように、あのイギリス婦人の犠牲になったのは、自分一人だというふりをして見せるのでした。

「僕だってあなた以上に苦しんでいるのです」私は、この姉がいかにも女性らしい皮肉をもらしたのをとらえて言いました。

「なんですって」彼女は、女性がこと感情にかかわることで、他人から先をこされそうになったときに見せる、あのおさえつけるような口調で答えました。

「ええ、でも何もかも僕が悪いんです」

やがて夫人から、冷たい無関心な態度を見せつけられると、私はすっかり気力を殺《そ》がれここを発《た》つことに心をきめました。夕方、私は見晴《テ》ら《ラ》し台《ス》で、うちそろった家族に別れを告げました。一同は私について、馬がしきりとはやりたっている芝生《しばふ》のそばまで来ると、身をひいてぐるっと遠まきになりました。私が手綱に手をかけると、夫人はそばにすすみよってきて言いました。

「並木まで二人で歩いていきましょう」

　私は夫人に腕をかし、庭をすぎて外に出ると、一つに溶けあった二人の動作を味わうように、ゆっくりと足を運びました。こうして私たちは、外壁の一角をおおいかくしている、茂みのところに達しました。

「さようなら」と彼女はそこまで来ると立ちどまり、私の胸に顔をうずめ、首に手をまわしながら言いました。「さようなら、お会いするのもこれが最後ですわ。神さまは私に、未来を見透す悲しい力をさずけてくださいましたの。おぼえておいででしょうか、いつかあなたがいかにも若々しく、たいへんごりっぱになって帰っていらしったとき、急に私がおびえたことがあったのを。あの時、私には、クロシュグールドを出てグルナディエールに向われる今日のあなたのように、私の方に背を向けているあなたのお姿が見えてきましたの。昨晩もまたもう一度、これから先の私たちのことを、ちらっとのぞくことができました。フェリックス、二人でお話しできるのもこれかぎりです。二言三言はまだ申しあげられるかもしれませんが、そのときの私は、すっかりこの私というわけにはまいりませんの。私のなかでは、もうどこかで死がはじまっているのです。あなたは子供たちの手から、母親をとりあげておしまいになりますのよ。ですからどうかあの子たちに、私の代りをつとめてやってくださいませね。あなたならおできになりますわ。ジャックもマドレーヌも、まるであなたから苦しめられ通しだったみたいに、あなたを愛しておりますもの」

「死ぬですって」と私はぎくっとして、彼女を見つめながら言いました。彼女のきらきらと輝く目は、また例の燃えるような乾《かわ》いた光をうかべていました。親しい者をこの恐ろしい病に冒されたことのない人たちに、いくぶんなりとその様子をわかっていただくためには、その目をいぶしをかけた、銀の玉にでもたとえるほかはないでしょう。「死ぬですって、アンリエット。いいえ、いけません、僕が生きることを命じます。いつかあなたは、僕に、誓いをたてさせたことがありました。今日は僕があなたに命じて、どうしても誓いをたてていただきます。さあ、誓ってください。オリジェさんの診察をうけて、どんなことでもあの方の言いつけどおりにしてくださると……」

「あなたは神さまのお慈悲にまで、楯《たて》をつこうとなさいますの」彼女は、わかってもらえないことの苛立《いらだ》ちをこめた、絶望の叫びをあげて、私をさえぎりました。

「つまらぬ女かもしれませんが、でもどんなことでも私の言いつけどおりにするダドレー夫人ほどには、あなたは私を愛していてくださらないのですね」

「いいえ、それならどんなことでもあなたのお言いつけどおりにいたしますわ」嫉妬《しっと》にかられた彼女は、今まで保ちつづけてきたへだたりを一気にとびこえて言いました。「僕はここにのこります」私は、彼女の目の上に接吻《せっぷん》しながら言いました。

自分からこうして同意したことに急におじけづいたのか、彼女は私の腕をすり抜け、そばの木にかけよって身をもたせかけました。それから彼女は、うしろもふりむかず、急ぎ足で館の方に向いました。私はすぐそのあとを追いました。彼女は泣きながら、しきりとお祈りを唱えていました。芝生のところまで来ると、私は彼女の手をとって、うやうやしく唇をおしあてました。この意外の従順さに、彼女は心を打たれたようでした。「どうあろうと、僕はあなたのものです」と私は彼女に言いました。「僕は伯母上と同じようにあなたを愛しているのですから」

彼女はぶるっと身をふるわせ、激しく私の手をにぎりしめました。

「さあ、僕を見てください」と私は彼女に言いました。「あの昔どおりの目で、もう一度僕を見てください。何もかも与えてくれる女性でも」私は、彼女が投げかけてくれるまなざしに、心がすっと照らされるのを感じて叫びました。「今あなたが、僕にさずけてくださったほどの生命と魂を与えてはくれません。アンリエット、あなたは僕がだれよりも愛する人、この世でたった一人の愛する人です」

「生きますわ、私」と彼女は言いました。「でも、どうかあなたの方でも、今のご病気から立ち直ってくださいませね」

　この夫人のまなざしは、アラベルの皮肉が心にのこした痕《あと》をきれいに拭《ぬぐ》い去ってくれました。つまり私は、お話ししたとおりの相容《い》れぬ二つの情熱にもてあそばれて、かわるがわるその両方の力に、心をふりまわされていたのです。私は天使と悪魔とを同時に愛していたのです。いずれ劣らず美しく、一方は、私たちがおのれのいたらなさを憎むがゆえに、しきりと傷つけようとする美徳をあまさず備え、一方はおのれの手前勝手なのぞみから、私たち男が神のごとくあがめたてようとするすべての悪徳を備えた女性です。ハンカチをふりつづける子供たちにかこまれて、一人木に身をよせている夫人の方を何度も見返しながら、並木道に馬を進めていた私は、自分がかくも美しい二人の女性の運命をこの手ににぎり、まるきり異なった意味合いながら、これほどすぐれた二人の女性の誇りとなって、私なくしては、この先、生きていけないほどの激しい情熱を、双方の心にかきたてえたことを、われながら誇らしく思う気持が、ちらっと胸をかすめるのに気がつきました。やがてこの束《つか》の間《ま》の自惚《うぬぼ》れは、きびしい罰を、そう、二重の罰をうけるにいたるのです。どこからか聞えてくる悪魔の声が、アンリエットのすてばちな気持か、あるいは夫の伯爵の死が、彼女を私の手にゆだねるまで、このままアラベルのそばで待てと私にささやきかけるのでした。というのも、アンリエットは以前と変らずに私を愛しており、彼女のつれないそぶりも、涙も、後悔も、キリスト教徒としてのあきらめも、私の心のなかからと同じく、彼女の心からも決して消え去ることのない感情を、私の目に雄弁に語り告げていたからです。こうした考えをめぐらしながら、美しい並木道に並足で馬を進めていた私は、もう二十五の青年ではなく、すでに五十にもなった男でした。三十から一瞬にして六十に老《ふ》けこむのは、女性よりむしろ、青年の場合ではありますまいか。私はこうした邪念を一息で追いはらったつもりでいたものの、正直言ってその考えは、私にとりついていつまでも心をはなれませんでした。おそらくこうした邪念の発する源は、チュイルリー宮の陛下の居間の、羽目板のかげにひそんでいるのです。無垢《むく》な心の花を散らす、ルイ十八世陛下の辛辣《しんらつ》な言葉によくさからいうる者がいましょうか。陛下は常日頃から、人はかなりの齢《とし》にならなければ、真の情熱を知りうるものではなく、それというのも、心の火がいよいよ美しく燃えさかるのは、性の能力がすでにおとろえはじめ、あらたな快楽を味わうたびに、最後の賭金《かけきん》を賭ける賭博者《とばくしゃ》の気持になってからだと、しばしばそうおおせられていたのです。並木のはずれにさしかかると、私はうしろをふりむき、今来た方を見やりました。そして、アンリエット一人が、まだそこに立ちつくしているのを見ると、あっという間に、並木をとって返しました。私は、贖罪《しょくざい》の涙にぬれた、最後の別れを告げにもどったのです。だが涙の理由は、彼女にはかくしたままでした。それは、永遠に失われた美しい恋、初々《ういうい》しい感動と、二度とよみがえらぬ人生の花々に、われ知らずそそぎかけた、心の底からの涙でした。というのも、ある年代をすぎると、男はもはや自分から与えることはなく、ただ相手からうけとるばかりとなり、恋人のうちに、ただ自分だけを愛するようになるのにひきかえて、若いときには、自分自身のなかで恋する人そのものを愛するのです。いつの間にか私たちは、自分の好みや、おそらく悪徳さえも、愛してくれる女性に植えつけるまでになるのに反し、人生の門出にあたっては、愛する女性こそ私たちに、美徳やこまやかな心づかいを、いやおうなしに教えてくれるのです。そのほほえみで私たちを美に招きよせ、身をもって献身の何たるかを示してくれるのです。自分のアンリエットを持たなかったもの、いかなる意味かで、自分のダドレー夫人を知りえなかったものこそ不幸せです。後者は結婚したのち、妻の心をつなぎとめられず、前者はおそらく、恋人から見すてられるはめになりましょう。だが一人の女性のうちに、この二人を同時に見いだしうる者こそ幸いです。そうです、ナタリー、あなたに愛される男こそ、まさに世の幸せ者なのです。

アラベルと私はパリにもどると、前にもまして、いっそううちとけた仲となりました。やがて私たちは二人とも、いつとはなしに、それまで自分たちに課していた、世間のしきたりをかえりみぬようになりました。が実は、こうしたしきたりをきちんと守っていればこそ、ダドレー夫人がみずから身をおいたような曖昧《あいまい》な立場も、しばしば世間の許しを得るところとなるのです。世間は好んで、おもてにあらわれぬ秘密を見抜こうとつとめるもので、ひとたびうちに秘められた真実を知ってしまうと、おもての見せかけも、しごくもっともだと考えるにいたるのです。社交界のさなかに生きていかざるをえぬ恋人たちが、サロンの掟《おきて》の求める枠《わく》をみずからこわし、世間の風習が定めるしきたりに、心してしたがおうとしないのは、彼らの大きな誤りと言えましょう。それも、他人のためというより、むしろ自分自身のためなのです。乗りこえねばならぬへだたりや、とりつくろわねばならぬ世間体や、人前で演じるお芝居や、他人の目におおいつくさねばならぬ二人の秘密や、こうした幸せな恋を守る機略の数々が、日々の生活をおのずと満たし、欲望を常に新しくよみがえらせて、習慣のもたらす気のゆるみから、未然に心を防いでくれるのです。だが、もともと浪費好きな最初の情事は、若者と同じで、うまく手加減を加えるすべを知らず、すっかり丸坊主《まるぼうず》になるまで、森を切りつくしてしまわねば気がすまないのです。もとよりこうした町人《ブルジョワ》めいた考えをとらぬアラベルは、私の気に入るように、やむなくそれにしたがっていたまでのことでした。実を言えば彼女は、死刑執行人が、自分で手を下す相手に烙印《らくいん》を押し、前もって自分のものにしておくように、パリ中の人々の面前で私を巻きぞえにし、いやおうなしに私を「自分の夫」にしてしまおうとのぞんでいたのです。そのため彼女は、しきりと手管をくりひろげ、私を自分の家にひきとめておこうとつとめました。というのも、これというたしかな証拠もなく、せいぜい扇子のかげでひそひそ話をされる程度のお上品な醜聞では、彼女はもうすでに満足できなくなっていたのです。自分の立場を、人目にあきらかに示すような軽率な振舞いを、彼女が嬉々《きき》としてやってのけるのをこの目で見ながら、どうして私とて、彼女の愛を信じずにいられましょうか。だがひとたび、不法な結婚の快さに身をひたしきると、やがて私はすてばちな気持に心をとらわれました。というのも自分の送っている生活が、世間一般の通念にも、アンリエットのすすめにも、まるきり反したものになってしまったのが、自分にもよくわかっていたからです。その頃の私は、すでに死期が近いのを知り、この上もう胸に聴診器などあてられたくないと思う肺病患者のように、一種いたたまれぬ気持で、日々を送っていたのです。私の心の奥底には、苦しい思いなしには下っていけぬ片隅《かたすみ》があり、それにまた復讐《ふくしゅう》の霊が、絶えず投げかけてよこすさまざまな思いを、じっくり考えてみる勇気もすでに私には失《う》せていたのです。アンリエットへの私の手紙は、どれもこれもみな、この心の病を告げるものとなり、この上なくつらい思いを彼女の心にひきおこすのでした。私がうけとったたった一通の返事には、「あれほどの宝を犠牲になさったのですもの、せめてお幸せになっていただきたいと存じます」と書かれていました。ところが私は、幸せではなかったのです。ナタリーよ、幸せとは絶対的なもので、比較を許すものではありません。ところが最初の熱中状態がすぎると、私はごく当然の成り行きとして、この二人の女性を、あれこれと比べてみるようになっていたのです。それまでのところ私には、二人の違いを、じっくり検討してみる余裕もありませんでした。事実、激しい情熱は、いやおうなしにわれわれの性格に強くのしかかり、当初はまずそのでこぼこなところを平らにならし、われわれの欠点や長所を形づくっている、日頃の習慣がのこした轍《わだち》を、あとかたもなくうめつくしてしまいます。だがやがてしばらくすると、すっかりなれきった恋人たちのあいだでは、両者のもつ精神の顔立ちが、ふたたびその特徴を備えておもてに姿をあらわすのです。こうなるとたがいに二人は相手を批判の目で眺めはじめます。つまりは一時《いっとき》、情熱におさえつけられていた性格が、ふたたび力をもりかえす、一種の反動期が訪れるのです。そしてしばしばそのあいだに、両者の相容れぬ気質がはっきりとして、やがてはそれが二人の離別のもとともなり、また世の浅薄な人たちはこれをとらえて、人の心のうつろいやすさを責める恰好《かっこう》な武器とするのです。ところで私たち二人のあいだにも、まさにこの時期がやってきたのです。以前ほど相手の魅力に目をくらまされることもなく、まさにこの自分の喜びをつぶさに検討しはじめていた私は、おそらくそうしたつもりもなく相手の吟味にとりかかり、そしてそれがダドレー夫人にとって、ためにならぬ結果をもたらしたのです。

私はまずダドレー夫人に、フランス女性独自のあの気転、偶然にも、さまざまな国の愛し方を知りえた人たちがもらすところによれば、フランス女性を、恋の相手としてこよなきものとする、あの気転が欠けているのに気がつきました。ひとたび愛するとなると、フランス女性は見違えるほどに変貌《へんぼう》します。定評どおりのあのあでやかさは、恋をかざりたてる道具となり、危険この上ない虚栄心を犠牲にして、よりよく愛することのみを自分たちの誇りのすべてとするのです。恋する相手の利害や、憎しみや、その友情をおのれのものとして、実業家の老練な巧みさを、一日にして身につけてしまうのです。法律を学び、信用制度のからくりをのみこみ、銀行家の金庫をも手玉にとります。うっかりもので浪費家であったのが、何一つへまをしでかさず、一ルイとして、むだづかいするようなことはなくなります。一人で同時に、母、家政婦、医者をかね、こうしたすべての変貌に、幸せから生れるこよなき魅力をそえて、どんな些細《ささい》な事柄にも、限りなき愛をゆきわたらせるのです。さらにまた彼女たちは、あらゆる国の女性が持つ長所をあまさずあつめ、才知のたすけをかりて、その混合体に一つの統一を与えるのです。そしてこの才知というフランス精神の胚芽《はいが》こそが、いっさいを活気づけ、可能にし、すべてを正当化し変化を与え、たった一つの動詞の現在形のみによりかかっている感情の単調さを打ち破ってくれるのです。フランスの女性は、人前に出ようと、一人でいようと、またいついかなる時であろうと、常にたゆみなく愛しつづけ、決して倦《う》むことを知りません。人前に出れば、一つの耳にしか響かぬ口調を見つけ、沈黙をもってさえ語りかけ、目を伏せたまま相手を見つめます。目も口も封じられた場合は、足先を使って砂の上に胸の思いを描きだします。それにひきかえ一人になれば、眠りながらもその恋心をおもてにあらわすのです。つまりフランス女性は、外界のすべてを恋に服従させるのです。これに反してイギリス女性は、恋を外界に服従させるのです。見るからに冷やかなあの日頃のそぶり、すでにお話しした、あの利己主義そのもののイギリス流の態度を、常に変りなく持ちつづけるよう幼時からしつけられているイギリス女性は、さながら英国製の機械のごとく、容易に心の扉《とびら》を閉じたり開いたりするのです。人目を透さぬ仮面をたずさえていて、平然としてそれをかぶったりぬいだりするのです。人目のない場所では、イタリア女性さながら情熱的に振舞いながら、他人がたちまじってくると、たちまち冷やかな、もったいぶった態度にもどるのです。この上なく愛されている男でさえも、イギリス女性が、自分の部屋から一歩踏みだしたときに見せる、あの眉《まゆ》一つ動かさぬ顔、おちつきはらった声の響き、あの屈託の影さえとどめぬ物腰に接したら、いったい自分は、どこまでこの女の心を支配しているのかと、おのれの力に疑いを抱《いだ》かずにはいられぬでしょう。こうした場合、内心の偽りぶりたるや無関心の域まで達し、イギリス女性はもうなにもかもすっかり忘れはてているのです。自分の恋を着物のようにぬぎすてられる女なら、きっとそれを別のととりかえることだってできるにちがいないと思われてきます。まるでつづれ織りを手にとるように、相手の女が恋にとりかかったり、中途でほうりだしたり、やがてまた拾いあげたりするのを見て傷つけられた男の自尊心は、いかに激しい波風を、心にまきおこさずにはいないでしょう。こうした女たちは、すべてをあげて相手のものとなるには、あまりに自制心が強すぎるのです。世間の力をみとめすぎるため、男たちの支配は、決して完全なものとなりえないのです。フランスの女なら、辛抱強く待つ男を目で慰めたり、居すわる客に対する憤慨ぶりを、心憎い揶揄《やゆ》でそれとなく表現するような場合にも、イギリス女性はひたすら黙して語らず、相手をいらいらさせ、しきりに気をもませるのです。いかなる場合も、女王として振舞いつけているこうした女性たちのそのほとんどは、すべてに流行《ファッション》がいきわたり、自分たちの味わう快楽でさえそれにしたがわねば気がすまぬのです。慎ましさを誇張するものは、また愛情をも誇張せずにはおきません。イギリスの女たちの場合が、まさにそれなのです。彼女たちは、形式にすべてをうち込みながらも、この形式に対する愛情からは、決して芸術心の芽生《めば》えは見られません。イギリス女性が何と言おうと、彼女たちの理づめの打算ずくな恋よりも、フランス女性の魂を、数等すぐれたものとしているこの両者の違いは、プロテスタンティスムとカトリシスムという、両国の宗教の差で説明されるのです。プロテスタンティスムは、疑問をさしはさみ、検討を試みて、ついには信仰心まで殺してしまい、ひいては、芸術と愛とに死滅をもたらすのです。ところで社交界の人士たるもの、その社会の命ずるところに、おのずとしたがわぬわけにはいきません。そのため情熱的な人たちは、はやばやとそこから逃げだします。彼らにとって、社交界は、とうてい耐えられぬものなのです。こう申しあげれば、ダドレー夫人が、社交界なしではすまされず、あのイギリス風の変り身をいとも軽々とやってのけるのを目にした私が、どれほど自尊心を傷つけられたかは、あなたにもすでにおわかりでしょう。彼女にとっては、社交界も決して犠牲を強《し》いる存在ではなく、たがいに敵対する自分の二つの姿を、彼女はなんの無理もなくごく自然のうちにとりえたのです。愛するとなると、彼女はそれこそ夢中になって愛します。いかなる国のいかなる女性も、この点で彼女に肩を並べうるものはありません。彼女たった一人で、まさに後宮《ハレム》全体に匹敵するのです。だがひとたびこの夢幻劇に幕がおりると、その思い出すらもその場から追い出されてしまうのです。こちらのまなざしにも、ほほえみにもいっさいとりあわず、もはや女主人でも奴《ど》隷《れい》でもなく、身をすぼめ、言葉をやわらげる大使夫人といった物腰で、そのおちつきぶりは人を苛立《いらだ》たせ、とりすました様子は相手を傷つけます。すべてを打ちこんで、理想にまで恋を高める代りに、彼女はこうして逆に、必要の域にまで恋をひきずりおろしていたのです。彼女が自分から、不安や、心残りや、欲望などを口に出すことはついぞありません。ところがきまった時刻になると、それまでの控え目な態度を侮辱するかのごとく、まるで急に火でもつけられたように、突然、愛情が頭をもたげるのです。いったいこの二人のうちの、どちらを信用したらいいというのだろう。私はそう思いながら、数知れぬ針に心を刺される思いで、アンリエットとアラベルをへだてている、無限の違いをさとるのでした。モルソフ夫人なら、しばらく私を一人にするときにも、自分のことを話しつづけるよう、その場の空気に言いのこしていくかのように思われます。たち去るときは、ドレスのひだが目に語りかけ、もどって来るときには、その軽やかな衣ずれが、嬉々《きき》として喜びを告げるのです。彼女が目を伏せるときにおちかかるまぶたの動きには限りない優しさがこもっています。彼女の声、あの音楽的な声は絶えざる愛撫《あいぶ》です。その話は常に変らぬ思いを明かしつづけ、いつ何時《なんどき》でも、彼女は決して彼女以外のものではないのです。ましてや自分の心を、一方は灼《や》けつくような、一方は凍りつくようなまったく異なった二つの世界に分割するなど、彼女には思いもよらぬ話です。さらに彼女は才気と思考の精華を、自分の感情をあらわそうとする場合にのみ役立てて、子供たちや私といる場合には、考えそのものによって、女性のもつなまめかしさを発揮するのです。だがアラベルの才気は、生活を快くするためには用いられず、私のためにもいっこう役立たず、人前に出てはじめて意味を持つ他人向けのもの、つまりは人をあざけりからかう、一つのてだてにしかすぎなかったのです。彼女が好んで人をいためつけたり、皮肉をあびせかけたりするのも、それは決して私を楽しませるためではなく、ただ単に、自分の好みを満足させるためだけだったのです。モルソフ夫人なら、自分の幸せを極力世間の目におしかくそうとつとめたでしょう。ところがアラベル夫人は、自分の幸せぶりをパリ中の人の目にさらそうとし、見てくれと言わんばかりに、私を連れてブーローニュの森を濶歩《かっぽ》しながら、しかも恐ろしい猫かぶりぶりを発揮して、世間体だけはちゃんととりつくろっていたのです。これみよがしの態度と、とりすました態度のこのとりあわせ、愛情と冷淡さのこの交錯は、汚《けが》れ知らず情熱に燃える私の心を、絶えず傷つけずにはいませんでした。突然、温度の違った場所にうまく移行するすべを知らぬ私は、そのためにずいぶんといたたまれぬ思いをさせられました。私が愛情に心をふるわせているときに、彼女はとってつけたような、とりすました態度を見せはじめるのです。私が極力言葉をひかえながら不平をもらすと、彼女は自分の心のたけをしきりと誇張し、すでに曲りなりにもお話ししたイギリス流の冗談をまじえ、私めがけて、とげに満ちた言葉を投げかえすのです。二人の意見が対立すると、彼女は面白がって私の心をもみくちゃにし、私の才知をあなどりながら、まるでパンの練り粉かなにかのように、好きなように私をこねまわすのです。何ごとにせよ、中庸を守らねばならぬと私が言えば、彼女はそれを極端にまでおしすすめ、私の考えを似ても似つかぬ滑稽《こっけい》なものにしてしまうのです。そうした彼女の態度を責めれば、パリ中の人が見ているイタリア座で、接吻《せっぷん》してほしいのかと逆に問いかえすしまつです。彼女があまりまじめにそれを言いだすので、人の噂《うわさ》にのぼりたいという彼女の日頃からののぞみをよく知り抜いていた私は、彼女が本当に約束を実行に移す気ではないかと、内心びくびくするありさまでした。彼女の情熱が真実なものであったのはたしかです。が、私がアンリエットからくみとっていたあの静謐《せいひつ》なもの、あの清らかな奥深いものは、彼女からはいっこうに感じとれませんでした。彼女はいくらでも水を吸いこむ砂地のように、決して満たされることがなかったのです。モルソフ夫人はいつもおちつきはらい、ちょっとした言葉の調子や、さりげない一瞥《いちべつ》にも、私の心を充分に感じとってくれました。だがダドレー夫人は、じっと見つめられても、手をにぎりしめられても、いかに優しい言葉をかけられても、胸苦しいほどの思いをすることは決してなかったのです。それだけではありません。いかなる愛の証《あか》しといえども、彼女を驚かすには足りず、昨日の幸せも、彼女にとっては、一夜明ければないに等しいのです。なににもまして、激しい興奮や、派手なさわぎや、華々《はなばな》しさを求めていた彼女にとっては、おそらくこの点で、自分の理想にまで達するものが何も見いだせず、そこからあの情事における、死にもの狂いの努力が生れてくるのです。つまりは、その度を越えたとっぴな振舞いも、私のためではなく、自分自身のためだったのです。モルソフ夫人のあの手紙、当時、依然として私の上に輝きつづけ、この上なく貞淑な女性が、フランス女性の天性にいかにしたがうものかを明らかにしてくれた例の手紙は、彼女の絶えざる心づかいと、私の行く手に対する変らぬ理解とを示すものであり、あの手紙をお読みくだされば、アンリエットが、私の物質的利害や、政治的なつきあいや、精神面における向上に、どれほど心こまやかな配慮をつくし、また許される限りにおいて、いかに熱心に、私の生活を自分のものとしていてくれたかがきっとおわかりでしょう。ダドレー夫人はと言えば、こうしたもろもろの点について、単なる顔見知り程度の、控え目な態度をよそおいつづけました。彼女は、一身上のことや、財産のことや、仕事のことや、生活面でめぐりあう苦しいことや、日頃から憎しみを抱《いだ》いている相手のことや、同性の友だちに対する友情については、ついぞたずねようともしませんでした。自分のこととなると浪費家ながら、決して気前のいいたちとは言えぬダドレー夫人は、たしかに恋と利害とを、少々、別に考えすぎていたのです。実際に経験したわけではありませんが、アンリエットなら、私に悲しい思いをさせまいとして、自分では決して欲しがろうとしないものさえ、私のためにはどうにかして手に入れようとしてくれたでしょう。地位をのぼりつめ、大きな財産を擁する人ともなれば、しばしば大きな不幸に見舞われることは、充分に歴史の示すところです。ところで私がもしそうしたはめにおちいっても、アンリエットにならば忠告を求めもしたでしょう。が、ダドレー夫人には一言も告げず、そのまま牢《ろう》に引かれていったでしょう。

これまでのところは、もっぱら感情面での二人の対比ですが、事物に話を移しても、まったく同じことが言えるのです。フランスでは、贅沢《ぜいたく》も個性の表現です。個々人の思想、その独自な詩情の投影です。贅沢は人の性格を描きだし、また恋人たちのあいだにあっては、そこに向けられるごく些細な心くばりも、愛する相手の最大の関心事を照らしだしてくれるものとして、大きな意味を帯びてくるのです。しかし最初私が、その洗練された凝り方に目を奪われていたイギリス流の贅沢は、これもまた単に機械的なものにすぎず、たとえばダドレー夫人にしても、何一つ自分自身のものを、そこに盛りこんではいないのです。つまりは他人の手になる、金で買われた贅沢なのです。クロシュグールドで目にする、真心のこもったあまたの心くばりも、ダドレー夫人にしてみれば、召使の仕事としか見えないのです。召使にはそれぞれのつとめと職分があり、最良の下僕を選ぶのが家令の仕事で、それは馬を選ぶのと、それほどの違いはないのです。自分から召使に愛着をおぼえることなど思いもよらず、いちばん重宝がっていた者が死んでも、おそらくは胸をいためることもなく、ただ金に糸目をつけず、それに劣らぬ有能な者を雇い入れれば事はすむのです。隣人にいたるや、私は、彼女が他人の不幸に涙をうかべるところなど、ついぞ見かけたことがありません。そればかりか、こちらで笑いだすしかないほどの、無邪気なエゴイスムの持主なのです。そして、こうした青銅作りの本性を、貴婦人の赤いドレスのひだが、すっぽりとおおいかくしていたのです。だが、日暮れともなれば、突然、目にもあでやかなエジプトの舞姫に姿をかえ、敷物の上で身をくねらせながら、気違いじみた愛欲の鈴を鳴り響かせては、若い男と、情のない冷酷なイギリス女とを、たちどころに和解させてしまうのでした。そのため私は、この軽石状の土地にはいくら種子《たね》をまいてもみなむだであり、結局、何の収穫も得られぬことは、ごくわずかずつしか気がつくことができなかったのです。だがモルソフ夫人は、ほんの一瞬顔をあわせただけで、彼女のこの性質をすばやく読みとっていたのです。私は夫人の予言的な言葉を思いだしました。アンリエットの言はすべて正しく、アラベルの愛情は、私には徐々に耐えがたいものとなってきたのです。その後私は、上手に馬を乗りこなす女性のほとんどが、情に薄いという事実に気がつきました。彼女たちには、アマゾン（訳注　ギリシャ神話に出てくる騎馬、狩猟にすぐれた女のみから成る好戦的な種族。弓を射る都合上、幼時より右の乳房を焼きとったという）と同様一方の乳房が欠けており、その心のどこやらかがすでに硬化してしまっているのです。

私がようやくこの軛《くびき》の重みを感じだし、身も心も疲れはて、まことの感情が恋にもたらす清らかなるものがやっとわかりかけ、クロシュグールドの思い出に心をうちひしがれて、はるかな距離をへだてながら、そこに咲き乱れるばらの香りを求め、見晴らし台《テラス》をみたす熱気を胸に吸いこみ、小夜鳴《さよな》き鳥《どり》の歌声を耳にしていたとき、そして激流の水《みず》嵩《かさ》が減り、その石ころだらけの河床をまさに目にしはじめた恐るべき瞬間に、私は今日なお日々の生活に余韻をのこし、事あるたびにこだまする恐ろしい打撃を身にうけたのです。私は陛下のお部屋で仕事の最中でした。陛下には、四時にお出ましになるご予定で、ルノンクール公爵《こうしゃく》もその日はご出仕なさっていました。公爵が入ってくるのをごらんになると、陛下はいきなり、伯爵夫人の消息をおたずねになりました。私はやにわに顔をあげ、その動作の意味があまりに見えすいていたのでしょう、陛下はお気を損じたご様子で、ちらっと私の方をごらんになりました。それはやがてそのお口から陛下ならではの手きびしい言葉がもれる前兆でした。

「陛下、娘は不憫《ふびん》にも死にかけております」と公爵が答えました。

「陛下は、私に休暇をお与えくださいますでしょうか」私は目に涙をうかべ、いまにも爆発しそうな陛下のお怒りにもおじずに申しあげました。

「急いでいくがよい、mylord（英国貴族どの）」陛下はこうおおせられると、一言一言にこめられた皮肉に笑みをおもらしになり、ご自分の機知に免じて、私を叱《しか》りつけるのを、思いとどまられてくださいました。

父たるにもまして、廷臣であった公爵は、休暇を願い出ず、陛下のお供をしてご一緒に馬車に乗りこみました。私はダドレー夫人に別れも告げずパリを発《た》ちました。幸い夫人は外出中で、私は陛下のご用で出かける旨《むね》を手紙にして彼女にのこしました。クロワ・ド・ベルニー（訳注 オルレアンに向う道をパリを出て十キロほど行ったところにある十字路。トゥーレーヌに行く道筋にあたる）までくると、私はヴェリエール（訳注 パリの南西約十五キロのところにある森にいだかれた小さな町）からおもどりになる陛下のご一行に出会《でく》わしました。陛下はおうけになった花束が、足もとにすべり落ちるのも気にとめられず、いかにも王者にふさわしい、人を圧し去るような深い皮肉のこもった視線をちらっと私の方にお向けになりました。その目は「政治でひとかどのものになりたいならもどってくるがよい。死者と長話をして、時間をむだにするではないぞ」とおおせられているかのようでした。公爵は手で悲しげな合図を送ってよこしました。八頭立ての豪華な二台の四輪馬車、金ぴかの制服を身につけた武官、あとにしたがうおつきの一団が、「陛下万歳」

という叫びに送られ、埃《ほこり》の渦をまきたてながら、あっという間にその場をすぎ去っていきました。私は宮廷が一団となり、自然が人間の災害に際して見せるあの非情さで、モルソフ夫人の死体を踏みつけにしているような気におそわれました。人間としては申し分のない父公爵も、陛下の御寝の儀がおわったあとは、きっと王弟殿下（訳注　のちのシャルル十世）のところへ、ホイスト（訳注　トランプ遊びの一種）のお相手にいこうとしているのです。そして母の公爵夫人は、だれも口に出さない私とダドレー夫人のことを娘に告げて、とうの昔に、すでに最初の一撃を加えていたのです。

　私のあわただしい旅はさながら一場の夢、何もかも失った賭博者《とばくしゃ》の夢のようでした。私は、自分に知らせのなかったことで絶望しきっていました。告解僧は、きびしさをさらにおしすすめ、私をクロシュグールドに近づけることさえ、あの人に禁じたのだろうか。私はマドレーヌやジャックやドミニス師や、それにモルソフ氏のことまで、心のなかで責めました。トゥールをすぎて、サン＝ソーヴール橋を渡り、ポン＝シェールに通ずるポプラ並木を下っていくと――それはかつて見知らぬ女性の姿を求めて、このあたりをかけめぐっていた頃、私がつくづくとその美しさに見とれた道でした――私ははからずもオリジェ氏に出くわしました。私がクロシュグールドに向う途中で、彼がそこからの帰途であることは、おたがいに言わずと知れました。私たちは馬車をとめ、二人とも外に降りたちました。私は彼に様子をたずね、彼は私にそれを告げようとしてのことでした。

「いかがです、夫人のご容態は」と私は彼にたずねました。

「おつきになるまで、まだ息がおありになるかどうかが心配です」と彼は答えました。

「奥さまはむごい死に方をなさろうとしています。あれはまさに飢え死にです。私が六月に呼ばれていったときには、もう医学の力では、どう病気をくいとめるてだてもなかったのです。奥さまにはすでに恐ろしい徴候があらわれていて、それがどんなものかはおそらくモルソフ氏からお聞きになってすでにあなたもよくご存じでしょう。伯爵はご自分にその徴候があると思っておられるのです。そのときのご容態は、もう身体《からだ》の変調から来る、一時的なものなどではなかったのです。そうしたことなら、原因となる内部のたたかいをうまくたすけてやれば、医学の力で病気を快方に向わせることも可能です。それはまた発作のはじまりで、やがて変調もおのずとおさまるというような、そうした状態でもなかったのです。病気は最後の段階にまで達していて、人間の力ではもうどうすることもできなかったのです。短刀で突かれた傷が命とりになるのはご存じでしょう。それと同じでこれは悲しみがひきおこした手のほどこしようもない状態です。この症状は、ある器官が活動を停止したためにおこるもので、その器官の働きは、心臓と同じように、生きていく上で、欠くべからざるものなのです。つまりは悲しみが、短刀の役目をはたしたのです。思い違いはなさらんように、モルソフ夫人は、何か人知れぬ悲しみのために死んでいくのです」

「人知れぬ悲しみですって」と私は言いました。「それでは、子供たちが病気だったわけではないのですか」

「いいや」彼は、意味ありげな様子で、私を見つめながら言いました。「それに病気が重くなってからは、モルソフ氏も、奥さまを苦しめられるようなまねはもうおやめになりました。私がそばにいても、今ではもう何のお役にもたちません。なにしろ手当のほどこしようがないのですから、アゼーのデランド先生で充分です。でも、その苦しみようは、見ていて恐ろしいくらいです。お金もあり、若くて美しいお方が、やせおとろえて、飢えのためにすっかり老《ふ》けこんで死なれていくなんて。そうです。奥さまは飢え死になさるのです。もう四十日も前から、閉じたようになった胃は、どんなふうにしてさしあげても、いっさい食べ物をうけつけないのです」

オリジェ氏は、私のさしだした手をにぎりしめました。というよりむしろ、すっと姿勢を正し、彼の方から私の手を求めたと言うべきでしょう。

「さあ、しっかりなさって」と、彼は空を見あげながら言いました。

彼の言葉は、私もまた夫人の悲しみを等しくするものとして、それに対する同情を示すものでした。ただ彼には、その言葉のなかに毒を持つ棘《とげ》がかくされており、それが矢のように私の心につきささろうなどとは、考えもおよばなかったのです。私はそそくさと馬車に乗りこむと、間に合えば充分な褒美《ほうび》を出すと馭者《ぎょしゃ》に約束しました。

しきりと先を急ぎながらも、胸にひしめく苦い思いにすっかり心を奪われていた私には、そこから館《やかた》までの道のりは、ほんの数分間だったように思われました。あの人は悲しみがもとで死んでいくのだ。しかも子供たちは二人とも元気だという。するとあの人は私のせいで死んでいくのだ。いどみかからんばかりの私の良心は、一生涯、いや、時には墓のかなたにまで響きつづけるような、恐ろしい論告を私に下すのでした。人の手になる裁《さば》きは、いかに無力で、いかに不完全なものだろう。それはただ目に見える行為しか裁きえないのだ。ひと思いに殺してくれる殺人者、思いやり深く寝ているところをおそって、永久に眠らせてくれる殺人者、ふいにおどりかかって、死の苦しみを味わわせずに、息絶えさせてくれる殺人者、そうした殺人者になぜ死と恥辱とが与えられるのか。一滴一滴と心に苦汁をそそぎこみ、徐々に相手の身体を弱らしていく殺人者が、なぜ世の尊敬をうけ、なぜ幸せな日々を送れるのか。ああ、裁きを受けぬ殺人者が、世に何人いることだろう。なぜみやびな悪徳はかくも寛大に扱われ、精神の迫害による殺人者は、なぜかくもやすやすと放免されるのか。何ものとも知れぬ復讐《ふくしゅう》の手が、いきなり社会をおおいかくしている、絵模様の垂《た》れ幕《まく》をすっとたぐりあげました。そして目の前には、私ばかりでなくあなたもよくご存じの、数々の犠牲者が姿をあらわしました。私が発つ数日前に、死んだようになってノルマンディーに向ったボーセアン夫人（訳注　前出。恋人ダジュダにすてられたあと、彼女はノルマンディーにひきこもる）、社会的な体面を台なしにされたランジェ公爵夫人（訳注　『ランジェ公爵夫人』の主人公。モンリヴォーとの恋に破れ、地中海の孤島にあるカルメル派の修道院に身をかくす）、トゥーレーヌにやってきて、ダドレー夫人が二週間滞在したあのささやかな家で息をひきとったブランドン夫人（訳注　前出『柘榴屋敷』の主人公。恋に破れ、二人の子供を連れて柘榴屋敷に身をひくがここで病死する）、そしてその死が、どんな恐ろしい事件によってひきおこされたかは、あなたもよくご存じでしょう。私たちの時代は、この種の出来事にはこと欠きません。嫉妬《しっと》に負けて毒をあおった、あの哀れな若妻を知らぬ者がいましょうか。そしておそらくモルソフ夫人も、彼女と同じく嫉妬のために死んでいくのです。非道な男の餌《えさ》にされ、みずからの無知と純潔の犠牲となって、さながらあぶにさされた花のごとくに、結婚生活わずか二年にして、哀れに朽ち果てていったあの美少女の運命に、おもわず身をおののかさぬものがいましょうか。しかもロンクロールや、モンリヴォーや、ド・マルセーは（訳注　いずれも『十三人組物語』に顔をだす十三人組の面々。十三人組は秘密結社で、そのメンバーは協力してあらゆることをやってのける）、自分たちの政治的なもくろみに役立つからと、彼女の死をもたらした非道な男に自分から手を貸しているのです。健気《けなげ》にも夫の借財をきれいに片づけたのち、いかに頭をさげられようと心をまげず、二度と夫に会おうとしなかったあの人妻のいまわの場面に、激しく胸をふるわさぬものがいましょうか。デーグルモン夫人（訳注　前出。『三十女』の主人公。フェリックスの兄シャルルはその恋人となる）も、一度は墓のすぐそばまで歩みよったのです。私の兄の心づかいがなかったら、彼女にしても、おそらく今生きてはいなかったでしょう。そして世間も科学も、こうした犯罪の片棒をかつぎながら、しかもそうした罪を裁く法廷はどこにも存在しないのです。悲しみや、恋や、絶望や、人知れぬ困窮や、培《つちか》っても培っても実をつけず、植えつけても植えつけても、そのたびに根こぎにされる希望のために、ひそかに死んでいく者など、一人としていないかのごとくです。最近の専門語辞典をさがせば、何もかも説明してくれる都合のいい言葉が見つかります。胃炎とか、心囊炎《しんのうえん》とか、こっそり耳もとでささやかれる、さまざまな婦人病の名称とかがそれで、こうした病名はみな、空涙で送られる柩《ひつぎ》にパスポートの役目をはたし、しかもその涙も、公証人の手でほどなく拭《ぬぐ》い去られるのです。こうした不幸の奥底には、私たちの知らぬ、何らかの法則がひそんでいるのでしょうか。百万長者が、数ある小企業の努力をすべて自分のものにしてしまうのと同じように、百歳の長寿を享《う》けるものは、情け容赦なく地上に死者をまきちらし、自分が高くのびていくためには、まわりの土地をひからびさせなければならぬのでしょうか。この世には毒を持つ強い生命があって、優しくかよわき物を餌食《えじき》とするのでしょうか。それでは神よ、私はこうした虎《とら》の種属の仲間なのでしょうか。悔恨がその焼ける手で私の心を強くしめつけ、クロシュグールドの並木にさしかかった私の頰《ほお》には、幾条《いくすじ》もの涙がつたっていました。それはじめじめとした十月の朝で、アンリエットの指図《さしず》で植えられたポプラからは、しきりと枯葉が落ちていました。思えば私を呼びもどすかのように、彼女がハンカチを振りつづけたのもこの並木道でした。生きていてくれるだろうか。ひれ伏した私の頭の上に、もう一度あの白い手を感じられるだろうか。この一瞬に、私はアラベルによって与えられたすべての快楽につぐないをつけ、それがいかに高く売りつけられたものかを思い知ったのです。私は二度と彼女に会うまいと心に誓い、イギリスそのものに憎しみをさしむけました。ダドレー夫人は一つの変種にしかすぎません。が、私は自分の判決に、すべてのイギリス女性をつつみこんだのです。

　クロシュグールドに足を踏み入れながら、私はさらに新しい打撃に見舞われました。私は、ジャックとマドレーヌとドミニス神父が、新しく柵《さく》を作ったとき、塀の内部に組みこまれた地所の一角にある、木で作った十字架のもとに、三人うちそろってひざまずいているのを見いだしました。この十字架は、モルソフ伯爵《はくしゃく》も夫人も、そのままとっておこうとしたものでした。私は馬車からとびおりると、顔中を涙にぬらして、彼らの方に歩みよりました。私は二人の子供と、この威厳にあふれた人物が、神の助けを求めている姿に胸もたち切られんばかりの思いでした。歳《とし》とった馬丁も、何歩かはなれたところに、帽子もかぶらずに姿を見せています。

「神父さま、いったいどうなさったのです」私はドミニス師にそうたずねると、ジャックとマドレーヌの額に接吻《せっぷん》しました。二人の子供たちは祈りをやめず、私の方に冷たいまなざしを返しただけでした。私は神父が立ちあがるのを見て、よりすがるように彼の腕をとりながら言いました。「あの人には、まだ生きてお目にかかれるのでしょうね」

ドミニス師は悲しげにゆっくりとうなずきました。「どうかお聞かせください。主イエス・キリストの受難にかけてこうしてお願いします。なぜこの十字架のそばに来て、お祈りをなさっているのです。なぜあのお方のそばをはなれて、ここにいらっしゃるのです。こんな寒い朝だというのに、子供たちはなぜ外に出ているのです。何もかも聞かせてください。わけを知らずにいて、何かまずいことをしでかすといけませんから」

「何日か前から、伯爵夫人は、きまった時間にしか、お子さまたちとお会いになりたがらないのです。それに」と神父はしばらく間をおいてからつづけました。「奥さまにお会いいただく前に、あなたさまにも、二、三時間お待ちいただかねばならぬでしょう。あの方は、すっかりお変りになってしまわれました。いずれにせよあなたとお会いするには、心の準備が必要です。あなたに会われて、この上苦しみを増すことになるといけませんから……今となっては、いっそお亡《な》くなりになるほうが、お幸せと言えるほどですが」

私はさながら聖者のごとき、この男の手をにぎりしめました。その声とまなざしとは、心の傷の痛みをかきたてず、優しくいたわってくれるのです。

「私たちはみなここで、奥さまのためにお祈りをささげているのです」と、彼は言葉をつぎました。「というのも、この世にあきらめをつけ、いつでも死ぬ覚悟のできていた、あの清らかな奥さまが、何日か前から、死ぬことをひそかにおそれているご様子なのです。元気な者に向けるまなざしには、今までついぞ見せたことのない、暗い妬《ねた》みの気持が読みとれるのです。私の考えますに、この心の乱れは、死の恐怖というよりも、むしろ、心の酔いがもたらすもの、しおれた青春の花が朽ちはてながら、あの方の心のなかで発酵していることからくるのです。そうです。邪悪な天使が、この美しい魂を、神とあらそっているのです。奥さまはいま、ご自分で橄欖山《かんらんざん》のたたかいをなさっているのです。夫のある身とはいえ、エフタの娘（訳注　エフタの娘は神に犠牲として捧げられる前に二カ月の暇を乞い、友だちと山にのぼって、自分が処女のまま世を去ることを嘆いた。士師記第十一章第三十四節―第四十節）にもたとうべきおのれの頭上をかざる白ばらが、一輪一輪と花を落していくのに涙をそそがれているのです。しばらくお待ちください。まだ姿をお見せになってはいけません。あなたが宮廷のきらびやかさを持ちこまれ、社交界の楽しみのあとをとどめた顔をお見せになれば、あの方のなげきをいたずらに増すばかりです。神さまがご自分の御子《みこ》にさえお許しになった人の子の弱さを、あなたさまにもぜひあわれんでいただきたいのです。それに、打ち負かす相手もなしに勝ちをおさめたとて、何が私たちの手柄になりましょう。どうかこの場は、私とあの方の告解僧、老いぼれた姿をお見せしても、あの方のお目ざわりにならない、二人の老人たちにおまかせください。私たち二人が、この思いがけないお顔あわせと、ビロトー師があきらめるよう求められた喜びとに、前もってあの方の心を準備してさしあげます。しかしこの世の出来事には、神を知るものの目にしか見えぬ天の配剤が、まるで糸のようにこまかくはりめぐらされているものです。そして、あなたがここにおいでになったのも、おそらくは、人を墓地にも、秣桶《まぐさおけ》にも導きよせる、あの精神界に輝く天上の星に道を示されてのことなのです……」

それから彼は、さながら朝露のように心にしみわたる雄弁な口ぶりで、オリジェ氏の手当にもかかわらず、伯爵夫人がこの六カ月、日を追ってますます苦しむようになったさまを語ってくれました。医者は二カ月間、毎晩クロシュグールドに足を運び、死の手からこの獲物をうばいかえそうと力をつくしました。伯爵夫人に「助けてください」と言われていたからです。しかし齢老いた医者はある日「だが身体をなおすためには、その前にまず心の病をなおさねば」と声を大きくして言いました。

「病気がすすむにつれて」とドミニス師は先をつづけました。「前にはあれほどお優しかった夫人の言葉が、しだいにとげとげしいものに変っていきました。みもとにお召しください、と神さまにお祈りする代りに、大地に向って、自分をしっかりつかまえていてちょうだい、と叫ばれるのです。でも、それがすぎると、やがて、神さまの思し召《おぼ》《め》しに、不平を申したてたことを後悔しはじめます。この両者のあいだの迷いが、あの方の心をひきさき、肉と霊のたたかいを恐ろしいほどのものにするのです。そして、しばしば、肉がこのたたかいに勝利をおさめるのです。ある日など、マドレーヌとジャックに、『あなたたちには、ずいぶんと犠牲を払わされたわ』とおっしゃって、お二人をベッドの脇《わき》から、ご自分の手でつきはなしておしまいになりました。でも、その瞬間、私をごらんになって、すっとみ心のもとにおもどりになると、マドレーヌさまに向って、『もう自分で幸せになれないものには、人の幸せが喜びなのよ』と、天使にもふさわしい言葉をかけられました。その口ぶりがあまりにもいたいたしいので、私は思わず、まぶたの裏が涙に濡《ぬ》れてくるのを感じました。奥さまはたしかにつまずかれます。でも足をふみはずされるたびに、さらに高く天に向って立ちあがられるのです」

　偶然がつぎつぎに送りつけてくる知らせに激しく心を打たれ、悲痛な葬送曲の主題の転調をへて、この不幸の大合奏のうちにまさに息絶えんとする恋の叫びがしだいに整えられつつあるのを聞きつけた私は、ドミニス神父に向って叫ぶように言いました。「あなたはこの手折《たお》られた美しい百合《ゆり》の花が、ふたたび天国に咲きでるとお信じになりますか」

「あなたがここを去られたときは、奥さまはまだたしかに花のようでした」と神父は答えました。「でも今度お会いになれば、苦しみの火で焼きつくされ、すっかり汚《けが》れをとりのぞかれて、まだ灰のなかにうずもれている、しみ一つないダイヤモンドのような姿をお目になさるでしょう。そうです、この光り輝く心、この天使のごとき星は、やがて燦然《さんぜん》と雲間を抜けて、光の王国に入っていかれるのです」

　私は感謝に胸をつまらせながら、あたかも福音書のなかから抜け出てきたような、この男の手をにぎりしめました。ちょうどそのときモルソフ氏が、すっかり白くなった頭を、家の外にのぞかせました。彼は驚きを身ぶりにあらわしながら、私の方にかけよりました。

「あれの言うとおりだ、ちゃんと来ている。家内が『ほら、フェリックスよ、フェリックスだわ、フェリックスが来ているのよ』と叫びだすのです。ああ」と彼は恐ろしさに気もふれたような目を私に向けて言いました。「とうとうこの家にも死神がやってきましたよ。ところが死神のやつ、一度手をつけた、私のような老いぼれの気違いには手を出さず……」

私は勇気をふるいおこして、館《やかた》の方に足を向けました。しかし館を横ぎって芝生《しばふ》から踏み石のところまで通じている、細長い控え間の敷居をまたぎかけたとき、ビロトー神父が私をおしとどめて言いました。

「奥さまは、まだお入りくださいませんようにと言っておられます」

家のなかにちらっと目をやると、悲しさに気もそぞろになった召使たちが、マネットの伝えた指図《さしず》にびっくりしたらしく、忙しそうに行き来している姿が見えました。

「どうしたのだ」恐ろしい出来事を恐れる気持と、生れ持ったものおじしやすい性分とから、伯爵はこの騒ぎにおびえて言いました。

「病人の気紛《きまぐ》れです」と神父は答えました。「奥さまが、このままの姿では、子爵さまにお会いしたくないとおっしゃるのです。身なりをととのえると言っておられますが、無理におとめだてすることもありますまい」

マネットが、マドレーヌを連れに姿を見せ、こちらからは、娘が一度母親の部屋に入り、しばらくしてまたそこをでていくのが見えました。ジャックと父親、二人の神父、それに私を加えての五人は、じっとおし黙ったまま歩きつづけ、芝生にそって館の正面をすぎ、やがて建物の角を出はずれました。私はかわるがわるモンバゾンとアゼーに目をやりながら、今日もまたいつもと変らず、私の胸をゆする思いにこたえている、黄色く枯れはてた荒涼たる谷間を眺《なが》めました。突然、私の目に、秋の草花を求めて野をかけめぐり、花を摘みとっている乙女《おとめ》の姿が映りました。おそらく彼女はこうやって、花束を作ろうとしているのです。私のかつての愛の心づくしが、こうしてふたたび再現されようとしているのを見、おのずとその意味するものすべてに思いおよんだとき、私は何やら胸の底からこみあげてくるものを感じ、足がよろめいて、目の前がすっと暗くなりました。私をあいだにはさんで歩いていた二人の神父が、私をかかえて、露台の縁石《ふちいし》のところに運んでくれました。私はかすかに意識をとどめながらも、すっかり力がつきたように、しばらくはそこから動くこともできませんでした。

「君もかわいそうにな、フェリックス君」と伯爵が言いました。「家内がどうしても手紙を出してはいかんと言うのだ。あれは、君がどれほど自分を大事に思ってくれているかよく知っておるのだよ」

苦しみは覚悟の上といえ、私は、幸せの思い出をかいつづめるがごとき、この心づかいに接して、手足からすっと力が抜けていくのを感じました。「まさにあれだ」と私は考えました。「骸骨《がいこつ》のようにひからび、灰色の光を浴びたあの荒地さながらだ。荒地のまんなかでは、灌木《かんぼく》が一本だけぽつんと花を咲かせているが、前にこのあたりをあちこちと歩きまわった頃、その美しさに見とれながらも、必ず不吉な身のふるえにおそわれたものだ。思えばあれが、この悲しみの時の姿だったのだ」かつては、あれほど生き生きと、活気にあふれていたこの小さな館《やかた》のうちも、今ではすべてが陰気にふさぎこみ、すべてが涙のあとをとどめ、すべてが絶望と荒廃とを告げています。散歩道は半分だけかきならされ、仕事は手をつけたままほうりだされ、作男たちは立ちどまったまま館を眺めています。ぶどうの取り入れの最中というのに、物音一つ、しゃべり声一つ聞えません。人っ子一人いないと思われるほど、ぶどう畑の方は静まりかえっています。私たちは、悲しみのあまり、ありきたりな言葉を口にするのが耐えがたいかのように、じっとおし黙ったまま足を運びました。ただ一人、伯爵だけがしゃべりつづけ、私たちは彼の話に耳を傾けました。彼は妻に対して感じている、惰性的な愛情から発する言葉をいくつか口にすると、やがて生来の気性にひきずられ、妻に対する愚痴を言いだしました。妻はどんなに適切な注意を与えてやっても、自分の言うことはいっさい聞かず、これまでだって、ついぞ身体《からだ》を大事にしようとしたためしはない。今度の病気の徴候だって、最初に気づいたのは自分の方だ。前に自分にもその徴候があったので、そのときによく研究しておいたからだが、自分はもっぱら食餌《しょくじ》療法と心を乱さないようにつとめただけで、その徴候をうまくきりぬけ、他人のたすけはいっさいかりずに、自分一人の力で病気をなおしてしまった。自分がその気になれば、妻の病気もなおせたのだが、自分の経験がことごとにないがしろにされるのを見せつけられては、そうした責任をひきうけるのは、夫の自分にはとても不可能だ。妻にはいろいろと注意したのだが、あれが自分で、オリジェに診《み》てもらうことにきめてしまった。自分にひどい手当をしたオリジェのやつは、今度は妻を殺そうとしているのだ。もしこの病気が、ひどい心痛からおこるというなら、自分など、いつでもこの病気にかかる条件がそろっている。それにいったい妻の心痛といったらなにがあるだろう。あれは悲しみもいやな思いもなく幸せなはずだ。財産は自分の心くばりと才覚で申しぶんのない状態にある。それに、クロシュグールドのことは、なんでも妻の思いどおりにやらせているし、子供たちもりっぱに育ち、元気いっぱいで、もう今ではなんの心配もない。すると、病気の原因はいったいどこにあるのか。伯爵はこうしてしきりと自分の主張を述べたてながら、正気の沙汰《さた》とも思えぬ非難の言葉に、絶望の口調をそえるのでした。がやがて何かの思い出が、この気高い女性に向けられるべき讃美《さんび》の念に、ふと彼をひきもどしたのでしょう、もう永いあいだ、涙などうかべたこともない彼の目から、はらはらっと涙がこぼれ落ちました。

マドレーヌが来て、母がお待ちしております、と私に告げました。それを聞くと、ビロトー師も私のあとにつづきました。娘はひどくまじめな顔で、母親が私と二人きりで会いたがっているし、それにまた大勢になれば母も疲れましょうからと、いかにももっともらしい理屈をそえて、自分は父親のそばにのこりました。私はこの瞬間の厳粛さに、人生の重大事に際してわれわれを見舞い、身も心も疲れはてさせる、身体ばかりがほてって、外の空気がいやに冷たく思われる、あのちぐはぐな感じにおそわれました。この世には、神が優しさと質朴さの衣をさずけ、忍耐と慈悲心とを与えて、あらかじめご自分のものとされる人間がいるものです。まさにそうした仲間の一人であるビロトー師は、私を脇《わき》にさそって言いました。

「これだけは、はっきり申しあげておきましょう。私は、あなたがたお二人を会わせまいとして、それこそ人間にできるかぎりのことはすべて試みました。あの聖女のごときお方の救いが、それを必要としていたのです。私はあの方のことだけを考えていて、あなたのことは心になかったのです。いよいよあなたはこれからあの方とお会いになるわけですが、もともとあなたがあの方に近づくのは、天使に禁じられているはずですし、それに前もって申しあげておきましょう、私はその間、ずっとあなたがたお二人のあいだにいて、あのお方をあなたの手から、それにおそらく、あの方ご自身からお守りしてさしあげるつもりです。あの方の弱さにつけこもうなどとは、夢々お考えになりませんように。こうして私があの方のためにお願いしているのは、神父としてではなく、心貧しい一人の友人としてなのです。あなたはご自分が、こんな友人をお持ちのことなどおそらくご存じなかったことと思います。でもこの友人は、先々あなたに後悔させまいと思えばこそ、こうしてお願いしているのです。おいたわしいご病人は、まさに飢えと渇《かわ》きで死のうとなさっています。今朝がたからは、この恐ろしい死に方に先だってあらわれる、熱にうかされた興奮状態がつづいています。あのお方が、生きることにどれほど執着なさっているかは、私がかくしだてしてもおそらくむだでしょう。お口をついてでるいきりたった肉の叫びは、私の胸の中だけで消えていくように心しておりますが、でもまだきびしくなりきれない私の心のなかでは、それはしのびがたい響きをさそうのです。ドミニス神父と私は、ごりっぱな一家の方々に、あの方のこの最後の心の苦しみをお目にかけまいとして、宗教上のつとめを二人でおひきうけいたしました。ご家族の方々は、自分たちのしるべとなる暮れの明星も明けの明星もすでに見失われ、今ではご主人も、お子さまも、召使たちも、あの方はどこにいってしまわれたのかと、みないぶかしがっているのです。あのお方は、それほどまでに、お変りになってしまわれました。あなたのお顔をごらんになれば、また嘆きの言葉がはじまりましょう。でもどうか、人の世の考えはおすてください。心の見栄《みえ》もお忘れください。そして地上にひきもどすためにではなく、あの方が天国に向われるよう、おそばにいて手を貸してさしあげてほしいのです。聖女のようなあの方を、胸に疑いをとどめ、絶望の言葉を唇《くちびる》にのこしたまま死なせてしまうことがあってはなりません」

私は何も答えませんでした。告解僧は、この私の沈黙にひどく驚いた様子でした。私の目にはたしかに物が映っていました。たしかに声も聞えていました。私はたしかに歩いていました。でも私の身は、すでにこの地上にはなかったのです。「いったい何がおこったのだ。みんながこれほど用心するとは、あの人はいったいどんなひどいことになっているのだ」という考えが、明らかでないだけになおのこと恐ろしい不安を、私の胸にしきりとかきたてていたのです。私の苦悩のすべては、この考えにつきていました。部屋の前につくと、告解僧は不安そうに扉《とびら》をあけました。私の目に、白いドレスを着て小さな長椅子《ながいす》にすわっている、アンリエットの姿が映りました。長椅子は暖炉の前におかれ、暖炉の上には、こぼれるばかりに花を盛った、あの私たちの二つの花瓶《かびん》がおかれています。窓のそばにおかれた円テーブルにも、やはり花がかざられています。この急ごしらえの華《はな》やいだ飾りつけと、たちまちにして昔どおりになった部屋のたたずまいに驚いているビロトー師の顔つきから、私はこの瀕死《ひんし》の女性が、病床につきもののあのおぞましい器具類を、自分の身のまわりから遠ざけさせたことに気がつきました。彼女はほどなく自分を見すてようとしている生命の残り火をかきたてて、今の今、自分が何よりも愛している者を、それにふさわしく迎え入れようと乱雑にちらかった部屋をこうして美しくかざりたてたのです。レースの波のかげに、咲きかけのマグノリアを思わせる蒼白《あおじろ》いやせほそった顔がのぞき、まるであのなつかしい顔の輪郭だけを、黄色いカンバスの上に、チョークで粗書《あらが》きしたような感じを与えています。しかし禿鷹《はげたか》の爪《つめ》が、いかに深く私の心に食い入ったかおわかりいただくには、この最初の粗描にはめこまれた、すでに描きあがっている生気にあふれた目、力ない顔のまんなかで、異様な光に輝きつづける、おちくぼんだ目を、思い描いていただかねばなりません。その姿からは、常に苦しみに打ち勝つことから生れる、あの物静かな威厳はすでに失《う》せていました。顔のうちで、今でもただ一つ美しい均整を保ちつづけている彼女の額は、なんにでも向っていこうとする大胆きわまりない欲望と、胸の底におさえつけている、荒々しい気持を語っています。面長になった顔からは、その蠟《ろう》のような白さにもかかわらず、彼女の心のなかで燃えつづける火が、暑い夏の野に燃えたつ陽炎《かげろう》を思わすごとく、光となってほとばしりでています。おちくぼんだこめかみと、げっそりとこけた頰からは、すでにその下にかくされたものの輪郭さえうかがわれ、血の気の失せた唇にうかぶほほえみは、どことなく、死神の冷笑を思わせます。胸の前でかさねあわされたドレスは、美しかったあの胸もとが、すっかりやせほそってしまったことを告げています。顔にうかんだ表情からは、自分が見るかげもなく変ってしまったことを知り、それを深く嘆き悲しんでいることが充分読みとれます。それはもはや、あのあでやかなアンリエットでも崇高で清らかなモルソフ夫人でもなく、ボシュエ（訳注　前出。ボシュエは、『アンリエット・ダングルテールの棺前説教』で、「我々の肉体は、いかなる言語にもその名を持たぬ、なんとも知られざるものとなる」と述べた）が言うところの虚無とたたかいつづける名もない何か、飢えと裏切られた欲望とが、生と死のあいだにおこなわれるあの我執のたたかいにしきりとかりたてている何物かです。私はそばによって腰をおろし、彼女の手をとって唇をおしあてました。かさかさに乾いたその手は、まるで燃えるような熱さでした。彼女は私の悲痛なおどろきを、まさにそれをおおいかくそうとする努力のうちに見てとりました。するとすっかり血の気の失せたその唇が、作り笑いをうかべようとするかのように、飢えた歯の上でかすかにひきつりました。それは私たちが復讐《ふくしゅう》の皮肉な喜びや、快楽への期待や、心の陶酔や、失望のいたたまれぬ思いを人目にかくそうとする場合のあの作り笑いの一つでした。

「ああ、フェリックス、これが死ぬことなのよ」と彼女は言いました。「あなただって、死などお好きではないでしょう。ああ、なんていやなこと、どんな生きものだって、どんなに勇気のある恋人だって、これを見たらぞっとせずにはいられませんもの。こうなったらもう恋もおしまい、そんなこと私だってよくわかっておりますわ。ダドレー夫人は、自分が変ってしまったのを見て、あなたがびっくりなさるところなんか、きっと最後まで見せつけられなくてすみますわね。ああ、フェリックス、どうして私、あんなにもあなたにお会いしたいと思ったのかしら。あなたはとうとう来てくださったわ。でもあなたのそのお心ばえに報いるのに、私にはこんな恐ろしいところをお目にかけることしかできないの。昔ランセ伯爵《はくしゃく》（訳注　一六二六―一七〇〇。早くから僧籍にあったが素行おさまらず、ようやく恋人のモンバゾン公爵夫人の死を見て悔悛し、トラピスト会の修道士となる）も、こういう恐ろしい場面をごらんになって、トラピストの修道院にこもってしまわれたとかいうことですわ。あなたの思い出のなかだけでは、いつまでも美しく崇高でありたいと願っておりましたのに、永遠の百合《ゆり》として生きつづけたいと思っておりましたのに、私、こうして自分の手で、せっかくのあなたの夢をすっかりとりあげてしまいますのね。でも、真の恋には、計算をめぐらすひまなどありませんわ。さあ、逃げだしたりなさらないでここにいらっしゃって。オリジェ先生も、今朝はだいぶいいって言ってくださいましたの。私はこれから生命をとりもどすのよ、あなたの目の下で新しく生きかえるのよ。それに少し力がついてきて、どうにか食べ物がのどを通るようになれば、私だってきっとまたもとのようにきれいになれますわ。まだやっと三十五ですもの、これからだって充分楽しい月日がすごせますわ。幸せは人を若返らせてくれるものでしょう。ですから私、どうしても幸せになりたいの。そういえば私、とってもすばらしい計画をたてましたのよ。あの人たちなんかみんなクロシュグールドに置き去りにして、あなたと二人だけでイタリアへ旅行にでかけるの」

私の目に涙がにじんできました。私は花を眺《なが》めるふりをして、つと窓の方に顔を向けました。ビロトー師は急いでそばによってきて、花束の上に身をかがめながら「涙をお見せになってはいけません」と私の耳にささやきました。

「アンリエット、それでは私たちのこの谷間がもうおきらいになったのですか」私は自分の不意な動作をとりつくろうように彼女に言いました。

「いいえ、好きですわ」彼女は甘えるように、私の唇に額をさしだしながら言いました。「でも、あなたがいらっしゃらないと、谷間もひどく物悲しくて……そう、私のひとがいて、い、い、いてくれないと」彼女はその燃えるような唇で、私の耳にかるくふれながら、この最後の言葉を溜息《ためいき》のようにささやきました。

二人の神父の恐ろしい話を上まわる、この狂おしいばかりの愛のしぐさに、私は思わずぞっとさせられました。そのときにはすでに、最初の驚きは消えていました。しかし理性の働きをとりもどしたのちも、私はこの場面のつづくあいだ、自分をおそう神経的な衝動をおさえきるほどの、強い意志の力は備えていなかったのです。私は答えずに、というより、彼女にさからわぬため、こわばった微笑と同意の身ぶりで彼女に答えながら、母親が子供に対するように、じっと彼女の話を聞いていました。私は、彼女の容姿の見違えるほどの変化に驚いたあと、以前、あれほどの気品で人を威圧するほどだった同じ女性が、態度や、声や、その身のこなしや、人にさしむけるまなざしや、ものの考えかたに、さながら子供のような無邪気さや、あどけない風情《ふぜい》や、じっとしていられないかのような性急さや、自分かまたは自分ののぞみに関係ないものへの完全な無関心ぶりや、つまりは、子供たちに保護が必要とされるゆえんのあらゆる弱点を、平気でさらけだしているのに気がつきました。死んでいく人たちはみんなこうなのだろうか。まだ社会的な仮装を身にまとっていない子供のように、こういったものすべてをみなかなぐりすてようとするのだろうか。それとも、すでに永遠の岸辺《きしべ》に身を横たえている伯爵夫人は、もはや人間が抱《いだ》く感情のなかで恋しかみとめず、その快い無垢《むく》の喜びを、さながらあのクロエ（訳注　二世紀の後半か三世紀の前半に書かれた少年少女を主人公にしたギリシャの恋愛小説『ダフニスとクロエ』の女主人公。作者はロンゴスと言われるが、つまびらかにしない）のように、人目に示そうとしているのだろうか。

「ねえ、フェリックス、いつかのようにまたあなたのおかげで、きっと丈夫な身体《からだ》にもどれますわね」と彼女は言いました。「それにこの谷間の空気も、きっと私に元気をとりもどさせてくれますわ。あなたのくださるものなら、私がどうして食べずにいられましょう。ほんとにあなたは病人の看護がお上手《じょうず》ですもの。それに、力と健康にはちきれるあなたがそばにいてくだされば、私にだって生命が伝わってまいりますわ。さあ、あなたの力で私の目にはっきり見せてちょうだい。私が死ぬはずがない、だまされたままで死ぬはずがないって。みんなは私のいちばんの苦しみが、のどの渇《かわ》いていることだと思っているの。そう、たしかにのども渇いているわ、フェリックス。アンドル川を見てると、苦しくなるほどですもの。でも私の心はもっと激しく渇いているの。私が飢《かつ》えていたのはあんたなの」彼女はこう言うと、その燃えるような手に私の手をとってそばにひきよせながら、前よりもさらにおさえた声で私の耳にささやきました。「私のいちばん大きな苦しみは、あなたにお会いできないことだったの。いつか、生きてほしいって、私にそうおっしゃったわね。私、生きたいの。自分でも馬に乗りたいの。パリも、社交界の楽しみも、悦楽《よろこび》も、私、何もかも、この身で知りたいの」

ナタリーよ、この恐ろしい叫び声は、あざむかれた官能のあまりの物質主義ゆえに、時を経て聞けば、冷やかなものに思われましょう。だが、そのときの齢《とし》老いた神父と私にとっては、まるで耳を打つように激しく響いたのです。そのすばらしい声の抑揚は、一生涯にわたるたたかいと、裏切られたまことの恋の苦悩を描きだしていたのです。伯爵夫人は、玩具《おもちゃ》をほしがる子供のような、性急な身ぶりでつと腰をあげました。自分の導きにゆだねられた女性が、こうした動作に出るのを見ると、告解僧はいたたまれぬ様子で突然ひざまずき、手をあわせてお祈りをとなえだしました。

「そうよ、生きるのよ」彼女は私を立ちあがらせ、私に身をもたせかけながら言いました。「嘘《うそ》やいつわりではなく、本当に生きるのよ。私の一生はずっと嘘ばかりでつづいてきたの。このあいだうちから、私、自分のごまかしを一つ一つ数えてみたわ。まだ生きたことのない私が、このまま死んでしまうなんてことがありうるかしら。荒地になんか、だれも迎えにいったことのない私が」それから彼女は急に言葉をとぎらせ、耳をすまし、壁ごしに何かの匂《にお》いをかぎつけて言いました。「フェリックス、ぶどうの取り入れを手伝いにきた女たちが、これから食事をするところだわ。それなのにこの私は」と彼女は子供のような声で言いました。「一家の女主人の私はこうしてお腹《なか》をすかしているの。恋にしても同じこと、あの女たちは幸せなのに、あの女たちは」「主よ、あわれみたまえ《キリエ・エレイソン》」と、手をあわせ、天を見あげながら連禱《れんとう》をとなえていた神父が、おろおろして言いました。

彼女は私の首のまわりに腕をまわし、激しく接吻《せっぷん》すると、私を強く胸にだきしめて言いました。「ああ、もうあなたを逃がさないわ。私は愛してもらいたいの。ダドレー夫人のように、それこそどんなことでも平気でやるわ。うまくmy deeって言えるように、英語だって勉強するわ」彼女は、すぐにもどってくるからと言うように、以前、私のそばをはなれるときにいつもした身ぶりを見せました。「一緒にお食事しましょうね、マネットにそう言ってくるわ……」彼女は急におそってきた衰弱に足をとどめられ、私は着物のまま、彼女をベッドに横たえました。

「前にも一度こうやって、腕にかかえて私を運んでくれたことがあったわね」と彼女は目をあけながら言いました。

彼女の身体はひどく軽く、なによりもひどい熱でした。私は彼女をだきあげながら、まるでその身体が燃えているように感じました。デランド氏が姿をあらわし、部屋がかざられているのにちょっと驚いた様子を見せました。が、私の顔を見て何もかも納得がいったようでした。

「先生、死ぬって、ずいぶん苦しいことですのね」夫人は変りはてた声で言いました。

デランド氏は腰をおろし、病人の脈をとると、やにわに立ちあがり、神父のところに来て小声で何か彼に告げ、部屋を出ていきました。私は彼のあとにつづきました。

「いったいなにをなさるおつもりです」と私はデランド氏にたずねました。

「臨終のお苦しみをとりのぞいてさしあげようと思いまして」と彼は言いました。「まったく、これほどの力をのこしていらっしゃるなんて、だれに信じられましょう。今日までどうなさってこられたかを考えないかぎり、こうして生きていらっしゃることもとうてい理解できません。もうこれで四十二日間飲まず食わずで、そのあいだ一睡もなさっていないのです」

デランド氏はマネットを呼び、私はビロトー師につれられて庭に出ました。

「お医者さんにまかせておきましょう」とビロトー師が言いました。「マネットに手伝わせて、身体に阿片《あへん》を塗ろうというのです。あれをお聞きになったでしょう」と彼はつづけました。「でもまあ、ああした気違いじみたことが、みんなちゃんとご自分で意識してなさっているとしてのことですが……」

「いいえ、あれはもうあの方とは申せません」と私は答えました。

　私はあまりの悲しさに、ただ呆然《ぼうぜん》とするだけでした。刻々と時がたつにつれ、今の場面の一つ一つが、私の目にさらにひろがりを増していくのです。私は見晴らし台《テラス》の下にある小さな門からつと外に出て、平底船《トゥー》に腰をすえ、そのなかに身をかくして、一人胸の思いをかみしめました。私はこれまで自分を生かしてきた力から、みずからの手でわが身をひきはなそうとつとめました。それは姦通《かんつう》を罰する韃靼人《だったんじん》が、姦夫の体の一部を板にはさみこみ、短刀を与えて、飢え死にしたくないと思ったら、自分でそれを切りとれと命ずるという、あのむごたらしい刑罰にも比すべき責め苦であり、自分の魂のよき半分を、みずからの手で切りおとさねばならぬ、恐ろしいかぎりの試練でした。自分もまた人生をやりそこなったのだ。絶望のもたらす奇怪な考えが次々と心にうかび、私は、いま、彼女と一緒に死のうと考えたかと思うと、今度は、ラ・メーユレに移ってきた、トラピスト派の修道院に、このまま身をかくしてしまおうという気になるのでした。悲しみに閉ざされた私の目には、外部の事物はもはや何一つとして映らず、私は、自分の心のなかでひそかに自分と彼女を婚約させたあの夜の光が、たしかに今もそこに見えるはずだと、彼女が苦しんでいる部屋の窓にじっと目をすえました。彼女が手筈《てはず》を整えてくれたあの質素な暮しぶりに、いつまでもしたがうべきではなかったか。仕事に身をうちこんで、彼女に操《みさお》を立て通すべきではなかったか。彼女が偉大な人間になれと言ったのは、私が世の男のためしにもれず、ついひきこまれることになったあの恥ずべきいやしい情事から、自分の手で私を守ってくれようとしたためではなかったか。純潔こそ、私がついに持ちつづけえなかった崇高な資質ではなかったか。私はアラベルの考えているような恋に対してにわかに嫌悪《けんお》をおぼえました。この先、私の光と希望とはいったいどこから訪れてきてくれるのか、生きていてなんのたしになるのかと心にたずねながら、悲しみにうちひしがれた顔を上にあげたとき、私はふと、あたりの空気をふるわすかすかな物音を聞きつけました。見晴《テ》ら《ラ》し《ス》台の方をふりむくと、マドレーヌが一人でゆっくりと足を運んでいます。さきほど十字架のところで、彼女がなぜ私を冷やかな目つきで見返したのか、私はそのわけを彼女にたずねようと、ふたたび見晴《テ》ら《ラ》し《ス》台の方に足を向けました。私がもどっていくあいだにベンチに腰をおろしたマドレーヌは、道のなかばまできた私に気づくと、二人だけになるのをさけようとしてつと立ちあがり、私の姿など目にもとまらなかったふりをよそおいました。彼女の動作はあわただしく、そこには彼女の考えが読みとれました。彼女は私を憎み、母親を殺した男をさけようとしているのです。私が踏み石をのぼってクロシュグールドにもどってくると、私の足音をうかがいながら、さながら彫像のごとく立ちつくし、じっと身動きもせずにいるマドレーヌの姿が目につきました。ジャックは石段の踏み石に腰をかけ、彼のその態度には、先ほどみんなで一緒に散歩したときにも私を驚かせた、あの何ものにも無感動な様子があらわれています。私はすでにあの時から、私たちが一時《いっとき》心の片隅《かたすみ》にとどめておき、あとからとりだしてゆっくりと思いをめぐらすような、そうしたたぐいの感慨に胸をおそわれていたのです。その後私は、自分のなかに死を宿す青年たちが、例外なく他人の死に際して、少しも心を動かすことのないのに気がつきました。私はふと、この暗い心をさぐってみようという気になりました。マドレーヌは彼女の考えを、自分一人にとどめておいてくれただろうか、それともすでにジャックにも、その憎しみを伝えてしまっているのだろうか。

「君だって、よく知っているだろう」と私は話の皮きりに言いました。「僕がだれより、君のことを親身に思っている兄だってことは」

「あなたの友情も、もう僕にはなんの役にも立ちません。どうせそのうち、母のあとを追って死ぬんですから」彼は、苦しみのあまりあらあらしくなったまなざしを、私の方に向けて言いました。

「ジャック、君までそんな」と私は叫びました。

彼は咳《せき》をして、私のそばを遠くはなれました。それからしばらくしてもどってくると、血にそまったハンカチを私にちらっと見せて言いました。

「これで、おわかりでしょう」

こうして二人の子供のうち、そのどちらもが宿命的な秘密を心にかくし、後で知ったところによれば、この兄と妹とはおたがいに相手をさけていたのです。アンリエットの倒れたいま、クロシュグールドでは、何もかもが破滅に瀕《ひん》していました。

「奥さまはおやすみになっておられます」マネットが私たちのところに姿を見せ、夫人の苦しみの消え去ったのが、うれしくてたまらぬという様子で言いました。

こうしたおそろしい瞬間には、だれもがさけえぬ結末をよく心得ながら、見境を失った真の愛情は、なおごく些細《ささい》な幸せの影にさえ、しゃにむにとりすがろうとするものです。一分一分がそれぞれ一世紀の永さにも感じられ、いかにしてかそれが病人の身を、快方に向わせるものであってほしいと願うのです。病人のふす床がばらの褥《しとね》であってくれればと心に祈り、その苦しみをわが身にひきうけ、自分たちの気づかぬうちに、彼らが息をひきとってくれたらと願うのです。

「デランド先生が、奥さまの神経を刺激しすぎるからとおっしゃって、花を片づけさせてしまわれました」とマネットが言いました。

とすれば、つまりは花があの錯乱をひきおこしたのだ。彼女自身にはなんの罪もないのだ。おそらくは、地に育った愛の姿、生殖のあふれる喜び、目を愛撫《あいぶ》する草花が、そこからたちのぼる香りとあいまって彼女を酔い心地にさそいこみ、娘時代から彼女の心の底に眠りつづけていた、幸せな恋へのひそかなあこがれをめざめさせたのだ。

「フェリックスさま、どうかおいでになってくださいませ」とマネットが言いました。

「おいでになって、奥さまの姿をごらんくださいませ。まるで天使かと見違えるほどのお美しさです」

私はふたたび、息絶えんとする病人の部屋にもどりました。折しも沈みゆく太陽が、レースさながらのアゼーの城館の屋根を金色に染め、その場の何もかもすべてが静かで清らかでした。やわらかい光が、身体に阿片《あへん》を塗られてベッドに横たわるアンリエットの姿を照らしています。そのときの彼女からは、いわば肉体はどこかに消え去って、ただ魂だけが、嵐《あらし》のあとの空のように澄みきったその物静かな顔を満たしていました。そこには、ブランシュとアンリエットという、この同じ女性の持つ二つの異なった顔がふたたび高貴な姿を見せ、私の思い出や、感慨や、想像力が、目の前の姿をおぎないながら、変りはてた顔だちの一つ一つを、ありし日の姿にもどしていたればこそ、なおもってその面影は、私の目に美しいものと映るのでした。そして、顔の一つ一つの線からは、ついに勝ちをおさめた魂が、呼吸とまじりあう光の波を、あたりにほとばしりださせているのです。二人の神父はベッドの脇《わき》に腰をおろしていました。愛する妻の上に、死の幟《のぼり》がひらめくのを目にしたモルソフ氏は、雷に打たれたように、ただ呆然と立ちつくしたままでした。私は長椅子《ながいす》の、先ほど彼女が席を占めていたところに腰をかけました。それから私たち四人は、この清らかな美しさに対する讃美《さんび》の念と、愛惜の涙の入りまじった目をかわしあいました。思念からほとばしり出る明るい光は、神がその最も美しい幕屋《まくや》のなかに、ふたたびたちもどられたことを告げていました。ドミニス師と私は、ずっと手まねで話をつづけ、たがいに同じ胸のうちを告げあいました。そうです、まさに天使たちが、アンリエットの身を守っているのです。天使のつるぎがまばゆく照らしつづける高貴な額は、貞潔そのものを示すがごとき、おごそかな表情をとりもどし、そしてこの表情こそが、かつての彼女のたたずまいに、自分の身のまわりの霊たちと言葉をかわしている、目に見える魂さながらのおもむきを与えていたのです。顔の線は清らかになり、彼女のうちでは、その身を守る熾天使《してんし》の見えざる香炉のもとで、すべてが偉大さを増し、おごそかなおもむきを備えていました。肉体の苦痛をあらわす緑がかった顔色はしだいに白さを増し、やがて死の間近いことを知らせる、冷たくくすんだ蒼白《あおじろ》さにとって代られました。ジャックとマドレーヌが部屋に姿をあらわしました。私たちは、マドレーヌの敬愛にあふれる動作に思わず身をふるわせました。彼女はやにわにベッドにかけよると、「ああ、やっと私のお母さまにもどってくださったわ」という崇高な叫びを発しました。ジャックはほほえみをたたえていました。彼は、自分も間もなく母を追って、同じところに行くのだと信じて疑わなかったのです。

「いよいよ最後の港におつきです」とビロトー師が言いました。

ドミニス師は、「私の申しあげたとおりでしょう、星は燦然《さんぜん》と輝きながら天にのぼっていくと」と、最前の言葉をもう一度くりかえすかのように、私の顔を見つめました。

マドレーヌは母親から目をはなさずに、その静かな息づかいをまねるがごとく、母親の呼吸に、自分の呼吸をあわせていました。私たちは、夫人の命をつなぐ最後の糸が、一息ごとに切れてしまうのではないかと、はらはらしながら夫人の息づかいを追いました。娘は、さながら聖域の戸口に身をおく天使のように、強い願望をひめながらおちつきはらい、自分に恃《たの》みながら敬虔《けいけん》そのものでした。ちょうどその時、村の鐘楼で鳴る、お告げの鐘《アンジェリュス》が聞えました。静かにゆれる空気にのって、波のごとく運ばれてくるその鐘の響きは、同性の罪をわが身であがなったかの女性(訳注　聖母マリア)に対する天使のお告げを、今、この同じ時刻に、ありとあらゆるキリスト教徒が、ひとしくとなえていることを私たちに知らせるものでした。その夕べのアヴェ・マリアの祈りの声は、私たちにはまさに天から送られ来たった、お告げのように思われました。前ぶれはあまりにも明らかであり、結末があまりにも近いことを知る私たちは、みなうちそろってわっと涙にかきくれました。夕べのさざめき、葉むらをすぎるそよ風の調べ、小鳥たちの最後のさえずり、虫の音とそのかすかな羽ずれ、静かな水のつぶやき、雨蛙《あまがえる》の哀れな叫び……ああ、まさに野にあるすべてのものが、この谷間に咲き出た最も美しい百合《ゆり》の花と、田舎《いなか》で質素にすごされた、その生涯とに別れを告げています。切々たる旅立ちの調べをかなでるごとく、宗教の詩と、これら自然の詩とが一つにまじりあうと、私たちの嗚咽《おえつ》の声は、たちまちその場に居合せた人たちのあいだにひろまりました。戸が開けはなたれていたにもかかわらず、消えざる思い出を心に刻みつけようとするかのように、この恐ろしい場面にじっと見入っていた私たちは、先刻から召使たちがたがいに身をよせ合ってひざまずき、ひたむきなお祈りをとなえている姿に、それまで気づかずにいたのです。常々、希望を抱《いだ》くことになれ、女主人が、命をとりとめることをなおも信じきっていたこれらのものたちは、あまりにも明白なこの前ぶれに、みなすっかり打ちのめされてしまったようでした。ビロトー神父の合図をうけて、齢《とし》とった馬丁が、サッシェの村の司祭を呼びに部屋を出ていきました。科学そのもののごとく、平然とベッドの脇に立ち、眠りにおちた病人の手をにぎっている医者のデランド氏が、告解僧に合図を送り、いまの眠りがこの神に召される天使にのこされた、苦しみをともなわぬ、最後の時であることを告げたのです。いよいよこの病人にも、教会の定めにしたがって、臨終の秘蹟《ひせき》をほどこすべき時が訪れたのです。九時になると、彼女は静かに目をさまし、驚いたような、しかし優しい目で私たちの顔を見つめました。私たちはみなこの偶像が、昔日《せきじつ》の美しさに輝く姿を、ふたたびまのあたりにしたのです。

「ああ、お母さま、こんなにお美しいお母さまが、これきり死んでしまうなんてはずはありませんわ。いつもよりお顔も生き生きとして、さっきからみるとずっとお元気そうですもの」とマドレーヌが叫びました。

「マドレーヌ、私はいつまでもずっと生きているわ、あなたのなかでね」夫人はほほえみをうかべて言いました。

それから、母親から子供たちへ、子供たちから母親へと、胸をかきむしられるような接吻《せっぷん》が、しばらくのあいだつづきました。モルソフ氏もうやうやしく妻の額に接吻しました。夫人は私の方を見て顔を赤らめました。

「ああ、フェリックス」と彼女は私に向って言いました。「たしかこれがはじめてですわね、私があなたを悲しませることになるのは……何を言ったかよくわかりませんが、さっき申しあげたことは、どうかお忘れになってくださいませね。私、もう自分でも、何がなんだかすっかりわからなくなっていましたの」それから彼女は手をさしだし、私が接吻しようとしてその手をとると、顔一面に、貞潔そのものの、あのしとやかなほほえみをうかべて言いました。「昔通りにね、フェリックス」

私たちはみな部屋を出て、病人の最後の告解がすむまで、客間に席をかえました。私はマドレーヌのわきに席を占めました。みんなの見ている前では、さすがに彼女にも、私をさけるまでの非礼はできませんでした。しかし彼女は、母親をまねてだれの顔も見ようとせず、私の方には一度も目を向けずに、じっとおし黙ったままでした。

「マドレーヌ」私は声をおとして言いました。「君は僕に対して、いったい何を怒っているのです。死を前にして、みんなが仲直りしなければならないときに、どうしてそんなつめたい気持ばかり見せつけるのです」

「私には、いま母の言っていることが、ここまで聞えてくるような気がいたしますわ」

彼女は、アングル（訳注 一七八〇—一八六七。フランスの画家）が『神の母』のために苦心して描きだした、あの面持さながらの顔で答えました。自分の息子が、やがて身を滅ぼすためにくだっていくこの世を守らんとして、すでに悲しみの色に閉ざされている、あの聖母マリアの面持です。

「君はそうやって、お母さまが許してくれた今となっても、僕を責めつづけるつもりなんですね。それさえこの僕に罪があるとしての話です」

「まだご自分のこと、いつでもご自分のことばかり」

そう叫ぶ彼女の口ぶりからは、さながらコルシカ人の抱くような、考えつめた憎しみが読みとれました。それはまだ人生をきわめたことのない人たちが、こと心の掟《おきて》にもとる過《あやま》ちには、いかなる斟酌《しんしゃく》も加えまいとしてくだす、あの仮借なき判決に見られる動かしがたい憎しみでした。一時間が深い沈黙のうちにすぎ去りました。ビロトー師が、モルソフ伯爵《はくしゃく》夫人の終生懺悔《ざんげ》を聞きおえて帰ってくると、私たちはみな夫人の部屋にもどりました。ちょうど彼女は、屍衣《しい》として用いられる、長い服を身につけおえたところでした。それは気高い魂の持主たちを、突然とらえることのある、ある種の考えにしたがってのことであり、思うにそうした魂の持主たちは、その意図するところにおいて、みなまことの姉妹のように、たがいに似通っているのです。私たちは、彼女がベッドの上に身をおこし、贖罪《しょくざい》のやすらぎと希望とに、美しく輝いているのを見いだしました。私は、いま焼かれたばかりの自分の手紙が、暖炉のなかで黒く灰になってのこっているのを目にとめました。告解僧の話によれば、彼女は死のまぎわまで、この犠牲を払うことに同意しなかったのです。夫人は私たちみんなに、昔ながらの微笑を投げかけました。涙に濡《ぬ》れた夫人の目は、ついに彼女が、至高の悟りに到達したことを告げていました。彼女はすでに約束の地の、聖なる喜びを目にしていたのです。

「フェリックス」彼女は手をさしのべ、私の手を強くにぎりしめて言いました。「あなたもここにいてちょうだい。私の生涯の最後の場面には、ぜひ立ち会っていただかねばなりません。それがつらい場面でないとは決して申しません。でも、あなたにもすくなからず関係のあることなのです」

彼女の合図にしたがって、部屋の戸が閉められました。伯爵は夫人のすすめで腰をかけ、ビロトー師と私はそのまま立っていました。夫人はマネットの手を借りて立ちあがると、驚く伯爵の前にいきなりひざまずき、かまわずそのままにしておいてほしいと言いました。やがてマネットが部屋をひきさがると、彼女は驚きやまぬ伯爵の膝《ひざ》にもたせかけていた頭をあげました。

「たしかに私、あなたに対しては、これまでずっと貞淑な妻として通してまいりました」と彼女は声も変って言いました。「でも私には、自分が時折り、妻としてのつとめにそむいたように思えてなりません。私、いまお祈りをささげて、主人に自分の過ちの許しを乞《こ》うだけの力をおさずけくださいと、神さまにお願いしたところです。私、身内以外の方への好意にかまけて、夫のあなたにささげる心づかいより、さらに心のこもった心づかいをその人にお見せしたことがあるかもしれませんの。あなたが私に腹をお立てになったのも、きっと自分に向けられる気持や心づくしを、他人に向けられるそれとおくらべになってみたからのことですわ。実は私、あるお方に、とても大きな好意をよせておりました」と彼女は声をおとして言いました。「その好意がどんなに大きなものかは、どなたにも、当のご本人にさえ、すっかりはおわかりいただけぬほどでした。たしかに人間の掟に照らしてみれば、私はずっと操《みさお》を立て通してまいりました。あなたに対してはなにとがめだてされるところもない妻でした。でも、意識するにせよしないにせよ、しばしばある種の考えが私の胸をよぎり、今になってふりかえってみますと、自分がそうした考えに、あまりに耳を傾けすぎたように思えてなりません。でも、私、あなたを心から愛し、何ごとにつけても従順な妻でしたから、そうした雲もただ空をよぎるだけで、空そのものの清らかさまで汚《けが》してしまうことはありませんでした。私がこうして汚れのない額をさしだして、あなたに祝福してくださいと申しあげられるのもそのためです。たとえ一言でもけっこうですの、もしもあなたのお口から、あなたのブランシュと、あなたの子供たちの母親に対する優しいお言葉をうかがわせていただければ、私はもう、なんのつらい思いもなく安らかに死んでいかれます。私たちすべてが裁《さば》きをうける法廷のお許しが得られるまでは、自分でも許す気になれなかったああしたことを、あなたが一言許すとおっしゃってさえくだされば」

「ブランシュ、ブランシュ」老貴族は、突然、妻の頭上に涙をそそぎかけながら言いました。「お前はこの私まで死なせたいのか」彼はそう言うと、ついぞ見せたことのない力で夫人をだきおこし、目の前の彼女の額に、うやうやしく唇をおしあてました。そしてなおも彼女をだきかかえたまま彼は言葉をついで言いました。「許しを乞わねばならぬのはわたしの方ではないか。いつもお前につらくあたりちらして。お前はほんのつまらぬことを大げさに考えて、まるで子供みたいにあれこれ気にやんでいるだけなんだ」

「そうかもしれません」と彼女は言葉をつぎました。「でも、どうか死んでいくものの心弱さをあわれに思《おぼ》し召《め》して、私の気持をしずめてくださいませ。あなたもいつかこういう時になれば、妻は自分のことを祝福しながら死んでいってくれたと、きっと今日のことを思いだすにちがいありませんわ。それに、許していただけますかしら、ここにいる私たちのお友だちに、私の深い気持のしるしとして、あれをお渡ししたいと思うのですけれど」と彼女は暖炉の上にのった手紙を指さして言いました。「今ではこの人は私の養子、それ以外ではありませんわ。おわかりでしょう、あなた、心にも遺書というものがありますの。私、いまわのきわののぞみとして、このフェリックスにやり遂げてもらわねばならぬ神聖な仕事を、しっかりと頼んでおきたいのです。私、フェリックスのことを買いかぶりしたつもりはありませんし、あなたのことも決して買いかぶりしていたのではないというたしかな証拠に、どうか私が自分の考えをこの人に書きのこすのを許してくださいませ。私はやっぱりどこまでも女ですわね」彼女は見る人の心をしっとりさせるような愁《うれ》いにあふれた様子で頭をかしげながら言いました。「お許しを乞うたと思えば、今度はお願いをしているのですもの。——これを読んでちょうだい。ただし私の死んだあとでね」夫人はその秘密につつまれた手紙を私にさしだして言いました。

伯爵は、妻がさっと青ざめるのに気づき、彼女をかかえてベッドに運びました。私たちはみなそのまわりにあつまりました。

「フェリックス」と彼女は言いました。「あなたには、私、いろいろすまないことをしてしまったような気がしてなりません。あらぬ喜びに期待をかけさせながら、そのあげく自分でしりごみしたりして、なにかとつらい目に会わせてしまったような気がしてなりませんの。でも、私がこうやってみんなと仲直りして死んでいけるのも、自分の妻や母としてのしっかりした気持のおかげですわ。ですから、あなたも私を許してくださいますわね。あなたにはずいぶん責められましたけど、私にはかえって、あなたがそうやって無理をおっしゃるのが、とてもうれしく思われましたの」

ビロトー師は、自分の唇に指をおしあてました。このしぐさを見ると、死にゆく病人は頭をうなだれ、そのとたん、にわかに衰弱が彼女をおそいました。彼女はしきりと手を動かして、教会の人や、子供や召使を、なかに入れてほしいという気持を伝えました。それから彼女は、命ずるような身ぶりで、私に、なすすべも知らぬ伯爵と、部屋にかけこんできた子供たちのことを示しました。私たちだけの知っているひそかな狂気をひめたこの父親が、かよわき者たちの保護者になるのを目にした病人は、無言の哀訴にとかりたてられ、そしてそれは私の心に聖なる火のごとくふりかかりました。終油をうけるに先だって、彼女は召使たちに、時として邪慳《じゃけん》にあつかったことがあるのをわび、彼ら一同の許しを乞いました。それから、どうか自分のためにお祈りをささげてほしいと言うと、彼らの身のふりかたについては、一人一人、みな伯爵に後を託しました。その気高い心のままに、彼女はみずから進んで、この一カ月間というもの、召使たちの眉《まゆ》をひそめさせたかもしれぬ、まことにキリスト教徒らしからぬ愚痴を、しばしば口に出したことをみとめました。自分は子供たちをはねつけたり、あらぬ感情を抱《いだ》いたりもした。しかしこうして神さまの思し召しに素直でなかったのも、ひとえにみな、耐えられぬほどの苦しみのせいだった、と彼女は言いそえました。最後に彼女は、みんなの前で、あふれるばかりの真心をこめ、胸にしみわたるような口調で、ビロトー師に、この世のことの空《むな》しさを教えてくれたことに礼をのべました。彼女が話しおえるとお祈りがはじまり、ついでサッシェの司祭が彼女に臨終の聖餐《せいさん》をさずけました。しばらくすると呼吸が乱れはじめ、目の上に雲がひろがりました。ややあって彼女はふたたび目を開くと、最後の視線を私に投げ、おそらくいっせいにあがる嗚咽《おえつ》の声を耳にしながら、一同の見守る前で息をひきとりました。そのとき私たちは、田舎にあってはさして不思議とも言えぬ偶然ながら、たまたま二羽の小夜鳴き鳥《さよなどり》が、さながら優しく相手を呼びあうように、その変らぬ単一な音色を長く響かせて、何度となく交互に鳴きかわすのを聞きました。永い苦しみの生涯の、最後に課せられたこの苦しみをたたかいおえて、彼女が最後の息をひきとったとき、私は身のうちに何やら衝撃のごときものをおぼえ、自分の持てるすべての力が、すっと奪い去られていくのを感じました。伯爵と私は、二人の神父や司祭と一緒に、一晩中死の床にかしずき、ろうそくの光を浴びながら、マットをとりのけたベッドに横たわる死者の姿を見守りました。あれほど苦しんだ同じ場所で、今や彼女は安らかな眠りについています。それは私にとって、死と親しくまじわるはじめての経験でした。私は、すべての嵐《あらし》がしずまったことを示す彼女の清らかな表情と、その肌《はだ》の白さに目を奪われて、いまなお私の目にはあまたの感情を宿すかに見えながら、もはや私の愛にこたえようとはせぬアンリエットの顔を、一晩中ただじっと見つめてすごしました。ああ、その沈黙と冷たさには、なんという威厳がひめられていたでしょう。そこにはどれほどの考えが示されていたでしょう。その絶対の休息にはなんという美しさが、その不動の姿にはなんという人を威圧する力がこもっていたでしょう。そこではまだすべての過去があとをとどめながら、すでに未来がはじまっているのです。私は命ある彼女を愛したと同じように、息絶えた彼女を愛しました。朝になると、伯爵は床につくために部屋をひきさがり、通夜《つや》するものならだれでも知っているあの睡魔のおそってくる時刻には、三人の神父も疲れはてて、みなその場で眠りに落ちました。私はこうしてだれの目をはばかることもなく、生前の夫人が決して表現することを許さなかったあらんかぎりの愛情をこめて、彼女の額の上に唇をおしあてることができたのです。

その翌々日の、うすら寒い秋の朝、私たちは夫人を最後の住処《すみか》まで送っていきました。柩《ひつぎ》は、齢《とし》老いた馬丁と、マルチノー兄弟と、マネットの夫の四人がかつぎ、私たち一行は、かつての夫人との再会の日、私が喜びに心をはずませながらのぼったあの同じ道をくだっていきました。アンドルの谷をよこぎると、私たちはやがてサッシェの小さな墓地につきました。それは教会の裏手にある丘の中腹にもうけられた質素な村有墓地で、夫人はキリスト教徒にふさわしいへりくだった気持から、そこに埋めてもらいたいと言いのこしたのです。野良《のら》で働く貧しい女のように、なんの飾りけもない黒い木の十字架の下にうめてほしい、というのがその言葉でした。谷のなかほどをすすみながら、村の教会と墓地の広場を目にしたとき、私は突然、痙攣《けいれん》的なふるえに身をおそわれました。ああ、私たちの一人一人が、生涯に一度はみなゴルゴタの丘をのぼりつめ、胸深く槍《やり》の穂先をつきさされ、頭上にばらならぬ茨《いばら》の冠を感じながら、それまでにすごした三十三年の歳月をそこに葬《ほうむ》り去らねばならぬのだ。この丘はこれからの私にとってまさに贖罪《しょくざい》の丘となるだろう。私たちのうしろには、彼女が人知れず数々の善行をうずもれさせた、この谷間全体の哀惜の情を示そうとして、あたり一帯からかけつけた人たちが、大きな群れをなしてつづきました。私たちは、夫人が何ごとも打ち明けていたマネットの口から、貧しい人たちをたすけるのにそれまでの貯《たくわ》えでは足りなくなると、彼女が自分の衣裳代《しょうだい》まで切りつめていたことを知らされました。夫人は裸の子供たちに服を着せ、産衣《うぶぎ》を贈り、母親たちに救いの手をさしのべ、冬になれば粉ひきに金を与えて、身体《からだ》のきかぬ老人に麦をとどけさせ、貧しい夫婦には頃合いを見はからって牝牛《めうし》を贈ったりしていたのです。つまりそれは、キリスト教徒と、母親と、館《やかた》の女主人がほどこす三重の慈善、愛しあう男女には折を見て結婚の資金を与え、運悪く徴兵の籤《くじ》にあたった若者たちには、彼らに代って兵役免除の身代金《みのしろきん》を払ってやるという、もう自分で幸せになれないものは、人の幸せが喜びなの、と常々口にしていた、愛情あふれる女性からの心のこもった胸をつく贈り物の数々でした。そして三日この方、夜の灯《あか》りをかこんで家々で語りあわれたこうしたさまざまな夫人のおこないが、私たちに加わる群集の数を、かくもおびただしいものにしていたのです。私はジャックと二人の神父に並んで、柩のうしろにつづきました。習慣にしたがって、マドレーヌと伯爵は、私たちの行列に加わらず、二人だけクロシュグールドにのこりました。ただマネットだけは、どうしても私たちと一緒に来ると言ってききませんでした。

「ああ、お気の毒な奥さま、ほんとにお気の毒な奥さま。でもこうして、やっとお幸せになれて……」というマネットの言葉が、彼女の嗚咽を通して、何度となく私の耳に達しました。

柩にしたがう人の列が、水車小屋の並んだ土手道をわきにそれたとき、はからずも涙をまじえた悲嘆の声がいっせいにわきおこり、それはあたかもこの谷間全体が、失われたみずからの魂を惜しむ、悲しみの叫びかと思われました。教会の中は参会者であふれるほどでした。おつとめがおわると、私たちは墓地に向い、やがて彼女の葬られる十字架のところに着きました。柩の上に小石や砂利がぱらぱらっとふりかけられるのを聞くと、私はにわかに気力を失い、足をふらつかせながら、そばのマルチノー兄弟に身体を支えてほしいと頼みました。二人は死んだようになった私を、サッシェの館まで運んでくれました。館の主人たちは、すすんで宿を提供しようと申し出てくれ、私はその好意をうけ入れました。正直言って、私はどうしてもクロシュグールドにもどる気にはなれず、といって、アンリエットの館が見えるフラペルに行くのはどうにも耐えがたく思えたのです。――ここならば、アンリエットのそばをはなれずにいられる。私は館に一室を与えられ、そこで数日をすごしました。部屋の窓は、すでにお話しした人気《ひとけ》のない静かな谷に面しており、そこは樹齢二百年をこす樫《かし》の大樹にかこまれた広い窪《くぼ》地で、大雨が降るとそのあたり一帯がたちまち急流と化するのでした。その眺《なが》めは、これから私がひたろうとしていた、きびしく、おごそかな瞑想《めいそう》にいかにもふさわしいものでした。あの悲しみの夜につづく日のおわらぬうちに、すでに私はこれから先自分の存在が、いかにクロシュグールドで、余計なものになろうとしているかを知らされました。伯爵《はくしゃく》がアンリエットの死に直面して、激しく心をゆすられたのは事実です。しかし彼にすれば、この恐ろしい出来事もすでに前々から予期したことで、その心の奥底には、さながら無関心にも似た心構えがちゃんとできあがっていたのです。私はそのことに何度も気がつきました。夫人が身をひれ伏さんばかりにして、まだ開けてみる勇気もでないあの手紙を私に渡したときも、私に寄せる愛情を彼女がはっきりと口にしたときも、この嫉妬《しっと》深い男は、私が当然予期していた恐ろしいまなざしを、私にあびせかけることもなかったのです。妻の心には一点の汚れもないことを彼は知り抜いていて、アンリエットのそうした言葉にしても、彼女の良心のあまりに細心すぎる、いらざるこだわりのせいにしていたのです。そして、こうした彼の身勝手な無頓着《むとんちゃく》さも、別に不思議なことではなかったのです。この二人の人間の魂は、その肉体と同じように、これまでかつて一度たりともしっかりと結びあわされたことはなく、彼ら二人のあいだには、常に感情を生き生きと保ちつづける、心と心のあいだの絶えざる交流も存在しなかったのです。二人は苦しみにせよ、喜びにせよ、ついぞともにわかちあったことはなく、つまりは、人と人との結びつきを一つ一つたしかなものとしていく魂に、やさしく愛撫《あいぶ》をほどこしてくれるあの心の絆《きずな》、ありとあらゆる心の糸を結びあわせ、心のひだの一つ一つにしっかりと根をおろしているがために、ひとたびたち切られるやいたるところに傷をのこさずにはいないあの心の絆を欠いていたのです。とすれば、私をクロシュグールドから閉めだしたのは、むしろマドレーヌの敵意でした。容赦を知らぬこの娘は、母親の柩を前にしても、おのが心と和解して憎悪《ぞうお》をやわらげる気配はいっこうになく、そうしたところに顔をだせば、きっと自分のことばかり話しかけてくるにちがいない伯爵と、とりつくしまもない嫌悪《けんお》を示そうとする館の新しい女主人とのあいだにはさまれて、おそらく私にしても、ひどく気づまりな思いを強《し》いられることになるだろう。草花さえも優しく心をさすり、石段の踏み石さえ雄弁に語りかけ、露台や、縁石《ふちいし》や、手すりや、見晴《テラ》らし台《ス》や木立や、眺望などが、みな私の思い出にいろどられた、あふれる詩情をたたえている場所で、そうしたいたたまれぬ立場に追いやられ、かつてはすべてが私を愛していた同じところで、今や憎しみの的とされること、それは私にとって、考えただけでも耐えがたいことでした。そのため私はすでにはじめから心をきめていたのです。ああ、かつて男の心を燃えあがらせた最も激しい恋は、こうしてその結末を迎えたのです。そしてこのときの私の振舞いは、おそらく他人の目に許しがたいものと映るでしょう。だが私の良心は、それをよしとみとめていたのです。青春のこの上なく美しい感情と、そのもっとも大きなドラマは、いつもこのようにしておわりを告げるのです。私たちほとんどすべてのものは、ちょうど私がトゥールを出発した朝と同じように、愛に飢えた心を抱《いだ》き、全世界をわがもののごとく感じながら、人生の朝《あした》に出発するのです。やがて私たちの持てる財宝が坩堝《つぼ》で焼きつくされ、自分から世間の人々や事件に立ちまじるようになりだすと、知らず知らずのうちにすべてが卑小なものとなりはてて、最後に灰にうもれてのこるのは、あるかなしかのちっぽけな金の一かけらにすぎないのです。これが人生なのです。あるがままの人生、めざすところはいかにも大きく、現実はあまりにも小さい、あるがままの人生なのです。自分の花々をのこらず刈りとられる打撃に身をさらされた今となって、いったいこのさき何をなすべきかと、私は自分自身の今後について、ゆっくりと考えをめぐらしました。私は政治と学問に身を挺《てい》し、曲りくねった野心の小道をたどりながら、自分の生活からいっさい女性をしりぞけ、情熱に心をひきずられぬ冷厳な政治家となり、自分の愛した聖女の思い出に、いつまでも忠実であろうと心をきめました。樫《かし》の葉むらが作りなすみごとな金色の綴織《つづれおり》と、きびしくそそり立つ梢《こずえ》と、青銅色のその幹にじっと目をすえながら、私の胸に宿る瞑想は次から次へとはてしなくひろがっていきました。アンリエットの貞節さは、つまりは世間知らずゆえのものではなかったのか、彼女の死をもたらしたのは、たしかにこの自分なのかと、私はくりかえしおのが心にたずねました。私は悔恨のさなかで身をもがいていたのです。そしてトゥーレーヌではことのほか美しい青空が最後のほほえみを見せる快い秋のまひるどき、私はついに、彼女が死後にしか開けてはならぬと言いのこした、例の手紙をとりだしました。それを読みすすめる私の印象が、どれほどのものであったかは、あなたのご判断におまかせします。

フェリックス・ド・ヴァンドネス子爵へのモルソフ伯爵夫人の手紙

フェリックスさま、お友だちと呼ぶには、あまりに愛しすぎてしまったあなたの目に、とうとう私の心のなかをお見せするときがまいりました。でもそれは、私がどんなにあなたを愛しているかをおつたえするためというよりは、あなたが私の心のなかにのこされた傷のひどさと深さをごらんにいれて、ご自分に課せられたつとめがいかに大きいものか、おわかりいただくためでございます。旅路の疲れにうちひしがれ、たたかいのさなかにうけた傷に力もつきて、今こうしてたおれようとしている私のうちでは、さいわいなことにすでに女は息絶えて、母親のみがただその命をたもっています。フェリックス、これからさきをお読みいただければ、私の病のそもそもの原因が、どのようにしてあなたからもたらされたものか、おわかりいただけることと存じます。ある時期をすぎてからの私が、よろこんであなたの刃《やいば》の下に身をさらしたことはたとえ事実としても、今日の私は、あなたから最後にうけた傷がもとで、こうして死んでいくのです。でも、自分の愛するものに身をうちくだかれるのを感ずることには、心にありあまるほどの甘美なよろこびがひそんでいます。まもなくあまりの苦しさが、私の力をすっかりうばい去ってしまうときがまいりましょう。ですから、この最後の理性の火が消え去らぬうちに、あなたがこうして、子供たちの手からとりあげておしまいになる心のかわりを、あの子たちのために、ぜひともご自分でつとめていただきたいと、もう一度私の口から、重ねておねがいしておきたいのです。これほどまでにあなたを愛していなかったら、私はこの役目を、あなたの手にむりやりおしつけようとしたかもしれません。でも私は、清らかな悔悟の気持と、それにまた、私に対するあなたの愛のつづきとして、この仕事をあなたがご自分から、すすんでおひきうけくださることをねがっているのです。私たちふたりの愛には、いつも悔悟の瞑想《めいそう》と、贖罪《しょくざい》の不安が、入りまじっていたように思われます。それに私にはよくわかっておりますの、いまも私たちふたりはたがいに愛しあっているのです。あなたのあやまちが不幸な結果をもたらしたのは、あなたご自身のせいというより、むしろ私自身がそれに対してしめした心の反応にあるのです。私が嫉妬ぶかい女、嫉妬にくるい死にするほどの女であることは、前にも申しあげておきましたでしょう。そしてその言葉どおりに、私はこうして死んでいくのです。でもせめてこれだけは、あなたの心のなぐさめにしてくださいませ。私たちふたりは最後まで、人の世の掟《おきて》にしたがいおおせたのです。教会が、そのひざもとにつかえるもっとも清らかなお声を通して、私におしえてくださったところによれば、ご自分でくだされた戒律をまもりぬこうと、自然な心の動きを犠牲にしたものたちには、神さまもかならずや寛大であらせられるだろうとのことでございます。ですから私、愛するあなたには、なにもかもすべておつたえします。私の考えひとつでも、あなたがご存じなしでいられることは、私にはいかにしてもたえがたいのです。いまわのきわに神さまに申しあげることは、あなたにもぜひ知っていただく必要がございます。神さまが天国の王者であられるように、あなたは私の心の王者ですもの。アングーレーム公のためにもよおされたあの祝宴までは、――私がそうしたもよおしに席をつらねたのは、あとにも先にも、あの時かぎりでございます――私は結婚こそしていましたものの、ほんとにもの知らずで、若い娘たちの心に天使さながらの美しさをそえる、あの無邪気な気持を少しもうしなわずにいたのです。私がすでに母親であったこと、それは事実です。でもまだ世間からゆるされた夫婦間の愛のよろこびに、この身をだきすくめられたことはそれまでついぞなかったのです。どうして私がいつまでもそんな状態にほうっておかれたのか、私には自分でもよくわかりません。ましてや一瞬のうちに私のなかですべてがかわってしまったのは、いかなるさだめによるものかも存じません。今でもあなたは、あの日のくちづけをおぼえておいででしょうか。あのくちづけが私の生活をすみずみまで支配して、私の心のなかに消えがたいあとをきざみつけたのです。あなたの血の熱さが、私の血の国をよびさまし、あなたの若さが、私の若さをつらぬき、あなたの欲望が、どっと私の心にながれこんだのです。私がいかにも毅然《きぜん》として腰をあげたとき、私はいずれの国の言葉をもってしても言いあらわせぬ、未知の印象に身をゆすられていたのです。自分の目がはじめて光とふれあい、自分の唇の上にはじめて命を感じるおさな子たちに、はたしてそれを言いあらわす言葉がございましょうか。それはまさしくこだまにとどくはじめての音、闇《やみ》に投げられたひとすじの光、宇宙につたえられた最初の動きにもなずらうべきものでした。すくなくともこれらのものと同じくすみやかで、さらに美しいものでした。それは、魂にあたえられた生命《いのち》だったのです。私は、自分にとってなにか未知なもの、思念よりさらに美しい力が、この世にあることを知りました。それはすべての思念、すべての力をあわせたもの、ともに感動をあじわう相手をめぐまれての、はてしもなくひらけゆく未来でした。もはや私は自分が母親であることすら、なかばしか感じなくなりました。私の心におちたこの雷は、それまで当の私さえ知らずにねむりつづけていた、私の欲望に火をともしたのです。とつぜん私には、いつも私の額に接吻《せっぷん》しながら、「かわいそうなアンリエット」と言っていた伯母《おば》の言葉の意味があまさずのみこめました。クロシュグールドにもどってくると、春のいぶきも、あたらしくもえでた若葉も、花の香りも、うつくしい白雲も、アンドル川のながれも、空も、なにもかもが、それまで意味のわからなかった言葉を私にささやきかけ、あなたが私の官能につたえた動きを、かすかながらふたたび心によみがえらせてくれるのでした。あなたの方では、あの恐ろしいくちづけのこともすっかりおわすれかもしれません。が、私にはあのとき以来、どうしても心のなかからその記憶をぬぐい去ることができないのです。私がこうして死んでいくのもやはりあのくちづけのためなのです。そうです、お目にかかるたびに、あなたは私の心にしるされたその思い出をかきたてられ、あなたのお顔を見るたびに、いいえ、あなたがおつきになると感じただけで、私はこの身がつまさきから頭のてっぺんまで、感動にふるえおののくのを感じたのです。時の力も、強固な意志も、さからいがたいこのよろこびをおさえつけてしまうことは不可能でした。私は「悦楽《よろこび》とはどんなものかしら」と、無意識のうちに心にたずねていました。私たちがかわすまなざしも、あなたがうやうやしく私の手になさる接吻も、あなたの腕の上にかさねられた私の腕も、やさしくひびくあなたのお声も、つまりはどんなささいなことも、私の心を激しくゆりうごかし、私の目の前にはそのためほとんどいつも、かすみのようなものがかかってくるのでした。そうなると私のおさえつけられていた官能がしきりと私の耳をさわがすのでした。ああ、私がいつになくひややかなそぶりをお見せしたそうしたおりに、あなたが腕のなかにだきしめてくださったら、私はしあわせのあまりに、きっとその場で息たえておりましたでしょう。ときとして私は、あなたがなにか手荒なことをしてくださらないかと、心に待ちのぞんだこともございました。でもそんなよこしまな考えは、お祈りがまたたくまに心のなかから追いはらってくれました。私の子供たちがあなたのお名前を口にすると、私の心臓にはどっと熱い血がながれこみ、私の顔をたちまちあかくそめるのでした。私はマドレーヌにあなたのお名前を言わせようと、よくわなをかけたこともございました。私はそれほどまでに、この血のたぎる思いがすきだったのです。ほんとにどう申しあげたらよろしいのやら、私の目には、あなたの筆跡までが魅力あふれるものに思われて、私はまるで肖像画でも見つめるように、あなたのお手紙に目をすえるのでした。すでに最初の日から、私に対して、これほど動かしがたい力を手に入れられたあなたですもの、私があなたの心のなかを知るにおよんで、その力をかぎりないものにされていかれたことは、ご自分にもおわかりになりましょう。あなたがこの世のけがれを知らぬどこまでも真摯《しんし》なお方、すばらしい資質にめぐまれて、偉大なことのおできになる、すでに試練をへたお方だと知ったとき、どんなにうれしい思いが、私の心にあふれでたことでございましょう。あなたには、大人でありながらどこか幼いところが、勇気がありながら、何かおずおずしたところがございました。私たち二人がおたがいに、同じ苦しみの火で心をきよめられた身であることを知ったとき、私がどんな激しいよろこびに、胸をときめかせたことでございましょう。二人して心のなかをうちあけあったあの晩からは、私にとっては、あなたをうしなうことが、そのまま死を意味するようになりました。ですから、あなたをそばにひきとめておいたのも、実を申せば、わが身を気づかってのことなのでございます。ド・ベルジュさまも、あなたがここをお去りになれば、私が死ぬのはほとんどまちがいあるまいとごらんになって、さすがに心をうごかされたご様子でした。私の心のなかのことは、あのお方にはなにもかも見とおしだったのです。私が子供たちや夫に欠かせぬものであるのを見きわめられると、ド・ベルジュさまは、あなたのお出入りをさしとめるようにとまでは、あえてお言いつけになりませんでした。私がおこないにおいても、考えにおいても、純潔をまもり通すとかたくお誓いしたからです。「心に思うことは、ご自身でおさえつけられるものではありません」とあの方はおっしゃいました。「でも、苦しい思いにたえながら、それを胸にしまっておくことはおできになるはずです」「私が一度心のなかでゆるしてしまえば、もうなにもかもおわりです」と私はお答えいたしました。「どうかこの私を、私自身の手からおすくいくださいませ。あの方が私のそばにおられ、私が身を清くたもてるようにしてくださいませ」お齢《とし》を召されたド・ベルジュさまは、厳格な一面、心のやさしいお方で、私のまじめなねがいを、さすがにあわれと思ってくださったのでしょう、「お嬢さまの未来の夫ときめられ、息子として愛するならさしつかえないでしょう」とおっしゃってくださいました。私はあなたをうしなうまいと、勇気をだして、この苦しみの生活をうけ入れました。そして、あなたも同じくびきにつながれているのを見てとると、私はよろこんでその苦しみにたえました。ああ、でも、フェリックス、私はどちらとも心をきめず、夫には操《みさお》をたて通し、あなたには、あなたご自身のものである王国に、一歩たりとも足をふみいれさせまいとしたのです。私の情熱の激しさは、心のはたらきにまでいろいろと力をおよぼしはじめ、私はモルソフからくわえられる苦しみも、罪をあがなうためのひとつの手段とみなして、自分の心のよこしまなうごきを罰するために、誇りをもって、それにたえぬこうといたしました。それまでは、むしろなにかと愚痴をこぼしがちだった私が、あなたのおそばにいられるようになってからは、多少とも昔の快活さをとりもどし、その変化には、モルソフ自身も大いに満足しているように見えました。あなたのさずけてくだすったこうした力がもしなかったら、私は前にも申しあげた家庭生活のいやな思いに、とうの昔にすっかり力つきてしまっていたでしょう。あなたが私にあやまちをおかさせる大きな原因になられたことはたしかです。でも同時にあなたは、私に女のつとめをはたさせる大きな力でもあったのです。それは子供たちについてもおなじことでした。あの子たちから、なにかをとりあげてしまったと感じていた私には、いくらこちらでつくしてやっても、まだまだ足りぬような気がしてならぬのでした。それからの私の生活は、たえざる苦しみの連続となり、私にはその苦しみでさえもいとしく思われたのです。以前ほどいい母親でも、貞淑な妻でもなくなった

と自分で感じだすと、心のなかにいつしか後悔がすみついて、私は自分がつとめにも
とるのをおそれ、いつもつとめ以上のことをしようとのぞむのでした。私は誘惑にま
けまいとして、あなたと私のあいだに娘のマドレーヌをおきました。あなたたちの将
来をむすびあわせて、私たちふたりのあいだに垣根《かきね》をもうけようとしたのです。だが
これもまたはかない垣根でした。あなたが私の胸にひきおこすときめきは、なにをも
ってしてもおさえきれず、目の前にいてもはなれていても、あなたはいつもおなじ力
をふるわれるのでした。いつかあなたのものになると思っただけで、私にはマドレー
ヌの方がジャックよりいとおしく思われました。でも私は心のたたかいもへず、娘の
手にあなたをゆずりわたしたわけではございません。はじめてあの方にお会いしたと
き私はまだ二十八だった、と私は心のなかでつぶやきました。あの方だって、ほとん
どもう二十二といっていいくらいだったわ。私はこうして齢のへだたりを無理にもち
ぢめ、あてもないのぞみにふけるのでした。ああ、フェリックス、私がこうして何も
かも申しあげるのは、あなたの心から後悔をとりのぞいてさしあげたいと思うほかに
も、おそらく、私がけっしてつれない女でもなく、私たちのうけた恋の苦しみにちが
いのあるわけでもなく、私が女として、べつにアラベル夫人におとるところのないの
を、あなたにおわかりいただきたいとねがう気があればです。私もまた、男の方たち
がたいそうこのまれるという、あの堕落した種族の末裔《まつえい》だったのです。たたかいがあ

まりにつらくて、幾夜も泣きあかし、そのために髪がぬけたこともございました。以前、あなたにさしあげたのはその髪です。あなたはモルソフの病気をおぼえておいででしょう。あのときのあなたの心の気高さは、私をひきあげてくれるどころか、逆に私をいやしい思いにさそいこんだのです。ああ、あの日から、私はあなたの健気《けなげ》なふるまいにむくいるために、なにもかもあなたにさしあげようとのぞみはじめたのです。でもそのくるおしい状態も、さしてながつづきはしませんでした。あなたが列席なさるのをおことわりになったミサのあいだに、私はこのくるおしい気持を神さまの足もとにおささげしたのです。ジャックの病気や、マドレーヌの健康のすぐれぬさまは、まよえる小羊をみ胸につよくひきつけようとなさる、神さまのいましめのように思われました。それから、あの英国の方へのあなたのごく自然な恋が、私に、自分でも知らずにいた、心の秘密をあかしてくれたのです。私は、自分で思っていた以上に、ずっとあなたを愛していたのです。マドレーヌのことなど、もう目の前から消え去りました。あれくるう生活のたえざる動揺、宗教以外にたよるものとてない私が、自分の心をおさえつけようとする日々の努力、そうしたもろもろのことが、いま私の死のうとしている病気のもとをつくりあげたのです。そしてこのおそろしい打撃が、私のひそかにかくしつづけていた危機を、いっぺんにおもてにおしだしてしまったのです。私は、この知る人とてない悲劇の結末が、死のなかにしかないのを見てとりました。

あなたとダドレー夫人との仲を母がしらせてよこしたときから、あなたご自身がこちらにお見えになるまでの二カ月間は、それこそ無我夢中の、嫉妬《しっと》にあれくるった、おそろしいほどの毎日でした。私はパリにでかけていきたい、相手を殺してやりたいと思いました。私はこの女の死をねがい、子供たちの愛撫《あいぶ》にさえすでになにも感じられぬほどでした。それまでは香油さながらの力をもっていたお祈りも、私の心をもうすこしもしずめてはくれませんでした。やがて嫉妬のあけた大きな傷口から死がしのびいってまいりました。それでも私はごく平静なふりをしつづけました。そうです、このたたかいの時期は、私と神さまのあいだの秘密だったのです。そして、私が、自分で愛するとおなじほどあなたに愛されており、私を裏切ったのはあなたの身体《からだ》であって、けっしてあなたの心ではないと知ったとき、私はあらためて生きたいとねがいました……でもそのときはもうすでにおそかったのです。神さまは、自分に対しても神に対してもおのれをいつわらず、その苦しみゆえに、なんども御社《みやしろ》の戸口におもむいたことのあるひとりの女を、おそらくはあわれにおぼしめして、すでにご自身の庇護《ひご》のもとにおかれていたのです。神さまはすでにさばきをくだされました。モルソフもきっと私をゆるしてくれますでしょう。でも愛するあなた、私はあなたからもひろい気持を待ちのぞむことができるでしょうか。こうしていま墓のなかからひびいている私の声に、あなたは耳をかたむけてくださるでしょうか。私にくらべれば罪は軽いにしても、私たち二人がつくりだした不幸につぐないをつけてくださるでしょうか。私があなたに何をのぞんでいるかはすでにおわかりでしょう。モルソフのそばにいて、尼僧《にそう》が病人に接するように、あの人に接してあげてほしいのです。あの人の言うことを聞き、あの人を愛してあげてほしいのです。おそらくだれひとりとしてこのさきあの人を愛してくれるような人はいないでしょうから。私が以前していたように、あの人と子供たちのあいだにご自分の身をおいてほしいのです。あなたのつとめは、けっしてながいことはございません。ジャックはまもなく家をでて、パリの祖父のもとにまいりましょう。そしてあなたは、ご自分で手をさしのべられて、あの子がこの世の暗礁《あんしょう》をのりきるのをたすけてくださると、前々から私にお約束なさってくださいました。マドレーヌは、いずれ結婚することになりましょう。私はそのうちあの子が、あなたを好きになってくれたらとねがっています。マドレーヌは私そっくりで、そのうえなかなかつよいところもございます。私にはない意志の力や、政治生活の嵐《あらし》にもまれるお方の伴侶《はんりょ》としては、どうしても欠かすことのできない、しっかりした気性もそなえています。そつがなく、なかなか頭のよい娘ですわ。もしあなたとごいっしょになれれば、この母親よりは、ずっとしあわせになれそうです。私たちのおかしたあやまちは、天国においても、地上においても――あの人は心のせまい人ではありませんもの、きっと許してくれますわ――すでにおゆるしをえてはおりますが、私は、あなたがクロシュグールドでの私の仕事をつづける権利を手にいれられて、まだ充分につぐないのすんではいないあやまちののこしたあとを、あなたご自身の手ですっかりぬぐい去ってほしいと思うのです。ごらんのとおり、私はどこまでも身勝手な女です。でもこれこそ、さからいがたい恋の証拠ではございませんか。私はあとにのこす自分の家族たちのなかですら、あなたに愛されていたいのです。とうとうあなたのものになれずじまいだった私は、自分の考えやつとめを、あなたの手にのこして死にたいのです。もし、私の言いつけにしたがうにはあまりにも私を愛しておられ、マドレーヌと結婚することなど、とてもできないとおっしゃるなら、どうか私の魂がやすらぎをえられるように、せめてできるかぎりのことをしてモルソフをしあわせにしてやってほしいのです。

さようなら、私の心のいとしい息子。これはまだ気のたしかな、生命あるものの別れの言葉です。あなたがあふれるほどのよろこびをそそぎかけてくれた、魂のつげる別れの言葉です。あなたはあれほどのよろこびをそそぎかけてくださったのですもの、たとえそれが不幸な結末をまねいたにせよ、少しも気にやまれることはございません。不幸な結末と申しあげるのは、私のことを忘れられずに生きつづける、あなたをかえりみてのことでございます。私の方は、おのがつとめに生命をつかいはたし、まもなくいこいの場所にむかうのですから。でも、そう思いながらも、この私を思わずふるえおののかせるのは、私がまだこの世のことをすっかりあきらめきれずにいることです。私がそのなかに盛られたみ心どおり、神さまの聖なる掟《おきて》をはたしえたかどうかは、私などより、神さまご自身の方がよくご存じです。たしかに私はしばしばつまずきました。でも一度たりとも地にたおれおちたことはございません。そして、私のあやまちをもっともよく弁護してくれるのは、私の身をとりまいていた誘惑の強さそのものです。私はまるで誘惑にまけてしまったかと思えるほどに、激しく身をふるわせながら、主の前にすすみでることになりましょう。最後にもう一度、さようならと申しあげます。これはきのう私が、私たちふたりの美しい谷間につげたと同じ別れの言葉です。私はこの谷間にいだかれて、まもなくいこいにつこうとしています。そしてこれは私の思いちがいではございませんわね、私はあなたご自身も、しばしばこの谷間に帰ってきてくださるものと信じています。

アンリエット

最後の炎によって照らしだされたこの生涯の、知る人とてなき深みは、底知れぬ自省の淵《ふち》に私を投げこみました。私のエゴイスムの雲は、あとかたもなく消え去っていきました。とするとあの人は、私と同じほど、いや私以上に苦しんでいたのだ、現にそのためにこうして死んでいったほどではないか。そして、他人も、自分の友に対して心からの好意を抱《いだ》いているものと思いこみ、ましてや恋の盲《めしい》になっては、自分の娘が私に反感を抱いていようことなど、気のつくはずもなかったのだ。彼女の愛情のこの最後の証左に、私はひどくつらい思いにさそわれました。かわいそうにアンリエットは、クロシュグールドと娘を、私にゆずりわたそうとしたのです。

ナタリーよ、今ではすでにあなたもよくご存じの、あのたぐいまれなアンリエットの亡骸《なきがら》をともなって、私がはじめて墓地に足を踏み入れた永遠にいたましいあの日から、私にとっては、太陽もそれまでのあたたかみと光を失い、夜はその闇《やみ》を増し、身体《からだ》の動きはにぶくなり、思考もまたそのすばやさを失ってしまったのです。死者のうちには、私たちが地下に葬《ほうむ》り去る人たちもおりますが、私たちの心を屍衣《しい》として、その思い出が、日々私たちの胸の鼓動にまじるまことかけがえのない人たちもいるのです。私たちはまるで呼吸でもするように、その人たちのことを思いうかべ、愛にのみ許された輪廻《りんね》の優しい法則にしたがって、彼らはそのまま私たちのうちで生きつづけるのです。私の魂のなかにはもう一つの魂が生きています。私が何か良いことをしたり、美しい言葉を口にするときには、それはこの魂が行動し、この魂が語っているのです。私に備わった優しさは、大気をくゆらす百合《ゆり》の香りのごとく、すべてこの心の墓からたちのぼるのです。そしてあなたが私に責める嘲《あざけ》りや意地悪いおこないは、そのことごとくが、私自身から由来するのです。こう申しあげた今となっては、私の目がにわかに雲におおわれて光を失い、永いこと地面を見つめたのちに、空のかなたに向けられて、あなたの言葉にも、優しい心づかいにも、私の口がじっと閉じられたままでいる場合には、もう「何を考えていらっしゃるの」とは、おたずねにならないでほしいと存じます。

愛するナタリーよ、私はしばらくのあいだ筆を休ませました。こうした数々の思い出が、あまりにも激しく私の心を乱したからです。この先は、あの悲しい結末につづく出来事を、お話しいたさねばなりません。が、それには、言葉はほんのわずかで足りましょう。行為と活動の織りなす生活では、すべてを語りつくすのに、それほどの手間はいらないのです。それに反して、魂の最も高い領域でくりひろげられた生活は、そのすべてを物語るのに、はかり知れないほどの言葉を要するのです。アンリエットの手紙を読んで、私は一つの希望が目の前に輝くのを感じました。この救いがたい難破のなかで、私はどうやらたどりつけそうな、一つの島影をみとめたのです。マドレーヌに生涯をささげつくし、彼女とともにクロシュグールドで一生をおえるという身の処し方は、私の胸を乱すさまざまな考えを、すべて満足させてくれるように思われました。だがそれにはまず、マドレーヌの真意をさぐらねばなりません。私は伯爵《はくしゃく》に別れを告げる必要もあって、もう一度彼に会うためクロシュグールドに足を向けました。伯爵はちょうど見晴らし台《テラス》にいて、私たち二人はながいこと、そのあたりを連れだって歩きました。伯爵はまず、自分が失ったものの大きさと、それが家庭生活にもたらす傷手《いたで》とを、ことごとくわきまえているという口ぶりで、私に夫人のことを話しだしました。しかし最初の苦痛の叫びをもらしたあとでは、今のことより、むしろこれから先のことの方が、気にかかる様子に見えました。彼は娘をおそれていました。あの子には母親の優しさがない、と彼は言うのです。母親のしとやかさに、何やら雄々しいところをまじえたマドレーヌのしっかりした性格は、アンリエットの優しさになれたこの老人をおびやかし、彼は自分の娘のうちに、何ごとをもってでも打ち負かすことのできぬ強固な意志を感じとっていたのです。しかし、このつぐないがたい不幸にあって、彼になぐさめをもたらしていたのは、自分もまた間もなく妻のもとにいけるという確信でした。事実、この数日間の動揺と悲しみは、彼の病的な状態をさらに悪化させ、かつての日の苦痛をふたたびめざめさせていたのです。父親としての権威と、館《やかた》の女主人たる娘の権威とのあいだで、今から徐々に準備されつつあったたたかいは、伯爵の人生の最後の日々が、ことのほか苦渋に満ちたものであることを予想させました。妻が相手なら最後までわたりあえるにしても、子供相手では、自分の方がつねにゆずらねばならぬ立場にあるからです。それに、やがて息子は家を出ていくだろうし、娘も結婚することになるだろう。いったいどんな婿《むこ》をあてがわれることか……。口でこそ死も間近いと言いながら、この先ずっとだれからも好意をよせられずに暮すと思うと、彼にはおのが身の孤独さが、しきりに感じられてならぬのでした。

伯爵が妻の名において私に友情を求めながら、結局のところ自分のことしか語ろうとしなかったこのしばしのあいだに、彼ははからずも現代のもっとも威厳に満ちたタイプの一つである「亡命貴族」の姿を、私の目にあまさず描きだして見せてくれました。外から見るかぎり、彼はすでに力もつきた、弱々しい男に見えました。が、まさしくその簡素な暮しぶりと、日々の野良《のら》仕事のため、彼の生命力はなかなか衰えを見せまいと思われました。こうして、私があなたにお手紙をお書きしている今も、伯爵はまだ元気でいるのです。マドレーヌは、見晴らし台《テラス》にそって歩いている私たちの姿に、さきほどから気がついているようでした。が、あえて彼女は、こちらにおりてこようとはしませんでした。そして、何度も踏み石のところまですすみでては、家のなかに姿を消し、私に対する軽侮の念をいまさらのごとくあらわに示すのでした。私は彼女が踏み石のところに姿をあらわしたときをとらえ、伯爵にたのんで館まで足を運んでもらいました。マドレーヌに話すことがあるのです、と伯爵に言うと、私は夫人がいまわのきわに娘に伝えてほしいと言って、私にだけ言いのこしたことがあるという口実をつくりあげました。こうでもするほか、私には、彼女に会うてだてがなかったのです。伯爵は娘を連れてもどってくると、私たち二人を見晴らし台《テラス》にのこして姿を消しました。

「マドレーヌ」と私は彼女に言いました。「あなたとお話をするのに、僕にはこれ以上ふさわしい場所があるとは思えません。お母さまが、僕のことより、むしろ日々のさまざまなことでつらい思いをなさっていた頃、僕の話にいつも耳を傾けてくださったのはここなのですから。僕にはあなたの考えがよくわかっています。でもあなたは事実も知らず僕を責めておられるのです。僕の人生と幸せとがこの土地に結びつけられているのをよく知りながら、あなたは僕をここから追いだそうとして、前に僕たち二人を結びつけていた兄妹のような友情の代りに、ことさら冷やかな態度を見せているのです。お母さまの死が、同じ悲しみの絆《きずな》で、僕たち二人の友情をさらに強固なものにしてくれたはずではありませんか。ああ、マドレーヌ、僕はあなたのためならなんのつぐないも求めず、あなたに知られることさえのぞまず、今この場で命を投げだすこともいといません。僕たち男は、自分の行く手を守ってくれた女《ひと》の子供たちを、それほどまでに愛するものなのです。あのすばらしいお母さまが、この七年来どんな計画を胸にあたためてきたかあなたはご存じないでしょう。それを聞けば、あなたの気持も変るはずです。でも僕には、そうまでして事を有利に運ぼうという気はありません。ただ僕がたった一つお願いするのは、この見晴《テ》ら《ラ》し台《ス》にいつでも空気を求めにくる権利と、あなたの抱いている社会生活についての考えが変る時までこのまま待ちつづける権利を、僕からとりあげないでほしいということです。あなたの考えにさからうことは今はさしひかえましょう。あなたの心をまどわせている悲しみはそっとしておきましょう。僕でさえその悲しみのため、まわりのことに正しい判断を下す力を失ってしまっているほどですから。僕たち二人を今も天国からじっと見守っておられるお母さまは、僕がこうして自分の態度をさしひかえ、ただあなたに、ご自分の気持と僕とのあいだで、しばらくのあいだ心を白紙にしておいてほしいとお願いするのを必ずおみとめくださると思います。いかにあなたから嫌悪《けんお》のしるしを見せつけられようと、僕はこの上なくあなたを大切な人と思っています。ですから僕は、伯爵にお話ししたら、それこそ夢中になってとびつきそうな計画も、今はまだお伝えせずにおくつもりです。もちろん、僕のことにはどうかこだわらずにいてください。ただ時が来たら、僕ほど気心の知れた男に世間で出会われることもなく、僕ほど献身的な気持を抱いた男もほかにいないという事実を、もう一度お考えになってみてほしいのです」

じっと目を伏せて、私の話を聞いていたマドレーヌは、そこまでくると、急に手まねで私の言葉をさえぎり、激しい心の動きにうちふるえる声で言いました。

「せっかくですが、あなたのお考えはこの私にはもうとうにわかっています。でも、あなたに対する気持は、いささかも変えるつもりはありません。あなたとご一緒になるくらいなら、いっそアンドル川に身を投げたほうがましでございます。ここであれこれと自分のことをあなたに申しあげるつもりはありません。ただ母の名が、まだあなたに対する力をすっかり失っていないなら、私はその名をかりてあなたにお願いします。私がここにいるかぎり、二度とクロシュグールドには姿を見せないでくださいませ。あなたのお顔を見ているだけで、なんとも言えないいたたまれぬ気持になってくるのです。この気持をのりこえることは、私にはとてもできそうにありません」

彼女は威厳にあふれる身のこなしで一礼すると、うしろをふりむきもせず、かつて母親がある日一日だけ見せたとりつくしまもない冷淡さに、情け容赦も知らぬ非情さを加えながら、クロシュグールドの方にのぼっていきました。おそらくこのめざとい娘は、遅ればせながら母親の心のなかを読みとると、無意識のうちに罪に加担していたことの後悔から、いまわしいものに思えてならぬこの男に対して、ますます憎しみをつのらせていったのです。ここではいたるところで深淵《しんえん》が口を開いていました。マドレーヌは、私が不幸をもたらした犯人か、あるいはその犠牲者か考えてみようともせず、ただひたすら私のことを憎んでいるのです。もし私たちが幸せだったら、おそらく彼女は、私と母親の二人をともども憎んでいたでしょう。こうして、私が築きあげた幸せは何もかもすべて打ちこわされてしまったのです。そしてただ一人私だけが、世にうもれたこの偉大な女性のすべてを知りうることになったのです。彼女の心の秘密をすべて知りつくしているのは私一人でした。彼女の魂のあらゆる領域をかけめぐったのは私一人でした。彼女の父も、母も、夫も、子供たちも、ついに彼女を知りえなかったのです。思えば不思議なことではありませんか。今こうして灰の山をかきまわし、あなたにそれをお目にかけられるのが、私にはとても心うれしく思われます。私たちみな一人一人が、自分にとって最も貴重な宝のいくばくかをその灰のなかに見いだしうるからです。どれほど多くの家庭が、そのアンリエットを持ったことでしょう。どれほど多くの高貴な心が、自分の心のなかにさぐりを入れ、その深さとひろがりをおしはかってくれる聡明《そうめい》な歴史家にめぐりあわず、そのまま地上を去っていくことでしょう。しかしこれこそ、いつわらざる人生の姿なのです。子供のことを知らぬ母親は、母親を知らぬ子供と同じく、決して珍しいものではないのです。夫婦にしても、恋人同士にしても、兄弟にしてもみな同じです。私自身、あれほど昇進をたすけてやった兄のシャルルと、いつか父の柩《ひつぎ》を前にして法廷で争う日が来ようなどとは、それまで夢にさえ思ったことがありましょうか。ああ、単純この上ない物語にも、どれほどの教訓がひそんでいることでしょう。マドレーヌが踏み石に面した戸口に姿を消すと、私は心をひきさかれる思いでサッシェにもどり、館の主人たちに別れを告げて、そのままパリに向いました。私は、はじめてこの谷間を訪れたときにたどった、アンドルの右岸（訳注 原典のまま）づたいに道をすすめました。私は悲しみに胸をふたがれながら、美しいポン＝ド＝リュアンの村をよこぎりました。しかもそれは金にも困らず、政治生活の未来もひらけ、一八一四年の足を棒にした旅人とはくらべものにならぬほどの私でした。ああ、だがあの頃の私は胸にのぞみをあふれさせ、今日の私は目に涙をあふれさせているのです。かつての私は満たすべき生涯を目の前に持ち、今日の私は人生の荒涼たるさまを目に映しているのです。まだ二十九という若さで、私はすでに心の花を枯らしていたのです。思えば、この風景から最初に目にしたすばらしさを奪い去り、私の心に、生きることへの嫌悪を植えつけるには、ほんの数年間で足りたのです。うしろをふりかえって、見晴らし台《テラス》の上にマドレーヌの姿をみとめたとき、私の胸の思いがいかなるものであったかは、今のあなたにはもうよくおわかりでしょう。

さからいがたい悲しみに胸をしめつけられていた私は、自分がなんのためにパリにもどったのかも、すでに心にないありさまでした。ダドレー夫人のことなど思ってもみなかったため、私はそれとも気づかず、うっかりして彼女の家の中庭に馬車を乗り入れてしまいました。一度へまをおかした以上、最後までそれを押し通さねばなりません。彼女の家では、私たちはすでに夫婦同然の暮しをしていたために、別れ話につきもののいざこざをあれこれ考えると、私は暗い気持になって階段をのぼっていきました。ダドレー夫人の人となりや、日頃の態度が、私の話だけで充分にのみこめておいでなら、旅装のまま家令に導かれて客間に入り、派手に着飾った彼女を目にしたときの、私のいたたまれぬ気持もすでにおわかりでしょう。彼女は五人の客にかこまれていました。一人は英国でも、最も重きをなす老政治家ダドレー卿《きょう》で、彼はいかにももったいぶった、尊大この上ない冷やかな態度で暖炉の前に立ち、議会ではかくあるやとも思われる、あざけりの色を顔にうかべていました。彼は私の名前を聞くと、にやっと笑いをもらしました。客の二人は、老貴族の私生児であるド・マルセーそっくりなアラベルの息子たちで、彼らは母親のそばによりそい、当のド・マルセーも、侯爵夫人のそばにおかれた二人椅子《いす》に腰をおろしていました。アラベルは私を見るや、尊大な表情を顔にうかべ、自分のところへ何しにきたのかとたずねつづけるように、私の旅行帽にじっと目をすえました。それから彼女は、紹介されたばかりの田舎紳士にでも対するように、上から下まで私をじろじろと眺めました。私たち二人の親密さや、永遠に消えざる情熱や、私にすてられたら生きてはいないという誓いの言葉や、アルミデス（訳注　イタリアの詩人タッソ（一五四四―九五）の代表作『解放されたイェルサレム』の作中人物。勇将ルノーを魅惑し、十字軍のことも忘れさせ、永く自分のもとにひきとめる美女）さながらの夢幻劇は、すべてが夢のごとく姿を消していました。私は彼女と握手したことはおろか、これまでに会ったことすらもない赤の他人とでもいうようでした。外交官流の冷静さに少しはなれ親しみはじめていた私でさえこれには驚きました。同じ立場におかれたら、たとえだれにせよ、それ以上に驚いていたでしょう。ド・マルセーは、変に気取った様子で、自分の長靴に目をやりながら、一人でにやにや笑っていました。私はとっさに心をきめました。ほかの女が相手なら、私はおとなしく自分の敗北をみとめたでしょう。だが恋のために死ぬことを欲し、亡《な》き人のことをあざわらっていた当のご本人が、こうしてぴんぴんしている姿を見て、すっかり憤慨した私は、よし、相手が無礼でくるなら、こちらも無礼でのぞもうと心をきめました。彼女もブランドン夫人（訳注　前出。『二人の若妻の手記』の中では、ブランドン夫人を苦悩のあまり死に至らしめたのはダドレー夫人だとされている）の悲劇は知っていました。それを思いださせてやることは、たとえこちらの刃がこぼれるにせよ、彼女の心臓めがけて匕首《あいくち》をつきさすことになるはずです。

「奥さま」と私は彼女に言いました。「ブランドン夫人から、一刻の猶余《ゆうよ》もならぬ言伝《ことづて》を依頼され、私がいまトゥーレーヌからもどったばかりであると申しあげれば、私がこうしてぶしつけにお邪魔しましたことも、きっとお許しいただけるものと存じます。ランカシアにお発《た》ちになったあとではいけないと、とりあえずお訪ね申したわけでございますが、こうしてパリにおいでなら、いつおうかがい申しあげたらよろしいか、あらためてお指図《さしず》をお待ちすることにいたしましょう」

彼女は軽くうなずき、私はその場をたち去りました。そしてその日以来彼女とは、社交界でしか顔をあわせたことがありません。会えば親しそうに挨拶《あいさつ》をかわし、時には皮肉の一つも言いあいます。私が、ランカシアの女性はことのほか未練が深いとか申しますが、と言えば、彼女の方では、胃病をこがれ死にに見せかけるなんて、フランス女性もなかなかのものですわ、と答える具合にです。ご親切にも、夫人のおかげで、私はいま彼女に可愛《かわい》がられているド・マルセーから、不倶戴天《ふぐたいてん》の敵と目されています。私も負けずに、夫人は親子二代を夫にされて、と言葉をかえしています。こうして私の破局には、なに欠けるところなくすべてがそろったのです。私はサッシェにこもっていたときにきめた心づもりをそのまま実行に移しました。仕事に没頭し、科学と、文学と、政治の勉強に精を出し、シャルル十世の即位をしおに、故陛下のもとで得ていた職が廃されると、私はところをかえて今度は外交畑にとびこみました。それ以来、私は、いかに美しかろうと、いかに才気にあふれていようと、いかに心優しかろうと、女性という女性には、いっさい注意を向けまいと心にきめました。私の場合、この決心はとても有利な結果を生みだしました。私は思いもよらぬほどの心のおちつきを得て、全精力を仕事にそそぐことができたのです。こうして私は、女性たちが優しい二言三言で充分つぐないがつくと思いこみ、いかに多くの力を私たちに浪費させているかがのみこめました。しかし私のこうした決意も、ついにそのことごとくがついえ去りました。何故《なぜ》か、また如何《いか》にしてかはあなた自身がよくご存じです。愛するナタリーよ、私はまるで自分自身にでも語り聞かせるように、なんの技巧も借りず、私の半生をのこらずあなたにお話しし、あなたご自身には関係のない感情の問題にまでたち入りました。そしてそのため、繊細で嫉妬《しっと》ぶかいあなたの心のひだを何か傷つけてしまったように思えてなりません。でも、ありきたりの女性を憤慨させるものも、あなたの場合には、私を愛してくださるための、新しい理由になることと信じています。選び抜かれた女性たちには、苦しみ病める魂のかたわらにいておのずとはたすべき一つの崇高な役割があるのです。それは、傷に手当をほどこす尼僧《にそう》の役割、子供に許しを与える母親たちの役割です。苦しんでいるのは、芸術家や大詩人ばかりではありません。国家に身をささげ、諸国民の未来に生きる男、おのが情熱と思想のわくを、ますますおしひろげようとしている男たちは、しばしばみずからの手で身のまわりに恐ろしい孤独をつくりあげるのです。彼らは汚《けが》れを知らぬ、献身的な愛情につきそわれる必要を感じています。そして、どうか私の言葉を信じてください、彼らこそ、愛情の偉大さと価値とを充分に知っているのです。明日になれば、私にも、あなたを愛したのが間違っていたかどうかがはっきりするでしょう。

フェリックス・ド・ヴァンドネス伯爵《はくしゃく》様

伯爵さま、あなたはおいたましいモルソフ夫人から、この世に身を処するにあたって、すくなからずお役に立つ手紙をいただかれ、今のご栄達もみなそのおかげとかお話のなかで言っておられます。それではそのご教育の仕上げを、今度は私の手にまかせてくださいませ。お願いですから、まずあなたのそのいやな癖は、きっぱりとおすてなさいませ。最初の夫のことをしきりと口にして、二度目の夫の鼻先に、前の夫の長所を投げつける、あの未亡人のようなまねだけはおよしなさいませ。伯爵さま、私はフランス女でございます。好きになった殿方とは、その人のすべてと結婚したく存じますの。でも、ほんとのところ、あなたのなかのモルソフ夫人とはとても結婚できそうにありませんわ。私はそれにふさわしいだけの注意をこめて、お手紙を読ませていただきました。私があなたのことに、どれほどの興味をよせているかはよくご存じでしょう。読みおえたところで私が考えますのに、あなたはモルソフ夫人のたぐいまれな美点を持ちだされては、ダドレー夫人をうんざりさせ、逆にイギリス流の恋の手だてを見せつけては、モルソフ夫人にいたましい思いをさせていたようです。それにこの私に対しても、ずいぶんと思いやりに欠けた手紙でございますわね。私はあなたのお気に召すしか能のない、哀れな女ではございますが、私はアンリエットのようにも、アラベルのようにもあなたを愛していないって、わざわざお教えくださるなんて。私にもいたらない点が多々あることはみとめます。この私だって、自分の欠点くらいよく存じておりますわ。でもどうしてそのことを、私にこれほどまで手きびしくお感じさせになる必要がございますの。おわかりになりますか、私がだれのことをかわいそうだと存じあげたか。こののち四番目にあなたが好きになられるお方です。そのお方はどうしても三人の女とたたかわなければなりませんもの。ですから私、あなたのためにも、そのお方のためにも、あなたのご記憶とやらがいかに危険なものか、はっきりお知らせしておきたいと存じますの。そして、あなたを愛するという名誉あるお仕事の方は、こちらからきっぱり願いさげにさせていただきますわ。それカトリック的美徳だ、イギリス教会《アングリカン》的美徳だと言われてもどだい無理ですし、亡霊相手にたたかう気など、私にはもとよりございませんもの。クロシュグールドの聖女さまの美徳には、いくら自信のある女でも、かないっこありませんし、あなたの勇敢な女性騎手《アマゾン》には、どれほど大胆に幸せを願う女でも、たちまちおじけついてしまいますわ。あなたには、たとえ何をしてさしあげようとも、女が自分で願ったとおりの喜びを感じていただくことはできませんのね。心をささげ、愛のわざをつくしても、あなたの思い出にうち勝つことは不可能ですもの。ああ、そう言えばあなたはもうお忘れですの、私たちが二人してよくいっしょに馬に乗ることを。それに、アンリエットがこの世を去ってから冷えだしたとかいう太陽は、私の力ではとうとうもとにもどすことができませんでしたのね。私のそばにいらっしゃると、そのうち寒くてふるえだしますことよ。お友だちとして、ご忠告させていただきますけれど——なぜって、あなたがいまでも、私のお友だちであることに変りはございませんもの——あなたの索莫《さくばく》とした心をあらわにお見せになるような告白は今後二度となさいませんように。そんなことをなされば、相手の恋心に水をさして、女に自信をなくさせるだけのことですもの。恋とは、伯爵さま、自信なくしては生きてはいけませんのよ。何かひとこと言ったり、馬にまたがったりする前に、あのすばらしいアンリエットだったらもっと上手《じょうず》に言うのではないかしら、アラベルのような名手だったら、もっと優雅に乗りこなすのではないかしらって心にたずねていたら、ええそう、もう間違いなく舌は凍りつき、足もふるえだしてしまいますわ。あなたのお話をうかがっているうちに、私もその心を酔い心地にさそうとかいう花束を、ぜひいくつか贈っていただきたいという気になりました。でももう花束は、二度とお作りにならないとおっしゃるのでしょう。もうあえておやりになりたがらないほかの多くのことや、あなたの心に決してよみがえることのない考えや喜びも、みなこの花束と同じことですわね。考えてもごらんあそばせ、あなたが心のなかにしまっておられる死人を相手に、膝《ひざ》をつきあわせていたいという女がはたして一人でもおりますかしら。あなたは私に、キリスト教的な慈悲の心で愛してくれと言っておられます。正直申しあげて、慈悲心からやろうと思えば、私にはほんとにいろいろなことができますわ。やれないものは何ひとつないと言ってもいいほどですわ。ただし恋だけは別ですわね。あなたは時折り人をほんとうにうんざりさせ、ご自分でも退屈なさって、そうしたうっとうしい気分を、憂鬱病《メランコリー》とか呼んでおられます。どうお呼びになろうとご勝手ですが、あなたはご存じでいらっしゃいますの、まわりのものたちをやりきれない気持にさせて、愛している女にひどく気をもませますのよ。私もよく私たち二人のあいだで、聖女さまのお墓につきあたりましたわ。私、自分で自分の心にたずねてみました、私には自分というものがよくわかっておりますし、できることなら私、あのお方のような死にかたはしたくございませんもの。それに、女としては人並すぐれたダドレー夫人でさえ、あなたにはとうとうがまんができなくなったというお話ですし、あの方ほど激しい欲望の火を感じられないたちの私など、ずっと早く熱がさめてしまいそうですわ。ですから、私たち二人のあいだからは、いっそのこと恋など追いだしてしまいましょうよ。どうせあなたは恋の喜びも、もう死人相手にしか味わえないお方ですもの。そしていつまでもお友だちでいましょうよ。ぜひそうあってほしいと存じますわ。考えてもごらんあそばせ、最初の第一歩から実にすばらしい方、自分の将来のことまで考えてくれる非の打ちどころのないお方を恋人にされ、上院におしだしてもらったり、何もかも忘れるほどに愛してもらったりしておきながら、相手のご婦人ののぞみといえば、ただいつまでも、自分に忠実であってほしいということだけでしたのに、ほんとに伯爵さま、あなたときたらそんなごりっぱなお方を、さんざん悲しい目に会わせて、ついに死なせておしまいになるなんて。私、そんな恐ろしい話は、これまで聞いたこともございません。野心をひきずりながら、パリの道を歩きまわっている、どんなに心のはやりたった、どんなに不幸せな若者たちでも、あなたがご自分でそれとお気づきにならなかった愛の証《あか》しを、せめてその半分でもいいから手にできるとなれば、十年間でもじっとおとなしくしていないものが、たったの一人だっておりますかしら。それほどまでに愛されていながら、この上何がほしいとおっしゃいますの。でも、ほんとにお気の毒な方、きっとずいぶんつらい思いをなさったでしょうね。それなのにあなたは、二言三言、感傷的な言葉をお口になさって、それでもうそのお方の柩《ひつぎ》に対して、何もかもすんだ気でいらっしゃるのでしょう。私がいくら優しくしてさしあげても、ご褒美《ほうび》はきっとそんなところですわ。伯爵さま、私、もうけっこうでございます。墓のこちら側にせよ、あちら側にせよ、恋敵《こいがたき》など一人もほしくございません。でも、それほどの罪を心に背負いこんでおられる場合には、せめてそれをお口にだされることだけは、おつつしみになるべきだと存じます。私、うっかりして、ほんとにつまらないことをおたずねしてしまいました。でも、私は女の役柄、つまりはイヴの役柄を演じていたわけでございますもの、あなたさまの方こそ、ご自分のお答えがどんな結果をもたらすものか、じっくりお考えになってくださるべきでしたわ。いっそのこと嘘《うそ》をついてだましてくだされば、あとあと感謝申しあげたことでございましょうに。するとあなたは、女性にもてはやされる殿方のすぐれた点がどこにあるのか、まるきりご存じなかったわけでございますの。今まで一度も恋をしたことがない、人を愛するのはこれがはじめてだ、とおっしゃるあの方々の優しい思いやりを、一度もお感じになられたことがございませんの。それに、あなたがつけられるご注文は、どだいが無理というものですわ。モルソフ夫人とダドレー夫人を一人でかねてほしいなんて、それこそ伯爵さま、火と水を一緒になさろうということですもの。そんなことおっしゃるなんて、あなたは女というものをまるきりご存じありませんのね。私たちはどう変ろうと結局私たち、それぞれの長所は、裏がえせば同時にそれが欠点ですもの。あなたはあまり早くダドレー夫人にめぐりあわれて、あの方のよさがまだ充分おわかりにならなかったのでございますわ。あの方のことをしきりに悪くおっしゃるのも、つまりは傷つけられた虚栄心の復讐《ふくしゅう》にすぎませんもの。それにモルソフ夫人のことがおわかりになったのも遅すぎましたのね。つまりあなたは、一方が他方でないと言って、それがいけないと責めておられるのです。どちらでもない私なんか、それこそどんな目にあわされますことやら。私、あなたを愛する一心で、これから先のあなたのことをあれこれと深く考えてみましたの。これでも私、ほんとうにあなたを愛しておりますのよ。「愁《うれ》い顔の騎士」といったあなたのご様子には、いつも深く心をひきつけられたものでございますわ。私、もの思わしげなお方は、お心変りがしないという話をそのまま信じておりましたの。あなたがこの世に第一歩を踏み入れられながら、たいそう美しいこの上なくりっぱな方を死なせたことがあるなんて、私、少しも存じあげていませんでしたわ。そこで、私、この先あなたが何をなさったらいいか自分で考えてみましたの。ほんとに私、じっくり考えましたのよ。伯爵さま、あなたはシャンディ夫人（訳注　イギリスの作家、ローレンス・スターン（一七一三―六八）の代表作『トリストラム・シャンディの生活と意見』の登場人物。堅実な良妻型の典型）のようなお方と結婚なさるべきです。恋とか情熱のことなどまるきりご存じなく、ダドレー夫人やモルソフ夫人のことも気にかけず、あなたがまるで雨の日のようにやりきれなくなる、おっしゃるところの憂鬱病《メランコリー》がはじまっても平気なお方、あなたが求めておられる尼僧の役目をごりっぱにつとめてくださるようなお方です。でも、愛したり、相手の一言に身をふるわせたり、幸せをじっと待ちのぞんだり、相手に幸せを与えたり、自分でも幸せを味わったり、情熱の嵐《あらし》のことごとくに身をまかせ、愛する女性の小さな虚栄心をわがものに感じたりすることだけは、伯爵さま、きっぱりおあきらめになったほうがよろしゅうございます。あなたは、若い女についてご自分の優しい天使が与えてくれた忠告を、あまり厳格に守りすぎたようでございますわね。いつもさけてばっかりいらっしゃるので、若い女たちのことについては、何一つご存じありませんもの。モルソフ夫人が、ひと思いにあなたを高い地位にすえられたのは、私もしごくもっともなことだと存じますわ。あなたでしたら、女をことごとく敵にまわして、それこそ出世の糸口さえおつかみになれなかったと思いますもの。これから勉強をはじめられ、女たちが言ってほしいと思っていることを聞かせてくださったり、時に応じてうまく心の広いところをお見せになったり、私どもが他愛《たわい》ない気持でいたいときには、その他愛なさそのものを愛してくださるようになられるには、もう今のあなたでは、少しばかり遅すぎますわ。それに、あなたのお考えになられているほど、私どもは馬鹿《ばか》ではございませんの。ひとたび愛するとなると、私ども女は心のなかで自分の選んだお方をなによりもすぐれたお方にしてしまいます。ですから、私どもの優越感をゆさぶることは、とりもなおさず私たちの愛情をゆさぶることですの。私どもをほめそやしてくださることは、ご自分をほめそやしていることになりますの。もし、あなたがこのまま社交界にとどまられ、私たち女どもとの交際をお楽しみになりたいというおつもりでしたら、あなたが私におっしゃったことは、女たちの目に、ひたかくしにかくされておくことです。女というものは、岩の上に恋の花を根づかせたり、病にとりつかれた心の手当のために、愛撫《あいぶ》をふりまいたりはしたがりませんの。もしもこのままでしたら、女たちは一人のこらず、あなたのひからびた心に気がついて、あなたの方は、いつまでたっても不幸せということになってしまいます。それに私があなたに申しあげたようなことを、つつみかくさず率直に言ってくれる女はごくまれですし、恨みがましいところも見せずお別れを告げながら、自分からすすんで友情をさしだす気のいい女も、伯爵さま、ほんとうに数少のうございますのよ。

あなたの忠実な友たる

ナタリー・ド・マネルヴィル

一八三五年十月、パリ

解　説

石井晴一

バルザックの生涯と作品

市民《ブルジョワ》革命　一七八九年のバスチーユ攻撃は、その後第一共和制、ナポレオン帝政、王政復古、七月王政、第二共和制とめまぐるしく変る政治形態を通して、フランスの富裕市民階級《ブルジョワジー》が、ついに完全な政治権力を掌握するにいたった、五十年間にわたる市民《ブルジョワ》革命の発端を示す事件であった。バルザックの生涯はほぼこの時期に合致する。移り変る時代の刻印をしるされたこの個性は、ブルジョワ支配がいかに奥まった社会の襞《ひだ》にしのび入り、土地所有形態やその利用法のみならず、化粧品や文学作品の製造・販売方式までも変化させ、社会の各層に新たな対立をひきおこし、人間そのものがいかに変っていったかをつぶさに描きだしたにとどまらず、その類《たぐ》いまれな想像力を通して、自己のうちにより明確に、より集約的に自分の生きる時代を映しだし、時にはその力《エネルギー》をほめ讃《たた》え、時にはその矛盾にメスを入れ、時にはその虚偽を告発し、時には崩れ行くての巨大な姿を、今もなお高々と我々の目の前に聳《そび》えさせている。

バルザックは一七九九年五月二十日トゥールに生れた。ボナパルト将軍が霧月《ブリュメール》のクー・デタにより、後の強大な権力に向ってその第一歩を踏みだす数カ月前である。「彼が剣をもって成し遂げられなかったことを、私はペンでやり遂げる」という言葉を座右の銘にし、後に信奉するに到《いた》る正統王朝派的な政治意見にもかかわらず、バルザックがナポレオンの力《エネルギー》と、その時代に漲《みなぎ》る若々しさを終生ほめ讃え続けることを考えるなら、この偶然の一致もどこか宿命めいたものに思われてくる。

両親　彼の出生当時、第二十二師団の糧秣《りょうまつ》部長を勤めていた父親ベルナール＝フランソワは、本来バルサという平民的な名前を持つタルヌ県の農民の子で、息子の小説にしばしば見られるごとく、社会の底辺からどうやら人並なところまで自力で這《は》い上がった人物であった。

オノレの生れた時、すでに五十二歳であったこの父親と、実に三十以上も齢《とし》の違う母親アンヌ＝シャルロット＝ロールは、代々衣料品の販売を業とするパリの商家の出で、十八世紀の合理主義を信奉し、物にこだわらない楽天的な父親とは対照的に、神経が細かいだけにうるさ屋で、サン＝マルタン（『谷間の百合《ゆり》』参照）や、スウェーデンボルグなどを愛読する夢想的な心の持主であった。この二つの性格をほどよく受け継いだことが、バルザックを作家たらしめる一つの要因となったばかりでなく、彼の作品に多様さを与えたことは否定できない事実であろう。

同時に注目すべきは、当時の作家のほとんどが、貴族かまたは社会的に高い地位を占めるものの子弟であったのに反し、バルザックの両親が共に平民の出であったという事実である。ブルジョワジーに対する彼のひそかな共感と侮蔑《ぶべつ》、貴族階級に対する揶揄《やゆ》と反感のまじった憧《あこが》れは、共にこの事実に由来するものであり、こうした感情的な要因があったればこそ、彼のブルジョワ批判も貴族批判も共に核心に迫るものたり得たのである。

幼年時代　生れ落ちるとすぐ彼は里子に出された。一月あまりで長子を失った母親が育児に自信をなくしていたためである。『谷間の百合』を信ずるかぎり、この母親の仕打ちは彼の心に深い傷痕《きずあと》を残したようである。彼が一生涯母親に持ち続ける一種の反感は、この幼時の経験がその発端であったとも考えられる。いずれにせよ、のちのち二十歳以上も齢の違うベルニー夫人に恋し、ほかに愛人ができたのちも、いわば母と子のような交際を続けることを考えるなら、バルザックには、満たされることのない母性への憧れが常につきまとっていたように思われる。

五歳になると彼はトゥールのル・ゲー塾に通学生として通わされ、八歳の時、オラトリオ教団の経営するヴァンドームの寄宿学校に入れられる。この学校での生活は、おそらく『ルイ・ランベール』に語られているようなもので、少年バルザックはこの小説の話者と主人公ルイ・ランベールを一つに合わせたような生徒、授業にはあまり興味を示さず、他の生徒から孤立して、もっぱら読書と瞑想《めいそう》にふける早熟な生徒であったらしい。妹ロールによれば、彼はここに在学中、『ルイ・ランベール』の記述通り、彼の哲学の基礎をなす『意志論』を書き上げたとされているが、その真偽のほどは明らかではない。

彼が寄宿学校に入った年、母親は三男アンリを出産するが、実はこれは夫の子ではなく、一家と親しい交際のあった、サッシェの館《やかた》（後にバルザックはこの館で数々の傑作を完成し、今ではバルザック記念館となっている）の主、マルゴンヌ氏の子と推定される。母親はバルザックをさしおいて、この不義の子を偏愛するようになり、それが彼と母親との関係に新たな疎遠《そえん》の要因をつけ加えたであろうことは想像に難くない。しかしアンリはもともとできの悪い男だったらしく、家族に迷惑をかけ続け、植民地を転々としたあげく、マヨット島で他界する。

寄宿学校に入って六年目、バルザックは過度の読書のせいか、一種の昏睡《こんすい》状態に陥り、家に戻され、一年ばかり家族と生活を共にする。翌一八一四年の秋には、父親の仕事の関係で一家はパリに移り、バルザックはルピートル塾に編入される。すでにナポレオンはエルバ島に流され、後にバルザックが「それは寒々とした、けち臭い、詩に欠けた時代であった」と評する王政復古期が始まっていた。

翌一五年三月、皇帝はエルバ島を遁《のが》れパリに舞い戻り、若者や学生たちを興奮の渦に巻き入れる。ルピートル塾の生徒たちもその例外ではなかったらしい。塾長ルピートル氏は、『谷間の百合』に描かれるような真の王党派というよりも一種の御都合主義者《オポチュニスト》で（タンプルの牢獄《ろうごく》から王妃マリー＝アントワネットを救い出す陰謀に加わったのも金を積まれてのことだったという）、百日天下がすぎると、その間の自分の行為がいかに王家に忠実なものであったかという書面を当局に提出し、悪質な生徒は処分したと述べているが、こうした動きと関係があるのか、バルザックは九月にガンゼ塾に籍を移している。

法律見習い　一八一六年、中等教育を了《お》えたバルザックは、パリ大学法学部に籍を置き、文学部の講義も聴講するかたわら、代訴人ギヨネ＝メルヴィルの事務所、ついで翌々年には公証人パッセのもとで法律の実地見習いをする。この経験は彼の社会思想形成に決定的な意味を持つものであった。後年彼は『シャベール大佐』に、ギヨネ＝メルヴィルとおぼしき代訴人デルヴィルを登場させ、彼に「現今の社会に、世の中を尊敬できない三種の人間がいる。坊主《ぼうず》と医者と法律家がそれだ。みなそろって黒い服を着ているが、おそらくあらゆる美徳と幻想の喪に服しているのだろう」と述べさせているが、彼は見習いを続ける法律事務所で、すべての虚飾をかなぐりすてた金と快楽を求める欲望が、臆面《おくめん》もなくのし歩いているさまをまのあたりにしたのである。そして更に重要なことは、ルソーがその『人間不平等起源論』で解明したごとく、法とは決して正義を守るためのものではなく、『ゴリオ爺《じい》さん』で、ルソーの弟子と称するヴォートランが述べているごとく、金持連中が安心して眠れるよう、貧乏人を徒刑囚として監獄に送り込むために、世の支配者たちが勝手に作りだしたものであることを見抜いたのである。このテーマは後にバルザックが繰り返して立ち帰るテーマになるだろう。

『クロムウェル』　彼が法学部に籍を置き、法律見習いとなったのは、ただ両親の望みに従ったまでのことだったらしい。一八一九年、二十歳になったバルザックは、突然両親に向って作家になると宣言する。両親は強く反対しながらも、息子のたっての願いに負け、その間に才能を証明する作品を書き上げるという条件で、作家修業のため彼に二年間の猶予《ゆうよ》を与える。こうしてバルザックは、レスディギエール街の屋根裏部屋に閉じこもり、日夜習作と勉学に励むこととなった。大きな希望と不安とに身を襲われながら、大作家たらんと夢見ていたまさに青春の名に価《あたい》するこの時期は、『ファチーノ・カーネ』や『あら皮』に懐《なつ》かしさをこめて描かれている。

しばらく迷ったのち彼は、才能を証明する作品を、クロムウェルを主人公にした韻文悲劇に決定する。しかし十カ月を費やして書き上げた『クロムウェル』に対する一家の反応は冷やかだった。家族から作品の鑑定を依頼されたコレージュ・ド・フランスの教授アンドリュー氏は、「なんでもいいから文学以外のこと」をやるように勧め、コメデイー・フランセーズのラフォンも厳しい批判を下す。バルザックはこうした意見など無視しながらも、戯曲を諦《あきら》め、小説に転向する。

小説家稼業《かぎょう》 当時書かれた『ファルチュルヌ』『ステニー』などの未完の作品を読むと、文章・構成ともに幼稚ながら、超人間的な能力に対する憧れ、法体系にさし向けられた疑問、人間、殊《こと》に女性と社会制度との悲劇的な関係など、後のバルザック的テーマに真剣に取り組もうとしていることがよく判《わか》る。だがこうした問題を作品として再構成するには、彼にはまだ問題に対する認識も、それを表現するだけの充分な筆力も欠けていた。

一八二一年になると、彼の創作態度は一変する。この年知り合った三文《さんもん》文士、オーギュスト・ルポワトヴァンの影響である。これまでのバルザックは、力及ばずながらも、自己の抱《かか》えている問題をどうにか表現しようと努めてきた。しかしこの年書かれ、翌年ルポワトヴァンとの連名で出される、流行の暗黒小説《ロマン・ノワール》を下敷にした『ビラグ家の跡取り娘』では、なにはともあれ話を四巻本にまとめあげ、売物にすることが先決問題とされる。人間バルザックと小説製造家バルザックの分離である。後に自分自身で「文学的がらくた」と称するに到るこの種の作品を、彼は一八二二年から二四年にかけてほかに六編(年譜参照)発表しているが、独立して読むに耐えぬこれらの作品も、仔細《しさい》に検討すれば、いくつかの技法上の点で、後のバルザックを形成する上に、少なからず力のあったことがうかがいとれる。さらにまた、いかにバルザックが自分の問題を小説に盛り込むことは断念したといえ、こうした作品にも、時々、彼の心を占める問題が顔を出す。そして一度分離した二人のバルザックが、表現技術の獲得につれ、徐々に接近して行く過程こそ、彼が作家として成長して行くさまを示すものだろう。

ベルニー夫人　一方この間にバルザックの生活には大きな事件がもちあがっていた。彼の生涯のみならず、その作品にも最も深い影響を及ぼしたベルニー夫人との出会いである。二人の恋の始まる一八二二年には、すでに四十五歳に達していたベルニー夫人は、バルザック一家が新たに居を構えた、パリ近郊のヴィルパリジに住む司法官の妻であった。

彼女は一七七七年、ドイツ系のハープ奏者を父とし、マリー＝アントワネットの小間使いを母としてヴェルサーユに生れた。父親の死後、母はジャルジェ騎士と再婚するが、これは先に述べたルピートル氏らと共に、タンプルの牢獄から王妃を救い出そうと企てた人物である。一七九三年、彼女はベルニー伯爵《はくしゃく》と結婚するが、この結婚は彼女の心を満たさぬ不幸なものであったらしい。夫とのあいだに九児を儲《もう》けながら、一時は彼と別れ、カンピというコルシカ生れの男と生活を共にし、やがてはその男にも見棄《みす》てられるという傷《いた》ましい経験の持主であった。

夫人はバルザックの激しい情熱に応《こた》えたのみならず、このブルジョワ出の青年の趣味を鍛え上げ、時には彼を励まし、時には彼を慰め、後述するバルザックの事業には金銭的な援助も与えている。さらにまた彼女の半生は、『結婚の生理学』に収められる数々の挿話を彼に提供し、『三十女』や『谷間の百合』に描かれる、結婚生活に不幸しか見いださなかった女性について、はっきりとしたイメージを与えてくれるものであった。

　こうした実生活の経験に目を開かれたのか、ベルニー夫人の忠告が実を結んだのか、それとも自分のやっている仕事の無意味さを悟ったのか、一八二五年になると、バルザックの文学に対する態度にこれまでとは違ったものが現われてくる。この年彼は『正直者必携』という奇妙な本をだし、また一八二九年に刊行される『結婚の生理学』の執筆も始めている。両者ともに、小さな挿話や断片的な考察を、当時流行の軽い読物にまとめたものであるが、バルザックはいくぶんかの悪ふざけを混えながらも、自分の考えていることを文章に定着しようと試みる。『正直者必携』は、「ぺてん師に欺《あざむ》かれない術」という副題が示すように、合法性の衣をかぶりながら、白昼いかに多くの窃盗が行われているかという、後に彼が社会のからくりを追求する小説でテーマとする問題が、充分な展開を与えられぬままに提示されている。『結婚の生理学』についても同様である。ここで挿話や数行の考察として語られる女性と教育、女性と結婚、女性と恋などの問題は、『私生活情景』に収められる作品で、それぞれが一つ一つの小説のテーマとされるであろう。さらにこの年彼は匿名《とくめい》で『ヴァン・クロール』と題する小説を発表するが、初期小説中で最も優《すぐ》れたこの作品も、バルザックの期待した反響は得られず、彼はこれをもって一時文学を遠ざかり、しばらくのあいだ事業に主力を注ぐ。

事業の失敗　大作家の縮刷版全集を出そうという彼の計画は、それ自体決して悪いものではなかった。彼はベルニー夫人や家族に資金を仰ぎ、みずから序文を書いてモリエール全集、ラ・フォンテーヌ全集を出版する。しかし経営が散漫だったのか、またたく間に資金につまり、勢いを挽回《ばんかい》しようとして、印刷業を開始する。ところが印刷業がうまく行かないと見るとさらに活字鋳造業に手を伸ばす。出版業の不振は良い印刷屋がないため、印刷業の不振は良い活字屋がないためと考えたのである。しかし彼の目論見《もくろみ》に反し、一八二八年には事業は完全に行きづまり、清算の結果彼には約六万フランの負債が残る。これが彼に一生つきまとう負債の端緒となった。しかし小説家バルザックにとって、この経験が非常に貴重なものであったことは疑う余地がない。金の力を思い知らされたこの時期を通して、彼はより現実的に社会を見る目を養って行ったのである。

『ふくろう党』　バルザックはこうして文学に押し戻される。彼は共和制の末期、反革命的な農民一揆《いっき》の舞台となったブルターニュのフージェールに身を落ち着け、宿を提供してくれたポムルーム将軍に当時の模様を訊《たず》ね、附近の地形を探り、この地方独特の風習を頭に入れると、やがて『最後のふくろう党員』（後に『ふくろう党』と改題）の執筆にとりかかる。

一揆を指導する青年貴族と、彼を誘《おび》きよせるため中央政府から派遣された美しい囮《おとり》との明日のない恋を中心に据えたこの小説は、そのメロドラマ的要素にもかかわらず、それまでの彼の小説とは質的に異なるものだった。領主支配下で認められていた封建的諸権利を剝《は》ぎ取られ、自由経済の中に素手でほうりだされて不満をつのらせる農民たち、彼らの不満を煽《あお》り立て、その手に銃を握らせるカトリック僧、清廉《せいれん》潔白ながらこの地の事情に疎《うと》く、一律に徴兵を課して農民の不満に油を注ぐ共和国軍の司令官、王室への忠誠心に生きる高潔な青年貴族と彼を取り巻く野心家たち、政治の論理そのままに、人間を道具としか見ない中央政府の密偵、こうした人物たちが、巨石文化の遺跡をとどめる霧深いこの地にくり拡《ひろ》げる絵巻物は、歴史の歩みに対する深い洞察をまじえ、革命時代の一ページを生き生きと蘇《よみがえ》らせるものであった。一般に処女作とされるこの作品を、彼ははじめてオノレ・バルザックの本名で発表する。しかし彼の作家としての世間的評価を決定したのは、むしろこれについで刊行された、前述の『結婚の生理学』であった。

この成功を機に、バルザックは堰《せき》を切ったような多産な創作活動に入る。

風俗小説と哲学小説　一八三〇年には、すでに雑誌に発表した作品に、いくつかの書下ろしを加えた最初の作品集『私生活情景』が刊行される。ここに収められた中短編は、その総題が示すごとく、多くは家庭の奥深く秘められた悲劇に光を当てた、風俗小説的な傾向のものであった。しかし翌三一年には、精神活動と生命間、ひいては文明と生命間に悲劇的な対立を見る彼の哲学の根本命題を提示した『あら皮』や、思弁的ないしは神秘的傾向を持つ作品を集めた『哲学的長短編集』が刊行される。彼の哲学とは、あえて一言で言うなら、生命の諸活動を物質作用として捕え、精神活動や超自然的な現象も、光や音と同じ次元で説明することをめざしたものだった。個々人に備わった物質的存在たる生命の液によって、人間の欲望、意志などが決定され、その液が個人の中で横溢《おういつ》する場合には、放射物や磁気となって他人に働きかける。こうした前提に立てば、テレパシーや予感など、いかなる不思議な現象も説明し得る。彼はこうした哲学の基礎を、一八三二年発表（一八三三年に再版）の『ルイ・ランベール』で明らかにしようと努めるが、神秘的唯物《ゆいぶつ》主義とも呼ぶべき彼のこの哲学は、時として人間が発揮する異常な能力に常時魅せられ続けたバルザックが、当時の風潮にしたがって、こうした人間精神の不思議な諸現象に、科学的な説明を与えようとしたものであったろう。いずれにせよ、自伝的傾向の強い『ルイ・ランベール』で自己の検討を終えたバルザックは、いよいよ初期の傑作を矢つぎ早に発表する。

女性関係　バルザックが、妹一家を通して一八二五年に知り合った、帝政時代のジュノ将軍の未亡人、ダブランテス公爵夫人と愛人関係に入るのは、彼が文壇に登場した一八二九年になってのことである。彼の帝政時代に関する知識はこの公爵夫人に負うところが大きい。一八三一年には、カストリ公爵夫人から英国女性の名で署名された手紙を受取り、その年から翌年にかけて、バルザックはしげしげと彼女の邸《やしき》に足を運ぶようになる。カストリ公爵夫人は、英国スチュアート王家の血をひく、正統王朝派の重鎮フィツ＝ジャム公爵を叔父に持つ超一流の貴婦人で、自由主義的立場を棄て、正統王朝派にくらがえし始めていたバルザックは、この叔父にも同様に接近を計る。なお、同じ一八三二年には、異国女と署名されたハンスカ夫人からの最初の手紙を受取っている。ところで、急速に親しさを増したバルザックとカストリ夫人は、同年十月、連れだってイタリア旅行に出発するが、途中ジュネーヴで二人のあいだに激しい言い争いがもちあがり、両者の関係は破局を迎える。身をまかせることを迫るバルザックに、それまで憎からず思っていることを態度に示していた公爵夫人が、何か侮辱的な言辞をまじえ、拒絶をもってしたことがその原因らしい。さらに翌三三年には、彼がマリア・デュ・フレネーなる人妻と愛人関係にあったことが判《わか》っており、彼女が翌年出産した娘はバルザックの子と推定されている。なお、愛人関係こそ結ばなかったものの、互いにひそかな思慕を寄せ、彼のよき忠告者たることを一生やめなかった妹ロールの友人カロー夫人も、彼の生涯にあって忘れることのできない存在である。

旺盛《おうせい》な活動力　一八三三年から数年にわたって彼が示す創作力はまさに奇蹟《きせき》の観がある。主な作品だけを拾っても、『田舎《いなか》医者』『ウジェニー・グランデ』『絶対の探求』『ゴリオ爺さん』『谷間の百合《ゆり》』『老嬢』『骨董《こっとう》室』など、『人間喜劇』の傑作が次々と彼の頭脳から溢《あふ》れ出る（後期の傑作たる『幻滅』や『浮かれ女盛衰記』もすでにその一部はこの時期に書かれている）。しかもその間に、ハンスカ夫人に会うため、スイスやオーストリアに旅行を企て、愛人関係に入った彼女に膨大な書翰《しょかん》を書き送り、あらたに別の人妻ギドボニ＝ヴィスコンチ夫人と愛人関係を結び、「クロニック・ド・パリ」や「ルヴュー・パリジエンヌ」の編集を手がけ、一八三八年には、ローマ人の棄てた残滓《スラグ》から、銀を採り出す可能性はないかと単身サルディニア島に渡り、さらにその翌年には、彼の肝入りで設立された文芸家協会の会長をも勤めている。

『人間喜劇』　なお、一八三三年の末には、自作品の系統化の意図が明確になり、以後、『十九世紀風俗研究』『哲学研究』の二本の柱を立てて仕事をおしすすめ、『人間喜劇』の礎石を据えるとともに、『ゴリオ爺さん』ではじめて、『人間喜劇』の手法的な特徴である、人物再登場の方法を意識的に用いだす。人物再登場の方法とは、いくつかの作品にまたがって同一人物を登場させるやり方であり、こうして互いに関連づけられた諸作品は、小説としての独立性を保ちながらも、他の作品と競い合って一つの有機的な全体を作りあげるようになる。こうした作品の相互連関は、単に時間的・空間的な拡がりを増すというにとどまらず、哲学的な作品が現実的な傾向の作品と結び合わされるとき、両者は一つとなって、金や女を求めてはやる欲望から、神をめざして飛躍する魂までの、精神の全領域を表現するに到《いた》る。人物再登場による、時間的・空間的拡がりを縦横の軸とするなら、精神の領域を示すつながりは、奥行きを示す第三の軸とも呼び得よう。

ところでダンテの『神曲』La Divine Comédie に由来するとされる『人間喜劇』La Comédie humaine なる題名が、はじめてバルザックによって用いられるのは一八四〇年のことであり、翌四一年には、この総題のもとに全集刊行の契約が締結され、四二年の四月にいよいよ配本が開始される。一八四五年の作成になる彼のリストによれば、『人間喜劇』は、法則を探らんとする『分析研究』、現実の背後にある原理を示さんとする『哲学研究』、原理の発現を描こうとする『風俗研究』の三部門に大別され、さらに『風俗研究』は、『私生活』『地方生活』『パリ生活』『政治生活』『軍隊生活』『田園生活』の諸情景に細別される、全一三五（？）編を収めた膨大な作品群であった（現在残されているのは九十編）。彼はその「総序」で、古代文明が残してくれなかった風俗の歴史を、十九世紀フランスについてまとめ上げるのが目的であるとしているが、このようにして革命期から七月王政にまたがり、二千人を上まわる社会各層の登場人物が、さまざまな活躍を見せる大作品群の構想が成ったのである。しかし一八四二年から四六年にかけて、『人間喜劇』全十六巻が次々に刊行される一方、四五年頃からは、それまでに重ねた無理がたたって、頑強《がんきょう》なバルザックの肉体も、次第に不安な徴候を示しだす。

結婚と死　一方ハンスカ夫人との関係は、彼女の夫の死とともに新たな局面を展開する。バルザックは度重なる手紙で、「夫が死んだら」という夫人の約束の実現を求めるが埒《らち》があかず、一八四三年にはペテルブルグを訪れ直接談判に入る。が、ここでも思わしい返事を得られぬまま、その後の彼の努力は、ほとんど彼女との結婚の実現に向けられる。この間もバルザックの健康はすぐれず、一八四七年には、ハンスカ夫人を全動産、不動産の相続人にした遺書を作成している。『従妹《いとこ》ベット』『従兄《いとこ》ポンス』の二大傑作が、衰え行く肉体との闘いを通してこの時期に書き上げられたことを考えると、この両作品は、まさに白鳥の最後の叫びと呼ぶにふさわしいものと思われてくる。

一八四八年、前年にひきつづき再度ウクライナを訪れたバルザックは、翌一年間を気管支炎や高熱に悩まされながらハンスカ夫人のもとですごす。そして翌一八五〇年、死の五カ月前に永年の夢がかなって彼女との結婚にこぎつける。しかしその時のバルザックは、すでに死期の迫っていることを予感していたのではなかろうか。彼は病をおし、夫人を伴って、自分を育てた都、その美しさと醜さをこよなく愛した都パリに向う。五月、フォルチュネ街の新居にたどり着いたバルザックは、ナカール博士の手当てのかいもなく、わずか三カ月後の八月十八日に息をひきとる。遺骸《いがい》は八月二十一日、ユゴーの感動的な追悼演説を受けたのち、バルザック自身がゴリオ爺《じい》さんを葬《ほうむ》ったパリを見下ろすペール・ラシェーズの墓地に埋葬される。享年《きょうねん》五十一歳、もてるものすべてを燃やし尽した一生であった。

『谷間の百合』について

『谷間の百合』（Le Lys dans la vallée）は、バルザックの作品中にあっても、『ルイ・ランベール』『あら皮』等と並んで自伝的要素の強い作品である。モルソフ夫人に会うまでのフェリックスの少年時代は、バルザック自身のそれをほとんどそのままなぞっているばかりでなく、夫人との恋、夫人に対する裏切り、そこから生れる悔恨なども、個々の事実関係こそ異なれ、バルザック自身の体験を反映するものと考えられる。がしかし、しばしば人生に見られる逆説的な現象から、彼に『谷間の百合』を書かしめる直接の動機となったのは、他人の文学作品、しかも彼の宿敵たる批評家の作品であった。サント＝ブーヴの『愛欲』が発表されたのは、一八三四年八月のことである。人妻に対するあてのない恋、彼女に対する裏切り、死に到る女主人公、それに続く悔恨の日々など、その道具だてにおいて『谷間の百合』に酷似するこの作品は、発表時からバルザックの興味を強くひき、彼はカストリ夫人に一読をすすめ、ハンスカ夫人に好意的な読後印象を書き送っているが、同年十一月に、彼の新作『絶対の探求』に対するサント＝ブーヴの不当に厳しい批評が発表されると、バルザックは友人サンドーを前にして、「この敵《かたき》は必ずとってやるぞ……『愛欲』を書きなおして見せるからな」と叫んだという話が伝えられている。彼がその言葉の実行とおぼしき作品にはじめて触れるのは翌三五年三月、『ゴリオ爺さん』の序文中であり、その計画に『谷間の百合』という題名が与えられるのは、数日後に書かれたカストリ夫人宛《あ》ての手紙の中であるのを見れば、サント゠ブーヴの『愛欲』が、『谷間の百合』の生れるきっかけを与えたことは否定できない事実である。が一方、現在の目で作品を読みくらべ、バルザックがルソーおよびスタンダールに抱《いだ》いていた関心と敬意のほどを思い浮べるなら、前者の『新エロイーズ』、後者の『赤と黒』が、ともに『谷間の百合』の上に、『愛欲』に劣らぬ大きな影を投げかけていると言っても決して言いすぎではないだろう。

こうして予告された『谷間の百合』も、実際に刊行されるまでには、彼の他の作品と同じように、かなり複雑なそれ固有の歴史を持つ。書簡や他の作品の序文では、すでに三五年の四月にほとんど完成されたとされているこの作品に（本屋から金をひきだすために、計画中の作品を完成したと見せかけるのがバルザックの常套《じょうとう》手段であった）、彼が実際に手をつけるのは、おそらく同年五月、ハンスカ夫人に会うために訪れたウィーンにおいてであり、彼が真剣にこの作品に取り組むのは、パリに帰った六月から、ブーロニエール館のベルニー夫人のもとに滞在する七月にかけてである。事実七月末には、原稿のかなりの部分を、「パリ評論」の主幹、フランソワ・ビュロの手に渡している。しかしいつもの例に洩《も》れず、校正刷の訂正は回を重ね、物語は予定以上にふくらんで、

第一部『二つの子供時代』が前記「パリ評論」に発表されるのは、十一月二十二日、二十九日の両号である。ついでその続きも十二月に発表され、『谷間の百合』は平穏な道を辿《たど》るかに見えた。その時もち上がったのがビュロとの裁判沙汰《ざた》である。

きっかけは、『谷間の百合』が、「パリ評論」よりも先に、ペテルブルグで発行されている「外国評論」に載ったことにある。当時は、自社の雑誌に載った作品の掲載権を、著者の許可を得ず他社に売り渡すことが何の不思議もなく行われていたらしい。しかし『谷間の百合』の場合は、校正の済んでいない未定稿を、ビュロが「外国評論」に渡したことが明らかな以上、問題は通常の場合と異なっていた。一方ビュロの方もまた、ひっきりなしに約束の期限をのばし、原稿の引渡しを遅らせるバルザックのことを腹に据えかねていたらしい。こうして一月十日には、原稿の引渡しを拒否するバルザックに対して、約束不履行の損害賠償を求める訴訟がビュロから提起され、準備期間を経て、五月二十日に最初の弁論が開かれる。バルザックとしては、約束を違えてばかりいるというビュロの批判にこたえるには、公判の終了とともに『谷間の百合』を刊行し、実例をもって反証を示さねばならぬ立場にあった。面倒な訴訟の雑事に時間を取られながら、彼が夜を日に継いで完成した『谷間の百合』は、こうして六月三日の勝訴の直後、六月十日にヴェルデ書店から刊行される。

ところでこの初版では、死に瀕《ひん》したモルソフ夫人の肉の反抗の叫びは、フェリックスとの恋が成就《じょうじゅ》しなかったことを恨む激しいものであったが、その部分をあまりにむごいとする死期の迫ったベルニー夫人の意見を入れて、ほぼ現在見る形の改訂版がシャルパンチエ書店から出されるのは、彼女の死後三年を経た一八三九年の夏である。なお、彼の生存中は『人間喜劇』の『地方生活情景』に分類されていたこの作品が、現在『田園生活情景』に分類されるのは、ヒュルヌ版全集の見返しに書き加えられたバルザックの遺志に従ってである。

＊　＊　＊

『谷間の百合』のモルソフ夫人のモデルとしては、ベルニー夫人、カストリ公爵《こうしゃく》夫人、ハンスカ夫人、ギドボニ＝ヴィスコンチ夫人、カロー夫人など、いずれの意味かでバルザックと関係のあった女性の名前が、それぞれ異なった比重をもってあげられているが、すべての批評家に共通するのは、ベルニー夫人の存在に認める圧倒的な重みである。小説とは異なって、青年バルザックとベルニー夫人との恋は心情だけにとどまるものではなく、また彼女はモルソフ夫人のように若くも、殊《こと》の他《ほか》の美人でもなかった。しかしこうした細部の相違は、小説であるかぎり当然のことであり、バルザックがこの作品において、自分を人間としても作家としても作りあげてくれた人との恋を美しく描きだし、過ぎ去った日の幸せに愛惜の目を注ごうとしたと考えるのは誰しも異存のないところであろう。そして作品全体に行き渡り、自然描写にまで色濃く跡をとどめている熱い官能の息吹《いぶ》きは、心と肉体の充足を得たベルニー夫人との恋の思い出を遠く反映するものであり（二人は一八三〇年の六月に、『谷間の百合』でダドレー夫人の宿とされる柘榴館《ざくろやかた》に滞在している）、こうした現実生活の体験から生れる一種の曖昧《あいまい》さが、カトリックの批評家フィリップ・ベルトーをして、この作品に対する厳しい態度を取らせるゆえんであろう。事実作品に見られるモルソフ夫人は、フェリックスとの心の結びつきだけに満足する影薄い存在ではなく、常に心の隅《すみ》でひそかに恋の成就を願う、豊かな感性と豊満な肉体を恵まれた女性であり、ましてや二人の恋愛は、日本語の題名が暗示しかねない、相手が目の前に存在するだけで充足し得るプラトニックな恋とは程遠いものだからである（フランス語の vallée は谷間とはちょっと意味がずれ、日本語から想像される深山の幽谷よりも、むしろこの作品に見られるごとくゆるやかな傾斜を持つ丘にとりまかれ、豊かな野原が拡《ひろ》がり、燦々《さんさん》と陽《ひ》のふり注ぐ川の流域を示す言葉である）。モルソフ夫人の恋がプラトニックなものであったとしたら、彼女の死ぬ必要がどこにあったろう。むしろ最後の告白を読んだ読者は、二人の恋が、「いつも抑えつけられていればこそ、甘美なものとなりまさる官能の喜び」への期待を常にはらみ、「禁欲の代償として、快楽への誘いをさらに激しく与えられる」（『ランジェ公爵夫人』）性質のものであったことを知るだろう。

もともとバルザックの宗教観には、正統的なカトリックの教義に反したような側面があり、官能の昂《たか》まりの中に（時には肉体の悦楽の極まりに）こそ、神の属性である永遠が啓示され、人間はそれを手がかりにして神に近づくことができると考えていたらしいふしが、その作品のそこかしこに見受けられる。霊性と肉体の相剋《そうこく》ではなく両者の統一である。先に述べたモルソフ夫人の譫言《うわごと》の削除された部分にも、「なぜあなたは夜私を不意打ちなさらなかったの。ああ、愛を知らずに死ぬなんて、喜びにあふれた愛、感極まった悦《よろこ》びのうちに魂を天まで連れて行ってくれる愛を知らずに死ぬなんて。なぜって天国は私たちの方には降りてきませんわ。官能こそ私たちを天まで導いてくれるのです……」という言葉が見いだされる。がこうした彼女の望みも、バルザックが「しばしば限りなき懈怠《けたい》に浸りながら、自分の魂が肉体の軛《くびき》を脱して、この地上から空高く舞いあがるのを感じると、私はこうした肉の快楽《けらく》も、物質の存在を消滅させて、精神にその崇高な飛翔《ひしよう》をとりもどさせてくれる、一つのてだてだと考えたのです」とフェリックスに言わせ、それを彼自身に詭弁《きべん》であったと認めさせているように、実現された瞬間に崩れ去って行く幻想以外のものではないだろう。とすれば、恋の中に恋以上のものを求めざるを得なかったモルソフ夫人の恋は、決して成就されてはならぬもの、いやおそらく彼女自身が決してその成就を望むものではなかったろう。こうした矛盾に対する彼女の洞察と、それにもとづくペシミズムが、彼女を宗教の枠《わく》内にひきとめるのである。そしてモルソフ夫人の恋がこうした性質のものである以上、フェリックスがダドレー夫人との恋に走り、そこに欲望の充足を求めるのもまた当然である。おそらくモルソフ夫人も、頭ではフェリックスのこの背信行為を許しながら、彼女の心は彼の裏切りを支《ささ》えきれず、その結果彼女の中に死がしのび入るのである。

明るい光に満ちた前半とは対照的に、フェリックスの裏切りに始まる後半部は、彼の暗い心と、モルソフ夫人の悲しみを映す深い影に閉ざされている。そしておそらく、フェリックスのこうした心情は、今ではベルニー夫人に対して親子のような感情しか抱き得ず、新しい女性たちを求めるバルザック自身のひそかな自責の念を反映するものであったろう。そして自分の存在が、好むと好まざるとにかかわらず、一人の女性の死の原因になったことを知り、予定調和的な美しい夢を棄《す》て去って、「私たちほとんどすべてのものは、ちょうど私がトゥールを出発した朝と同じように、愛に飢えた心を抱《いだ》き、全世界をわがもののごとく感じながら、人生の朝《あした》に出発するのです。やがて私たちの持てる財宝が坩堝《るつぼ》で焼きつくされ、自分から世間の人々や事件に立ちまじるようになりだすと、知らず知らずのうちにすべてが卑小なものとなりはてて、最後に灰にうもれてのこるのは、あるかなしかのちっぽけな金の一かけらにすぎないのです」と嘆くフェリックスのいたたまれぬ気持のいくぶんかは、かつての幸せな日々を一身に具現するがごとき女性の身に、すでに死期の迫っていることを知る、三十五歳を過ぎたバルザック自身のものでもあったろう。フェリックスを中心に見た『谷間の百合《ゆり》』は去り行く青春にたむけた挽歌《ばんか》である。

＊　＊　＊

しかし人生とは、青春が過ぎ去ったからとて、それで終ってくれるものではない。作品の他の部分と異質な感じを与える皮肉な調子に満ちたナタリーの返事は、おそらく一瞬読者をとまどいさせずにはおかないだろう。しかしその感傷癖ゆえに、時としてやりきれない思いをさせるフェリックスの新しい恋の相手として、『人間喜劇』中でも悪女の部類に入るナタリー・ド・マネルヴィルを選び、彼女の口からフェリックスに対する辛辣《しんらつ》な批判を述べさせているこの手紙のくだりは、過ぎ去った時間を遠く押しやると同時に、人生とはとどのつまり、当人がそう思いこんだものでしかないことを示すためのものと言い得よう。モルソフ夫人はフェリックスの心の中にしか存在したことはなく、そして彼女のその面影も、時とともに次第に淡いものに化して行くだろう。結末において大きな時間の流れを浮びあがらせ、人生に対する厳粛な思いに誘いこむバルザックのいつもの手法は、ここでもまた見事に成功をおさめているというのが訳者の感想である。

＊　＊　＊

翻訳にあたっては Moïse Le Yaouanc 氏の校訂になる『ガルニエ古典叢書《そうしょ》』版のテキストを使用し、必要に応じてヒュルヌ版を参照した。また宮崎嶺雄、小西茂也、寺田透、菅野昭正、高山鉄男の諸氏の翻訳には数多く教えられるところがあった。ここにお名前を記して感謝の念をお伝えするとともに、不明な箇所についての訳者の質問に、貴重な滞日中の時間を割《さ》いて快くお答えくださった Jacqueline Pigeot 嬢に紙面を借りて心からお礼を申しあげる。

（一九七二年初秋）

年譜

一七九九年（寛政十一年）五月二十日（革命暦第七年牧月〔プレリヤル〕一日）ベルナール＝フランソワ・バルザックと、その妻アンヌ＝シャルロット＝ロールの第二子（長子はその前年、生後一カ月で死亡）として、トゥール市のイタリア軍街二十五番地に生れる。父親は南仏アルビ市の近くの農家の出で、当時トゥール師団付き糧秣《りょうまつ》部部長を勤め五十二歳。二十歳の母親は、パリの富裕市民階級に属し代々衣料商を営むサランビエ家の出。生後すぐ、トゥール近郊サン＝シール＝スュル＝ロワールに住む乳母に預けられ、三、四歳まで彼女の手で育てられる。

一八〇〇年（寛政十二年）一歳　九月二十九日、妹ロール誕生、兄と同じ乳母に預けられる。のちに兄のよき理解者となり伝記をのこす。

一八〇二年（享和《きょうわ》二年）三歳　四月十八日、妹ローランヌ誕生。彼女は不幸な結婚の後、一八二五年に死亡。兄の小説『鞠《まり》打つ猫の店』のヒロインのモデルであるとされている。

一八〇四年（文化元年）五歳　四月、トゥール市ル・ゲー塾の通学生となり、一八〇七年までそこに通う。当時のことは『谷間の百合《ゆり》』に語られる。

一八〇七年（文化四年）八歳　六月、ヴァンドーム市のオラトリオ教団の経営する寄宿学校に入学。その後ほぼ六年間家に帰らず、母親もわずか二度面会に訪れただけ。寄宿学校での生活は『ルイ・ランベール』『谷間の百合』に語られる。十二月、弟アンリ＝フランソワ誕生。この弟はおそらく一家の知人、ジャン・ド・マルゴンヌ氏の子で、のちのち一家の厄介者となる。

一八一三年（文化十年）十四歳　過度の読書により、心身ともに衰え、一種の昏睡《こんすい》状態におちいり、家に帰され、一年ばかり家族とともに生活。

一八一四年（文化十一年）十五歳　一家はパリに移住。

一八一五年（文化十二年）十六歳　一月、ルピートル塾の寄宿生となる。九月、おそらくはナポレオンの百日天下の余波として、ルピートル塾を去り、まもなくガンゼ塾に入る。

一八一六年（文化十三年）十七歳　九月、ガンゼ塾を去り、代訴人ジャン＝バチスト・ギヨネ＝メルヴィルの事務所に見習いとして入る。十一月、パリ大学法学部に入学し、文学部の講義も聴講。

一八一八年（文政元年）十九歳　四月、公証人ヴィクトール＝エドゥアール・パッセの事務所に入る。

一八一九年（文政二年）二十歳　一月、法学士第一次試験に合格。四月、父親が引退し、夏、一家はパリ近郊のヴィルパリジに移る。バルザックは公証人になることを希望する両親を説き伏せ、二年間の猶予《ゆうよ》をもらい、パリ、レスディギエール街の屋根裏部屋にこもって、作家たるべく、試作、勉学に励む。秋、『クロムウェル』に着手。当時の生活は『ファチーノ・カーネ』『あら皮』に語られる。

一八二〇年（文政三年）二十一歳　春、『クロムウェル』（五幕の韻文悲劇）完成。家族の前で朗読するも不評。作品の鑑定を依頼されたコレージュ・ド・フランス教授アンドリュー氏は、「何でもいいから文学以外のこと」をやるように勧め、ほかにも否定的意見が多数のため、小説に転じ、未完の作品『ファルチュルヌ』等の執筆開始。

一八二一年（文政四年）二十二歳　オーギュスト・ルポワトヴァンと知り合い、小説の合作を始める。

一八二二年（文政五年）二十三歳　ローヌ卿《きょう》、ついでオラース・ド・サン＝トーヴァンの筆名で三文小説を次々に発表。春、ヴィルパリジに住むベルニー夫人との恋愛関係始まる。夫人は当時四十五歳、九児の母。三幕物のメロドラマ『黒人』完成。

『ビラグ家の跡取り娘』（一月）、『ジャン・ルイ』（三月）、『クロチルド・ド・リュジニャン』（七月）、『不老長寿者』『アルデンヌの助任司祭』（十一月）。

一八二三年（文政六年）二十四歳　一月、ゲテ座は『黒人』の上演を拒否。

『最後の仙女』（五月）。

一八二四年（文政七年）二十五歳「文芸新報」紙に協力。

『長子権論』（二月）、『イエズス会の公平な歴史』（四月）、『アネットと罪人』（五月）。

一八二五年（文政八年）二十六歳　小説家稼業《かぎょう》が思うほど金にならぬため、ベルニー夫人や近親者に資金を仰ぎ、出版業を始め、モリエールとラ・フォンテーヌの縮刷版全集を出版。この年、『結婚の生理学』の執筆開始。出版業は不振。

『正直者必携』（三月）、『ヴァン・クロール』（九月）。

一八二六年（文政九年）二十七歳　六月、前植字工のバルビエと共同で印刷業を始めるがこれも不振。

一八二七年（文政十年）二十八歳　七月、さらにベルニー夫人の出資をうけ、活字鋳造業を始める。

一八二八年（文政十一年）二十九歳　印刷業、活字鋳造業ともに不振で、当時の金にして約六万フランの負債が残る。九月、フージェールのポムルール将軍宅に身を寄せ、『最後のふくろう党員』の資料を集める。十一月から執筆開始。

一八二九年（文政十二年）三十歳　ユゴーの文学セナクルに出入り。ダブランテス公爵《こうしやく》夫人と親密な関係。サロンに顔出しして文学生活に復帰。

『最後のふくろう党員』（後に『ふくろう党』と改題）（三月）、『結婚の生理学』（十二月）。

一八三〇年（天保《てんぽう》元年）三十一歳　「シルエット」「モード」「パリ評論」「両世界評論」等に、多数の評論、短編を発表。四月、『私生活情景』初版（二巻）上梓《じょうし》。六月からベルニー夫人とトゥール市近郊に滞在。その間に七月革命勃発《ぼっぱつ》。九月、パリ帰着。

『恐怖時代の一挿話』『エル・ヴェルデューゴ』（一月）、『女性研究』（三月）、『ラ・ヴァンデッタ』『ゴプセック』『ソーの舞踏会』『鞠《まり》打つ猫の店』『二重の家庭』『家庭の平和』（四月）、『二つの夢』（五月）、『訣別《けつべつ》』（五―六月）、『不老長寿の霊薬』（十月）、『サラジーヌ』（十一月）、『砂漠の情熱』（十二月）。

一八三一年（天保二年）三十二歳　前年にひきつづき、各種の新聞・雑誌におびただしい寄稿。九月、『哲学的長短編集』刊。この年ジョルジュ・サンドと知り合い、高等娼婦《しょうふ》オランプ・ペリシエとの関係生じ、カストリ公爵夫人との交際始まる。

『徴用兵』（二月）、『追放者』（五月）、『知られざる傑作』（七―八月）、『あら皮』『赤い宿屋』（八月）、『フランドルのキリスト』（九月）、『コルネリウス親方』（十二月）。

一八三二年（天保三年）三十三歳　社交生活に時を割きながらも、多数の雑誌に寄稿。二月二十八日、異国女とのみ署名のある、ハンスカ夫人からの最初の手紙。自由派から正統王朝派にくらがえし、カストリ夫人の叔父たる同派の重鎮フィツ＝ジャム公爵に接近。五月、『私生活情景』第二版（四巻）刊。九—十月、カストリ夫人と旅行にでるが、やがてジュネーヴにて破局。十月、『新哲学的短編集』刊。

『ことづて』『フィルミアニ夫人』（二月）、『シャベール大佐』（二—三月）、『風流滑稽譚《こっけいたん》』第一集（四月）、『グランド・ブルテーシュ奇譚』『財布』『トゥールの司祭』（五月）、『棄《す》てられた女』（九月）、『柘榴館《ざくろやかた》』『ルイ・ランベール』（十月）、『マラナ一族』（十二—翌年一月）。

一八三三年（天保四年）三十四歳　各種の雑誌に作品の発表を続行。九月、スイスでハンスカ夫人にはじめて会い、十二月に再会。二人の愛人関係が始まる。十二月より全十二巻からなる『十九世紀風俗研究』の配本開始。

『フェラギュス』（三—四月）、『風流滑稽譚』第二集（七月）、『田舎医者』（九月）、『ウジェニー・グランデ』『名高きゴーディサール』（十二月）。

一八三四年（天保五年）三十五歳　六月、マリア・デュ・フレネー、バルザックの子マリーを出産。九月、サッシェにて『ゴリオ爺《じい》さん』の執筆にあたり、十二月から翌年二月まで「パリ評論」に連載。ここではじめて人物再登場の手法を適用。十二月より全二十巻からなる『哲学研究』の配本開始。

『ランジェ公爵夫人』完結（三月）、『絶対の探求』（十月）、『海辺の悲劇』（十二月）。

一八三五年（天保六年）三十六歳　息子の死にショックをうけたベルニー夫人が、バルザックの訪問を断わり、二人の関係は終りを告げる。十一月、「パリ評論」に『谷間の百合』の連載始まるも、雑誌側の背信行為により十二月に中断。

『金色の眼の娘』完結（五月）、『神に帰参したメルモス』（六月）、『結婚契約』（十一月）、『セラフィタ』完結（十二月）。

一八三六年（天保七年）三十七歳　「クロニック・ド・パリ」紙の経営にあたり、みずからも寄稿するが、七月、財政危機に瀕《ひん》して解散。ベルニー夫人死。

『無神論者のミサ』（一月）、『禁治産』（一—二月）、『ファチーノ・カーネ』（三月）、『谷間の百合』（六月）、『呪《のろ》われた子』完結（十月）、『老嬢』（十—十一月）、『リュグジエリ兄弟の秘密』（十二—翌年一月）。

一八三七年（天保八年）三十八歳　二月、『十九世

紀風俗研究』配本完了。三―四月、イタリア各地を旅行。五月、スイスを経てパリに帰着。

『平役人』（七月）、『ガンバラ』（七―八月）、『風流滑稽譚』第三集『セザール・ビロトー』（十二月）。

一八三八年（天保九年）三十九歳　三―六月、銀の廃坑を再開発せんとサルディニア島に赴くが計画は実現せず。七月、レ・ジャルディーの館に転居。

『骨董《こっとう》室』完結（九―十月）、『ヌシンゲン商会』（十月）、『イヴの娘』（十二―翌年一月）。

一八三九年（天保十年）四十歳　八月、文芸家協会長に選出さる。九月、知り合いの死刑囚ペーテルに関して調査し、「世紀」の紙上で無罪を主張するが、十月控訴は却下され、刑は執行される。

『村の司祭』（一―八月）、『カディニャン大公夫人の秘密』『マシミラ・ドーニ』（八月）、『ピエール・グラスー』（十二月）。

一八四〇年（天保十一年）四十一歳　三月、『ヴォートラン』上演禁止。七月、バルザックを主幹とする「ルヴュー・パリジエンヌ」誌創刊。九月、同誌最終号に『ベール氏論』を掲載、『パルムの僧院』を激賞。夏、『哲学研究』の配本完了。十月、パッシーに転居。この年はじめて、編集者にあてた手紙で、作品総体をさすのに人間喜劇なる語を用いる。

『ピエレット』（一月）、『Ｚ・マルカス』（七月）、『ボエームの王様』（八月）。

一八四一年（天保十二年）四十二歳　十月、『人間喜劇』なる総題のもとに、全集刊行の契約結ぶ。

『暗黒事件』（一―二月）、『カルヴァン派の殉教者』（三―四月）、『ユルスュール・ミルエ』（八―九月）、『二人の若妻の手記』（十一―翌年一月）、『架空の愛人』（十二月）。

一八四二年（天保十三年）四十三歳　一月、ハンスカ氏の死を知る。三月、『キノラの手だて』上演。四月、『人間喜劇』配本開始。七月、「総序」執筆。

『アルベール・サヴァリュス』（五―六月）、『人生の門出』（七―九月）、『ラ・ラブイユーズ』完結（十一―十一月）、『三十女』再統一（十一月）。

一八四三年（天保十四年）四十四歳　七月、ダンケルクから船でペテルブルグに向い、ハンスカ夫人に会う。九月、『パメラ・ジロー』上演。十一月、パリ帰着。

『オノリーヌ』（三月）、『田舎のミューズ』（三―

四月)、『幻滅』完結(六―八月)。

一八四四年(弘化《こうか》元年)四十五歳　健康すぐれず、外出も次第にまれとなる。

『モデスト・ミニョン』(四―七月)、『ゴーディサール二世』(十月)、『農民』(未完)第一部(十二月)、『ベアトリックス』完結(十二―翌年一月)。

一八四五年(弘化二年)四十六歳　四月、娘とその婚約者を連れて旅行中のハンスカ夫人とともにドイツ各地を訪問。十月、夫人一行とイタリア旅行。

『実業家』(九月)。

一八四六年(弘化三年)四十七歳　九月、『人間喜劇』全十六巻配本完了。十月、未完成のまま『プチ・ブルジョワ』(未完)を印刷に出す。十一―十二月、「コンスチチューショネル」紙に『従妹《いとこ》ベット』連載。翌年にかけ『結婚生活の小さな悲惨』配本。

『それとは知らぬ喜劇役者』(四月)。

一八四七年(弘化四年)四十八歳　三―五月、「コンスチチューショネル」紙に『従兄《いとこ》ポンス』連載。六月、遺言書を作成し、ハンスカ夫人を全財産の相続人に指定。

『アルシの代議士』(未完)(四―五月)、『浮かれ女盛衰記』完結(四―五月)。

一八四八年(嘉永《かえい》元年)四十九歳　二月革命勃発。三月、立法議会に立候補を考えるも断念。五月、『継母』初演、好評。六―七月、心臓病の最初の徴候。九月、ウクライナのヴィエシュホヴニャ到着。十一月、『人間喜劇』第十七巻(補)として『貧しき縁者』(『従妹ベット』『従兄ポンス』)刊。

『現代史の裏面』完結(八―九月)。

一八四九年(嘉永二年)五十歳　一月、不在中に行われたアカデミー・フランセーズの補充選挙に二度とも落選。五月のキエフ訪問をのぞいては、一年中ヴィエシュホヴニャに滞在。四月頃より心臓病の発作が起り、九―十月にかけて悪化。気管支炎と脳炎性の高熱に悩む。

一八五〇年(嘉永三年)五十一歳　健康さらにすぐれず。三月十四日、ハンスカ夫人と結婚。五月、バルザック夫妻はパリに到着。七月、ナカール博士に腹膜炎と診断される。八月十八日午後十一時半死亡。八月二十一日、ペール・ラシェーズに埋葬さる。

石井晴一　編

バルザック
平岡篤頼訳
ゴリオ爺さん

華やかなパリ社交界に暮す二人の娘に全財産を注ぎこみ屋根裏部屋で窮死するゴリオ爺さん。娘ゆえの自己犠牲に破滅する父親の悲劇。

スタンダール
大岡昇平訳
パルムの僧院（上・下）

〝幸福の追求〟に生命を賭ける情熱的な青年貴族ファブリスが、愛する人の死によって僧院に入るまでの波瀾万丈の半生を描いた傑作。

スタンダール
小林正訳
赤と黒（上・下）

美貌で、強い自尊心と鋭い感受性をもつジュリヤン・ソレルが、長年の夢であった地位をその手で摑もうとした時、無惨な破局が……。

スタンダール
大岡昇平訳
恋愛論

豊富な恋愛体験をもとにすべての恋愛を「情熱恋愛」「趣味恋愛」「肉体的恋愛」「虚栄恋愛」に分類し、各国各時代の恋愛について語る。

アベ・プレヴォー
青柳瑞穂訳
マノン・レスコー

自分を愛した男にはさまざまな罪を重ねさせ、自らは不貞と浪費の限りを尽してもなお、汚れを知らない少女のように可憐な娼婦マノン。

フローベール
芳川泰久訳
ボヴァリー夫人

恋に恋する美しい人妻エンマ。退屈な夫の目を盗み重ねた情事の行末は？　村の不倫話を芸術に変えた仏文学の金字塔、待望の新訳！

異邦人
カミュ
窪田啓作訳

太陽が眩しくてアラビア人を殺し、死刑判決を受けたのちも自分は幸福であると確信する主人公ムルソー。不条理をテーマにした名作。

シーシュポスの神話
カミュ
清水徹訳

ギリシアの神話に寓して〝不条理〟の理論を展開、追究した哲学的エッセイで、カミュの世界を支えている根本思想が展開されている。

ペスト
カミュ
宮崎嶺雄訳

ペストに襲われ孤立した町の中で悪疫と戦う市民たちの姿を描いて、あらゆる人生の悪に立ち向うための連帯感の確立を追う代表作。

幸福な死
カミュ
高畠正明訳

平凡な青年メルソーは、富裕な身体障害者の〝時間は金で購われる〟という主張に従い、彼を殺し金を奪う。『異邦人』誕生の秘密を解く作品。

革命か反抗か
カミュ・サルトル他
佐藤朔訳

人間はいかにして「歴史を生きる」ことができるか――鋭く対立するサルトルとカミュの間にたたかわされた、存在の根本に迫る論争。

転落・追放と王国
カミュ
大久保敏彦
窪田啓作訳

暗いオランダの風土を舞台に、過去という楽園から現在の孤独地獄に転落したクラマンスの懊悩を捉えた「転落」と「追放と王国」を併録。

ゲーテ
高橋義孝訳
若きウェルテルの悩み
ゲーテ自身の絶望的な恋の体験を作品化した書簡体小説。許婚者のいる女性ロッテを恋したウェルテルの苦悩と煩悶を描く古典的名作。

ゲーテ
高橋義孝訳
ファウスト（一・二）
悪魔メフィストーフェレスと魂を賭けた契約をして、充たされた人生を体験しつくそうとするファウスト——文豪が生涯をかけた大作。

サン＝テグジュペリ
堀口大學訳
夜間飛行
絶えざる死の危険に満ちた夜間の郵便飛行。全力を賭して業務遂行に努力する人々を通じて、生命の尊厳と勇敢な行動を描いた異色作。

サン＝テグジュペリ
堀口大學訳
人間の土地
不時着したサハラ砂漠の真只中で、三日間の渇きと疲労に打ち克って奇蹟的な生還を遂げたサン＝テグジュペリの勇気の源泉とは……。

ジッド
山内義雄訳
狭き門
地上の恋を捨て天上の愛に生きるアリサ。死後、残された日記には、従弟ジェロームへの想いと神の道への苦悩が記されていた……。

ジッド
神西清訳
田園交響楽
彼女はなぜ自殺したのか？　待ち望んでいた手術が成功して眼が見えるようになったのに。盲目の少女と牧師一家の精神の葛藤を描く。

メリメ
堀口大學訳
カルメン
ジプシーの群れに咲いた悪の花カルメン。荒涼たるアンダルシアに、彼女を恋したがゆえに破滅する男の悲劇を描いた表題作など6編。

メーテルリンク
堀口大學訳
青い鳥
幸福の青い鳥はどこだろう？　クリスマスの前夜、妖女に言いつかって青い鳥を探しに出た兄妹、チルチルとミチルの夢と冒険の物語。

モーパッサン
新庄嘉章訳
女の一生
修道院で教育を受けた清純な娘ジャンヌを主人公に、結婚の夢破れ、最愛の息子に裏切られていく生涯を描いた自然主義小説の代表作。

モーパッサン
青柳瑞穂訳
脂肪の塊・テリエ館
〝脂肪の塊〟と渾名される可憐な娼婦のまわりに、ブルジョワどもがめぐらす欲望と策謀の罠——鋭い観察眼で人間の本質を捉えた作品。

青柳瑞穂訳
モーパッサン短編集（一・二・三）
モーパッサンの真価が発揮された傑作短編集。わずか10年の創作活動の間に生み出された多彩な作品群から精選された65編を収録する。

モリエール
内藤濯訳
人間ぎらい
誠実であろうとすればするほど世間とうまく折り合えず、恋にも破れて人間ぎらいになっていく青年を、涙と笑いで描く喜劇の傑作。

ラディゲ
生島遼一訳
ドルジェル伯の舞踏会
貞淑の誉れ高いドルジェル伯夫人とある青年の間に通い合う慕情――虚偽で固められた社交界の中で苦悶する二人の心理を映し出す。

ラディゲ
新庄嘉章訳
肉体の悪魔
第一次大戦中、戦争のため放縦と無力におちいった青年と人妻との恋愛悲劇を描いて、青春の心理に仮借ない解剖を加えた天才の名作。

ユゴー
佐藤朔訳
レ・ミゼラブル（一～五）
飢えに泣く子供のために一片のパンを盗んだことから始まったジャン・ヴァルジャンの波乱の人生……。人類愛を謳いあげた大長編。

ルナール
岸田国士訳
博物誌
澄みきった大気のなかで味わう大自然との交感――真実を探究しようとする鋭い眼差と、動植物への深い愛情から生み出された65編。

ルソー
青柳瑞穂訳
孤独な散歩者の夢想
十八世紀以降の文学と哲学に多大な影響を与えたルソーが、自由な想念の世界で、自らの生涯を省みながら綴った10の哲学的な夢想。

ヴェルヌ
波多野完治訳
十五少年漂流記
嵐にもまれて見知らぬ岸辺に漂着した十五人の少年たち。生きるためにあらゆる知恵と勇気と好奇心を発揮する冒険の日々が始まった。

新潮文庫最新刊

矢野隆著
とんちき 蔦重青春譜
写楽、馬琴、北斎――。蔦重の店に集う、未来の天才達。怖いものなしの彼らだが大騒動に巻き込まれる。若き才人たちの奮闘記！

V・ウルフ
鴻巣友季子訳
灯台へ
ある夏の一日と十年後の一日。たった二日のできごとを描き、文学史を永遠に塗り替え、女性作家の地歩をも確立した英文学の傑作。

隆慶一郎著
捨て童子・松平忠輝（上・中・下）
〈鬼子〉でありながら、人の世に生まれてしまった松平忠輝。時代の転換点に己を貫いて生きた疾風怒濤の生涯を描く傑作時代長編！

芥川龍之介・泉鏡花
江戸川乱歩・小栗虫太郎
折口信夫・坂口安吾 著
ほか
タナトスの蒐集匣
―耽美幻想作品集―
おぞましい遊戯に耽る男と女を描いた坂口安吾「桜の森の満開の下」ほか、名だたる文豪達による良識や想像力を越えた十の怪作品集。

午鳥志季・朝比奈秋
春日武彦・中山祐次郎
佐竹アキノリ・久坂部羊著
遠野九重・南杏子
藤ノ木優
夜明けのカルテ
―医師作家アンソロジー―
その眼で患者と病を見てきた者にしか描けないことがある。9名の医師作家が臨場感あふれる筆致で描く医学エンターテインメント集。

安部公房著
死に急ぐ鯨たち・もぐら日記
果たして安部公房は何を考えていたのか。エッセイ、インタビュー、日記などを通して明らかとなる世界的作家、思想の根幹。

新潮文庫最新刊

綿矢りさ著
あのころなにしてた？
仕事の事、家族の事、世界の事。2020年めまぐるしい日々のなか綴られた著者初の日記エッセイ。直筆カラー挿絵など34点を収録。

B・ブライソン
桐谷知未訳
人体大全
―なぜ生まれ、死ぬその日まで無意識に動き続けられるのか―
医療の最前線を取材し、7000秄個の原子の塊が2キロの遺骨となって終わるまでのすべてを描き尽くした大ヒット医学エンタメ。

花房観音著
京《みやこ》に鬼の棲む里ありて
美しい男妾に心揺らぐ〝鬼の子孫〟の娘、女と花の香りに眩む修行僧、陰陽師に罪を隠す水守の当主……欲と生を描く京都時代短編集。

真梨幸子著
極限団地
―一九六一　東京ハウス―
築六十年の団地で昭和の生活を体験する二組の家族。痛快なリアリティショー収録のはずが、失踪者が出て……。震撼の長編ミステリ。

幸田文著
雀の手帖
多忙な執筆の日々を送っていた幸田文が、何気ない暮らしに丁寧に心を寄せて綴った名随筆。世代を超えて愛読されるロングセラー。

ガルシア=マルケス
鼓直訳
百年の孤独
蜃気楼の村マコンドを開墾して生きる孤独な一族、その百年の物語。四十六言語に翻訳され、二十世紀文学を塗り替えた著者の最高傑作。

Title : LE LYS DANS LA VALLÉE
Author : Honoré de Balzac

谷《たに》間《ま》の百《ゆ》合《り》

新潮文庫　ハ - 1 - 1

昭和四十八年一月三十日発行
平成十七年二月二十日三十二刷改版
令和六年十月十五日三十九刷

訳者　石《いし》井《い》晴《せい》一《いち》
発行者　佐藤隆信
発行所　株式会社新潮社

郵便番号　一六二—八七一一
東京都新宿区矢来町七一
電話　編集部(〇三)三二六六—五四四〇
読者係(〇三)三二六六—五一一一
https://www.shinchosha.co.jp

価格はカバーに表示してあります。

乱丁・落丁本は、ご面倒ですが小社読者係宛ご送付ください。送料小社負担にてお取替えいたします。

印刷・株式会社三秀舎　製本・株式会社植木製本所

ISBN978-4-10-200501-9 C0197